Über das Buch:

Nach einem Jahr Jugend-Feldforschung ist Johannes Lohmer reif fürs Sanatorium. Brav feiert er mit Frau, Hund und Schwiegermutter Weihnachten – es wird fürchterlich. Der deprimierte Ex-Popautor fragt sich: Wer bin ich, wo komme ich her, warum hänge ich mich an fremder Leute Familien und habe keine eigene? Er beginnt Dokumente zu wälzen, besucht die letzten lebenden Verwandten und erfährt, wer die Lohmers *wirklich* waren. Mehr noch: Früher scheint nichts so gewesen zu sein, wie Guido Knopp es uns erzählt hat. Daraufhin erzählt Jolo seinem Verlag, er schreibe einen Roman à la »Buddenbrooks«. Aus Jolos Ahnenforschung wird eine Abenteuerreise quer durch Deutschland, das er nun mit anderen Augen sieht. Jolo kommt durch jugendbefreite Zonen, begegnet lustigen Punkrentnern und iPod-Opas. An seiner Seite ist zunächst die luzide, junge Karline, die vermeintliche Enkelin einer NS-Größe, später erlebt er inmitten der ostdeutschen Tristesse ungeahnte Momente des Glücks mit Ehefrau Barbi. Während Altkanzler Schröder noch einmal die Massen rockt und die Weltjugend den Papst feiert, entdeckt Jolo, daß das Methusalem-Komplott gar keine Schreckensvision ist, sondern längst Realität. Ein Kinofilm öffnet ihm schließlich die Augen: Ahnenforschung ist nirgendwo so schön wie im Land der lebenden Toten, das von alt gewordenen Babyboomern angeführt wird, die nichts davon wissen (wollen), daß sie alt sind – so wie Zombies nicht wissen, daß sie tot sind.

Der Autor:

Joachim Lottmann wurde am 14. 4. 1958 in Hamburg geboren. Sein Vater war der Lyriker und Mitbegründer der Hamburger FDP Joachim Lottmann, sein Großvater der Hamburger Fabrikant Curt Lottmann. Aufsehen erregte Lottmann mit seinem 1987 veröffentlichten Roman »Mai, Juni, Juli«, den er in den Monaten Mai, Juni und Juli des nämlichen Jahres in der Wohnung seines Verlegers Helge Malchow schrieb und der vielen als Beginn der deutschen Popliteratur gilt. Aufsehen erregte auch seine Verbindung mit der attraktiven Caroline von Nathusius im Jahr darauf sowie sein glänzendes Comeback fast zwei Jahrzehnte später mit dem Roman »Die Jugend von heute«. Der Autor galt in den 80er Jahren als Stimme seiner Generation und ist heute Mitglied der Redaktion des Hamburger Nachrichtenmagazins DER SPIEGEL.

Joachim Lottmann

ZOMBIE NATION

Roman

Kiepenheuer & Witsch

1. Auflage 2006

Umschlaggestaltung und -motiv: © cc haas, Köln
Gesetzt aus der Aldus
Satz: Pinkuin Satz und Datentechnik, Berlin
Druck und Bindearbeiten: Clausen & Bosse, Leck
ISBN 10: 3-462-03665-3
ISBN 13: 978-3-462-03665-7

Dem ehemaligen deutschen Bundeskanzler
Gerhard Schröder und seiner Frau Doris

Inhalt

1 Weihnachten ohne Familie

Meine Frau Barbara und ich gingen auf das Weihnachtsfest mit sehr gemischten Gefühlen zu. Ich haßte Weihnachten, und die Barbara haßte meinen Bruder. Er war mein einzig verbliebener Verwandter, und ohne ihn konnte ich das große Familienfest auf keinen Fall feiern. Mein armer Bruder ahnte nichts von ihren Gefühlen, er verehrte ja meine Frau, die Barbara. Er flüsterte, wenn er ihren Namen aussprach. Er hielt sie für die Verkörperung des Ausdrucks »starke Frau« und fand sie »spannend«. Ich wußte nicht, wie ich ihm beibringen sollte, daß wir zum ersten Mal seit 45 Jahren Weihnachten nicht zusammen feiern würden. Ich sprach immer wieder mit der Barbara darüber, aber sie blieb unerbittlich: »Dein Bruder ist ein ›Loser‹! Der kommt mir nicht ins Haus!«

Ein ›Loser‹, also ein Verlierer, war der Gerald wohl tatsächlich. Die Barbi säuberte mein Leben von Verlierertypen. So hatte sie in diesem Jahr 2004 auch meinen Agenten entsorgt, und seitdem explodierte meine Karriere förmlich. Eben noch der lächerlichste Teilnehmer des Literaturbetriebs, hatte ich einen Jugendbuch-Klassiker geschrieben und näherte mich nun dem Literaturnobelpreis.

Trotzdem wollte auch die Barbara das Fest nicht ohne Mitmenschen begehen. Kam mein Bruder nicht, sollten dafür Ersatzfamilienangehörige gefunden werden. Die Barbi selbst hatte keinen Bruder und auch sonst keine Verwandten, bis auf ihre große, aber nicht unattraktive Mutter. Der Vater, ein kleiner, aber gutaussehender Sizilianer, von dem Barbi die olivfarbene

Haut und die dunkelbraunen, fast schwarzen Haare hatte, war schon lange tot. Der äußerlich kerngesunde Mann war vor Jahren blutüberströmt im Bad zusammengebrochen. Es muß ein schreckliches Bild gewesen sein. Der Sizilianer lag unter dem Waschbecken, er hatte einen Blutsturz gehabt, und es war einen Tag vor Weihnachten gewesen. Die Mutter brauchte seitdem an Heiligabend immer dringend menschlichen Beistand.

Ein Familienfest also ohne Mann und ohne Bruder. Nur die Mutter, die Barbi und ich. Das waren einfach zu wenige Menschen. Fieberhaft suchten wir nach weiteren Mitspielern. Es war schon der dritte Advent, als Barbara und ich auf dem Weihnachtsmarkt am Kölner Dom durch Zufall auf Elektra Ehrenberg stießen. Elektra Ehrenberg war eine große Musikerin. Es gab sie gleich zweimal, denn sie hatte eine blonde, eineiige Zwillingsschwester, die Eva Ehrenberg hieß und immer an Elektras Seite war. Die eineiigen Zwillingsschwestern waren 1977 geboren worden und somit zum Zeitpunkt des Geschehens 27 Jahre alt. Die Frauen waren zudem sehr jugendlich und übertrieben mädchenhaft; wir werden das im Laufe der Geschichte noch sehen. Wir kannten die beiden Wahlberlinerinnen, die eigentlich aus Linz kamen und früher mal in Köln gewohnt hatten, schon seit 14 Jahren. Aber wir wußten bis dahin nicht, daß sie das gleiche Weihnachtsproblem hatten wie wir. Eine der Zwillingsschwestern brach in Tränen aus, als sie erzählte, ihre Mutter läge im Irrenhaus und ihr Vater wolle selbst am Heiligen Christfest nichts von ihnen wissen. Die andere Zwillingsschwester weinte nicht, nickte aber ernst.

Was für ein Schicksal! Die beiden hochtalentierten Musikerinnen hatten also noch weniger Familie als die Barbi und ich. Wie aus einem Munde sagten wir: »Ihr müßt Weihnachten bei uns feiern!«

Sie sagten sofort zu. Daraufhin konnten wir die Anzahl der Personen, mit denen wir feiern würden, fast verdoppeln. Statt sechs würden also gleich zehn große Augen auf den brennenden Baum gerichtet sein – klasse!

Leider wurde kurz darauf eine der beiden ein wenig malade. Eine Art beginnende Erkältung kündigte sich an, oder drohte sich anzukündigen – es war nur ein Verdacht, oder die Angst vor so einem Verdacht. Ich hatte es als erster bemerkt. Ich sagte noch beim Nachhauseweg am dritten Advent zur Barbi: »Wenn die uns mal bloß nicht vorher KRANK werden! Die sind doch so zart besaitet, die beiden Hühner.«

Das war nicht böse gemeint, dieses Wort Hühner! Ich hatte es ganz leise und liebevoll ausgesprochen, und die Barbi hat mich gleich verstanden. Sie wußte, daß die Zwillinge zwei rührende, schutzlose Hühner waren, ohne Stall, ohne Heizung, ohne Futter (natürlich auch ohne Hahn). Und ich wußte auch, WARUM sie krank werden könnten: weil sie von unserem Angebot, also der Nettigkeit und Mitmenschlichkeit des Angebots, einfach überwältigt sein würden. Ja, MUSSTEN. Denn noch nie zuvor war ein Mensch wirklich nett zu ihnen gewesen. Sie kamen aus äußerst kleinbürgerlichen, nein aus proletarischen Verhältnissen, nein, sie kamen eigentlich aus gar keinen Verhältnissen. Sie waren vom Himmel gefallen, und keiner hatte sich für sie zuständig gefühlt, weil sie so fremdartig waren, als geklonte Zwillinge, aber auch sonst. Beide hatten mit 13 Jahren als Folkpunk-Duo »Austrian Blue« Aufsehen erregt. Ihr Markenzeichen war die Zahnspange in Kombination mit den Happy-Hitler-T-Shirts und dem Sirenengesang. Aus England kam damals Acid, aus Ösiland kamen die blütenweißen, also … die braunen Nazi-Lolitas. Sie hatten dem Acid-Smiley einfach ein Führerbärtchen und eine gescheitelte Frisur gemalt. In ihren Texten feierten sie Onkel Adolf und gaben die Parole »Don't worry, be Nazi« aus. Es war ein Riesenskandal, aber das ist lange her und der Nazispuk beendet. Doch auch heute noch kauten die Zwillinge an ihren Fingernägeln und rissen sich im Gespräch vor lauter Nervosität ständig büschelweise die Haare aus. Sie waren zudem ausgesprochen groß und spindeldürr. Die eine maß sogar 1,89 Meter, und die andere ebenso. Trotzdem konnte man die beiden Mädchen schön finden. Sie hatten gerade Zähne, himmelblaue große Augen und schöne Gesichter. Auf jeden Fall waren sie süß.

Die Barbi rief nun jeden Tag bei ihnen an, um die Einladung zu wiederholen und sich dabei nach der Gesundheit der erkrankten Schwester zu erkundigen. Die Erkältung wurde bald stärker, mit richtigen Fieberanfällen. Wir blieben aber dabei, daß sie an Weihnachten mit uns feiern sollten. Und zwar am Bodensee, dort wohnte die Barbimutter. Wir glaubten nicht recht an diese Erkältung und sollten recht behalten: Der wahre Grund für die Unpäßlichkeit des Mädchens war, daß sie gar kein Geld hatte, um nach Süddeutschland zu fahren. Dasselbe galt auch für ihre Schwester, denn beide Mädchen teilten sich jeden Cent, den sie besaßen.

Die Barbi beeilte sich zu erklären, daß sie die Fahrtkosten übernehmen würde. Das brachte die armen Zwillingsschwestern in weitere Verlegenheit, und wieder weinte die eine vor Rührung. Natürlich war es den Mädchen gar nicht möglich, soviel Großzügigkeit anzunehmen. Sie dachten, daß wir selbst so arm waren wie sie. Ich schaltete mich ein und erklärte: »Die Barbi ist gar nicht so großzügig, wie ihr denkt. Erstens verdient sie 4000 Euro im Monat und hat deswegen ein total schlechtes Gewissen. Und zweitens zahle ich die andere Hälfte des Tickets.«

Sie erschraken. Jetzt hatten sie sogar schon ZWEI Menschen, denen sie sich verpflichtet fühlen mußten. Ängstlich wehrten sie alles ab. Ich senkte die Stimme und sprach von einer Erbschaft, die ich gemacht hätte. Drei Häuser, eines davon in Berlin, und Bargeld satt.

»Nein, nein, wir wollen dein Geld nicht«, jammerte Elektra.

Man muß wissen, daß Elektra Ehrenberg inzwischen eine ganz hervorragende politische Musikerin war. Sie spielte mit Eva heute feministischen Country-Punk, war aber leider sehr erfolglos, was ich nie verstehen konnte. Wenn ich ihre Texte hörte, ging es mir anschließend so gut, als hätte ich Kokain genommen und hätte eine Disposition zu der Droge. Leider hatte ich ja keine Disposition zu jeglicher Droge, das heißt,

14

es wirkte keine, bis auf Samsunit mit einer ganz bestimmten Dosis Lexotanil. Diese Verbindung hatte einmal gewirkt, und es war ein Gefühl gewesen, als hätte ich gerade Elektra Ehrenberg gehört. Sie war so klug und licht, dabei trotzdem oder gerade deswegen emotional und brutal.

Man wird also verstehen, daß ich nicht lockerließ und pathetisch erklärte: »Liebe Mädchen, das Geld habe ich doch längst schon ausgegeben, also fast, also theoretisch. Ich wollte es für ›Brot für die Welt‹ spenden, und nun kriegt ihr es!«

»›Brot für die Welt‹ gibt es gar nicht mehr, du lügst …«

Aber sie ließen sich erweichen und sagten ihr Kommen erneut zu.

Tags darauf drohte die andere Schwester damit, ebenfalls krank werden zu können. Wir befanden uns in einer ernsten Lage, und ich sprach mit der Barbi darüber.

»Warum wollen sie krank werden? Was meinst du?«

»Vielleicht werden sie ja gar nicht krank, also Eva.«

»Ja, aber wenn doch? Was ist der wahre Grund dafür? Haben sie Angst davor, mit uns zu feiern – das kann ja nicht sein. Was aber dann?«

»Vielleicht haben sie Angst vor einem Wiedersehen mit ihrer Mutter in der Irrenanstalt.«

Ich vergaß ganz, es zu erwähnen: Durch einen kaum zu glaubenden Zufall befand sich die verrückte Mutter der Zwillinge in der psychiatrischen Anstalt Murnau, die in Sichtweite des Hauses von Barbis Mutter lag, in dem wir ja Weihnachten verbrachten. Es war aber klar, daß die Zwillinge diese ihre verwirrte Mutter, die sie nicht mehr wiedererkennen würde, besuchen mußten. Eine echte Horrorvorstellung.

»Die alte Dame erkennt ihre eigenen Töchter nicht mehr wieder?« fragte ich nach, um mich zu vergewissern.

»Beim letzten Treffen war es so. Die Mutter hielt sich für Romy Schneider und fragte die Zwillinge, ob sie als Kinder nicht in dem Film ›Shining‹ von Stanley Kubrick mitgespielt hätten.«

»›Shining‹ ist nicht von Kubrick!«

»Egal, so was kann doch die alte Frau nicht wissen. Es muß jedenfalls voll gruselig gewesen sein …«

Deswegen also wurden sie krank? Die Erklärung überzeugte uns immer noch nicht. Barbi sprach mit ihrer Mutter, die die Mutter der Zwillinge sogar kannte, und erfuhr, daß der Zustand der Frau so desaströs gar nicht mehr sei. Und als Eva einen Tag vor Weihnachten meldete, sie sei nun auch krank, beglückte ich sie mit der Information, ihre Mutter Alice sei weiter genesen als erwartet, ja, sie sei schon so gut wie gesund und bester Dinge. Bald würde man sie entlassen müssen, und da sei es ein Glück, sie noch einmal im Krankenhaus besuchen zu können. Eva versprach, ihre eigene Krankheit zu ignorieren und an Heiligabend da zu sein.

Als Barbara später am Abend noch einmal mit den beiden telefonierte, hatte sich jedoch ihr Zustand dramatisch verschlechtert. An ein Reisen mit der Eisenbahn war nicht mehr zu denken.

»Wir müssen bei ›Sixt‹ ein Auto mieten, und du mußt die beiden von Berlin nach Murnau fahren«, meinte Barbi aufgewühlt.

»Kann ich das denn? So eine lange Strecke? Und halten das die kranken Zwillinge überhaupt aus?«

»Was sollen wir denn sonst machen?!«

Die Barbi war verzweifelt.

Ich dachte nach. Warum waren die Mädchen wirklich krank geworden? An der geisteskranken Mutter kann es nicht gelegen haben. An uns gar? Hatten sie Angst vor uns? Das war unwahrscheinlich, denn die Barbi war die Güte in Person, und ich selbst war auch ein netter Onkeltyp. Ich versuchte, mich in die beiden hineinzuversetzen. Wenn ICH nun an ihrer Stelle wäre … und sollte zu fremden Menschen und deren fremder Mutter fahren, um dort mit einem glückstrunkenen Paar Weihnachten zu feiern, drei endlos lange Tage lang, das wäre … furchtbar! Was würde mir nämlich fehlen: Libido. Es würde mir eine Belohnung in Form von Liebe fehlen. Es würde mir VERLIEBTHEIT fehlen. Nur im verliebten Zustand

16

war ein so hochtraumatisches, hochsymbolisches kollektives Ereignis durchzustehen.

Gäbe es auch nur einen einzigen attraktiven Mann neben dem Weihnachtsbaum, würden die Ehrenbergs kommen. Ich griff zum Telefonhörer.

»Eva, stell dir vor, wer noch kommt: der Holländer vom Verlag, der dir so gefallen hat!«

»Nein!«

»Doch!! Nico bringt noch einen Freund mit …«

»Aber hat der nicht eine Freundin?«

»Nein! Die haben sich getrennt! Das ist doch die Sache! Diese schreckliche, alt und schal gewordene Jugendfreundschaft mit der Frau da irgendwo auf dem Land … Er hatte doch so darunter gelitten, daß er nicht wußte, wie er die Langweilerin loswerden sollte, und jetzt war dann endlich Ende.«

»Is ja stark …!«

»Kannst du laut sagen. Der Mann, so ein Glückspilz, jetzt hat er's hinter sich und ist ganz unkonventionell geworden, und hat einfach zugesagt. Jetzt müßt ihr natürlich auch kommen, der findet euch doch so toll.«

Sie versprachen es. Ich hatte also den richtigen Riecher gehabt. Ich ging zur Barbi und teilte ihr freudig mit, daß Weihnachten 2004 gerettet sei. Die Ehrenbergs würden dabei sein. Die Barbi konnte sich vor Freude kaum halten. Sie wollte gleich wieder anrufen, ob es nun Mitternacht war oder später. Ich riet ihr, bis zum Morgen zu warten.

Am Morgen hatten beide über 40 Grad Fieber. Eva hatte eine schwere Angina, der Notarzt war nachts gekommen und hatte Antibiotika gespritzt sowie Morphium gegen die Schmerzen. Beide Mädchen konnten kaum noch sprechen.

Wir waren natürlich niedergeschlagen. Das große Christfest ohne die Zwillinge, nur mit der Mutter und dem Hund »Lizzy« … eine traurige Vorstellung. Von dem Hund hatte ich noch gar nichts erzählt, was daran liegt, daß ich Tiere nicht für voll nehme.

»Die beiden werden immer kränker«, sagte ich zur Barbi.

»Ja, warum nur? Ob sie uns vielleicht gar nicht leiden können?«

»Unsinn!«

»Wir sollten sie noch mal anrufen.«

»Aber sie können ja nicht mehr sprechen. Offensichtlich WOLLEN sie gar nicht mit uns Weihnachten verbringen.«

»Das glaube ich nicht.«

»Ich auch nicht.«

Wir überlegten, was wir tun konnten. Allmählich wurden wir selbst ganz verrückt. Vielleicht lag es daran, daß wir seit Tagen über nichts anderes mehr nachdachten und sprachen. Wir grübelten, bis der Kopf weh tat. Mir fiel dabei eine verschüttete Erinnerung wieder ein, nämlich daß ich einmal, gut zehn Jahre war es her, mit einem der beiden »Shining«-Mädchen zusammengewesen war. Konnte es nicht sein, daß das Mädchen noch immer in mich verliebt war, und daß es für sie deswegen hochproblematisch war mich mit einer anderen Frau zu erleben, nämlich Barbi? Zumal diese andere Frau auch noch eine gute Freundin war? Damals war die Verbindung zwischen dem Mädchen und mir auf unnatürliche Weise getrennt worden: Der Manager der Ehrenberg-Zwillinge, ein Kärntner, der schon auf dem Absprung zur slowenischen Band Laibach war, hatte sich diese ganze Nazi-Smiley-Sache ausgedacht. Sie zog aber schon lange nicht mehr. Als die Ehrenbergs dann doch noch mal mit dem »In Bed with Adolf«-Video auf Viva und MTV liefen, hatte der Marketing-Guru Eva den weiteren Umgang mit mir verboten. Er redete ihr ein, sie müsse sich von mir, dem marxistischen Schriftsteller-Arsch, trennen. Eva dachte damals an das Image, an den Erfolg, nicht an die Liebe. Womöglich war dieses Erlebnis niemals richtig verarbeitet worden. Und das Verdrängte kam nun als fiebrige Erkältung wieder hoch, wobei die Zwillingsschwester aus Solidarität miterkrankte! Ich erzählte der Barbi meine Theorie. Da Frauen schnell eifersüchtig und somit irrational werden, schloß sie sich in ihr Zimmer ein. Ich verstand das so, daß die Barbi meine Theorie für wahr hielt. Ich griff zum Telefonhörer.

»Du, Eva, ich liebe dich noch immer! Das mit Barbara und mir reicht da doch gar nicht heran an das zwischen dir und mir, weißt du, von damals!«

»Ha…llo … ach, Jolo, du bist es. Was hast du gesagt? Ich, ich hör so schlecht jetzt, ich hab einen Hörsturz gehabt oder so was.«

»Eva, ich wollte dir sagen –«

»Ich bin ELEKTRA!« Sie versuchte zu lachen, aber es kam nur ein Röcheln.

»E-Elektra? Ich … ich will EVA sprechen.«

»Die hat eine Beruhigungsspritze bekommen und schläft ganz tief.«

»Weck sie auf!«

Ich wartete, bis Elektra Eva den Telefonhörer ans schlafende Ohr gedrückt hatte. Ich geriet ein bißchen in Panik, weil ich nicht wußte, ob sie aufwachen und mich hören würde. Außerdem hatte die Barbi ihr Zimmer wieder aufgeschlossen und kam auf mich zu. Wahrscheinlich würde SIE statt Eva hören, was ich gleich sagen würde. Endlich hörte ich ein schwaches ›Ja?‹.

»Aah! Hallo! Evaliebling! Ich, ich wollte dir sagen, es ist alles wie damals!«

»Was?«

»Wir sind immer noch zusammen!!«

»Waas?«

»W-Wir waren doch einmal, äh, zusammen!«

»Wie?!«

»ZU-SAA-MEN, du und ich, ein Paar! Vor zehn Jahren oder so!«

»Versteh ich nicht. Waren wir nicht. Wie kommst du auf so was?«

»Denk doch mal nach!!«

In dem Moment riß die Barbi den Hörer aus meiner Hand und sprach selbst mit der Todkranken.

»Habt ihr gefickt oder nicht?!«

Danach wurde es ruhig. Die Barbi redete nur noch wenig

und leise. Was Eva sagte oder Elektra, verstand ich nicht. Ein paar Minuten lang hörte ich nur so ein »ja, ja«- und »ach so«- und »ja, natürlich«-Murmeln von der Barbi. Dann legte sie vorsichtig auf.

»Kommen sie?« fragte ich.

»Nein«, sagte die Barbi. Wir saßen mit hängenden Schultern auf der Bettkante.

»Wenn ich nur wüßte, warum sie nicht kommen«, sagte ich tonlos, mehr zu mir selbst.

»Vielleicht nächstes Jahr«, sagte Barbara.

»Nächstes Weihnachten? Ja, ganz bestimmt! Nächstes Jahr ist ja auch noch Weihnachten.«

Heiligabend war gekommen, und wir, also die Barbi und ich, saßen im neuen ICE von Köln nach Frankfurt und fuhren 300 Stundenkilometer schnell. Wir waren guter Dinge und verstanden uns bestens, obwohl wir nicht miteinander geschlafen hatten. Das war äußerst selten, daß wir uns so mochten, obwohl wir gar nicht miteinander geschlafen hatten. Normalerweise schliefen wir jeden Tag miteinander und mochten uns dann. Was wir taten, wenn wir einmal nicht miteinander schliefen, will ich lieber gar nicht erst erzählen. Wir unterschieden uns da in nichts von anderen alten Paaren. Diesmal hatten wir nicht miteinander geschlafen, weil der Streit um mein vermeintliches Verhältnis mit einer der Zwillingsschwestern noch ein wenig nachhallte. Zwar hatte ich der Barbi schon früher davon erzählt, aber sie hatte es damals für Angeberei gehalten, für einen fiesen Trick von mir, ihr, der Barbi, eine reinzuwürgen. Ich hätte mich nur wichtig machen wollen, um vor ihr, der Barbi, als toller Frauenheld und skrupelloser Verführer dazustehen. Nun hielt sie es für möglich, daß ich etwas mit ihr gehabt hatte.

»Hast du mit der kleinen Ehrenberg etwas gehabt?« fragte sie noch einmal.

»Das habe ich doch gesagt!«

»Was?«

»Daß ich etwas mit ihr gehabt habe!«

»Mit welcher von beiden?«

»Weiß ich nicht mehr«, log ich.

»Aber ihr habt nicht miteinander geschlafen?«

»Irgendwie nicht, nein.«

»Irgendwie?! Und irgendwie schon?!«

»Das hast du gesagt. Ich würde es nicht so ausdrücken.«

»Wie denn dann!«

»Ich erinnere mich an nichts mehr. Ich kann beim Thema Sex nur an dich denken.«

Ich sah sie zärtlich an. Aber sie bohrte weiter, so daß ich schließlich sagen mußte:

»Mein Gott, Barbi! Sie war noch ein KIND. Vielleicht habe ich ihr auch nur Spielsachen geschenkt.«

»Sie war 17!«

»Sag ich doch.«

Das überzeugte sie. Frauen, die schon über 20 sind, können sich beim besten Willen nicht vorstellen, daß Frauen unter 20 für Männer attraktiv sein können.

Gleich darauf trafen wir im Zug auf eine nette Arbeitskollegin der Barbi, die auch ihren Mann dabeihatte. Die Frau war Deputy Chief Assistant bei dem globalen Logistik-Unternehmen Price Waterhouse Coupers, der Mann war Architekt in Frankfurt. Wirklich kumplige Typen, mit denen wir uns gleich gut verstanden. Wir wechselten in den Speisewagen (»Bordrestaurant«) und diskutierten über die neue Harald-Schmidt-Show im Ersten Deutschen Fernsehen.

»Harald Schmidt steht nur für sich selbst«, sagte die Barbi, und ich widersprach ihr natürlich heftig. Alles, was Harald Schmidt tue, sei moralisch. Sein Bezugsrahmen sei die Moral. Der Architekt sperrte Augen und Ohren auf. Die Cheflogistikerin, eigentlich promovierte Luhmann-Meisterschülerin, brachte es auf den Punkt:

»Harald Schmidt wirft die Wahrheiten in die Luft wie Kugeln, die er, einem Zauberkünstler gleich, alle gleichzeitig in der Luft hält.«

Wir stiegen in Frankfurt um, in einen Regionalexpress nach Stuttgart, von da mit einem D-Zug nach Freiburg, von da mit der Überlandstraßenbahn nach Murnau, von da mit der Pferdebahn bis zum stillen Gehöft von Barbaras Mutter. Das letzte Stück mußten wir zu Fuß durch meterdicken Schlamm waten, da die Pferde steckengeblieben waren.

Da ich viel schwerer bin als die Barbi, erreichte sie vor mir das alte eingesunkene Bauernhaus und warf von da aus ein Lasso in meine Richtung, das ich fing und mit dessen Hilfe ich mich ins Haus zog. Bis zum Hals war ich schon eingesunken gewesen. Es war 16 Uhr und stockdunkel. Der Hund bellte. Das mußte der Lizzy sein, Barbis Hund, der im letzten halben Jahr bei ihrer Mutter stationiert worden war. Fast ließ ich das Lasso los.

Ja, der Lizzy … ich erinnerte mich schlagartig wieder. Das Tier hatte einst unsere Ehe stark in Mitleidenschaft gezogen. Ich hatte natürlich alles tapfer ertragen und mir nichts anmerken lassen. Morgens wachte man auf von dem ohrenbetäubenden Geschlabber des Hundes, der, schon um 7 Uhr in der Frühe, auch sonntags und sicher auch an Weihnachten, seine penetrant stinkende Wasser-Fäkaliengrütze zu sich nahm. Überall trat man in feuchtwarme Pfützen, die der beständig triefende Sabber des Tieres hinterlassen hatte. Natürlich hatte der Lizzy auch angenehme Seiten. So war er unersättlich in seinem Zweisamkeitsbedürfnis, was natürlich recht rührend war, also dieses Bedürfnis nach Geselligkeit. 23 Stunden und 55 Minuten am Tag genügten nicht. War man nur fünf Minuten auf der Toilette, so jaulte er dermaßen gotterbärmlich, daß das ganze Haus dachte, er habe sich die Pfote eingeklemmt.

Natürlich konnte er auch und gerade nachts nicht allein sein, sondern mußte mit ins Ehebett kommen. Dort lag er dann wie ein tonnenschwerer Sack zwischen der Barbi und mir, was zur Folge hatte, daß der eheliche Geschlechtsverkehr vollkommen zum Erliegen kam. 88 Tage und Nächte hintereinander hatten wir im Sommer nicht mehr miteinander ordentlichen, staatlich anerkannten Sex gehabt und uns dann auch 88 Tage und Nächte lang nicht mehr verstanden und nicht mehr gemocht, ehe wir endlich das Tier bei der Schwiegermutter loswurden. Nur mühsam erholte die Beziehung sich wieder.

Nun also hörte ich es wieder, das Bellen Lizzys. Es klang wie Geschützdonner einer beginnenden Schlacht, denn es war Barbis feste Absicht, das Tier mitzunehmen und wieder zu uns zu holen, wenn wir nach gefeiertem Weihnachtsfest wieder abreisten (wahrscheinlich per ADAC-Rettungshubschrauber).

Ich trat in die Stube, nachdem ich mich auf der Veranda umgezogen hatte, und begrüßte die Schwiegermutter, die nach Hund roch und mich keines Blickes würdigte. So war ihre Art, es machte mir nichts aus, ich kannte es schon. Die Frau muß als attraktives schlankes Mädchen eine Bodensee-Schönheit gewesen sein, so wie es die Barbi heute ist, nur nicht am Bodensee, gottlob. Nun war sie 65, die Schwiegermutter, recht korpulent, mit einem enormen Busen … also einem auffälligen Oberkörper, hatte dabei aber harte Gesichtszüge und blickte einen aus den dunkelbraunen Augen stechend an. Ihre rabenschwarzen Haare hatte sie meistens streng zu einem Dutt zusammengesteckt, über ihrem – ich sagte es schon – ausgeprägten Brustkorb baumelte ein handgroßes Kreuz, daneben war eine Brosche am Trachtenkleid angebracht, auf ihr ein Schäferhund. Ja, der Herrgott und die Hundeliebe … Überall in der Stube lagen Hundezeitschriften und Hundepostkarten herum, an allen Wänden im Haus hingen Heiligenbildchen, Kruzifixe und kitschige Hundeposter. In der Küche gab es ein Regal mit Porzellantellern, von denen sämtliche Hunderassen hechelten, und in der guten Stube war über dem Weihwasserschälchen eine Art Galerie mit selbstgestickten Stichen angebracht, darauf die Hunde, mit denen die »attraktive« Frau zusammengelebt hatte. Noch im Herrgottswinkel hing rechts unter dem Heiland ein Starschnitt von dem Lizzy, obwohl der ja noch lebte. Auf dem Bord des Eichenschranks stand ein kleines gerahmtes Foto des toten Mannes, Barbis Vater.

Aber das waren Äußerlichkeiten, auf die ich nicht achtete. Die stehenden Redensarten der Frau waren »Der Herr hat's gegeben, der Herr hat's genommen« und »Es ist so, wie es ist«, und das war natürlich auch ihr Lebensanschauen, also die … Lebensanschauung des Intellektfeindes. Da ich in all meinen Gedanken immer »das, was ist« aufbrechen will und erweitern will durch »das, was war, was noch nicht ist, was sein könnte und vor allem was sein SOLLTE«, betrachtete sie mich schnell als gottlosen Gesellen. Und wegen meines etwas angespannten Verhältnisses zum Lizzy als feindliches Element. Sie war abergläubisch, grenzenlos tierlieb und rechtschaffen, und dabei größenwahnsinnig, so daß sie etwas, das so sehr anders war als sie selbst, nicht dulden konnte. Unsicher, wie ich dieses Weihnachtsfest heil überstehen sollte, tapste ich Richtung Weihnachtsbaum.

»Einen schönen Baum haben Sie da, gnädige Frau.«

Sie gab nur ein Grunzen zur Antwort. Fortan geschah nicht viel. Es war dunkel, es ging auf 18 Uhr zu, aber es bewegte sich nichts. Man saß irgendwo irgendwie herum. Ich drapierte etwa 20 Geschenke unter dem Weihnachtsbaum und hoffte, die Kerzen würden angezündet und die Weihnachtslieder gespielt. Aber in dem Haus gab es keine Schallplatte mit solchen Liedern. Im Radio spielten sie Roberto Blanco und Modern Talking.

Die Schwiegermutter machte sich in der Küche zu schaffen, ich sah alle zehn Minuten zur Uhr und merkte, daß nicht zehn Minuten, sondern nur zehn Sekunden vergangen waren.

Als dann 18 Uhr vorbei war und klar wurde, daß es keine Bescherung geben würde, langweilte ich mich fast zu Tode. Ich haßte die Ehrenberg-Schwestern dafür, daß sie nicht gekommen waren. Was für ein Verrat! Was für eine Feigheit! Sie hatten sich vor Stalingrad gedrückt wie Willy Brandt vor der Wehrmacht. Sie waren einfach zu Hause geblieben, anstatt in den Krieg zu ziehen …

Nun darf man sich Barbis Mutter nicht als schweigsame Alte vorstellen. Im Gegenteil: Die Frau war leidenschaftliche

Alemannin und »schwätzte« für ihr Leben gern. Das ging folgendermaßen: Sie setzte sich auf einen Stuhl, blickte auf die Tischplatte und murmelte etwas Unverständliches. Die Barbi und ich wußten nicht, was es war, aber sie redete weiter, ganz introvertiert und mit sich selbst wie Norman Bates in »Psycho«. Manchmal lächelte sie über das Gesagte, lachte, erzählte weiter, sprach jetzt verständlich, verästelte die Erzählung, kam vom Hundertsten zum Tausendsten, schwätzte und schwätzte, und war dabei sogar unterhaltsam. Es handelte sich um Geschichten, die das Leben schrieb, um menschlich-allzu-menschliche Alltagsanekdoten und Dorfklatsch, anstrengungslos und mit viel Witz vorgetragen. Es war nicht meine Welt. Ideen kamen in ihr NICHT vor. Aber es war doch ein amüsanter ewiger Fluß des Banalen auf Erden. Immer handelte es von Trotteln, die alt und krank und geistesschwach wurden und irgendwelchen Blödsinn anrichteten, von Leuten, die Krebs bekamen oder vor kurzem gestorben waren, Verwandten, die sich irgendwie dämlich benahmen und mit denen die gute Frau daraufhin den Kontakt abgebrochen hatte. Das war überhaupt das Muster: Irgendwer hatte sich irgendwie unpassend verhalten, und die Mutter hatte daraufhin adieu gesagt, für immer. Ein Vergessen, ein Vergeben, einen Neuanfang gab es nicht. Unfaßbar, die Frau war doch Christin und liebte auch sonst jede Kreatur!

Da ich ein falsches Leben nicht unkommentiert hinnehmen und mir darlegen lassen kann, griff ich hin und wieder ein. Eigentlich griff ich IMMER ein, bei jedem ungerechten Verdammen, Schlußmachen, Verteufeln, Bestrafen in ihren Geschichten. Ich konnte mir diese mittelalterlichen Erzählungen mit ihrer inhumanen Irrationalität und selbstgerechten Inquisition einfach nicht stumm servieren lassen und brav aufessen. Je länger die alte Hex »schwätzte«, desto glühender wurden meine aufgeklärten Gegenreden. Ich hatte gerade noch getönt, man dürfe Menschen nicht so behandeln, ja nicht einmal Tiere würde man so behandeln, als die Barbimutter haßerfüllt sagte:

»Menschen sind viel schlechter als Tiere, also soll man sie auch schlechter behandeln!«

Ich stockte. Sie meinte es ernst. Plötzlich dachte ich (ausnahmsweise einmal) an MEINE Familie, an meinen Vater, der 1945 die FDP mitgegründet hatte, an die beiden Brüder meines Vaters, die im Kreisauer Kreis gewesen und von der Gestapo deswegen getötet worden waren, unsere Großeltern und Urgroßeltern, die alle Liberale gewesen waren. Aber ich verdrängte den Gedanken wieder. Sie waren ermordet worden oder von allein gestorben, es gab sie nicht mehr, ich hatte keine Familie mehr, denn mein Bruder war leider ein ›Loser‹ geworden und mein Neffe Elias spurlos verschwunden. Es war mein Los, in einer Fremdfamilie Weihnachten zu begehen, mit Hund und Dialekt, und vor allem ohne die Ehrenberg-Zwillinge! Ich haßte sie schon wieder …

Die Barbimutter SCHWÄTZTE weiter ihre geistfernen Anekdoten von Land und Hof, von Knechten und Mägden, Unzucht und Sünde, Ochsen und Mistgabeln. Es dampfte nur so überm Tisch, die Geschichten krochen herauf und standen im Raum, in der niedrigdeckigen Kate. Ich hörte zu, und es war trotz allem ja auch amüsant. Ich kannte zwar alle Geschichten schon in- und auswendig, da ich mit der Barbi seit 17 Jahren zusammen war, aber ich mußte zugeben, daß die Frau auf ihre Art erzählen konnte.

Irgendwann wurde etwas zu essen gereicht, ich weiß nicht mehr was. Danach, nun war es bereits furchtbar spät, subjektiv gefühlte null Uhr, tatsächlich wohl erst 21 Uhr, wurde der Baum angezündet, also die grünen Kerzen.

Sie leuchteten grün gegen die roten Holzkugeln, was anders aussah als die Lohmerschen Weihnachtsbäume, die immer rote Kerzen hatten und silberne Christbaumkugeln aus feinem Glas und zentnerweise silbernes Lametta, das neben Tonnen von Süßigkeiten hing: Fondée-Kringel, Sterne, Engel aus Schokolade und so weiter.

Ich sagte:

»Bei uns gab es immer ganz viel Lametta auf dem Baum, und er war mindestens drei Meter hoch ...«

Als Kind kommt einem allerdings der Baum immer viel größer vor, als er ist. Barbis »attraktive« Mutter sagte verächtlich, Lametta sei das Stroh des Satans. Das komme ihr nicht ins Haus. Ich schluckte trocken. Ob ich nicht doch meinen Bruder anrufen sollte? Ich bat um die Erlaubnis, mich kurz zu entfernen.

Mein Handy hatte keinen Empfang. Dieses Gehöft lag in einem der letzten Funklöcher Deutschlands. So schlich ich mich in den ersten Stock und wählte heimlich die Nummer meines armen Verlierer-Bruders. Zum Glück nahm er sogar ab.

»Mensch Gerald!«

Aber er sagte nichts. Ich hörte nur, daß er atmete und anscheinend weinte.

»Weinst du, Gerald? Sag doch was ... weinst du?!«

»Nur ein bißchen.«

»Aber ... WARUM DENN?«

»Es ist alles so traurig. Ich könnte nur heulen.«

Teufel auch! Jetzt machte selbst der eigene Bruder Probleme. Ich sagte, ich könne nicht länger reden, da ich heimlich vom fremden Apparat aus anriefe. Ich wolle ihm nur schöne Weihnachten wünschen.

»Ach so. Ja, das ist nett.«

»Also mach's gut.«

Ich hängte ganz schnell ein, weil ich Schritte zu hören glaubte. Rasch lief ich wieder nach unten. Dort packten wir endlich die Geschenke aus.

Die Barbi bekam eine goldene Uhr von Chanel, eine praktische Sportuhr zum Leichtlaufen, einen Damenschirm, den ich auf der Düsseldorfer Kö gekauft hatte, eine Kurzgeschichte, Hausschuhe aus Filz, ein Buch über Sophie Dannenberg und vieles andere. Ich bekam Unterhemden. Barbis Mutter bekam auch ganz viel, was, weiß ich nicht. Die Freude hielt sich in Grenzen, aber die Stimmung verbesserte sich. Die Alte setzte ihre geschwätzten Geschichten fort, und ich bekam von einem

Moment zum anderen eine Art Filmriß. Ich konnte mich einfach nicht mehr auf den Beinen halten. Ich brach zusammen.

Unbemerkt schleppte ich mich ins Gästezimmer und schlief sofort ein, in allen Kleidungsstücken steckend. Als die Barbi kam, wachte ich aber auf:

»Benimmt man sich so zu Weihnachten? Sprich mit mir!«

»Kann nicht.«

»Warum nicht?! Hast du einen Schlaganfall, oder was?«

»Nein, mir geht's gut.«

»Warum sprichst du dann nicht mit mir?«

»Ich kann irgendwann einfach nicht mehr kommunizieren.«

»Du machst es dir VERDAMMT EINFACH! Ich bin deine Frau, rede mit mir! Hörst du mich? REDE gefälligst mit mir!!«

»Hallo, Liebes … ich liebe dich. Es hat nichts mit dir zu tun. Es hat noch nicht einmal etwas mit MIR zu tun. Ich bin einfach vollkommen erschöpft.«

Sie drehte sich beleidigt weg. Nach ein paar Minuten sagte sie wieder:

»Und das zu Weihnachten!«

Danach hörte ich nichts mehr. Ich hatte es wieder vermasselt, mit ihr zu schlafen. Wir würden uns also auch morgen nicht verstehen. Mein letzter Gedanke vor dem Einschlafen war:

»Scheiß-Zwillinge!«

Der erste Weihnachtsfeiertag stand natürlich ganz im Zeichen des Hundes. Der Hund Lizzy fühlte sich bei der Schwiegermutter auf dem Lande zwar nicht unwohl, aber es fehlte ihm sein Lieblingshobby, nämlich siebenjährige Kinder, die gerade vor einem heranrasenden LKW unschuldig spielten, mit einem so mörderischen Gebell anzuspringen, daß diese einen Verzweiflungssatz Richtung LKW machten und mit diesem nur deshalb nicht in Berührung kamen, weil sich selbst der Fahrer so sehr erschrak, daß er einen Verzweiflungssatz vom

Hund weg machte. Die siebenjährigen Kinder wurden dann meistens von ihren schockierten Eltern abtransportiert und ärztlich versorgt, während die Barbi denselben hinterherrief:

»Können Ihre verzogenen Gören nicht woanders spielen?!«

Dieses schöne Hobby hatte der gute Lizzy natürlich nicht auf dem Land. Und deswegen sollte er zurück in die Stadt.

»Du wirst es sehen, wenn wir spazierengehen. Der Lizzy langweilt sich hier. Es ist zu wenig los im Wald.«

Sie hätte besser gesagt: Es ist zu wenig los im SCHLAMM. Denn man sah vor lauter Morast die Bäume nicht mehr. Ich ackerte mit schweren Moor-Schuhen durchs Gelände. Ich war schon wieder rascher erschöpft als meine Lebensgefährtin. Irgendwann war Schluß, mitten in der Scheiße. Ich konnte buchstäblich nicht mehr, zumal ich den fett gewordenen Berner Sennenhund auch noch auf den Schultern tragen mußte. Wir mußten umkehren.

Barbi sah mich kritisch an, als wir wieder zu Hause waren. Ich konnte ihre Gedanken lesen: ›Wie lange hält er die Weihnachtssache überhaupt noch mental durch? Ist es nicht besser, erst einmal mit ihm zu schlafen?‹ Um sicherzugehen, entschied sie sich für ein JA und schlief mit mir im Gästezimmer. Wir mußten absolut geräuschlos dabei sein. Die Schwiegermutter hockte neben der Kaminöffnung genau einen Stock unter uns und hörte jeden Mucks.

»Mach doch die Kaminöffnung einfach zu!« flüsterte ich. Aber wir wollten keine Zeit verlieren. Und tatsächlich ging es mir danach besser.

Eine Frau, die so etwas für einen macht, ist keine schlechte Lebenspartnerin, da wird mir jeder Mann zustimmen. Es mag andere Frauen geben, die netter zu einem sind, aber sich nicht anfassen lassen. Ich bevorzuge unsere Art. Nun konnte man die Probleme wieder anpacken und vielleicht kontrollieren. Ich nahm ein Bad, zog mich um und setzte mich an den Mittagstisch. Das grauenvolle Schwätzen startete erneut. Ich merkte aber, daß sich die Stimmung der Schwiegermutter verändert

hatte. Sie mochte mich nicht mehr. Sie hatte mich NIE gemocht, aber jetzt hatte ihre Abneigung eine neue Dimension
erreicht. Sie mochte mit meiner Geringschätzung für den Lizzy zusammenhängen oder damit, daß ich mit ihrer einzigen
Tochter geschlafen hatte, obwohl ich nur Gast war, in IHREM
Haus. Oder es lag daran, daß ihr meine immer gleiche Art,
auf ihre herzlosen Tratschgeschichten zu reagieren, auf die
Nerven ging. Immer mußte ich eine »besondere« Meinung zu
allem haben. In ihren Augen spielte ich mich auf, war immer-
zu »anders«, auf krankhafte Weise, ein ewiger, prätentiöser,
selbstverliebter Abweichling, das konnte sie NICHT LÄNGER
ERTRAGEN. Ich sollte verschwinden, damit sie die geschwät-
zige Mühle wieder ohne Knirschen betreiben konnte.

Als ich der Barbi in die Küche folgte und mit ihr darüber
reden wollte, kam diese mir zuvor und sagte: »Ist es nicht ein
herrliches Weihnachten hier bei uns? Gell, jetza gfällschs dir
a?«

Sie hatte nun ebenfalls begonnen, alemannisch zu schwät-
zen. Sie besprach eine ganze Tonbandkassette auf alemannisch.
Abends im Bett würde sie mir meinen Lieblingsschriftsteller
Knut Hamsun auf alemannisch vorlesen.

»Ja, ja, es ist toll hier«, sagte ich müde. Ich mußte verspre-
chen, noch ganz lange zu bleiben. Ich sagte aber dann mutig:

»Eines muß ich aber trotzdem einmal loswerden, Barbi. Sosehr ich dich, deine Mutter und die alemannische Landbevöl-
kerung liebe, so muß man AUCH sehen, ganz objektiv, daß
nicht alle Menschen so sind. Es gibt auch Menschen, die so wie
ich sind. Und natürlich bin ich lieber mit Menschen zusammen, die so wie ich sind, also Intellektuelle, als mit denen, die
nicht so wie ich sind.«

Sie sah mich fassungslos an.

»Meine Mutter ist dir also nicht intellektuell genug?!«

»Doch doch, keine Sorge. Ich habe nur so grundsätzlich gesprochen.«

Sie sah mich streng und prüfend an. Dann setzten wir uns
wieder zu der Alten und hörten uns das Zeug an. Da ich aber

merkte, daß sie mich zu hassen begonnen hatte, sagte ich kein Wort mehr …

Irgendwann, es mag später Nachmittag gewesen sein oder früher Abend, kamen Gäste. Erst zwei, dann drei, dann sechs, dann zwölf, dann noch mehr. Alles Alemannen aus der Umgebung. Landfrauen, Bauern, Witwen, Hundebesitzer. Sie kamen – und blieben. Sie saßen am Tisch in der Stube, tranken Schnaps und Wein, bekamen rote Gesichter und waren lustig. In den ersten Stunden erlebte ich es wie eine Befreiung. Ich dachte, das sei doch besser, als mit den Zwillingen zu feiern. Alle erzählten lustige Anekdoten, und ich erkannte ein bißchen die Erzählstruktur der Barbimutter wieder.

Erst am späten oder ganz späten Abend war ich wieder verbraucht. Die Mutter war nun ganz in ihrem Element. Es war sozusagen IHRE Veranstaltung, IHRE Show. Natürlich wagte ich kein Wort mehr einzufügen in diesen bunten Reigen der Feld-, Wald- und Wiesengeschichten. Die Anekdoten waren meistens auch viel lustiger als die der Mutter. Es waren erstens »Best of«-Geschichten, zweitens kannte ich sie noch nicht, und drittens waren die Erzählenden nicht borniert-feindselig, sondern menschenfreundlich und heiter. Ungefähr so hatte ich mir immer russische Hochzeiten vorgestellt. Natürlich hätte ich auch die nicht die ganzen drei Tage oder drei Wochen lang durchgehalten, sondern nur den ersten Abend.

Schon um 22.45 Uhr brach ich, von der Gästeschar unbemerkt, zusammen, kroch grußlos weg und suchte mein Bett. Noch viele, viele Stunden hörte ich die glücklichen Gemeinschaftsmenschen unten lachen und brüllen, und auch der Hund bekam ab und zu seinen infernalischen Bell-Anfall. Bestimmt waren sie, als ich verschwand, erst richtig ausgelassen geworden.

Für die Mutter stand nun fest, daß ihre Tochter einen Idioten geheiratet hatte, etwas noch Schlimmeres als einen gottlosen Gesellen, nämlich einen ungeselligen Schlappschwanz. Diese Beziehung konnte unmöglich fortgesetzt werden. Vor aller Welt, vor allen Leuten war ich einfach abgehauen, hatte mich am frühen Abend ins Bett verdrückt und meine Frau allein gelassen, nach nur sechseinhalb Stunden alemannischen Witzen. Ich mußte krank sein! Geisteskrank, wie die Mutter von den Zwillingen! Erbgeschädigt, entartet! Ich mußte weg von ihrer Tochter!

Und so wunderte ich mich nicht, als ich am zweiten Weihnachtsfeiertag allein aufwachte. Die bezaubernde Barbi hatte wohl noch recht lange mit einem der alemannischen Naturburschen recht wild getanzt und war neben ihm im alten elterlichen Schlafzimmer eingeschlafen. Sie war nun aber schon wach und frühstückte in der Bauernküche mit ihrer Mutter. Als ich die Stube betrat, sah ich meine Sachen, die gepackt neben der Tür standen.

»Schön, daß du auch noch mal aufstehst. Wir haben dir ein Taxi gerufen. Es muß in einer halben Stunde da sein.«

Ich versuchte, mich an dem Frühstück zu beteiligen, schaffte es aber nicht so recht. Die Stimmung war einfach zu negativ. Die beiden Frauen hatten schließlich auch einen Kater.

»Ja, dann fahr ich also schon mal vor ...«, murmelte ich und biß in ein selbstgebackenes Schrotbrot ohne Butter und ohne Konfitüre.

»Mach das. War ohnehin dein Plan, oder? Hat dir ja wohl nicht gefallen bei uns. Hältst es ja nicht aus, wenn Menschen einmal FRÖHLICH sind!«

»Nein ... doch! Ich meine, ich bin schon ein bißchen soziophob, das weißt du ja.«

»Allerdings!«

»Aber von allen soziophoben Situationen war das hier die netteste ...«

Dann sagte ich lieber nichts mehr. Auch die Schwiegermutter schwätzte nicht mehr mit mir. Wahrscheinlich nie mehr. Ich ging zur Veranda und wartete auf das Taxi.

Als es kam, dachte ich nur:

»Scheiß-Zwillinge!«

2 Cousine Helga

Ich mußte also den ganzen Weg wieder zurückmachen, wobei ich nach einem Tag die gemeinsame eheliche Wohnung in der rheinischen Provinzmetropole Köln erreichte und nach zwei Tagen meine Nebenwohnung in Berlin am Prenzlauer Berg. Mit dem Prenzlauer Berg hatte ich eigentlich nichts zu tun, mit Köln aber auch nicht. Und mit Murnau und so weiter erst recht nicht.

Ich war ein Fremder im Leben einer anderen, wie sich an Weihnachten gezeigt hatte, das fünfte Rad im Leben Barbis. Ihre Freunde waren unsere Freunde, also nicht meine, und ihre Verwandten waren nicht meine. Aber wo waren meine? Wo kam ich her? Hatte nicht jeder Mensch das Recht auf eine Herkunft? Hatte nicht auch mich eine Mutter geboren, ein Vater gezeugt, ein Bruder zärtlich behütet? Oder war ich vielleicht adoptiert worden? Ich sah mich in der Wohnung um. Kein Hinweis auf Verwandte. In der Küche ein geiles Jugendbild Barbis. Auf der Toilette noch geilere Fotos Barbis. Im Arbeitszimmer wandgroße Starschnitte Barbis. Richtig gut sah sie ja aus, ich konnte es nicht anders sagen. Aber wo waren die Ahnen, die Lohmers?

Einen Tag vor Silvester rief eine Sonntagszeitung an. Seit meinem Jugendbuch schrieb ich häufiger für Zeitungen, meistens politische Essays, oder gab als staatlich anerkannter Jugendforscher Interviews zur Pisa-Studie. Ein Auftrag war mir zum jetzigen Zeitpunkt nur recht, schließlich mußten die teuren

Geschenke für die Barbi wieder eingespielt werden. Der Redakteur sagte, er sei froh, mich »zwischen den Jahren« zu erreichen.

»Lieber Herr Lohmer, wollen Sie für uns nicht eine kleine Geschichte zum Thema Familie schreiben?«

»Wieso Familie? Nichts über die Jugend von heute?«

»Nein, nicht direkt. Wir machen die zweite Januar-Ausgabe nur mit Familiengeschichten, also Erzählungen aus dem Kosmos Familie, nur von bedeutenden Autoren. Der Familienroman erlebt ja eine wahre Renaissance und zum Auftakt des UNESCO-Jahres –«

»Wieso UNESCO?«

»2005 ist doch das offizielle UNESCO-Jahr der Familie.«

Er habe schon Jerome Salinger, Elfriede Jelinek, Rainald Goetz und Thomas Pynchon angefragt, die seien sehr interessiert. Und ich sei ja der »Vater der deutschen Popliteratur« und der »gute Onkel« in meinem Jugend-Generationen-Buch, aber sicher auch Sohn, Enkel usw. Ob ich, als Schriftsteller, es nicht auch »spannend« fände, einmal über meine eigene Familie zu schreiben, eine Erzählung aus der Welt meiner Herkunft oder etwas über das vergangene »Familienfest Weihnachten«. Vielleicht könne ich ja auch die Jugendforschung mit der Familiengeschichte verknüpfen … Ich unterbrach den Mann und versicherte, bis Neujahr zu liefern. Die Barbi hatte per SMS mitgeteilt, daß sie mit Mutter und Lizzy Silvester verbringt. Wenn das kein Wink war. Sollte ich etwa etwas erfinden? Oder ausgerechnet über die Fremdfamilie und das fürchterliche Weihnachtsfest mit der Barbi, ihrer Mutter, dem Lizzy und ohne die Ehrenberg-Zwillinge schreiben? Niemals. Statt dessen schrieb ich alles auf, was ICH über MEINE Familie wußte. Der Artikel hieß auch so, »Meine Familie und ich«, und ging so:

»Meine Eltern waren liberal, antiautoritär, antinational, ewig jung und verantwortungslos. Sie fuhren mit Motorrädern durch Spanien und Italien, dachten nicht ans Arbeiten

34

und studierten bis jenseits der Dreißig. Ihre Kinder kriegten sie erst, als die endlos verlängerte Jugend unrettbar vorbei war, fast im Opa-Alter. Und erwachsen wurden sie auch dadurch nicht. Ich spreche wohlgemerkt von Dingen, die in der Nachkriegszeit passierten!

Mein Vater, der Lyriker und Mitbegründer der Hamburger FDP, Johannes Lohmer, war zunächst einmal im Krieg um seine Jugend betrogen worden. Und um die Autorität seines eigenen Vaters. Denn den hatten die Nazis enteignet und in einen schmachvollen Ruhestand versetzt. Dieser Großvater, einst ein Löwe mit 1100 Untergebenen, saß plötzlich wie ein Hartz-IV-Arbeitsloser in der überdimensionierten Villa und verstand die Welt nicht mehr. Er betrank sich in der hauseigenen Bar, während mein Vater in den ausladenden Gärten einsam Beeren pflückte. Dem Alten hatte es wohl die Sprache verschlagen; eine Kommunikation zwischen ihm, dem schon klassischen Wendeverlierer, und seinem Sohn fand nicht statt. Was für ein vertrautes Bild. Die Nazis verachteten meinen Großvater. Also verachteten ihn alle. Meines Vaters erste lyrische Versuche waren talentierte Spottgedichte gegen den zahnlosen Patriarchen. Der war keiner mehr, zu dem mein Vater hätte aufschauen können. Was Curt Lohmer nicht hatte, das war: Autorität. Immerhin machte Papi nicht den Fehler, die Autorität nun im Staat zu suchen, im Gegenteil. Er war immun gegen alles Autoritäre geworden. Kein schöner Zug übrigens. Entgegen dem Psycho-Klischee, daß identitätsschwache Menschen besonders fanatische Mitläufer seien, überstand er den Krieg als einfacher Soldat, ohne eine einzige Beförderung in sechs Jahren, was einem Wunder gleichkam. Das war schon fast Widerstand. Und mit Widerstand hat seine ganze schlaffe Art – Haltung konnte man es nicht nennen – schon am ehesten zu tun. Auch das kommt uns modern vor. Um ein weiteres Psycho-Ding gleich auszuschließen: Papi war groß, schlank, blauäugig und sehr blond. Er sah NICHT häßlich aus. Es wäre keineswegs schrill zu sagen, er sei der Beckham-Typus gewesen. Seine Passivität war nicht die Schwäche des Außenseiters, sondern Distinktion, wenn man so will: Pop.

Unmittelbar nach Kriegsende sah man den kontaktarmen Stubenhocker und traurigen Beerenpflücker plötzlich in einer ganz anderen Rolle. Er zog von Wohnung zu Wohnung, von Café zu Café und hielt feuerköpfige Reden auf den Liberalismus. Allen ging er damit – 1946 – auf die Nerven. In dem Jahr starben noch Millionen Deutsche an Entkräftung, Hunger und Vertreibung. Zehntausende brachten sich um, weil sie in einem Deutschland ohne Nationalsozialismus nicht leben wollten. Familien versuchten, den nächsten Morgen lebend zu erreichen. Der Winter war einer der kältesten des Jahrhunderts. In dieser Zeit versuchten die Alliierten, genau wie heute im Nachkriegs-Irak, einen demokratischen Nachrichtensender aufzubauen, nämlich den NWDR in Hamburg. Dort wurden fast täglich Partys gefeiert, wie das Besatzer so machen, mit Soldaten und eingeborenen jungen Frauen. Meine Mutter Sylvia war darunter, ein beliebter Wanderpokal bei den Sergeants, zugleich Kulturredakteurin. Nachts um eins stakste mein Vater in der Rothenbaumchaussee über die vor der NWDR-Zufahrt liegenden Erfrierenden hinweg ins Innere des Senders, ins Casino, wo gefeiert wurde, und traf dort auf meine Mutter. Er sprach gleich wieder von der zu gründenden FDP. Es war Liebe auf den ersten Blick. Denn auch meine Mutter hatte kein Auge für das gerade real existierende Elend. Zu Hause schrieb sie ganze Bücher über Heine, Gründgens, Rilke und ähnliche Leute, während draußen Oliver Hirschbiegels »Untergang« stattfand. Am 24. April 1945 war sie gemütlich mit dem Fahrrad von Berlin nach Westerland aufgebrochen, immer lustig Gedichte schreibend, vorbei an den blöden Flüchtlingstrecks, den primitiven Frauen und toten Kindern. Ihre Welt fand »in den höheren Sphären« statt, in den Idealwelten der deutschen Romantik. Zwei, drei, ein Lied! Die Zukunft konnte beginnen, und der aufbrausende FDP-Beckham war genau das, was sie verdient hatte! Hätte es San Francisco schon gegeben, sie wären sofort dahin aufgebrochen. Nun mußten sie aber erst mal die Zeit bis 1968 durchschreiten. Die Mutter verdiente das Geld, übernahm die Erziehung, übte schon mal die Rolle der alleinerziehenden Emanze. Zu froh! Irgendwann Ende der fünfziger Jahre raffte sich selbst der verrückte Papi zur ganz normalen Karriere auf. Er nahm irgendeinen hohen Posten bei der Hapag Lloyd an und verschiffte die Familie nach Indonesien. Verlorene Jahre folgten, Strindberg-Jahre. Die Mutter, zur Hausfrau degradiert, machte dem völlig verstummenden Vater das Leben zur Hölle. Die Kinder sahen dem Treiben entsetzt zu. Morgens, mittags und abends das gleiche Bild: Die in eine Hyäne verwandelte Mutter ging auf den wehrlosen Vater los. Angeblich verdiente er zuwenig Geld und war auch sonst das letzte. Warum konnte er sich nicht verteidigen? Warum schlug er nicht EINMAL zurück? Es ging so weit, daß die Frau, die auch körperlich immer stärker wurde, den fassungslosen Liberalen grün und blau schlug. Manchmal zerschlug sie Eier über seinem Kopf, bis er weinte. Wir Kinder hatten keinerlei »respect« mehr vor ihm. Er hatte jegliche Autorität für uns eingebüßt. Auch als er später nach Europa zurückkehrte und angesehener Landesvorsitzender der FDP wurde, konnten wir über ihn nur lachen. Ach, weniger als das: Er war für uns gestorben. Mein Bruder und ich wuchsen dann in der Pubertät in ein Deutschland hinein, das auf Typen wie uns gewartet hatte. Überall liefen »starke Frauen« herum, die auf Weicheier wie uns standen. Wir sahen ja auch wie Mädchen aus: dünn, kraftlos, langhaarig, unbeholfen, süß. Man mußte uns beschützen. Die 68er-Bewegung war vorbei, aber Hippies wie wir hatten jetzt erst recht Konjunktur. Wir kriegten jedes Mädchen, das wir haben wollten. Im Gegensatz zu männlichen Konkurrenten konnten wir weinen. Ich selbst beherrschte diese Technik am besten, in nur zweieinhalb Jahren hatte ich sie perfektioniert.

Unschlagbarer Höhepunkt: Ich provozierte eine Schlägerei, in der der Konkurrent mich vor den Augen seiner Freundin »blutig« zu Boden schlug. Die snail war anschließend meine. Nie wieder wollte sich die stolze Walküre von so einem brutalen Proleten anfassen lassen. Natürlich zogen wir frühzeitig aus, und keiner verabschiedete sich. Die Mutter hatte Papi irgendwann verlassen und die Kinder mitgenommen. So was taten Mütter damals zum ersten Mal, und heute tun sie nichts anderes mehr. Aber Mami erntete mit ihrer selbst groß gefeierten Emanzipation bei uns Knaben soviel »respect« wie Dad mit seiner Appeasement-Politik: null. Und so hauten wir einfach ab, ohne auch nur tschüß zu sagen, einer nach dem anderen. Doch wohin gingen wir? Natürlich in alternative Familien. Wohin ging ich? In die »Kommune I« des Rainer Langhans. Und das ist natürlich sehr interessant. Das Etikett trügt. Die historische K I war 1978, als ich dazustieß, tot, seit zehn Jahren schon. Nur ihr Gründer lebte noch und stellte eine neue antibürgerliche Familie zusammen. Ohne nachzudenken, trat ich dem Verein bei, denn ich erkannte etwas wieder. Was das war, konnte ich nicht sagen. Die 68er-Autoritäten hatten mich kaltgelassen. Wie die Naziautoritäten meinen Vater. Ich schloß mich Langhans an, weil ich ihn verachtete. Das war einer, zu dem man NICHT aufschauen konnte. Ein Redner, ein Schwätzer, ein »Brüllelefant«, wie es damals hieß. Um ihn herum waren Frauen, die wirklich was aufstellten. Fünf Frauen und kein weiterer Mann. Und viele Kinder. Meine Lieblingsfrau war sinnigerweise auch die »vom Rainer«. Am Ende meines ersten Jahres brachte sie einen Sohn zur Welt, den sie, warum auch immer, Elias nannte. Später kam ein Mädchen dazu. Erst mochte ich das Mädchen lieber, aber noch vor Eintritt in die Pubertät geschah etwas Seltsames: Die Kleine begann mich zu hassen, während der Junge zu mir aufschaute wie zu einem Gott. Die anderen Kinder mochte ich gern, vor allem die Mädchen. Alles lief so gut, daß ich meine Nichte Hase, eine arme Scheidungstochter meines Bruders Gerald, in den Harem holte. Sie entwickelte sich dort prächtig und wurde mir lieb wie ein eigenes Kind. Notabene mochte ich auch den geringgeschätzten Rainer Langhans gern. Irgendwie erinnerte er mich an meinen Papi, den ich heimlich vielleicht DOCH gemocht hatte. Auch mit den anderen Mitgliedern der Großfamilie verstand ich mich gut. Es gab überhaupt keine Konflikte. Der Verband blieb bis zum heutigen Tag intakt. Das ist, vor meinem familiengeschichtlichen Hintergrund, erstaunlich. Zum dritten Mal könnte man ein Psycho-Klischee widerlegen, das vom Wiederholungstrauma. In dieser Kommune habe ich nichts wiederholt. All die Strindberg-Gespenster haben die dortigen Zimmer und Betten nie besucht. Noch nicht einmal die Nummer mit dem Weinen habe ich bringen müssen. Aber wo blieben sie dann, die Geister? Na, in der übrigen Welt, genauer: in den bürgerlichen Zweierbeziehungen außerhalb des »Harems«, wie die K 1 in den 90er Jahren hieß. Es stand den WG-Mitgliedern formal zu, noch außer Haus zu vögeln. In aller Regel zerschlug der Guru solche Kontakte bald wieder, jedenfalls bei seinen vier Hauptfrauen. Sogenannte Lover ertrugen ihre erbärmliche Rolle jeweils zwei bis fünf Jahre lang. Verglichen mit ihnen war mein leiblicher Vater einst mächtig wie Saddam Hussein gewesen. Für mich war das nichts. Ich tobte mich in externen Beziehungen aus und heiratete dreimal. Das Heiraten war mir wichtig, weil ich einen Schutz brauchte. Vor dem ewig zersetzenden Beziehungsgefasel im Harem und in der ganzen übrigen westlichen Hemisphäre. Mit der Eheschließung setzte ich einen Punkt. Die Laberdiskurse in der Szene, aber erst recht in den widerwärtigen Frauenzeitschriften, in der weiblichen Angestelltenkultur bis hin zu den Sex-and-the-City-Niederungen erreichten diesen Punkt seltsamerweise nicht. Wer verheiratet war, besaß Würde.

Zuletzt heiratete ich 1988 meine Frau Barbara Heyne, mit der ich nach einer längeren Auszeit in den 90ern, in der sie ihre

New-York-Karriere als Frau biographisch hinter sich bringen mußte, glücklich und ruhig wurde. Doch inzwischen ist eine weitere, dritte antiautoritäre Generation aufgetreten. Jedenfalls für mich. Unsere Kinder sind da, sozusagen, und sie liegen im Trend. Wohin ich blicke: Sie alle sind so. Produkte alleinerziehender Mütter der zweiten Generation. Kinder von Müttern, die selbst schon keinen Vater mehr gehabt haben. Seltsam euphorische, im Virtuellen lebende Lichtgeschöpfe, die wissen, daß es Sex nur im Videoclip gibt. Absolut bindungsunfähige, weil identitätslose Jungen leben neben fast ebenso bindungsunfähigen, weil zu charakterstarken Mädchen her, im luftleeren Raum, voller falscher Gefühle und echter tagtäglicher Gefühlsabstürze. Jungs, die verdrängen müssen, daß jeder ausländische Junge in der Klasse, auch der doofste und häßlichste, ein deutsches Mädchen fickt, während sie selbst ihr Leben lang Jungfrauen bleiben müssen, da nun mal ihr Selbstbild total verkorkst ist. Ihr Volk ist das letzte und ihr Geschlecht nicht erwähnenswert. Alle Gefühle müssen in homophilen Grüppchen ausgelebt werden. Sie verlieben sich dreimal am Tag im Internet und schlafen besoffen und bekifft im Bett eines Kumpels ein. Am nächsten Tag tun sie so, als sei nichts passiert. Fröhlich und gay versuchen sie es erneut, rennen an, fallen zurück, kiffen. Wurde mein Vater nie erwachsen, so kommen sie noch nicht einmal in die genitale Phase. Mit fünfundzwanzig sind sie wie mit fünfzehn. Mit fünfunddreißig sind sie wie mit fünfzehn. Mit fünfundachtzig werden sie noch so sein wie mit fünfzehn. Und sie werden Kinder haben, ja, AUCH sie. Mit jener einen Frau, die sie nun gerade NICHT lieben. Während sie eine andere lieben, aber nicht kriegen. Und mit einer dritten, die sie nicht lieben, zusammenleben, und mit zehn anderen, die sie ein bißchen lieben, abgebrochene One-Night-Stand-Versuche haben und sich dabei von der einen furchtbaren Erfahrung erholen: der »Traumfrau«, die sie geliebt UND bekommen haben, damals, in diesen traumatischen Monaten in

Griechenland oder Boston, bevor sie auf so furchtbare Weise verlassen wurden!! Jammer, jammer, schluchz, schluchz. Gleichwohl sind auch sie Menschen, diese dereinst zerklüfteten Gefühlswracks. Sie sind nicht negativer oder positiver als alle anderen. Der eine Schmerz wird ihnen woanders zur Qualifikation. War früher aller Spaß ein Weg, der zum Sex führte, so ist inzwischen dieser Spaß eine Sache selbst. Ein Wert ohne niedere Funktion. Eine Absolutheit. Wer würde zögern zu sagen, daß diese Kids bei ihrem sogenannten Spaß tiefer empfänden als unsereins früher? Daß sie eintauchten in eine Totalität des Globalismus, ohne die Einschränkung der Urteile, ja der Rationalität? Ich als Älterer sage danke schön, sehr freundlich, vielen herzlichen Dank, wirklich sehr aufmerksam, und ich bleibe lieber in meinem eigenen Kopf. Aber »respect«, Kinder. Machen wir weiter wie bisher, vaterlos und vaterlandslos, drehen wir die nächste Runde. Das Ergebnis darf mit Spannung erwartet werden. Es bleibt ja in der Familie.«

Als ich mit dem Artikel fertig war, aufgewühlt, aber auch glücklich und irgendwie geläutert wie nach der Beichte, schickte ich die Familiengeschichte per E-Mail los. Ich hatte zum ersten Mal WIRKLICH etwas über mich geschrieben. Es war meine Geschichte, die meiner Familie, also der diversen Familien. Aber das war ja das Problem. Ich merkte wieder, daß ich viel zu wenig über die eigentliche, also die EIGENE Familie wußte und mehr wissen wollte, vor allem über Papa. Ich rief meine Cousine Helga an.

»Hallo Helga.«

Obwohl ich sie seit 23 Jahren nicht mehr angerufen hatte und meinen Namen nicht nannte, brauchte sie keine Zehntelsekunde für ihre Reaktion.

»Na, du bist ja in allen Zeitungen. Volker kam gerade runter und sagte mir, dein Buch steht in der WELT. Er hat es aber selbst noch nicht gelesen. Ist es denn gut?«

»Keine Ahnung, deswegen rufe ich gar nicht an.«

»Vorletztes Jahr erst habe ich mit deinem Bruder telefoniert, ist ja drollig, daß du jetzt dran bist. Dein Vater war auch immer so sprunghaft. Wenn er sagte, er kommt am Freitag –«

»Genau! Ich rufe seinetwegen an. Weißt du, daß ich niemanden kenne, der ihn gekannt hat?«

»Frau Sieveking hat ihn gekannt, die ist aber hoch in den Achtzigern und erinnert sich an nichts mehr. Dein Vater war ein toller Typ, nur deine Mutter war so'n bißchen ordinär. Hat sich immer so aufgedonnert. Dein Vater konnte gut Auto fahren.«

»Und SEIN Vater?«

»Großvater war Fabrikant. Ein Entrepreneur. Hat es vom Tellerwäscher bis zum vielfachen Multimillionär und Superunternehmer gebracht. Hat dann als alter Mann eine 18jährige Jüdin aus Schweden geheiratet. Die hat er wohl sehr geliebt. Als die ihm nach dem dritten Kind wegstarb, hat er keine Frau mehr angeschaut.«

Ich erinnerte mich an eine blonde Engelsfrau auf Fotos, wirklich EXTREM schön. Klar, daß Opa danach keine andere mehr wollte. Helga quasselte weiter, sog dabei immer kurz pfeifend an ihrer Zigarette und blies den Rauch laut aus, es gehörte bei ihr einfach zum Atmen. Großvater sei sehr gebildet gewesen und liberal, ein Nazigegner. Papi dagegen war sprunghaft und schlecht erzogen, aber ebenso Nazigegner. Papis Schwester, also Helgas Mutter, hat allerdings einen Hardcore-Nazi geheiratet, was Großvater zu leidenschaftlicher Ablehnung des Schwiegersohns trieb. Nach dem Krieg war Großvater tot, der Nazi übernahm die Familienführung. Der war natürlich längst kein Nazi mehr – der Krieg hatte ihn zum Krüppel gemacht.

Die Cousine erzählte das alles ohne Punkt und Komma, unterbrochen nur von kurzen Zigarettenzügen. Vielleicht kann man Geschichten, die im Zeitraffer fünfundzwanzig Schicksale von der Geburt bis zum Tod behandeln, inklusive Krieg, Verwundung, Krankheit, politische Verstrickung, erotische Verstrickung, Verrat und Karriere, nicht anders als »cool«

erzählen. Hätte sie bei jedem Naziwort eine Kunstpause betroffenen Erinnerns eingelegt, wären wir nicht fertig geworden. Ich wunderte mich auch nicht, daß sie ohne Umschweife die Familienchronik runterratterte. Wenn ich nach so langer Zeit anrief, konnte ich nichts anderes wollen. Sie stellte mir keine einzige Frage nach meinem derzeitigen Leben und ich ihr keine nach dem ihren. Wir verabredeten uns gleich für das nächste Wochenende.

Ich nahm den Intercity-Hochgeschwindigkeitszug der Deutschen Bahn, der die beiden Städte miteinander verband. In nur zwei Stunden und 33 Minuten fuhr ich von Berlin-Ostbahnhof bis Hamburg-Altona. Nur vor dem Krieg war man noch schneller gefahren, mit dem Fliegenden Holländer, in 99 Minuten in der Regel, ab 1930. Aber damals gab es ja auch noch diese schnellen, windschnittigen Dampfloks. Ich setzte mich in ein 2.-Klasse-Abteil und zog die Vorhänge zum Gang zu. Alles war fabrikneu, man konnte den frischen Lack noch riechen. Sie bauten diese IC-Wagen also weiter, obwohl fast nur noch in ICE-Zügen gefahren wurde. Die Mark Brandenburg rauschte an mir vorbei, selbst Fontane hätte nicht rasanter reisen können.

Schließlich schnupperte ich Seeluft. Erste Möwen begleiteten den schönen Eisenbahnzug, in der Ferne hörte man das Singen der Matrosen. Hamburg. Die Hans-Albers-Stadt. Geburtsstadt Ole von Beusts. Hier hatte Heinrich Heine gelebt. Hier hatte Fritz J. Raddatz über Goethes Verhältnis zu den Eisenbahnen geschrieben. Axel Cäsar Springer hatte Friede geheiratet. Helmut Schmidt hatte die Flut gestoppt, wie später Gerhard Schröder die in Ostdeutschland.

Ich erreichte die S-Bahn, fuhr bis Hochkamp. Am alten Fahrradunterstand erkannte ich die Station wieder. Schon als Kind hatte ich mich daran gehalten. Ich wandte mich nach rechts, fand das Haus der Cousine sofort. Vor ihrer Tür parkte ihr Mini von 1964. Ich sah hinein. Ein nachgekauftes Modell, etwa fünf Jahre alt. Dann machte sie auf, die brennende Zigarette lässig in Kinnhöhe. Sie hatte sich gar nicht verändert, war immer noch 18. Aber das konnte ja nicht sein. Es war nur die Tochter.

»Ich bin dein Onkel, wo ist die Lady?«

Sie erschien gleich darauf. Leider war der schöne schwarze Pagenkopf mit der Beatlesfrisur nicht mehr der alte. Wer den vermißte, mußte den Blick fest auf die Tochter geheftet lassen. Die Mutter beziehungsweise Cousine war weißhaarig geworden.

»Helga, was hast du mit deinen Haaren gemacht?«

»Ich steh dazu.«

Es gab auch noch eine zweite Tochter, die aber als häßlich galt. Alle unterschieden von alters her zwischen der hübschen und der häßlichen Tochter. Die Hübsche, die ich jetzt zum ersten Mal seit zehn Jahren sah, hieß Hannah und konnte fließend Hebräisch sprechen. Die Häßliche hieß Svenja, weinte viel, weil sie sich für häßlich hielt, und versteckte sich meistens in ihrem Zimmer. So auch heute. Dann gab es noch den Vater, der ganz nach der häßlichen Tochter geriet, sich ebenfalls oft einschloß und als der größte lebende Muffel auf Erden galt. Den Namen merken wir uns nur, weil zumindest der Nachname nicht unschön ist: Leconte, Volker Leconte. Damit ist die Familie komplett, also dieser Teil der Familie. Der Name Lohmer kam hier nicht mehr vor, es gab nur Mädchen. Helgas jüngere und – einst! – noch attraktivere Schwester Elke hatte ebenfalls einen Armleuchter geheiratet, einen Hamburger Nüssehändler. Der importierte Mandelnüsse von Kalifornien nach Europa, seit Ewigkeiten. Helgas Haus sah ganz normal aus, wie alle Häuser in Hochkamp. Mir war als Kind nicht aufgefallen, wie groß es wirklich war. Nämlich doppelt so breit, doppelt so lang und doppelt so hoch wie die Villen in anderen Stadtteilen. In Helgas Haus paßten somit 16 normale Villen. Helga gab mir nur deshalb nie eine Führung durch alle Räume, weil es zu lange gedauert hätte. Für die häßliche Tochter Svenja war die Größe günstig, da konnte sie immer gut verschwinden.

Helga benahm sich freundlich, schien aber, seitdem sie mich

draußen vor dem Mini erstmals gesehen hatte, unter einem leichten Schock zu stehen. Sie hatte wohl gedacht, daß ich besser und jünger aussehen würde. Als ich ein Jahr alt gewesen war, war ich einmal bei ihr von der Klobrille gefallen. Ins Klo. Sie war damals zehn Jahre alt gewesen und hatte mich gerettet. Diese Szene hatte sich ihr mächtig eingeprägt, also daß es wirklich möglich ist, ein Menschenleben zu retten. Sicher hatte sie damals nicht vermutet, daß ich einmal so wie heute aussehen würde. Das machte sie nun ganz nachdenklich. Also wandte ich mich an die hübsche Tochter Hannah:

»Sag, wie war die Schule heute.«

Sie sagte es mir. Ich mochte sie sofort. Was für ein schalkhaftes Wesen! Wenn sie erzählte, sah sie einen fest an, grimassierte aber dabei leicht, was einen seltsamen Effekt hatte, wie etwas Verbotenes und zugleich Intimes, auf jeden Fall Lustiges. Den Kopf hatte sie leicht gesenkt und sprach nur mit den Lippen, nicht mit dem ganzen Kehlkopfapparat oder gar dem Restkörper. Sie war das Gegenteil einer plappernden Göre, einer unbedarften Jugendlichen, und dazu paßte auch, daß sie als erstes erzählte, niemals auszugehen, niemals Partys zu besuchen und niemals Alkohol zu trinken. Dabei beschrieb sie die Schrecknisse von Partys und deren toxikologische und erotische Abgründe so gut, daß sie schon viele erlebt und ihre Augen dabei verdammt weit aufgehabt haben mußte. Ich hatte keine Scheu, eine ähnliche Maskerade zu spielen:

»Ich hoffe, es hat dir nichts ausgemacht, daß ich mich bei der Begrüßung wenig um dich gekümmert und dir keine Fragen gestellt habe. Aber das liegt einfach daran, daß ich schon alles über dich und deine Generation weiß. Ich habe nämlich gerade ein Buch darüber geschrieben.«

»Ich weiß!«

»Und hast du es schon gelesen?«

Sie schüttelte den makellosen Kopf.

»Was willst du machen, wenn du Abitur hast?«

Sie wollte in Amerika studieren. In einem reinen Frauencollege, und zwar einem der angesehensten. Man hatte sie bereits unter 15000 Bewerberinnen ausgewählt, und zwar, weil sie Hebräisch sprach. Ihr Vater, der Obermuffel, war jüdisch, und ihre Urgroßmutter, die meine Großmutter war, ebenfalls. Trotzdem hatte die Familie sich nie dafür interessiert; das holte Hannah nun stellvertretend für uns alle nach. Plötzlich hatte ich Lust, selbst Hebräisch zu können. Ich lud sie zu mir nach Berlin ein. Zwischen Schulende und Studienbeginn konnte sie noch ein Praktikum in einer Berliner Zeitung machen.

Nun knarrte die Treppe, und der Hausherr kam. Was er beruflich machte, hatte ich mir in 35 Jahren nicht merken können. Irgendwas mit »Sozius«. Das klang wie Beifahrer. Volker Leconte war nicht krank, aber es quälte ihn sehr, die Schritte bis zu mir zurückzulegen, diese zehn Meter Distanz körperlich zu überwinden, ja: mir auch noch am Ende die Hand zu geben. Er tat es und hastete im Geschwindschritt wieder zurück ins Innere des Labyrinths. Ich sah ihn nie wieder.

Helga drängte zum Spaziergang. In Hamburg mußte man immer spazierengehen, wenn man etwas Persönliches sagen wollte. Mit dem Mini fuhren wir die hundert Meter bis zum Park.

»Hannah findet dich gut«, sagte die Cousine als erstes und zündete sich an der letzten schon wieder die nächste ›Nil‹ an.

»Ja, ich mag sie auch. Sie ist wie du früher …«

Dann glaubte ich, aus Höflichkeitsgründen etwas von mir erzählen zu müssen. Und so berichtete ich von meinem Weihnachten am Bodensee, bei den Alemannen. Ich schloß mit den wohlbedachten Worten:

»Wir Männer der Lohmer-Linie, mein Bruder Gerald genauso wie ich, schließen uns immer der Herde der Frau an, die wir geheiratet haben. Also die Frau haben wir geheiratet, aber die Herde der Frau wird unsere neue Herde. Wir verlieren jeden Bezug zu den Menschen, mit denen wir vorher zusammen waren, zu unserer Familie, unserer Herkunft, sogar zu unseren Freunden und Kollegen. So verlieren wir uns selbst und brechen eines Tages mit einem nur zu verständlichen Nervenzusammenbruch, also einer sogenannten Identitätskrise, zusammen. Es folgt die Singlephase, in der wir unsere Identität mühsam rekonstruieren. Und dann kommt die nächste Frau, und das Spiel fängt von vorne an.«

»Was hast du bisher dagegen getan?«

Ich erzählte von den etwa 20 Therapeuten, die ich seit meinem 17. Lebensjahr verschlissen hatte. Ich hatte sogar ein Buch mit dem Titel »Unter Ärzten« darüber geschrieben. Doch in Wirklichkeit hatte ich von Anfang an unter dem Verlust meiner Familie gelitten. Das sollte sich nun ändern. Ich mußte wieder anknüpfen an der Stelle, an der das Band gerissen war: beim gewaltsamen Tod meines geliebten Vaters vor 31 Jahren. Ich sprach es an.

»Dein Vater war ein toller Typ«, legte die Cousine sogleich los, »alle Frauen und Mädchen waren verknallt in ihn. Elke und ich zogen uns sofort um, wenn es hieß, Johannes kommt, Miekchen natürlich erst recht. Da wurde der Lippenstift gezückt, jeder putzte sich heraus, schicke Kleider, Parfum. Und dann kam er oft nicht, und wenn er sagte ›Freitag‹, kam er am Sonntag. Und wenn eine Geburtstag hatte, vergaß er das Geschenk, und wenn keine Geburtstag hatte, schenkte er irgendwas irre Tolles, einen Cashmere-Pullover aus Madrid oder so. Er war völlig unkonventionell. Nie wußte man, wann er aufsprang und ging. Aber keiner konnte ihm jemals böse sein. Er war ein Held. Er konnte jedes Auto fahren. Da er im Krieg Nitroglycerin-Laster hatte fahren müssen, fuhr er jeden Wagen auf diese Weise, man merkte das. Deswegen war es ja auch so besonders tragisch, wie er gestorben ist, mit diesem Geisterfahrer auf der Autobahn. Er, der jede Situation meistern konnte! Einmal war er mit Jörn im MG unterwegs, so ein englischer Sportwagen, und bei Tempo 140 platzte der hintere Reifen, Jörn fuhr. Hannes griff sofort ins Lenkrad und handelte geistesgegenwärtig genau richtig, so daß nichts passierte. Ohne dem wären beide tot gewesen …«

Ein Held. Ein Rebell. Ein Star. Und good looking all the

time. Blond, groß, schlank, perfekte Gesichtszüge, blaue Augen. Warum sollte es das nicht gegeben haben? Nun berichtete Helga plötzlich ungefragt von einem weiblichen Gegenstück meines Vaters: Jutta Ekland, ein schönes jüdisches Mädchen aus der Nachbarschaft. Die kannte man. Nicht als Jüdin, das war angeblich unmaßgeblich, sondern als Enfant terrible. Die ganze Familie Ekland lebte während des Dritten Reiches völlig normal neben den Lohmers weiter. Keiner zeigte die Eklands an, keiner brachte sie in Schwierigkeiten. Bis auf dieses wilde Kind. Die stieg schon mit 13 den Jungs hinterher, rauchte, soff, hielt nie die Klappe, war dreist und bühnenreif verschlagen. Und sah aus wie Lauren Bacall. Sie war genauso alt wie mein Vater. Sie hatte schon mit entsetzlich vielen Männern geschlafen, als sie darauf verfiel, den besten Freund meines Vaters zu heiraten. Der war strikt dagegen. Der Vater. Jörn, der Freund nicht, der war der Schlampe schnell verfallen. Mein Vater redete auf ihn ein: ›Hey, wenn du die nimmst, gibt es in jedem Raum ein paar Männer, die tuscheln, was sie mit deiner Frau schon alles gemacht haben!‹ Er heiratete und wurde Alkoholiker. All seine Talente – vor dem Krieg war er Swing Kid gewesen, spielte perfekt Jazztrompete, schrieb Songs – verkamen, er starb lange vor der Zeit. Die Ekland wanderte dann doch noch ins KZ Ravensbrück, nicht als Jüdin, sondern weil sie SS-Leute beleidigt hatte, lebt aber heute noch und erfreut sich bester Gesundheit.

Wir gingen durch den Hirschpark, den vielleicht seltsamsten Park Deutschlands. Hundert Meter unter einem, unter dem Elbabhang, fließt nebelverhangen wie ein Meer die mächtige Elbe. Oben weitläufige Parkwege, von Riesenbäumen gesäumt und von hamburgisch-adligen Jagdhunden beherrscht. Hier war jede Fußgängerin eine Kapitänswitwe und jeder Hundebesitzer ein ehemaliger Marinerichter, furchtbar im Handeln, aber buchstabengerecht bis in den Tod. Die Hunde paßten auf, daß alles so blieb.

Dieser Jörn wiederum war der jüngere Bruder von Helgas Vater, also ihr Onkel. Demnach waren ihr Onkel und mein Va-

ter enge Freunde gewesen. Die Familien Lohmer und Gerz –
so hießen die – hatten somit nicht nur die eine Schnittstelle
gehabt, Helgas Eltern sprich Annemarie Lohmer und Herrmann Gerz, sondern eine zweite, Johannes Lohmer und Jörn
Gerz. Übrigens lebten Annemarie Lohmer & Herrmann Gerz
in einer anderen nahen Riesenvilla in Hochkamp, die der Familie Gerz gehörte, nämlich der älteren Schwester des Vaters
von Hermann Gerz, der legendären Tante Berta. Genau weiß
ich es nicht. Vielleicht war es auch eine Großtante. Also die
Schwester des Großvaters von Hermann Gerz. Sie war jedenfalls im Jahr 1945, als Hermann & Annemarie dort einzogen,
schon fast 100 Jahre alt. Sie bestand darauf, daß im Haus keine Zentralheizung eingebaut würde. Anstatt Miete zu bezahlen, mußten die Brautleute Tante Berta pflegen, die dann noch
rüstig 20 Jahre weiterlebte und Befehle gab. Ich selbst habe
sie als Kind noch kennengelernt und mich vor ihr gefürchtet.
Sie lief in einem Pastorengewand durchs Haus und hatte immer einen langen Feuerhaken in der Hand. Helga sagte, Tante
Berta sei in dem Haus einst sogar geboren worden. Sie habe
nie geheiratet, da ihr kein Mann ausreichend gefallen habe.

Nun aber sprachen wir nicht von ihr, sondern wieder über
meinen Vater, den Freibeuter und Rebell, dem die Frauenherzen
zuflogen. Und wieder erzählte die Cousine Heldengeschichten
und gestikulierte dabei wild mit ihrem ewigen Glimmstengel.
Wie mein Vater noch 1946 ständig eine geladene und entsi-
cherte Pistole bei sich getragen habe. Wie er für ihre Eltern
Kohlen geklaut hat. Wie er bei seiner Flucht aus dem Gefange-
nenlager auf ein Patrouillenboot gesprungen war und sieben
russische Soldaten k. o. geschlagen hat und in dem Boot in die
Freiheit gefahren ist. Wie er im Fasching nach dem Krieg in
SS-Uniform auftrat, er, der Nazigegner und Spötter, der den
braunen Spuk nie hatte ernst nehmen können. Und daß er so
laut und ansteckend lachte, daß jeder, der in der S-Bahn-Station
Hochkamp ausstieg, wußte, Johannes ist wieder da. Vor allem
aber zog er immer sofort die Männer beiseite und erzählte ihnen derbe Witze. Im Grunde war er der absolute Mann-Mann,

der sich jederzeit den Männern zugehörig fühlte und dennoch gerade deswegen eine große Anziehungskraft auf Frauen ausübte. Ein John-Wayne-Typ. So mochten ihn beide: die Männer und die Frauen. Jeder suchte seine Nähe, jeder hätte ihm gern geholfen. Man hatte mir einmal gesagt, daß in der Zeit, als mein Vater Lehrer war, auch die Schüler ihn verehrten und die Schülerinnen ihm Liebesbriefe schrieben. Mein Vater war auch ein guter Unterhalter, da er sich leidenschaftlich in der Politik engagierte und jeden gern in politische Debatten zog, ohne je verletzend oder rechthaberisch zu sein. Auch schrieb er Gedichte und trug sie gekonnt vor. Und doch gab es drei Menschen auf dieser Erde, die ihn nicht mochten, ein Erwachsener und zwei Kinder: meine Mutter, mein Bruder Gerald, und ich. Daher fragte ich Helga, was man im Hause Lohmer/Gerz von meiner Mutter gehalten habe.

»Die?! Na, die fanden wir ein bißchen vulgär, um es rücksichtsvoll zu sagen. Die machte so auf Ava Gardner. Als die bei uns auftauchte, war Jörn an der Tür und rief nach oben: ›Du, da ist eine, die sieht aus wie Ava Gardner, aber leider etwas bemüht!‹ Und dann war das die also … die hatte diese gräßliche Stimme, so aufgesetzt. Die hielt sich für was ganz Tolles, war sie aber nicht.«

Man kann sich gut vorstellen, wie diese alteingesessenen Hochkamper, die sich seit fünf Generationen kannten, auf diesen frühen Verona-Feldbusch-Touch mit wieherndem Gelächter und familieninternem Endlosspott reagierten. Das war nicht eine von ihnen, das war auch keine brave Untergebene, keine angemessen unterwürfige Zugereiste, nicht einmal fremder Hochadel. Das war gar nichts, tat aber so, als wäre es was. Unerträglich! Eine Zicke, die man wegmobben mußte, bevor der Kriegsheld Johannes Schaden nahm. Und wie recht sie hatten, die klugen Kinder! Die böse Frau zog mit Johannes weg, zog ihn in eine traditionslose Kleinbürgerexistenz hinein, machte ihm das Leben zur Hölle und machte aus John Wayne einen tobsüchtigen, ohnmächtigen Irren. Denn Tradition, wenn sie eine liberale, großbürgerliche und protestantische ist,

ist das Wichtigste im Charakter eines Menschen. Nimmt man ihm die, zappelt er in der Luft wie eine vom Teufel gezogene Marionette.

»Gab es denn nichts, was ihr an meiner Mutter mochtet?«

»Nein, nichts.«

Das war dann wahrscheinlich doch ein wenig einseitig, wie alles im Leben. JEDER war einseitig, vor allem in Familiendingen.

Wir kehrten in einem alten Kaffeehaus ein, dem Wohnhaus Hans-Henny Jahnns. Das war ein Genie und Frauenhasser gewesen, also sein Genie beschränkte sich auf seinen beispiellosen Frauenhaß. Es wurde dunkel, und wir beeilten uns, zurückzukommen. Der Muffelvater ließ sich wieder ebensowenig blicken wie die so unglücklich häßliche Tochter Svenja. Dafür spazierte Hannah leichtfüßig auf und ab. Sie setzte sich, stand wieder auf, lief zehn Schritte bis zur Anrichte, holte eine Mandarinenscheibe, setzte sich, aß die Scheibe, stand wieder auf und holte die nächste Scheibe. Sie hatte überhaupt keinen Busen. Dafür lachte sie kernig und ließ mich nicht aus den Augen. Ein nettes Kind. Mit der hatte man sicher nie Probleme. Selbst mein Bruder Gerald, der auf derlei NIE achtet, sprach immer ganz natürlich von Helgas gutaussehender Tochter, wenn er sie meinte. Und jetzt gab sie mir auch noch ein paar ausgedruckte Bogen in die Hand, die mir helfen sollten, ein Praktikum für sie an Land zu ziehen. Zu dritt sahen wir etwa 350 alte Familienfotos durch. Vor allem Jutta Ekland beeindruckte mich auf jedem Foto. Aber auch einige Silberplatten aus dem vorvorigen Jahrhundert mit Tante Berta – blutjung, aber schon mit Feuerhaken – faszinierten mich, und natürlich eigene Bilder: wir alle in jungen Jahren, als Papi noch lebte, als es uns gutging, uns Deutschen. Beim Abschied gab Helga mir die Adresse des sogenannten Onkel Heinz in Frankfurt. Ich hatte schon von ihm gehört. Er sollte noch mehr Fotos haben und sogar einen Stammbaum. An der Tür drückte sie mir noch Feldpostbriefe in die Hand, von denen einer ein fingerdickes Brandloch davongetragen hatte. Ich hatte die liebe Cousine im

Verdacht. Von den meisten Familienfotos wollte sie mir bald Laserkopien machen lassen.

Ich mußte, um Heinz Lohmer zu treffen, nach Frankfurt fahren. Das war von Berlin aus eine teure Strecke. Mir fiel ein, daß ich mit der Sonntagszeitung kein Honorar vereinbart hatte. Zu der E-Mail mit meiner Familiengeschichte hatte es auch keinen Kommentar gegeben. Als ich in der Redaktion anrief, ging niemand ans Telefon. Also bat ich meinen Kollegenfreund Diedrich Diederichsen, mir das Geld für das teure Ticket vorzustrecken. Er wiegte den Kopf:

»Bei einem so hohen Betrag bin ich skeptisch, auch wenn ich sonst sehr vertrauensvoll bin. Eine innere Stimme sagt mir, daß es klüger für mich wäre, dir das Geld nicht zu geben.«

So fragte ich einen anderen Freund, Holm Friebe, und der gab mir immerhin die Hälfte. Die andere Hälfte mußte ich mir durch eine gefälschte Bahncard organisieren.

Ich fuhr von Berlin-Ostbahnhof ab, im Zug rief aber meine Cousine Helga an und sagte, mein Onkel sei gar nicht in Frankfurt, sondern noch in West Virginia. Daraufhin reiste ich zwar bis Frankfurt, fuhr dann aber mit dem bewährten Highspeed Shuttle nach Köln, zur Barbi. Die war seit ein paar Tagen vom Bodensee zurück, und ich freute mich mächtig auf sie. Das Hochkamperlebnis hatte mich aufgewühlt, ich sehnte mich nach etwas Stabilisierung und außerdem hatte ich kein Geld mehr.

Die Barbi sah wieder blendend aus. Das durfte ich ihr nicht sagen, weil sie sonst dachte, ich setze sie sexuell unter Druck. Wir gingen nach draußen, um den Lizzy auszuführen. Offenbar hatte es in Köln in den letzten Tagen viel geregnet oder sogar geschneit, denn der Mittelstreifen, auf dem wir mit dem Tier gingen, war tief aufgeweicht und so matschig wie zu Weihnachten am Bodensee. Der Hund legte überall große Haufen, die die Barbi dann mit eigens mitgeführten Zellophantüten einsammelte. Es stank entsetzlich aus Barbis Handtasche. Ich drehte mich immer weg, damit meine Frau nicht den Ekel in meinem Gesicht sah. Aber vielleicht ahnte sie ihn, und deswegen sank die Stimmung.

Sie erzählte, daß in einer großen öffentlichen Sitzung des Kölnischen Kunstvereins ein vernünftiger Mann das Wort für die Hunde in der Kunst ergriffen habe. Man solle Hunde nicht mehr nur malen, sondern sie Teil des kreativen Schaffensaktes werden lassen.

»Die Hunde sollen mitmachen bei den Gemälden?« fragte ich entsetzt. Die Barbi antwortete nicht.

Wieder zu Hause, legte sie eine CD der Kölner Elektroclash-Band »Dogville« ein, bei der sie mit ihrer rauchigen Stimme aushilfsweise französische Le pop-Songs sang. Das tat sie seit kurzem nach ihrem Job in der Logistikwelt, als »Ausgleich«, wie die Barbi sagte. Früher schon hatte sie gesungen, allerdings nie mit Elektra Ehrenberg zusammen, sondern immer schon auf französisch, klassische Chansons, dabei immer rauchend. Ich wollte gerade nach den Aufnahmen zur nächsten CD fragen, auf der die Barbi zu hören sein sollte, als sie aus der Küche kam und mir eine Standpauke über mein schlechtes Benehmen im Haushalt hielt. Ich würde die Plastikverpackungen, die man auswaschen müsse und dann in den normalen Plastikmüll lege, mit jenen Plastikverpackungen verwechseln, die man zwar auch auswaschen müsse, aber zu dem extra Plastikmüll legen könne, der von dem Lizzy nicht begehrt würde. Der Lizzy begehre ja bestimmte Verpackungsinhalte wie etwa Wurst oder bestimmte Nahrungsmittel, und darauf müsse ich einfach achten. Das täte ich aber nicht, weil mir das meine Mutter nie beigebracht habe. Das sei sehr ärgerlich und müsse behoben werden. In der Art ging es weiter. Ich entdeckte, daß neun von zehn Sätzen, die die bezaubernde Barbi an mich richtete, Nörgeleien und Mäkeleien über mich, negative Sichtweisen auf mich und Vorwürfe an mich waren. Als ich ihr ein Bad einließ und das Wasser nicht die richtige Temperatur hatte, stöhnte sie bitter.

»Du machst das so, weil du einfach partout nicht willst, daß es mir gutgeht.«

Kein Zweifel: Sie hatte keine positive Einstellung gegenüber meiner Person.

Ich fragte sehr freundlich nach ihrer Arbeit, ihrer Silvesternacht, ihrer Mutter, ihren Freundinnen, ihren Krankheiten. Barbi redete ein Stündchen, sagte dann aber, ich würde mich keineswegs für sie interessieren. Mein Interesse sei geheuchelt. Ich sei verlogen.

Daraufhin erzählte ich eine Stunde lang von mir, von Cousine Helga, von meinem Artikel für die Sonntagszeitung und meinem Onkel in Frankfurt, von den Freunden in Berlin und von meinem Bruder Gerald, dem Armen. Nun sagte die Barbi, das seien alles Blabla-Themen, die ich nur zum Schein hervorkrame, da ich zu feige sei, über meine Gefühle zu reden. Als sie meine Blicke auf ihre wundervollen langen Beine bemerkte und meine Gedanken erriet, nämlich, daß man über Gefühle am besten im Bett redete, sagte sie schnell, sie könne und wolle meinen sexuellen Erwartungen nicht sklavisch nachkommen. Bei dem Gedanken daran würde sie ein absolutes Würgegefühl bekommen. Es klang, als sei ihr die Vorstellung, mich anzufassen, definitiv zuwider.

Was für ein Horror – wozu war ich denn bloß hier? Ich beschloß, so schnell wie möglich nach Berlin zu fahren, weg von der Barbi und dem Lizzy. Ich wußte, daß der Lizzy im Februar wieder zur Schwiegermutter sollte. Dann würde die Barbi für Price Waterhouse Coupers nach Shanghai fahren, und wenn sie zurückkäme, würden ihre Phantasien wieder umgeschlagen sein. Bis dahin wollte ich mich ins Schreiben stürzen und vielleicht »Onkel Heinz« in Frankfurt besuchen. Ich mußte die Barbi aber dafür um Geld bitten, und das Honorar für meinen Familienartikel brauchte ich auch. Was für eine Durststrecke, in jeder Beziehung!

In dieser Situation kam mir der Zufall zu Hilfe. Nicht nur, daß die Barbi meine Idee, wieder nach Berlin zu fahren, guthieß und großzügig sponsorte. Am Abend erhielt ich einen Anruf von der Süddeutschen Zeitung und den Auftrag, eine große soziojournalistische Studie über den Popstandort Deutschland zu schreiben. Ich sollte nach den streng wissenschaftlichen Kriterien der empirischen Forschung, die ich schon bei der Untersuchung der Jugend von heute angewandt hatte, den Stand von Jugendkultur und Popmusik erkunden. Ich sagte natürlich spontan zu, gab dem klugen Redakteur aber zu bedenken, daß für derlei Feldforschung natürlich eine breite Recherche unerläßlich sei und ich durch einen Vorschuß die nötigen Erkundungsreisen finanzieren könne. Es gälte ja, die entscheidenden Leute im Land zu befragen und die Szene auszukundschaften. Der Chefredakteur verstand und wies mich an, deshalb mehrere Konzerte und Kulturevents zu besuchen. Genauere Instruktionen würden folgen. Dann versprach er eine schnelle Überweisung des Vorschusses, von der Summe konnte ich die nächsten Wochen gut leben. Endlich hatten die Tage als Spitzweg-Poet ein Ende!

3 Onkel Heinz

Ich fuhr wieder nach Berlin. Im Februar rief Cousine Helga an und berichtete, Onkel Heinz sei nun wieder zurück und in Frankfurt. Da sie nicht aufhörte, mir meinen Onkel Heinz Lohmer ans Herz zu legen, rief ich noch mal bei ihm an. Er war aus West Virginia zurückgekehrt, wo er weiß Gott was getrieben hatte. Ehrlich gesagt wußte ich nicht einmal, wo West oder East Virginia lag. Und ebensowenig konnte ich mir vorstellen, wie mein Onkel Heinz aussah und auf welche Weise ich mit ihm verwandt war. War er etwa der legendäre letzte lebende Lohmer in Guatemala, von dem Cousine Helga in Andeutungen gesprochen hatte?

Ich nahm wieder den Zug ab Berlin-Ostbahnhof, »Onkel Heinz« holte mich am Frankfurter Hauptbahnhof ab. Da mein Zug schon eine halbe Stunde eher gekommen war, sah ich ihn lange, bevor er mich sah. Er sah aufgeschwemmt und irgendwie schief aus. Ich hatte ihn mir immer germanisch, groß und schlank vorgestellt, in tadelloser Wehrmachtsuniform, mit schmerzlichem Gesichtsausdruck und das bevorstehende riskante Attentat auf Hitler am 20. Juli auf der romantisch-deutschen Seele. Oder so ähnlich. Statt dessen nun ein träger Mann im schiefen Anzug. Der Anzug war tiefdunkelblau, so wie der Rest seiner Sachen, bis auf das weiße Oberhemd. Auch die Krawatte war tiefdunkelblau. Er hatte einen ungewöhnlich dünnen Hals und trug ein hellbraunes Seitenscheitel-Toupet, das leicht über das linke Ohr gerutscht war. Nahm man die vielen Falten hinzu, die sein Gesicht durchzogen und die zum

Teil Lachfalten sein mußten, ergab sich das Bild eines eben gar nicht stattlichen, sondern clownesken Menschen. Er sah mich nicht an, sondern drehte ab und ging seitwärts weg von mir in eine andere Richtung, als hätte ich ihn angerempelt. Es sah aus, als ergriffe er die Flucht. Ich folgte ihm mühelos und sprach auf ihn ein. Seine ersten Worte waren tatsächlich:

»Was willst du von mir?« Ich sagte:

»Na, ich will dich kennenlernen.«

Wir gingen zu seinem Auto, einem fabrikneuen Audi A12 Kombi Quattro. Das Fahrzeug mußte 100 000 Euro gekostet haben. Heinz hatte nach dem Krieg das Kreditgeschäft einer großen deutschen Bank hochgezogen, in der er nach wie vor arbeitete. Wir fuhren dorthin.

»Du schnallst dich an!« befahl der Onkel. Tat ich aber nicht. Ich lasse mich grundsätzlich nicht einengen. Schon gar nicht in meiner Bewegungsfreiheit. Der Onkel zeigte mir Frankfurt am Main. Ich muß nicht schildern, wie es war, dieses Frankfurt am Main, natürlich kalt, todtraurig und unmenschlich. Ich hatte mich immer schon gefragt, wie Menschen in dieser Stadt leben konnten. Es gibt dort keine Geschäfte, keinen Einzelhandel, keine Gassen und Straßen und Viertel und Dächer, keine Fahrräder, Kirchtürme, Pflastersteine, Litfaßsäulen, Schaufenster, Ampeln, Schulen, Kinder, Tiere und so weiter, sondern bloß: Glaspaläste. Glaspaläste und Ausfallstraßen.

In einem dieser Glaspaläste war die Bank untergebracht. Wir stellten das Auto in der Tiefgarage ab und gingen durch das Haus. Es war absolut geräuschlos. Die hohen Teppiche schluckten unsere Schritte, die Glasflächen schnitten jedes Gespräch anderer Menschen ab. Überall hing teure Kunst, Allen Jones, Cy Twombly, Gerhard Richter.

Es war niederschmetternd in dieser anonymen Vorstands-Banker-Welt, aber der Onkel paßte da eigentlich nicht hinein. Er war der schrullige Howard Hughes inmitten seines humorlosen Erfolgsunternehmens. Sein Büro sah anders aus als alle anderen im Glaspalast, nämlich unaufgeräumt. Das ganze Zimmer war mit Papieren und Gegenständen übersät.

Wir sprachen ein bißchen, aber ich weiß nicht so recht worüber (ohne, daß es langweilig geworden wäre), und als es dunkel wurde, fuhren wir zu ihm nach Hause. Er hatte eine riesige Eigentumswohnung mit Dachterrasse und einem Blick auf die Skyline von Mainhattan. Natürlich war es auch in seiner Wohnung so unaufgeräumt wie in seinem Büro. Es war ganz eindeutig die Wohnung eines alleinlebenden Mannes. Mir war das natürlich ein wenig peinlich, denn ich mußte daran denken, daß womöglich andere Leute auch bei mir, wenn sie mich besuchten, einen solchen Eindruck haben mußten. Vor allem dachte ich an später, an mein Lebensende. Was war mit mir, wenn eines Tages nicht nur die bezaubernde Barbi, sonden auch die aller-aller-allerletzte Frau mich verlassen hatte, so wie das bei Onkel Heinz offenbar der Fall gewesen war? Auch er war ganz eindeutig ein homme à femmes gewesen, mit vielen Ehen und Scheidungen und Beziehungen. So sprach er andauernd von seiner besten, seiner zweitbesten und seiner vorübergehenden Freundin, von seiner ehemaligen und seiner zukünftigen, von seiner Frankfurter und seiner Gießener Freundin. Klar war nur, daß er im realen Leben GAR KEINE Freundin besaß, aber dieser Gedanke war für ihn wohl schlicht nicht auszuhalten.

Plötzlich kramte er alte Fotos hervor und legte sie mir vor die Nase. Als erstes kam ein Profilfoto seines Opas Hermann Lohmer aus den 30er Jahren. Ich lernte, daß Hermann Lohmer der zweite Mann nach Dönitz gewesen sein mußte, also einer, der die deutsche Flotte, d. h. Kriegsflotte, irgendwie unter sich hatte. Der Mann starb allerdings unerwartet mitten im Krieg im Sommer 1943 an Krebs. Das war genau der Zeitpunkt, an dem die deutschen Schiffe angesichts der Überlegenheit der angloamerikanischen Verbände gar nicht mehr länger auslaufen konnten. Sie lagen in den Heimathäfen und warteten auf das Kriegsende …

Heinz erzählte, daß die Lohmers niemals an einen Sieg geglaubt hätten, auch in den 30er Jahren nicht. Sie waren so aufgewachsen, daß sie England für die einzige Weltmacht und

Amerika für deren Juniorpartner gehalten hätten. Eine realistische Sicht. Die gesamte alteingesessene hamburgische Oberschicht hätte so gedacht. Nur die Proleten und Provinzler hätten sich diesen absurden Waffengang zugetraut.

Leider hatte Heinz überhaupt keine Fotos von meinem Vater, meinen Onkels und Tanten oder meinem Großvater: All seine Fotos bezogen sich auf SEINEN Zweig der Lohmerfamilie. Offenbar war sein Großvater ein Bruder meines Großvaters gewesen. Heinz' Vater hingegen war gar nicht richtig ins Leben getreten, sondern in den Krieg als junger Mann und dortselbst bald umgekommen. Nur zum Zeugen von zwei Kindern hatte es noch gereicht. Der Stammbaum, den Heinz mir nun überreichte, endete dann auch bereits in den frühen vierziger Jahren, und nicht einmal mein eigener Vater war eingetragen.

Statt dessen erfuhr ich viel über all die Lohmers, die vor und während der Jugendzeit meines, d.h. unseres Urgroßvaters gelebt hatten. Hier der Schnelldurchlauf: Unser gemeinsamer Urgroßvater war ein Mann namens Elias Lohmer, der als Zahlmeister einer Garnison in Potsdam lebte und erstaunlich gut aussah: groß, schlank, elegant und – wie mein Vater – mit den Gesichtszügen von David Beckham. Als Zahlmeister hatte dieser Elias unter den Soldaten und Militärs eine einzigartige Machtstellung. Er heiratete ein hübsches und wohlhabendes Mädchen, die Tochter des Potsdamer Magistratsnuntius Nagel, seines obersten Chefs also. Sie war zehn Jahre jünger als er, 21 Jahre, und gebar ihm drei Söhne in schneller Folge, die allesamt berühmt und supererfolgreich wurden. Der eine ging früh nach Übersee und bildete, wie gesagt, den Zweig der Guatemala-Lohmers, der zweite wurde Vize-Flottenchef, der dritte Fabrikant. Von dem dritten stammte ich ab sowie mein Bruder Gerald. Vom vierten Sohn, Johannes, war nicht mehr bekannt, als daß er der Namenspatron meines Vaters war.

Ich fragte mich, ob dieser Urgroßvater Elias Lohmer und seine aufstiegsorientierte Heirat nicht bereits ein Schlüssel zur Familiengeschichte sein könnten. Was war wiederum mit SEINER Vergangenheit? Wo kam Elias her, und warum war er so aufstiegsorientiert? Sein Vater war ein uneheliches Kind. Auch von ihm, unserem Ururgroßvater, zeigte mir Onkel Heinz ein Foto. Das war erstaunlich und ließ mich nachrechnen. Während der Urgroßvater Elias 1848 auf die Welt kam, als die Fotografie gerade erfunden worden war, mußte dessen Vater zwischen 1810 und 1825 geboren worden sein. Denn die Fotografie zeigt einen etwa 30jährigen Mann, sie muß somit zwischen 1840 und 1855 entstanden sein. Seine Mutter übrigens, unsere Urururgroßmutter, Maria Sophie Lohmer, wurde 1790 geboren, auch im Raum Potsdam.

Doch zurück zur Fotografie des unehelichen Ururgroßvaters: Es ist diesmal alles andere als ein schöner, schlanker, eleganter Mann mit feinen Gesichtszügen. Es ist das genaue Gegenteil. Der Mann sieht aus wie Rainer Werner Fassbinder. Wie ein bayerischer Saufkopp, mit häßlichen mongoloiden Augen, wahnhaften Zügen, einem dichten Schnurrbart und einem Rundschädel. Dieses uneheliche Balg wurde später Büttel in einem kleinen Dorf im Brandenburgischen, also Dorfpolizist und Spitzel. Er liebte seine Mutter über alles, quälte Tiere und schlug auf Delinquenten ein, bis sie bluteten und ohnmächtig zusammenbrachen. Dennoch gelang es ihm, eine wunderschöne junge Patriziertochter zu heiraten, die Tochter des Getreidegroßhändlers Johann Gottfried Christian Kramer und seiner Frau Leopoldine. Beide Eheleute, Johann und Leopoldine, waren kurz nach der Geburt ihrer Tochter, der Frau des häßlichen unehelichen Lohmers, gestorben, der somit eine reiche Vollwaise ehelichte, die ihre Eltern nicht gekannt hatte. Mit diesem armen Kind also machte er sein Glück, vor allem machte er mit ihr den schnieken und ehrgeizigen Elias.

Fazit: Innerhalb von vier Generationen (Maria, der Büttel, Elias, der Flottenchef) hatte es die Familie Lohmer von Null auf Hundert gebracht. Wieviele Generationen brauchte es, um von Hundert wieder auf Null zu kommen? Die Kinder des Flottenchefs erreichten bereits keinerlei Spitzenpositionen mehr, ebensowenig die Kinder seiner Brüder. Der Krieg vernichtete das meiste: Über die Kinder des Guatemala-Lohmers weiß man nicht viel. Aus dem wenigen, was Onkel Heinz über sie erzählte, ging hervor, daß sie wohl normale Kleinbürgerliche oder auch gerade noch bürgerliche Existenzen geworden sind. Sie heirateten immerhin noch unter deutschen Einwanderern. Die Kindeskinder verschmolzen dann mit der Spanisch sprechenden Urbevölkerung fauler Indios und Mestiken.

Hermann Lohmer, der Flottenchef, hatte noch den Sohn Gerald und eine Tochter. Die Tochter verstarb in jungen Jahren an einer Insulinvergiftung, sie war wohl schon etwas dekadent. Gerald fiel im Krieg.

Sein Sohn Heinz, dem ich nun gegenübersaß, schlug sich als Sonderling halbwegs erfolgreich durchs Leben, heiratete zweimal unglücklich, zeugte eine seltsam reizlose Tochter und mit 60 noch einen unglückseligen Sohn.

Curt Lohmer, der Fabrikant, verlor sein Leben im Krieg, und seine Söhne Walter und Robert wurden, wie erwähnt, als Mitglieder des Kreisauer Kreises umgebracht. Aus dem Zweig überlebten somit einzig eine kleine Tochter namens Annemarie und ihr Bruder Johannes, mein Vater. Die Schwester, als Erstgeborene, hielt die Reste des Lohmerschen Vermögens zusammen. Es war nur noch ein scheinbarer Reichtum. Die große Villa war kaum noch zu unterhalten. Nach ihrem Tod brach alles zusammen. Der Bruder Johannes flüchtete letztendlich ins absolute gesellschaftliche Abseits, in die allertiefste Provinz. Es entstanden wider Willen noch mal zwei Söhne, drei Generationen unter dem Fabrikanten und dem Flottenchef also, nein, zwei. Die dritte Generation wären Heinz' mißratene Kinder sowie der Sohn meines armen Bruders Gerald. Sollte Heinz' Tochter Maria doch noch einmal ein Kind bekommen, so wäre dieses also von der Urmutter Maria Lohmer acht Generationen entfernt, und damit von dem Familienhöhepunkt genausoweit, wie es die Urmutter gewesen war, nämlich ungefähr 100 Jahre.

Ich starrte auf den Stammbaum. Jetzt fiel mir ein Gespräch mit meinem Bruder wieder ein. Gerald hatte mir erzählt, bei unserem, also dem Fabrikantenzweig der Lohmers, gäbe es auch noch eine mütterliche Linie, die der Kohlrauschs. Die hätten eine andere, aber noch viel interessantere Geschichte. Der Große Kohlrausch hat in Deutschland praktisch die Physik erfunden, und seine Tochter, meine Großmutter, war die erste Chemiestudentin Deutschlands. Auch sie war blond und hinreißend schön, so daß man sagen kann: Die Lohmers mochten Frauen gern. Das jedenfalls, dachte ich, habe ich von meinen Vorfahren als einziges echtes Merkmal geerbt. Der frühe Tod seiner schönen und emanzipierten Frau hat meinem Großvater das Herz gebrochen. Ohne dem wäre alles gut geworden. Heutzutage wäre sie nicht einfach am Kindbettfieber gestorben. Ein solches Schicksal wäre heute nicht mehr zu befürchten.

Aber heutzutage reichte es einfach nicht mehr. Der Abstieg der Familie war zu fortgeschritten, als daß ein Wiederaufstieg möglich wäre. Wie soll es zu dem Wunder kommen, daß die diffuse Tochter meines Großonkels plötzlich eine gesunde, glückliche, nachhaltig funktionierende Familie gründete? Das ist unmöglich. Und noch weit unmöglicher ist es, daß sein kleiner Sohn, dessen Eltern sich bereits nach zwei Jahren Ehe trennten und unversöhnlich zu hassen begannen, derartiges zustande bringt. Mein Bruder hat ebenfalls ein zerrissenes Scheidungskind in die Welt gesetzt, auch er eher im Großvater- als im Vateralter.

Und ich? Ich habe es überhaupt nicht mehr geschafft. Daß ich überhaupt noch lebe – dekadenter und absonderlicher als alle anderen absonderlichen Geschwister, Verwandten und Vorfahren –, muß erstens als achtes Weltwunder bezeichnet werden und verdankt sich zweitens allein den Frauen, die allesamt gut, gesund und kräftig oder so schön, grazil und elegant wie die Barbi waren. Von diesen Frauen benötigte ich nicht eine, sondern gleich eine Handvoll, um überhaupt durchzukommen. Es reichte mit Ach und Krach noch für mich, aber unter keinen Umständen auch noch für Kinder. Am wunderlichsten bzw. wunderbarsten ist bei alldem mein später, um Jahrzehnte zu später Aufstieg zum Jugendbuch-Starautor. Auch das erklärt sich einzig durch die hoffentlich nicht enden wollenden Kräfte meiner vierten (oder fünften?) Frau, der Barbi. Wäre es theoretisch denkbar, daß diese Liebeskameradschaft noch ein weiteres Jahr durchhielt, dann wäre ich doch noch ein wenigstens erfolgreiches Mitglied der Gesellschaft geworden. Und würden nicht zwei weitere durchgehaltene Jahre, zielführend begleitet z. B. durch eine Paartherapie, bedeuten, daß dann sogar Luft für ein kleines bißchen Nachwuchs entstünde?

Es war Onkel Heinz, der meinen Gedankengang an dieser Stelle unterbrach, indem er einen hohen Stapel Aktenordner auf den Tisch knallte und mich schnaufend anwies, auch noch dieses Material aus der Zeit des Deutschen Reiches zu inspizieren. Hätte ich Lust und Zeit, dachte ich, könnte ich diese Ordner sowie kofferweise weitere Fotos studieren. Ich könnte es zum kauzigen Hobby ausbauen, und wahrscheinlich könnte ich immer neue, immer bessere, immer spezialisiertere Zeitzeugen auftun und kennenlernen. So erzählte Onkel Heinz noch von einem alten Militär namens Brigadegeneral von Einem, der mit Gerald Lohmer jahrelang im Schützengraben gelegen hätte und geistig voll auf der Höhe der damaligen Zeit in einem Altenheim lebte. Von einem ebensolchen Menschen, der noch meinen Großvater, den Fabrikanten, kannte, hatte auch Cousine Helga erzählt.

Mir wurde nun klar, wie absurd es gewesen war zu glauben, die liebe Cousine oder dieser seltsame Onkel könnten mir Dinge über meinen Vater oder meinen Großvater erzählen, die mich WIRKLICH besser begreifen ließen, wer ich war. Beide berichteten mehr oder weniger, was sie über die Familie wußten. Ich kann nicht leugnen, daß ich es gerne hörte, auch wenn Heinz keine Fotos von meinen direkten Vorfahren hatte, sie nicht kannte und auch kein großes Interesse an ihnen hatte, ganz so, wie ich bislang nie eines gehabt hatte. Was ich nun aber – anders als Heinz – begriff, war, WAS er da besaß: diese Familiendokumente, diese Fotos, Briefe, Geburts- und Sterbeurkunden und dieser Stammbaum mitsamt Materialien über sämtliche Ahnen bis zur Urmutter von 1790. Ich lachte nun unvermittelt und laut, was Onkel Heinz sichtlich irritierte. Er entschuldigte sich für einen Moment.

Von wegen Hobby! Was mir mit der Geschichte meiner Vorfahren WIRKLICH in die Hände gefallen war, war der Stoff für einen Familienroman, den ich nie hatte schreiben wollen. Aber wenn nicht ich, wer sonst? Wer war denn Schriftsteller und wer stand denn am Fuße des Abstiegs der Familie Lohmer? Ich war Hanno Buddenbrook und Thomas Mann zugleich. Mit mir, Hanno, war die Endstufe der Dekadenz erreicht, und nach mir kam nichts mehr, bis auf das große Familienbuch, unter das ich, Hanno, den Schlußstrich setzen würde, aber das ich, Thomas, dazu erst noch schreiben müßte. Der Titel stand auch schon fest: »Die Lohmers. Verfall einer Familie«. Der ehemalige Jugendforscher Johannes Lohmer schreibt die »Buddenbrooks« neu. Wenn ich das meinem Verlag erzählte, würden in Köln die Sektkorken knallen.

Wie endete der Abend in Frankfurt? Ich verlangte einen Whisky, was in unserer Familie in solchen Momenten üblich war, bekam aber nur süßen Moselwein. Onkel Heinz trank mit und berichtete immer mehr von seinen eingebildeten Freundinnen, ich erzählte von meiner Frau Barbi. Die wundervolle, superglückliche Ehe, die ich ihm dabei schilderte, war natürlich ebenfalls weitgehend eingebildet. Gerade hatte die Barbi mir mitgeteilt, daß der Lizzy nach ihrem China-Trip und dem berüchtigten Kölner Karneval wieder zu Hause wäre und daß sie in den nächsten Wochen jeden Abend im Studio sei, weil die Aufnahmen für das neue »Dogville«-Album fertig werden müßten.

Schließlich, gegen 22 Uhr und somit um circa acht Stunden zu spät, kochte Onkel Heinz uns das Mittagessen. Er stellte es mitten auf den mit Papieren, Fotos, Ordnern und anderem überladenen Tisch, ohne daß er das seltsam gefunden hätte. Den fettigen Camembertkäse stellte er auf den ausgefalteten Stammbaum. Es fiel Heinz nicht auf.

Dann brachte er mich wieder zum Bahnhof. Er fuhr eigens durch den Rotlichtbezirk und zeigte ihn mir stolz, als sozusagen einzig interessante Seite Frankfurts. Ich sagte, daß mich die Welt der Prostitution immer deprimiert hätte, worauf er erwiderte:

»Mich nicht.«

Das hatte aber nichts zu sagen, sondern zeigte nur, daß er ein aufgeschlossener Zeitgenosse war. Beim Abschiednehmen lud ich ihn nach Köln und Berlin ein. Ich hatte den sicheren Eindruck, daß er beiden Einladungen schon bald nachkommen würde.

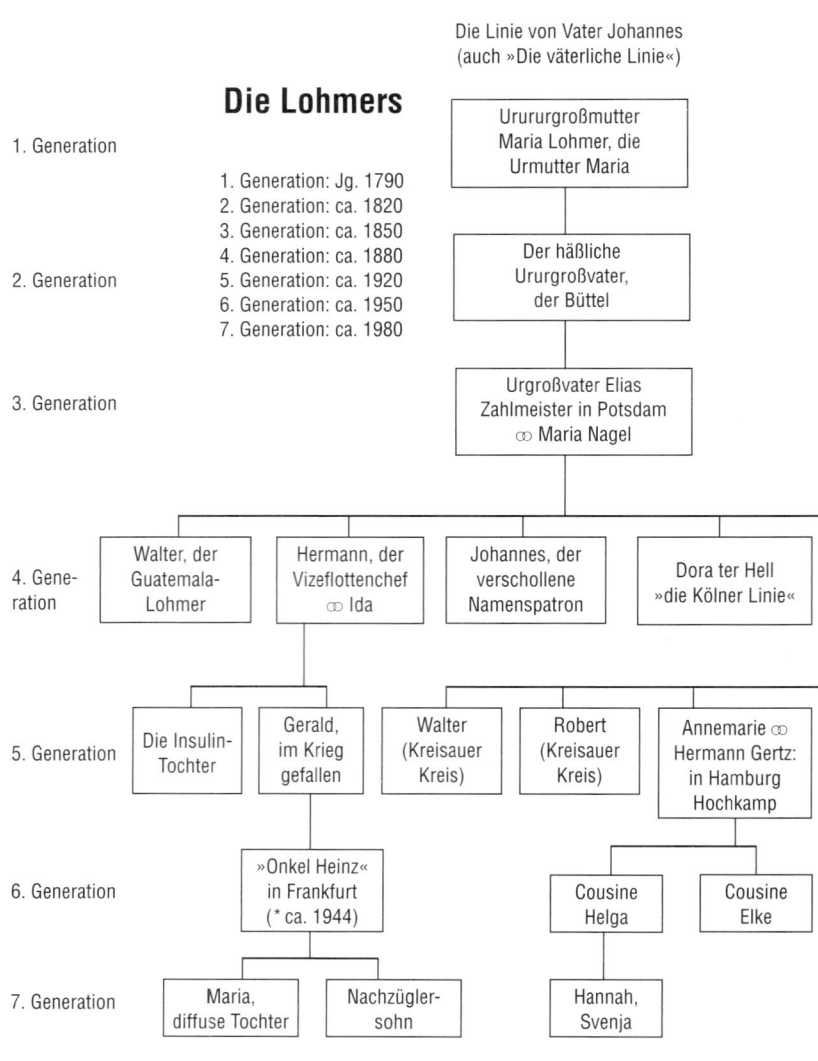

Die Lohmers

Die Linie von Vater Johannes
(auch »Die väterliche Linie«)

1. Generation

1. Generation: Jg. 1790
2. Generation: ca. 1820
3. Generation: ca. 1850
4. Generation: ca. 1880
2. Generation   5. Generation: ca. 1920
6. Generation: ca. 1950
7. Generation: ca. 1980

Ururborgroßmutter Maria Lohmer, die Urmutter Maria

Der häßliche Ururgroßvater, der Büttel

3. Generation

Urgroßvater Elias Zahlmeister in Potsdam ∞ Maria Nagel

4. Gene-ration

Walter, der Guatemala-Lohmer — **Hermann, der Vizeflottenchef ∞ Ida** — **Johannes, der verschollene Namenspatron** — **Dora ter Hell »die Kölner Linie«**

5. Generation

Die Insulin-Tochter — **Gerald, im Krieg gefallen** — **Walter (Kreisauer Kreis)** — **Robert (Kreisauer Kreis)** — **Annemarie ∞ Hermann Gertz: in Hamburg Hochkamp**

6. Generation

»Onkel Heinz« in Frankfurt (* ca. 1944) — **Cousine Helga** — **Cousine Elke**

7. Generation

Maria, diffuse Tochter — **Nachzügler-sohn** — **Hannah, Svenja**

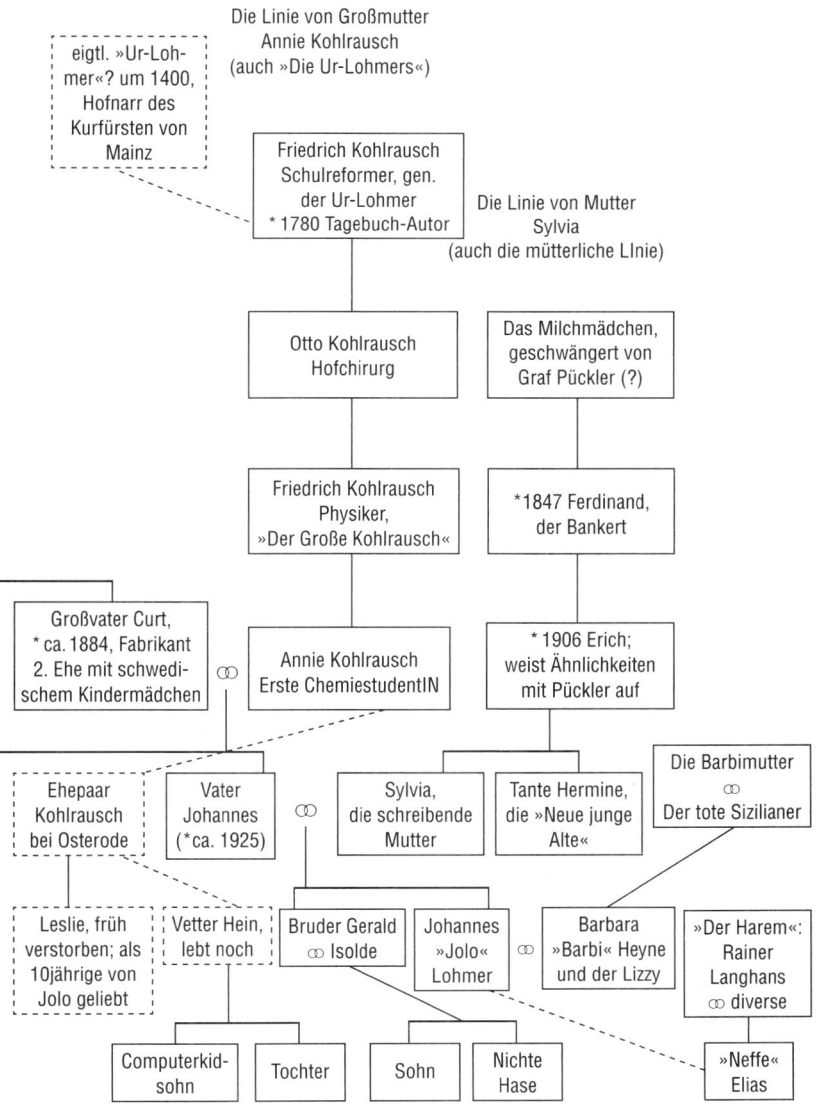

Die Linie von Großmutter
Annie Kohlrausch
(auch »Die Ur-Lohmers«)

eigtl. »Ur-Loh-mer«? um 1400, Hofnarr des Kurfürsten von Mainz

Friedrich Kohlrausch
Schulreformer, gen.
der Ur-Lohmer
* 1780 Tagebuch-Autor

Die Linie von Mutter
Sylvia
(auch die mütterliche LInie)

Otto Kohlrausch
Hofchirurg

Das Milchmädchen,
geschwängert von
Graf Pückler (?)

Friedrich Kohlrausch
Physiker,
»Der Große Kohlrausch«

*1847 Ferdinand,
der Bankert

Großvater Curt,
* ca. 1884, Fabrikant
2. Ehe mit schwedi-schem Kindermädchen

∞

Annie Kohlrausch
Erste ChemiestudentIN

* 1906 Erich;
weist Ähnlichkeiten
mit Pückler auf

Ehepaar
Kohlrausch
bei Osterode

Vater
Johannes
(*ca. 1925)

∞

Sylvia,
die schreibende
Mutter

Tante Hermine,
die »Neue junge
Alte«

Die Barbimutter
∞
Der tote Sizilianer

Leslie, früh
verstorben; als
10jährige von
Jolo geliebt

Vetter Hein,
lebt noch

Bruder Gerald
∞ Isolde

Johannes
»Jolo«
Lohmer

∞

Barbara
»Barbi« Heyne
und der Lizzy

»Der Harem«:
Rainer
Langhans
∞ diverse

Computerkid-sohn

Tochter

Sohn

Nichte
Hase

»Neffe«
Elias

4

Tante Hermine und Neffe Elias

Heinz Lohmer hatte mir mehrere Aktenordner mit Urkunden, Fotoalben und viele Packen Briefe mitgegeben. Wochenlang machte ich mir endlose Notizen, erstellte Skizzen und entwarf den Familienroman. Aber die Ahnen blieben totes Papier. An der Wand hing immer das Ahnenposter mit dem umfangreichen Arierpaß, also besser gesagt, jener Stammbaum, den Heinz' Großvater einst angelegt hatte, um den begehrten Arierpaß zu erlangen. So ein Stammbaum ist langweiliger, als man ihn sich vorstellt. Tausend Namen, die alles und nichts bedeuten. Schon nach vier oder fünf Generationen verzweigt sich alles in die Unendlichkeit – man ist praktisch mit ALLEN irgendwie verwandt, auch mit Goethe, Tizian, den Mormonen und Joschka Fischer. Und wie schnell verliert sich alles! Schon an meine eigene Vätergeneration hatte ich zwar noch Erinnerungen, aber kaum eine nachprüfbare. Es ging mir dabei aber besser als Kanzler Gerd Schröder, dessen Vater im Krieg fiel. Der hat auf der ganzen Welt keinen, der ihm sagen kann, was das für ein Mensch war, sein Vater. Hätte es einen gegeben, hätte der ihm sagen müssen, daß der Gefallene so gut wie nichts mit dem amtierenden Schröder zu tun hatte. Ging man noch eine Generation weiter, also zum Großvater Schröder, hörte schon jegliche Gemeinsamkeit auf. Wer also von den »Jahrtausenden« spricht, die in unserem deutschen Blut sich weitervererben, spinnt. Ich sah es ja bei mir. Ich mußte nur auf Heinz' akribischen Stammbaum gucken. Hundert Namen, die auf Lohmer enden, aber kein einziger, über den man noch etwas wußte. Und: Es war nur die halbe Wahrheit. Die mütterliche Linie fehlte ganz. Denn meine Mutter lernte meinen Lohmervater erst lange nach Erstellen dieses Arierpasses kennen.

Die mütterliche Linie erschien mir nun aber interessanter, denn es gab noch jemanden aus der Elterngeneration, der lebte. Eines Tages entdeckte ich alte Briefe meiner Mutter, darunter einen an ihre Schwester. Ich blätterte im Telefonbuch und fand heraus, daß die alte Dame noch immer in Berlin gemeldet war. Unfaßbar! Meine Eltern waren ja früh verstorben, aber diese enge Verwandte hatte, entgegen meinen Erwartungen, einfach munter weitergelebt bis heute. Ich erzählte es meinem Bruder, Ende März fuhr ich mit ihm hin. Wir befragten die Tante nach unseren Eltern, vor allem nach unserem Vater, den wir noch weniger kannten als unsere Mutter (ich möchte fast sagen: als jeden anderen Menschen unter und über der Erde). Tante Hermine war gerade 80 Jahre alt geworden. Ihren großen Geburtstag hatte ich verpaßt, da die Tante das Feiern von runden Geburtstagen »affig« fand, also spießig. Sie wollte das Altwerden schon deswegen nicht feiern, weil sie sich offenbar jung fühlte. Sie war wohl eine von den Neuen Jungen Alten. Sie sah aus wie 60 und fühlte sich wie 40. Die Vergangenheit war getilgt, also die spezifische Vergangenheit eines Menschen von 80 Jahren. Auf Geralds Fragen danach antwortete sie wie ein heutiger Realschüler, der nach der Potsdamer Konferenz oder der Währungsreform gefragt wird: lachend, achselzuckend, unwissend, schlecht vorbereitet, und immer mit der Attitüde: ›Das geht mir so am Arsch vorbei, was da vor Unzeiten geschehen ist, Mann!‹

Ganz eindeutig hatte diese junggebliebene, nein: junggewordene Frau nichts zu tun mit dem Geist dieser so ganz anderen Zeit. Auch mit ihren eigenen Eltern hatte sie nichts zu tun. Über das Dritte Reich, das sie in ihren ersten 20 Lebensjahren geprägt haben MUSSTE, konnte sie immerhin noch ein paar ausweichende Floskeln herunterleiern. Zu ihren Eltern aber fiel ihr definitiv gar nichts mehr ein. Nun war mein Bruder ein guter Journalist und fragte gefühlvoll weiter. Sie sei doch immer ins Theater gegangen und habe am Ende selbst kreativ am Theater gearbeitet. Woher denn dieses Interesse gekommen sei, doch wohl von den Eltern?

»Nein, ganz bestimmt nicht, also von da kam gar, gar ... gar nichts. Nein, nein. Meine Eltern ... da war wirklich nichts.«

»Worüber haben die denn so geredet?«

»Also, die haben nicht geredet.«

»Am Tisch sagt man doch irgendwas.«

»Es war die Zeit damals, da war das nicht so, daß man sich großartig über etwas unterhalten hätte.«

»Aber vielleicht ungroßartig, nur so, ein bißchen quatschen?«

»Nein, nein. Also wirklich nicht.«

»Ihr habt alle GESCHWIEGEN?«

»Man mußte ja auch vieles unterdrücken, wegen der Bombenangriffe. Man ließ nichts hochkommen.«

»Also Augen zu und durch!«

»Nein, so kann man es auch nicht sagen.«

»Sondern?«

»Keine Ahnung. Ich weiß nichts mehr darüber. Interessiert mich auch nicht.«

Theoretisch hätte man noch nach den Urgroßeltern fragen können, die die Tante noch länger begleitet hatten als das Nazireich – sie starben erst 1947 –, aber uns war klar, daß die Tante die Frage für total abgefahren und crazy gehalten hätte. Über Snoop Dogg hätte sie mehr erzählen können. Sie mochte Hiphop und vermietete seit 30 Jahren Zimmer ihrer hochherrschaftlichen Wohnung an blutjunge Studentinnen, mit denen sie dann wie in einer WG lebte. Alle zwei Jahre wechselten die Mädchen, zogen aus und wurden erwachsene Frauen, während neue, frisch geschlüpfte Jugendvertreter neuen Wind in die brüchige Bude brachten. Adolf Hitler? Ein Mann fürs Panoptikum. Fragen nach meinem Vater? Dann lieber die Tutenchamun-Ausstellung besuchen!

Mein Bruder versuchte es trotzdem weiter; schließlich war es die Zeit des Visa-Untersuchungsausschusses. Dort wurden Politiker der Grünen Partei zehn Stunden täglich vor laufenden Kameras »gegrillt«. Gerald und ich hatten es uns genau angesehen, wie Millionen andere auch. Sein Ton bekam nun etwas Scharfes, als er erneut nach unserem Vater fragte, dessen Namen ich trug, Johannes Friedrich Lohmer:

»Wie war eigentlich das allererste Zusammentreffen unseres Vaters mit dir? Wenigstens daran wirst du dich noch erinnern.«

»Also, ich habe ihn eigentlich erst Jahre später so richtig kennengelernt.«

»Du mußt doch einen Eindruck vom Mann deiner heißgeliebten Schwester gehabt haben!«

»Ich war eigentlich mehr mit meiner Schwester befaßt … ich war schwanger mit … mit … mit Dingsbums, Eugen, und sie war schwanger mit … mit DIR, richtig, und da waren die Männer nicht so …«

»Was für ein Mensch war er denn? Groß, klein, blond, dunkel, lebhaft, traurig?«

»Wer? Eugen?«

»Nein, unser Vater!«

»Wer?«

»Johannes Friedrich Lohmer der Erste!«

»Kenn ich nicht.«

»Gerdas Mann!«

»Ach so, ja. Na, mit dem hatte ich damals nicht soviel Kontakt, das kam, wißt ihr, erst so in späteren Jahren.«

»Du meinst in den 50er Jahren, in den Wirtschaftswunderzeiten, als ihr alle in München …«

»Nein, in den 60ern, als es mit meiner Ehe zu Ende ging. Er war ja sehr mit meinem Mann befreundet, und so kam er oft, um mich zu trösten und zugleich die Gegenposition zu verteidigen und mir behutsam zu vermitteln. Das hat immer sehr gutgetan.«

Unsere Mutter behauptete immer, das Verhältnis zwischen

den beiden sei damals auch sexuell gewesen. Aber das wollten wir natürlich nicht sofort fragen. Die Tante mußte erst noch ein paar Runden weiter »gegrillt« werden. Anders als bei Staatsminister Ludger Volmer ließen ihre Kräfte jedoch in den nächsten Stunden nicht nach. Mit ihren subjektiv gefühlten 40 Jahren war sie auch stärker als er.

»Lassen wir uns noch einmal zum Beginn zurückkommen. Unser Vater war also für dich in den ersten Jahren nach dem Krieg weder dünn noch dick, weder blond noch dunkel, weder lebhaft ...«

»Lebhaft! Doch, lebhaft war er schon. Er hatte so viele Ideen. Mehr Ideen, als er umsetzen konnte, wenn ihr mich richtig versteht.«

Sie lächelte kurz. Sie meinte wohl, daß seine Ideen verrückt gewesen seien. Gerald fragte nach dem Inhalt der Ideen. Sie sagte abweisend:

»Politische Ideen.«

»Welcher Art?«

»Das hat mich nicht interessiert.«

»Hing er noch den menschenverachtenden Vorstellungen des mörderischen Nationalsozialismus an?«

»Pah! Damit hatte doch keiner was am Hut.«

»Aber welche ›Ideen‹ könnten es sonst gewesen sein?«

»Irgendwas mit der FDP eben.«

»Spielst du damit darauf an, daß er Mitbegründer der Freien Demokratischen Partei in Hamburg gewesen war?«

»Davon weiß ich nichts. Das war Sache der Männer. Günter hat sich dafür interessiert.«

Ihr Mann Günter gründete später die Humanistische Union. Auch den konnten wir nicht mehr fragen, auch er war früh verstorben. Er hatte freilich ein uneheliches Kind mit einer Tochter Bertolt Brechts oder so ähnlich, und mit Wolfgang Borchert hatte er Bücher geschrieben: Das war so ein Extra-Kosmos, eben die Brecht-Benn-Borchert-Entourage, die nur Heiner Müller hätte entwirren können, doch tot war auch er.

Oft klammert man sich an die Hoffnung, ein einziges privates Tagebuch könnte mit einem Schlag alles erhellen. Plötzlich ginge die Sonne auf, so wie beim Großauftrag der Süddeutschen oder nach dem Anruf bei meinem Verleger, der die Idee meines Familienromans mit einem großzügigen Scheck beantwortet hatte. Im Fall eines solchen privaten Tagebuches wird dann aus spröden nichtsnutzigen Datenfragmenten, Sterbescheinen und dem in allen Familien betriebenen name dropping (»Und der Vetter von Inges Mann soll sogar mit dem Großherzog von Lothringen bekannt gewesen sein ...«) plötzlich eine Welt, eine Situation, ein ICH. Und genau so ein Tagebuch tauchte nun auf. Onkel Heinz hatte es mir zugeschickt! Es war das Tagebuch der Schwiegermutter von Curt Lohmers Bruder Hermann. (Curt Lohmer war mein Großvater.) Dazu gleich mehr. Ich will nur den Besuch bei der jungen alten Tante abschließen, der Leser hat ja ein Recht darauf.

Sie beantwortete alle weiteren Fragen diplomatisch, wohlwollend, menschlich anständig und insgesamt völlig nichtssagend – genau wie die Zeugen im Visa-Ausschuß. Interessant war nur, daß die gute Tante, obwohl von Anfang an mit von der Partie, nicht die allergeringste Detailinformation zum Leben unserer Eltern hinzufügen konnte. Gerald und ich lernten daraus, daß wir alle gar keine Geschichte besitzen. Wir haben die gerade gültige »story«. Alles andere ist blanker Nebel. Und noch klarer als nach meinem Besuch bei Onkel Heinz war nun: Wenn ich etwas über meine WAHRE Familiengeschichte erfahren wollte, ja wenn ich den großen, halbdokumentarischen FAMILIENROMAN schreiben wollte, konnte ich das nur als schamloser Betrüger und hemmungsloser Anekdötchenerfinder tun. Wahrscheinlich hatte Thomas Mann es auch so gemacht.

Nachdenklich fuhren wir in meinem großen Wartburg 353 Super zurück nach Berlin-Mitte. Den Bruder setzte ich im muffigen Charlottenburg ab, ich selbst fuhr weiter nach Mitte, wo ich ohne zu zögern meinen Neffen Elias besuchte. Das hatte ich noch gar nicht erzählt: Eli war wieder aufgetaucht!

Der gute Junge! Ich hatte seit Monaten nichts von ihm gehört, und dann hatte er mich einfach auf dem Handy angerufen und so geklungen, als hätten wir uns erst am Tag davor gesehen. Nun erzählte er, daß er die letzte Zeit in München gelebt hatte, um sich vor den Auswirkungen des Jugendbuches zu schützen, das ich über ihn geschrieben hatte. In München lasen die Menschen keine Bücher, so daß er unerkannt blieb. Er war mir überhaupt nicht böse deswegen und überhaupt ganz der Alte, sah aus wie ewige 18. Er fragte, was bei mir geht und was ich in letzter Zeit aufgestellt hätte. Ich berichtete von meinen Erfahrungen mit dem Ahnenprojekt und den Gedanken über den Familienroman, die ich auf der Rückfahrt gehabt hatte. Er hörte kaum zu, fragte dann aber:

»Es gibt ein intimes Tagebuch deiner Urgroßmutter?«

Ich sagte ihm, es sei wahrscheinlich eine einzige Enttäuschung, aber er wollte es trotzdem sehen. Ich ging zum üppigen Kofferraum der geräumigen Limousine und holte es heraus. Es waren nur die fotokopierten Seiten, die mein Uronkel Heinz für mich hatte machen lassen, nachdem er allerdings zuvor die unlesbare Sütterlin-Handschrift von einer professionellen Schriftenleserin hatte übertragen und abtippen lassen. Das Tagebuch stammte aus der Kaiserzeit, kurz vor dem Ersten Weltkrieg, also der glücklichsten Zeit, die die Deutschen je hatten, 1911 bis 1913. Man hätte denken können, daß die Leutchen ein bißchen souveräner, weltgewandter und libertärer, ja lebenslustiger in den Tag und in ihr kleines frivoles Tagebuch hätten blicken können als sonst immer. 50 Jahre Frieden, 50 Jahre beispielloser Aufstieg und Wohlstand: Hatte das die Deutschen nicht ein wenig undeutscher gemacht, ein bißchen französischer? Statt ›Wieder seit drei Tagen unter Feuer. Der Iwan macht keine Gefangenen. Von 60 Leuten noch drei am Leben, davon zwei schwerverletzt. Euer Jürgen‹ könnte doch mal etwas von Liebe und Frühling stehen? Nein, nein, weit gefehlt, natürlich wieder nicht.

»Lies schon vor!« drängelte Elias. Ich atmete tief durch und erklärte vorab, der Großonkel habe die wenigen Stellen, in denen sein eigener Großvater vorkam, und jene, in denen MEIN Großvater, dessen Bruder, vorkam, zum Glück markiert. Die wolle ich, wenn es denn sein müsse, vorlesen:

»2. Januar 1911: Alle gesund und wohl das neue Jahr angetreten. Hermann Lohmer fuhr heute wieder ab.

21. Januar: Ida bekam von ihrem Hermann ein Telegramm, daß sein Bruder Curt sein Referendar-Examen nicht bestanden hat.«

Curt war mein Großvater. Es ist die erste Detailinformation, die ich aus seinem Leben erhalte. Er hat sein Examen nicht bestanden, der Loser. Aber deswegen gleich ein Telegramm vom mißgünstigen Bruder an dessen Verlobte Ida? Klingt wie Schadenfreude.

»2. Februar: Ida schreibt sehr vergnügt von Berlin. Hermanns Eltern Maria und Elias Lohmer sind wohl ganz liebenswürdig und nett zu ihr.

15. Februar: Ida kehrte heute von Berlin zurück, war drei Wochen dagewesen.«

Onkel Heinz kritzelte an den Rand: »ihre Verlobungszeit«. Da hat die Kleine also drei Wochen lang Party gemacht. Alle Clubs der Stadt gecheckt, immer Highlife, voll der Spaß – und danach hat sie ihn bestimmt gern heiraten wollen. Wenigstens das ist heute noch wie früher. Elias nickte ernst.

»26. März: Meinen 58. Geburtstag konnte ich in Dankbarkeit und bester Gesundheit feiern. Von Lohmer bekam ich einen ganz reizenden Brief.

30. April: Ida und Rudolf waren heute nach Bremen, wo sie sich mit Hermann Lohmer trafen.«

Sehr mobil, diese Leute damals. Und der Schwiegersohn wird immer noch innerlich mit dem Nachnamen geführt.

»4. Juni: Idas Hochzeit ist jetzt bestimmt auf den 4. Juli gesetzt. Die Einladungen werden schon abgeschickt.

7. Juni: Hermann Lohmer hat eine Wohnung für sie gemietet, Roscherstraße 1, III, Charlottenburg.«

Diese Straße gab es 94 Jahre danach immer noch, wie der neueste Falkplan von 2005 bewies. Mit der genauen Beschreibung der Wohnungslage – dritter Stock – könnte ich dereinst versuchen, mir die Situation zu imaginieren. Doch gibt es einen größeren Gegensatz als einen neuen Gegenstand und denselben hundert Jahre später? Bei Autos zum Beispiel nicht. Eine alte Schrottkiste, so liebevoll sie als »süßer Oldie« auch aufgepeppt sein mag, ist das exakte Gegenteil des coolen, hippen, geilen, fabrikneuen Statussymbols von einst. Und so ist es auch mit den luxusrenovierten Wohnungen in ehemaligen besten Lagen, wo heute nur noch Rentner, linke Gymnasiallehrer-Pärchen (junggeblieben, Fächer Deutsch und Kunst, reformierte Oberstufe) und etablierte InnenarchitektInnen wohnen. Wer kann sich da noch die Pracht und Potenz der Gründerjahre vorstellen? Es ist, als wolle man sich bei Pamela Andersons siebenter Busenbegradigung noch Lust auf die Person vormachen.

»24. Juni: Die Hochzeit soll am 4. Juli in Wilhelmshaven stattfinden. Die meisten Eingeladenen haben zugesagt ...«

Es folgen dreißig Namen, und sosehr ich die Buchstaben auch anstarrte, konnte ich doch nicht den geringsten Bezug zu später entdecken. Von wegen »die Welt ist klein« oder »der Kreis schließt sich« oder gar Nietzsches »Wiederkehr vom immer Gleichen« und wie die lieben esoterischen Wunschbilder alle heißen: Nichts wiederholt sich, nichts ist ewig menschlich, nichts ist eine kreisförmige comédie humaine, auf die wir uns verlassen können! Da sind Namen und Welten, die versacken im Meer des Nichts und kommen nie wieder zurück an die Oberfläche.

»3. Juli: Elias Lohmer mit Frau Maria sowie die Söhne Curt, Hermann und Johannes Lohmer trafen heute nachmittag in Wilhelmshaven ein und wohnten in Loheide, wo alle Hochzeitsgäste logierten.

4. Juli: Die Hochzeit unserer lieben Ida mit Hermann Lohmer fand heute in Wichts Weinstuben in Wilhelmshaven statt und nahm einen sehr fidelen gemütlichen Verlauf. Die Stimmung war von Anfang an ganz vergnügt, und alle haben sich wohl gut amüsiert. Das junge Paar reiste morgens früh nach Hannover.«

Bremen, Berlin, Wilhelmshaven, Hannover – was machen die da bloß immer? Man erfährt es nicht.

»7. Juli: Elias Lohmer reiste mit Sohn Curt heute wieder ab, da er nicht länger Urlaub hat. Vom jungen Paar hatten wir vergnügte Nachricht, zunächst aus Heidelberg, dann aus der Schweiz.

11. Juli: Heute fuhr Maria Lohmer wieder ab. Johannes Lohmer blieb hier und half Vater beim Einpacken von Idas Sachen.

15. Juli: Johannes Lohmer war heute mit Karl Köchy zur Insel Wangeroog.

18. Juli: Johannes Lohmer reiste nach Kiel, um sich einer Wandervogel-Gesellschaft anzuschließen.

25. Juli: Hermann und Ida von Hochzeitsreise zurück …«

Ein paar Monate übersprang ich, denn es kamen nur Wetterbeobachtungen. Dann fuhr die Tagebuchschreiberin nach Berlin und hielt sich recht lange bei ihrer Tochter Ida auf, mit der sie dauernd ins Theater geht, zum Beispiel in »Der Bettler von Syrakus«, oder in den Berliner Dom oder spazieren Unter den Linden. Alles sieht wirklich gut aus. Hermann und Ida wirken vergnügt und wohl. Es war wahrscheinlich alles eins zu eins wie es war. Liebe, Verlobung, Hochzeit, Hochzeitsreise, erster Sex, neue Wohnung, Großstadt, Theater, Glück. Nur einmal schreibt die Autorin, Elias Lohmer habe Gelenkrheumatismus und Herzbeschwerden bekommen. Die verschwinden dann aber wieder. Der Mann wurde noch steinalt, über 80. Am 10. Januar des übernächsten Jahres wird ein Sohn geboren, Gerald. Also 1913. Das war dann der Vater meines Oheims Heinz Lohmer. Und der Namensgeber meines Bruders. Dieser 1913 geborene Gerald stirbt dann später an der Ostfront. Was aus Johannes Lohmer, dem Wandervogel-Hippie, noch wurde, erfuhr ich nicht, da der Text nun abbrach. Aber genau das wollte Elias jetzt wissen. Ich mußte im Arierpaß nachschauen.

Da war der aber gar nicht drin – als einziger! Elias Lohmer hatte insgesamt vier Söhne und eine Tochter. Ich betete die Liturgie noch mal runter: Walter der Gründervater der Guatemala-Lohmers, Hermann der Großvater meines »Onkels« Heinz, Curt mein eigener Großvater, und Johannes – der Verschwundene! Ich wußte immerhin, daß dieser Namensgeber meines Vaters im Ersten Weltkrieg gestorben war. Bernd Hellinger, der Erfinder der ›Systemischen Psychologie‹, würde sagen (und ich würde ihm zustimmen), daß mein Vater diese frei gewordene Stelle in der Familie ausfüllen oder übernehmen sollte. Stellenbeschreibung also: Tragödie. Demnach hatten sowohl mein Bruder wie auch ich die Namen von innerfamiliären Heldentoten bekommen. Kein gutes Omen.

»Elichen, das ist alles nicht unsere Baustelle. Dieses Herumstöbern in alten Friedhöfen ist wie Kaffeesatzlesen oder sich für viel Geld Horoskope erstellen lassen. Wir müssen sehen, was in der Wirklichkeit geschieht. Am Samstag –«

»Aber Jolo, Horoskope stimmen doch immer!«

Er vertiefte sich nun die ganze Zeit in die DIN-A3-Seiten, auf denen der ausufernde Stammbaum notdürftig zusammengehalten wurde; man mußte die Seiten nebeneinander legen. Kinder sind fasziniert von so was, wie von Schatzsuchergeschichten …

5
Zurück zur Jugend von heute

Irgendwann am Nachmittag stoppte ich Elis Schatz-suche und erzählte ihm von meinem Auftrag für die SZ, dem Großauftrag mit der Feldforschung zum Popstand-ort Deutschland, und jetzt am Wochenende ging es nun end-lich los mit den angekündigten Kulturevents, die ich für die Recherche zu besuchen hatte. Ich sollte über die Verleihung des ehrwürdigen deutschen Grammophonpreises, genannt »Echo«, berichten. Es gab eine große Fernsehgala, und der SZ-Redakteur hatte ausdrücklich darum gebeten, daß ich die Show und die Lage der Musikbranche, also die am Boden liegende Musikindustrie, mal genauestens unter die Lupe nehme. Ich wußte, was der Chef damit meinte. Ich sagte Eli, daß wir uns das Spektakel zusammen ansehen könnten, ich würde ihn einschleusen. Die Ehrenberg-Zwillinge würden als feministisches österreichisches Country-Punkduo die Pausen-nummer sein, und natürlich würde die bezaubernde Yvonne Catterfeld geehrt. Leider auch all die Altstars und Schlager-Mumien. Bei dem Stichwort widersprach Eli. Er mochte die angegriffenen Altstars gern und sagte, er hätte es lieber, wenn ich die Jungstars attackierte. Er folgte also seinen anerzogenen Reflexen, wonach die Vorlieben der herrschenden bejahrten Kulturbetriebler cool und alles Neue peinlich sei. Eli konnte dafür nichts, er war ja nicht Jesus. Ich kannte das aus meinem Jahr mit der Jugend von heute. Ich hatte damals nicht nur festgestellt, daß die jungen Leute nur noch kuscheln, statt zu bohnern. Ich hatte auch erleben müssen, daß gerade sie die

Angepaßtesten und Zahmsten waren, geradezu leidenschaftliche Sklavennaturen. Überall winselten junge Leute um Gnade und um das Recht, mitmachen zu dürfen, nach dem Motto: »Laßt uns dabeisein, wir finden auch alles ganz ganz cool, was IHR gut findet und immer gut gefunden habt und immer gut finden werdet! Gelobt seien Madonna und Schlingensief und Peter Zadek und Phil Collins und die Supremes und alles, alles, was IHR wollt, Amen!«

Elis Wunsch, es den Jungstars zu zeigen, in Ehren – aber ich mußte mich durchsetzen, und es fiel mir leicht. Immerhin kam er mit. Wir verabredeten uns für jenen denkwürdigen Abend, an dem in Rom der Papst starb und in Berlin Thomas Gottschalk »rockte«. Am Sonntag schickte ich der Süddeutschen meinen Bericht, am Montag wurde er gedruckt:

Tödliche »Echo«-Verleihung Diese alten Menschen mitten im Terrain der Jugend, diese Perversen, das hat mich immer schon abgestoßen. Diese ewigen Ralph Siegels und Katja Ebsteins: brrr! Das war schon vor zehn Jahren, vor zwanzig, vor – ja, wann hat es eigentlich angefangen? Daß solche fetten Hausmeister-Typen wie Grönemeyer in Jugendsendungen auftraten und verlogener charity das Wort redeten? Bleiben wir einfach beim Samstag, dem Tag also, als der Papst starb. Genau zu der Zeit wurde der sogenannte ›Echo‹ verliehen, angeblich der zweitwichtigste Musikpreis der Welt. Nach dem ›Grammy‹, der sicherlich kaum besser ist. Dieselbe verlogene Scheiße, wenn Sie mich fragen. Industrie-Dreck von alten Säcken, gemacht für sie selber, aber falsch etikettiert als ›angesagte Musik‹.

Zur Realität: Das abgelaufene Jahr war das Jahr der jungen deutschsprachigen Musik. Es war phänomenal. Nie zuvor hatte es das gegeben: daß deutsche Gruppen mehr verkauften als englische. Stichwort Silbermond, Juli, Wir sind Helden, Dresden Dolls, all die anderen. Würden trotzdem wieder Ladenhüter wie Peter Maffay, Udo Jürgens oder gar

noch Ältere die Preise ›abräumen‹? Erneut Katja Ebstein?
Immer noch Rex Gildo, posthum? Oder so ein Depp wie
Guildo Horn? Oder Schnappi das Nilpferd? Ich ließ mich
gern überraschen, was die alten Kulturbetriebler diesmal für
zeitgemäß hielten.

Als erstes wird Antje Vollmer, die Alterspräsidentin des
Bundestages, begrüßt. Der Papst lebt zu dem Zeitpunkt
noch, warum nicht auch sie. Dann Klaus Wowereit, der Bürgermeister. Der Saal ist übrigens riesig, faßt Tausende von
Krawatten- und Anzugträgern, weißhaarige Burschen zu-
meist wie im Parlament. Selbst die ›jungen‹ unter ihnen sind
über 30 und stecken in speckigen schwarzen Kombinationen
wie Blutwürste in der Pelle. Nirgendwo Farbe. Als einer in
einem bordeauxroten Anzug auftaucht, lachen die Fotografen. Überhaupt die Fotografen: Sie ersetzen die Jugend komplett. Sie kreischen bei jedem Promi wie früher die Mädchen
bei Robbie Williams.

Die einzige authentische junge Person ist Yvonne Catterfeld. Diese Augenstellung! Sie ist wirklich nett. Doch wenige Sekunden später taucht schon Thomas Gottschalk in
Ledermontur auf. Lange Haare, jung geblieben wie 1972.
Avril Lavigne, 22, die letzte Pubertierende des Erdballs, ist
zwar nominiert, wird aber mit keinem Wort mehr erwähnt
(fix rausgewürfelt). Millionen Fans unter Schülerinnen? Unwichtig! Kein Argument gegen Peter Maffay! Die Kamera
fängt sein stoisches Indianergesicht immer wieder ein, als
wäre er als Konrad Adenauer wiederauferstanden.

Natürlich gewinnt den ersten ›Echo‹ die mit Abstand scheuß-
lichste Person aller Zeiten, ›Anastacia‹, sprich: Anästeyschia.
Ein blutleerer Brüllelefant ohne Hirn. Röhrt wie ein Hirsch,
kann aber eine Zeitung weder von vorne noch von hinten lesen. Die abgefuckte Alte sieht aus wie 45, wie die dominante
Mutter vom Wowereit, der wiederum wie 25 aussieht. Gott,
was für ein Haufen! Was hat das alles mit Jugendkultur zu
tun? Na alles, aber mit Jungsein nichts.

›Live act‹ bedeutet hier peinlichstes Playback. Nena singt ihren neuesten Song, im Zebra-Minikleid, bewegt sich wie eine 17jährige. Das macht sie aber so umwerfend komisch und raffiniert, daß ich sie zu den drei Pluspunkten des Abends rechne. Die anderen beiden: der Auftritt Ulf Pochers und der des Kabarettisten Mittermeier. Tatsächlich ist ja das Potential so groß wie nie. Man läßt sie nur nicht ran, die Jungen. Als ›Silbermond‹ am Ende einmal danke sagen dürfen, spürt man, welcher Stromschlag augenblicklich in die toten Fernsehkästen rast. Es ist, als reiße der Schleier für Minuten auf, als verbrennten sich die Reinhard Meys (nominiert), Westernhagens (spielte seine neue Single), Phil Collins (nominiert), Marianne Rosenbergs und so weiter die gierigen Finger. Elende Krämerseelen! Von denen hat keiner eine Idee, eine Aura, ein Herz – und schon gar keine Bedeutung. Da steht keiner für etwas, außer natürlich für das Alter, also Beharrung, Stillstand, Denkverbot, Repression. Es ist Mist, was sie uns hinhalten! Warum sagt das keiner? Seit 35 Jahren dürfen sie dröhnend auf der Stelle treten, und niemand ist da, der mit dem Finger auf sie zeigt und »Aufhören!« ruft.

Das Publikum ist statt dessen total mau. Keinerlei Resonanz. Tödlich! Der Moderator Oliver Geißen ist freilich keiner, der das Eis zum Schmelzen bringt. Ein KFZ-Verkäufer, keine Spur jugendlich oder gar charmant, nur abgewichst und unsympathisch. Einfach ein weiterer korrupter, schlechter Mensch, wie fast alle im Saal. Außer Barbara Schöneberger natürlich.

Echo für Echo wird verliehen. Andrea Berg, 45, gewinnt einen. Sie tritt halb nackt auf, ein handbreiter Minirock und ein offenes Top, schmettert maskulin ins Mikro: »Ich widme diesen Echo einem ganz besonderen Menschen: meinem Produzenten!« Das haben vor ihr schon andere getan und tun nach ihr einmütig alle: Sie danken ihrem Produzenten, ihrer Produktionsfirma, ihrem Management und ihrer PR-Abteilung. Klar, weil es schließlich alles ein Werk dieser Spießer ist, was sie da vortragen. Ein schriller Zynismus eigentlich, daß all diese Marionetten immer wieder als ›Künstler‹ tituliert werden an diesem Abend, meist mit dem Adjektiv ›wunderbarer Künstler‹. Das Wort ›wunderbar‹ wird inflationär gebraucht. Ein zweites Adjektiv fällt den Moderatoren partout nicht ein. Muß man verstehen.

Peter Maffay hat den längsten Act. Lederhose, offenes Hemd, 60 Jahre. Auch die Mitstreiter sind kaum jünger. Tattoos überall, Ketten, esoterische Zeichen, Schwarzhemden – der Geschmacksfaschismus der Ewiggestrigen sozusagen. Die immer gleichen Riffs, in 30 Jahren nicht einen Ton dazugelernt. Wer soll da klatschen, wer soll da kreischen? Wieder nur die Fotografen, später, wenn sie ihr Bild brauchen. Es sind Hunderte da, Hunderte auch von schreibenden Journalisten, aber wieder wird nicht einer einen einzigen Satz schreiben, der lesenswert wäre. Verkommene Gesellschaft!

Dann Anett Louisan, Großväterchens Liebling. Wenn die 45jährigen heute wie 35 daherkommen, so die 17jährigen wie 7jährige: »Ich will doch nur spielen, ich tu doch nichts ...« Schwamm drüber (sie gewinnt gleich mehrere Echos). Hansi Hinterseer ist nominiert, die Höhner auch. Das sind die Jecken, die an Karneval diese Sendungen »Höhner – die ersten 30 Jahre« bestreiten. Hansi Hinterseer ist jünger, ein kraftstrotzender Bergfex von höchstens 50. Dann die Kastelruther Spatzen, dann die Randfichten. Und die Beastie Boys, direkt aus der Familiengruft geholt. Die sollen gerade erst in den 80er Jahren des vorigen Jahrhunderts hip gewesen sein. Auch Rammstein wird nun entdeckt, zehn Jahre zu spät, und die Böhsen Onkelz, 15 Jahre zu spät. Doch nun kommt das Irrste: Al Green ist doch tatsächlich angereist. Ja, genau, der 20jährige Superstar aus USA! Die heißeste Sache weltweit – aber er wird nicht erkannt, nicht beachtet. Kein Fotograf schreit. Und als dann doch alle schreien wie am Spieß, dreht sich Al Green lächelnd zu der Meute und sieht, daß sie nicht ihn, sondern Jenny Elvers meinen, die zufällig hinter ihm steht.

Das ist der Echo, besser kann man es nicht zeigen. Die Ärzte sind natürlich wieder nominiert, so daß irgendwann nur noch die Toten Hosen fehlen. Udo Jürgens quakt wieder am Klavier und danach noch lange ins Mikro. Schade, der Mann hat eigentlich ein gutes Gespür für die Jugend. Insgeheim findet er sich und seine Rolle hochnotpeinlich. Als er einmal mit der russischen Lesbengruppe tATu in eine Talkshow gesperrt wurde, war er als einziger von den originären 19jährigen angetan. Es tat ihm ersichtlich weh, wie Gottschalk den üblichen grienenden Altersspott über sie ergoß. Aber jetzt ist wohl eh alles egal, die Pferde gehen mit ihm durch, mit Udo Jürgens, und er hält eine endskraß ödende Laudatio auf irgendeinen Musikindustrie-Knecht, der Musicals von Andrew Lloyd Webber ins Deutsche übersetzte. Einen Knilch von mindestens 70, schlohweiß das Haar, unsexy die Goldrandbrille. Der absolute Tiefpunkt ist erreicht. Genau in dem Moment stirbt der Papst. Die Erlösung.

Das Fernsehen bricht die unmuntere Sendung augenblicklich ab. Doch hoppla – eine After-Party ist ja noch auf dem Programm. Die müßte nach dieser Logik natürlich erst recht abgesagt werden. Aber nein, die Party ist wohl unverzichtbar. Ich merke schnell, warum. Weitere Heerscharen von Senioren strömen nämlich herbei. Es müssen auf jeden Fall mehrere Tausend sein. Vielleicht Leute, die für die Verleihung keine Karten oder VIP-Tickets kriegten und nun erst recht die Prominenten sehen wollen. Aber die Prominenten sind natürlich längst weg, jedenfalls die meistens. Geblieben ist wieder nur Ralph Siegel, Katja Ebstein, Jenny Elvers und so weiter. Siegel ist kein schlechter Mann. Einer der wenigen über 60, bei denen ich gern einmal Gast beim Abendessen wäre. Auch daß er ein viel zu junges weibliches Sexualobjekt vor sich herschiebt – sozusagen Hand an die sexuellen Ressourcen des Landes legt, die Jugend beklaut, der alte Schlawiner –, finde ich besser als die unfitte Art der anderen Bonzen. Nur meine ich, daß er für jede andere Führungsaufgabe im Lande besser geeignet wäre.

Die Party ist natürlich furchtbar. Der Tod des Papstes stört keinen – genau das ist so furchtbar. Sie finden den Gestorbenen nur lächerlich, nicht der Rede wert. Weil er das hat, was sie am meisten verabscheuen: Meinungen, eine geistige Haltung, einen Widerstand zum totalen Konsumismus. Für sie ist das ›alt‹. Dabei ist es jung, und sie, die jetzt mit viel Appetit in die Lachscroissants beißen, sind viel älter als der Papst. Keinerlei Jugend ist noch anwesend, das versteht sich ja von selbst. Buchhalter, angegraute Agenturleute, Werber, die Vertriebsmanager der Phono-Branche und so weiter. Wohl gut zehn erlesene Buffets vom Feinsten künden von der Protzsucht der Veranstalter (u. a. RTL), allein das Catering muß Millionen verschlungen haben. Auf wessen Kosten schlagen sich eigentlich all diese verbiesterten Büro-Gesichter die Bäuche voll? Etwa auf Kosten der Jugendlichen, die die CDs kaufen sollen? Brennt bloß schwarz weiter, Kinder!

Wenigstens wird keine Musik gespielt. Was das wohl für eine gewesen wäre! Auf jeden Fall Rammsteins gerade mehrfach echogekröntes Lied. Das geht so: »Ich habe keine Lust … ich habe keine Lust … es ist so kalt … es ist so kalt!«

Das ist Deutschland. Das alte.

Natürlich löste der Artikel die gewünschten Reaktionen aus. Die SZ mußte eine ganze Seite Leserbriefe abdrucken und meinen Aufruf zum illegalen Schwarzbrennen widerrufen wie einst Luther seine Thesen in Worms. Ich kümmerte mich nicht darum. Diejenigen Reaktionen, die sich an mich persönlich richten, haben mich eigentlich selten interessiert. Auch nicht die zwanzig E-Mails pro Tag, die meine Übertreibungen mit üblen Beschimpfungen und Drohungen beantworteten. Viel wichtiger war, daß die SZ die weitere Feldforschung mit einem hübschen Honorar finanzierte.

Elias übrigens blieb bei seinen Vorbehalten: Peter Maffay sei doch ein netter alter Depp und immer noch hundertmal besser als Yvonne Catterfeld, die die Pest auf Erden sei, fast so schlimm wie Junimond und all die anderen gräßlichen neuen Bands. Im Vergleich zu Judith Holofernes sei Katja Ebstein doch Gold. Immerhin fand er, daß Fifty Cent besser aussah als Johannes Heesters, wegen der großen Muskeln. Mein guter Neffe! Er war da auf eine bestimmte Art wie meine Tante Hermine, die Schwester meiner Mutti, die ich mit Bruder Gerald vergeblich versucht hatte zu »grillen«. Wir hatten ja in Mutters Schwester keine senile Person vorgefunden, sondern eine, die im vollen Besitz ihrer geistigen Kraft war. Fast täglich veröffentlichte sie noch in kleineren und mittleren Zeitungen Theaterberichte, hörte dabei Hiphop auf ihrem iPod und kannte keine Vergangenheit. Mein schlauer Neffe Elias wiederum wußte so gut wie kein zweiter Mensch, den ich kannte, was weltweit kulturell angesagt war, verehrte aber demütig die Vorlieben der Alten. Wenn also die Tante nahtlos das Bewußtsein einer 35jährigen übernahm und auf ein eigenes verzichtete, verhielt sie sich wie die Enkelgeneration, die ebenfalls auf ein eigenes Jung- und Anderssein im vorauseilenden Gehorsam verzichtete und sich dem herrschenden Weltbild der geburtenstarken Jahrgänge anschloß. So wie die Jugend nicht mehr rebellisch und jung war, so war das Alter nicht mehr störrisch und alt. Es gab nur noch das Eine. Adorno hätte sich entsetzt die Augen gerieben bei dieser Implosion der Dialektik. Schön war das nicht. Aber es war von nun an die Leitthese für meine große Untersuchung zum Popstandort. Um sie zu erhärten, mußte ich mich nur noch ein bißchen umhören und mit Eli das Nachtleben durchkämmen.

Es gab vier neue Kult-Clubs in Berlin seit Anfang des Jahres, Elias wollte sie alle kennenlernen. In München hatte er zwar nicht den Kontakt zur Szene verloren, war aber eben nicht vor Ort gewesen. Nun wollte er gucken, was aus seinen Homies in der Hauptstadt geworden war. Ich bestand aber darauf, daß ich auch tagsüber recherchieren und Leute befragen mußte. Er sagte sofort zu, mir dabei zu helfen. Wir fuhren viel herum. Das Cruisen hatte uns immer schon viel Spaß gemacht. Schließlich mußte man inspiriert werden. Als erstes fuhren wir in die Roscherstraße 1, um uns die Wohnung von Hermann und Ida Lohmer anzugucken. Es war eigentlich nur so ein Gag von mir. Nie hätte ich gedacht, da etwas anderes zu finden als das heutige Kaliningrad.

Doch uns erwartete eine echte Sensation. Das Haus stand, die Straße stand, die Schule gegenüber stand, die Kastanienbäume standen, und: Man hatte noch nicht einmal einen Fensterrahmen verändert oder sonst irgendwas. Träumte ich das alles? Nein, es war so. Bis auf die Pferdewagen war alles wie 1911. Dieses Haus hatte etwas, von dem ich immer nur gelesen hatte: einen Dienstboteneingang. Eine Frau ging durch das Hauptportal, und wir schlüpften mit hinein, natürlich nicht ohne höflich zu fragen, ob wir das dürften. Ich wollte von der Frau wissen, um ganz sicherzugehen, wann das Haus erbaut worden sei.

»Um 1900.«

»Und seit wann wohnen Sie hier? Ich frage, weil meine Großeltern hier gewohnt haben.«

»Ach, erst seit 1960. Kommse mal mit.«

Es stellte sich heraus, daß sie mit einem Mann im zweiten Stock lebte, der schon seit den 30er Jahren dort wohnte. Beide Menschen waren 85 Jahre alt. Das Foyer war mit Spiegeln und Marmor ausgeschlagen, wollte aber für damalige Zeiten modern sein, verzichtete also auf Schnörkel jeder Art. War es schon Art Deco, oder eine Vorform davon? Das Treppenhaus war schön und still, die Abendsonne brach milde und rötlich durch die geriffelten Fenster, fiel auf den roten Treppenteppich. In der Wohnung der beiden standen noch ausschließlich die Mahagonimöbel von Wilhelm Zwo, ich entdeckte keinen einzigen Gegenstand der Neuzeit, alles war dunkelbraun, gold, verweht, still vor sich hin existierend. Da war völlig unvermutet ein winziges Areal Vergangenheit, das lebte. Es war, als würde man im Dschungel des Amazonas auf eine Horde unentdeckter Steinzeitmenschen stoßen. Nun erfuhr ich, daß die beiden noch eine dritte Person bei sich hatten, die sogar schon 95 Jahre alt war. Die schlief aber gerade. Der Mann gab mir Namen und Adresse der Hausverwaltung. Angeblich war diese Hausverwaltung immer schon für dieses Haus zuständig gewesen. Wir verabschiedeten uns rasch, da wir schon so sehr in diese Welt eingedrungen waren. Zumindest der Mann machte nicht den Eindruck, ein »Neuer Junger Alter« zu sein. Vielleicht konnte ich ihn einmal anrufen und für eine getürkte »Hier spricht der Großvater!«-Kolumne ausquetschen. Noch beim Rausgehen hatte er eine vielversprechende Bemerkung gemacht. Er sei seit 1940 für Deutschland im Krieg gewesen, weswegen er von den Lohmers nicht viel mitgekriegt habe. Beim Wort ›Deutschland‹ erhob sich seine erloschene Stimme unverhofft zu Fanfarenstärke.

Elias und ich gingen die Treppe hinunter. Es gab auch einen phantastischen Aufzug mit Innenbeleuchtung, lederbespannter Holzbank und Vollverspiegelung – damals der absolute Fortschritt –, aber wir wollten lieber gehen und die Atmosphäre des Hauses aufnehmen. Ich konnte mir zum ersten Mal Ida Lohmer vorstellen, den Tag, an dem sie, zurückkommend von der Hochzeitsreise, diesen Traum von neuer Bleibe, dieses Haus betrat. Wir wissen ja jetzt, wann: am 7. Juni 1911. Sogar das Wetter dieses Tages wissen wir ganz genau. Es war unerträglich heiß gewesen. Die Urgroßmutter hatte in tausend Seiten Tagebuch nicht ein einziges Mal die Haarfarbe Idas erwähnt, aber jeden Tag das Wetter. Unerträglich heiß und drückend, den ganzen Juli über, sogar den ganzen August noch, sogar noch bis in die erste Septemberhälfte. Der heißeste Sommer im Leben der Schreiberin.

Eli und ich gingen in eine Berliner Kneipe gleich gegenüber. Wir sahen uns in der Kneipe um. Ein polnischer Wirt, drei verblühte Alkoholikerinnen um die 60, ein paar zerstörte Wesen männlichen Geschlechts, wahrscheinlich Vorwendeberliner. Prost Mahlzeit. Das Lokal war viel zu groß. Hier hätten hundert Menschen sitzen müssen, laut und geräuschvoll redend, lachend, trinkend. Und gewiß war es auch einmal so gewesen. Ein wandgroßes SAMSUNG-Fernsehgerät übertrug auf ›DSF‹ ein nichtsnutziges Fußballspiel zwischen zwei Mannschaften, die beide nicht Bayern München hießen. Wozu also hingucken. Es war eins dieser Montagsspiele der zweiten Liga. Wir wurden bald müde und lustlos, ließen uns vom Elend der Republik anstecken. Die letzte Mannschaft, in der überhaupt noch Deutsche mitspielten, also Bayern München, war schon wieder aus den internationalen Wettbewerben geflogen, alle anderen Mannschaften natürlich erst recht, schon in der ersten Runde. Ein Land, das keine fußballspielenden jungen Männer mehr herstellte, mußte mit Mannschaften vorliebnehmen, die wenig motiviert waren, eben unpatriotische Leiharbeiter.

Uns packte das Grausen, und wir flüchteten in den Wartburg. Ich trat das Gas durch. Wir rasten zurück nach Berlin-Mitte. Elias warf die Handykommunikation an und verabredete uns mit Matteo und David in einer Billigpizzeria am Hackeschen Markt. Die Homies begrüßten mich nach all den Monaten wie einen verloren geglaubten Bruder, nun ja, Onkel. Wir plauderten ein wenig, dann besann ich mich auf den popsoziologischen Artikel für die SZ. Ich könnte doch mit Eli und den Homies eine verdeckte empirische Befragung vornehmen und beobachten, wie diese hippen Geschmacksikonen auf die Agenda reagierten. Ich könnte überprüfen, ob meine Leitthese stimmte, daß es keine Jugendkultur mehr gebe, weil die Jungen nicht mehr rebellierten, sondern devot und vorauseilend das Alte, kulturell Mächtige und den Geschmack der Eltern anbeteten. Dazu mußte ich nur einige Stichworte unauffällig in das Gespräch werfen. Erstes Stichwort:
»Was ist eigentlich hier in Berlin los mit der Scheiß-Galerienszene?« fragte ich neutral. Das seien doch schreckliche Leute, oder? Alle immer genau 45 Jahre alt, blasiert, schlaff und unsympathisch, in dunklen Anzügen steckend und homosexuell. Die Frauen seien alle 47 und kinderlos. Prompt sagte

Matteo, er fände 47jährige kinderlose Frauen geil, jedenfalls wenn sie ›Dominas‹ seien. Ich raufte mir die Haare.

»Dominas gibt es aber nicht. Die sind einfach nur doof, diese Frauen. Hysterisch, lieblos, mit Scheiße im Kopf, einfach das Letzte. Sie haben unser Vaterland stärker ruiniert als die beiden Weltkriege.«

»Ich find's aber stark, mir vorzustellen, wie sie so wahnsinnig erfahren sind und mich spüren lassen, daß ich ihnen dienen muß. Verstehst du, ich will gar nicht mit ihnen schlafen, aber sie müssen mich total dominieren und mir Befehle geben. Und sie müssen gute Schuhe tragen, das ist wichtig, sogar das Wichtigste!«

Die Kinder diskutierten, ob sie in diesem Jahr eher zum Jazzfestival nach Moers, zum Melt-Festival irgendwo in Meck-Pomm oder zum Southside Festival an den Bodensee fahren sollten. Matteo sagte, er wolle unbedingt nach Moers, da sei sein Vater schon gewesen.

Elias brachte das Gespräch auf Schwule. Er fühle sich durch ihre Blicke belästigt. Das sei schon ein ziemliches Problem für einen jungen Mann in Deutschland, diese Millionen und Abermillionen alten Schwulen. Ich nickte entschieden, die anderen blieben still.

Wir saßen im Freien, denn es waren die ersten Frühsommertage. Eine Ansammlung von sogenannten Grufties schlurfte vorbei. Grufties waren junge Leute, die sich schwarz anzogen und ihre Gesichter weiß schminkten. Die ersten Grufties entstanden vor ungefähr 25 Jahren. Es waren nie besonders viele, aber die Bewegung war offenbar nicht gänzlich ausgestorben. Wollte man sicherstellen, daß es sich bei der angetroffenen Person wirklich um einen echten sogenannten ›Gruftie‹ handelte, mußte man sie nach ihrem Verhältnis zur Rockgruppe ›Cure‹ fragen. Alle echten ›Grufties‹ waren nämlich eingetragene und staatlich anerkannte Cure-Fans. Wir blickten skeptisch auf die ungefähr zehn Gestalten und sahen uns dann traurig an.

»Die denken wirklich, sie seien etwas Besonderes, also neu

und unangepaßt, dabei gibt es diese Typen schon seit Ewigkeiten«, seufzte Matteo.

»Die können sich einfach nicht entscheiden, was sie sein wollen, etwas wirklich Neues oder das immer Gleiche.«

Ich lernte: Alte Subkulturen sind kein Thema, und neue?

»Wie seht ihr das Phänomen der Hundebesitzer?«

»Die Schweine! Über die solltest du mal etwas schreiben, Jolo, und über ihre Hunde gleich mit«, rief David erregt. Er war Schwarzer und Analphabet, mochte aber Bücher und war nicht ungebildet. Seine weißen deutschen Freundinnen mußten ihm immer aus Romanen vorlesen. Der nächste Wortbeitrag von Matteo zielte wieder gegen Jüngere:

»Genauso zum Kotzen sind diese neueren Jungtürken. Die sind nämlich schon lange nicht mehr die coolen, strahlenden Gangstatypen. Die sind inzwischen auch schon verweichlicht.«

»Richtig, Alter! Die kleinkriminellen Kämpfer gibt's gar nicht mehr. Wenn du die Leo lang läufst am hellen, schönen Nachmittag, zuckeln da diese jungen Türkenschwuchteln rum neuerdings …«

Ich griff ein. Und was war mit den Alten? Was war mit den zynischen Schlagermumien von der »Echo«-Verleihung, was war mit den echten Grufties im Lande? Ließen sich die Kinder gar nicht mehr gegen die »richtigen« Feinde, die staatslenkenden Old Boys, mobilisieren?

»Hey, Leute! Wen ich wirklich zum Kotzen finde, ist Jürgen Schrempp! Und Ackermann!«

»Wer ist das?«

»Na, so ECHTE Schweine. Und wie findet ihr Dieter Gorny? Was ist mit den geilen Hiphop-MTV-Pornovideos? Was sagt ihr zum ungebrochenen Status von Peter Maffay?«

Gorny kannten sie auch nicht, Pornovideos fanden sie doof und Maffay irgendwie süß.

»Und was ist mit dem staatstragenden Luxus-Proleten Westernhagen?«

»Der Marius ist doch voll nett.« Ich sah verzweifelt zum Himmel.

Elias schlug plötzlich das Thema des neuen Berlin-Mitte-Boys an, jenen Metrosexuellen, der so halb schwul daherkommt und keine Freundin hat und dessen Tragik ist, gerade nicht schwul zu sein:

»Wißt ihr, diese schon gar nicht mehr jungen Boys mit Base-Cap und Handtasche, Beckham-Frisur und schlechter Haut, meistens rothaarig …«

»Ja, und mit Bettnässer-Jeans und …«

»Und Ohrringen …«

»Die in Nachmittags-Talkshows auftreten!«

»Schon 35 Jahre alt und noch immer …«

Sie überschlugen sich in ihrem Haß. Ich blieb an der Formulierung »schon 35« hängen. Mit 35 war man zu alt für Bettnässer-Jeans (diese Hosen, deren Hosenboden bis zur Kniekehle runterhing), klar. Aber bitte schön doch noch nicht WIRKLICH alt, so wie der Marius, oder? Woher kam diese automatische Wertschätzung für Musik-Dinosaurier und für die alten Kulturtypen bei gleichzeitigem Haß auf Gleichaltrige, auf die Jungen? War es so: Wenn die eigene Jugend aus Grufties, Jungtürken und Bettnässer-Gestalten besteht, beginnt man die Älteren zu lieben? Vielleicht, überzeugend klang es noch nicht.

Es war kalt geworden, und ich wollte die Recherche auf die locations umlenken. Wir schmissen uns in den Wartburg, wobei ich sah, daß Matteo widersinnigerweise selbst eine Bettnässer-Jeans trug, und cruisten ein paar Stunden mit der Limousine durch Mitte. Weit nach Mitternacht begann langsam die Partyzeit, zumal es ein Werktag war und somit besonders exklusiv in den guten Clubs. Wir fuhren ins »90 Grad«, weil wir da seit Ariane Sommers Zeiten nicht mehr gewesen waren. Der Club war kurz vorher abgebrannt, besser gesagt: im VIP-Bereich hatte es gebrannt. Ein paar Wochen lang hatte der Club zubleiben müssen, und in der Zeit schoß das »Felix« hoch und nahm dem »90 Grad« das Publikum weg.

Die gute Ära des »90 Grad« mit Ariane Sommer war der Höhepunkt der guten Berlin-Zeit gewesen, Anfang des Jahrtausends. Noch immer spürte man die guten Vibes, die in der Architektur gespeichert waren. Aber die jetzigen Gäste sahen nicht mehr sexy aus. Mädchen tanzten ausgelassen irgendwo, aber es waren häßliche Latino-Girls mit kurzen Beinen und Warzen auf den krummen Nasen. Trotz vieler Freigetränke zogen wir weiter zum »Rio«, einem der vier neuen Großclubs.

Wir trauten unseren Augen kaum: Jugend! Jetzt merkten wir erst, wie alt die ›jungen Leute‹ im »90 Grad« gewesen waren: Sekretärinnen über 30, geschiedene Ehemänner. Im »Rio« standen noch unverbrauchte Gesichter herum, junge Idealisten.

Ich lernte ein Mädchen namens Karline Bormann kennen, von der Elias behauptete, sie sei die Enkelin von »so einem Obernazi«. Meinte er etwa Martin Bormann? Er wußte es nicht. Leute wie Elias kannten nicht einmal Goebbels' Vornamen. Ich fragte das Mädchen selbst. Sie sah mich streng an und sagte:

»Vom ›Martin‹! Du redest, als ob du Opi kennst.«

Alle Themen, also die Pop- und die eigene Ahnenforschung, schlugen in meinem Kopf förmlich eine Rolle rückwärts und gleich danach zwei nach vorn, angetrieben vom Absinth, den ich zu mir nahm. Eli und ich hatten eine ganze Literflasche davon im Absinth-Depot gekauft. Die Verwandtschaft zur NS-Größe sei aber völlig ohne Belang, erklärte mir Karline noch. Ich mied das Thema fortan einfach. Das Mädchen war nämlich ansonsten sehr nett und physisch attraktiv. Und auch wenn es absolut unglaubwürdig und wie der vorletzte Notkalauer klingt: Das hübsche Ding sah einer NS-Größe so dermaßen ähnlich, daß man vor Grusel und Irritation hätte schreien können: Leni Riefenstahl in superjung! Die längliche Nase, die zu großen grauen Augen, das ovale Gesicht, die altdeutsche Falsett-Stimme – alles da, wie in ihrem ersten Film, wie in »Das blaue Licht«, oder wie immer der hieß. Und es lag nicht am Absinth, denn ich traf die junge Frau fortan öfter. Sie studierte Philosophie, schrieb gerade einen Aufsatz über Foucault und Nietzsche.

6
Ewige Schönheit

Ein paar Tage später rief ich Karline Bormann an. Es war erstaunlich, was sie alles allein mit ihrer Stimme machte. Das Begrüßungskürzel ›hi!‹ schien bei ihr mindestens drei Silben zu haben, so sehr schleifte sie das ›ai‹ erst ganz nach unten und dann in tirilierende Höhen. Die geborene Verführerin. Karline schlug sogleich vor, einen Kaffee trinken zu gehen.

»Einverstanden! Wann?«

»Um halb sieben. Und wo?«

»Im Café Cinema!«

»Gut.«

Es war schon schön, wie schnell man sich mit dieser lebenslustigen Person einig werden konnte. Gab es etwas Angenehmeres? War es nicht immer das Zeichen der Schwachen, daß sie Wochen brauchten, um einen Termin für einen freizuschaufeln, den sie dann in aller Regel wieder verschieben mußten, aus zwingenden Sachgründen? Und erkannte man umgekehrt den großen Menschen nicht immer an seiner Spontanität? War sie vielleicht doch Bormanns Enkelin? Hätte ich Gerhard Schröder angerufen, also mich bis zu ihm durchstellen lassen (›Es ist persönlich‹), hätte er lachend gesagt:

›Ich erinnere mich jetzt gerade nicht mehr an dich, es ist nämlich gerade das totale Chaos hier, der Joschka ist da und hat Freunde aus dem Iran mitgebracht, und vor der Tür hockt das ZDF, aber komm doch einfach vorbei, trink ein Glas Sekt mit, Clara hat nämlich Geburtstag.‹

Karline war dann sogar noch vor mir im Café Cinema. Das

Lokal war dunkel und unheimlich, ein altes Ossi-Lokal, das die Besucher wahrscheinlich deswegen ›gemütlich‹ fanden. Es war meines Wissens das einzige und allerletzte Ossi-Lokal, das die Wende überlebt hatte. Ich wartete schon seit Jahren darauf, daß es endlich Pleite machte – aber es war immer noch da, mitten am teuren Hackeschen Markt, direkt neben Starbucks. Vielleicht lag es daran, daß es in dem einzigen noch nicht luxusrenovierten Haus von Berlin-Mitte sein Dasein fristete, im sogenannten ›Schwarzenberg Haus‹, das noch immer von dubiosen Bürgerinitiativen besetzt war. Auf Transparenten, die zwischen den bröckelnden Steinen notdürftig befestigt waren, rief irgendein Verein dazu auf, weiter für das ›Schwarzenberg Haus‹ zu kämpfen: »In Zukunft sehen wir Schwarz(enberg)!!!« Hier also befand sich unser Café und im Hinterhof das Kino Cinéma, in dem wir später den Nazi-Film ›Ewige Schönheit‹ sehen wollten. Es war alles unglaublich schrottig, so wie die ganze DDR schrottig gewesen war. Fusselbärte und andere Gestalten hockten in den Nischen, aber auch junge Leute, antikapitalistische Naturschönheiten mit langen Lockenhaaren und Sommersprossen. Karline trug viel Haut, zeigte Bauchfreiheit und legte gleich los. Normalerweise mochte ich nur extrem schlanke Frauen, was einfach daran lag, daß meine eigene Frau so sehr schlank, apart und hochgewachsen war, ein ehemaliges Model, und auch daran, daß ich selbst so dick war. Bei Karline aber entdeckte ich zum erstenmal den Reiz des nicht ganz so Schlanken, Straffen, Disziplinierten. Sie hatte ganz augenscheinlich mehr zu bieten als nur Haut und Knochen, und man mußte unwillkürlich an die Worte ›Gesundheit‹ und ›Fleischeslust‹ denken, wenn man ihre rosa Haut an allen erwarteten und unerwarteten Stellen durchschimmern und aufleuchten sah. Sie war ein deutsches Mädel, eine artgesunde Landfrau, die Veit Harlan sicher gern für seine Blubo-Filme gecastet hätte.

Mit Maria-Schell-Stimme flötete sie:

»Ich habe meine Magisterarbeit über Kracauers ›Von Caligari zu Hitler‹ geschrieben. Seitdem interessiere ich mich für

Trash Movies und die Filmkritik darüber, die ja nicht stattfindet.«

»Genau! Ich sollte bei meinem Popstandort-Artikel auch über das Kino und endlich mal über die schlechten Filme schreiben, diese Blockbuster, diese esoterischen Mistfilme, ›Herr der Ringe‹ und so weiter, die unsere Kinder verderben.«

»Nein, nicht verderben, das wäre die kulturpessimistische, bornierte Sichtweise, die immer schon falsch war. Man muß, wie Kracauer sagt, auf der Seite der kleinen Ladenmädchen stehen.« Ein alter Ossi hob müde das Haupt. Der Mund stand ihm offen. Er wollte etwas sagen, brachte aber nichts mehr heraus. Karline erzählte, daß sie bereits ihre Doktorarbeit über Derrida, Kracauer und Deleuze plane.

Wir unterhielten uns angeregt weiter. Nach einer Stunde wechselten wir ins Kino im Hinterhof. Ich beobachtete meine Begleiterin und sah, daß sie von den Bildern schwer beeindruckt, ja oftmals elektrisiert war. Christina Söderbaum, eine gute Freundin meiner Mutter in den letzten Kriegsjahren und sogar noch ein bißchen danach – im Sylter Landestheater durfte sie ihretwegen 1947 ein letztesmal auftreten –, spielte ein armes, anständiges deutsches Mädchen, das am Ende ertrank.

»Sie ist in allen ihren Filmen ertrunken, insgesamt 23mal, aber ich glaube, sie lebt heute noch«, sagte ich danach. Karline mußte nun ganz viel reden, und so schlug sie vor, in ihre Wohnung zu gehen und wieder Absinth zu trinken. Auf dem Weg dorthin sprach sie plötzlich selbst über Leni Riefenstahl, von der sie wohl sehr viel hielt, was wiederum eine Qual für sie war. Natürlich durfte man die nicht gut finden, das wußte sie. Andererseits hatte sie in ihrer Zwischenprüfung über Riefenstahl im Vergleich zu Marlene Dietrich schreiben müssen, und da seien ihr von der feministischen Professorin doch so manche verblüffenden Aspekte nahegebracht worden ... sie seufzte:

»Natürlich hat sie für die falsche Sache gearbeitet, aber ...«

»Marlene Dietrich oder Leni?«

»Äh, die ... Riefenstahl.«

»Genau. Und deswegen erübrigt sich jede weitere Debatte!«

Ich sagte das sehr streng. Karline ging weiter und schloß die Tür auf. Wir setzten uns in die Küche, in der das professionelle Absinth-Equipment stand, und becherten erst mal kräftig. Irgendwie brachte ich das Gespräch unbewußt auf Onkel Heinz' Vater, den Vize-Dönitz und Flottenchef, und erzählte von meiner Oma (mütterlicherseits), die Leni Riefenstahl immer geliebt, zugleich aber immer das Dritte Reich als großen Fehler bezeichnet hätte und die ganze Diktatur von A bis Z nicht zu rechtfertigen fand. Aber zugleich war es ihre Jugendzeit. Und an seine Jugendzeit denkt nun einmal JEDER Mensch mit Wehmut zurück. Daß sie, die Oma, das nicht durfte, erbitterte sie. Karline sah mich verstehend an. Ich überlegte, ob es für sie tröstlich wäre, wenn ich noch mehr von meiner Familie erzählte. Durch meine Recherchen hatte ich gerade ein ganz gutes, klares Verhältnis zur Vergangenheit. So hatte ich zwar nichts über Ida und Hermann Lohmer rausgekriegt, aber die wenigen Dinge, die ich wußte, standen mir deutlich vor Augen.

Als nun aber eine Mitbewohnerin Karlines namens Tina den kargen Raum betrat und ungefragt aus meinem Glas Absinth trank, entschloß ich mich zu einem Themenwechsel. Es gab ja gerade diese Wechselstimmung in Deutschland, und selbst die taz stellte in einer Serie die Frage »Was kommt nach Rot-Grün?«. Die Chance, das mit Karline und mit ihrer Mitbewohnerin, ebenfalls Deleuze-Studentin im 10. Semester, zu diskutieren, wollte ich mir nicht entgehen lassen. Hier mußte in Sachen politisches Bewußtsein mehr zu holen sein als bei den Homies. Also stellte ich die Frage nach der Zukunft unseres herrlichen Kanzlers. Den beiden war Schröder erwartungsgemäß egal. Ich dagegen malte erst ein düsteres Bild, bis ich merkte, wie unsympathisch und unhip solch eine pessimistische Weltsicht doch war, ja immer gewesen war. So durfte man einfach nicht reden, selbst wenn man recht hatte, denn dann war man der ewige Rentner. So ließ ich die Mädchen Zukunftsperspektiven spinnen. Schnell entstand eine absinthgetränkte Multi-Kulti-Welt mit jungen Migranten, herzlichen Nachbarn, religiösen Polizisten und gebildeten Konsumfeinden, die nicht mehr fernsahen und ihre Ziegenmilch selber herstellten. Karline sagte, daß die Menschen hier bald nicht nur die Idiotie der Arbeitswelt, sondern auch das Glück der echten Mitmenschlichkeit entdecken würden. Nach Rot-Grün käme ein neuer, maßgeblich von jungen Menschen getragener Humanismus, auch Spiritualismus, eine historisch bemerkenswerte Völkerverständigung. Tina fügte hinzu, sie freue sich besonders auf die neuen Migrantenwellen, die aus den immer neuen EU-Beitrittsländern kommen. Sie hatte gerade einen dieser Pioniere aus Osteuropa kennengelernt, einen Bulgaren aus Bukarest oder so, und sich von seinem Feuer und seiner Lebenslust anstecken lassen. Ich nickte schweigend und hoffte nur, das Kind hatte sich beim »Kennenlernen« mal nicht mit was anderem angesteckt. Aber was redete sie da? Eine weitere Million Arbeitslose aus Bulgarien oder Rumänien, die hier bald den Markt überschwemmten, mitsamt ihrer brutalen Mafia – mich schauderte. Ich hätte am liebsten eine Brandrede gegen die ewige EU-Erweiterung gehalten, aber ich wollte ja nicht pessimistisch sein. Außerdem gefiel mir Karlines Vision sehr, was ich ihr auch sagte, selbst wenn sie dem Kanzler unrecht tat. Wir leerten die Flasche Absinth und verabredeten uns für den nächsten Tag.

Mittags rief ich sie an. Ob sie nicht mit mir in den lustigen Film ›Hitch der Date Doctor‹ gehen wolle. Sie reagierte durchaus nicht negativ, verstand die Idee.

»Ja, ich wollte ihn auch sehen, die ›dating‹-Regeln und so …«

»Die DATING-REGELN, genau! Das ist das Wichtigste auf der Welt. Karline, du verstehst es!«

Trotzdem war sie irgendwie indisponiert. Ich versuchte es mit einem Kaffeetrinken im Café Cinema – ebenso eine gewisse Reserve. Oder Absinth trinken in meiner Wohnung, sozusagen ein Gegenbesuch? Hm. Tja, schon … mal sehen … müßte man natürlich machen. Als ich schon aufgeben wollte, erwähnte ich noch den Film ›Das Goebbels-Experiment‹, der zum letzten Mal in den Hackeschen Höfen gezeigt wurde. Karlines Reaktion war phänomenal. Noch bevor ich den Filmtitel ganz ausgesprochen hatte, sagte sie hoch erfreut zu.

Wir trafen uns am nächsten Nachmittag, da die einzige Vorstellung um 15 Uhr lief. Karline sah phantastisch aus. Wie schon beim letzten Mal trug sie nur ein viel zu weites altes Männerunterhemd und keinen BH. Der Trick war, daß sie auf die tagespolitisch aktuelle Sexiness verzichtete und ganz auf Natur setzte. Man sah oder imaginierte die junge Frau so, wie Gott sie geschaffen hatte (oder Arno Breker sie schaffen würde), und alles, was sie sich umhängte, lenkte nicht von ihrer Natur ab, sondern führte zu ihr hin. Undenkbar, daß sie ihr molliges Bäuchlein mit einem Tattoo verunzierte oder gar ganz in eine Anke-Engelke-Corsage zwängte. Ich mußte immer wieder auf ihre großen, blaß-rosaroten Lippen starren, leider, ich konnte nicht anders, die waren so feucht und ausdrucksstark, wie das ganze Gesicht so pausenlos mimisch in Bewegung und lustig, zum Auflachen reizend war. Mannomann. Das war ein Temperamentsbolzen, wie man in der Wehrmacht gesagt hätte, einfach umwerfend. Vor allem redete sie zu schnell für mich, weil sie auch viel zu intelligent für mich war.

Der Film fing an, und wir mußten reingehen. Bloß gut, denn ihre schnelle Rede, ihr neostrukturalistischer Alltagsdiskurs, verursachte bei mir sofort einen Anflug von Migräne – wie immer, wenn ich nicht getrunken hatte. Alkohol erhöhte meine Rechnerleistung, also Denkgeschwindigkeit.

Karline war wieder ganz bei der Sache, ich durfte sie nicht ansprechen. Herrliche Schwarzweißbilder zogen an uns vorüber, großenteils unentdeckt, direkt aus den geplünderten Moskauer Archiven, oder altes Material neu geschnitten, genial arrangiert. Das Gegenteil der Fernsehserien von Guido Knopp, die die Ikonographie und Bildermacht der 30er-Jahre-Ästhetik stets durch Gegenschnitte in die Neuzeit zerstörten. Hitler und die begeisterten Massen. Ein stundenlanger Rausch der Bilder, ein Bad in den kollektiven Euphorien. Dazu ein kluger Kommentar von Stefan Aust, der im Bombast der lodernden Emotionen zu Staub wurde. Die Beatles hätten das sehen müssen, bevor sie zum erstenmal zur Gitarre griffen; dann hätten sie vieles besser gemacht. Im Einklang mit der britischen Armee hätten sie Indien zurückerobern können, zum Beispiel.

Als wir nach dem Film im alten Ost-DKW saßen, gab ich kräftig Gas. Ich erzählte ihr nun von meiner Familie, damit sie Vertrauen gewann. Ich begann beim Kreisauer Kreis und dem Tod der älteren Brüder meines Vaters, die sich zumindest verbal gegen die Greueltaten des Nationalsozialismus und den millionenfachen Mord am jüdischen Volk wehrten und dafür büßen mußten. Zu meinem Erstaunen hörte sie das Wort ›Kreisauer Kreis‹ zum ersten Mal. Helmuth Graf Moltke hielt sie für einen glorreichen Helden des Kaiserreiches. Danach sprach ich von meinen Recherchen in eigener Sache. Ich hätte anläßlich des letzten Weihnachtsfestes festgestellt, daß ich gar nicht wisse, wer ich sei. Ich hielte mich seit Jahrzehnten in sogenannten Patchwork-Familien auf, umgeben von Menschen, mit denen ich ausnahmslos nicht blutsverwandt sei. Und so würden es die meisten Deutschen meiner Generation und der folgenden machen. Weihnachten feiere man mit der Ehefrau und deren Kindern, mit guten Freunden, mit der Exfrau und deren neuen Kindern, mit einer alten Nachbarin, mit Tieren und mit streunenden Freunden der nichtleiblichen Tochter, und so weiter. Und das hundert Jahre lang. Das könne nur zu einem furchtbaren Identitätsverlust führen.

»Ich weiß. Und wie weit bist du schon?« fragte Karline.

»Schwer zu sagen. Es ist praktisch nichts übrig. Ein seltsamer Großonkel in Frankfurt, von dem ich nur die Wohnung kenne, in der er gezeugt wurde.«

»Kraß. Hast du ihn nicht getroffen?«

»Doch. Aber sieh mal, bei ihm war es so: Als er geboren wurde, lebte sein Großvater schon nicht mehr. Der Großvater hieß Hermann Lohmer, war mit einer Ida verheiratet, war stellvertretender Reichsmarineminister und hatte einen Sohn und eine Tochter. Er, die Frau Ida und auch die Tochter und auch der Sohn starben im Krieg. Übrig blieb nur das Baby des Sohnes. Wie ausgerechnet das überleben konnte, in Gestalt meines Großonkels, weiß ich nicht. Und er auch nicht. Er kramt in den Hunderten Dokumenten aus der Vergangenheit. Viel hat er da bisher nicht gefunden.«

»Ja, ich verstehe …«, sagte Karline mitfühlend. Sie hatte offenbar Empathie mit diesem Schicksal.

»Hast du noch Kontakt zu ihm?«

»Ja. Wir mailen uns regelmäßig. Er hat mich sogar gebeten, Kontakt mit seiner verschütteten Tochter aufzunehmen. Er ist der letzte lebende Lohmer seiner Generation außerhalb Guatemalas.«

»In Guatemala habt ihr noch Leute?«

»Ja. Der Verlag will sogar, daß ich hinfliege und die people besuche. Ich soll die Südamerikalinie auschecken.«

Ich wollte schon fragen, ob sie glaubte, daß Opa Bormann es vielleicht doch bis Argentinien oder Chile geschafft habe, bei den traditionell guten Nazi-connections dorthin wäre das sicher der Platz, an dem er noch leben könnte. Aber ich hielt mich zurück. Warum spukte diese Idee immer noch in meinem Kopf, Karline könnte tatsächlich Bormann als Großvater haben? Ich wußte doch: Bormann hatte GAR KEINE Kinder gehabt, also auch keine Enkelkinder!

Ich steuerte den alten Ost-DKW nun gezielt zu mir nach Hause. Doch plötzlich sagte Karline:

»Gut, daß es erst fünf ist, dann komme ich noch rechtzeitig zum ›Pilates‹!«

»Pilatus? Was … ist das?«

»PILATES. Das ist eine krasse neue Entspannungstechnik aus China. Man bewegt sich nicht, oder doch nur gaaanz winzig, und das erregt im Körper die unglaublichsten, größten Dinge!«

»Oh ja!«

Ich erinnerte mich, einmal eine Yoga-Stunde mitgemacht zu haben. Schon nach der ersten Übung war ich fix und fertig gewesen. Als ich sie rausließ, bedankte sie sich für den schönen Tag. Auf Wiedersehen. Sie wandte sich ab, lächelte mich dabei aber an. Ich sah ihr nach. Ein überaus hübsches Mädchen, ernsthaft, uneitel, und doch geheimnisvoll, mit wiegendem, lauernden Gang und leicht gesenktem Kopf. Eine eingebildete Enkelin, aber eine bezaubernde.

7

Kuschelsex und Ramones

Mein Verhältnis zu Karline verbesserte sich in den folgenden Wochen erheblich, ja man kann sagen, entscheidend. Das hatte nicht eine, sondern viele Ursachen, die meisten davon subtiler Art. Es begann mit einer Reise, die ich nach Köln antrat, um meine Frau zu besuchen. Meine Frau Barbi hatte eine zweite Logistikreise (nun Südafrika) hinter sich gebracht, war eine Woche bei ihrer »attraktiven« Mutter am Bodensee gewesen und hatte nebenbei die neue »Dogville«-CD mit eingesungen. Nun hatte die Barbi aber von mir gefordert, daß ich in der großen gemeinsamen Wohnung in der ehemaligen Rheinmetropole mal wieder Präsenz zeigen sollte.

Diesmal fuhr ich ein bißchen nervös hin, denn David, einer der Homies, hatte mich gefragt, ob meine Alte nicht einen jugendlichen Liebhaber habe.

»Nein, nein. Ganz ausgeschlossen.«

»Wirklich nicht? Spielen bei »Dogville« nicht diese zwei Brüder, die so Strokes-mäßig aussehen?«

Ich winkte ab, lachte:

»Also nun wirklich … das wäre … nein, die sind doch schwul!«

»Ganz sicher?«

David sah mich nun sehr ernst an. Ich mußte weggucken.

David galt als der große Frauenexperte in der Gruppe. Er hatte immer mehrere Frauen gleichzeitig, und in der Regel sogar Models. Also echte Models. Solche, die dauernd nach Kapstadt, Vancouver und Mailand flogen für Aufnahmen. Hatten die anderen Homies überhaupt keine Freundinnen, so füllte er den Leerstand wieder auf, im Alleingang. So einem mußte man schon vertrauen. Außerdem war er Schwarzer, mit guten Instinkten. Und so hatte er mir einen Floh ins Ohr gesetzt. Wir lebten im Zeitalter der ›Desperate Housewives‹, und die Barbi hatte genau das Alter und die Figur dieser neuen Leitbilder, obwohl sie ja nur im dritten Nebenhobby Hausfrau war. Am meisten kicherte sie, wenn die Latino-Spargelstange den minderjährigen Gärtner durchfickte.

Ich stand noch mit beiden Koffern in den Händen in der Wohnungstür, als die Barbi mir vorwarf, die Küche nicht saubergemacht zu haben oder so was Ähnliches. Ich hätte den Kaffeebecher nicht in die Spülmaschine gestellt. Sie war deswegen sehr aufgebracht.

»Liebling, natürlich entschuldige ich mich, aber es muß sich um einen Irrtum handeln, ich komme doch erst an ...«

»Aber du stellst NIEMALS Deinen Kaffeebecher in die Spülmaschine zurück! Den muß ICH dir dann hinterhertragen! Dafür ist sich der Herr wohl zu fein! Deine Mutter hat dich zum Pascha erzogen, und ich soll die minderwertige Putzfrau spielen ...«

»Wieso? Ist Gabriella krank?«

Gabriella war unsere italienische Putzfrau. Es machte keinen Spaß, ihr beim Putzen zuzuschauen, denn sie war schon uralt, bestimmt fast 60. Unser Haushalt war perfektioniert, alles machten die Maschinen oder die Putzfrau. Ich selbst versuchte stets, nichts schmutzig zu machen und keine Spuren zu hinterlassen.

Trotzdem kam es täglich zu stundenlangen Streitereien über mein haushaltstechnisches Fehlverhalten. Wir sprachen schon seit einem Jahr – so lange hatten wir die teure doppelstöckige Luxuswohnung – über nichts anderes mehr. Der schlimmste Vorwurf war natürlich, ich hätte bei der Pflege des Hundes Lizzy etwas falsch gemacht. Da die Barbi ihrem hochkarätigen Karrierejob nachging, war sie tagsüber aushäusig, sang abends und ging danach bestimmt noch zum Pilates. Kam sie endlich spätnachts nach Hause, wollte sie natürlich streiten. Wann sonst, und mit wem sonst? So hatte ich das immer gesehen, ganz harmlos. Strenggenommen war sie gar kein Housewife, sondern ich war es. Doch jetzt mußte ich an Davids ernste, ruhige, wissende Augen denken, die Augen Kofi Annans, der über die Greuel in der Krisenregion Sudans berichtet. Warum mäkelte sie an ihrem Hausmann immer so lange herum, bis der sich, kurz vor dem Nervenzusammenbruch und unter dem Freudengeheul des Hundes, wieder nach Berlin verzog? Hatte das nicht alles einen furchtbaren Grund? Wo war der Gärtner?

Ich beschloß, diesmal etwas länger in Köln zu bleiben. Die Stadt war ja an sich einmal schön gewesen, und in den 80er Jahren hatten hier sogar bedeutsame Künstler gelebt. Nun hatte ich mal wieder einen guten Grund zu bleiben: Ich hatte zu arbeiten. Mein Verlag mahnte die Recherche der ›Kölner Linie‹ an, die es in der Familie Lohmer gab. Eine gewisse Dora Lohmer, Tochter des legendären Elias Lohmer und Schwester meines Großvaters Curt Lohmer, war nach Köln ausgewandert und hatte dort einen Exzentriker namens Arnold ter Hell geheiratet. Dieser Spur galt es nachzugehen. Im Grunde hatte der Verlag das Buch erst machen wollen, als ich in einem der Briefe aus Onkel Heinz' Archiv auf diese Kölner Nebenlinie gestoßen war.

Bei einer Party in Sülz sprach mich der Verleger nun darauf an. Er wußte nicht, daß ich wegen Barbi gekommen war.

»Na, ist er endlich bei der Kölner Nebenlinie?«

»Oh ja! Ganz phantastisch. Dora Lohmer hatte sogar definitiv –«

»Die hieß doch ter Hell, dachte ich.«

»Ja, ja. Ter Hell, die hat hier geheiratet. Und hatte Kinder.«

»Guter Kölner Name.«

»Habe schon Termine im Stadt-Archiv. Das läuft, Chef!«

»Dann unterhalte er sich mal weiter gut, auf der gelungenen Party hier.«

»Ja, danke! Wirklich gelungen, das ist wahr.«

Mein Verleger hatte in der letzten Saison die vier meistverkauften Bücher der Nachkriegszeit herausgebracht und galt in der Branche nun als neuer Papst. Ich war froh, daß er immer noch mit mir sprach. Und es stimmte: Ich hatte Kontakt mit dem Kölner Stadt-Archiv aufgenommen. Was der Chef brauchte, war ein richtig schöner Familienroman, mit vielen Generationen und ganz viel Schicksal, und zwischen allen Zeilen mußte das ewig Menschliche durchscheinen, die Wiederkehr des immer Gleichen, von Nietzsche bis zu den Buddenbrooks, von Uwe Johnsons »Jahrestage« bis zum ZDF-Dreiteiler. Am besten wäre natürlich so ein Lügenbuch wie Speers »Erinnerungen« – für mich gleichsam der größte Roman aller Zeiten.

Alles neu erfinden, alles umlügen, daß sich die Balken biegen, aber so verblüffend intim, daß es jeder glaubt. Denn das Intime kann man sich ja nicht ausdenken, glaubt der Leser. Chefchen mußte stolz auf mich sein! Erst hatte Speer all die Bilder geliefert, die die Macht des Dritten Reiches bis heute ausmachen. Dann hat er die Waffen geliefert, ohne die Krieg und Holocaust schon im Ansatz steckengeblieben wären. Und am Ende hat er auch noch die Geschichte, die Lesart geliefert, die bis heute gilt. Eben mit seinem Buch. Noch jetzt, in diesem Moment, führen Albert und Adolf kleine Freundentänze in der Hölle auf und lesen sich gegenseitig daraus vor. Aber ich schweife ab; ich war beim Stadt-Archiv, nein, bei der Party. Da floß viel Kölsch! Schön war es am Rhein!

Aber die Barbi machte mir das Leben wieder schwer, wie gehabt. Mir fiel auf, daß es für das, was sie tat, eigentlich ein schönes altes Wort gab, nämlich ›die Schikane‹. Es kam, glaube ich, aus dem Militärbereich. In der Grundausbildung wurden Rekruten, die sich aufgrund von Schwäche, Häßlichkeit, Sensibilität oder Sehbehinderung dazu eigneten, ›schikaniert‹. Irgendwelche sehr kleinen, oft nur scheinbaren Abweichungen von der Ordnung wurden wie schwere Verbrechen geahndet und grausam bestraft. So handelte die Barbi mit mir. Wie der Spieß ging sie durch die Zimmer, lauernd, aggressiv, bis sie etwas fand.

Als sie von der Arbeit kam, war sie schon vorher schlecht gelaunt, wie immer nach der Arbeit, ihrem sinnlosen Logistikjob, wenn auch auf höchster Ebene. Die Barbi war Chief Assistent beim weltweit drittgrößten Logistikunternehmen. Sie hatte also eine Mörderlaune und ging schnurstracks an mir vorbei ins Schlafzimmer, wo sie ihr Gesicht wohl zwanzig Minuten lang im Fell des Hundes vergrub. Als ich mich vorsichtig näherte, um ›hallo‹ zu sagen, sah sie unwirsch hoch. Ihr hübsches Gesicht und ihr teures Karriere-Kostüm waren mit Hundespucke verklebt und mit Hundehaaren übersät.

»Warst du überhaupt mit dem Lizzy unten?«

»Aber ja doch.«

»Du warst gar nicht mit dem Lizzy unten, stimmt's?«

»Doch, klar!« Sie sprang auf.

»Sag die Wahrheit!«

»Ich ... äh ... sage doch, wie es war ...«

»Du SOLLST mich NICHT ANLÜGEN!!«

»Aber ... ich ... ich ...«

»Du SOLLST MICH NICHT ANLÜGEN!!«

Sie wandte sich dem freudig wartenden Hund zu, seilte ihn an und verließ wütend die eheliche Großwohnung zum Gassigehen.

Der Lizzy tat dann so, als würde er pinkeln, um den Beweis zu erbringen, daß er das vorher mit mir nicht getan hatte. Nun stand ich blöd da. Den Hund zu beschuldigen wäre gefährlich gewesen. Ich mußte stets Tierliebe an den Tag legen, da Tiere in Barbis Weltbild eine ähnliche Stellung einnahmen wie in dem ihrer Mutter. Die Sache ging dann meistens so aus, daß sich meine Frau ins Bett legte und sofort einschlief. Ich legte mich daneben, indem ich alle Kräfte sammelte und den Zwei-Zentner-Hund, der neben Barbi lag, hochhob und umbettete, also ans Fußende legte. Mitten in der Nacht wachte ich frierend auf. Der Hund lag wieder neben der Barbi, und er lag dazu auf meiner Decke. Bei dem Versuch, ihn davon runterzukriegen, kam es zu Kampfhandlungen. Der Hund knurrte und jaulte, kratzte mit seinen scharfen Läufen wie eine tollwütige Katze. Die Barbi hörte das Jaulen und wachte auf.

»Warum weint der Lizzy?!«

»Der blöde Köter weint nicht, sondern –«

»Was?! Mach bloß, daß du rauskommst, du!«

Sie schrie mich an. Ich hätte den Lizzy wohl getreten, ich würde meine kranken Aggressionen an einem wehrlosen Tier ablassen und so weiter. Es half nichts, ich mußte gehen. Auf Zehenspitzen schlich ich in die Küche, nahm ein paar Schlaftabletten und ging in mein kleines eigenes Zimmer am Ende der großen Wohnung. Es war zugleich das Gästezimmer, und wenn Gäste kamen, mußte ich es räumen. Dort stand auch mein ›Personal Computer‹ der Marke ›Apple‹. Seit 1991 tat er seinen Dienst, und Ende der 90er Jahre hatte ich ihn sogar mit ›Internet‹ aufrüsten lassen. Ich schickte nun ein Mail an Karline alias jacqueline_meinheart, das war Karlines wirklicher Name, den sie aber nur als E-Mail-Adresse benutzte. Obwohl es schon so spät war, antwortete sie sofort. Sie war nämlich ›online‹, und auf diese Weise konnten wir ›chatten‹, was so etwas Ähnliches wie Kuschelsex war.

»Hi, Karline. Was geht?«

»Jolo. Mon cher. Läuft denn was? Wo bist'n du?«

»Danke. Ist denn alles okay?«

»Auf jeden. Ich hatte am WE einen italienischen Liebhaber hier. Einfach phantastisch.«

»Lüge. Du bist noch Jungfrau.«

»Ha ha ha.«

»Der hat doch noch andere Frauen.«

»Und was hab ich?«

»Ich glaub dir kein Wort.«

»Eine Beziehung kann allein auf gegenseitigem Begehren beruhen und sehr erfüllend sein.«

»Erzähl das den Medien. Solch eine Beziehung ist superschädlich, ungefähr so ungesund wie Gruppenkuscheln auf Partys.«

»Gibt's das?«

»Das fragst du MICH? Du bist doch die Expertin.«

»Und wer hat dir das gesagt?«

»Elias, der hat es gegoogelt, Stichwort ›Kuschelpartys‹. Er hat es mir gemailt, willst du es haben?«

»Ja.«

»Hier kommt es:

Ein Versuch, die mißglückte Annäherung in den Griff zu bekommen, ist vor kurzem aus den USA importiert worden. Kuschelpartys. Erwachsene Menschen liegen auf dem Boden herum und fassen sich ganz zärtlich an, geführt von einem professionellen Kuschelleiter. Es kommt sogar zu Küssen (das sogenannte ›Lippenkuscheln‹), aber Geschlechtsverkehr ist tabu, und die Kleider sollten nach Möglichkeit anbehalten werden. Auf dem Kuschelparty-Forum schreibt dancing_dolphin: ›Wenn es ein netter Mann ist, dann habe ich auch nichts dagegen, ein warmes weiches Weib mit ihm zu ‚teilen‘. Und so ein Mann kann sich durchaus auch mal gut anfühlen, denn sexuell kann, darf, soll es ja eh nicht werden … Obwohl mein Traum eher in die Richtung ginge, zwischen zwei wunderbaren Frauen zu liegen und zu kuscheln … auch wenn ich dann nicht dafür garantieren kann, daß entgegen der Geschäftsordnung doch auch mal erotische Gefühle hochkommen könnten. Macht nichts, man(n) kann die Dinge ja auch einfach mal so ‚stehen‘ lassen, ohne etwas damit zu tun.‹

Die Bilder, die man dazu im Internet findet, wirken wie ein christliches Besinnungscamp auf Ecstasy. Der offiziellen Website zufolge geht es bei Kuschelpartys darum, ›einen sicheren und geschützten Raum anzubieten, um unsere Sehnsucht nach Kontakt und Berührung zu erfüllen‹. Sollte es doch zu erotischer Aufheizung kommen, ertönt eine Glocke, die Kursleiterin vermerkte jedoch, das sei noch nie vorgekommen, die Teilnehmer ließen einfach statt dessen ihre ›Kuschelenergie‹ raus. Auch Kuschelwochenenden sind schon im Angebot, und vielleicht gibt es ja auch bald Kuschelhotels, in denen man mal in der Mittagspause mit einer professionellen Kuschelhosteß so richtig knuddeln kann. Denn Kuscheln macht glücklich!«

»Bitte – da steht's!«

»Kreisch! Aber ich stehe doch gar nicht aufs Kuscheln. Ein old school GV ist das, was mir entspricht.«

»Karline!! Nicht was man TUT ist so wichtig, ob Kuscheln oder GV, sondern ... ach, ich glaub dir sowieso kein Wo ...«

In dem Moment sah ich die Barbi im Türrahmen. Sie hatte sich die Chance nicht entgehen lassen, mich endlich in flagranti beim E-Mailen zu erwischen.

»Was MACHST du da?!« wollte sie wissen. Ich hatte das Gefühl, Blut an meinen Händen zu haben und mich über eine gerade vergewaltigte Moorleiche zu beugen.

»Ich, ähem ... maile etwas.«

»Ich glaube eher, du hast gerade eine Mail gelesen. Von wem?«

»Ach ... ein junges Mädchen, könnte meine Enkelin sein, gänzlich unwichtig.«

»Ein blutjunges Ding, was, mitten in der Nacht! Und worüber?«

»Nun, über ... Kuschel ... sex.«

»Pornos um halb vier am Morgen, wie süß! Wie heißt sie?«

»Karline ... Müller.«

»LÜG MICH NICHT AN!«

»Müller-Bormann ... ihr Opa war –«

»Du verdammter Lügner! Von mir aus geh dahin, wo der Pfeffer wächst! Alter geiler Sack, der nicht mal dazu stehen kann ...«

Sie wandte sich ab. Bestimmt dachte sie, mich nun wieder für vier Wochen los zu sein. Aber ich wollte ja bleiben. Nur, wie sollte ich Barbi diesen »Chat« erklären? Es gab wie immer nur den Weg des Geständnisses, wie bei jeder anderen Folter auch. So gab ich alles zu und entschuldigte mich. Ja, ich bedrängte ein junges Flittchen in der Hauptstadt. Fräulein Müller aus dem horizontalen Gewerbe, aber nur per Internet, weil ich für richtigen Sex zu geizig war. Puh! Das war gerade noch mal gutgegangen. Andererseits brachte es mich auf Gedanken.

Warum sollte zwischen der aufblühenden Intellektuellen

und mir nicht tatsächlich etwas sein? Wenn ich mich verliebte, ertrug ich die Zeit in Köln besser. Und den Gärtner, wenn er erst auftauchte, in ein paar Tagen …

Der Leser wird sich sicher fragen, warum ich überhaupt noch so an meiner Frau hing. Nun, weil sie meine Frau war und keine Beziehung! Beziehungen halten, bis daß der Frust sie scheidet. Ehen gehen anders. Man wartet auf den Gärtner. Und bis dahin ist alles sakrosankt. Schließlich hat man seine Erinnerungen, und die kann man besser leben, wenn die Verbindung noch am Leben ist. Dann sind es nämlich lebendige Erinnerungen. Ich war mit der Barbi seit den seligen 80er Jahren verheiratet. Noch immer dachte ich an Liebe, wenn ich an sie dachte, sozusagen gleichzeitig. Meine Barbi war, bevor sie sich anstellen ließ – und das war erst vor drei Jahren gewesen –, die reizendste und toleranteste Frau der Welt. Erst der Job hatte sie so neurotisch werden lassen. Zu einem Mensch ohne Freundlichkeit. Hart und respektlos im Innenbereich. Und seit sie wieder angefangen hatte, in ihrer ohnehin knappen Freizeit diese französische Band vokalisch zu unterstützen, war sie noch gestreßter. Es gebe ihr die innere Balance und mache sie glücklich, sagte sie. Mich machte es unglücklich.

Ich verbrachte nun die Zeit im Stadt-Archiv und sah mir nebenbei die Stadt an, hatte aber dummerweise noch einen Termin in Berlin. Nicht wegen der allgemeinen Feldforschung zum Popstandort, sondern ganz konkret: Abends sollte ich für die Süddeutsche eine Premierenkritik schreiben. Natürlich hätte ich absagen können. Ich hätte auch alle Infos aus dem Internet ziehen können. Na ja, nicht alle, denn ich hatte in Berlin noch die dazugehörige Pressekonferenz besucht. Wegen der Pressekonferenz kam mir nun aber die Idee, einen der Homies zur Premiere zu schicken und seinen unverfälschten jugendlichen Blick zu nutzen – für den Artikel und im Sinne der soziologischen Feldforschung, an der ich die Zielgruppe nun buchstäblich beteiligen wollte.

Ich rief also Jonas an und beauftragte ihn, die Premiere zu

besuchen. Sobald er genug gesehen hatte, sollte er mich anrufen und SEINE Eindrücke durchgeben. Ich machte dann nachts noch den Endtext fertig.

Gesagt, getan. Die Premiere hieß ›Gabba Gabba Hey‹ und war ein Musical, das das Leben der Punkgruppe ›Ramones‹ behandelte. Puh! Die Alten feierten sich selbst, von ABBA bis Sex Pistols eine Endlosschleife, und jetzt also die Punkgrufties als Musical, gruselig!

Hoffentlich verlor der Junge sein Handy nicht. Von den Homies hatte jeden Abend einer gerade sein Handy verloren, seltsamer Sport. Es war noch nicht neun Uhr, als ich entspannt ›Speer und Er‹ sah – die Barbi war noch bei der Arbeit – und mir nichts Böses dachte. Den Anruf erwartete ich frühestens um zehn Uhr. Doch es klingelte. Ich erschrak. Bestimmt war es die Barbi. Sie wollte wissen, ob ich den Lizzy ausgeführt und die Teller abgespült hätte. Bitte nicht jetzt! Zitternd nahm ich ab. Es war nur der Homie. Jonas! Ich wechselte die Tonlage von superweichgespült auf ätzend:

»Hey, Maan, was läuft! Was geht ab beim Musical, Alter?«

»Oh, gut, alles in Ordnung soweit, Jolo.«

»Ist ja einfach hervorragend, Mensch, ist ja super, daß es klappt. Hätte ich gar nicht so gedacht.«

»Doch, klar Mann. Keine Probleme.«

»Bist einfach reingekommen.«

»Aber logen. Ist doch klar.«

Stimmt – reinkommen taten die ja immer, egal wo. Ich fragte, ob wir jetzt also anfangen könnten. Er bejahte, ein bißchen verwundert. Anfangen womit? Ich bat ihn, mir seine Notizen vorzulesen.

»Welche Notizen?«

»Du hast dir keine Notizen gemacht?«

»Nee, wieso?«

»Na, für den Artikel. Dann mußt du mir deine Eindrücke so mitteilen.«

»Na klar. Ganz wie du willst.«

»Ja, dann fang doch gleich mal an!«

»Na klar.«

»Also?«

»Also was?«

»Na, wie war es so?«

»Das Musical, oder was jetzt genau?«

»Ja, das Musical!«

»Oh, also, okay!«

»Ja. Und weiter?«

»Wie?«

»Ja, sag noch mehr darüber!«

»Ich sag doch, es war okay. Es war wirklich … ganz in Ordnung.«

»Sag einfach noch mehr WORTE darüber!«

»Häh?«

»Noch ein anderes Wort als ›okay‹. Noch eins!«

»Ich habe doch schon ›in Ordnung‹ gesagt.«

»Jonas, in dem Artikel müssen aber 8000 Zeichen drinstehen, das sind ungefähr 2000 Worte. Bitte sag mir, welche Eindrücke du noch empfangen hast! Was hast du GESEHEN?«

»Ge… gesehen?! Oops … da mußt du schon genauer fragen.«

»Was haben die Schauspieler angehabt?«

»Ja, so Leoparden-Sachen. Und karierte Hosen, wie Punk eben.«

»Wie war die Handlung?«

»Wir sind ja bald wieder rausgegangen. Da weiß ich natürlich nicht genau, was noch alles passiert ist später.«

Ach ja richtig, Homies blieben nie länger als eine Zigarettenlänge in einem Club, der nicht taugt. Da war also nichts zu holen. Ich bedankte mich artig und beendete das Telefonat mit meinem Informanten. Ich mußte mich nun an die Pressekonferenz erinnern und mir den Rest ausdenken. Zum Glück hatte das Musical auch eine eigene Internetseite. Ich hatte Angst vor diesem Blindflug, aber dann ging es doch ganz einfach in dieser Nacht. Kurz nach null Uhr mailte ich folgenden Bericht an die Redaktion in München:

Ramones Musical

Ich habe nie verstanden, was an Transen lustig sein soll.
Oder an Schwulen, die aufs Tuntige reduziert werden. Oder
an Punk, der klingt wie das, was er vernichten wollte: Rock.
An dem Berliner Ramones-Musical ›Gabba Gabba Hey‹ von
Jörg Buttgereit kann man jetzt wieder mal überprüfen, ob
die Message des Punk auch heute noch verfängt. Welche
Botschaft wäre das noch gleich? Mal nachschlagen. Ach ja.
Authentizität, direkter Zugang zur Realität, keine Schönfär-
berei, Absetzen von den Dinosaurier-Rockbands. Auftritte
erfolgen ohne Probe, nur drei Griffe, nein, nur ein Griff,
okay.

Kurz vor der Premiere gab es noch eine schöne Pressekonferenz. Da bin ich hin. Guten Eindruck machen. Die Schauspieler persönlich kennenlernen. Mit dem letzten überlebenden
Ramone reden. Und dann gab es zwar wirklich viel Jugend-
jargon von einst à la »oberaffengeil« und »Wow, Alter!« und
unerträglich viele Leopardenfell-Bodies, aber warum auch
nicht? Wir sehen es ja historisch und damit gnädig. So waren sie eben, die Ahnen! Von den 19 Ramones-Stücken im
Musical werden gleich vier zum Einstimmen vorgeführt.
Sie klingen zwar gerade NICHT aufpeitschend, nicht erfrischend, sondern irgendwie verbraucht – aber auch das ist
in Ordnung. Im Studio klingt ja jede Band besser als auf
der Bühne. Okay, es sind abgebrühte Studiomusiker, Absol-
venten des Konservatoriums, die nie im Leben auf die Idee
kämen, sich mitsamt ihren drei Griffen in Glasscherben zu
wälzen. Geschenkt.

Urgestein Rolf Zacher, 61, mischt die Pressemeute auf, führt
sich gut ein mit einem feindseligen »Na, ihr kleinen Säue?«
und macht das alles wett. Für eine Sekunde denke ich: Das
ist Punk! Wenn Zacher Punk ist, muß es auch das Musical
sein.

Weit gefehlt. Punk war Luxus-Elend. Das heutige Elend ist
leider echt. Deswegen kann man damit nicht mehr spiele-

risch umgehen. Der damalige Haß, der rebellische Gestus wirkt heute befremdlich. Die Leute damals haßten »ihre Alten«, hatten offenbar keine echten Probleme. Das Stück spielt Mitte der 70er Jahre, alle hatten Arbeit, Wohlstand und Zukunft. Es gab kein Lohndumping und vor allem kein Methusalem-Komplott. Es gab: junge Leute! Eine Jugend, die diesen Namen verdiente! Geburtenstarke Jahrgänge! Klar, daß die tüchtig auf die Kacke hauen konnten. Heute dagegen, im Publikum, sitzen sie wieder, nur eben 30 Jahre älter. Es ist eine Veranstaltung für Senioren geworden.

Einer – er winkt einmal mit dem Stock – sieht so aus wie dieser Sänger der alten Punkband ›Die toten Hosen‹, und seine Haare sind heute so weiß, wie die von Campino einst gelb gewesen waren. Worum geht es? Mädchen will coolsten Typen von der Schule haben, der sich aber zukifft, sie schläft mit einem anderen, einem markensüchtigen Konsumidioten. Daraufhin stirbt Sid Vicious, Mädchen sieht's im Fernsehen, kommt zu sich, kehrt zurück zum Punk-Freund. Dazwischen die Ramones-Titel. Die Handlung wird nur äußerst knapp erzählt, die Sätze wirken wie aufgesagt, als sollten sie nur die Stücke miteinander verbinden. Aber die Stimmung im Saal ist gut. Wohlmeinende, schnurrende Elterngesichter bei der Schülertheater-Aufführung. Eine kleine Bühne nur, nicht bestuhlt der Raum, ab und zu ein Filmschnipsel auf der Video-Leinwand, eine Bar, eine Tonne: alles ganz einfach. Das Aufwendigste sind die Headsets, die die Schauspieler am Kopf tragen.

Die Story, eine normale Liebesgeschichte, wird runtergekaut. Alles bleibt brav und folgerichtig; mehr ewige ›Linie 1‹ als real blutende Sex Pistols. Überragend an der Pflichtübung ist nur eine: Katja Götz. Die junge Berliner Schauspielschülerin ist mit 28 Jahren deutlich jünger als der Rest der Musikdampfer-Combo und strahlt schon fast so etwas wie Jugendlichkeit aus. Seit ihrem vierten Lebensjahr – das weiß ich durch die PK – hat sie am Staatstheater Karlsruhe im

Weihnachtsmärchen den Giftpilz gegeben. Anders als die anderen kann sie sich gut bewegen und singt sogar ›punkmäßig‹. Außer ihr singt nur Zacher gut, der hat allerdings schon ganz früher bei Amon Düül geübt. Katja sagte auch, daß sie ihre Eltern bewundert und den Rolf erst recht, weil der menschlich ein ganz Großer sei, und überhaupt hätte sie sich immer schon viel mehr für das interessiert, was früher hip war und nicht heute.

Na klar. Immer schön rückwärtsgewandt, die wenigen Nachgeborenen. Eine echte Jugend gibt es heute nicht mehr, kulturell gesehen. Statt dessen wird verramscht und recycelt, bis einem die Ohren zu Boden hängen, von ABBA bis Nena und jetzt sogar den Ramones. Die Alten kochen im eigenen Saft, und die Jungen betteln darum, dabeisein zu dürfen ...

In B-Mitte und
»Der Pop-Standort«

Es war also wieder ein reiner Text von mir selber geworden, über mich und einzig von mir selbst verstehbar. Kein Homie hätte ihn je schreiben können. Auch nicht mit Notizen. Es wurde Zeit, die kleine Feldforschung in Sachen Popmusik und Jugendkultur abzuschließen, denn an der Richtigkeit meiner Leitthese gab es keinen Zweifel, und inzwischen hatte ich auch eine Ahnung, warum die Jungen so zahnlos und brav waren. Außerdem zog mich etwas nach Berlin, obwohl ich wegen Barbis Gärtner beunruhigt war.

Endlich sah ich sie wieder, Karline. Sie hatte mich in ein antikonsumistisches Café in der Kastanienallee bestellt. Dort hatte sie mir zugewinkt wie eine gerührte Omi, die den Enkel am Bahnhof erwartet und ihn schon von weitem im Zugfenster erkennt. Ich setzte mich aufs Fenstersims, wo auch schon andere strubbelige, künstlich verwahrloste junge Slacker mit Britpop-Frisuren saßen. Alles Strokes-Typen, die Homies von der Karline. Ich merkte sofort, daß sie Johnny Cash spielten, sehr langsam und dramatisch. Und ich sah augenblicklich, daß das antikonsumistische Café mehrheitlich aus blendend aussehenden jungen Frauen bestand, mit aufgeblasenen Brüsten, Superfiguren, ausgestelltem Sex. Das war inzwischen die allgemeine Mode und nichts Besonderes. Man trug Sex, man ›hatte‹ ihn nicht mehr. Alte Kastanien filterten draußen das helle Sommerlicht, aber es kam noch genügend herein, denn die gesamte Vorderwand war bis zur hohen Decke hin verglast. Der große, kühle Raum war vielleicht früher eine Metzgerei gewesen. Man sah automatisch nach draußen, wurde immer dazu verführt, das lebhafte Treiben auf der schönen und unzerstörten, unsanierten Kastanienallee zu beobachten, der nettesten Straße Berlins. Wer hier wohnte, sah man an den Autos: Alte Corsas, Astras, Golf zwei, Volvos aus den 80er Jahren, Trabant, Barkas. Karline holte mir ein Panini mit Gorgonzola, Walnüssen, Tomaten, Apfel und Rucola für zwei Euro. Dann erzählte sie vom Abend davor, der angeblich mit einer Katastrophe geendet hatte.

»Jolo, ich habe alles falsch gemacht, was man nur falsch machen kann ...«

Sie war mit ›Frank, dem Filmstudenten‹ unterwegs gewesen und hatte strategische Fehler begangen. Erst hatte sie eine Freundin mitgenommen, die ihr die Schau stahl. Dann ging die Freundin, aber dafür kriegte Karline einen Handy-Anruf von einer weiteren Freundin, und die lotste sie dann ebenfalls in den Club, woraufhin ihr ein zweites Mal die Intimität abhanden kam. Außerdem war es viel zu laut, und dann gingen sie in ein anderes Lokal, und da war es noch lauter, und da kamen noch weitere Freunde und Freundinnen dazu. Und dabei war das die erste echte Verabredung mit Frank dem Filmstudenten!

»Und kannst du dich nicht noch mal mit dem jungen Mann treffen?«

»So jung ist er nicht, und außerdem habe ich seine Handynummer nicht!«

»Vielleicht hat er ja gar kein Handy.«

Alle Augen richteten sich plötzlich auf mich. Selbst die fremden Gäste neben mir auf dem Fensterbrett starrten mich an, dem einen fiel fast das Ciabatta aus der Hand. Schnell korrigierte ich mich.

»Nein, ich meine, ich verstehe einfach nicht, daß er dir die Handynummer nicht gab!«

»Na hör mal! Da will doch keiner sein Gesicht verlieren.«

Ich erklärte meine Theorie der Rollenumkehrung. Heute müßten die Frauen genauso auftreten wie die Männer in den alten John-Wayne-Western. Karline müsse die volle Verantwortung, das volle Risiko auf sich nehmen und sagen, mit tiefer, emotionsloser Stimme:

»Frank, ich liebe dich, ich kann nicht anders, Gott helfe mir.«

»Aber ich liebe ihn nicht!«

»Oder dann eben ›ich bin verliebt in dich‹.«

»Aber ich bin auch nicht verliebt in ihn.«

Ich fragte nicht weiter nach. Auch die anderen Vertreter der Berlinjugend hörten nicht mehr zu, diese seltsam zukunftsmächtigen Paradeslacker, die alle irgendwie ein bißchen zu alt waren, um zerrissene Jeans zu tragen.

Niemand trug ein neues, frisch gewaschenes, blitzendes Kleidungsstück. Draußen auf dem zehn Meter breiten Bürgersteig hatten sie Sitzkissen ausgelegt und Plastiksessel aufgestellt, und darin lagen weitere antikonsumistische Nichtstuer. Die Vögel zwitscherten. Ich merkte, daß Karline im Kreis der blutjungen 30jährigen eine andere war als mit mir allein nachts im Nazi-Kino. Also schlug ich einen unverbindlichen Ton an, zumal die jungen Leute ihre eigenen Themen hatten.

Zu meiner Überraschung hatten auch die anderen people Foucault gelesen, Derrida studiert und Deleuze promoviert. Sie schnatterten um die Wette. Ich registrierte, daß es sich um jene Art von Diskutier-Gruppe handelte, die sich gründet, um ein Weltbild herauszumeißeln und abzusichern. Ich hatte das in dem Alter auch gehabt. Das Alleine-Denken ist für solch eine Aufgabe nicht ausreichend. Man schaltet das Wissen, die Rechnerleistung und die Kreativität von vier, fünf Gehirnen zusammen wie eine LAN-Gruppe. Dann bleibt sogar noch Zeit für Abenteuer, Nachtleben, Faulenzen und Reisen, also für jenen Realitätseinbruch, der ohnehin für jede Theoriebildung fruchtbar, ja unerläßlich ist. Mein Weltbild hieß früher ›Popliteratur‹ und das ihre jetzt vielleicht ›Das Sexuelle als Weltzustand‹ oder so. Kein Wunder, daß Karlines Augen leuchteten, als ich ihr wieder einen kleinen Ausweg daraus eröffnete, indem ich flüsterte:

»Wir können nachher noch in ›Der Untergang‹ von Oliver

Hirschbiegel gehen. Ich habe ein Kino gefunden, wo er noch läuft.«

»Ja, gern. Sofort. Obwohl … ich es eigentlich nicht so gut finde, solche Sachen nachzustellen, wo es doch das Originalmaterial gibt.«

»Ich weiß, ich denke auch so. Die Sachen verlieren dann ihre Magie. Aber der Film hier ist eine Ausnahme, ich habe Ausschnitte gesehen. Jemand sagte mir, man fühle sich drei Stunden lang, als habe man den Bunker selbst betreten und dann jahrelang nicht verlassen.«

»Will man sich wirklich von Bernd Eichinger erzählen lassen, daß Hitler unheimlich war?«

»Nicht Eichinger, den Film hat Oliver Hirschbiegel gemacht. Und Bruno Ganz. Wenn du den gesehen hast, denkst du danach bei jedem Hitler-Archivfilm, daß da der Bruno Ganz aber schlecht imitiert wurde.«

Und so fuhren wir zwischendurch ins High End Kino im Tacheles in der Oranienburger Straße. Die Freunde und die Strokes-Typen wollten wir gleich danach im »Glogau« wiedersehen. Karline fuhr gern in meinem alten Wartburg und mochte das unnachahmliche Zweitaktgeräusch des 30er-Jahre-DKW-Motors. Sie klammerte sich vorne am Haltegriff fest und drehte sich zu mir, dabei weiter aufgekratzt redend wie Lilian Harvey. Sie hatte diese leicht künstlich angekratzte Stimme, wie sie Kinder manchmal hatten, die zu lange draußen getobt und gelärmt hatten. Sie konnte das an- und abstellen, wie auch den Süße-Mädel-Gesichtsausdruck mit den feuchten Lippen und etwas gesenkten Lidern. Das alles und vieles Weitere gehörte zum selbstverständlichen Repertoire heutiger Kids, Tweens, Teens und junger Frauen, doch nur bei Karline sah es aus wie in Schwarzweiß gedreht.

Wir sahen den Film, Karline wieder hochkonzentriert nach vorn gebeugt, wie ein spähender Indianer, der die US-Kavallerie beobachtet, um ihr später in den Rücken zu fallen. Bruno Ganz war wirklich sehr schön, ein wunderbarer Führer, ganz fein. Wir traten ins Freie.

»Nun sag nicht, daß das nicht ein herrliches Kinoerlebnis war!« eröffnete ich die Debatte.

»Ja. Diese Granateneinschläge die ganze Zeit … ich habe das wie echt empfunden. Ich hab mir das nie klargemacht, wie laut so was ist.«

»Ich fand gut, daß sie die Rede von Goebbels am 23. April '45 im Original gelassen haben. Weißt du, wie er sagt, daß er in Berlin bleibt und in Berlin kämpft, hier das Ende erwartet. Meine Mutter hat diese Rede abends noch gehört. Stell dir vor, Strom und Telefon und Radio gingen noch in diesem Inferno. Und Stunden später, am Morgen des 24. April, sind sie und ihre Schwester aufs Fahrrad gestiegen und Richtung Westen geradelt.«

»Kraß. Sind sie noch durchgekommen?«

»Total problemlos. Es war Frühling. Sie hatten Picknickkörbe dabei. Die ersten Soldaten, die sie trafen, waren desertierte Wehrmachtsangehörige. Da stieg dann gleich die erste Party. Meine liebe Mutter kam zu ihren ersten sexuellen Erfahrungen, und am nächsten Tag ging es weiter Richtung Norden, ausgestattet mit neuer Verpflegung, aufgeschriebenen Namen und so weiter. Handynummern gab es ja noch nicht.«

»Sie hätte auch nicht danach gefragt, nehme ich an!«

»Nein, natürlich nicht, das ist ja gegen die Regeln. Aber man will schon wissen, wer der Vater ist, später mal, wenn ein Kind kommt.«

»Ach so.«

»Wie fandest du eigentlich Corinna Harfouch eben?«

»Weiß nicht.«

»Die Eva Braun war besser, sie hat die Persönlichkeit genau nachgefühlt, finde ich, während die blöde Harfouch wieder sich selbst gespielt hat. Also den brutalen Knochen, die abgehärmte Emanze … Und den Bor---, oh, ähem, der Bordstein, ich muß ein bißchen aufpassen, ich hätte keinen Prosecco trinken sollen, vorhin, hehe.« Ich hatte gerade noch die Kurve gekriegt. Martin Bormann, der gerade an der Seite von Bruno Ganz zu sehen gewesen war, wurde nicht erwähnt. Wir redeten nicht mehr über den Film. Auch, weil wir schon Minuten später vor dem »Glogau« parkten. Wir hatten das Verdeck auf, und es war ein milder Sommerabend geworden, schon fast ganz dunkelblau. Wir standen an der Ecke Veteranenstraße und Fehrbelliner Straße, im besten Teil von Mitte, wo die DDR-Laternen noch ihr gelbes Licht auf die unsanierten alten Bürgerhäuser warfen. An den Wänden klebten Plakate aller Art, Flugblätter wurden gereicht, Zeitungsverkäufer machten die Runde, ebenso Armenier, die Brezeln verkauften, und junge Hiphopper, die Spuckis für ein illegales Konzert an Türklinken, Geländer und Stuhllehnen anbrachten. Ganz klar: hier war Szene. Hier lebte etwas. Berlin kurz nach der Wende. Apfelsinenkisten dienten als Tische, die Stühle waren selbstgezimmert und standen mitten auf der Straße. Das alles sah aus wie eine Idee Raoul Hundertmarks, der ja noch immer lebte! Noch hatten die Rentner das Land nicht unter Kontrolle, nicht vollständig, nur den Popstandort, aber darüber würde ich erst morgen schreiben.

Hier und heute sah ich in eines der hellgelb erleuchteten Fenster des uralten Hauses gegenüber und nahm eine bezopfte Gestalt wahr, den jungen Schiller, der gerade einen seiner Aufrufe gegen die Fürstenwillkür schrieb.

Alle Getränke kosteten nur einen Euro. Daneben gab es einen Holztopf für freiwillige Spenden von Leuten, die zufällig mehr als einen Euro erübrigen konnten. Es ging uns gut. Es war ein bißchen kalt, und Karline hakte sich unter. Irgendwann nahm ich sogar ihre Hand, was ich mich im Kino noch nicht getraut hatte. Aber vom Unterhaken zum Kaltes-Händchen-Halten ist es nicht weit, wenn man dazu nur lange genug Prosecco trinkt. Wieder fielen mir diese viel zu hübschen, viel zu vielen Mädchen auf, die diese Stadt offenbar produzierte. Die jungen Ostfrauen waren ja mobiler als ihre verunsicherten ehemaligen Macho-Männer. Sie zogen in Millionenstärke Richtung Westen, wobei ihre erste Station Berlin Mitte war. Später zogen sie weiter nach Karlsruhe, München, Köln und Stuttgart, wo sie die Städte verjüngten. Noch mal fünf Jahre später würden sie ins westliche Ausland weiterwandern und uns wieder den Rentnern ausliefern. Aber noch waren sie da, die geilen Ostfrauen mit den schmalen, hochwangigen Puppengesichtern und Sixties-Frisuren, also hier, im »Glogau«, bei meiner zweiten Prosecco-Flasche. Ich sah in den klaren Sternenhimmel und dankte Gott. Prost, Papa! Habemus papam, um es auf Latein zu sagen …

Karline war ganz reizend. Eine so kluge Person. Sie griff nach einer Zigarette. Sie war lange die einzige Raucherin in ihrer Clique gewesen, weil sie immer nach Polen gefahren war und dort von kriminellen Usbeken die Stange für zehn Cent gekauft hatte. Nur sie hatte sich das Rauchen noch leisten können. Die Tabakindustrie bedrängte bereits die zuständige Bundesministerin, junge Konsumenten unter 18 sowie Einstiegskonsumenten ab 13 Jahren von der Besteuerung freizustellen. Karline war ihrer Zeit voraus, sie verschenkte die Päckchen bereits an Freunde. Immer neue davon kamen auf Fahrrädern herbeigeradelt, angelockt von der tiefblauen Nacht und dem Ruf des neuen Cafés, das erst vier Tage zuvor eröffnet hatte. Die Kinder saßen natürlich mehrheitlich drinnen, in einer ganz normalen Wohnung, die mit ganz normalen Wohnmöbeln zugestellt war, vor allem gemütlichen Stoffsesseln und Sofas aller Stilarten und Zeiten. An den Wänden hingen Berghof-Kitschbilder in Öl, das Licht kam von grünlichen stoffbespannten Stehlampen aus der Ulbricht-Ära, und die Musik hielt sich angenehm und in Form experimenteller electronic music zurück. Wir waren nämlich inzwischen reingegangen, was aber nicht hieß, daß wir unsere körperliche Nähe dabei aufgegeben hätten, im Gegenteil. Wir saßen nun zusammengepfercht zu viert auf einem Sofa, und meine neue kleine Freundin wurde mir von der rechten Sofalehne, der ich dafür dankbar war, regelrecht an den Leib gepreßt. Mein Arm hing unglücklich abgewinkelt hoch in die Luft, und ich konnte schließlich gar nicht anders, als ihn in das gottgegebene Arrangement zu integrieren, indem ich damit Karlines Schultern umschloß. Es war eine Stellung, wie sie sonst nur ein hundertprozentiges Liebespaar einnahm.

Der Abend gefiel mir nun immer besser, und die Unterhaltung erreichte wieder Foucault-Niveau. Denn Karlines Homies überließen uns nicht unserem Glück, sondern suchten unsere Gesellschaft in verstärktem Maße. Es wurden sogar noch mehr. Ein Türke namens Ösdmir kam hinzu und seine algerische Freundin, die auf den deutschen Namen Manuela hörte. Ein Deutscher ›Jo‹ hörte ebenso aufmerksam zu, genau wie Anita, die nun erst richtig in Fahrt kam. Sie erzählte über ihre Magisterarbeit zum Thema ›Prostitution und Mode‹. Am Nebentisch saßen vier unspektakuläre kleine Japaner in schwarzen T-Shirts und redeten noch schneller als wir. Es gab noch vier weitere Räume, denn es war ja vor einer Woche noch eine normale Wohnung gewesen. Ich stand einmal auf und sah mir den Laden ganz an. Die Frauen, wie gesagt, sahen atemberaubend aus und stellten die große Mehrheit. Die wenigen Burschen trugen karierte Baumwolloberhemden, hatten V-Pullis um die Schultern gebunden und wirkten so anziehend wie Jura-Studenten aus Ludwigshafen. Oder, seien wir fair, wie Sport-Studenten der mittleren Kohl-Jahre.

Kollektive Situationen sind immer gefährlich und a priori nicht plan- oder gar beherrschbar. Ich merkte es, als ich mich wieder setzen wollte und vorher von einer alten Bekannten, Betzi Semmer, abgefangen wurde. Sie verwickelte mich in ein Gespräch.

»Hey, was machst du in Berlin, Mann? Warum bist du nicht in Köln?«

»Bei meinem Verlag?«

»Nein, bei der Barbi natürlich!«

»Uhh … was soll ich da sagen …«

»Probleme? Mit Barbi?«

»Nein, um Gottes willen. Nicht mit der Barbi.«

»Mit wem denn dann? Mit ihrem Hund?«

»Ja, genau! Mit dem Lizzy. Weißt du, wir haben zurzeit einen Gast, einen Künstler, also einen Musiker, in dessen Band die Barbi singt. Der ist zu Hause raus, hat sich von der Freundin getrennt und so schnell keine neue Wohnung gefunden und so. Und den Typen mag der Lizzy, will nur noch von dem neuen Mann im Haus gestreichelt werden. Diesem Gitarristen.«

»Aber das kann dir doch ganz recht sein?«

»Nein, weil die Barbi grundsätzlich den liebt, den ihr Hund liebt. Du verstehst, daß das ein Problem für mich darstellt!« Sie lachte, und auch ich lachte. Wirklich sehr lustig, diese kleine Anekdote. Wenn Betzi Semmer gewußt hätte, daß es haargenau so war, hätte sie sich wahrscheinlich eher bekreuzigt. Wir redeten noch ein bißchen über unsere gemeinsame Jugendzeit in Hamburg, und dann setzte sich eine weitere Freundin zu uns. Wir kannten sie beide. Sie hieß Pamela und war wunderschön. Die allgemeinen physikalischen Fliehkräfte setzten ein und brachten Karline und mich immer weiter auseinander. Es reichte am Ende nur noch zu einem fernen Zuwinken und dem Telefonierzeichen, abgespreizter Daumen und kleiner Finger. Es war aber auch schon spät. Und Pamela eigentlich sowieso eher meine sogenannte Kragenweite.

Am nächsten Morgen mußte ich den großen soziojournalistischen Artikel über die Jugendkultur und die Popmusik am Standort Deutschland schreiben. Die SZ hatte ihn schon vor Monaten gefordert. Und bezahlt. Und ich nahm das Elend nun endlich ins Visier:

Einige junge *Oasis*-Fans wurden getötet bei jenem legendären Konzert, zerquetscht. Jens Münchow, 32, Schauspieler (»Störtebeker«), erinnert sich aber kaum daran. Ihn beeindruckte die Band, von den Toten erfuhr er erst aus der Zeitung. Bis heute ist das nebensächlich, denn: »Mann, ich habe *Oasis* noch erlebt!« In den 90ern dachte man wehmütig an die *Pink-Floyd*-in-Originalbesetzung-Weihespiele. In den 80ern sehnte man sich nach Woodstock. In den 70ern schwärmte man von den Hamburger *Beatles*-Konzerten, den *Who* im Hydepark. Heute glaubt jeder, selbst *Björk* kommt nie wieder. Stimmt ja auch. Daß die Leute weiter touren, heißt nichts. Im Gegenteil. Schauen wir in den aktuellen

Tourkalender, so droht der Aufmarsch der Mainstream-Mumien auf und vor sämtlichen Großbühnen: *U 2, Joe Cocker, Die Toten Hosen, Rod Stewart, Iron Maiden.* Denken Sie an nur eine einzige ehrliche Schweineband der Vergangenheit: Sie kommt garantiert in die Hanns-Martin-Schleyer-Halle.

Jörg Heiser, 36, wurde mit 16 durch *David Bowie* initiiert, bei der legendären »Let's dance«-Tour 1985. Er trug danach zwei Jahre lang Reiterhosen und Clownsstiefel und machte sich überall lächerlich. Vor allem, weil *Bowie* gerade so schlecht geworden war, wie er heute noch ist. *Björk* weigerte sich, vor 60 000 Leuten zu singen, und bevorzugte das intimere 5000-Mann-Zelt. Es kam zu Tumulten. Noch heute denkt Heiser daran, mit Schrecken und auch Genugtuung. Da hatte er mal was erlebt. So war das und ist es noch heute: Kriege und Rockkonzerte sind die letzten Primärgroßerlebnisse. Da verliert einer ein Bein oder ein Trommelfell, oder die Freundin setzt sich die Überdosis.

Ist es wirklich noch so? Es versteht sich von selbst, daß legendäre Konzerte nur entstehen, wo beides neu ist: Band und Publikum. Alles andere geht nicht wirklich. Ein gerade ausgemusterter Jugendfunkchef der öffentlich-rechtlichen Senderkette drückte es vor zwei Tagen in Hannover auf seine Weise aus: »Worüber ich viel grübeln muß, meine Freunde, sind diese sakralen Zeiten, wo man *Pink-Floyd*-Alben noch mit Samthandschuhen aus Läden trug, die Uwes Music Shop hießen. Man trug diese Platten heim, um dann zu ihnen in gleißenden Bewegungen auf dem Flokati zu bumsen. Sind die Zeiten vorbei? Ich fürchte: …«, hier nun machte der ausgemusterte Jugendfunkchef eine bedeutungsvolle Pause und sagte dann fast tonlos, »:… ja.«

Stimmt es, daß unsere Kultur von den Babyboomern beherrscht wird und diese auch der populären Musik ihren Geschmack aufgezwungen haben? Dieser Geschmack beginnt in den 60ern, als die ersten dieser Boomer (die 1954 bis 1970 Geborenen) die ersten *Beatles*-Songs hörten. Dann hat sich

126

dieser Geschmack festgesetzt wie sozusagen der Hund am Schwanz. Inzwischen gibt es schon seit Jahrzehnten nichts Neues, von Hiphop zwischendurch mal abgesehen. *Mick Jagger* ist immer noch heute, also nicht vergangen, ebenso *Burroughs* und *Salinger*. Alles, was Jugendkultur war, ist immer noch da. Aber Jugendkultur war immer die Kultur der Boomer. Nach ihnen kam die Pille, also nicht mehr viel. Die heutige (reale) Jugend ist eine kleine Schicht, eine kulturell bedeutungslose Minderheit, vergleichbar mit der Kurden-Community. Die sind zu schwach und profillos, um quasireligiöse Events wie legendäre Konzerte hinzukriegen. Sie bleiben beim iPod und sind der alleinerziehenden Mami dankbar für dieses schöne Spielzeug. Die 30 000 Songs haben sie sich selber heruntergeladen, und es ist kaum einer darunter, der nicht auch Mami gefällt. Stimmt das?

Die Babyboomer selbst widersprechen heftig. Eine 40jährige Verlagslektorin triumphiert mit der Meldung, sie habe der zwölfjährigen Tochter einer Freundin ein Vorabdemo der *Madonna*-CD gegeben, und die habe diese »cool« gefunden. Wenn *Madonna* ihre »*Madonna* World Tour 2006« mache, dann schenke sie der Kleinen eine Karte. Die wird sich bedanken. Und zwar ohne Wenn und Aber. Die jungen Leute sind zahnlose Alte, die alles fressen, was die superioren Eltern ihnen vorsetzen. Und das wird auch in zehn Jahren so sein, wenn *Madonna* ihre »*Madonna* World Tour 2016« startet. Weil bis dahin die Alten mehr und die Jungen noch weniger geworden sein werden. Wahrscheinlich stehen dann schon drei Generationen mit dem Feuerzeug in der Hand vor der raumgreifenden *Bono-Vox*-Großbühne. Zehntausende 60jährige, die *Peter Gabriel* noch gekannt, pardon: erlebt haben. Ein paar hundert 35jährige, die schon keinen eigenen Geschmack mehr entwickeln konnten. Und zwei Elfjährige auf dem Oberrang, die »cool« rufen. Das ist dann der Querschnitt der Bevölkerung.

Johanna Werner, wunderschön und 18 (laut Perso aber schon

25!), Fotomodel und Regieschülerin der Münchner Film-
hochschule, hat ein »ängstliches Gefühl«, wenn sie an die
eigene Generation denkt. Irgend etwas fehle, es gebe kein
Wir-Gefühl, irgendwie keinen Grund mehr zum »Ausras-
ten«. Alle Chancen lägen bei den Alten. »Die sind noch
ausgerastet. Jungsein war etwas Spezielles. Heute sind alle
bedrückt und leise.« Selbst dann, wenn sie mal einen guten
Tag erwischt haben, sich mit Freundinnen treffen, ausgehen
oder daheim »was Lustiges zusammenkochen«. Fräulein
Werner würde niemals das Olympiastadion besuchen, um
die *Strokes* oder eine andere *Velvet-Underground*-Nach-
folgeband zu sehen, auch nicht die Karosserien von *Queen*
oder die Enkelin von *Janis Joplin*. Wie alle jungen Leute
ist Fräulein Werner immer lieber auf Partys gegangen: »Mit
so elektronischem Zeugs, also MPC und Beats, ohne live
acts.« Neuerdings sieht sie gern Bands in Münchner Clubs
oder Kleinhallen mit so anspielungsreichen Location-Na-
men wie Kafé Kult. Alle hören wieder Stromgitarren, es
gibt jede Menge neue Bands. Daß selbst diese Musik wieder
klingt wie *Blondie* oder *Ramones* oder *Velvet Underground*,
es ist halt nicht zu ändern. Dafür sind die Texte wenigstens
deutsch. Während des Auftritts werden mit Mobiltelefonen
Fotos gemacht. Nach dem Auftritt wird verhalten applau-
diert. Das Mobiliar bleibt ganz.
Auch andere Münchener und Berliner Jugendliche wie Elias,
26, Jonas, 29, und David, 27, haben noch nie 70 Euro für ein
Großkonzert von *Westernhagen, Robbie Williams* oder *To-
cotronic* bezahlt. Klar, daß das nur »Mumien« (Eltern und
Großeltern) stemmen können. Eli hätte Angst, totgetrampelt
zu werden oder »den schlimmen Tinnitus zu kriegen« wie
neulich seine Mutter beim *Debbie-Harry*-Comeback-Kon-
zert. Ist die Prägekraft von neuen Bands für die Identität
Heranwachsender seit dem Straucheln der Musikindustrie
verschwunden? Sie definieren sich nicht mehr über Tips aus
dem *New Musical Express*, nicht einmal über *Eminem* oder

Die Toten Hosen, sondern über Handy-Klingeltöne, Pornoseiten im Internet und ein bißchen Kleidung, wenn man so will also: über sich selbst. Holm Friebe hat sich noch letztes Jahr *Divine Comedy, Grand Hotel van Cleef, Magnetic Field* und *Flaming Lips* gekauft. Live gesehen hat er *Peaches,* die sexistische Rockröhre aus Berlin. Das war VOR seinem ersten iPod zu Weihnachten. Holm ist auch schon 32 und hat die Zeitung *Spex* noch gekannt. Früher war ein *Spex*-Leser, wer niemals lachte, regelmäßig nach London fuhr und dort den nächsten Star witterte, lange bevor der groß wurde. Wenn heute junge Leute nach London fahren, wollen sie Big Ben sehen und das Grab von Lady Di (das sie dort nicht finden). Nein, bleiben wir fair: Diana geht ihnen am Arsch vorbei. Sie stürmen schräge Clubs, hören japanische Mädchenbands, das also schon. Das Schlagzeug ist irre schlecht, aber das girl auf der Bühne findet die Lücke im Ohr. Oder so. Es gibt so viele, Clubs wie Bands, daß jeder selbst guckt, wo er bleibt. Die Identitätsbildung hat sich demokratisiert. Die autoritäre Supergroup mit dem Star auf der Bühne: vorbei.

Techno ist tot? In Berlin haben deshalb im letzten Quartal acht neue Technoclubs eröffnet. Die Stadtzeitung *Zitty* kam eben mit der Titelstory auf den Markt: »Let it rock! Das Berliner Nachtleben feiert seine Auferstehung«. Liest man sich ein in den sauber recherchierten Langartikel, lernt man zahllose Technoclubs von innen kennen. Im Club macht der DJ seine eigene Musik, und das Publikum steht nicht davor wie bei Massenaufmärschen in Nordkorea.

Ein bedeutender Feuilletonist äußerte dieser Tage ein wenig verschroben, aber im Ansatz richtig: »Die Jugend von heute ist tausendmal schlauer als die Jugend von gestern, und aber eben deswegen ist sie auch tausendmal desillusionierter.« Sobald es ein Musiker mal wieder ernst meine und ehrlich, winkten die Jungen ab und durchschauten das neunmalklug als Kitsch. Fast schon rührend berichtete der Feuilletonist von Erlebnissen mit jungen Neu-Berlinern und Hamburger Hornbrillen-Teenies, die sich Astrid-Lindgren-Bandnamen gaben wie *Tomte, Kettcar* oder auch *Bonanzafahrrad*. Die spielten dann in so derart kleinen Läden, daß für jeden Besucher extra der Schlüssel von einem Künstler in der Kastanienallee geholt werden müsse: »Diese lustigen Berliner Bands in ihren Adidas-Anzügen, die dann in so ironischen Wohnzimmern spielen, sie haben mir die Hoffnung auf ein Leben nach dem Methusalem-Komplott zurückgegeben!« Soviel Verrenkung wäre nicht nötig gewesen, Mann vom Feuilleton! Die Jugend von heute hätte er auch auf jenen Open-Air-Festivals treffen können, die sich auf alternative rock und independent music spezialisiert haben. Wozu zehn Monate im voraus einen dreistelligen Eurobetrag für Karten ausgeben, um *U2* beim Sterben zuzusehen? 20jährige mieten übers Internet einen fabrikneuen 7er-BMW und fahren zu einem *Melt*-Festival, meist an irgendeinem See in der Pampa gelegen, etwa in der ehemaligen DDR, wo man Indie-Rock und Techno gleichzeitig bekommt und sich dazu noch nackt machen und mit Schlamm bewerfen kann, wie halt Oma damals im Stadtpark bei Dings, na, ja hier: *Jefferson Airplane*. Auf den Wegen oder am See stehen *sound systems* für 20, 30 Leute, die bis zum Morgengrauen Trance und Ambient hören oder einen Goa-Rave-Set und dann ins Wasser springen, es ist ja Sommer. Matteo Krachte, 28, hat so ein Konzert letztes Jahr in Amerika erlebt, freilich ohne See, nämlich in der Wüste von Nevada, nahe Los Angeles, mit 250 000 Leuten. Hauptact war zwar *The Cure*, und da waren natürlich alle jenseits der 40, aber auf allen anderen Bühnen spielten neue Gruppen und neue Richtungen, Techno, Reggae-Grunge und Hiphop-Polka, war alles dabei. Dieses Jahr fährt er doch nicht, wie schon sein Vater, zum *Jazzfestival* nach Moers, sondern zum *Southside Festival* an den Bodensee. Er will *Radiohead* sehen, die große *Pink-Floyd*-Nachfolgeband. Matteo mag die Festival-Atmosphäre, das tun nämlich alle jungen Leute zu allen Zeiten, findet er. (Toll ist übrigens auch, wie selbstverständlich junge Leute heute über »die jungen Leute« reden). Zelten, Rumlaufen, drei Tage nur Scheiße labern, besoffen bumsen und sich dann übergeben: das, so Matteo, sei »total zeitlos«. Das komme immer wieder, wie das Kiffen mit 14 oder das Onanieren mit 13. »Weißt du, Jolo, man mag einfach Menschenmassen, in meinem Alter.« Und sie mögen es, neue Bands zu entdecken. Wie zum Beispiel *Saint Thomas* aus Norwegen, die große *Neil-Young*-Nachfolgeband. Auch Sascha, 24, ist dafür zu haben. Aber vor allem will er sich unterhalten. Nur einmal im Monat geht er aus und steht dann die meiste Zeit draußen vor dem Club, weil es dort nicht so laut ist. Er trinkt keinen Alkohol mehr, möchte ernst sein, heiraten und Kinder in die Welt setzen. Mit 16 war er auch Kiffer, und zu der Zeit hat er auch Konzerte besucht. Nur: ständig jung bleiben zu müssen, fände er zu anstrengend. Die Wirklichkeit ist bereits weiter. In Amerika, wo er sich oft aufhält, lehnten es Mittzwanziger inzwischen strikt ab, weiter jung zu sein. Die einzigen Feste, die sie noch feierten, seien die Geburtstage ihrer Kinder.

Apropos Kinder: Setzen Sie mal ein kleines Kind im Jahre 2005 vor den Schwarzweißfilm »A Hard Day's Night« von Richard Lester. Der ist von 1965. Sie werden dann Zeuge der weitreichenden Bannkraft der *Beatles*. Immer wieder müssen sie dieselbe DVD einlegen, der Kleine wird sich sogar eine Pilzkopffrisur wachsen lassen und Sie mit Fragen zur Londoner Frühsteinzeit der Popgeschichte löchern. Das hat nix mit dem Geschmack der Babyboomer zu tun, der dem Kind mit vorgehaltener Waffe aufgezwungen würde. Sondern damit, daß die *Beatles* so außerordentlich großartig waren. Am Ende also geht es leider gar nicht mehr darum, welche Generation gerade welchen Kaffee bestellt. Sondern um gute und schlechte Musik. Ich weiß, wovon ich rede. Eine Freundin meiner Frau Barbi mußte wegen ihrer Liebe zu den *Dire Straits* vor vielen Jahren ihren Schreibtisch bei *Spex* räumen! Heute ist Barbis Freundin wunderbarer denn je und der *Dire-Straits*-Mann Mark Knopfler — alt hin oder her — noch besser als damals schon.

Die Zukunft? Gehört nicht den Neuen jungen Alten. Und nicht der Jugend von heute. Sie gehört den Kindern. Ein Jammer, daß die jungen Alten nicht mehr davon in die Welt gesetzt haben.

9
Nach Potsdam zu den Urgroßeltern

Ein paar Tage später fuhr ich morgens früh nach Potsdam, ins dortige Stadt-Archiv, um mich endlich wieder den Ahnen zu widmen. Ich stellte mir Potsdam weit weg vor, etwa eine Tagesreise mit der Kutsche. Natürlich gab es inzwischen auch eine im vorvorigen Jahrhundert mühsam errichtete Eisenbahnlinie. Aber die war sicherlich nicht sehr viel schneller. Denn wie schnell waren diese Züge, die 1848 zum erstenmal eingesetzt worden waren? Nicht besonders schnell. Und wer die Bahn kannte, wußte, daß Verspätungen, Pannen und bautechnische Verzögerungen von Jahr zu Jahr eher zu- als abnahmen. Ich nahm mir deshalb Brot, Käse, Erdbeeren, Kuchen, den neuen SPIEGEL, die Eisenbahnbordzeitschrift ›Mobil‹, mein Tagebuch und einen faksimilierten Stadtplan von Potsdam aus dem Jahr 1915 mit.

Mit der Elektrischen fuhr ich von der Hufelandstraße/Ecke Holm-Friebe-Straße bis zum Hackeschen Markt, stieg nach einer kurzen Besichtigung desselben in die S-Bahn ein und fuhr zügig bis zur Friedrichstraße. Dort bestieg ich einen Regionalexpress nach Wittenberge, der am Bahnhof Zoo Zwischenstation machte. Mit einem Intercity Richtung Köln ging es weiter. Der erste Halt war dann schon Potsdam. Ich war gerade bei den Erdbeeren angelangt. Vor allem der Intercity war recht schnell gefahren, bestimmt bis zu fünfzig Kilometer in der Stunde. Es gab natürlich auch Flugzeuge nach Potsdam, über Frankfurt, aber das war mir zu aufwendig. Ich war ja da! Die Stadt wirkte auf mich wie jede andere Ost-Stadt, wie Ebers-

walde oder Anklam oder Stròntzó, ehemals Stettin. Niedrige
Häuser, endlose Straßen, keine Industrie, viele kleine Läden
und mächtig viele Fußgänger. Eigentlich ganz nett. Schon bald
erreichte ich das Rathaus. Im Keller befand sich das Archiv.
Eine Frau Lampe, mit der ich telefoniert hatte, erklärte mir
das Lesegerät für die Filme. Auf den Filmen waren die alten
Stadtbücher gespeichert. Ich kapierte alles sofort. Diese Frau
Lampe war von einer schier unfaßlichen, mit sich selbst ge-
schlagenen Hilfsbereitschaft. Sie hätte sich auf der Stelle die
Pulsadern geöffnet, wenn ich es von ihr verlangt hätte. Ich ließ
mir das Stadtbuch von 1881 kommen. Unter dem Buchstaben
›L‹ fand ich meinen Urgroßvater Elias. Ich drückte die Ver-
größerungstaste und machte den Vermerk so groß, daß er den
ganzen Bildschirm ausfüllte:

»eingezogen am 3. 4. 80 in die Burgstraße 45 / Lohmer Elias
Otto / Zahlmeister Aspirand / geboren 1. 10. 1848 in Magdeburg / und Maria Lohmer geborene Nagel / geboren 28. 2. 1858
in Potsdam / vorher wohnhaft Nauenburgische Communica-
tion 14«

Aha. Das Mädchen war also knapp 22, als sie die gemeinsame Wohnung nahmen, und er war 32 und Zahlmeister in
der preußischen Armee. Aber das wußte ich schon. Ich schlug
gleich unter ›Nagel‹ nach und fand ihre Eltern:

»Nagel, Wilhelm, Magistratsdiener a. D., Nauenb. Commu-
nication 14«

Der Arierpaß-Stammbaum von Heinz Lohmer war also richtig! Ein Gefühl, das ich noch nie gehabt hatte und für das ich
kein Wort hatte, durchströmte mich. Im Arierpaß stand zudem
drin, daß diese Brauteltern bereits ein Jahr später starben, da
sie zum Zeitpunkt der Eheschließung schon 60 und 56 Jahre
alt waren. Die Mutter hatte dieses ihr einziges Kind erst mit 34
Jahren bekommen – damals für eine Frau fast ein Greisenalter.

Ich schlug also das nächste Jahr auf, 1882. Tatsächlich, die
Nagels waren verstorben, und die Lohmers waren umgezogen,
in die Heinrichstraße 28. Und mit ihnen ein dritter Lohmer,
der am Tag des Einzugs geboren worden war. Ich las:

»Elias Lohmer, geb. 1. 10. 48, eingezogen am 23. 3. 81 in die Heinrichstraße 28, sowie Maria Lohmer geb. Nagel, geb. 28. 2. 58, sowie Hermann Lohmer, geboren am 23. 3. 81«

Sieh mal einer an: Heinz' Opa ist da. Der Vater seines Vaters Gerald. Er hat den Vater nie kennengelernt und damit den Vater des Vaters auch nicht. Aber ich wurde jetzt fast ein bißchen Zeuge der Geburt. Zwei weitere Jahre später erneuter Umzug in die Elisabethstraße 28–29. Dort bleiben sie dann erst mal. Dort kommt mein eigener Großvater zur Welt.

Ich bedankte mich und lief los. Die Straßennamen gab es auf keiner Karte mehr, doch ich hatte ja die von 1915. Dort waren sogar die Hausnummern eingetragen – mir konnte nichts passieren. Als erstes suchte ich das Geburtshaus von Opi. Also die Elisabethstraße. Sie hieß nun Charlottenstraße und hatte andere Hausnummern. Ich bekam es trotzdem raus, weil an einem der alten Häuser noch die übermalte Hausnummer von früher zu erkennen war, eine 23. Ich mußte nur umrechnen. Die Straße war ruhig, friedlich, ohne Menschen, entvölkert, alt. Das Unkraut sproß zwischen den Pflastersteinen. Links erhob sich direkt im Sichtfeld des Hauses die große Potsdamer Kathedrale im mächtigen Backstein des Protestantismus. Viel freie Fläche davor und darum gab einen Eindruck von der Erhabenheit des Gebäudes. Keine Frage: Hier war es schön zu leben.

Die ganze Stadt muß damals ein Wunder an Lebensqualität und Luxus gewesen sein. Die schönste Stadt Deutschlands nach Baden-Baden. Alle Gebäude in der Elisabethstraße standen noch, aber es lebten nur noch wenige Menschen da, und zwar neu Hinzugezogene. Das ganze Viertel muß in DDR-Zeiten oder danach planmäßig entmietet worden sein. Oder war die Stadtflucht im Osten schon so weit fortgeschritten? Es war jedenfalls traurig und unheimlich. Ich ging weiter zur Burgstraße. Hier waren die meisten Häuser verschwunden, man sah überall freie Stellen, auf denen einfach Gras wuchs. Aber die Nummer 45 gab es noch. Das Haus hatte einen Blick auf die Heilig-Geist-Kirche, die es nicht mehr gab, und einen Zugang zu den Ufer-Auen, die noch immer so verwunschen und unschuldig romantisch waren wie einst, übrigens recht weitläufig, mit soviel Platz für Liebespaare wie vielleicht nirgends sonst. Hier hatte noch kein Stadtplaner eingegriffen. Nur Liebespaare gab es keine mehr, nicht ein einziges, ich sah jedenfalls kein lebend' Wesen weit und breit, und ich lief mehrere Stunden da herum. Das machte mich so betrübt, daß ich meine Recherche abbrach und nach Berlin zurückfuhr. Ich hatte jedenfalls gelernt, daß die Lohmers definitiv immer einen Platz an der Sonne hatten. Es ging ihnen geradezu saugut. Zahlmeister in der damaligen preußischen Armee zu sein, die auf dem Höhepunkt ihrer Macht und ihres Ansehens stand – die Kriege gegen Frankreich und Dänemark hatte sie gewonnen, nicht Deutschland –, war ein weitaus angenehmerer Posten als der eines Generals. Dann diese schöne und prestigeträchtige Stadt, ohne Proletariat, ohne Elend, nur reich, und dann die junge Frau, Maria Nagel, ohne Eltern, physisch attraktiv, immer ergeben und treu. Und dann fünf Kinder, alle wohlgeraten und später die Eltern im Lebenserfolg noch übertreffend. Ein sozialer Daueraufstieg ohne bösen Preis, ohne Schurkerei. Das fünfte Kind bekommt sie mit 35, da ist er 45. Aber beide werden auch alt genug, um alle Enkelkinder noch zu erleben. Er wird über 80, und sie erlebt sogar die Nazis noch. Und die Kinder können alle studieren. Eine tolle Familie. Meine Brust blähte sich nun vor Stolz, wie es so schön heißt. Ich konnte mir richtig vorstellen, wie mein Großvater Curt mit seiner Verlobten durch die Auen streifte oder mit einer Studentin, der er mit seiner Herkunft imponierte, zum Beispiel Annie Kohlrausch. Das war die erste Studentin, die in Deutschland Chemie studierte. Die hat er geheiratet. Übrigens war ihr Vater noch mal viel berühmter als Elias Lohmer ... aber ich glaube, die Geschichte habe ich schon erzählt.

10
Auf der Freud-Couch

Bei der Rückreise fielen mir die Babelsberger Studios auf, das alte UFA-Filmgelände, und ich mußte an Marlene Dietrich denken, die ja ebenfalls aus einer alten Potsdamer Offiziersfamilie kam. Sie hat später gesagt, ihr Widerstand gegen Hitler war die natürliche Folge ihrer preußischen Erziehung, ihrer dort gelernten preußischen Tugenden. Pflichtbewußtsein, Disziplin, Verantwortungsgefühl und Gottesfurcht waren unvereinbar mit dem enthemmten Schreihals, der da seinen speed run durchzog, seine Ego-Party, seinen dämonischen Exzeß, sein Heavy-Metal-Open-Air-Konzert. Sie hat sich immer wieder auf Preußen bezogen, auf die Garnisonsstadt Potsdam. Wer die preußische Armee als den Glutkern des deutschen Militarismus sah, als Ursache der Weltkriege und damit als innerste Zelle des Bösen, lag falsch. Wieder in der geliebten Hauptstadt, fuhr ich direkt in die Kastanienallee, Ecke Eberswalder Straße zu Elias. Eli lag auf einer Matratze und hielt ein verspätetes Mittagsschläfchen. Ich weckte ihn, und er teilte mir mit, daß eine Frau vom Fernsehen angerufen hätte.

»Sie wollen eine Talkshow mit dir machen. Sie wollen dich als Experten einladen, für den Popstandort und die Jugend von heute.« Ich erinnerte mich:

»Ach ja, die Tante vom WDR, Redakteurin von ›B. trifft‹.«

»Kenn ich! Da hat doch Nils Ruf seinen Skandal gehabt!«

»Stimmt …«

Ich erzählte von einem Treffen, das vor einer Woche in Köln stattgefunden hatte. Die Medientante sah eigentlich sehr vernünftig aus, nett, ruhig, aufmerksam, keineswegs häßlich, angenehm so um die 40. Die war als junges Mädchen bestimmt einmal eine Schönheit gewesen, und die Frauen hatten sich um sie gerissen.

»Wieso Frauen?« fragte Elias.

»Weil in Köln doch alle Männer schwul und alle Frauen lesbisch sind.«

»Wirklich so viele?«

»Na ja, die meisten …« Ich sprach weiter. Mit dieser Frau, die mich für eine Sendung casten wollte, saß ich zwei Stunden in der Lobby des Dom-Hotels, trank einen Kaffee nach dem anderen und kam nicht weiter. Immer wieder fragte sie, ob ich denn nun für oder gegen die Jugend sei. Ich redete mir den Mund fusselig, sprach von der Bindungsunfähigkeit der Jugend, der sogenannten »Berliner Krankheit«, dem ewigen Kuscheln, vom Faible der Jungen für die Pop-Opas und sogar von den dreistelligen Milliardentransfers in den Osten, die jeden Aufschwung blockierten. Am Ende fragte sie immer, ob ich für oder gegen die Jugend sei. Draußen begann es fürchterlich zu regnen, ein richtiges Sommergewitter. Ich konnte nicht raus. Es ging immer weiter. Ich verbrauchte so viel Energie, daß ich damit fünf Artikel hätte schreiben können. Die Medientante meinte es nicht bös. Sie verstand einfach nur nichts. Ich mußte auch andauernd jeden Namen, den ich erwähnte, erklären, weil sie ihn nicht kannte. Daran konnte ich sehen, mit welchen Menschen sie in den letzten 15 Jahren NICHT gesprochen hatte. Es war skandalös. Wenn sie also mit Kippenberger, Bazon Brock, Franziska Augstein, Walter Dahn, Jutta Koether, Claudius Seidl und Holm Friebe nicht geredet hatte, mit wem hatte sie es dann? Wenigstens mit Ailton? Kannte sie nicht. Sabine Christiansen? Mochte sie nicht.

»Aber doch mit Nils Ruf!« sagte Elias.

»Ja, davon hat sie tatsächlich erzählt. Aber nur, daß der Mann sich unmöglich benommen habe und seitdem persona non grata bei der Böttinger sei … Elinger, ich muß mir überlegen, wie ich in der Sendung auftreten will!«

»Die wollen dich fertigmachen. Wie den Nils Ruf. Da haben die auch so eine ›Alt gegen Jung‹-Krawallsendung gemacht, mit Pöbeln und Johlen. Damals waren natürlich die Jungen die Doofen.«

Ach so. Die Medienfrau war einzig dazu geschickt worden, zu prüfen, in welches Lager ich gehörte. Wenn ich den ›Rotzlöffeln‹ ordentlich die Leviten las, war ich willkommen. Wenn ich selbst gegen ›die ollen Alten‹ argumentierte, äh, ›lästerte‹, hatte die Regie ein Problem.

»Wenn die Sendung wenigstens live wäre! Dann könnte ich vorher so tun, als sei ich ein verbohrter, jugendhassender Knacker, und in der Sendung dann wieder Harald Schmidt mit seiner Kloschüssel zitieren. Der hatte gesagt, das habe Bettina Böttinger mit einer Kloschüssel gemein, daß keiner sich auf sie draufsetzen wolle.«

»Wie? Versteh ich nicht …«

»Ich auch nicht. Stand aber in allen Zeitungen. Harald Schmidt muß die Frau unsagbar hassen.«

»Harald Schmidt ist doch gut!«

»Klar. Also was machen wir jetzt?«

Es fiel uns nichts ein. Ich konnte vorschlagen, die Homies mit in der Sendung auftreten zu lassen, aber die hätten dann gesagt, daß sie alle Menschen über 30 toll, alle über 40 supertoll und alle noch älteren genial fänden. Da wären sie gleich abgelehnt worden. Die Böttinger suchte nach Jugendlichen, die dem Publikum noch die gute alte ›Pubertät‹ vorspielten … Wir fanden keine Lösung.

Vielleicht war es das beste, die Sache mit der klugen Karline Bormann, ihres Zeichens Philosophiestudentin im höheren Foucaultsemester, zu besprechen. Das war auch schon deswegen eine gute Idee, weil ich in sie verliebt war und zudem ein Problem mit meiner Frau hatte. Vielleicht erzählte ich es ihr und wurde es los. Ich fuhr bis zur Torstraße 71 und rief sie erst an, als ich schon vor der Tür stand. Sie wirkte deswegen ein bißchen überrumpelt, aber das war mir egal. Ich wollte sie unbedingt sehen. Sie trug wie immer die mittelblonden Haare lang und offen und völlig unbehandelt. Ihr appetitlicher, weil leicht molliger Körper steckte in einem zu knappen Jeansanzug. Mir wäre es lieb gewesen, sie hätte ihn ausgezogen, da ich immer das Gefühl hatte, der feste Nietenstoff müsse sie zwicken und unangenehm einengen. Aber ich wußte ja nicht, noch nicht, was sie darunter anhatte. Wir gingen durch ihren dunklen Flur, dunkelrot die Wände, braun der Holzboden, asiatische Gegenstände auf einer Kommode, kleine Buddhas, zierliche Kistchen mit überquellendem Schmuck, ein Pariser Kitschgemälde »Clochard mit Hund« an der linken Wand, daneben das Bild »Pierrot« von 1956, gemalt von einem unbekannten Straßenmaler, der vermutlich auch die schöne Arbeit »Sacre Coeur« von 1954 zu verantworten hatte. Getoppt wurde die feine Ausstellung allerdings noch von einem Bild desselben Künstlers in Karlines Arbeitszimmer, »Junge Zigeunerin«, 1957. Das rassige Ding hatte noch ganz kindliche Gesichtszüge, aber einen strammen, so herrlich großen Busen, daß er nahezu unbedeckt aus dem Leibchen hervorquoll, so wie Gott ihn geschaffen hatte. Karlines Arbeitszimmer, das wir nun streiften, war noch dunkler als der tiefbräunliche Flur. Ich konnte gar nicht sagen, wie sie das geschafft hatte. Es wirkte fensterlos und groß, obwohl es natürlich ein großes Fenster hatte. Alles Licht wurde von den ebenfalls braunrot tapezierten Wänden und dem anthrazitgrauen kalten Boden geschluckt. Nur ein Sofa stand in dem Raum, irgendwo noch ein Schminktisch mit Kleinlampe, und in einer Ecke eine rollbare Kleiderstange mit weiteren Jeansanzügen. Auf dem Schminktisch stand auch ein dünner, kleiner Computer, weiß, ein i-book von Apple.

»Ein Apple! Du bist in meiner Partei! Ich habe gerade einen i-Mac gekriegt, ganz toll. Ich liebe diese Firma. Leider habe ich nur Simple Text. Word fehlt vollkommen.«

»Echt? Das kann ich dir draufspielen.«

»Ja?! Geht das denn? Ich habe schon lauter Experten gefragt ...«

»Ich weiß. Ich mach dir das.«

Ich glaubte ihr jedes Wort. Karline war superpotent, sie konnte alles. Wir gingen weiter zum Schlafzimmer. Das war ganz und gar cremefarben. Das Bett war mit weißer Bettwäsche bezogen und zerwühlt. Ich ließ mich hineinfallen. Das sah natürlich etwas crazy aus, und so machte ich scheinbar spielerisch eine Rolle vorwärts in den Stand, eigentlich war es sogar wirklich spielerisch, denn nun stand ich vor dem Bücherregal und konnte fachsimpeln. Von Foucault sah ich fast alle Werke. Daneben stand Proust und daneben Freud. Deswegen war ich hier. Es ging mir schlecht. Meine Frau betrog mich. Wenn nicht mit dem Gärtner, dann mit dem Gitarristen von »Dogville«, den der Lizzy so mochte. Es war ein furchtbarer Zustand, den ich wie nichts Gutes verdrängte. Wahrlich, ich verdrängte wie so ein Charakterpanzer-Typ alter Schule! Gefühle waren tabu, da riß man sich zusammen, da flüchtete man sich in die Arbeit, in die Pflicht, ins Schreiben. Wieviel besser wäre es gewesen, das alles herauszulassen, sich einmal gehenzulassen, ja, einmal zu weinen! In Gegenwart einer warmherzigen, rassigen Frau …

»Hast du Hunger? Kann ich dir etwas anbieten?« fragte sie. »Ach, ich habe gerade bei Kamps ein belegtes Brötchen gegessen …«

»Kamps ist böse. Wirklich ganz böse. Ich habe gelesen, daß die ihre ganzen Zutaten für Deutschland an einer einzigen Stelle zusammenmischen. Wenn man da Gift reintäte, könnte man mit einem Schlag die gesamte Bevölkerung töten. Und jetzt habe ich aber AUCH NOCH erfahren, daß dieser Ort, wo sie das alles mischen, noch nicht einmal in Deutschland ist, sondern in Tschechien …«

Ich kam zur Sache:

»Karline, du mußt mal den Therapeuten spielen heute. Ich habe ein Problem.«

Auch diesmal war sie schneller als ich. Das war ja das Angenehme an ihr, daß sie so überraschend lebensklug war, wenn man es gar nicht erwartete. Sie schien immer dann zu sich selbst zu kommen, wenn man sie wie eine Gleichaltrige behandelte.

»Okay. Dann komm ins andere Zimmer und lege dich auf die Couch. Ich hole einen Stuhl und einen Block!«

Sie hatte recht. Im anderen Zimmer sah es mehr nach Dr. Freud aus als hier im gleißend hellen Jungmädchenrefugium. Ich tappte nach drüben, legte mich hin. Karline rückte einen Stuhl ans Sofa, schräg nach hinten versetzt, setzte sich, klappte einen Block auf. Sie hatte sogar eine Lesebrille auf der Nase, die aber wohl nur Fensterglas besaß. Vielleicht war es eine schwache Fernbrille fürs Autofahren.

Als Karline beharrlich schwieg, mußte ich etwas sagen.

»Also, ich habe es sehr schwer. Es … ist äußerst furchtbar.« Karline sagte nichts. Ich mußte weitersprechen.

»Die Lage ist katastrophal. Ich … weiß nicht mehr weiter.« Schweigen. Ich sagte:

»Ich glaube, daß ich … Hilfe brauche.« Schweigen. Ich fuhr fort:

»Also … es ist meine … es ist die Barbi.« Schweigen. Kritzelgeräusche auf dem Block. Ich sagte:

»Sie betrügt mich. Oder auch nicht, vielleicht geht es darum gar nicht. Sie … ist so herrschsüchtig.« Schweigen. Ruhe. Nicht mal Kritzelgeräusche.

»Tja … sie hat so eine Tyrrannei der Küchenschürze aufgezogen. Ihr Machtinstrument ist die Psychologie, also ich meine, dieser Psychologie-Mißbrauch. Alles heißt bei ihr anders. Wenn ich sie frage, ob sie mir von unten eine Zeitung mitbringt, sagt sie, ich wolle sie wohl unter Druck setzen, meinen Wünschen entsprechend zu handeln. Ich wolle sie wohl funktionalisieren, zum bloßen Zeitungsjungen, zur Erfüllungsgehilfin. Ich wolle sie schlichtweg instrumentalisieren und so weiter. Alles hat plötzlich so ein anderes Wort. Ein Wort aus dem Psycho-Jargon, aus der Trivialpsychologie …«

»Was ist denn nun wirklich das Problem?« fragte auf einmal von hinten mit tiefer Stimme die Therapeutin.

»Teufel auch! Ich tue doch ALLES für meine Frau, NIE würde ich ihr einen Wunsch abschlagen, das ist doch ganz selbstverständlich, aber wenn alle Jubeljahre ICH einmal aus Versehen einen winzigen Wunsch äußere, dann heißt es prompt, es ginge immer NUR UM MICH! Das ist absurd, verrückt, empörend!« Die Therapeutin räusperte sich. Ich änderte schnell die Tonart:

»Ähem … also ich meine …«

»Worum geht es?«

»Ja, eben um … ich habe kein Mitspracherecht bei der gemeinsamen Lebensplanung. Alles muß so gemacht werden, wie sie es will. Jeglicher Impuls, der von mir käme, würde gnadenlos niedergeknüppelt werden, in Tateinheit mit Liebesentzug und Abstrafung. Dabei tut die Barbi ALLES für mich, aber nur, wenn ihre Planungshoheit zu hundert Prozent gewahrt bleibt.«

»Und DAS ist das Problem?«

»Nein, natürlich nicht. Ich war ja damit immer einverstanden. Sie muß alles bestimmen, das ist eben ihre Struktur. Dafür kriege ich hintenrum doch alles, was ich brauche.«

»Was brauchst du denn?«

»Sex. Die Barbi ist nun mal die geilste Frau der Welt.« Schweigen. Kritzelgeräusche. Erwartungsvolle Ruhe. Ich sollte was sagen, nämlich endlich auf den Punkt kommen. Ich tat's: »Ja, und jetzt hat sie vor ein paar Monaten angefangen, bei so einer Band französisch zu singen. Und jetzt hat sie gar keine Zeit mehr. Und sie schminkt sich jetzt auch immer so stark. Wo sie doch sowieso so wenig Zeit hat, wegen ihrem Job.«

»Und?«

»Und die Krone ist, daß jetzt auch noch dieser Gitarrist da ist!«

»Was heißt das?«

»Verdammt noch mal! Zu Hause nur noch so ein gestreßtes Weib, das mich gereizt zurechtweist und in ihrer Freizeit die Femme fatale für andere ist! Und in Berlin überhaupt niemanden mehr! Ist das ein Leben? Ich bin immer nur unglücklich. In Berlin, weil ich da so allein bin, und eigentlich kann ich gar nicht allein sein. Ich bin nämlich soziophob und brauche immer den Schutz meiner Lebenspartnerin, um im geselligen

Rahmen nicht zu ersticken. Im geselligen Rahmen fühle ich mich so wie ein Klaustrophobe im überfüllten Lift, der stekkenbleibt. Also in Berlin unglücklich, und in Köln auch unglücklich, weil meine Frau mich nur gereizt zurechtweist, wie gesagt. Das Leben ist auf diese Weise eine Hölle. Worauf soll ich mich freuen? Wozu arbeite ich so hart?«

»Hast du schon einmal an Selbstmord gedacht?«

»Nein, was soll der Quatsch!«

»Ich meine nur, weil sonst die Kasse die Stunden nicht bezahlt.« Sie spielte ihre Rolle sehr ernsthaft. Ich sagte also:

»Okay, ja, es ist so, ich leugne es nicht … ich habe auch … ich denke manchmal an den Freitod. Das ist eine schöne, eine edle Sache, finde ich.«

»Ist der Sex, den die Barbi mit dem Gitarristen hat, deiner Ansicht nach besser als der, den sie mit dir hatte?«

»Himmelherrgott, wir wollen nicht übertreiben. Es wird schon nichts Ernstes sein. Es ist doch der heimliche Deal: Ich toleriere, daß sie gestreßt und von ihrem Job so neurotisch ist und alles alleine bestimmen muß, und sie toleriert, daß ich eigentlich viel zu häßlich, alt und unattraktiv für so eine Sexbombe wie sie bin. Sie ist die schärfste Frau des Kontinents, nur leider total überspannt, ich bin ein dickes, altes Walroß, aber der einzige, der sie versteht.«

»Findest du es richtig, dich selbst in Eigenbeschreibungen so runterzumachen?«

»Weiß ich nicht. Der Punkt ist doch, daß der Deal gebrochen wurde, nach 17 glücklichen Jahren, nämlich jetzt, mit der Festanstellung, mit dem Beginn dieser scheißnormalen Karriere, dieser Nullachtfünfzehn-Frauenemanzipation!«

»Geht es nicht eher um den jungen Musiker?«

»Nein, um den Lizzy!«

Schweigen. Keine Geräusche. Ich hole Luft:

»Wenn der Hund da ist, schläft die Barbi nicht mit mir, sondern gewissermaßen mit dem Lizzy, irgendwie. Ja, es ist bizarr, aber man könnte es fast so zusammenfassen.«

»Und?«

»Also, nun überleg doch mal! Dieses widerwärtige Tier, dann die neurotische Frau, die kompromißlos ihre sogenannte Selbstverwirklichung vorantreibt, dazu der junge Schlagzeuger oder Bassist oder was weiß ich, den sie beschützen will … und dann ich, der ich in diesem Kosmos an letzter Stelle und einzig als ungeliebter Störfaktor vorkomme: Das ist doch ein Problem!«

»So? Wirklich?«

»Nein, ich meine … im Grunde geht es um Identität. Ich bin nicht damit fertig geworden, daß sie plötzlich nur noch für ihre Projekte Zeit und Interesse hatte. Sie hatte einfach über Nacht unsere Beziehung gegen ihre Selbstverwirklichung getauscht …«

»In diesem Konflikt stehen alle Männer der westlichen Industriegesellschaften.«

»Ich weiß. Ich will ja auch etwas ganz anderes sagen. Mich hat dieser Wechsel, dieser Bedeutungsverlust meiner Person, verunsichert. Ich hatte einen Identitätszusammenbruch. Und das wiederum hat die Barbi erst abgetörnt. Diese meine Verunsicherung fand sie unsexy. Seitdem macht es ihr keinen Spaß mehr, mit mir zu schlafen.«

»So daß der Tag kommen mußte, da ein anderer auftaucht. Ist das nicht nur natürlich? Haben wir nicht alle ein Recht auf unsere Bedürfnisse?«

»Schrecklich. Was soll ich nur tun?«

»Hast du jemals versucht, dich in ihre Lage hineinzuversetzen?«

»Nein, aber ich hatte kürzlich einen schrecklichen Traum. Wir hatten da einen Streit, einen von diesen typischen Streits, die wir immer haben. Es gibt ja immer weniger liebevolle Momente zwischen uns. Und da hat die Barbi mir folgendes zugerufen: ›Ich habe einen tollen Job! Ich verdiene viel Geld! Ich habe eine tolle Wohnung! Ich singe in einer coolen Band! Ich habe den Lizzy! Ich kann mir jeden One-Night-Stand ins Bett holen, den ich will! Wozu, in drei Gottes Namen, soll ich DICH noch wollen?!‹ Ich bin davon schweißüberströmt aufgewacht.«

»Die Antwort wäre einfach gewesen: weil sie dich liebt.«

»Danke. Für mich ist die Barbi der Prototyp der, wie ich es nenne, ›authentischen Persönlichkeit‹. Alles was sie tut, ist authentisch, also dem Gefühl, der Intuition geschuldet, ohne Arg und Nebengedanken, einzig auf die Situation reagierend, aus dem Bauch heraus. Deswegen hat sie auch immer die feste Überzeugung, moralisch und integer zu handeln, nach dem Motto: ›So bin ich, ich kann nicht anders, Gott helfe mir. Wenn dir das nicht gefällt, mußt du dir eine andere suchen, denn ich kann nicht anders sein, als ich bin. Verstellung liegt mir nicht, ja, die kann ich gar nicht.‹ Von dieser Haltung geht sie niemals ab, solange sie lebt. Lieber würde sie sterben, als ›sich zu verbiegen‹. Nur die Situation, auf die sie reagiert, die Realität, auf die ihr Bauch antwortet, der Rahmen, der ihre Gefühle organisiert, das Sein, das ihr Bewußtsein schafft, das alles organisiert allein ihr Ego. Da darf kein Mann mitreden. Da spricht kein Bauch, sondern der pure, uneingeschränkte, undemokratische Machtanspruch.«

»Versteh' ich nicht.«

»Na, wo man wohnt, welchen Freundeskreis man hat, welche berufliche Situation man wählt, ob Kinder zur Welt gebracht werden, wo und mit wem man Weihnachten feiert oder in Urlaub fährt, ob der Lizzy sich im Bett suhlt oder der Bassist: All das ist Chefsache. Es ist überhaupt alles Chefsache! Und der Chef ist sie.«

»Versteh ich nicht.«

Ich sprang auf, riß die Wolldecke von den Knien, die Karline mir darauf gelegt hatte:

»Na Mensch, ich meine, diese Haltung: ›So fühle ich, ich kann nicht anders!‹ ist doch voll unfair, wenn der Rahmen, den das angeblich so authentische und damit unumstößliche ›Fühlen‹ ausgelöst hat, einzig von der sogenannten Authentischen Persönlichkeit selbst bestimmt wurde!«

»Versuche das einmal mit den Worten eines Fünfjährigen zu sagen.«

»Warum, zum Teufel?!«

»Weil es sonst nicht ehrlich ist.«

Ich sank wieder auf die Pritsche. Die Worte eines Fünfjährigen. Ich dachte krampfhaft nach.

»Tut mir leid, da fällt mir nichts ein.«

»Dann hast du dir das alles bloß zurechtgelegt. Es sei denn, du kannst wenigstens ein griffiges Beispiel nennen.«

Ich schwieg und dachte nach. Karline räusperte sich. Hastig sagte ich:

»Mir ist ein anderes Beispiel eingefallen, für meine These!«

»Welche These nun schon wieder?«

»Die mit der ›Authentischen Persönlichkeit‹. Nämlich, mein Beispiel lautet einfach: Leni Riefenstahl! Sie war das Musterbeispiel dieses Frauentyps! Sie hatte niemals in ihren 100 Jahren auch nur die Spur einer echten Partnerschaft zugelassen. Sie war Workaholic und Perfektionistin. Ihr Mann hatte nichts zu sagen. Und später hat sie gesagt, sie habe sich in jeder Sekunde ihres Lebens auf ihre Gefühle verlassen.«

»Woher willst du das wissen?«

»Ich war zwei Tage mit ihr zusammen. Also ich habe zwei Tage mit ihr verbracht. Ehrlich.« Frau Doktor nahm die Brille ab.

»Du kanntest sie?«

»Ja. Ihr Mann hatte soviel Mitbestimmungsrechte wie ein Hund. Übrigens hat auch die Barbi bei unserer letzten Aussprache zu mir gesagt, ich solle so sein wie der Lizzy, immer lieb und immer genügsam und nie fordernd, nie beleidigt. Dann würde sie mich wieder lieben.«

Karline lachte. Sie lachte mich aus. Dann sagte sie:

»Jetzt laß doch mal die Barbi! Sag lieber, was du mit Leni Riefenstahl gemacht hast!«

Ich stand auf, ging ein paar Schritte auf und ab. Meine Riefenstahl-Story dauerte länger. Ich hatte viele Monate gebraucht, insgesamt fast ein Jahr, um das Vertrauen der Dame zu gewinnen. Es war Anfang der 90er Jahre. Ich wußte, daß sie die einzige Überlebende von Rang war, damals schon. Schon

seit Speers Tod zehn Jahre zuvor. Erst hatte ich ihr nett geschrieben, dann noch einmal. Nach dem dritten Mal übertrug
ich die Aufgabe der Persönlichkeits-Betreuung einem Prakti-
kanten, der mir in der Zeitung zugeordnet war. Der versuchte
es weiter und hatte von mir die Anweisung, unendlich nett
und geduldig zu sein. Außerdem nahm ich an, daß Frau Riefenstahl bald ein Herz für den unschuldigen jungen Mann haben würde. Seinen Namen habe ich vergessen, aber er konnte
noch nicht zwischen König Ludwig und Kanzler Hitler unterscheiden. Er wußte damals nur, daß wohl beide im Starnber-
ger See ertrunken waren. Ich ließ ihn in dem Glauben. Erst
Leni Riefenstahl meinte, er sei da sicher einer Falschmeldung
der Bildzeitung aufgesessen. Der Reichskanzler lebe noch,
wenn auch in Südamerika. Wahrscheinlich in einer WG mit
Bormann.

»Was hast du mit ihr gemacht? Das will ich ganz genau wissen.« Karline sah ernst aus, noch authentischer als eine Au-
hentische Persönlichkeit. Ich berichtete, so gut ich konnte, es
war ja eine Ewigkeit her. Natürlich hatte ich alles getan, um
nicht als blöder Reporter und Fallensteller bei Hitlers letzter
Freundin aufzutauchen. Ich stellte überhaupt keine Fragen,
jedenfalls keine Reporterfragen. Wir unterhielten uns über
alles, natürlich auch über Wolf, wie sie den damaligen Regierungschef nannte. Wie nicht anders zu erwarten, hatte er in
ihrem Leben keine Rolle gespielt. Sie sprach auch von den 50
Prozessen, mit denen man sie überzogen hatte und die ihre
Kräfte nach dem Krieg aufgezehrt hatten. In meinem Artikel
kam ich vor allem darauf zu sprechen. Nachdem er erschienen
war, rief sie mich an und bedankte sich. Ich glaube, sie hatte
vorher geweint. In der Redaktion entbrannte eine Debatte, ob
man so über Leni Riefenstahl schreiben durfte. Es war dieselbe Frage, die man später Bruno Ganz und den Machern von
›Der Untergang‹ stellte: Durfte man solch ein Thema derart
menschlich angehen? Ehrlich gesagt interessierte mich das
Thema gar nicht. Ich wollte einfach einmal einen echten Zeugen sprechen. Ich wollte die Wahrheit wissen, nur für mich,

nicht für die Zeitung. Mein Artikel behandelte dann auch nur Teilaspekte des Treffens.

»Sie hat wirklich geweint?«

Ich nickte unmerklich. Sie zog mich wieder zum Sofa, nahm meinen Kopf in ihre Arme und streichelte mich. Wir hatten keinen Sex, den es ja im Zeitalter der Pornographisierung nicht mehr gab, aber eine menschliche Berührung schon, ja eine Berührung im Wortsinne. Eine Grenze war übertreten, ein Verbot aufgehoben. Die Frage war, ob nun auch alle weiteren Schranken fielen, in den nächsten Stunden oder Tagen. Ich glaube, ich tat ihr leid. Meine Not mit der Barbi hatte doch ihr Mitleid erregt, auch wenn sie anfangs keinen Ausdruck dafür gehabt hatte. Gern hätte sie wohl schon bei der Beziehungs-Beichte meinen Kopf genommen und an ihre mütterliche Brust gedrückt. Und so erlebte ich zum ersten Mal, was die jungen Leute an die Stelle dessen gesetzt haben, was unsereins in einer solchen Situation tat. Wir kuschelten.

11 Barbi vor dem Kanzleramt

So richtig toll ist dieses Liebesleben der uns nachfolgenden Generationen natürlich nicht, und so rief ich die Barbi an, um herauszufinden, ob auch sie gekuschelt habe. Barbi kam am folgenden Tag sofort nach Berlin, und es war schnell klar, daß sie genauso empfunden hatte, objektiv wie subjektiv.

»Was soll das folgenlose Gefummel?«

»Du sagst es.«

Der Gitarrist, er hieß übrigens George, war nach wenig überzeugenden Auftritten wieder ausgezogen. Es war wohl so ein Geflatter, sein Verhalten, ein irrlichterndes Mal-so-mal-so, kraftvoll wie eine Packung feuchtgewordener Feuerwerkskörper.

»Hast du dich nicht geschämt, ein so junges, 25jähriges Mädchen anzufassen?« fragte die Barbi, nachdem herauskam, daß mit ihrem Jungalkoholiker George noch weniger gelaufen war.

»Nee, viel mehr Angst habe ich, daß sie sich in mich verliebt hat.«

»Hat sie?«

»George denn nicht?«

»Hat sie?!« Ich begann zu stottern:

»Sie hat irgendwas gesagt, daß sie meine Cosima werden könne … und daß sie so eine geheime Seite hat, die süchtig nach der Vergangenheit sei … von der sie magisch angezogen werde.«

150

»Was hast denn ausgerechnet DU mit der Vergangenheit zu tun?«

»Du weißt, ich schreibe diesen Familienroman darüber.«

»Und schämst dich nicht dafür?!«

»Der Verlag zwingt mich doch!«

»Nicht fürs Schreiben, Idiot! Hier blutjunge Mädel zu bepatschen!«

»Ich weiß, daß das inzwischen verpönt ist. Bestimmt wird das eines Tages verboten werden, also Sex mit Kindern unter 25 und Jugendlichen unter 30. Dafür wird Sex mit Leuten über 50 steuerlich begünstigt werden.«

»Ist auch richtig so. Was sollen die zarten Pflanzen so früh verdorben werden! Sollen sich die Jungen ihren Sex lieber für die Werbung aufheben.«

»Sex wird ein Privileg für die Alten!«

Es war nett, sich einmal wieder mit einer so klugen Person wie der Barbi unterhalten zu können, zwischen den Orgasmen, also ganz entspannt und trotzdem niveauvoll.

Und da traf es sich gut, daß gerade Landtagswahlen waren und wir den Fernseher deswegen einschalteten. Junge Leute wußten ja gar nicht, was Landtagswahlen waren. Sie würden sicher auch bald abgeschafft werden. Aber wir, die Barbi und ich, interessierten uns noch dafür. Das Bundesland, in dem gewählt wurde, hatte den unschönen Verwaltungsnamen Nordrhein-Westfalen. Sicher würde es bald anders heißen, aber noch hieß es so.

»Wir geben nun die Umfragen aus den Wahllokalen bekannt«, sagte ein dunkelhaariger, gutaussehender ARD-Mann, der mich an meinen neuen Cheflektor aus Holland erinnerte. Er hieß, ungefähr, Schönburg, oder so ähnlich. Der Mann vom Ersten. Der Lektor hatte einen holländischen Namen, Nico van der Huelsen-Donck. Das hieß auf deutsch, hatte er mir einmal gesagt, ›die Ente, die das reife Gras findet‹. Das hatte mir damals richtig geschmeichelt, und ich hatte es stolz der Barbi erzählt. Ach, es war eine große Liebe mit der Barbi, und zum Glück hielt sie ja noch an. ›George‹ machte demnächst den

Motorradführerschein. Bestimmt gab es bald den berühmten ›Tod am Kleinkraftrad‹, wie der Lokalteil es nennen würde. Der ARD-Mann sagte, die SPD unter Johannes Rau – oder war es ein anderer? – habe die Wahl verloren. Ein Rentner kam ins Bild. Weiße Haare, Goldrandbrille, undefinierbar zwischen 65 und 80. Das war der neue Regierungschef, der hatte gerade den SPD-Mann abgelöst. Man sah ihn in einer Wahlkampfveranstaltung der ›Senioren-Union‹. Wahrscheinlich im Altersheim. Ach, Irrtum, es war gar nicht die Senioren-Union, sondern eine normale Wahlveranstaltung. Aber der Redner, der Wahlsieger, sagte:

»49 Prozent der Senioren haben letztesmal die Union gewählt. Das heißt, SIE haben es in der Hand, daß die Union es diesmal schafft!« Es waren gar keine Rentner, aber er sprach sie als solche an? Der Typ hieß übrigens Jürgen mit Vornamen, denn sein Name wurde jetzt skandiert, in den Schlußapplaus hinein, von sechs oder sieben Schülern aus der ›Schüler-Union‹:

»Jür-gen, Jür-gen, Jür-gen …«

Schön, daß man es in dem Alter noch mal schaffen konnte in Deutschland, und das zum ersten Mal, meinte ich verständnisinnig zur Barbi. Noch war ich nicht soweit. Aber wenn ich wollte, konnte ich in dreißig Jahren noch mal Ministerpräsident werden, im Zweitberuf. Ich zog das Mädchen an mich. Wir waren so verdammt jung. Der alte Mann hatte nicht die Stimme, um sich weiter Gehör zu verschaffen, und trat von der Bühne. Einem Reporter honeckerte er irgendwelche Sprechblasen ins Mikro, und der Reporter redete ihn immer mit »Doktor« an. Jürgen war also Doktor. Dr. Mabuse mit Kassengestell. Es war ja nur ein Archivfilm, ein Minutenfüller, bis der Wahlsieger auch live zur Verfügung stand.

»Der sieht ja kraß aus«, murmelte die Barbi, »der hatte früher bestimmt ein Brillengeschäft.« Es kamen alle möglichen Rechnereien, Tabellen, der ganze Quatsch. Dann sollte umgeschaltet werden zur Siegesparty des Wahlgewinners. Die Barbi begann mich zu küssen. Ich sagte:

»Warte, jetzt kommt der noch mal.« Doch statt des schwächelnden Rentners kam General Müntefering von der SPD ins Bild. Der kündigte Neuwahlen an. Nein, nicht für den Landtag, sondern für den Bundestag!

Der Bundeskanzler hatte Selbstmord begangen. Die rotgrüne Epoche war zu Ende. Die einzige Epoche, in der wir das Land regiert hatten, Leute wie wir. Sieben Jahre lang hatten wir uns auf diesem glitschigen Sattel gehalten. Hatten ein Land regiert, das zu 90 Prozent aus Leuten bestand, die Stefan Raab guckten und gepierzte Ohren hatten. Die die Bildzeitung ›lasen‹ und FOCUS, die die gigantische Quote des Unterschichtsfernsehens ausmachten und die sagten, in der Politik seien alles Schweine, wobei sie ihre genetisch verwurzelte Demokratiefeindlichkeit ausdrückten, die ihnen Hitler hinterließ. DIESES Volk hatten wir regiert, WIR, die zehn Prozent Aufrechten, das andere Deutschland, das Deutschland Willy Brandts! Und das war nun vorbei. Und würde nie wiederkommen. Meine Erektion brach zusammen.

Fassungslos blieben wir an der Glotze hängen. Weitere Gerontokraten wurden ins Bild geschoben. Die Alten marschierten auf. Helmut Kohl wurde gezeigt, wie er das Siegeszeichen machte, neben sich seine neue Freundin. Heiner Geißler, der eigentlich schon vor 20 Jahren bei einem Bungee-Springen abgestürzt war, nein, mit einem Gleit-Segler, korrigierte die Barbi, schwätzte wieder die Senderestzeiten voll, bis die Kiste förmlich transpirierte.

»Komm, ich halt das nicht mehr aus. Laß uns zum Kanzleramt fahren!«

In Berlin war soviel möglich. Es gab keinen Lizzy, der störte, keine gereizte Frau, die lieber den fetten Köter streichelte als mich, keinen Kölner Dom, der die Glocken schon jetzt für Papa Ratzis Besuch schlug. Dafür ein Kanzleramt, zu dem man im schicken Wartburg sofort hinfahren konnte. Wir parkten die Limousine auf dem freien Feld zwischen Kanzleramt und Reichstag. Dieses freie Feld hatten sie in zehn Jahren nicht in den Griff bekommen. Noch immer wurde da Gemüse angebaut, standen Gerüste herum und Pixi-Klos, vergessene Eimer mit Sand und Farbe, ein Kinderdreirad, eine entschärfte Bombe aus dem Krieg, vor allem aber Unkraut, künstliche Wege, die nirgendwohin führten, etwa fünfzig Mini-Springbrunnen, die an Versailles erinnert hätten, wenn sie einen höheren Wasserdruck gehabt hätten. Und mitten drin und komplett falsch stand da noch ein altes Haus, in dem die Schweizer Botschaft untergebracht war. Es sprach wirklich nicht für Schröder, daß er den wichtigsten Quadratkilometer des Landes partout nicht aufräumen konnte. Was war dann erst mit den übrigen 349 999?

Wir gingen gemessenen Schrittes auf das Kanzleramt zu. Ein scharfer Wind wehte, der sonst in Berlin nicht wehte. Es lag an der Unwirtlichkeit der Lage. Dazu dunkelte es, und Regen setzte ein. Wahrlich ein scheußlicher Flecken Erde.

Nirgendwo ein Mensch, ein Auto, ein Stück Leben. Links mußte wohl der ausgedehnte ›Tierpark‹ sein, ein ganz besonders reizloser, gestaltloser Park, natürlich ohne Tiere. Rechts war Industriebrache, kilometerweit. Die Spree floß da irgendwo hindurch, man konnte es nur ahnen. Dieses neue ›Regierungsviertel‹ war eben genauso gescheitert wie der ganze blöde Aufbau Ost, also diese Bautätigkeit, diese postmodernen Bauten, die nie bezogen wurden und soviel Anziehungskraft entwickelten wie ein stillgelegtes Atomkraftwerk. Hier also war die Berliner Republik zu Hause. Hier lebte Schröder.

Wir gingen bis zum Gittertor, das sich Hunderte von Metern vor dem Eingang befand und immer geschlossen war. Man konnte nur sein Gesicht an die Streben drücken und auf das vollkommen tote Gebäude starren. Es war übrigens ganz besonders postmodern, also gläsern und ›transparent‹, wie es hieß, und die ›Transparenz‹ sollte das ›Demokratische‹ an dem Bau symbolisieren, und dann waren da prompt auch noch blöde Sprüche von Albert Einstein in den Bau eingraviert, etwa »Freiheit ist nur ohne Diktatur möglich« oder so. Ich drehte mich im Grabe um. Aber so war das im Medienstaat. Nicht auszudenken, welches Niveau erst die Nachfolger anschlagen würden. Am Handy war Elias.

»Jolo, hast du es schon gehört? Was machen wir denn jetzt? Kommt jetzt die Merkel?«

»Ja, mein Sohn, jetzt kommt die Merkel.«

»Das kann einfach nicht sein!«

»Doch. Warum denn nicht?«

»Ich habe immer schon gesagt, wenn die Merkel an die Macht kommt, ist der endgültige Punkt da, wo ich auswandern muß.«

»Junge, ich bin gerade im Kanzleramt. Da kommt auch gerade der Wahlkampfmanager der SPD. Ruf später wieder an!«

Das stimmte. Ein Auto hatte gehalten und den Mann ausgespuckt. Der lief jetzt durch Wind und Regen einmal um das Gebäude herum, und wir folgten ihm.

»Hallo, wir haben Sie gestern im Fernsehen gesehen, bei Maybrit Illner in ›Berlin Mitte‹!«

Er blieb interessiert stehen.

»Ach wirklich?«

Verwunderung und Freude standen in seinem Gesicht, das eine gesunde Farbe hatte. Früher war er Kokainist gewesen und hatte entsprechend ausgesehen.

»Ja, das war gut, die Sache mit dem zweiten Standbein.«

»Ah, danke!«

Er ging weiter, wir mit ihm. Ich sagte, er habe früher immer so ungesund ausgesehen, aber nun nicht mehr, das würde mich freuen. Wir kamen am rechten Seitenflügel zu einem Wachhäuschen und trennten uns. Er hatte es eilig, kam aber trotzdem nicht an diesem Wachhäuschen vorbei. Die diensttuenden Soldaten kannten ihn nicht. Sie sahen auf mehreren Listen nach und fanden seinen Namen nicht. Ratlos drehten sie seinen Personalausweis hin und her, riefen dann irgendwelche Nummern an und bekamen keinen Anschluß. Ich ging dann zu einem der Soldaten, beugte mich an sein Ohr und sagte gekonnt:

»Hör mal, dit is der Wahlkampfmanager vom Gerd. Den müßta durchlassen.«

So hatten wir das auf dem kleinen Dienstweg geregelt. Der

Wahlkampfguru hoppelte hinein, wir schlenderten zu einer Gruppe von Fernsehjournalisten, die direkt neben der Ausfahrt des Kanzleramtes ihre Stative und Scheinwerfer aufgebaut hatten.

»Was liegt an, Kollegen, wer kommt?«

»Merkel, Glos und Gerhard.«

Aha. Die Fraktionsvorsitzenden. Das Prozedere der Bundestagsauflösung wurde besprochen. Wir warteten mit den Journalisten, was uns ein warmes Gefühl bereitete. Echte Menschen hier im Zugwind, Kollegen sogar, und bekanntlich waren Presseleute die kollegialsten. Die berühmte Pressemeute. Die Art Mensch, die Lady Di in den Tod trieb, wie die Proleten glaubten. In Wirklichkeit nette Helden der Straße. Die Barbi zog ihre süße Fellmütze mit den langen Ohren auf, ich spannte einen Schirm über den ›Tagesthemen‹-Kameramann, als der erste schwarze 7er-BMW heranpreschte. Das war FDP-Gerhard. Er fuhr das Fenster geräuschlos nach unten und sagte fünf uninteressante Sätze. Er war der uninteressanteste Politiker der Welt, und jeder wußte das. Die Journalisten stellten ihm lieber keine Fragen. Dann kam ein silberner BMW mit Glos, dem Landesgruppenchef der CSU. Der ließ sein Fenster aber zu. Dann die Merkel. Sie ließ nicht nur ihr Fenster zu, sondern drehte auch noch verkrampft ihr Gesicht weg, wie ein gerade Verhafteter, der nicht gefilmt werden will. Man sah nur ihre Haare, und die sahen richtig scheiße aus: künstlich rot, zu kurz, spröde, wie aufgesetzt und verrutscht nach der Chemotherapie. Kein Wunder, daß die Frau sich wegdrehte. Wer wollte mit DEN Haaren schon fotografiert werden? Andererseits war sie die neue Kanzlerin, da durfte sie sich nicht mehr verstecken.

Die Leute packten rasch ihr Equipment ein. Sekunden später war der Platz leer und unheimlich. Und ganz und gar dunkel. Wir zogen die Köpfe ein und huschten zum Auto zurück. Glücklicherweise stand es noch da, obwohl drei Streifenwagen rund um den Wartburg parkten und seine Daten in Computern nachprüften. Sie kannten dieses Fahrzeug nicht, die Beamten nicht und die Computer auch nicht. Dieses Fahrzeug kam vielleicht aus einer feindlichen Galaxie? Ich wollte es erklären, wurde aber vom Handy unterbrochen. Ein Redakteur der ›taz‹ war dran.

»Johannes, soeben meldet dpa, daß Schröder sich von den Grünen getrennt hat. Du mußt sofort darüber schreiben.«

»Eye, eye, Sir! Aber ich habe gerade die Barbi bei mir.«

»Macht nichts. Wir sind in einem historischen Umbruch, da muß die Liebe warten.«

Die Bundesgrenzschützer, alles Frauen mit Pferdeschwanzfrisuren, hörten das Gespräch mit. Ich zeigte meinen Presseausweis und durfte fahren. Ich brachte die Barbi schnell zum Ostbahnhof, von dort nahm sie den letzten ICE nach Köln. Sie bestand darauf. Nicht, weil sie es so sah wie der ›taz‹-Redakteur, sondern weil die Tagesmutter am Handy aufgeregt erzählt hatte, daß der Lizzy gar nicht mehr aufhört zu jaulen.

12 Bruder Gerald und Onkel Hermann

Zu Hause klingelte das Geheimtelefon. Ich dachte, es wäre wieder Elias, und nahm erfreut ab. Aber es war mein Bruder Gerald, der meine Geheimnummer herausgekriegt hatte. Sicher wollte auch er über den bevorstehenden Sturz der Regierung mit mir reden. Das Gespräch lief dann aber in die völlig falsche Richtung.

Gerald: Hallo, hier ist Gerald.

Ich: Nein, so was!

Gerald: Sehr scheinst du dich ja nicht zu freuen.

Ich: Oh, doch, wirklich, ist ja hammermäßig!

Gerald: So übertreiben brauchst du auch nicht gerade. Ich fühl mich dann immer schlecht, weil ich natürlich genau weiß, daß ich verarscht werde … So wie damals mit dem Faxgerät. Es ist übrigens kaputt.

Ich: Das … Faxgerät? Verarscht, äh, kaputt, äh, wieso fühltest du dich …?

Gerald: Brauchst gar nicht so scheinheilig zu tun. Ich hatte dir genau erklärt, daß Isolde und ich es ziemlich, nun ja, SELTSAM fanden, daß du über unsere Köpfe hinweg bestimmt hast, welche elektronischen Geräte in unsere Wohnung sollten. Ohne uns überhaupt zu fragen. Ohne auch nur ein einziges Wort zu sagen.

Ich: Was sagst du zur Entwicklung in der … Regierung?

Gerald: Ich rede gerade vom Faxgerät.

Ich: Es war ein Weihnachtsgeschenk!

Gerald: Na toll. Was du so unter ›Weihnachten‹ verstehst,

will ich mir lieber gar nicht erst ausmalen. Da haben wir ja weiß Gott unsere Erfahrungen.

Ich: Verstehe ich nicht.

Gerald: Jaja, der Herr weiß natürlich immer von GAR NICHTS. Hör mal, Alter, lange mache ich das nicht mehr mit. Ich will, daß du EHRLICH mit mir sprichst.

Ich: Okay … is klar … wie, hm, wie ist es denn so jetzt mit dir, bist du in Berlin?

Gerald: Brauchst jetzt auch nicht gleich den Menschenfreund zu mimen, das steht dir nämlich nicht, das merkt doch jeder, daß das nicht echt ist.

Ich: Verdammt! Was denn nun?!

Gerald: ALS WENN DU NICHT GENAU WÜSSTEST DASS ICH IN BERLIN BIN!!!!

Ich: Entschuldige, ja richtig, du hattest so was geschrieben.

Gerald: Ach, lesen wir jetzt meine Mails wieder, wie gnädig!

Ich: Doch doch, immer, du weißt doch, wie ich deine Mails liebe, schon wegen der schönen Lohmerschreibe, die wir alle haben.

Gerald: Du bist so ein wahn-sin-ni-ger Schauspieler, Jolo. Jeder weiß, daß du dich für den Größten hältst, den ›großen Schriftsteller‹, den schreibenden Überflieger, obwohl es alles ausschließlich negative Scheiße ist in deinem sogenannten ›Jugendroman‹, aber bei mir tust du so, als würdest du meine ›Schreibe‹ wertschätzen. Gib dir keine Mühe, sag einfach, daß du meine Mail gekriegt hast und basta.

Ich: Ich habe deine Mail gekriegt. Wann kommst du denn?

Gerald: Du brauchst mir auch nicht alles nachzuplappern. Das klingt ja noch ironischer, als du sonst schon bist. Die arme Barbi tut mir leid. Es mit so einem Zyniker aushalten zu müssen.

Ich: Morgen um sieben? Um acht?

Gerald: Wenn die gewußt hätte, was sie erwartet. Die hat sich sicherlich auch sonstwas für Hoffnungen gemacht, ohne dich wirklich zu kennen.

Ich: Ja, ich werd sie schön von dir grüßen.

Gerald: Die furchtbar arme Frau, Mensch. Wie lange kennt ihr euch schon? Das hätte die sicher nicht gedacht, daß es einmal so … (lacht bitter auf).

Ich: Also um acht!

Gerald: … nach all den Jahren … (lacht erneut bitter)

Ich: Hallo! Gerald!

Gerald: … nach allem, was man für dich getan hat …

Ich: Du hast ja recht, aber –

Gerald: Sag nicht immer, daß ich recht habe, wenn du es doch nicht so meinst!!

Ich: Hallo?

Gerald: Weißt du noch, wie ich dich in Amerika nicht erreichen konnte, als es Mami so schlechtging? WEISST DU DAS NOCH??

Ich: Hallo! … hallo … ich hör dich nicht mehr … die Leitung …

Gerald: Was?!

Ich: Die … Leitung ist unterbrochen …

Gerald: Darauf fall ich nicht mehr rein!!

Ich: Ist wohl ein Funkloch … ich höre dich nicht mehr, muß auflegen. Also ich erwarte dich irgendwann zwischen sieben und acht! Tschüß, mein Lieber!

Gerald: Verarsch mich nicht!! Ich weiß, daß du mich hörst! Und ich werde dich auch nicht besuchen kommen!

Das war schlecht. Ich brauchte ihn für meinen Familienroman. Er war doch im Grunde mein Kronzeuge. Der einzige Mensch der jüngeren Generation, der meinen Vater gekannt hatte. So ruderte ich zurück.

Ich: Ah, jetzt höre ich dich wieder …

Wir verabredeten uns für den nächsten Tag bei ihm. Natürlich erst, nachdem ich mich dafür entschuldigt hatte, ihm vor Jahrzehnten ein Faxgerät geschenkt zu haben, zu Weihnachten, ohne ihn vorher gefragt zu haben, ob er es überhaupt wolle. Ich hatte mich schon oft dafür entschuldigen müssen, es war fast ein Ritual.

Das Treffen war dann relativ friedlich. Ich vermied es, ihm ein Geschenk mitzubringen, streifte die Schuhe brav am Schuhabstreifer ab, oder wie das Ding hieß, umarmte ihn, den eigenen Bruder, theatralische fünf Sekunden lang und machte wie stets viele Komplimente. So etwas mochte er. Er sagte zwar noch, daß ihm die Barbi leid täte, weil sie mit mir zusammen sein müsse und so weiter. Und natürlich ließ er mich die ganze Zeit in der Küche schrubben und spülen, bis wir endlich im Herrensalon ›Das gute Gespräch‹ führten. Das heißt, wir sahen uns alte Fotos unserer Eltern an. Gerald sagte sichtlich bewegt:

»Dieses Paar paßte offensichtlich recht gut zusammen. Papis Mund ist etwas verkrampft, aber seine Körperhaltung sagt: Ich bin schlank, groß, fühle mich wohl. Und sie hat ein wunderschönes 50er-Jahre-Filmstarlächeln, wie Maria Schell.«

»Doch nicht wie Maria Schell, niemals.«

»Doch, so von innen heraus lächelnd. Eine Frau, die ihre Erfüllung ALS FRAU gefunden hat. Beide sind energiemäßig in guter Konstellation. Ihre linke Hand ist auf seiner Schulter. Mann und Frau sind in Ordnung, also wie sie gedacht haben, daß es sein müßte.«

»Was?! Du weißt, daß sie ihn in der Pfeife geraucht hat! Sie war der Mann in der Beziehung. Eine Erfüllung als Frau hat höchstens ER durchzustehen gehabt!«

»Nein, beide sind so aufrecht und stolz.«

Hatte Gerald etwa recht? Wir blätterten die Fotos zurück, und je tiefer wir in die Vergangenheit kamen, desto souveräner wirkte der Vater, und die Mutter sowieso. Bisher hatten wir immer eher auf die neueren Fotos geachtet, auf denen unser Vater geradezu kretinös und verkniffen aussah. Auch in unserer persönlichen Erinnerung war er kretinös und bescheuert. Alles andere als eine Persönlichkeit. Alles andere als ein Bourgois. Eher eine wenig ansprechende Type, mit der man keine fünf intelligenten Sätze am Stück wechseln konnte oder gar wollte. Ein Kalfaktor, mit dem man nur das Nötigste besprach, was dann von ein paar dröhnenden Allerweltskalauern begleitet wurde. Aber die alten Fotos zeigten einen gänzlich anderen Menschen.

Unsere Eltern tanzten offenbar gern und viel. Noch im zehnten Jahr ihrer Ehe sah man sie in offenbar allerbester Stimmung und einander glücklich zugetan tanzen. Da waren sie den 40 schon näher als den 30. Keiner konnte sagen, daß die Ehe sexuell nicht mehr stimmte. Noch in der Nacht seines Todes hatten sie miteinander geschlafen. Auch das ewige Gejammer unserer Mutter, es habe kein Geld gegeben, war nach Aktenlage eine Lüge. Immer gut gekleidet die ganze Familie, zwei große Autos, der Vater im funkelnden Benz, und andauernd Urlaub, Reisen, Spaß. Daß es trotzdem eine Strindberg-Ehe war, mußte also andere Gründe haben.

Gerald wurde sentimental und nannte mich mit meinem Kindernamen:

»Bibi, es MUSS einfach eine schöne Zeit gewesen sein, sonst wären wir nicht so inspirierte Kinder gewesen. Wir waren doch so wahnsinnig kreativ, das waren andere Kinder nicht, heute schon gar nicht. Wir haben alle Spielsachen selbst gebastelt ...«

»Guck mal, hier ist wieder Papi!« Er sah modern aus, blond, spaßig, ein Britpop-Werbe-Model unserer Tage, mit Lachfältchen, Humor, Draufgängertum und Lässigkeit. Wirklich unser Vater? Der spätere Kleinstadtbürger mit Segelohren und nach hinten geklatschten Haaren, Typ ›Der Kommissar‹ zu Zeiten Erik Odes? Und dann die Frau erst, angeblich unsere Mutter. Der pure Sex, die totale Herausforderung, lachend, immer in Bewegung, immer sie selbst, endlos lange Beine wie die Barbi, tiefschwarze Haare, große Augen, kleine Nase, alles was man braucht, um heute für Langnese-Eiscreme und Bacardi Werbung zu machen. Wie alt war sie da? Mitte 30. Die berühmte 35jährige, die Claudius Seidl in seinem Kultbuch ›Schöne junge Welt‹ gerade zum neuen Leitbild erkoren hat. Super. Wie war das möglich? Später, im niederbayerischen Kaff, sahen dann beide binnen weniger Jahre recht alt aus, um genau eine Generation gealtert. Wie ihre eigenen Eltern sahen sie dann aus.

»Ich weiß übrigens noch jemanden, der Papi gekannt hat«, meinte Gerald. Nämlich Onkel Hermann. Den hatten wir ganz vergessen, da er nicht den Namen Lohmer trug. Und weil seine Verbindung zu den Lohmers lange zurücklag und durch einen Todesfall beendet wurde. Dieser Hermann Gertz war mit der älteren Schwester unseres Vaters verheiratet gewesen, die wiederum früh verstarb, nämlich 1976. Mit dieser Schwester, die Annemarie Lohmer geheißen hatte, hatte er zwei Töchter in die Welt gesetzt, ergo unsere Cousinen, mit Namen Elke und Helga. Letztere war die mit dem aparten, Hebräisch sprechenden Töchterchen Hannah, dem ich noch einen Praktikumsplatz bei der ›taz‹ besorgen mußte. Also Onkel Hermann. Das roch nach einer Sensation. Das waren genau diese Zufallsfunde, auf die ich bei meiner Familienrecherche angewiesen war.

»An den habe ich ja gar nicht mehr gedacht!«

»Jaja.«

»Moment mal. Papis Schwester Annemarie war vier Jahre älter als er. Sie hat sehr jung geheiratet. Onkel Hermann lernte sie kennen, als Papi noch zur Schule ging. Dann muß er zwingend auch unseren Großvater noch kennengelernt haben!«

»Wieso das denn? Meinst du nicht, daß die Besseres zu tun gehabt haben? Du immer mit deiner blühenden Phantasie! Als wenn so ein frischverliebtes Paar die Nerven hätte, sich auch noch mit den ALTEN abzugeben …«

»Immerhin der Schwiegervater. Damals galt das noch was.«

Wir wandten uns wieder den Familienfotos zu. Aber ich war in Gedanken nur noch bei dieser viel besseren, neuen Möglichkeit. Wir riefen abends noch Cousine Helga an, die mir versprach, den Onkel auf meinen baldigen Besuch vorzubereiten. Der Mann war erstaunlich locker und vollkommen unkompliziert. Der hätte auch um vier Uhr nachts gesagt, hey, kommt vorbei, kriegt ihr einen guten Whisky. So ungefähr. Es war, als würde er nichts anderes denken als: ›Leute, ich bin hoch in den 80ern und spätestens morgen tot. Also kommt heute!‹

Gerald bat mich, ihm Grüße auszurichten, und so fuhr ich

ein weiteres Mal nach Hamburg. Es gab eine neue Verbindung, die die Strecke ohne Unterbrechung in 93 Minuten schaffte. Ich hatte Onkel Hermann zuletzt in den frühen 80er Jahren getroffen, als die alte Lohmersche Villa in Hochkamp noch in voller Blüte stand. Eine der beiden Cousinen lebte mit drei Enkelkindern bei ihm, und gerade die Enkelkinder brachten viel Leben in den geschichtsträchtigen Riesenkasten aus dem vorvorigen Jahrhundert. Nun aber war niemand mehr da. Das Haus lag in sich versunken und verwunschen da. Eine Märchenszene. Als ich klingelte, wurde der Summer betätigt – das schon. Aber danach mußte ich mich allein zurechtfinden. Vieles war noch so wie früher, etwa die Freitreppe im Treppenhaus, die oberen Stockwerke, die Kinderzimmer, die man in den Dachstuhl verlegt hatte, die Tapeten, die Bilder, die Möbel. Aber im Erdgeschoß, wo der Onkel sich fast nur aufhielt, da er nur noch ein Bein hatte, war umgebaut worden. Ich fand ausgerechnet dort keine Tür und keinen Lichtschalter. Ich rief, aber er hörte mich nicht. So fühlte ich mich berechtigt, ein bißchen das Haus zu inspizieren und mir das Terrain gewissermaßen wieder anzueignen.

Nachdem ich überall Licht gemacht und einen alten Plattenspieler meiner Cousine Helga angeworfen hatte, fand ich die Tapetentür zum Onkel. Er blieb auf einem grünen Sofa sitzen und gab mir die Hand. Er sah anders aus, als ich ihn in Erinnerung hatte, aber nicht älter. Früher war er rosig, füllig und irgendwie kraftstrotzend gewesen, wie Kohl als Kanzler der Einheit. Jetzt sah er netter aus, ruhiger, zurückgenommen, nicht mehr rosig, nicht mehr physisch. Von seinem Körper war nur noch sein Gesicht aktiv, und das Gesicht bestand nur noch aus Schnurrbart, Brille und Augen. Anstatt die Familienverhältnisse durchzuhechen, wie man es im Orient gemacht hätte, fragte ich als erstes, ob er meinen Vater gekannt hätte.

»1937 in der Armgartstraße lernte ich Johannes kennen, und seine Brüder Walter und Robert. Ich war mit Annemarie damals nur befreundet, nicht verlobt. Als man ihn mir vorstellte, sagte man, daß er ›der Professor‹ genannt wurde, und das stimmte auch. Wenn man eine Frage hatte, ging man zu Johannes, weil er alles wußte. Er war mir sofort sehr sympathisch, er hatte eine sehr offene Art, ich konnte ihn gleich gut leiden.«

Der Onkel sagte das in so warmen, einfachen, sauberen Worten, in denen nichts anderes mitschwang als echte Zuneigung, daß er ohne Zweifel die Wahrheit sagte.

»Johannes war der extrovertierte Typ, seine Brüder eher introvertiert. Johannes konnte laut und herzhaft lachen, ja, er war sehr herzlich und offen. Und er war der Typ des Organisators. Er half allen, überall und ungefragt, und er machte das vorzüglich. Etwas ›organisieren‹ war früher etwas ganz anderes als heute, das muß man vielleicht erklären ...«

Er erklärte es. Ich sah meinen Neffen Elias vor mir, wie er mit seinen Homies etwas ›aufstellte‹. Es war wohl so eine Mischung aus Ideenreichtum, schneller Problemlösung, sozialer Kompetenz und Führerkraft. Man brachte andere dazu, spontan in bestimmter Richtung tätig zu werden. Der Onkel brachte viele Beispiele. Manchmal sah ich mich verstohlen im Zimmer um. Es war zum Salon ausgebaut worden, einige Wände hatte man weggenommen. Der ganze Raum war mit einer grünen Stofftapete ausgeschlagen, farblich zu den Sitzmöbeln passend. Über dem grünen Sofa, schräg rechts von meinem Onkel, hing eine Rokoko-Kokotte, ein hübsches Fräulein mit derben Reizen. Onkel Hermann war wirklich ganz begeistert von meinem Vater, der vor seinem geistigen Auge stand, als lebte er noch und stellte gerade ganz mächtig was auf: Autos, Frauen, Waffen, Kartoffeln, Freikarten für einen Schmeling-Kampf ... ich unterbrach:

»Und sein Vater, dein Schwiegervater?«

Er schien genau zu wissen, was ich wollte, und kam erneut sofort zur Sache.

»Dein Großvater war von großer Bonhomie, und ich mochte ihn auf Anhieb. Ebenfalls sehr aufgeschlossen, sehr offen, durchaus deinem Vater ähnlich. Nun kam hinzu, daß er Waffenstudent war, und ich bin ja auch Waffenstudent, das bewirkte, daß wir sofort vertraut miteinander waren, von gleicher Art. Das ist schwer zu beschreiben. Ich wurde jedenfalls zu ihm geführt, und wir verstanden uns im selben Moment. Ja, wir konnten uns gut leiden, er war sehr herzlich und hatte Lebensart.«

Interessant! Immerhin sah ich meinem Vater kaum ähnlich, war diesem Großvater aber wie aus dem Gesicht geschnitten. Wenn der Lebensart hatte, kam das bei mir vielleicht noch.

Onkel Hermann verifizierte ein bißchen das ökonomische Schicksal des Mannes. Cousine Helga hatte ja noch davon gesprochen, Curt Lohmers Firma sei im Dezember 1932 von den Nazi-Vorständen der Deutschen Bank in die Insolvenz getrieben worden, bei zuletzt 1100 Mitarbeitern. Die Fabrik habe sich in Hamburg-Harburg befunden, weswegen die Lohmers auch dort im Neuen Pferdeweg gewohnt hätten, der Paradeallee Harburgs. Nun hörte ich, daß Curt nicht der Besitzer, sondern ein persönlich haftender Gesellschafter gewesen sei. Die Pleite erfolgte vielleicht erst später. Curt habe dann in Altona ein neues Betätigungsfeld gefunden, und die Familie sei in die Armgartstraße 30 umgezogen. Das Haus am Pferdeweg gebe es noch, wohingegen die Armgartstraße, ebenfalls eine Prachtstraße und direkt an der Alster gelegen, ausgebombt worden sei. Curts Frau Annie Kohlrausch war schon 1924 gestorben und durch das schwedische Kindermädchen der Familie ersetzt worden. Curt nahm das junge Ding zur Frau, und sie überlebte ihn um mehrere Generationen. Ich lernte sie noch gut kennen. Sie begrub ihn 1940 und blieb im Haus in der Armgartstraße. Als es 1943 ausbrannte, zog sie in die alte Villa, in der ich mich gerade befand. Das war die Fontanestraße Nr. 3, in der ich auch Teile meiner Kindheit verbracht hatte.

Das Lieblingsthema meines Onkels blieb aber mein Vater:

»Dein Vater war groß, kräftig, ein guter Soldat, also was man früher damit meinte, wenn man sagte ›ein guter Soldat‹. Klar in der Ausdrucksweise, geradeheraus, immer mit anfassend, nie depressiv oder feige. Er war kein Nazi, niemals. Er war eng mit Heiner Müller-Link befreundet, der dann nach dem Krieg die FDP in Hamburg leitete.«

»Hatte er sich durch den Krieg sehr verändert?«

»Nein, gar nicht! Er war frisch, zuversichtlich, das war einfach seine Art. Er hat allen geholfen und überall für gute Stimmung gesorgt.«

»War er in Kriegsgefangenschaft?«

»Ja, aber da ist er, an den Scheinwerfern der Wachtürme vorbei, geflohen. Er hatte sich ja auch vorher schon aus der Wehrmacht ›selbst entlassen‹. Das war so: Ende April 1945 war er mit seiner Division an der Glienicker Brücke und sollte da noch in letzter Minute regelrecht verheizt werden. Johannes hat sich dann gedacht ›jetzt oder nie‹ und ist vom fahrenden LKW in die Spree gesprungen, und auf einer Schute gelandet, die Schokolade geladen hatte, die von russischen Soldaten gekapert worden war …«

Mein Vater hatte sie alle ausgeschaltet und war gen Norden durchgebrannt, wo er sich den Briten stellte. Endlich einmal eine Geschichte von Helga, die bestätigt wurde. Aber wie auch immer – es zeichnete sich allmählich ein recht eindeutiges Bild meines Vaters als Haudegen und jugendlicher Held ab, eine Art ›Fanfan der Husar‹, eine Mischung aus Indiana Jones und Baron Münchhausen. Denn für die meisten Legenden, die sich um ihn rankten, gab es keine Zeugen. Ich sah auf ein Foto von Onkel Hermanns Frau Annemarie, das auf dem Tisch stand. Ein schönes, überzeugendes Bild, wie der PR-Shot von einer heutigen Bundesministerin. Eine gut gestylte Hillary-Clinton-Frisur, souveränes, charismatisches Lächeln.

»Haben sich mein Vater und seine Schwester Annemarie gut verstanden?«

»Sie haben eine sehr innige Geschwisterliebe gehabt. Sie haben sich immer gut verstanden und sich alles gesagt. Es gab nie einen Mißklang.«

»Hat Papi sich durch das Desaster in Niederbayern verändert?«

»Na, er war da ja im Schulbereich aktiv, und da hat er vielleicht die pädagogische Ader der Kohlrausch-Linie geerbt. Er war ein außerordentlich guter Lehrer.«

»Aber Niederbayern war doch die Hölle!«

»Ja, hier in Hamburg dachte man, er ist in die Einöde gegangen. Ich hoffe, ich trete dir damit nicht zu nahe, aber für den Hamburger war ein Ort wie, äh, ›Straubing‹ fast schon so etwas wie ein Kaff. Ja, tut mir leid, so sagte man wohl dazu.«

»Keine Einwände.«

»Aber man sagt den Bayern auch nach, daß sie derb, aber herzlich seien. Und deswegen hat sich dein Vater gut mit den Bayern verstanden.«

»Und die armen Kinder? Die arme Frau?«

»Dein Vater war das, was man früher ›einen Pfundskerl‹ nannte. Ja, das trifft es am besten. Und im besten Sinne. Und das ist überhaupt das Beste, was man über einen Menschen sagen kann.«

»Aber die arme Familie hat er den Bayern schutzlos ausgeliefert! Leuten, die damals schon CSU wählten!«

»Dein Vater war ein Mann der Unruhe. Er war kein Mann des Seßhaften. Er war immer irgendwohin unterwegs, und immer motorisiert. Er war immer mobil. Er kam vorbei und zeigte einem etwas Neues, ein neues Auto, irgendwas, und war wieder weg. Deswegen konnte ich ihn mir auch nie alt vorstellen. Er hatte etwas Jungenhaftes. Er war so lebhaft, er konnte nicht zur Ruhe kommen.«

»Deswegen andauernd die Reisen nach Italien?«

»In Italien war er anfangs, weil er die Firma von Onkel Hermann Kohlrausch in Mailand übernehmen sollte. Deswegen lernte er Italienisch.«

Aha. Der Mann hatte Flausen im Kopf. Er wollte gar nicht unbedingt Dorflehrer im Bayerischen Wald werden. Und wer war ›Onkel Hermann Kohlrausch‹, ein Bruder von Annie Kohlrausch? Ich wollte schon fragen, als meinem Gastgeber etwas Wichtiges einfiel:

»Eines fällt mir noch ein, jetzt erst, das hatte ich ganz vergessen. Dein Vater hatte, obwohl er das ganz und gar nicht nötig hatte, Minderwertigkeitskomplexe. Ja, so war das. Er hatte Komplexe. Obwohl das überhaupt nicht stimmte, dachte er, er sähe nicht gut aus oder würde im Beruf versagen, oder im Leben. Obwohl das wie gesagt rein gar nicht der Fall war, dachte er das. Ja, er hatte wirklich Komplexe.«

»Wie äußerte sich das?«

»Er hat mir das nie selbst gesagt, aber ich weiß es von jemandem, dem er es gesagt hat.«

Der Onkel blickte betrübt drein. Johannes tat ihm leid, er fühlte ihm nach, das sah man. Wie gern hätte er es gehabt, wenn sein Freund, dieser geliebte ›Pfundskerl‹, keine Komplexe gehabt hätte und in Frieden unter uns lebte. Statt dessen war sein Leben unglücklich verlaufen, es hatte sich von einem bestimmten oder nicht bestimmten Punkt an negativ entwikkelt, war abschüssig geworden, immer abschüssiger und unglücklicher, und lange vor der Zeit geendet: am Steuer eines Autos, das mit einer Aufprallgeschwindigkeit von 200 Stundenkilometern zerfetzte. Nur das Ende der Challenger-Piloten war noch schrecklicher. Was war der Punkt, an dem dies Leben kippte? Der Tag, an dem er Lehrer wurde und von seiner Frau dafür verachtet wurde? Etwas, das in Tateinheit mit seinen Minderwertigkeitsgefühlen ein übles Gift wurde, das seine Persönlichkeit aushöhlte und, das kann man ohne Übertreibung sagen, vernichtete? Letzten Endes lag es sicher daran, daß er ein Mann der alten großbürgerlichen Tugenden war, zu denen auch oder sogar an erster Stelle die eheliche Liebe und Treue gehörten, der Schutz und Beistand und Respekt der Eheleute untereinander unter allen Umständen, eine Tugend, die unser Volk groß gemacht hat, während unsere Mutter die kleinbürgerlichen Werte des äußerlichen Erfolgs verinnerlicht hatte. Soziologisch gesehen war es eine Mesalliance, und alle Lohmers haben das von Anfang an so gesehen. Oder? Ich fragte nach.

»Wann hast du denn Johannes' Frau zum ersten Mal gesehen?«

»Das war 1947 und in der Scheffelstraße, in der wir damals alle wohnten, auch Johannes. Wir hatten gerade eine Kaffeegesellschaft an dem Tag. Plötzlich klingelte es, und Johannes stand da mit einer … sehr schönen Erscheinung. Sie war sehr lebhaft, und dann wurde es richtig bunt in unserer Kaffeegesellschaft dort oben. Ich weiß noch, daß sie bis zwei Uhr nachts ging!«

Ja, ich konnte es mir gut vorstellen. Ein rauschhafter Beginn, für beide. Seltsam, daß die schöne, lebhafte neue Erscheinung, als die Onkel Hermann meine Mutter empfand, nicht geliebt wurde in der Familie, sondern abgetan wie eine frühe Verona Feldbusch. Ein Familiengeheimnis, das wohl ebenfalls zum Scheitern beigetragen hat. Jede Familie hat diese Geheimnisse. Man mußte sie lüften, dafür waren Familienromane da. Das verlangte schließlich auch der Verlag von mir.

Der Onkel hatte, da ich nachdenklich schwieg, das Thema gewechselt. Er wollte nun von seinen fünf Enkelkindern sprechen. Ich hörte es mir höflich an und trank dabei einen Whisky. Das gehörte sich so in Hochkamp. Danach fuhr ich ab.

Der Onkel hatte mir wertvolle Bücher und Briefe der Kohlrausch-Linie mitgegeben. Das war der nächste Anknüpfungspunkt für meine Recherchen. Ich schied mit einem Gefühl, an das ich nach meinen Besuchen bei Cousine Helga und Onkel Heinz nicht mehr geglaubt hatte: Ich konnte mich erstmalig in meinen Vater hineinversetzen. Das war schon bemerkenswert, denn er war der einzige, in den ich mich nie hatte hineinversetzen können, bis dahin. So fuhr ich im Nachtzug zurück nach Berlin. So war ich also, dachte ich. Deswegen war ich anders als die Menschen in den gesichts- und geschichtslosen patchwork families, in denen ich mich aufhielt, an Feiertagen, an Weihnachten, in Köln mit der Barbi, dem Hund Lizzy, mit der Schwiegermutter am Bodensee, deren Bewußtsein aus alemannischen Dorfanekdoten bestand, oder mit den Exfreunden und Exfrauen, die man so traf heutzutage, die kinderlose, SPD wählende nivellierte Mittelstandsgesellschaft. Ich war anders. Ich war für etwas anderes gedacht. Aber für was?

13
In bed with Karline

Da die Barbi in Köln beim kranken Lizzy war und meinte, der Hund könne momentan keinen Besuch ertragen, traf ich Karline nun öfter. Ich wußte um die geringe Halbwertzeit des Kuschel-Abends. Kuscheln bedeutete nichts, es war bis zum nächsten Treffen bedeutungstechnisch verfallen. Wir küßten uns wie Schicki-Micki-Bekannte, als wir uns wiedersahen, also nur auf die Wange, wobei ich – eine alte Gewohnheit von mir – die Wange fast bis zu den Lippen verlängerte und abschmatzte. So war ich eben, wichtig war die Geste.

Wir trafen uns bei Kamps in der Friedrichstraße, der hipste Laden der Hauptstadt. Karline war leicht erkältet, was sie blasser, dünner, luzider machte, eine Tbc-Schönheit früherer Epochen. Die Haare waren diesmal behandelt, sehr unauffällig, ich bemerkte es erst nach Stunden: dezent aufgeblondet und in Stufen geschnitten, wie bei einem ABBA-Girl der 70er Jahre. Also doch nicht so dezent. Aber ich achtete bei Menschen nicht so sehr auf Äußerlichkeiten. Als Ohrschmuck hingen zwei kleine Colaflaschen an den Ohrläppchen. An den Fingern steckten unterschiedliche Silberringe. Karline verwendete dunkelroten Nagellack und ein extremes Augen-Make-up, die Augen wirkten noch größer und hell, stummfilmgroße Leuchtaugen, Augenfarbe grau. Sie war aufgekratzt und hibbelig. Ich saß draußen auf den Kamps-Eisenstühlen und las, als sie kam, in der Bildzeitung einen Schmutzartikel über Paris Hilton.

Wir unterhielten uns, die politische Lage wurde rasch besprochen, aber ich merkte sofort, daß ihr die Manöver der ›Systemparteien‹ nicht nahegingen. So fuhren wir zu mir, den geplanten Gegenbesuch machen. Sie kannte meine Wohnung noch nicht. Wenn ich wollte, sagte sie, könne ich heute bei ihr den Psychiater spielen.

»Karline, Darling, du brauchst keinen Psychiater! Du hast doch schon eine Identität! Du weißt genau, wer du bist, das ist allein mein Problem.« Das stimmte. Sie wirkte vergleichsweise klar und zufrieden, während ich wie ein verirrtes Blatt durch die Welt flog, mal hier und dort und nirgendwo, als wüßte ich weder wohin ich wollte noch wo meine Wurzeln waren – trotz des Stammbaumes von Onkel Heinz.

Im Wartburg kam es doch wieder über mich. Ich mußte über die dramatische Tagespolitik reden. Schröder sei unmittelbar vor dem Sturz, die verarschten Genossen hätten keine Lust auf Neuwahlen. Jeder dritte Abgeordnete würde dabei doch rausfliegen. Die einfachen Abgeordneten wären geschockt von den klaren Lügen Schröders, nämlich daß er keine Mehrheit mehr hätte, daß die Union nun die Zweidrittelmehrheit im Bundesrat hätte und daß die Grünen die Regierung verraten würden. Alles komplett gelogen, jeder im Regierungsviertel wußte das. Gerade die Grünen waren nun die treuesten Bataillone. Und so weiter. Karline wollte lieber über Männer reden. Vor einer Woche habe sie ein schreckliches erotisches Erlebnis gehabt, das müsse sie mir erzählen, auf der Therapie-Couch. Sie habe den perfekten Mann kennengelernt, und alles habe gestimmt, und dann jedoch, im entscheidenden Augenblick, habe sie ihn NICHT GEKÜSST. Also versagt. Wieder einmal komplett versagt! Und alles war nun weg, der Mann, die Telefonnummer, der Name. Futsch, für immer!

»Man sollte sich eben immer gleich zu Anfang einander vorstellen und dann den Namen genau merken«, murmelte ich, der ich das Problem früher auch gehabt hatte. Natürlich hatten es die jungen Frauen heute schwer. Kraft der verbindlichen Rollenumkehrung mußten SIE die Initiative ergreifen und küssen. Taten sie es nicht, waren sie die Verlierer, quasi die Weicheier. Ich seufzte. Gut, daß ich aus der Rolle raus war! Und auch im nächsten Leben bestimmt nicht als Mädchen auf die Welt kommen würde …

Wir hielten. In meiner Wohnung gab es in jedem Zimmer ein Bett, damit ich nachts bei Schlaflosigkeit von Bett zu Bett wandern konnte. Es beruhigte mich immer, das Bett und das Zimmer zu wechseln. Da Karline eine einzigartig gute Trinkerin war, goß ich ihr gleich von dem Absinth ein, den ich für diesen Zweck im Absinth-Depot nachgekauft hatte. Ich schenkte kräftig ein, da sie einen guten Schluck gebrauchen konnte, leicht erkältet, wie sie war. Sie sollte sich gleich wohl fühlen bei mir! Hier war sie zu Hause, hier konnte sie reden, hier wurde sie verstanden. Und geliebt. Es war schnell klar, daß es diesmal mehr geben würde als nur ›Kuscheln‹. Nicht viel mehr, aber ein bißchen. Ich bat sie, sich auf das große Bett im Schlafzimmer zu legen und sich schon einmal etwas frei zu machen. Ich rückte einen Stuhl daneben, holte einen Block und mein Glas Martini – ich trank keinen Absinth mehr – und stellte bald die erste Therapeutenfrage.

»Was war das schmerzhafteste persönliche Erlebnis, das du je hattest?«

»Das ist eindeutig – ach Jolo, Schmerz, muß das jetzt sein …?«

Sie sagte, darüber wolle sie nicht sprechen, woraufhin ich lachte und sie natürlich auch. Beim Psychiater muß man bekanntlich ausschließlich das sagen, was man nicht sagen will. Ich schenkte ihr noch ein Glas Absinth ein, das sie in unglaublichen zwei Zügen leerte. Ich wartete auf eine Antwort. Statt dessen:

»Mon cher, sag du mir doch lieber, was jetzt mit der Barbi ist!?«

Bestürzt sah ich sie an. Sie wollte sich nicht an die Regel halten, sondern lag mit geschlossenen Augen auf meinem alten Lotterbett und trommelte herausfordernd mit den Fingern. Mein Blick fiel erst auf ihren blauen Plissérock, dann auf ihre bestickte Bluse, ihre freien Arme, ihre perlmuttfarbene, nein alabasterfarbene Haut. Wie schön Karline doch war! Wieder war die Bluse ein raffiniertes winziges Stück zu eng und einen Knopf zu weit geöffnet, die Haut quoll hier und da lüstern zwischen den kleinen, viereckigen, blauen Knöpfen hervor. Und sie sah so herzzerreißend schwindsüchtig aus heute, so totenbleich und trotzdem sinnlich. Die Lippen waren nicht geschminkt, schienen aber zu glühen. Puh! Eine harte Mischung. Bloß schnell die Absinthmenge erhöhen! Ich schenkte nach und zündete den Zucker über dem Glas an, während meine Gedanken das leidige Barbithema bearbeiteten.

»Weißt du, das mit der Barbi ist... Die Barbi ... also unter erotischen Gesichtspunkten ... ich meine: hey, ICH stelle die Fragen, du bist heute die Irre!«

»Die erotischen Gesichtspunkte kann ja wohl eher DER LIZZY beurteilen.« Ich holte Luft.

»Karline, es tut mir leid, wenn ich von der Barbi und von mir aus auch von unserem Hund beim letzten Mal soviel Negatives berichtet habe. Das dient nicht wirklich der Wahrheitsfindung, auch wenn es für eine Therapiestunde angemessen war. Das Problem mit der Barbi ist doch ihre Gestreßtheit. Also daß sie, mitten in der glücklichsten Beziehung, eine Angestelltenexistenz begonnen hat, weil sie glaubte, sie müsse sich beruflich selbst verwirklichen. Daß sie mich gegen ihre Projekte getauscht hat. Und selbst das wäre ja in Ordnung. Wenn es im Geist der Solidarität geschehen wäre. Es kann doch durchaus sein, daß einer der Ehepartner sagt: ›Du, ich mache jetzt Karriere und habe keine Zeit mehr für dich, aber nimm's nicht persönlich, ich tue es für uns beide und liebe dich auch weiterhin.‹ Aber so ist es ja nicht.«

Karline nahm vom nachgeschenkten Absinth, Gott sei Dank. Sie war eine harte Trinkerin, aber sie wurde schnell betrunken. Ich merkte es daran, daß sie respektlos von meiner Frau sprach, was einer Frivolität gleichkam. Ich hatte Lust, den einen viereckigen Knopf direkt auf dem Bauchnabel zu öffnen. Sie war übrigens gern betrunken, es war ihr keineswegs peinlich, ja, sie war so gern betrunken, daß sie manchmal so tat, als wäre sie es schon. Wenn sie merkte, ein bißchen zu lallen, verstärkte sie es noch, denn sie lallte mit Lust. Sie torkelte auch gern und zog eine Show ab. Noch war sie davon weit entfernt, aber sie sagte:

»Selbstverwirklichung … Solidarität … klingt ja fast wie bei Domian. Damit willst du erklären, daß deine Alte es mit dem Hund treibt?«

»Das tut sie nicht, Karline, und du weißt das. Sie ist Animalistin. Wie ihre Mutter, die ist in zig Tierschützer-Bewegungen. Es ist nicht meine Weltanschauung, Menschen die Schuld für das zu geben, was das System der lohnabhängigen Ausbeutung ihnen antut. Es ist das Prinzip der Entfremdung, das dann wirkt. Das hat etwas mit den vermeidbaren Fehlentscheidungen innerhalb des Kapitalismus zu tun. Also wenn Barbi sich nicht mehr für meine Texte interessiert, zum Beispiel, oder für meine elaborierten Gedanken, dann liegt das daran, daß sie 90 Prozent ihrer Kommunikation mit ungebildeten Sklaven bestreiten muß, und nicht an einer Gemeinheit ihrerseits. Sie ist zwar desinteressiert, aber es ist nicht ihre SCHULD!«

»Und wenn sie sich an andere Männer wendet?«

»Dann wende ich mich an dich und habe dabei immer noch den besseren Zipfel der Wurst. Du hast doch deinen Kracauer gelesen, oder? Den Angestellten-Klassiker. Jeder in der spießigen Angestelltenkultur muß kompensieren. Wie sollst du den deutschen Büro-Alltag anders überstehen?«

»Dann komm doch mal her.«

»Ich mache keine Witze! Natürlich haben sich ihre Interessen verändert, auch in der Freizeit. Du hast als nine-to-five-worker einfach ein anderes Freizeitverhalten. Ich verstehe das. Der Druck braucht ein Ventil, du fängst in der Freizeit an zu singen, entwickelst auch dort immer noch weitere Projekte, du kommst auf den Konsumtrip, du gehst in komische Bars, in denen Table-Dance-Mädchen servieren, oder machst Pilates, du triffst dich mit Leuten, die du früher verachtet hättest, trinkst Dosenbier vor der Glotze. So ein Typ wie ich wird dir da zum Feindbild, auf den du deinen Hund hetzen willst.«

»Soweit ist sie schon? Komm zu mir, du Armer ...«

»Nein, ich übertreibe. Die Barbi ist ja leitende Angestellte. Aber im Prinzip. Dabei hatte sie vorher mehr Geld als jetzt, ich meine, sie kam mit dem wenigen Geld gut zurecht und mit dem vielen jetzt schlecht. Mich macht das ganz verzweifelt. Das sieht man mir nicht an. Aber das mit dem Geld, DAS macht mich wirklich verzweifelt, als einziges. Nicht der Hund, nicht die Gereiztheit und Lieblosigkeit, sondern das Geld. Daß sie mich anschreit, sie MÜSSE den Job machen, da ich uns beide nicht ernähren könne. Dabei ist es 15 Jahre lang gutgegangen. Und daß sie sagt, sie könne niemals nach Berlin ziehen, weil ich zu wenig verdienen würde. DAS macht mich fertig, sage ich dir. Scheiß Lizzy, da lache ich doch drüber! Daß sie nicht mit mir in der Berliner Wohnung leben könne, weil die nicht ihren Standards entspreche. Und dann sage ich: Barbi, lieber glücklich und verliebt in einer billigen Wohnung als unglücklich und einander hassend in einer teuren! Aber dann kriegt sie einen Jähzornanfall ...«

»Jetzt komm endlich her!«

Das Kuscheln begann. Das ging ja schnell diesmal, so plötzlich. Aber Karline konnte wohl einfach das Barbithema nicht mehr hören. Und auch wenn das Kuscheln bedeutungslos war, die Erinnerung daran hatte sich auch in ihren Körper eingeschrieben, wie Derrida gesagt hätte. Besser gesagt: Wir wußten, wie es geht, und kompliziert war es eh nicht. Viel unkomplizierter als der staatlich anerkannte Geschlechtsverkehr. Man mußte nicht mitten in der Akrobatik diverse Garderobenwechsel vollziehen und dann noch strampeln wie bei der Tour de France, und an der Frau tunen wie der Mann von der Entstörungsstelle und stöhnen und das Gesicht verziehen, als wäre man bei Beate Uhse angestellt – um nur die ersten vier Hauptfunktionen zu nennen. Man schmiegt sich an und küßt. Man hält sich fest und küßt. Man dreht sich gemeinsam um, küßt weiter, immer weiter, und es gibt keinen Handlungsablauf und daher kein Zeitempfinden. Natürlich muß es Musik dazu geben, daher gab es wahrscheinlich das Wort ›Kuschelrock‹. Ich hatte das früher nie verstanden. Klar, die Barbi war besser im Bett, aber wenn der Lizzy da war, gab es bei Karline vergleichsweise mehr zu holen.

Wie viele Stunden vergingen? Keine Ahnung. Es ging immer wieder von vorne los, und Karline hatte schon ein ganz rotes Gesicht, als hätte ich sie andauernd gebissen statt geküßt. Gut, daß sie keinen Freund hatte, der hätte das noch nach Tagen gesehen. Manchmal machten wir uns aus der heißen, weil fast brachial festen Umklammerung frei, weil wir wieder trinken wollten. Vor allem Karline wollte wohl noch viel betrunkener werden. Man faßte sich übrigens so fest an, weil das ein grundlegender Lustfaktor beim Kuscheln war: Man spürte seine Muskeln und die Muskeln des Gegenüber, man erspürte jeden einzelnen Knochen vermittels Druck und Überdruck. In Verbindung mit dem Geknutsche ergab das ein Körpergefühl, das man beim normalen Sex nicht hatte, ein stehendes, intensives, bleibendes Wonnegefühl. Und das Beste kam noch: Man hatte noch nicht einmal gesündigt. Kuscheln zählt nicht als Sex. Ich hatte die Barbi in keiner Weise hintergangen. Bis ich soviel mit Karline gekuschelt hatte wie sie mit dem Lizzy, mußten noch Jahre vergehen! Nein, das war eine gesunde und grundgute Beschäftigung für mich. Natürlich erwuchsen daraus keine Rechte. Das war ja der Witz, deswegen machten es alle. Und weil das so war, waren beim Kuscheln tiefgehende Gespräche verpönt. Man durfte nicht mit belegter Stimme schmachten: ›Liebst du mich?‹ Oder gar: ›Wie stehst du zu mir?‹. Das wäre ja intim gewesen. Deswegen war Karlines Sticheln gegen die Barbi bereits eine Grenzüberschreitung. Ich hatte ja geahnt, daß es diesmal weiter gehen würde.

Karline gab sich plötzlich einen Ruck und sprang aus dem Bett, machte ein paar Bühnen-Rock-Gesten, rief ›Yo!‹, klatschte in die Hände. Nach ein paar tiefen Zügen Absinth begann sie zu philosophieren. Das kannte ich schon: Je betrunkener sie war, desto reiner war der philosophische Diskurs, den zu sprechen sie in der Lage war. Andere konnten die Philosophen nur lernen und wiedergeben; Karline konnte sie sprechen. Sie hatte keine Foucault-Dateien im Kopf, sondern das Programm selbst. Wenn sie soweit war, konnte ich ihr kaum noch folgen.

»Die Menschen denken nicht die Ideen, sondern die Ideen suchen sich die Menschen, die sie tragen müssen. Das ist dem christlichen Standpunkt ganz verwandt, wonach nicht die Menschen Gott suchen, sondern allein Gott die Menschen aussucht und auswählt. Der Unterschied ist freilich, daß die Leute beim Tragen der Ideen trotz allem souverän sind. Sie tragen in sich die Ideen, die in sie hineingepflanzt wurden, und sind dabei dennoch souverän. Der Gläubige ist es nicht.«

Ich verstand das nicht und kam lieber auf die Literatur zu sprechen. Auf Relativismus und Realismus. Ich sagte, Literatur müsse heute endlich wieder ›kraftvoll‹ sein, denn es werde seit zehn Jahren nur noch larmoyant und ratlos geschrieben. Karline erwiderte, sie habe gerade einen Frauenroman gelesen, in dem ein bißchen kaputte Liebe aufloderte:

»Oberster Tabubruch war dann immer, daß die Liebe ganz ohne liebevolles Verhalten auskam beziehungsweise durch Grausamkeiten ersetzt wurde, und da flog dann natürlich auch die Peitsche, und die Handschellen klickten. Und dann war alles vorbei und total im Arsch, und die Freundin der Hauptfigur sagt zu ihr: ›Ich bewundere dich! Weil du wenigstens einmal etwas GEFÜHLT hast!‹«

»Ja, genau diese Art von Geisteshaltung meine ich. Das alles ist unendlich kraftlos.«

»Ich bin für Realismus, und das bedeutet für mich: die Realität ganz genau beschreiben und sich dann von ihr distanzieren. Sybille Berg schreibt so.«

Erstaunlich! Sie kannte Sybille Berg, meine alte Freundin. Ich erzählte von ihr. Karline hörte aufmerksam zu, goß sich wieder das Glas voll. Dann blies sie zum Gipfelsturm. Und zeigte, daß sie nicht nur die Software von Foucault, sondern auch die von Kant und Nietzsche im Kopf hatte. Sie erzählte einfach hinreißend, erklärte eine philosophische These nach der anderen. Jeden Gedankenschritt erklärte sie gleich auf mehreren Ebenen, mal populär, dann akademisch, auch mimisch und theatralisch, gab immer sofort plastische Beispiele, die sie vormachte, nachspielte, in Comicsprache übersetzte oder als Comedy inszenierte. Um die Aufmerksamkeit des Zuhörers niemals zu verlieren, variierte sie die Stimme, wurde laut, rief Hiphop-Kürzel dazwischen, machte O-Stimmen nach, sagte es in verknappendem Sprüche-Englisch, lief hin und her wie Britney Spears und boxte in die Luft. Ich verstand vor allem, daß es in der Geisteswelt einen Kampf zwischen Relativismus und Realismus gab und daß Karline leidenschaftlich für letzteres votierte.

Als die Absinthflaschen leer waren, trank sie Rotwein weiter. Später färbten sich davon ihre Lippen von innen seltsam violett, was reizvoll aussah. Es wurde immer später, Karline immer betrunkener. Manchmal setzte sie sekundenweise ganz aus, schloß die Augen und torkelte gegen die Wände wie ein blinder Nachtfalter. Ich sagte, wir sollten jetzt wieder ins Bett gehen, vielleicht ein bißchen schlafen. Sie sagte: »Nächstes Mal, mon ami.«

Sie wollte ein Taxi, ich bestellte es ihr. Sie stand nun schwankend im Türrahmen, die Haut wieder weiß geworden, weißer denn je und luzide, das Gesicht nach oben in die Deckenlampe gedreht, die Augen geschlossen. Es war, als stünde sie unmittelbar vor einer Ohnmacht. Aber es war wohl einfach ihr nie schwindendes Talent zur Bildwerdung, das sie von der Riefenstahl geerbt haben mußte. Das war zwar unlogisch, aber es drängte sich mir förmlich auf. Ich holte ihre Jacke und führte sie nach unten. Sie war weg und hinterließ mich aufgewühlt und verändert.

14
Großcousine Maria

Daß Onkel Heinz eine Tochter besaß, die Maria Lohmer hieß, hat der Leser wieder vergessen. Aber wenn ich daran erinnere, daß Heinz in Frankfurt lebte und mit seiner Tochter gebrochen hatte, weil sie nicht nur diffus, sondern lesbisch war, wäre vielleicht ein Funken Interesse doch noch geweckt. Lesbisch. Wer ist das schon. Laut Statistik ist jede elfte Frau und jeder siebente Mann homosexuell, im realen Leben jedoch niemand. Jeder hat im Freundeskreis seinen einen Paradeschwulen, und daß der einen Freund hat und eine Szene, ist klar, aber schon der Freund bleibt seltsam unpräsent, und die Szene sieht man nie. Und lesbische Frauen kennt man schon gar nicht. Und nun sogar in der eigenen Familie? Eine Sensation!

Und doch ging der Impuls, mir das genauer anzusehen, keineswegs von mir selbst aus. Onkel Heinz war es, der mich nun schon zum zweiten Mal drängte, mit der ›diffusen‹ Tochter Kontakt aufzunehmen, um eine Verständigung herbeizuführen. Er wollte sich mit ihr versöhnen, auch wenn er es so direkt nicht sagte! Wer konnte dazu schon nein sagen? Doch Heinz Lohmer hatte mich immer wieder gewarnt: Das Mädchen, 24 Jahre alt, sei schwierig. Nicht ihr sexuelles Treiben und seine Empörung darüber habe zum Bruch geführt, sondern ein winziges Fehlverhalten seinerseits: Er hatte ihr vor vielen Jahren ein Schulpraktikum besorgt und der Personalabteilung ihre Telefonnummer mitgeteilt. Das hatte sie ihm nie verziehen. Daß er die Wollust und deren Auslebung unter geschlechtsreifen Frauen ablehnte, wußte sie gar nicht, woher auch. Derlei sagte man nicht mehr im rot-grünen Deutschland. Im Gegenteil. Man freute sich für die diversen Minderheiten im Lande, daß die endlich zu ihren Rechten kamen. Natürlich ging es nicht soweit, daß die eigene Tochter von denen mißbraucht oder umgedreht werden sollte. Das mußte man verstehen. Und ich verstand Onkel Heinz besonders gut. Meine eigene Nichte Hase wurde seit zwei Jahren von einem Albaner gequält, und zwar so entsetzlich, daß meine eigentlich vorhandene große Liebe für das albanische Volk in Frage gestellt wurde. Ich weiß nicht, aus welchem drittklassigen Mafia-Film dieser blonde Mensch entsprungen war, aber Nichte Hase alias Sophie Dannenberg war ihm erlegen. Zu meiner Verteidigung kann ich sagen, daß ich den Balkan immer noch mochte. Aber mit Hase hatte ich keinen Kontakt mehr.

Ich machte mich also auf, meine neue und andere »Nichte« Maria zu suchen, kennenzulernen und aus den Fängen der verbotenen oder irregeführten Liebe zu befreien. Vielleicht war sie ein hübsches Mädchen und hatte etwas Besseres verdient als eine böse alte Kampflesbe, die sie ans Metallbett fesselte und mit Haschisch betäubte. Meine Phantasie malte sich die schlimmsten Dinge aus, und der Höhepunkt war, wie Kanzlerin Merkel und die neue rechtsradikale Regierung mit fünf Hundertschaften Polizei das Viertel stürmte, das ich gerade durchschritt und in dem Maria angeblich lebte. Dieses Viertel hieß Friedrichshain. Aber nicht das Friedrichshain, in dem ich lebte und nette Leute wie der große Holm Friebe und das postalisch zum Prenzlauer Berg gehörte, sondern das andere, das sich an Kreuzberg anlehnte. Dazwischen lagen nicht nur Welten, sondern ein Gebiet von der Ausdehnung (und auch Häßlichkeit) des alten, stillgelegten Ruhrgebietes.

Ich hatte mich in langen Tagesmärschen mit meinem treuen Wartburg Tourist 353 Super bis auf die ersten Straßenzüge herangekämpft. Hier tobte offenbar schon der Häuserkampf. Nun nahm ich die ersten Gebäude, Parks, Litfaßsäulen unter Feuer. Die Häuser fielen sehr dadurch auf, daß sie alle unsaniert waren. Das war erstaunlich in einer Stadt, deren einzige Planungsmaßnahme darin bestand, andauernd alle Häuser zu sanieren – meist mit Steuermitteln – und im Laufe von zwölf Monaten mittels krankhafter Graffitisprüherei wieder zu verhunzen. Es war übrigens immer noch dieser kalte Frühsommer in Berlin, der kälteste seit Jahrzehnten. Man fror sich die Zehen ab. Im Wartburg lief die Standheizung, die der Erstbesitzer, der alte Kommunist Max Gabriel, mit seiner Brigade eingebaut hatte. Klar, daß es nicht warm wurde. Ich schlang eine Tchibo-Fleece-Decke um meine geschwollenen Knie. Im Geheimkasten unter der hinteren Ladefläche, in dem sich auch das Reserverad befand, hatte ich meine Waffe versteckt – für den Fall, daß es bei der Befreiung Marias zu Szenen à la ›Taxi Driver‹ kam. Damals mußte Robert de Niro ganz schön zulangen, um Jodie Foster rauszuholen aus der Szene …

Ich verglich die Hausnummern. Grünberger Straße 73, vierter Hinterhof. Hier mußte es sein. Kein Namensschild, sondern den Typen anrufen, der Telefondienst hatte. So hatte ich es mir aufgeschrieben. Insgesamt sechs Kurznachrichten hatte mich das gekostet. Maria besaß keinen Briefkasten, keine Mailbox, kein Internet und kein Festnetz. Und der Typ, der jeweils Telefondienst hatte, leitete nur die SMS weiter, mit tagelanger Verspätung. Er hieß übrigens Jürgen und war eine Frau.

Oben am Haus, so in Höhe des fünften Stocks, hing ein echtes 68er Spruchband: »KEINE RÄUMUNG! Grünberger 73 bleibt!« Der Hauseingang verriet, wie alt das Haus war, etwa 100 Jahre. Stuck, Jugendstil oder doch eher Neoklassik, ich kannte mich da nicht so aus. Hier mußten einmal richtig anständige Menschen gewohnt haben, natürlich keine Lohmers, die wohnten schon damals im bürgerlichen Charlottenburg. Aber daß heute eine lebende Lohmer hier wohnte, war doch interessant. Tausend Graffitis aus sicherlich hundert Graffiti-Generationen beschmutzten die vermoderten Innenräume. Sie waren gleich dreifach unlesbar und somit verrätselter als jede Mumien-Grabkammer: Einmal konnte man diese Zeichen sowieso nicht lesen, denn es waren Geheimcodes für die Reviermarkierung von Kriminellen. Dann auch deswegen nicht, weil die Zeichen zehnfach übermalt waren mit weiteren, neueren Zeichen. Und drittens, weil es stockdunkel war. Der gute Heinz Lohmer mit seinem Faible fürs Offizierstum und kaiserlich-deutsche Vergangenheit hätte sich mächtig gegruselt. Abgerissene Plakate in ungeheurer Zahl und bröselndes Mauerwerk grundierten den Eindruck, zu dem sich noch 40 verschiedene Briefkästen gesellten, in jeder erdenklichen Höhe angebracht und aus jeder Epoche einer: blechern, schwarzrostig, weiß aus Plastik, wilhelminisch, amerikanisch, aus Holz, aus Marmor und so weiter. Nach dem ersten Hinterhof wurde es einen Tick lichter, und ich konnte einige Plakate entziffern: »Internationalistischer Abend«, »He, ho, let's go – Ramones Party«, »Antifa Konzert«, »Friendy fire brigade dj team«, »WMF Laboratory Instinct«. Im dritten Hinterhof las ich sogar das Kleingedruckte:

»SCHLUSS MIT LUSTIG! Kein Fest mit Rassisten, Sexisten und Nazis! Zwischen dem 10. und 12. Juni finden die Treptower Festtage statt, in denen es aber nicht nur ›festlich‹ zugeht: So wählen Nazis regelmäßig während dieser Festtage das dortige Lokal ›Zenner‹ zu ihrem Domizil, und es kommt zu diskriminierenden Übergriffen gegen MigrantInnen und nichtheterosexuelle Frauen. Auch ein rassistisches, sexistisches und … (unlesbar) … Klima macht sich breit. Insbesondere Frauen und nichtheterosexuelle Menschen sind sexistischen … (unlesbar) … ausgesetzt!«

Was das wohl für eine Kneipe war? Auf welche Realität, auf welches Ereignis sich das Plakat wohl bezog? Es interessierte mich rasend. Gab es Nazis WIRKLICH? Oder wenigstens das Lokal ›Zenner‹? Wie kleideten sich eigentlich ›Sexisten‹? Ich wurde immer gespannter, Maria zu sehen – und plötzlich sah ich sie auch. Sie stand im vierten Hinterhof mit einem Freund und wartete auf mich. Hoffentlich noch nicht lange. Der Freund erwies sich als ebenjener Jürgen, der, na ja, Marias lesbische Freundin eben. Ein eher ängstliches, diffuses Etwas, dem schwer beizukommen war. Ich wollte erst jovial ›Also du bist der Jürgen!‹ sagen und kräftig die Politikerhand ausfahren, ließ es aber, warum, weiß ich nicht. Maria war übrigens ausnehmend hübsch, ganz anders als der von der Natur benachteiligte Jürgen. Ich hätte niemals Maria als ›mißraten‹ bezeichnen können, den Jürgen schon. Dann doch lieber mongoloid. Womit ich absolut nichts gegen Behinderte sagen wollte, ganz im Gegenteil! Ich wollte nun wenigstens meine neue Nichte ›herzlich begrüßen‹, aber in dem Moment drehte sie sich zu ihrer Freundin, um sich von ihr zu verabschieden. Das wurde aber leider kein normaler Abschied, sondern ein ziemlich intimes Geknutsche. Wie im schlechten Hollywoodfilm HÖRTE ich die Küsse. Ich ging ein bißchen näher auf die beiden zu, um mich davon zu überzeugen, daß ich mich nicht irrte. Nicht daß ich denen später was Falsches unterstellte, beim Rapport vor Onkel Heinz. Ja, ich hatte recht. War das jetzt hier eine Demonstration oder was? Ich mußte mich wieder auf meine Rolle besinnen:

»Na, ihr beiden Süßen, nun ist aber genug!« Die andere schlüpfte zurück ins Dunkel wie ein verscheuchtes Tierchen. Maria ging mit mir ins Freie. Als wir auf der Straße standen, sah ich ihr kurz ins Gesicht. Sie sah ihrem Vater ähnlich, deswegen hatte ich sie auch gleich erkannt. Maria war jung, schlank, schalkhaft, ein sympathischer Knabe. Keinen Tag älter als 18. Schnell wie ein Windhund, hart wie Stahl, lustig wie ein Pennäler aus der ›Feuerzangenbowle‹. Das war der Sohn, den sich Heinz immer gewünscht hatte!

Sie hatte natürlich eine Jungenfrisur, trug eine Jeans, schwarze schlichte Turnschuhe und einen dunkelgrauen Anorak. Sie sah proper und äußerst gesund aus, wie ein Kind, das niemals Pickel bekam. Ich mochte sie, aber sie war auch *strange*.

»Soll ich dir ein bißchen von deinem Vater erzählen?«

»Nein, warum denn?«

Ihr Vater interessierte sie angeblich nicht. Es war aber keineswegs ein aggressives Desinteresse, sondern viel weniger als das. Er interessierte sie so, wie mich der Vater von irgendeinem Herrn Müller oder Meier interessiert hätte, also so, als hätte ich mit ihm absolut nie etwas zu tun gehabt. Ich stellte eine ganze Menge Fragen nach dem Vater und der Familie, das war ja klar, es ging ja um den Familienroman. Aber ihre Einstellung dazu war weder gut noch schlecht, sie hatte schlicht keine. In dieser Radikalität mußte das meine Neugier wecken.

»Aber früher hast du deinen Vater doch vergöttert?«

»Nein. Vielleicht, bis ich zwei Jahre alt wurde.«

»Und die übrigen Familienmitglieder?«

»Ich kenne nur meinen Vater und meine Mutter. Aber auch nur als etwas, das eben sein muß. Familie eben. Aber seit ich in die Schule kam, haben mich nur noch die Mitschüler interessiert.«

»Aber du mußt doch deinen Vater geliebt haben.«

»Nö.«

»Aber die Kindheit war doch bestimmt herrlich gewesen für dich, damals!« Schulterzucken.

»An irgend etwas Schönes mußt du dich doch erinnern können!« Sie dachte nach. Minutenlang. Es fiel ihr nichts ein.

»Oder an irgend etwas Negatives wenigstens?«

»Mit fünf wollte ich mir das Leben nehmen und bin aus dem Fenster gesprungen.«

»Und? Querschnittsgelähmt?« Sie lachte. Nein, sie war vom Baum abgefedert worden und holte sich nur Brüche.

»Waren deine Eltern so schlimm?«

»Überhaupt nicht. Weder das eine noch das andere. Ich paßte nur nicht da rein.«

»Sagte später dein Therapeut.«

»Nein, das war das Gefühl, das ich immer gehabt hatte.«

»Schon als Baby?«

»Wie gesagt, ab dem zweiten Lebensjahr.« Schluck! Mein armer Familienroman! Wie sollte ich das in die Genealogie einfügen? Ich sagte:

»Aber du bist doch eine Lohmer! Das muß dir doch etwas bedeutet haben!«

»Nö.« Wir kamen an einer Litfaßsäule vorbei. ›Helft den Inhaftierten von Nyanyama!‹ Das war keine kommerzielle

Werbung. Auf der ganzen Säule prangten nur unkommerzielle Sprüche. Der öffentliche Sektor hatte sich aus dem Viertel völlig zurückgezogen. Hier war seit 20 Jahren kein Geld mehr vom Senat geflossen. Nachts brannten die Laternen nicht mehr, und die Lampen draußen vor den Lokalen, diese Funzeln aus dem Wilden Westen, stammten aus Zeiten, als die Lichtstärke noch von den Petroleumlampen bestimmt wurde. Es war noch nicht richtig dunkel an dem Abend, aber subjektiv war es rabenschwarze Nacht. Was war das hier eigentlich, Afrika? Heruntergekommenes Metropolen-Südamerika? Suburbia-London? Der Osten? Vergessenes Brokdorf-Reich ›Wendland‹?

»Maria, jetzt streng dich mal an. Jeder liebt seine Kindheit. Erzähl doch einfach … nur ein bißchen! In welcher Stadt bist du aufgewachsen?«

»In Kassel.«

»Ah, Kassel, kenn ich, sehr schön! Eine bezaubernde Stadt, und die Gegend reizvoll!«

»Eine Beamtenstadt eben. Wenn man 40 ist und zwei Kinder hat, dann kann man sich da wohl fühlen, aber sonst bestimmt nicht.«

»Du hast dich also wohl gefühlt. Kann ich das schreiben?«

»Nee. Der Vater hat sich wohl gefühlt, ich nicht.«

»Wenn du einmal so alt bist wie ich, wirst du das anders sehen. Selige Kindheit!«

»Nö.«

»Na ja, weißt du, wenn ich ehrlich bin, habe ich auch mit fünf einen Selbstmordversuch verübt. Ich war sogar zwölf Wochen im Krankenhaus danach, die Ärzte hatten mich bereits aufgegeben.«

»Ja, ja.«

Wir kamen an Hunde-Pennern vorbei, vielleicht waren es auch keine Penner, sondern etwas, für das ich keine Worte hatte. Alte Leute mit grauen Haaren, die hinten zusammengeknotet waren, und die ein ganzes Leben lang ›jung‹ gewesen waren und nun Hunde hatten. Die Hunde waren schrecklich, also noch schrecklicher als normale Hunde, falls es eine Steigerung da überhaupt geben konnte. Die FICKTEN nämlich die ganze Zeit. Sonst tun Hunde ja auch schon andauernd ekliges Zeug, aber diese hier kopulierten pausenlos und tollwütig wie gecastete Asoziale in Hardcore-Pornos von Teresa Orlowski. Ich war froh, daß der Lizzy das nicht sah.

Ich fragte Maria scheinheilig, wie sie die Hunde fände. Sie sagte:

»Keine besondere Meinung. Aber ich mag Katzen lieber.«

Junge Leute kamen uns entgegen, alle über 30, manche über 40. Im ganzen Karree diese viel zu alten jungen Leute, und kein einziges Kind. Und kein Polizist nirgends. Seltsame Mischung. Rechtsfreier Raum, aber auch aussterbender Raum. Und: keine Türken! Denen war das hier statusmäßig zu dürftig. Und die übrigen Ausländer waren längst nach Italien, Spanien oder Holland weitergezogen.

»Mann, du bist jung, Maria, aber du lebst hier unter alten Pennern ...«

»Was?«

»Hier gibt es so ... WRACKS. Guck mal der da: dieser 40jährige Soldat mit dem Wehrsport-Drill und dem gescheckten Hund!«

»Na und?«

Dieser Mann und sein alter Hund waren wirklich erschütternd. Beide waren sicher seit 20 Jahren ein Paar. Sie sahen sich so ähnlich. Das Fell des Köters hatte die Farbe eines Bundeswehr-Zeltes, also diese scheckige Tarnfarbe, und ebendiese Musterung hatten auch die ollen Military-Klamotten vom Chef. Dazu trug er eine Base Cap der US Army und Springerstiefel aus NPD-Beständen. Er war auch nicht 40, sondern mindestens 45 Jahre alt, denn sein Bart war schon grau und sein Blick trübe. Dieses Wrack hatte vielleicht nie gearbeitet, war nie Teil der Gesellschaft gewesen. Ich erklärte es Maria. Aber es interessierte sie nicht, sie hörte kaum zu, und ich mußte das Thema wechseln.

»Was willst du mal werden?« Schulterzucken. Kein Plan. Verlegenes Lachen. Dann doch etwas:

»Ich werde Hartz-IV-Empfänger.« Was machte sie jetzt? Sie studierte. Oh, und was? Literaturwissenschaft. Na prima, geht doch. Und welche Themen? Frauenliteratur des 17. Jahrhunderts. Ich war platt. Das war ja superspezialisiert, damit wurde sie doch mindestens Dozentin:

»Großartig. Was sind deine Nebenfächer?«

»Kulturwissenschaften, Lateinamerikanistik, Early Modern English und Theaterbühnenbild.«

»Super.«

»Geht so. Wenn das Bafög gekürzt wird, stehst du blöd da.«

»Mein Gott, du kriegst Bafög! Und Heinz schickt dir jeden Monatsersten den fetten Scheck dazu. Und du kannst Frauenliteratur des 16. Jahrhunderts studieren. Wahnsinn. Du bist sicher sehr glücklich, oder?«

»Des 17. Jahrhunderts. Und Heinz zickt schon rum, daß ich fertig werden soll.«

»Na ja, du bist 26, stimmt's? Und im 17. Semester ungefähr?«

»Fünfzehn.«

»Hey, du bist doch sicher nicht blöd. Warum solltest du Hartz-IV-Empfängerin werden?«

»Warum nicht?«

»Weil Hartz IV von der Merkel abgeschafft wird. Was liest du gerade?«

»Foucault.« Schon wieder. Wie die Karline. Bei der hatte mich das Wort beflügelt. Vielleicht auch jetzt?

»Foucault! Was denn da?«

»›Überwachen und Strafen‹.«

»Geil. Was kennst du noch von ihm?«

»Alles. ›Die Ordnung der Dinge‹. ›Sexualität und Wahrheit‹. ›Die Ordnung des Diskurses‹ …«

»Dann bist du eine Foucault-Schülerin.«

»Bis jetzt, ja.«

»Du, hör mal, du kannst auch mich etwas fragen. Ich meine, wenn es dir zu blöd wird, ausgefragt zu werden.«

»Nö.«

»Willst du nichts über mich wissen?«

»Nö.«

»Du willst doch sicher alles über meinen Bruder und seine eklige Scheidung erfahren? Und den üblen Rosenkrieg um das Sorgerecht seiner Kinder? Das interessiert dich doch brennend! Du traust dich nur nicht, zu fragen!«

Ich hatte ›ironisch‹ gesprochen, aber sie reagierte kaum. Ich mußte bei Foucault bleiben. Und ich durfte nicht vergessen, daß ich sie mit ihrem Vater versöhnen mußte. Schwierig, schwierig. Ich bog erst mal in ein Lokal ein. Es war das ›Bristol‹, eine beliebte Kneipe von ehemaligen ›taz‹-Autoren.

Ich fühlte mich schon wieder wie im Westernfilm. Alles dunkel, ein Klavier klimperte irgendwo, der Wirt gab kauzigen Gestalten Whisky aus. Wir setzten uns, auf unserem schweren, viereckigen dunkelbraun gebeizten Holztisch flackerte eine weiße Haushaltskerze. Zu Ehren des neuen Gastes wurde eine Platte aufgelegt. Es klang wie ›Ton, Steine, Scherben‹ auf Englisch. Später spielten sie wirklich deutsche Musik, und die klang wie Bernd Begemann in den 80er Jahren, war aber von 2005 und hieß ›Kettcar‹. Ich hörte ein bißchen hin, weil Maria nichts sagte und die Suppe nicht kam. Prompt verfiel ich in Konversation:

»Wie kann man es künstlerisch nur durchhalten, eine ganze CD zu bespielen und dabei nicht die allerkleinste eigene musikalische oder inhaltliche Idee unterzubringen?«

»So?«

»Ja, es ist Ton für Ton, Idee für Idee, die Musik der Eltern, aber hergestellt dieses Jahr.«

»Das interessiert mich nicht.«

»Das Populäre geht an dir vorbei, stimmt's?«

»Würde ich so nicht sagen. Ich lade mir auch die Songs aus dem Internet herunter, beispielsweise.«

»Aber beim MTV-Gucken würde man dich doch sicher nie erwischen.«

»Seit zehn Jahren nicht mehr, nein. Ich habe aber auch nichts dagegen.«

»Es ist nur nicht deine Welt.«

»Nein.«

»Du bist mehr für Foucault.«

»Ja.«

»Was liest du gerade?«

»›Midnight Children‹ von Salman Rushdie, ›White Teeth‹ von Sadie Smith, ›Maria Stuart‹ von Schiller und diverse mexikanische Schriftstellerinnen aus dem 17. Jahrhundert, die dir im einzelnen wahrscheinlich nichts sagen werden.«

Tja. Das war der Knockout. Sie war klüger als ich. Ich war der doofe Onkel, der doofe onkelhafte Fragen gestellt hatte und spießige Vorstellungen von Sexualität und Rollenvorgaben im Kopf hatte. Der zu langweilig war, um es noch länger als eine Viertelstunde mit ihm auszuhalten. Als die Suppe kam, löffelte ich sie hastig in mich hinein.

»Wie steht's mit Shakespeare?« fragte ich mechanisch.

»Macbeth und Hamlet, der Rest so lala.«

»Auch englische Bücher unterm Bett, ich meine, zur Zeit?«

»›The virgin suicides‹, ist sehr gut, und ›Middlesex‹.«

Ich glaube, sie hatte gerade gegähnt. Trotzdem! Wie konnte sie, die Foucault-Schülerin, politisch so desinteressiert sein? Oder war sie es gar nicht?

»Was sagst du zum Regierungswechsel?«

»Was?«

»Zum Regierungswechsel!«

»Welcher Regierungswechsel denn?«

»Na, Schröder geht und Merkel kommt!«

»Welcher Schröder denn?«

»Gerhard Schröder. Er war einmal UNSER BUNDESKANZLER.«

»Ach so. Das interessiert mich nicht so sehr.« Ich schnaufte. Am Nebentisch saßen zwei ›Frauen‹, rauchten, schauten sich unendlich ernst in die Augen und führten sicherlich ein ›Frauengespräch‹. Dann sagte ich konziliant:

»Wahrscheinlich denkst du, daß zwischen SPD und CDU kein Unterschied ist?«

Sie verdrehte die Augen. Natürlich dachte sie das. Wollte ich etwa wirklich solche Platitüden noch mal hören? Ich aß schneller weiter, verkniff mir die Bemerkung, daß zwischen den beiden Lagern ein kultureller Unterschied sei, den ich im Hinblick auf mein eigenes Leben für konstituierend hielt. Das wurde schwer mit der Versöhnung! Tapfer machte ich weiter.

»Gibt es gar keinen Politiker, den du magst?«

»Nö.«

»Gregor Gysi?«

Sie ließ den Löffel laut klatschend in die Terrine fallen. Ich mußte schnellstens zu Foucault zurückrudern. Sie sah offenbar nicht nur so aus wie ihr verhaßter Vater, sondern teilte mit ihm auch dessen antidemokratischen, antiparlamentarischen Reflexe.

»Foucault war ein Gegner des Faschismus, oder?«

»Quatsch. Er war ein Gegner des Nationalstaates, also der Ausgrenzung einzelner, territorial verorteter Individuen, die aufgrund diverser ...«

Sie donnerte ein paar Definitionen herunter. Vielleicht wollte sie mir nur andeuten, was auf mich zukam, wenn ich das Treffen nicht bald beendete. Aber ich war doch kein Depp! Ich war immer noch Johannes Lohmer, staatlich anerkannter Erfinder der deutschen Popliteratur! Ich sagte:

»Er war ein Gegner des Nationalstaats, aber noch mehr ein Gegner des Faschismus.«

»Der Faschismus unterscheidet sich in foucaultschen Kategorien in nichts vom Prinzip des Nationalstaates.«

»Von mir aus. Jedenfalls wäre demnach zwischen heute und den Zeiten von Elias und Maria Lohmer kein Unterschied? Du würdest dich nicht anders fühlen, wenn du deine Ururgroßmutter wärst?«

»Na, ich hätte ja ganz andere Erlebnisse und Erfahrungen ...«

»Im foucaultschen Sinne nicht!«

»Ja, so gesehen nicht.«

Ich lehnte mich zufrieden zurück, wie ein Verteidiger im

Gerichtssaal, der einen Punkt gemacht hat. Aber die Freude währte nur kurz. Immerhin, sie hatte mir tatsächlich recht gegeben. Nun stand sie auf:

»Ich glaube, ich muß jetzt los.«

»Soll ich dich irgendwohin fahren?«

»Ich fahre mit dem Rad.«

Sie fuhr immer mit dem Rad. Grundsätzlich. Wie alle in der Gegend. Und sie besaß so ein brutales Mountainbike, das gleich demonstrierte, daß es um mehr ging als um Fortbewegung. Autofahrer waren Gegner, sie sollten es nicht leicht haben mit Menschen, die sich fundamentalistisch und militant fürs Radfahren entschieden hatten.

Das Rad stand im Hinterhof eines besetzten Hauses. Dort verabschiedeten wir uns. Maria zog die obligatorische Base Cap auf und schnallte ihren obligatorischen Rucksack auf den Rücken. Alle in der Gegend hatten diese Kampfmontur: Base Cap, Rucksack, Army Outfit, Mountainbike, grimmige Miene, maskulines Gehabe.

Trotzdem trat ich einen Schritt auf sie zu, umarmte sie zur Hälfte und sagte:

»Tschüß, Kleine!« Schock! Sie sprang förmlich einen Schritt zurück, verzog das Gesicht, und zwar hemmungslos und unhöflich, und sagte auch noch:

»Häää?! Was soll DAS jetzt?!« Sie verpatzte doch tatsächlich unseren Abschied! So wenig war ihr das alles wert, daß sie noch nicht einmal bereit war, für eine einzige Abschiedssekunde lang gute Miene zum guten Spiel zu machen. Sie reagierte so heftig und gnadenlos, daß ich auch keine Möglichkeit mehr hatte, die Situation noch mal zu retten. Nein, sie schwang sich aufs brutale Rad und entfernte sich wütend vom Schauplatz. Nicht schnell, aber zu schnell für mich. In wenigen Sekunden war sie auf der Straße und für immer verloren. Erschüttert folgte ich ihr, krabbelte nach draußen, über umgestürzte Möbel, die man wohl aus dem Fenster geworfen hatte. Mein Auto stand noch da, wenigstens das, aber auf der Motorhaube saßen zwei junge Männer, also wieder solche alten jungen Männer um die 40, die sich anfaßten. Ich geriet in Panik. Mein geliebter Wartburg! Ich trat das Gas durch und raste davon.

Ich fuhr über viele rote Ampeln und durch mehrere Stadtviertel und beruhigte mich trotzdem nicht. DAS also war übriggeblieben von dem wilhelminischen Fake-Bewußtsein meines Onkels oder Großonkels Heinz Lohmer, und zwar innerhalb EINER Generation: nichts, nichts, gar nichts! Jeder Marsbewohner, ja jedes australische Känguruh hatte eine größere Schnittmenge mit ihm als diese, in der Post-Post-Moderne atomisierte Tochter. Blutsverwandt, namensgleich, unter seiner Obhut aufgewachsen? Vergiß es! Eher würde Maria mit fanatisierten Moslems gemeinsame Sache machen als mit ihrem Vater. Ich konnte mir bildhaft vorstellen, wie sie in Abu Dhabi die dänische oder sogar deutsche Botschaft anzündete, verschleiert natürlich, die Visual-Key-Klamotten brav verhüllt. Aber ich konnte mir nicht vorstellen, wie sie ihren Paps an dessen Geburtstag anrief.

Offenbar brauchte ich diese Packung. Denn obwohl ich es schon vorher hätte wissen können, hatte ich ernsthaft versucht, Vater und Tochter zusammenzuführen. Aber Familienromane waren einfach eine Idee, die nicht stimmte. So war die Realität in Deutschland. Die Millionen Familienromane, die gerade geschrieben wurden, logen sich völlig willkürlich liebgewordene Bilder vom Zusammenhalt der Familie zusammen. Da wurde es immer rührend, zwischen Hungersnot und Größenwahn, und Gefühle rauchten aus Ruinen. Nix da. Es war alles nur Phantasie.

Und auch das Mädchen zündete nichts an, die tat GAR NICHTS, diese junge Untote.

15 Tote Väter

Im Laufe der letzten Tage hatte die Medientante vom WDR immer wieder angerufen. Mein Gefühl bei der Sache war sehr schlecht. Ich spürte, die planten eine Krawallsendung à la ›Alte, gebt den Löffel ab!‹, eine Kampf-Situation alt gegen jung, wobei die Pubertätsdifferenz früherer Generationen nachinszeniert wurde. Für diese Wirklichkeitsverdrehung konnten sie natürlich nicht meine Homies gebrauchen, was ich der Medientante vorgeschlagen hatte. Deshalb casteten sie eigene, »geeignete« Jugendliche. Sie fanden aber keine. Im ganzen Land gab es keine rebellischen Rotzlöffel mehr, die gegen ›den selbsternannten Jugendforscher‹ (gemeint war ich) anstänkern wollten, nicht einmal solche, die diese Pose auch nur SPIELEN wollten. Und auch ich hatte darauf natürlich keine Lust. Ein ums andere Mal rief die Medientante an und sagte, sie hätten immer noch keine, aber sie würden die Sendung trotzdem machen wollen. Irgendwann nahm ich nicht mehr ab, wenn ich ihre Nummer auf dem Display erkannte. Daraufhin wurde mein Lektor eingeschaltet. Er beschwor mich nun, diese Chance nicht ungenutzt zu lassen:

»Junge, das ist FERNSEHEN, noch dazu der WDR, da gukken Millionen zu, das sind Zehntausende von verkauften extra! Da MUSST du hin!«

»Ich mag aber nicht.«

»Der Herr MAG NICHT! Als ob man immer mögen müßte! Haben wir vielleicht GEMOCHT, als wir vor Jahren die Schuhrechnungen von der Barbi bezahlt haben?«

194

»Nein, ich weiß. Das war sehr nett vom Verlag.«

»Oder als ich den Trenchcoat von der Reinigung damals geholt habe? Oder als du mit dem Trabant liegengeblieben bist, im Stadtteil Wedding?!«

»Ja, stimmt … das war eine blöde Situation. Danke nochmals.«

»Wer hat da im Osten rumtelefoniert? Die hatten doch nirgends diese Zündkerzen, diese … Wartburgzündkerzen! Oder wer hat dir geholfen, als dir das Handyguthaben ausging, mitten in Johannesburg?«

»Ist ja gut! Ich gehe ja zum Fernsehen, wenn der Verleger das will.«

»Der Verleger? ALLE im Verlag wollen das! Frank Schätzing ist von zwei auf drei gefallen diesen Montag, wir brauchen den Erfolg. Da hängen doch auch Familien dran.«

»Schätzing ist seit über einem Jahr oben. Da kann ich doch gar nicht mithalten mit meinem Roman.«

»Frank hat auch von Anfang an Fernsehen gemacht.«

»Stimmt.«

»Und wir haben übrigens auch das SPIEGEL-Abo für dich und die Barbi bezahlt, das hast du bloß wieder vergessen. Weil es schon etwas her ist.«

»Nein, das habe ich nicht vergessen!«

Es war in den harten 90ern gewesen. Das SPIEGEL-Abo war das einzige, was ich damals zu lesen gehabt hatte. Nicht einmal die Bildzeitung hatte ich mir in der Zeit leisten können. Der junge Nico van der Huelsen-Donck, damals noch Praktikant bei der Fahrbereitschaft, knatterte mit dem alten Mofa vom Chef herum, quer durch die ganze Stadt von Marienburg bis zum Brüsseler Platz, um mir die 27 Mark zu überbringen. Nein, ich hatte es nicht vergessen.

Und so fuhr ich nach Köln und setzte mich vor den WDR in ein Straßencafé, in dem die Medientante mich abholte. Ich war etwas zu früh und sah mir die Menschen an. Ich war kein bißchen ängstlich. Lampenfieber kannte ich grundsätzlich nicht, genausowenig übrigens wie Schreibangst. Ich war manchmal nur etwas autistisch. Um das zu bekämpfen, sah ich allen Leuten, die vorübergingen, ins Gesicht. Dann steigerte ich das, indem ich sie anlächelte. Es war ein guter Trick, wieder normal zu werden; ich hatte ihn vor fünf Jahren von Nichte Hase gelernt. Der Trick half offenbar nicht gegen die harte Hand des Albaners, dem sie inzwischen verfallen war, aber mir half er über die Sendung.

Ich überdachte noch einmal die Lage und entwickelte rasch die Kriegsstrategie: Wenn ich recht behalten wollte vor Millionen Zuschauern mit meiner These vom Ende der Pubertät und der Verehrung, die die brave Jugend gegenüber den Alten an den Tag legte, dann mußte ich die Versuche der Sendeleitung, die jungen Mit-Talker gegen mich aufzuhetzen, heimlich unterlaufen. Indem ich mich mit ihnen bereits vor der Sendung anfreundete. Das wurde mein Plan.

Die Medientante brachte mich zu den VIP-Räumen neben dem Aufnahmestudio, und dort traf ich auf meine jugendlichen Gegner. Ich kannte vom Sehen nur einen davon, nämlich Marek Dutschke, und den nur, weil er wie sein Vater Rudi Dutschke aussah. Eine VIVA-Moderatorin war dabei, die hätte ich kennen können, weil sie, selbst für eine VIVA-Moderatorin, extrem gut aussah. Ich hatte ja einmal für VIVA die Moderatorentexte geschrieben, gleich zu Anfang im Gründungsjahr, aber da waren die heutigen Moderatoren noch in der Grundschule gewesen. Dann die Tochter von Christian Kohlund. Ich wußte nicht, wer Christian Kohlund gewesen war, aber die WDR-Betreuer tuschelten herum und taten so, als sei das irgendwas Großes. Eine Betreuerin ließ sich – kein Witz – zu der Äußerung hinreißen, sie kenne Rudi Dutschke nicht, aber es könne ja nicht jeder so prominent sein wie die Tochter von Christian Kohlund. Dann war da noch der Sohn von irgendwem, ich glaube diesem Bischof, oder, das ging ja nur bei Evangelischen, dem EKD-Ratspräsidenten. Talkgäste mußten Promi-Status haben, notfalls geliehen von den Eltern, anders war eine Sendung nicht zu machen, die Quote bringen sollte. Ich schüttelte der VIVA-Moderatorin übertrieben herzlich die Hand und erzählte ihr sofort, daß ich der erste VIVA-Textchef gewesen sei. Sie reagierte zurückhaltend, was aber einzig mit ihrer geradezu übertriebenen Schönheit zu tun hatte, plus Bekanntheitsgrad und Jugend, sprich: mit dem Zuviel an Nachfrage nach ihrer armen kleinen Person. Wenn nun auch noch ich, eine Art Super-Gorny, wie ein Fan auftrat, mochte sie das freuen; zeigen konnte sie es nicht mehr.

Aber ich setzte meine Lächel-Offensive fort. Marek Dutschke begrüßte ich mit ausgestreckter Hand und dem sogar spontanen Zuruf:

»Hallo Alter!«

»Hallo Junger!« revanchierte er sich.

Seine Betreuerin hatte einen Artikel über ihn in der Hand, der gerade in einem großen Hamburger Nachrichtenmagazin erschienen war. Ich nahm ihn an mich und informierte mich. Dutschke war demnach erst Mitte 20 und kandidierte für die Grünen für den Deutschen Bundestag. Ich sagte ihm, ich hätte auch einen Artikel für ihn, und gab ihm meinen ›taz‹-Artikel ›Was kommt nach Rot-Grün?‹, den ich zufällig bei mir führte. Dann sagte ich, ich sei ein Hardcore-Schröder-Mann und würde nicht an Neuwahlen glauben. Es sei alles ein grandioser, meisterhafter Plan, die SPD in die große Koalition zu führen. Er hörte listig zu, und er gefiel mir. Für mich war es Rudi Dutschke selbst. Wie gesagt, er sah genauso aus, und vor allem: Er kleidete sich sogar so. Die tiefschwarzen Haare klebten ihm schmierig und wild am Kopf, die Naßrasur hatte vor ziemlich langer Zeit stattgefunden und seinen Bartwuchs nicht stoppen können. Er bleckte die Zähne und ging mit schnarrender Stimme zum Gegenangriff über. Verdammt, sie hatten genau den Richtigen gegen mich gefunden, einen Dutschke-Klon! Fehlten nur noch die Söhne von Teufel, Langhans und Cohn-Bendit. Andererseits hatte ich gerade mit diesem Menschentyp die längsten und besten Erfahrungen. Mein Neffe Elias war ja so ein Langhanskind. Und so dauerte es nur Minuten, bis auch Marek Dutschke mich mochte. Erst sagte er:

»Ein Schröder-Mann?! Dann sind wir Gegner!«

Ich erklärte, mir sei unser Herr Bundeskanzler vor allem menschlich sympathisch, da er ohne Vater aufgewachsen sei und trotz oder gerade wegen dieses Handicaps ein aktiver und engagierter Mitbürger und Kämpfer für die Demokratie geworden sei. Dutschke hörte mit offenem Mund zu. Seine Schultern sanken etwas ein, der stechende Blick wurde eher melancholisch. Er schluckte und sagte:

»Ja, dafür mag ich ihn auch. Er ist ein guter Typ, das gebe ich zu.«

Wir diskutierten wieder über Neuwahlen. Ich glaubte immer noch fest daran, daß es keine geben würde. Aber Marek war besser informiert als ich. Ich fand plötzlich meine eigenen Gedanken etwas unprofessionell: Demnach war Schröder schon seit Mitte März auf eine große Koalition aus, nämlich als ihm klar wurde, daß Hartz IV der Flop des Jahrhunderts werden würde. Die Landtagswahl, machtpolitisch völlig einflußlos, sollte zum Vorwand werden. Danach sollte das rot-grüne Bündnis, das vollkommen intakt war, künstlich zerstört und diskreditiert werden – damit als einzige Koalitionspartner die Schwarzen ins Blickfeld der Sozis gerieten. Und schließlich wollte Schröder noch vier Wochen lang ›verbrannte Erde‹ spielen, damit die SPD bei Meinungsumfragen auf unter 20 Prozent rutschte. Für die SPD-Abgeordneten bedeutete das, daß sie bei Neuwahlen mehrheitlich ihren Job verlieren würden. Somit gaben sie dem Kanzler bei der Vertrauensfrage eine Mehrheit, so daß Neuwahlen nicht mehr möglich waren, ein rot-grünes Bündnis aber auch nicht mehr. Schröder trat zurück, und die Partei bildete eine große Koalition unter der Merkelschen Kanzlerschaft. Marek hörte sich das alles an, mochte an soviel Strategie aber nicht glauben. Außerdem konnte er nur durch die jetzigen und schnellen Neuwahlen putschartig in den Bundestag einziehen. Er kämpfte schon deswegen für die andere Lesart der Ereignisse …

Wir gingen zwischen Studio, VIP-Räumen und Catering-Fluren hin und her, mehr oder weniger aufgeregt. Ich fand diesen Menschen ziemlich ungewöhnlich. Er war zum Beispiel völlig humorlos und trotzdem unbeirrbar freundlich. Er war das, was ich früher ›Inhaltist‹ genannt hatte. Einer, dem es tatsächlich um die (politische) Sache ging. Es hätte mich nicht gewundert, wenn er ein Megaphon in seiner Aktentasche gehabt hätte, neben der Butterbrot-Stulle von Gretchen und der Flasche Malzbier. Wir gingen eine Wette ein: Wenn es Neuwahlen gäbe, würde ich über ihn in der ›taz‹ schreiben. Gab es keine, schrieb er über mich im SPIEGEL.

Ich durfte nicht vergessen, auch die anderen ›Gegner‹ zu umgarnen und für mich einzunehmen. Da war dieser Sohn vom Kardinal Meißner, ein echter kölsche Jong, also Kölner Junge. War er nun doch Katholik? Der WDR hatte ihn in der Programmvorschau als Leiter des Malteserjugendbundes annonciert. Was war das doch gleich, der ›Malteserbund‹? Jedenfalls nichts Evangelisches, sonst hätte ich, der eingefleischte Lutheraner, davon gehört. Der Junge war erst 20 Jahre alt und sonnigen Gemüts. Ich sprach ihn gleich auf unseren herrlichen neuen Papst an:

»Ach, du bist Kölner? Freust dich schon auf den Weltjugendtag hier? Ich freu mich jedenfalls TOTAL drauf. Ich finde es so dämlich, was gegen den neuen Papst zu haben. Der ist doch phantastisch, der neue Papst!«

Ich hatte den Ton nicht VÖLLIG genau getroffen. Selbstverständlich war der junge Mann KEIN Papst-Fan, denn das wäre ja gesamtgesellschaftlich nicht konsensual gewesen. Er vertrat natürlich das, was alle dachten: Nichts gegen den neuen Papst, aber auch kein Jubel, denn man müsse schon genau hinsehen, was für altmodische Ansichten der vertrete, und da sei er, der junge Malteserfürst, durchaus kritisch. Gähn!

Ich machte mich an die Tochter des bedeutungslosen TV-Stars ›Christian Kohlund‹ heran. Aber ich merkte gleich, daß sie das klassische Opfer war: die Tochter von irgendwem. Sie litt darunter und zählte die Sekunden, bis die Sendung vorbei war, wahrscheinlich mußte sie zusagen, weil ihr Vater der Moderatorin einen Gefallen schuldete. Die Moderatorin hieß Bettina Böttinger und war über zwei Meter groß. Nun fing die Sendung bald an. Dummerweise kam ich wieder mit Marek Dutschke ins Gespräch, wir vergaßen die Zeit, und danach wollte ich noch einen Waschraum aufsuchen. Ich legte mein Jackett auf das Waschbecken und betrachtete die seltsame Klobrille, wobei ich leider wieder an den unseligen Witz von Harald Schmidt über Bettina Böttinger denken mußte, was vielleicht die Ursache dafür war, daß ich nicht merkte, wie mein Jackett ins Waschbecken rutschte und vollkommen durchnäßte. Ich riß es unter dem Wasserstrahl hervor, zu spät. Ich war bereits verkabelt und das komplizierte Sendergerät mit Mikro nun zerstört. Ich putzte wie wild an dem Jackett herum. Es wurde einfach nicht mehr trocken. Ich hörte Schläge an der Tür. Man suchte mich, die Live-Sendung hatte begonnen.

Ziemlich verschwitzt und glänzend fiel ich in den Stuhl und wurde sofort gefragt, welches Sternzeichen ich sei.

»Äh, ich weiß es nicht. Das heißt, ich glaube, es heißt ›Affe‹. Also im chinesischen Sternzeichensystem.«

»Sie müssen doch wissen, wann Sie geboren sind!«

»Ja, stimmt, so kann man es rauskriegen! Das habe ich auch schon gehört. Das mache ich mal!«

Die Moderatorin schüttelte den Kopf, wollte mein Alter wissen. »47.«

»Kinder?«

»Keine eigenen.«

Dann ging es los. Ich sei der letzte lebende Teenager, der größte Spezialist für Jugendfragen. Ich lächelte gequält. Die nächste Frage:

»Können Sie sich an ihren ersten Kuß erinnern?«

»Ja, auf einer Matratzenparty in Hamburg.«

Alles johlte, ich verstand nicht warum.

»Wie tickt denn so die Jugend, Herr Lohmer?«

Ich haßte Dementis, weil sie a priori langweilig waren, aber diesmal blieb mir nichts anderes übrig: Ich würde nur die fünf Homies kennen, die in meinem Jugendroman die Hauptfiguren seien. Ich selbst hätte nie eine Jugend gehabt, deswegen sei diese Welt für mich so neu und aufregend gewesen. Aber inzwischen schriebe ich einen anderen Roman, und da kämen nur tote Verwandte und alte Leute vor.

Die Moderatorin las nun diverse Textstellen aus meinem Jugendbuch vor, die das, was ich gerade gesagt hatte, komplett widerlegten. Und wirklich: In dem Buch hatte ich vereinzelt auch über meine eigene Jugend geschrieben, da der Verlag das von mir verlangt hatte. ›Mensch, Johannes, du bist als Autor sonst nicht glaubwürdig‹, hatte der Verleger mich beschworen, beim zehnten Kölsch, und ich hatte ja gesagt. Aber natürlich direkt nach der Niederschrift wieder wohlig verdrängt. Nun kamen sie wieder hoch, die Exzesse auf schmuddeligen Matratzen in dunklen Gemeindekellern. Ich sagte:

»Tut mir leid, gnädige Frau, wir waren halt alle mal jung.«

»Aber die HEUTIGE Jugend ist es doch angeblich nicht, Herr Lohmer?! Das schreiben Sie doch!«

»Ja, ich bitte um Entschuldigung. Ich schreibe soviel Mist manchmal, das vergesse ich am nächsten Tag wieder.«

Sie las weitere obszöne Stellen vor, diesmal solche, die von den diversen Co-Lektoren stammten.

»Pardon, diese beiden Stellen sind nicht von mir.«

Sie hielt das Buch hoch, die Kamera fuhr drauf zu.

»Es steht hier aber!!«

»Na klar, die Lektoren haben das da reingeschrieben …«

Die Leute lachten. Das war immer gut. Wer die Lacher auf seiner Seite hatte, konnte das Heft in die Hand nehmen. Das brachte mich zurück in die Offensive, die eigentlich meine Strategie war. Alle Logik ignorierend, erklärte ich:

»Wie Sie schon sagen, gibt es die Jugend nicht mehr. Also als kulturelles Phänomen. Die jungen Leute unterscheiden sich in nichts von ihren Eltern. Wir werden das gleich sehen, wenn wir die netten jungen Menschen hier zu Wort kommen lassen!«

Die Böttinger sah das als Wink, daß sie schon zu lange bei mir verweilt hatte. Dankbar wandte sie sich ab und fragte Marek Dutschke, was dieser von seinem Vater hielte. Der war natürlich ganz Feuer und Flamme für seinen Dad. Ich freute mich. Die Moderatorin wollte wohl auch mal was ›Kritisches‹ einflechten und fragte den Bundestagskandidaten, ob die Grünen heutzutage nicht ebenso korrupt seien wie alle anderen Politiker, die ja mit Monatsgehältern von 17 000 Euro plus Aufwandsentschädigungen, Spesen und Sondervergütungen dick und fett würden, wie man an Joschka Fischer sehen könne. Ich unterbrach die wenig originelle Suada vorzeitig mit harschen Worten, indem ich Marek zu Hilfe kam:

»Die Grünen stiften den größten Teil ihrer Bezüge wohltätigen Zwecken, zum Beispiel helfen sie den Gefangenen von Nyanyama. Das steht so in den Satzungen, daß sie sich nur das normale Gehalt eines Durchschnittsverdieners gönnen und den Rest spenden. Das sollten Sie eigentlich wissen, Frau Böttinger!«

»Und Joschka nimmt auch wieder ab gerade«, fügte Marek kleinlaut hinzu. Ich hatte ihn nun auf meiner Seite. Aber was war mit dieser unglücklichen Kohlund-Tochter?

Sie nahm mir meine Sorgen schnell ab. Natürlich wurde sie als erstes auf ihren Dad angesprochen und antwortete das übliche angepaßte Zeug. Sie mochte ihren Dad, und sie mochte ihre Mom, und auch wenn die Medien manchmal Sachen berichteten, über die niemand in der Familie recht glücklich sei, weil die Medien eben die Medien seien und Dinge manchmal nicht so hundertprozentig darstellten, wie sie vielleicht in Wirklichkeit seien, so sei es doch so, daß sie ein gutes Verhältnis zu ihrem Vater habe und ebenfalls sich ganz toll mit ihrer Mutter verstehe, und auch wenn vielleicht hier und da einmal … so sei am Ende doch … und insgesamt und überhaupt … und in jeder Familie gebe es einmal … aber so sei es eben, und das sei auch gut so.

Alle waren eingeschlafen. Nun kam noch der Malteser an die Reihe und dann noch mal Dutschke, der lauter liebe Dinge über seine Eltern ausplauderte. Der Malteser selbstredend ebenso. Ich sagte:

»Frau Moderatorin, wollen Sie die Sendung wirklich so weiterlaufen lassen? Wir sitzen hier seit 35 Minuten, und noch immer ist kein einziges Wort gefallen, auf das die Eltern dieser jungen Leute nicht stolz sein könnten. Und das wäre auch nach weiteren zehn Stunden so. Das ist dem Zuschauer nicht zuzumuten.«

Ich seufzte und fiel zurück in den Sessel.

»Wir als die beiden Senioren hier unter soviel Jugend und Schönheit werden doch nicht vorschreiben wollen, was die junge Generation auf dem Herzen hat, mein lieber Herr Lohmer ...«

»Doch, meine liebe Frau, äh ... Böttinger. Ich meine, Sie sind doch eine seriöse, erfahrene, niveauvolle Moderatorin, Sie müssen doch aus dieser Sendung etwas machen! Bisher höre ich nur, daß alle ihre Eltern liebhaben.«

»Aber das muß Sie doch irritieren, wo Sie schreiben, daß es Eltern gar nicht mehr gibt, sondern nur noch alleinerziehende Mütter.«

»Ja, wie hier in der Runde. Keiner hat einen Vater.«

»Der Junge vom Malteserhilfsbund kommt aus einer intakten Familie, einer SEHR intakten sogar!«

»Ja, das sind die Malteser-Familien.«

Es wurde gelacht. Jeder wußte, daß Malteser-Familien so repräsentativ waren wie Familien im hinteren China.

Dann zeigte die Talk-Lady mit dem Finger auf das arme Mädchen, das als Vater wenigstens diesen Kohlund hatte. Ich kam ihr zuvor:

»Einen Vater hat jeder. Aber selbst Fräulein Kohlund hat doch eben angedeutet, daß ihr nicht ALLES hundertprozentig gefallen hat, jedenfalls manchmal, was die Bildzeitung über die schmutzige Scheidung ihrer Eltern jahrelang berichtete und immer noch berichtet.«

Die Kleine schniefte zustimmend. Ich griff wieder die Moderatorin an. Wie sie es nur mit ihrer Berufsehre vereinbaren könne, sechzig Minuten lang Friede, Freude, Eierkuchen zu inszenieren.

»Inszenieren?! Ich inszeniere hier gar nichts, das IST doch alles so!«

»Und genau das schreibe ich in meinem Jugendroman. Deswegen ist er ein Bestseller geworden. Und natürlich weil es so billig ist. Für acht Euro kann man das kleine blaue Buch mit dem gelben nackten Mädchen drauf überall kaufen. Junge Leute schätzen das, also wenn einer, der so alt ist wie ich, keinen unverständlichen Schmöker für 40 Euro schreibt, sondern –«

Sie unterbrach mich mit aller Kraft, indem sie sich mit ihren ganzen zwei Meter zehn zu Marek Dutschke drehte und fast schrie:

»Herr Dutschke, während Herr Lohmer für den Wahlkampf von Kanzler Schröder arbeitet, haben Sie für Ihre Kandidatur keine Helfer und keine eigene Infrastruktur. Liegt das daran, daß Sie so jung sind?«

»Wieso, Johannes Lohmer arbeitet doch bei den Jusos mit, hat er mir vorhin erzählt –«

»Sind Sie dafür nicht zu alt?!« fauchte sie mich an.

»Nein, ich mache das übers Internet, über www.dasjunge-team.jusosfuerschroeder.de, und zwar schon seit der letzten Wahl.«

»Und die Jusos kennen JOHANNES LOHMER nicht?«

»Damals, 2002, war dieser Bestseller noch nicht draußen, da war ich noch nicht so bekannt. Aber wenn der neue Roman über die Familie Lohmer erst auf dem Markt ist, kennt mich natürlich jeder Hanswurst. Vom Thema her ist das ja auch viel gefragter als –«

Sie unterbrach mich streng mit dem Hinweis, dies sei keine Werbesendung im Privatfernsehen, warf die Bälle in die andere Richtung, aber die kamen immer wieder zu mir zurück. Die Stunde war dann irgendwann vorbei, und die entnervte Böttinger sagte effektvoll ihren Schlußsatz:

»Bleibt mir nur zu sagen, daß ich froh bin, daß wenigstens die Vertreter der jungen Generation so nett waren.«

»Sie werden keine anderen finden!« sagte ich prompt und hatte somit auch noch das letzte Wort.

Die Kameras wurden abgeschaltet. Bettina Böttinger stand

auf und ging ganz schnell weg, während sich die jungen Leute um mich scharten. Alle fanden, daß ich doch sehr recht gehabt hätte. Sogar der kalbsköpfige Malteserführer sah mich ganz lieb an.

16 Der Ur-Lohmer, Dohnanyi und Jesus

Nach dem Ende der Sendung gingen die Leute nicht nach Hause, sondern, da man in Köln war, ins nächste Lokal. Es war die Kantine im Funkhaus selbst, und sie hieß ›Campi‹. Alle, die ich gerade beleidigt hatte, hielten mir artig ihre schmalen Kölsch-Gläser entgegen und prosteten mir zu. Dutschke saß mir gegenüber. Auch er, aus Berlin kommend, hatte nicht mit dieser Party gerechnet. Die Barbiepuppe von ›VIVA‹ flatterte mit den Wimpern, die Medientante erzählte Witze, und es waren wohl 20 Leute am Tisch, angeführt vom getreuen Lektor Nico van der Huelsen-Donck, der sich überraschend mit einer Delegation meines Verlages eingefunden hatte. Ich war so gerührt, daß ich überlegte, etwas länger in Köln zu bleiben. Und als Frau Böttinger in ehrlicher menschlicher Sorge und leichtem rheinischen Singsang meinte, es täte ihr so leid, dat mir dat Fernsehschau nit so richtisch jefallen habe, kam ich ins Grübeln. War es nicht besser, einfach nicht nach Berlin zurückzukehren? Da standen doch nur noch Ruinen! Die ausgekohlten Brandmauern der rot-grünen Epoche! Da war es doch besser, ein bißchen in Köln zu bleiben. Endlich wieder Heimat! Vertrautes Geschimpfe! Ausruhen und zu sich selbst kommen, war da die Devise.

Ich hatte auch ein Buch vom Ur-Lohmer dabei, also eigentlich vom Ur-Kohlrausch, das Onkel Hermann mir mitgegeben hatte und das ich in Berlin vor lauter Liebeshändel nicht angerührt hatte: ›Aus meinem Leben‹, die Erinnerungen des

1780 geborenen Urgroßvaters meines Urgroßvaters. Ich hatte das Buch nicht besonders ernst genommen, da ich das ganze Genealogie-Projekt zwischenzeitlich nicht ernst genommen hatte. Wenn ich schon mit meinem bereits lange vor meiner Geburt gestorbenen Großvater nichts hatte anfangen können, sprich: keinerlei Gemeinsamkeiten hatte entdecken können, welchen Sinn machte dann ein NOCH weiteres Zurückgehen in der Generationenfolge? Doch nach dem Besuch bei Onkel Hermann, der mir meinen Vater tatsächlich nahegebracht hatte, dachte ich anders. Mein Familienhintergrund war nicht nur Romanstoff. Inzwischen nahm mein Großvater Gestalt an. Selbst mein Urgroßvater, der große Elias Lohmer, wurde ein bißchen faßbar. Ich war durch Potsdam gelaufen und hatte an den unberührten Auen der Burgstraße gesessen wie er 1880. Warum nicht noch mal 100 Jahre zurückgehen? Natürlich wurde das verzwickt. Ich rekapitulierte:

Mein Großvater Curt Lohmer hatte meine schöne, blonde, kluge Großmutter Annie Lohmer geheiratet. Sie war die Tochter von Friedrich Kohlrausch. Er war ›Der Große Kohlrausch‹, Präsident der Physikalisch-Technischen Reichsanstalt in Berlin. Nach seinen ermittelten physikalischen Gesetzen wurde heute noch gelehrt. Dessen Vater hieß Otto Kohlrausch und stand im Brockhaus-Lexikon als berühmter Hofchirurg, nach dem irgendwelche Anatomien benannt wurden. Und dessen Vater wiederum hieß wieder Friedrich und hatte das höhere Schulwesen im Königreich Hannover organisiert. Er war es, der den frühen Pop-Roman ›Aus meinem Leben‹ verfaßt hatte, den ich nun las.

Es war natürlich nicht leicht, da die Barbi mich oft beim Lesen störte. Aber ich konnte manchmal nachts unter der Decke mit der Taschenlampe lesen, wenn sie schon fest schlief. Hinzu kam, daß die Hauptschikane, nämlich der Hund Lizzy, wieder bei der Schwiegermutter weilte. Prompt erholte sich die Beziehung von dem ekligen Tier und lebte in der folgenden Zeit auf. Wenn die Barbi nun nach der Arbeit direkt nach Hause kam, konnte es passieren, daß sie gewohnheitsmäßig erst nach dem geliebten Schmuseköter suchte, und als er nicht da war, ersatzweise meinen Armen zustrebte. So kam es sogar wieder zu ersten Zärtlichkeiten.

Das Buch gefiel mir. Ich las erst mal von hinten nach vorn, da das auch die zeitliche Richtung meiner bisherigen Recherche gewesen war. So las ich zunächst das Kapitel über die Geburt des einzigen Verwandten dieser Linie, den ich in meiner bisherigen Recherche noch erfaßt hatte, nämlich Annie Kohlrauschens Vater. Der wurde 1862 geboren, und der zu dem Zeitpunkt 82jährige Autor stellt ihn stolz als seinen ersten Enkel vor. Als ich aber merkte, was für ein berühmtes Leben der Autor insgesamt geführt hatte und daß es ein Namensregister mit allen bekannten Menschen des 18. Jahrhunderts gab, schlug ich gleich einmal bei ›Göthe‹ nach. Verblüfft las ich, daß Göthen als kalt und arrogant verschrien war und mein Urururopa etwas Angst vor der Begegnung gehabt hatte. Mein Gott, was sollte ich da erst sagen? Ich hatte mit Udo Jürgens gesprochen und keinerlei Angst davor gehabt. Schon eher hatte ich mich vor Blümchen gefürchtet, der kleinen Techno-Röhre aus den 90er Jahren, weil die so schlagfertig war und bauchfrei.

Aber nun zum Ahnen Friedrich. Er ist wohl damals schon berühmt genug, daß Göthe ihn empfängt. Außerdem hat er jede Menge Empfehlungsschreiben bei sich. Und der Olympier ist dann auch überhaupt nicht kalt, sondern geht mit ihm essen, und das gleich mehrmals. Sie reden über Napoleon, der gerade die Welt regiert, über Kotzebue, den sie peinlich finden, über Shakespeare, vor dem sie in die Knie gehen, und eines Abends gehen sie sogar ins Theater und sehen sich die laufende Vorstellung an, den ›Tasso‹. Dann gehen sie wieder spazieren, im Botanischen Garten, und philosophieren. Total super alles, Göthe ist voll nett und null arrogant.

Ich ließ die Taschenlampe sinken und saß begeistert aufrecht im Bett. Das war ein Fehler. Ich hatte mich zu unvorsichtig bewegt, und nun war die Barbi wach geworden.

»Was tust du da?!«

»Ähm … das ist dieses Buch, von dem ich dir erzählt hab. Vom Ur-Lohmer, weißt du?«

»Muß das sein?«

»Nein.«

»Liest du das eigentlich nur, um dich für was Besseres zu halten?«

»Hm. Weiß nicht. Könnte natürlich das eigentliche Motiv sein.«

»Dann ist es doch bloß Therapie!«

»Ja. Genau.«

»Der ganze Scheißroman, nur um was Therapeutisches zu machen, findst'n das in Ordnung?!«

Ich dachte, daß die Idee ja eigentlich gar nicht von mir war, sondern vom Verleger, daß der aber wirklich genial gehandelt hatte. Er hatte schon bei meinem Jugendbuch gespürt, daß ideengeschichtlich in meiner Familienvergangenheit wahre Schätze versteckt sein mußten – sonst wäre ich nicht so widersprüchlich und seltsam geworden. Aber ich sagte es nicht, weil die Barbi mich sonst frontal als Aufschneider angegriffen hätte. Statt dessen flüsterte ich liebevoll, daß sie ja recht hätte. Sie verstand es aber falsch – oder gerade richtig? – und wurde laut:

»Sag das nicht so ironisch! Was fällt dir eigentlich ein, so mit mir zu reden?!«

»Ich meinte es nicht ironisch, verzeih bitte!«

»VERZEIH BITTE, andauernd soll ich was verzeihen! Allmählich reicht's mir!«

»Hm …«

»Was?!«

»Warte mal, ich muß mal aufs Klo …«

»Jetzt?!«

»Ja, entschuldige bitte …«

»ENTSCHULDIGE BITTE … Scheiße ist das!«

»Ja.«

Ich stand auf und verzog mich zitternd in den Gäste-Waschraum. Überall standen nun neue teure Konsumartikel herum, sogar hier. Ich wartete, bis die Barbi wieder eingeschlafen war, ging zurück ins Bett und las weiter im Buch.

Mich wunderte, wieviel Raum die Krankheiten der Kinder und die Todesfälle derselben einnahmen. Starb jemand im hohen Alter, wurde es nicht weiter erwähnt. Dafür gab es endlose Kapitel, wie Kind Nummer vier fast an Wassersucht stirbt und die Mutter vor lauter Sorge darüber fast an Herzweh und der Mann aus Sorge um die Frau fast an einer Leberentzündung. Jedes zweite Kind stirbt dann auch wirklich, und die jungen Mütter sterben wie die Fliegen, aber die jungen Ehemänner oftmals auch, meist an Lungenleiden. Die ›Gesundheit‹ ist das Hauptthema in jenen Zeiten, die Leute sind pausenlos vom Tod bedroht und beschäftigen sich intensiv mit den gerade Kranken.

Ich blätterte wieder nach hinten, um meine Recherchen voranzutreiben. Zufällig geriet ich an ein Kapitel, das noch deutlich vom Schluß entfernt lag, aber mit ›Allgemeine Betrachtungen‹ übertitelt war:

»Man sagt wohl, es sei eine Eigenthümlichkeit, ja Schwäche des Alters, die Gegenwart im Vergleich mit den vergangenen Zeiten zu tadeln. Allein, wenn die Berechtigung des Tadels so am Tage liegt wie jetzt, so bedarf es nicht der Stimmung des Alters, um sich darüber zu betrüben. Ich will die Hauptkrankheit der Zeit sogleich hervorheben, nämlich die UNZUFRIEDENHEIT. Sie stört alle Verhältnisse, zerreißt die Bande der Pietät, stellt Mißtrauen an die Stelle des Vertrauens, trübt die gesunde Ansicht des Lebens und schafft den Mangel an religiöser Demuth und Ergebung. Daher das Wühlen von unten herauf, der Mangel an Gehorsam, wo doch Gottes Ordnung Gehorsam fordert, im Hause, in der Gemeinde, in dem Verhältniß des Lehrlings zum Meister, des Dienstboten zur Herrschaft, der Unterthanen zu ihrer Obrigkeit. Freiheit, oder vielmehr Ungebundenheit, ist das Losungswort der Zeit geworden. Man möchte diese sittlichen Verirrungen für eine ansteckende Krankheit halten, die sich nach uns unbekannten Gesetzen von einem Lande in das andere verbreitet und nicht einmal durch das Weltmeer gehemmt wird, denn unerwarteter und unerhörter ist wohl nicht leicht eine Erschütterung ausgebrochen als die, welche die für so groß und glücklich gehaltenen Freistaaten von Nordamerika ergriffen hat.«

Sauber! Der Schreibende tippte seine Lebensbeichte also zur Zeit des amerikanischen Bürgerkrieges in die Holzschreibmaschine. Das Deutsche Reich gab es noch nicht, wohl aber das deutsche Thema: die Unzufriedenheit. Er hatte das Wort wirklich in Versalien drucken lassen. Das deutsche Übel war demnach die schlechte Laune, der Frust, die mangelnde Konsumbereitschaft, die fehlende Psychologie; deswegen mußte jetzt die Merkel ran. Denn Wirtschaft war zu 50 Prozent ›reine Psychologie‹. Wenn wir nur unseren Frust überwanden, wurde alles gut. Das alles erinnerte mich an einen Aufsatz, den ich gerade im SPIEGEL gelesen hatte und der ebenfalls von einem Verwandten stammte, allerdings einem, der noch lebte, Klaus von Dohnanyi.

Onkel Klaus, wie ich ihn nannte, erklärt dort, welche verheerenden Folgen die jährlichen West-Ost-Transferleistungen wirklich hatten. Wirtschaftlich und psychologisch. Er schrieb:

»Deutschland muß ja besonders wettbewerbsfähig sein. Eben weil wir auch die Lasten der Einheit tragen. Aber es muß die Menschen doch deprimieren, wenn man ihnen ständig erzählt, Deutschland sei unfähig zur Reform; wir seien zu satt, zu bequem und allzusehr in Interessen- und Verbandsstrukturen verkrustet. Es ist eben nicht nur die Tüchtigkeit anderer europäischer Länder, die es diesen seit 1989 ermöglichte, bessere Fortschritte beim Umbau ihres Sozialstaats zu machen. Wir müssen endlich die Wahrheit über die Vereinigungsfolgen debattieren. Denn diese Folgen werden uns ökonomisch und politisch noch lange begleiten. Von den rund 90 Milliarden Euro jährlichen Nettotransfers (4% Prozent des westdeutschen Bruttosozialprodukts) wird der Westen also sobald nicht herunterkommen. Und das kann in eine große finanzpolitische Krise führen. Uwe Müllers Buch ›Supergau Deutsche Einheit‹ beschreibt nicht nur Ursachen und Zustand, sondern auch die möglichen gefährlichen Folgen eines fehlgesteuerten Aufbaus Ost. ›Zeitbombe Ost – Gefahr für ganz Deutschland‹ titelt der Klappentext. Und Müller hat recht: Wenn wir die Lage der neuen Länder nicht jetzt und nicht energischer ins politische Visier nehmen, dann gerät Deutschland im Ganzen in Gefahr.«

Das war natürlich Wasser auf meine Mühlen. Schade, daß Onkel Klaus nicht wirklich mit uns verwandt war. Er war vielmehr ein Freund und Geschäftspartner meines Onkels Günter Mackenthun, dem Mann jener Tante, die ich in Hamburg kürzlich aufgesucht und die sich als ›Neue Junge Alte‹ positioniert hatte. Die sich an ›den ollen Dritte-Reich-Quatsch‹ nicht erinnern konnte und statt dessen über Hiphop und Techno reden wollte. Diese Tante Hermine, die Schwester meiner Mutter, hatte auf der Flucht vor den Russen ihren Mann kennengelernt, den Hamburger Günter Mackenthun, ein enger Freund Wolfgang Borcherts und Klaus von Dohnanyis. Mit letzterem gründete er in den Wirtschaftswunderjahren die Firma Infratest, ein Institut für Demoskopie. Wolfgang Borchert starb, Klaus von Dohnanyi begann ein Verhältnis mit der Lyrikerin Ulla Hahn, und heute schrieb er solche Aufsätze im SPIEGEL. Die Welt war klein. Und die Barbi wollte von alledem wieder einmal nichts wissen. Ich weckte sie und sagte zu ihr:

»Du, das mußt du unbedingt lesen … Onkel Klaus schreibt genau das, was ich auch immer sage, über die Wirtschaft!«

Sie kommentierte das nicht, sondern schlief einfach weiter, aber ich legte ihr den Artikel auf den Küchentisch. Dann konnte sie ihn lesen, wenn sie frühstückte.

Am nächsten Morgen frühstückte ich allein. Wir frühstückten schon lange nicht mehr gemeinsam. Aber man sollte sich nicht täuschen. Wir lebten seit 17 Jahren zusammen, und unsere Beziehung hatte schon weitaus schlechtere Tage gesehen. Ja, eigentlich verstanden wir uns gerade vergleichsweise gut.

Das lag daran, daß uns seit neuestem ein leichtes, unsichtbares spirituelles Band umgab; nämlich, seitdem die Barbi eines Sonntags einen Gottesdienst im Radio gehört hatte, während ich schon seit Tagen die Feierlichkeiten der Inauguration unseres neuen Papstes Benedikt XVI. im Fernsehen live verfolgt hatte. Barbi wußte, daß ich kein Zyniker war und diese letzten Dinge durchaus ernst nahm. Meine Verehrung für den Vorgänger Johannes Paul II. hatte sie freilich noch unter ›Medieninteresse‹ verbucht, da ich die Nachrichten darüber immer aus der Bildzeitung hatte. Wochenlang waren die ersten vier bis fünf Hochglanz-Vierfarbseiten der sonst so schmucklosen Bildzeitung für Berichte aus dem Vatikan reserviert worden, und ich las jeden einzelnen Buchstaben. Da hatte die Barbi noch gedacht: ›Na, er liest halt gerne die Bild.‹ Den Bild-Starschnitt vom sterbenden Papst über meinem Schreibtisch tat sie noch als ›kauzig‹ ab. Es handelte sich um den letzten Segen des Pontifex, als er schon nicht mehr sprechen konnte. Ich fand das Poster auch wirklich schöner, oder zumindest beeindruckender, als das Poster vom Nachfolger, das ich lieber in unseren Chillout-Bereich zwischen Küche und Flur hängte. Ich fand eigentlich, daß der Nachfolger ein noch besseres Händchen in Stilfragen hatte – zum Beispiel ließ er den ungelenken weißen Jeep in der Garage und wählte einen umgebauten schwarzen offenen Kohl-Mercedes von 1997 zum Parade-Fahrzeug bei Fahrten durch die Ewige Stadt. Da stand er dann im weißen Kleid und tongleich weißem Haupthaar und winkte zeitlupenhaft, das Gesicht verklärt, die Augen wachsam-argwöhnisch: das war groß! So mußte der König der Welt aussehen, der mit den Mächten des Himmels verschworen war … Trotzdem gefiel mir ›Der letzte Segen‹ besser, weil hier ein Mensch nicht nur repräsentierte, sondern dem Tod trotzte. Die Barbi jedenfalls nahm mir meine kleine religiöse Ader tatsächlich ab und sprach nun öfters selbst in quasireligiösen Wendungen, etwa wenn sie im Büro einen Beschwerdebrief mit einem einleitenden Bibelwort beantwortete:

»Wir sollen unserem Nächsten verzeihen, mahnt uns das Christentum, und so will ich auf Ihr Schreiben vom …«

Das wurde dann manchmal mißverstanden, aber nicht von mir. Und als die Barbi nun vorschlug, wir könnten uns doch nach der Arbeit zur 18-Uhr-Andacht in der Antoniterkirche treffen, sagte ich sofort zu.

Ich las noch ein bißchen im Ur-Lohmer von 1780, bevor ich langsam Richtung Innenstadt schlenderte. Diesmal wollte ich wissen, wie das Buch anfing, mit welchen ersten Welteindrükken, und startete auf Seite elf. Das Vorwort übersprang ich. Und wirklich dauerte es nicht lange, bis der Junge, also der Ur-Lohmer als neunjähriger Knabe, von der Französischen Revolution anfing. Seine älteren Geschwister trugen bereits wunderbar parfümierte Perücken und einen herrlich geflochtenen Zopf. Mit zehn sollte auch der Knabe das erhalten. Als nun aber die Kunde aus Frankreich herüberschwappte, dort würden jetzt die alten Zöpfe abgeschnitten, unterließ man es, den schönen Brauch noch beim Jüngsten durchzuführen. Der Ur-Lohmer war der erste Lohmer ohne Zopf.

Ich blätterte weiter und fand Briefe aus dem vorigen und vorvorigen Jahrhundert sowie eine Todesanzeige, auf der die Hinterbliebenen aufgeführt waren. Sie stammten aus der Kohlrausch-Linie, und einer davon mußte heute noch leben. Wieder bemühte ich die Telefonauskunft, wieder führten sie den Namen munter weiter. Ich wählte die Nummer. Eine zittrige Altfrauenstimme sagte:

»Kohlrausch?«

»Lohmer. JOHANNES Lohmer. Gib mir doch bitte mal deinen Mann.«

»Einen Moment. Er schläft gerade.«

Sie kicherte. Eine Minute lang hörte ich wenig. Dann kam er angeschnauft. Er wußte sogleich, wer ich bin. Angeblich hatte ich als Zehnjähriger einmal auf seinem Bauernhof auf dem Eichsfelde nahe Osterode gespielt. Das stimmte auch, und ich erinnerte mich sogar recht gut, was daran lag, daß ich mich in seine Tochter Leslie verliebt hatte. Die war auch zehn. Als sie 16 wurde, bekam sie, die immer schon eine schwache Brust gehabt hatte, die Schwindsucht und verstarb. So war das dort. Die Menschen starben wie die Fliegen. Vor allem in der Zeit vor der Französischen Revolution.

Ich berichtete, wie ich an ihn nun wieder gerathen sei, und bat ihn, mir bei meiner Familienrecherche womöglich behülflich zu seyn. Er antwortete ohne Hast, sein eigener Vater habe in dessen letzten Jahren das Hobby der Ahnenforschung betrieben, sei damit aber nicht zu Ende gekommen, was ihn ziemlich betrübte.

»Er hat AHNENFORSCHUNG gemacht? Ich fasse es nicht!« Wahrlich, was für ein Glücksfall! Es gebe, sagte der Verwandte, eine Kiste auf dem Dachboden, in der alles darüber enthalten sei. Allerdings, fügte er wieder ängstlich an, sei sein Vater damals nicht fertig geworden.

»Warum auch? Ich wäre ja schon froh, wenn ich mehr über meine Großmutter Annie Lohmer erfahren könnte. War sie wirklich die erste Deutsche, die Chemie studieren durfte? Und wer genau waren ihre Eltern, wirklich der Große Kohlrausch, nach dem heute noch Physik gelehrt wurde?«

Während ich das sagte, merkte ich, daß mich das eigentlich gar nicht interessierte. Physik, Chemie, alles bedeutungslos. Aber weitere Selbstzeugnisse konnten mir etwas geben, vielleicht. So war es doch richtig, den Greis aus seiner Mittagsruhe gerissen zu haben. Er zeigte sich zum Glück als gutmüthig und hülfsbereyt und beschied mich positiv:

»Ich werde für dich nachsehen, Johann. Ich scann dir das Zeug dann, wenn es paßt, und mail es als Attachment, einverstanden?«

»Klar, Mann! Wenn die original documents nicht zu ugly sind und ich sie noch lesen kann, schick sie rüber!«

Wir tauschten E-Mail-Adressen und Handynummern aus und sagten uns nett auf Wiedersehen.

Ich mußte in die Innenstadt zur Antoniterkirche, sonst hätte ich gern länger mit dem Ahnherrn geplaudert. Obwohl – er wirkte nicht so, als würde man mit ihm gut plaudern können. Er war eher der Landmanntyp, der sich kurz faßte. Die vielen Toten in den Eichsfeldern belasteten sicher sein Gemüth.

Ich beeilte mich. Kam ich auch nur eine Sekunde zu spät, war in der Kirche die Hölle los. Die Barbi hätte sich das NIE-

MALS gefallen lassen. Andererseits konnte ich mich ziemlich gut darauf verlassen, daß sie selbst deutlich zu spät kommen würde. Aber man wußte ja nie. Sie konnte mich hereinlegen, also riskierte ich lieber nichts.

Ich saß dann eine Stunde allein in der Kirche, was mich aber nicht störte. Auf diese Weise war es friedlich im Gotteshaus. Am Ende kam die Barbi, sah mich böse funkelnd an, und ich nickte ihr gutmütig und schweigend zu.

»Was ist?! Sprichst du nicht mehr mit mir?!« fauchte sie. »Doch, doch, aber ich will die Predigt nicht stören, Liebes, weißt du?«

Sie sah auf den Priester. Und wirklich – allmählich wurde sie ruhig. Der Zauber des Glaubens legte sich auf sie. Auf mich in gewisser Weise auch; ich war nämlich immer schon co-gläubig gewesen. Wenn einer in meiner Gegenwart den Glaubens-Flash kriegte, übertrug sich das auf mich. Alleine konnte ich nie etwas mit der Droge anfangen. Aber schon Jesus sagte weise: »Wo immer zwei in meinem Namen sich zusammenfinden, bin ich bei ihnen«, oder so ähnlich. ZWEI, nicht EINER. Das Mysterium entfaltete sich sozusagen zwischen den Menschen, nicht in ihnen. Und als ich jetzt sah, wie der Barbi bei den Worten des Popen dicke Tränen über die schönen Wangen liefen, erfüllte mich das mit Liebe. Ich konnte mir vorstellen, ihr niemals mehr böse zu sein und mit ihr sogar gemeinsame Kinder aufzuziehen, christlich natürlich, wenn sie nur, die Barbi, wirklich gläubig würde, also wenn sich ihr neuer Momentanglauben verfestigen würde.

Anstatt uns anzubrüllen, würden wir immer alles bei Gott abladen. Aus dem erbitterten Zweikampf würde ein wohlwollender Dreibund werden, wie in Schillers ›Die Bürgschaft‹. Gott würde sagen: ›Ich mag euch, wie ihr seid! Gewähret mir die Bitte, laßt mich in eurem Bunde sein der Dritte!‹ Und schon würde alles glattlaufen, und alle Modernität, Konfrontation und Frauenemanzipation hätten ein Ende!

Ich atmete tief durch. Der Priester gab gleich eine Zugabe, als er die trotz ihres südländischen Flairs so kühle und aparte

Barbi entdeckte. Ihre freien Schultern hatte sie extra mit einer Motorrad-Lederjacke züchtig bedeckt, und ihr langes dunkles Haar floß über ihre Vorderseite, unverhüllt waren bloß noch ihre beispiellos langen Beine. Sie suchte meine Hand, und wir hielten uns fest, ganz fest, in der nicht endenden Nachspielzeit der Predigt. Und noch mal fünf Minuten. Der Typ wurde immer lauter, die Tränen liefen immer schneller, und irgendwann übertönte Gottes Rede sogar das Kirmes-Fußgängerzonen-Gedröhn der Kölner Mittelstraße, in der die 1298 geweihte Kirche stand.

Die Barbi spendete reichlich, kaufte noch im Dritte-Welt-Laden antiimperialistischen Bohnenkaffee. Dieser Laden war seltsamerweise im Gemeindehaus untergebracht. Ich bewunderte die Barbi dafür, daß sie sich für die Dritte Welt interessierte. Das war besser, als sich für das Dritte Reich zu interessieren wie ich.

»Du, weißt du was«, versuchte ich die gute Stimmung zu verlängern, »ich freue mich richtig auf den Heiligen Vater. Auf seinen Besuch in Köln, meine ich!«

»Ja. Ich mich auch, Lieber.«

»Was hast du gemacht heute, Liebste? Wie war dein Tag?«

»Ach, es gab nichts zu tun, und da haben wir im Büro alte Folgen von ›Sex and the City‹ geguckt. Die waren früher RICHTIG GUT!«

Ich haßte diese Serie, in der als Frauen verkleidete Arschlöcher ungestraft ihren widerlichen Sexismus ausleben durften. Allerdings war die neue Serie, ›Desperate Housewives‹, auch nicht besser. Die war so geistlos, als hätte Hannelore Kohl selig das Drehbuch geschrieben. Natürlich sagte ich das nicht, in diesem Moment.

»Schön, Liebling, dann war es ja ein netter Tag heute für dich!«

»Wenn ich jetzt noch ein Paar Schuhe kriege: ja!«

Schluck! Ich sollte also bezahlen. Dabei verdiente ich doch so wenig im Vergleich zu ihr. Ich nickte ihr aufmunternd zu. Wir kamen gerade an einer Boutique vorbei, ›Kookai‹, und holten einen durchsichtigen Rockfetzen heraus, 104,30 Euro, genau gesagt ein Tuch, das frau sich um die Hüfte schlingen konnte. Also, wenn frau so eine gute Figur hatte wie die Barbi. Bei ›Glenfield‹ gefiel ihr eine als ›Jacke‹ bezeichnete Textilie für 99 Euro, die ich eher für Angora-Unterwäsche gehalten hätte, so ein gelbliches, zu knappes Knöpfhemd für kalte Wintertage. Bei ›Megazzino Designer Outlet‹ kostete die ganz normale Jeans 139 Euro. Die nahmen wir aber nicht, sondern eine preiswerte Kette aus Coca-Cola-Deckelchen, 39 Euro. Und eine sechssträhnige Goldkette mit drei 15 cm großen Goldbuchstaben, die das Wort SEX bildeten. Die schenkte ICH ihr, aus freien Stücken, als Überraschung. Dabei liebte Barbi keine Überraschungen, und auch nicht solche vordergründigen Symbole. Aber egal.

Wir setzten uns in ein Straßencafé und tranken Latte macchiato. Es war wohl wirklich der Tag der guten Laune oder wurde gerade dazu. Schon lange hatte ich mich mit der Barbi nicht mehr so gut verstanden wie jetzt. Ihr Blick hatte fast schon etwas Zärtliches. Ich mochte auch, wie sie immer das Personal behandelte. Bei ›Sisley‹ hatte sie die Leute mit kurzen, herrischen Befehlen und zugleich aristokratischer Strenge und Unnahbarkeit herumgescheucht und dann doch nichts gekauft. Das mußte man können, dieses unnahbare Getue. Es war nicht schwer, unfreundlich zum Personal zu sein oder den Großkotz zu spielen. Aber die Barbi konnte Eisigkeit mit Leutseligkeit verbinden wie ein echter Fürst! Das machte meiner Frau keiner nach.

Das Volk floß an uns vorbei. Es war die Kölner Mittelstraße an ihrer breitesten Stelle, und es waren wohl Zehntausende von Proleten, die da kamen und lärmten und gingen.

Ich spürte, daß wir bald nach Hause gehen und miteinander schlafen würden. Der Hund war seit Wochen weg, bei der Schwiegermutter im finsteren Wald, und die Barbi wurde von Tag zu Tag zutraulicher. Ihre Instinkte schalteten unhörbar um. Natürlich unbewußt. Ich wußte das aber auszunutzen, ganz bewußt. Hätte ich mich deswegen schlecht fühlen müssen?

Aber nein, warum auch! War es etwa ihre Bestimmung, dem Hund Lizzy zu folgen? Nein, eine Frau gehörte an die Seite ihres Mannes. Das hatte auch der neue Papst in seiner ersten Enzyklika gesagt. Alles andere war gottloses Schwulentum und verwerflichste Sünde.

Neben uns saßen drei Kölner Proleten, alle um die 20, und starrten auf die Mädchen. Nur jede Tausendste gefiel ihnen, und die mußte dann natürlich wie Heidi Klum aussehen, sozusagen die ewige Heidi Klum, immer die glatten blonden Haare, das kleine Näschen, die Barbie-Augen, das bauchfreie Top und die stonewashed Jeans. Das, nur das fand Gnade vor den Augen der Prolls, die in Köln auf rätselhafte Weise immer an Zuhälter erinnerten: Muckis, Goldkettchen, Fitneß-Zeichen am sonnenstudiogebräunten Körper, Tattoos, militärkurze Faschistenfrisur, TV-Total-T-muscle-shirt, dummer Blick, teddybärkleine Knopfaugen, getunter Opel Tigra auf dem Gehweg mit FC-Aufkleber. Solche Leute machten dem Betrachter wenig Freude.

Ich wollte gehen, und zwar nach links, um den grölenden Krönungen der Schöpfung nicht noch einmal zu begegnen. Aber die Barbi wollte nach rechts gehen. Ich mußte daran denken, wie wir einmal in Wien eine echte Katastrophe erlebt hatten. Die Reise nach Wien war eigentlich MEINE Reise gewesen. Wir hatten meine Kollegen besucht, wohnten bei meinen Freunden und gaben die Spesen aus, die mein Verlag bezahlte. Trotzdem taten wir, unserer fest installierten Rollenverteilung folgend, von morgens bis abends das, was die Barbi vorgab. Standen wir vor einem Café und sie wollte es betreten, so betraten wir es. Wollte sie lieber in ein anderes, gingen wir in das andere. Wollte sie bestellen, bestellten wir. Wollte sie lieber erst in die Karte sehen, sahen wir erst in die Karte. Und so weiter. Unvorstellbar war es, daß ICH gesagt hätte, ich sähe lieber erst in die Karte. Oder bevorzugte das andere Café. Oder wollte lieber weiter spazierengehen. Oder wollte mich auf eine Parkbank setzen und sie küssen. Das wäre der Umsturz der gottgewollten Weltordnung gewesen.

Die Barbi hätte mich auf der Stelle verlassen. Dennoch gab es einmal eine Sekunde, da stach mich der Hafer. Ich kann es mir selbst nicht mehr erklären. Es war die Sekunde, als wir wieder einmal aus dem Haus traten und die Barbi die Straße nach rechts einschlagen wollte. Ich sagte, lieber nach links gehen zu wollen ...

Wir haben uns erst Tage später wiedergetroffen, in Deutschland. Ich hatte einen großen Rosenstrauß dabei und redete auf die völlig zerstörte Frau ein. Sie hatte einen Schock erlitten, von dem sie sich Jahre nicht erholte. Ich hatte ihr widersprochen! Ich hatte es darauf angelegt, daß sie ihr Gesicht verlor! Ich hatte ihr MEINEN WILLEN brachial aufzwingen wollen! Im sexuellen Bereich hätte ich dafür acht Jahre Einzelhaft bekommen. Aber so – ging es gerade noch einmal gut.

Doch nun, hier auf der Mittelstraße in Köln, mit all den Einkaufspaketen und Tüten, stach mich schon wieder der Hafer. Einige furchtbare Zehntelsekunden lang schwankte ich. Ich wollte nach links gehen. Die Barbi hatte sich schon halb nach rechts gedreht. Die Muskelprolls spritzten mit ihren geschüttelten Bierdosen auf männliche Passanten. Ich dachte:

»Soll ich mir allen Ernstes von diesen Schwachköpfen meine Ehe und mein Leben kaputtmachen lassen? Dann wäre ich nicht klüger als sie!«

Ein Ruck ging durch meinen untrainierten Körper, und ich folgte der Barbi. Ja! Ich hatte es geschafft, und ich lächelte sogar glücklich, als die Nachwuchszuhälter mir die Biertaufe verpaßten. Hätten die Deppen geahnt, was gerade auf dem Spiel gestanden hatte, wären sie wahrscheinlich still geworden und hätten mich demütig gegrüßt ...

Wir fuhren mit der elektrischen Straßenbahn, die in Köln noch ganz naturbelassen und unzerstört im feinen Stil der frühen 60er Jahre daherkommt – öffentliche Gelder wurden stets zum Neubau weiterer Wirtshäuser verwendet –, nach Hause und taten da, was alle Leute unseres Alters Tag für Tag zu tun pflegen.

So kam es, daß mir die alte Stadt am Rhein in den nächsten Wochen besser gefiel als Schröders untergehendes Berlin. Ich hätte dem Kanzler in seinen letzten Momenten beistehen sollen, ich weiß. Er war doch MEIN Kanzler gewesen. Ich war mit IHM in die neue Hauptstadt gezogen, am 5. September 1999, dem Tag, als der Regierungssitz von Bonn nach Berlin wechselte, und mit Schröder wollte ich auch wieder gehen, zurück ins Rheinland. Oder gleich ganz zurück nach Hamburg, wo ich geboren war.

Die Lektüre des ›Ur-Lohmer‹ hatte mich meinen norddeutschen Wurzeln wieder nahegebracht. Das waren doch andere Kerle als diese bindungsunfähigen Neuberliner. Und auch andere, edlere Naturen als die Kölner Proleten, denen ich nun ständig begegnete. Gott, war das ein Gesocks! Die ganze Stadt war eine einzige Kirmes. Tag und Nacht dröhnten Hunderttausende durch die Straßen, mit Pauken, Trommeln, Rasseln, Trillerpfeifen – nie hatten sie genug. Sie wußten, daß sie die neuen Herren der Welt waren, der Stefan-Raab-Welt des Unterschichtfernsehens. Sogar die Bildzeitung, die ich sonst so liebte, schien in Köln prolliger und vulgärer zu sein. Statt der hintersinnigen Analysen von Mainhardt Graf Nayhauß, der einmal den Klodeckel in Helmut Kohls Kanzlermaschine ausgemessen und taktvoll beschrieben hatte, oder den moralischen Appellen Franz Josef Wagners – ›Nun danket Gott für diesen unseren Papst!‹ – las man in der Kölnausgabe der Bild immer nur über zockende Politiker und dreiste Kinderschänder. Das Thema fand sich dreimal auf jeder Seite. Der Headline-Texter mußte einen Sprachschatz von maximal zehn Worten haben. Seine Lieblingsschlagzeile lautete sicher: ›Kinderschänderpolitiker lacht über dreiste Abzocke!‹. Nur hatten sie selten Politiker, die zugleich frech abzockten UND auch noch Kinder schändeten. Also mußten sie die Artikel getrennt halten.

Als ich wieder einmal über den Ring lief, leuchteten mir schon von weitem die beiden Hauptzeilen des Tages entgegen: ›Politiker schnorrt in Luxus-Hotels‹ und ›ER hat 266mal geschändet‹. Ich wollte natürlich sofort die Zeitung erwerben, um mich über die beiden schockierenden Fälle zu informieren. Aber genau vor dem kleinen roten Zeitungsautomaten saß ein Zocker, äh nein, ein schlafender Penner, nein, ein Bettler, also ein Straßenschänder oder Zeitungsabzocker. Hier trafen sich Vision und Wirklichkeit. Die Bild stieß auf ihren Stoff. Der Penner zockte einfach die 50 Cent ab und lachte dreist wie ein Politiker. Er hatte ein Hütchen auf und ein Schild auf der Brust: ›Bitte Geld‹. Den kleinen Automaten hatte er aufgebrochen, ich mußte ihm die Münze in die runzlige Hand geben.

Auch der Rest der Stadt war übelstes Proletentum, ich sagte es bereits. So also sah eine Kommune aus, die NICHT hoffnungslos veraltet war. Durch den Zuzug junger Menschen aus den sich entvölkernden neuen Bundesländern war Köln zur jüngsten Millionenstadt Mitteleuropas geworden. Das Durchschnittsalter der Kölner war inzwischen niedriger als vor der Wende. Anders als Hamburg, das wie ein Altersheim wirkte, oder Berlin, das nur noch vom Wind, der durch die Mauern pfiff, bevölkert wurde – wie Brecht schön vorhergesagt hatte –, hauten in der Karnevalshochburg Köln eine Million Halbwüchsige auf die Kacke beziehungsweise auf die Pauke. Gel in den kurzen Haaren, kamen die ausrasierten Stiernacken mit ihren anabolikaverseuchten Luftmatratzenkörpern immer direkt aus dem Sonnstudio, wo sie ihr Goldkettchen neben das Arschgeweih gelegt hatten, damit ihr Sternzeichen in die Haut gebrannt wurde, und dann wankten sie aufgeblasen, Schritt für Schritt, die Glieder vom Rumpf gestreckt, in ihre übermotorisierten Kompaktwagen und machten wieder so richtig viel KRACH. Hier zu bleiben, hier zu WOHNEN war der Irrsinn. Aber meine momentan so bezaubernde Frau, die Barbi, war hier …

Um mich von der ewigen Randale, die in der zweiten Julihälfte bei Temperaturen von 30 Grad schier explodierte, zu erholen, las ich geradezu manisch in dem Ur-Lohmer weiter: Ja, die Ahnen, die hatten's noch gebracht! Old Ur-Lohmer war ein prächtiger Erzähler, und auch deswegen las ich den Schmöker

»Aus meinem Leben« so gern weiter. Normalerweise las ich nur ein Buch pro Jahr, und zwar einen Klassiker. War dieses Buch ein Klassiker? Natürlich nicht. Schon deswegen nicht, weil die Personenbeschreibungen einseitig positiv ausfielen, in fast schon stereotypen Wendungen. Nach dem zwanzigsten Mal wurde es mir unangenehm, wenn ein neu auftauchender Zeitgenosse sich wieder durch »Lebhaftigkeit, Heiterkeit und witzige Einfälle« auszeichnete und »überhaupt sehr liebenswürdig« war. Oder von »edler, fester und zugleich wohlwollender Natur«, oder wieder »von Herzen die Güte selbst«. Alle waren immer edel, wohlwollend, von immenser Herzensbildung, rascher Auffassungsgabe, reinen Gewissens, redlicher Treue und so weiter, und das wäre bei Göthe, Schiller, Fichte, Schlegel und hundert anderen Prominenten, die Old Lohmer schon als junger Student in Berlin zu seinen Freunden machte, verständlich. Aber wenn dann selbst sein alter Lateinlehrer, seine Homies bei der Bauerndorfjugend, sein Schulfreund XY, sein Apothekerfreund und sein Buchhändler um die Ecke so beschrieben werden, verzweifelt man. War denn das ganze Zeitalter so edel? Gab es nichts Negatives in der damaligen Welt, wo waren die Ring-Prolls? Gewiß, jeder kämpfte gegen Krankheiten und Tod, und die Wahrscheinlichkeit, auch nur das 40. Lebensjahr zu erreichen, war gering. So gesehen hatten die Leute Besseres zu tun, als über die Pubertät oder die Beziehung nachzudenken oder gar den Sex. Das WORT gab es gar nicht.

Nur ein einziges Mal kam es vor, daß sich ein Zeitgenosse so dermaßen danebenbenahm, daß ich mich sofort mit ihm identifizierte, nämlich Jacobi. Lohmer hing in jener Zeit meist bei Hufeland ab, von dem ich nur wußte, daß ausgerechnet die Straße, in der ich in Berlin anfangs gewohnt hatte, nach ihm benannt war. Ich zitiere den Ahnen wörtlich:

»Im Jahre 1804 kam Friedrich Heinrich Jacobi auf seiner Versetzungsreise nach München durch Berlin und erschien auch in einer Abendgesellschaft, die vorzüglich seinetwegen zusammengeladen war, bei Hufeland. Wir Jüngeren freuten uns sehr darauf, diesen ausgezeichneten Mann kennenzulernen, ihn reden zu hören, sein als sehr fein gerühmtes Benehmen zu bewundern. Aber unsere Erwartung wurde insofern enttäuscht, als Jacobi sich nur mit Mademoiselle Herz, der berühmten und attractiven späteren Freundin Schleiermachers, unterhielt und um die übrige Gesellschaft, als wäre sie nicht vorhanden, sich gar nicht bekümmerte. Nicht einmal der Frau von Kalb, die auch zugegen war und gern mit Jacobi sich unterhalten hätte, gönnte er irgend seine Aufmerksamkeit. Auch bei Tisch saßen die beiden zusammen und sprachen privatim mit einander, ohne an der sonstigen Unterhaltung teilzunehmen, die begreiflicherweise eben deshalb recht lau war.«

Schließlich steht irgend so eine Schranze auf und bringt einen Trinkspruch auf Jacobi aus. Doch was tut der:

»Alles fuhr nun erfreut auf, nur die beiden sich Isolierenden blickten einen Augenblick auf, warfen dem dreisten Redner, der sie zu stören wagte, einen fast unwilligen Blick zu und fuhren dann ungehindert in ihrer intimen Unterhaltung fort ...«

Die ›berühmte Mademoiselle‹ hat dann doch der gutaussehende Schleiermacher gekriegt. Sicher war auch der prominent, und den genauen Unterschied kannte das Mädchen damals vielleicht nicht. Gewiß hatte auch Jacobi eine Autobiographie hinterlassen, und es wäre gewiß lesenswert, was er über diese frühe Paris Hilton einerseits und die ewig edlen, herzensguten, integren Männerbündler andererseits aufgeschrieben hat. Gab es nicht ein Lexikon bei uns? Die Barbi besaß den ›Neuen Brockhaus‹, und ich selbst hatte einmal einen 33bändigen ›Großen Brockhaus‹ geerbt – der lag nur im Keller in der Berliner Wohnung. Ich zog den entsprechenden Buchstaben hervor. Hufeland. Der war Arzt. Er hatte die Königskinder kuriert, aber auch Goethe, Schiller, Wieland, Herder. War 18 Jahre älter als mein Vorfahr. Diese Ärzte waren damals ja wohl das A und O der Gesellschaft. Kein Vergleich zu heute. Ich habe die Lebensmitte schon lange hinter mir und bin trotzdem noch nie bei einem Arzt gewesen. Weiter: Wer war Schleiermacher? Da stand er! Und was ich nun las, war nicht ganz blöde:

»Schleiermacher, Friedrich Daniel Ernst, evangelischer Theologe und Philosoph, geboren 1768. Er gehörte dem Kreis der Romantiker an, war befreundet mit A.W. und F. Schlegel, Henriette Herz. Seine Bedeutung ist in der gegenseitigen Durchdringung von inniger Frömmigkeit, scharfem Denken und lebendigem Wirklichkeitssinn begründet. In der Philosophie weist er überall eine Wechselwirkung der geistigen und stofflichen Wirklichkeit auf (Idealrealismus). Religion ist für ihn das Gefühl der ›schlechthinnigen Abhängigkeit‹. Christentum die Religion der durch Jesus vollzogenen geschichtlichen Erlösung des neuen Lebens in der Gemeinschaft mit Gott. Sein Versuch, Theologie und idealistische Philosophie zu vereinen, hat im ganzen 19. Jahrhundert stark gewirkt. Werke: ›Über die Religion. Reden an die Gebildeten unter ihren Verächtern‹ (1799). ›Vertraute Briefe über Lucinde‹ (1800).«

Ein Foto fehlte, aus Zeitgründen. Aber Mademoiselle Herz war da, und ich war versucht, wie des Verwandten Kohlrauschs verstorbener Vater, nun zu Henriette Herz zu zappen. Wetten, daß auch die im Brockhaus stand? Und mit einer köstlichen Lebensbeichte in jeder StaBi zu finden und auszuleihen war? So konnte es nun immer weitergehen mit dem gigantischen Super-Rentner-Top-Hobby. Ich konnte aber auch einfach das Buch zuklappen und wieder zu den Idioten auf den Ring gehen. Zu lachenden männlichen Ausländern, oversexten Schlampengirlies, betrunkenen Arbeitslosen. Und genau das tat ich natürlich auch. Ich mußte ja noch ein paar Stunden rumbringen, bis das Essen auf dem Tisch stand und der Geschlechtsverkehr startete, pünktlich nach der Tagesschau. Ich befand mich nämlich gerade in der glücklichen Lage, daß die Barbi dachte, sie wolle mit mir schlafen, und nicht ich wolle es. Hätte sie gedacht, wie so oft, daß ich es wolle, hätte sie sich subjektiv unter Druck gesetzt gefühlt und hätte nicht gekonnt. Um keinen Preis. Nicht um ihr Leben. Und solange es noch so war, daß sie so dachte, blieb ich am Ball. Jetzt nach Berlin gehen? Ich wäre ja jeck gewesen!

Trotzdem verfiel ich auf den Gedanken, was eigentlich mit meiner kleinen Freundin Karline Bormann war. Mit ihr zu kuscheln hatte doch auch einmal etwas bedeutet, oder nicht?

Ich wählte Karlines Nummer. Sie war aufgeregt und frisch, ganz das hinreißende junge Mädchen, das ich einmal gekannt hatte. Sie fragte mich sofort aus, und ich mußte von der Böttinger-Sendung erzählen, und von Marek Dutschke und Klaus von Dohnanyi. Mit beiden hatte ich zuletzt lange telefoniert. Dutschke erwies sich dabei als der bessere Kumpel.

Man konnte sogar sagen, daß es keine größere Entfernung gab als die zwischen Marek, der binnen Sekunden ein Homie geworden war, und Onkel Klaus, der mich gnadenlos arrogant abschmetterte. Er hätte mich zehn Jahre lang kennen können und wäre immer noch abweisend aristokratisch geblieben. Da war er ganz wie Helmut Schmidt, den er freilich nicht als ebenbürtig ansah. Dohnanyi hatte unter Willy Brandt gedient. ›Schmidt Schnauze‹ war für ihn ein Parvenu, ein Nachkömmling mit schlechten Manieren, ein junger Stutzer, ja Flegel. Es war nicht klug von mir, auch einmal meine verwandtschaftlichen Beziehungen zum Weltökonomen Dr. Helmut Schmidt zu erwähnen. Daß ich als 17jähriger in Dohnanyis ›Infratest‹-Firma eingetreten war, verschwieg ich schon. Auch der Hinweis, daß der Mann als Hamburger Bürgermeister einst ein Buch von mir vorgestellt und in einer wüsten Kampfdiskussion verteidigt hatte, noch dazu bei der prunkvollen Eröffnung des Hamburger Literaturhauses, zählte selbstverständlich GAR NICHT mehr. Das waren vollkommen unerhebliche Kleinigkeiten. Er wollte nichts davon wissen, daß die jungen Menschen ins Ausland abwanderten. Er verstand sich auch nicht als Makroökonom und Marxist wie ich, sondern als Statistiker. Deswegen hatte er ja auch ein Meinungsforschungsinstitut gegründet. Wenn also die Jugend ab 2010 massiv abwanderte, tauchte das erst Jahre später, vielleicht 2015, in den Statistiken auf. Bis dahin sollte ich gefälligst warten. Und Frank Schirrmacher hielt er ebenfalls nicht für einen, der mit ihm auf Augenhöhe disputieren könne.

Er habe zudem alles in Büchern dargelegt, die solle ich lesen. »Um Gottes willen, Onkel Klaus«, sagte ich, »wir kennen uns ein halbes Leben lang, ich habe als Baby in den 60er Jahren auf Ihren Knien gesessen – Sie können mit mir nicht so von oben herab reden, so ... arrogant!«

»Aber ich habe keine Zeit, mein Herr. Und nennen Sie mich gefälligst nicht so. Ich sitze gerade an etwas, ich will das nicht unterbrechen. Es gibt alles im Internet, alle Daten sind zugänglich, wenden Sie sich an das Statistische Bundesamt und so weiter.«

»Aber über das ganze Schirrmacher-Thema reden wir noch mal, wenn Sie Zeit haben, nicht wahr?«

»Nein! Tun wir nicht! Alle Zahlen liegen vor, mehr habe ich nicht zu sagen.«

»Aber es gilt doch, einen Blick in die Zukunft zu werfen! Also Ihren Ansatz, Ihre Theorie über den Wettbewerbsnachteil der deutschen Wirtschaft infolge der Wiedervereinigung zusammenzudenken mit den Theorien Schirrmachers über die demographische Entwicklung ab 2010!«

»Demographische Entwicklung? Darüber habe ich schon 1997 in meinem Buch ›Deutschland in Zahlen‹, erschienen bei dtv, alles geschrieben.«

»Ja, und das müßte man nun in die Zukunft verlängern.«

»Aber erst, wenn sie hieb- und stichfest Vergangenheit geworden ist! Und jetzt entschuldigen Sie mich! Und kommen Sie mir nie wieder mit Helmut Schmidt! Der versteht doch gar nichts von Stochastik!«

»Ja, nein, bestimmt nicht. Vielen Dank trotzdem, Onkel Klaus ...«

Aber er hatte schon aufgelegt. Wie gesagt, der junge Rudi Marek Dutschke war dagegen gleich auf Linie. Wie man ja überhaupt sagen mußte, daß die jungen ausländischen männlichen Hiphopper die einzige offene Tür in unserer inzwischen hermetisch abgeriegelten Gesellschaft darstellten. Mit ihnen konnte man immer ins Gespräch kommen. Das galt sogar – oder besonders – für die Unterschichts-Rabauken im Proleten-Köln. Man konnte sie hassen, aber sie waren offen und freundlich. Gleich nach der Dosenbier-Dusche umarmten sie einen, wenn man es darauf anlegte.

Rudi Marek hatte mir nach der »B. trifft«-Sendung seine Handynummer gegeben. Wir riefen uns oft an und sprachen darüber, daß er in den Bundestag gewählt werden wollte. Ich wollte, daß er das wurde. Ich fand ihn nämlich großartig. Er war genau der charismatische Jung-Polit-Star, auf den die Linke seit zwei Generationen wartete. Er hatte zeichentechnisch alles, was auch Jesus Christus hatte, oder eben sein Vater Rudi, und der Unterschied zu den beiden Popstars war einzig, daß Marek niemals ermordet werden würde. Ein ganz entscheidender, wunderbarer Unterschied also! Daher hatte ICH diesmal alle Zeitungen angerufen und dafür gesorgt, daß Marek die grüne Basis mobilisieren konnte. Ich bekam von der ›taz‹ den Auftrag, über Dutschke zu berichten, hatte aber gerade keine Lust mehr auf Berlin, den untergegangenen Planeten. Als ich nun aber mit Karline telefonierte, entstand die Lust neu. Das Mädchen war nämlich euphorisch und wollte beim großen Dutschke-Feldzug unbedingt mitmachen. Ich sagte Karline zu, mit ihr schon am folgenden Sonntag zum Dutschke zu gehen, wenn die Grünen in der »Urania« ihre Kandidaten aufstellen. Meine prollige und rollige Zeit im schönen Köln wurde also unterbrochen – leider. Denn was ich in Berlin erleben mußte, kann ich nur mit den Worten des ›taz‹-Artikels wiedergeben:

Kein Platz für Jesus

Was für ein Glücksfall: Da taucht nach Jahrzehnten im politischen Geschäft plötzlich ein neues Gesicht auf, ein neuer Typus. Ein junger Mann, der nicht so aussieht wie die üblichen verdächtigen Berufsnachwuchspolitiker. Nachwuchs für die Institutionen hat in Deutschland ja stets etwas Niederschmetterndes: Der Jugendsprecher der Malteser wirkt wie ein Klon aus den 50er Jahren. Der Aspirant für den Listenplatz der Jungen Union quakt schon jetzt so naseweis-schweinchenhaft daher, als wolle er die Jahre bis zum

Erreichen der Roland-Koch-Existenz einfach überspringen. Karikaturen sind sie halt. In allen Parteien. Der SPD-Nachwuchsmann, sollte es noch einen geben, nuschelt ebenso über Pendlerpauschale und Korrekturen an der Lohnfortzahlung älterer Arbeitnehmer wie sein eigener Großvater. Dazu trägt er das vorgeschriebene Zivi-Outfit aus Cordhose, Bart und T-Shirt mit »witzigem« Spruch (»Laßt Euch nicht verSTOIBERn«).

Lange Zeit gab es eine Ausnahme in der menschlich so heruntergekommenen Polit-Szene, und das waren die Grünen. Sie starteten vor gut einer Generation mit völlig neuen Köpfen, und es rückten immer wieder neue nach. Es stand schon im Programm, daß man nach zwei Jahren »rotieren« mußte. Und auch als diese Regel fiel, rückten immer wieder echte Menschen nach, zuletzt Katrin Göring-Eckardt, die recycelte Claudia Roth, der reuig und ruhig gewordene Joschka, Sybill Klotz aus Berlin, Marek Dutschke aus Brüssel. Immer wieder konnte man über Nacht bei den Grünen ein Star werden, auch ohne Anzug, Schlips und Ochsentour. Und selbst wenn man schon ein Star war, konnte man ein paar Jahre abtauchen und verändert wiederkommen. Oder sich eine neue Freundin zulegen, die dann erst 27 war und ganz anders wirkte als Hannelore Kohl. Mit Marek Dutschkes Nicht-Wahl vergangenen Sonntag in Berlin fand dieser schöne Zug ein Ende. Und es handelte sich dabei um ein schon tragisches Mißverständnis. Die Delegierten sahen in ihm – ausgerechnet – das Prinzip der Elternliebe der etablierten Parteien. Wenn Monika Hohlmeier mit den Methoden ihres Vaters herumholzte und die Familie Strauß zehn weitere Jahre im Kabinett hielt, fand man das ekelhaft. Wenn die Bübchen von der JU »Angie, Angie« skandieren und dazu den gleichnamigen Lieblingssong ihrer Eltern spielen und ihren ersten Listenplatz noch vor der ersten Freundin erobern, findet ein Grüner das pervers. Und nun kam Rudi Dutschkes Sohn. Er sieht aus wie sein Vater, er redet wie er, er fühlt wie er, er ist wie er!

Ein großer naiver Revolutionär, ein Inhaltist, humorlos und uneitel, eine Jesusfigur. Menschenfreundlich, charismatisch, intelligent. Gibt es einen grünen Gott im Himmel, so hat er diesen Marek Dutschke geschickt!

Der Kniff, der diese Wiederauferstehung in Echtkraft, nicht als Farce, möglich machte, hieß USA. Der junge Dutschke hat eine US-amerikanische Syntax im Kopf, wenn er Deutsch spricht. Eigentlich ist er ein Amerikaner, der sich für Deutschland interessiert. Auch seine Unvoreingenommenheit, Offenheit, natürliche Lebensfreude hat er von da und seine Vorurteilslosigkeit gegenüber Ausgegrenzten. Für ihn sind sogar Sozialhilfeempfänger in Lichtenberg, die die Böhsen Onkelz hören, Menschen. Und er spricht keinen BRD-Polit-Diskurs. Die freie Rede, die die Grünen einst von den »Sozialexperten« der etablierten Parteien unterschied – er hat sie noch. Worte wie Pendlerpauschale, Eigenheimzulage, Hartz IV und so weiter kommen nie aus seinem Mund.

Aber seine mitreißende Rede vor über 800 Delegierten am Sonntag wurde nicht honoriert. Im Gegenteil. Die Graubärte im Publikum warfen unwillige Blicke auf den jungen Prediger mit seiner Bewerbungsrede zum Deutschen Bundestag. Die altgedienten Parteisoldaten, Kernkraftgegner, Castor-Blockierer und andere Mumien buhten, was das Zeug hielt. Wie eine Eiterbeule platzte mit einem Male auf, was seit Jahrzehnten im Verborgenen sich entwickelt hatte: der Alterungsprozeß der Bewegung.

Und gegen den drahtigen, fast schon ausgezehrten, jedenfalls »hungrigen« Dutschke trat prompt ein typischer Grünen-Funktionär an, 32 Jahre älter als dieser, mit der üblichen Rhetorik und Wampe, dem üblichen Schwarzhemd der beleibten Endfünfziger, dem Cord-Sakko, und natürlich der gnadenlosen Einfallslosigkeit und Windschlüpfrigkeit deutscher Berufspolitiker. Mit seinem Zahlenchinesisch und einschläferndem Blabla riß er die Funktionäre, allesamt seine Generation, zu Beifallsstürmen hin, und hinter all der ausgespreizten Kompetenz lauerte die böse Drohung der Greise gegen den jungen Gegenkandidaten: Bloß weil er der Sohn von jemandem ist, kann der hier noch lange nix gewinnen! Söhne haben uns gerade noch gefehlt, in dieser umweltzerstörten Welt!

Bei Mareks Rede dagegen gab es tatsächlich Pfiffe. Kein anderer Grünen-Redner mußte damit fertig werden. Daß er frei war von dem die Bevölkerung anödenden Politdiskurs, wurde nicht als Befreiung begriffen, sondern als Faulheit. Der junge Kandidat hatte die Hausaufgaben in Sachen Politfremdsprache noch nicht gemacht! Und wenn man nun in die wütenden alten Gesichter sah, merkte man: Die Grünen sind angekommen in der Gerontokratie. Und diese Rentnerdemokratie frißt ihre letzten lebendigen Mitglieder auf. Mit dem ehrlichen, jungen Dutschke hätte man zum ersten Mal in diesem Jahrhundert Menschen unter 30 angesprochen. Wäre das Durchschnittsalter im Berliner Urania-Palast nicht 56 Jahre gewesen, sondern 24, wären Blumen, Joints und Büstenhalter auf die Bühne geflogen. Und noch in derselben Nacht hätten junge Leute die Limousinen von Ackermann, Schrempp und Esser gestoppt und vor laufenden Kameras diese Verbrecher zur Rede gestellt. Zum Beispiel. Vielleicht hätten sie auch klügere Sachen gemacht. Denn Dutschke ist ja das erste echte rhetorische Talent seit dem jungen Lafontaine in Deutschland; bundesweit hätte das mindestens ein Prozent zusätzlich für Rot-Grün gebracht. Das ist nun vorbei. Die Grünen fahren in die Grube und mit ihnen der ganze verdammte Parlamentarismus. So weit, so theoretisch. In Gedanken macht man sich die Politik ja immer zu einem einfachen Schema. Im realen Leben sah es dann so aus: Zwar war die Niederlage von 698 zu 104 Stimmen entsetzlich. Und bei Platz vier wurde es sogar noch demütigender, weil man dann einen Alibi-Türken aus dem Nichts zog, so daß Marek Dutschke überhaupt keinen Platz mehr auf der Liste fand. Aber Marek war gar nicht böse. Er war wahrscheinlich der einzige, der den ganzen Vorgang basisdemokratisch und somit sportlich nahm. Nach dem Motto: »Das ist okay, sie haben eben ihre Meinung gesagt!« Das Erlebnis fand er aufregend, und er will es nicht missen. Es hat ihm sogar Lust auf mehr gemacht.

Ich habe den jungen Mann übrigens persönlich kennengelernt, während einer Talkshow, und er attackierte mich sofort als eingefleischten »Schröder-Mann«. Gleichwohl wirkte er ungemein wohltuend in der Talkrunde, er schien als einziger unter den eitlen Halb-Promis kein Ego zu haben. Er war auch nicht aufgeregt und sah nie in die Kamera. Wir haben noch bis spätnachts munter diskutiert, während sich die anderen Gäste immer wieder die eigene Sendung in Endloswiederholungen ansahen.

Wir sprachen natürlich über die Neuwahlen und des Kanzlers strategisches Genie dabei. Dutschke widersprach oft. Natürlich werde es Neuwahlen geben, dafür sei alles schon zu weit gediehen. Schröder sei ein zutiefst verletzter Mann, der seinen Abgang als Super-GAU inszeniere, wie schon einmal ein deutscher Kanzler. Am Ende überzeugte er mich. Die Bonhomie seines Wesens, sein Erkennen und Annehmen des andern: all das machte ihn mir sympathisch und überzeugend. Was für ein Kontrast zu seinem mediokren Gegenspieler Wolfgang Wieland, diesem »Joschka-Fischer-Verschnitt«, wie der sich selbst titulierte. Und so endete der Abend erregt und politisch. Denn das ist der Unterschied zu Pragmatikern wie Renate Künast. Säße die jetzt am Tisch, redete sie über das Dosenpfand und den Scheißverbraucherschutz. Das genuin Politische versteht sie nicht, interessiert sie nicht: die Macht, die Herrschenden, die Beherrschten, der ewige Kampf darum. Und daß es Spaß macht, darüber zu reden wie über ein spannendes WM-Endspiel. Oder noch besser: mitzuspielen!

Young Jesus ist durchgefallen. Marek mag diese Anspielung nicht, da schon sein Vater damit verglichen wurde: weil der so religiös war, weil er am Karfreitag angeschossen wurde, weil er an Heiligabend dann verstarb und so weiter. Aber ihm schmeckt plötzlich die Idee, Neuwahlen fänden gar nicht statt. Dann wäre er nämlich gar nicht durchgefallen. Dann könnte er 2006 erneut antreten. Und diesmal würde er gewinnen. Denn daß die Grünen immer nur diejenigen in der WG waren, die den Müll runtergetragen haben, überzeugt ihn nicht. Müll ist etwas für die Müllabfuhr, interessant wird es erst bei den politischen, also den Machtfragen. Und die werden zurückkommen …

Marek wird weitermachen. Schafft er es an die Spitze, wird die Grüne Partei mehr sein als ein Ausdruck jener Generation geburtenstarker Jahrgänge, die in der schönsten aller Welten lebte, nämlich in den 70er Jahren, als es Vollbeschäftigung gab, Bildung ohne Gebühren, Sex ohne Aids, Jugend ohne Rentner, Staat ohne Schulden, Zukunft satt. Diese Generation war es, die »in diese Welt keine Kinder setzen« wollte. Inzwischen haben wir dieses Paradies verloren, weil keine Kinder gemacht wurden, um es zu erhalten. Die Generation der Grünen wandert nun kinderlos Richtung Alter und Tod, unbeirrbar böse und negativer denn je. Ein empathischer junger Kämpfer würde sie da nur stören. Aber Geschichte ist immer offen.

17
Das gute Gespräch

Ich hatte an dem Urania-Abend zu allem Überfluß erst Karline aus den Augen und dann auch noch mein Handy verloren und fuhr deshalb einfach nach Köln zurück. Nach dem Urania-Erlebnis dachte ich: Eigentlich ging es mir doch gar nicht schlecht im Westen. Daß Deutschland verarmte und veraltete und bald von CDU-Mabuses regiert würde, merkte man in Köln nicht. Die Proleten vom Ring hielten die Merkel für eine Frau, also für eine ganz normale SPD-Tante, wahrscheinlich eine Lehrerin. Und Rüttgers war eben ›der Oppa‹, der ehrenamtlich den Karnevalsverein leitete. Das Leben ging weiter, mit ›Alaaf‹.

Ich hatte sogar ein kleines Stückchen Land entdeckt, das schön war in Köln, ein Eiland, auf dem auf wundersame Weise keine Barbaren lebten, ein kleiner, schattiger Platz mit einer alten mexikanischen Holzkirche in der Mitte und einem Gartenlokal davor. Dieser kleine Platz hieß ›Brüsseler Platz‹, und das Gartenlokal war seit Generationen nach seinem Besitzer Kevin Hallmackenreuther benannt, einem New-Wave-Gitarristen aus den 80er Jahren des letzten Jahrhunderts. Er hatte einst als Roadie bei der damaligen New-Wave-Gruppe ›Human League‹ angefangen und sich im Alter dann als Wirt dieses Lokals zurückgezogen, eben des ›Hallmackenreuther‹. Wenn das Wetter schön war, ließ er sich noch immer im Rollstuhl in den Garten fahren und begrüßte Freunde und Stammgäste aus der Vergangenheit. Ich sah vor allem 35jährige Frauen mit vielen Kindern. Also Frauen, die 45 waren, wie 35 aussahen und zwei bis drei Kinder im Krabbelalter befehligten. Ihre Männer waren bekannte Künstler, die Namen will ich nicht nennen.

Wer wollte, konnte in diesen immer heißer werdenden Sommertagen in einem hinteren Raum, den das mehrstöckige Lokal auch noch besaß, die ganztägigen Übertragungen des Klagenfurter Ingeborg-Bachmann-Literaturwettbewerbs am Fernseher verfolgen. Der Raum war aber stickig und fensterlos, so daß man den Fernsehapparat schließlich im Garten installierte. Ich sah mir die kraftlosen ›Schriftsteller‹ mit ihren kraftlosen Texten immer wieder gern an, auch dieses Jahr. Manchmal fuhr ich sogar deswegen bis nach Österreich, jedenfalls, nachdem ich 1998 mit ›Ferien in Klagenfurt‹ den Großen Preis der Steiermärkischen Elektrizitätsbetriebe in Höhe von 5000 Schillingen gewonnen hatte. Eine schöne Zeit. Ich sah also aus Fernweh diese Lesungen, las zwischendurch im ›Ur-Lohmer‹, ging danach zur Barbi und genoß die Ehehölle. Im Grunde genommen konnte ich damit immer besser umgehen, mit Köln und mit der Barbi. Der Sex wurde immer besser, mein Schlaf und meine Gesundheit auch, ich nahm sogar ab, meine Haare wurden blond, und deshalb hatte ich an einem dieser friedlichen Sonnentage eine revolutionäre Idee:

Wie wäre es eigentlich, wenn ich mich mit meiner Frau aussprechen würde? Also nicht streiten, sondern richtig ernsthaft reden, die Wahrheit sagen, alle Mißverständnisse auflösen? Denn es waren doch einfach nur Mißverständnisse: Ich mochte die Barbi, sie sah gerade im Sommer phantastisch aus, und daß sie mich auch mochte, sah ich doch daran, daß sie nicht mit »Dogville« auf Tournee gegangen war. Und sie sagte mir es auch des öfteren, also daß sie mich sehr mag, sogar in den schlimmsten Phasen.

Es müßte einmal alles auf den Tisch.

Natürlich durfte das Gespräch nicht in den Streit abgleiten, und damit das nicht geschah, wollte ich alles genau planen. Jedes Argument mußte ich bereits im voraus durchdacht haben. Ich durfte zwar den Rahmen nicht wählen, denn das hätte sie als ›Fremdimpuls‹ negativ aufgenommen. Aber ich konnte warten, bis die Situation günstig war. Zum Beispiel war die Barbi immer dann besonders an ehrlichen Gesprächen interessiert, wenn ihr etwas Schreckliches widerfahren war. Darauf mußte ich warten oder es herbeimanipulieren. Danach würde ich sie trösten müssen, das war mein Job in diesen Fällen, und mußte ihr ins Schlafzimmer folgen. Dort konnte ich nach einigen Viertelstunden unmerklich zum guten Gespräch übergehen, möglichst stufenlos und unendlich zärtlich.

Ich mußte beim guten Gespräch vor allem von den eigenen Forderungen vollkommen weg. Meine innere Kampflinie mußte lauten: ›Okay, sie zieht ihr Ding tausendprozentig durch, also Hauptjob, Freizeit, Projekte, Wohnort, Mutter, Hund. Ich darf nur das Anhängsel an dieses Leben sein, das ganz und gar das ihre ist. Das ist Fakt und nicht zu ändern. Aber erstens sind alle Frauen so. Zweitens kann ich ja ebenso mein eigenes Leben leben. Und sie erst in 20 Jahren wiedersehen. Drittens konnte ich mich philosophisch in das fügen, was nicht zu ändern war, und mich dadurch wie Kant fühlen: frei!‹ Ich konnte den indischen Guru ›Bhagwan‹ heranziehen und säuseln: ›Alles ist gut!‹ Aber wozu mußte ich dann noch reden? Ich konnte mir das Ergebnis doch schon jetzt zu Herzen nehmen: Andere waren krank, alt, nervös, ungeliebt, arbeitslos, häßlich, schwul, lebten in Magdeburg oder hatten kein Geld mehr; was regte ich mich darüber auf, daß meine Frau etwas starrköpfig war? Nein, ich MUSSTE ihr das mitteilen, also daß nun alles gut war. Danach würde sich faktisch nichts ändern, aber wir würden uns noch mehr lieben!

Die Gelegenheit kam. Ein Kollege hatte die Barbi beleidigt. Ein entfernter Vorgesetzter in der weitverzweigten Hierarchie von Price Waterhouse Coupers. Er hatte schon vor zwei Jahren einen Affront herbeigeführt, indem er vor der neuen Mitarbeiterin, die die Barbi damals war, stehengeblieben war und darauf wartete, gegrüßt zu werden. Wie gesagt, er stand in der Hierarchie beträchtlich über ihr. Für die Barbi konnte es das aber gar nicht geben, daß eine Dame einen Herrn als erstes grüßte.

Deswegen stand sie hochaufgerichtet vor ihm und wartete darauf, daß ER grüßte. Als er das nicht tat, ging sie an ihm vorbei und zischte: »Flegel.« Dieser Kollege hatte sich daraufhin über sie bei der obersten Geschäftsleitung beschwert, war aber mit seinen Argumenten nicht durchgedrungen. Der oberste Chef, Mr. Price, leitete seinen Logistik-Konzern von unterwegs und war selten in Köln. Er hatte die Barbi aber einmal im Restaurant im Messeturm gesehen, bei einem Geschäftsdinner. Er konnte nicht begreifen, warum man eine so aparte, elegant sich in ihrem Busineßkostüm bewegende Frau wie die Barbi als guterzogener Herr nicht grüßen solle. Er ließ die Beschwerde einfach liegen.

Der rasend wütende Vorgesetzte Barbis traf sie nun also erneut in einem der Firmenflure. Natürlich war er vollständig davon überzeugt, daß die schlechterzogene Untergebene die Gelegenheit nutzen würde, sich endlich zu entschuldigen. Oder, wenigstens das, laut brüllend grüßen würde. Die Barbi ahnte von solcher Erwartung nichts. Sie ging mit ihrem Model-Gang auf ihn zu, sah an ihm vorbei und beachtete ihn nicht. Es war, als ginge sie durch ihn hindurch, und er mußte sogar ein bißchen springen, um von ihr nicht getroffen zu werden. Er brauchte ein paar Augenblicke, um zu reagieren, so geschockt war er, aber dann ging es los mit dem unflätigen Zeug.

»Du bist hier nicht mehr lange, du Sau! Du arrogantes Stück, du …«

Er beleidigte sie aufs übelste, und deswegen war sie nun völlig gebrochen. So etwas hatte sie doch selten erlebt, auch wenn früher schon der eine oder andere männliche Mitbürger auf ihre kühle Art in schlimmer Weise reagiert hatte. Es war die ideale Stunde, um das Programm ›Endlich-das-gute-Gespräch‹ auf die Tagesordnung zu setzen.

Sie nahm erst einmal ein Bad, so etwas beruhigte immer. Ich hatte mir einen poetischen Einstieg überlegt, aber wartete natürlich noch ab. Das eigentliche Thema durfte ich erst ansprechen, wenn wir im Bett waren, und erst, nachdem sie mir wirklich alles über den Skandal in der Firma erzählt hatte. Danach wollte ich ihr sagen, wie oft ich in Berlin, der Stadt, in der ich schreiben konnte, an sie dachte, ja liebevoll an sie dachte. Wie ich immer wieder auf neue, unverhoffte, herrliche Momente und Monumente stieß, Situationen, Lichtspiegelungen, Atmosphären, und dann nur einen Gedanken hätte: ›Ach, wäre die Barbi doch hier! Teilte ich doch mit ihr dieses Erlebnis, dieses Geheimnis, und müßte es nicht allein und wertlos mit mir herumtragen!‹ Und dann wollte ich sagen, daß ich jeden Augenblick mit ihr gerne hätte und so weiter, auch diesen gerade, und daß die Beleidigung des Vorgesetzten von mir gerächt werden würde. Ich setzte mich auf den Badewannenrand und beobachtete meine schöne Frau. Zum Glück machte es ihr nichts aus, angestarrt zu werden. Es war aber etwas ungemütlich, und so holte ich einen Stuhl und stellte ihn neben die Wanne. Die Barbi bat mich, ihr ein Glas kalten Orangensaft zu bringen. Und das hieß für mich: Bahn frei für weitere, unterstützende Maßnahmen für ›Das gute Gespräch‹! Ich eilte zur Küche, goß das Glas voll, mischte aber eine Tablette Lexotanil hinein. Und eine 5er-Valium. Man schmeckte das nicht. Ich hatte das schon einmal gemacht. Es war nur eine Vorsichtsmaßnahme. Sollten wir uns DOCH streiten, würde es nicht ausarten. Auf jeden Fall würde die Lexotanil am Ende für gute Laune und Versöhnung sorgen. Und selbst wenn unser gutes Gespräch von meiner lieben Frau aufgrund der Valiumtabletten vergessen würde, so blieb es doch eine Tatsache. Dieses Gespräch. Diese Worte. Sie waren gesagt worden! Das Vergessene war relativ, aber das Geschehene absolut. Außerdem würde ICH es nicht vergessen, und auch ich war Teil des Ganzen, also der Beziehung. Es würde etwas bewirken!

Ich verrührte die Tabletten und lief freudig erregt zum Badezimmer zurück, gab ihr den Drink und setzte mich auf den Stuhl. Ich ermunterte sie, weiter von dem Vorfall bei Price Waterhouse Coupers zu berichten. Eigentlich hatte sie aber schon alles erzählt und sprach nun über andere Dinge in der Firma, die kleinen Sorgen, das tägliche rührende Blabla, das

Angestellte ihren Co-Abhängigen nach Feierabend berichten. Ich zog mich ermüdet zurück und schlug das Bett auf, legte mich hinein.

Nach einiger Zeit kam sie nach. Sie trug einen leuchtkraftweißen, langen Übergrößen-Bademantel und hielt einen wertvollen Kamm mit wenigen Zähnen in der Hand, mit dem sie ihr langes Haar langsam zurückstrich. Wie immer verhielt sie sich so, als würde ich gar nicht im Raum sein. Sie redete zwar, aber genauso würde sie auch mit sich selbst reden, wenn ein Regisseur sie dazu aufforderte, zum Beispiel Visconti in ›Der Fremde‹, der mit ihr die Rolle der Anna Karina neu besetzen könnte. Dies nur als Film-Vergleich, als Ausrutscher, als dem Bachmann-Wettbewerb geschuldeter Niveauabfall. Dort brachten die 45jährigen Nachwuchsautoren oft solche Filmvergleiche, da sie sich in direkter Weise nicht mehr ausdrücken konnten. Nein, die Barbi sah WIRKLICH gut aus, dazu brauchte ich keine cineastische Krücke. Sie ging langsam und in Gedanken versunken im großen Schlafzimmer auf und ab, streifte den edlen Bademantel von den stolzen Schultern, monologisierte, cremte ihre olivfarbene Haut ein, ihre Arme, ihre Beine, ihren Bauch, ihre Brust, ihren Po, und kam irgendwann ins Bett. Ich betastete ihre Schenkel. Sie sagte:

»Oh, ich habe ganz vergessen, mein Gesicht einzucremen.«

Und sie stand auf und wiederholte den Vorgang. Ich guckte gern ein zweites Mal zu. Sie ging wieder im Zimmer umher, langsam, gleichgültig, schamlos. Wie sehr ich doch diese Vertrautheit schätzte und wie unangenehm mir das Gegenteil war, die Unvertrautheit der One-Night-Stand-Situation, die in Berlin die Regel war im sexuellen Feld. Schließlich schlüpfte sie wieder unter die Decke, nun schon leicht gutgelaunt durch die Heiterkeits-Tablette. Die Valium wirkte etwas später. Ich griff wieder nach ihr.

»Daß du heute so unbedingt mit mir schlafen willst …?« sagte sie belustigt.

»Nein, du mußt dir keine Sorgen machen. Ich tu dir nichts, ich will doch nur spielen.«

Ich mußte sie einfach anfassen, und zwar ganz und gar. Aber es stimmte, daß ich gar nicht mit ihr schlafen wollte, jedenfalls nicht in erster Linie. Um die Barbi in eine Stimmung des Wohlwollens zu versetzen, zählte ich ihre Vorzüge auf; jedenfalls war das mein Plan. Erst sagte ich:

»Jetzt, da ich den Ur-Lohmer lese, merke ich, daß es den normalen Menschen ganz anders geht als uns. Weißt du, daß wir eigentlich allen Grund haben, glücklich zu sein? Daß wir frei sind von all den Sorgen, die die anderen haben, nämlich Krankheit, Todesgefahr, Armut und Not?«

»Das fällt dir JETZT ein?«

»Ja. Für die anderen war der Zustand, den wir haben, der absolute Ausnahmezustand. Irgendwo war immer gerade der G.A.U., der Tod, der Dammbruch, die Pest und der Krieg, die Schwindsucht, der Faschismus! Wir dagegen müßten uns eigentlich Tag und Nacht an den Händen halten und uns liebhaben vor Glück.«

»Tun wir doch auch.« Ich schluckte. Richtig, die Barbi hatte eine andere Wahrnehmung als ich.

»Ich meine, du, eigentlich dürften wir uns gar nicht mehr streiten.«

»Ja, tun wir das denn?«

»Nein, nein, es … wäre auch ganz verrückt. Für mich jedenfalls. Immerhin habe ich in dir einen ganz wunderbaren Menschen. Du bist integer, tolerant, loyal, ehrlich und verläßlich!«

»Das höre ich gern. Das ist das Seltsame an dir, daß du immer solche Komplimente machst!«

Sie lächelte. Ich hatte sie gewonnen. Nun konnte ich alle Komplimente, die ich gesammelt hatte, anbringen. Das Tolle daran war: Sie stimmten auch alle! Die Barbi war, beispielsweise, wirklich loyal. Sie war treu bis ins Mark. Selbst wenn ich sie im Bett mit einem anderen erwischen würde, würde sie wutentbrannt aufspringen und versichern, daß dies nichts zu bedeuten habe. Sie würde das auch selbst glauben, und es wäre auch so. Denn sie machte keine krummen Sachen. Sie war integer wie vor ihr höchstens Albert Schweitzer, der Lepra-Arzt aus dem Dschungel Kolonialafrikas. Und ehrlich war sie auch. Sie log nie. Und sie war tolerant. Ich war mir sicher: Ich konnte ihr einen selbst herbeigeführten Massenmord in Ruanda beichten, und sie würde mir verzeihen. Ich machte also weiter:

»Machen denn andere nicht solche Komplimente?«

»Doch. Aber bei allen anderen hat es mich immer gestört. Nur bei dir ist es mir nicht unangenehm. Es ist so crazy, daß es Spaß macht.«

»Genau. Und weil es stimmt. Meine Komplimente stimmen nämlich! Ich habe sie alle nachgeprüft. Sozusagen verifiziert. Du bist zum Beispiel menschenfreundlich, offen, hilfsbereit, kameradschaftlich, vorurteilslos, engagiert, politisch interessiert, geschmackvoll, stilsicher, rücksichtsvoll, gut erzogen, gebildet, erotisch, leidenschaftlich, uneitel, mädchenhaft, unverstellt, und natürlich bist du ganz besonders intelligent!«

»Na, die Intelligenz kommt wohl ganz zuletzt.«

Da hatte sie recht. Ich fand durchaus, daß sie hundertmal schneller im Kopf war als vergleichbare einsame Herzen, die ich in Berlin-Mitte aufgegabelt hatte. Das war eine Intelligenzleistung von der Barbi, die sie jederzeit in großer Runde abrufen konnte. Kollegen waren von ihr entzückt, denn andere Schriftsteller hatten an ihrer Seite fast immer muttihafte Spießerfrauen. Leider gelang es mir fast nie, Barbi mit meinen Kollegen zusammenzubringen, da sie Berlin einfach nicht besuchte. Früher hatte ich gedacht, meine lange Zeitspanne in Köln würde eines Tages durch eine lange gemeinsame Zeitspanne in Berlin vergolten. Aber diese Rechnung hatte es wohl immer nur in meinem verdrucksten Bewußtsein gegeben. Die Barbi hatte niemals daran gedacht. Ich war der Mann an ihrer Seite, bis in alle Ewigkeit sollte ich das bleiben. Ärger stieg in mir auf. Schnell sagte ich:

»Was hat der Typ denn alles genau gerufen? Weißt du es noch?« Ich sprach von dem Kollegen, der sie beleidigt hatte.

»Er hat immer meinen Nachnamen gerufen, ohne Anrede, und immer wieder ›du arrogantes Arschloch‹ darangesetzt.«

»Furchtbar. Wie kann man das nur machen, gegenüber einer FRAU?«

»Versteh ich auch nicht.«

»Der muß krank sein. Jedenfalls: Ich finde, du hast großartige Eigenschaften. Der Ur-Lohmer hätte dich wahrscheinlich mit ›von einzigartiger Tugendhaftigkeit‹ beschrieben. Jedenfalls, wenn dein Glaube noch stärker wäre. Aber das kann ja noch kommen, durch unseren neuen Papst.«

»Sag mal, warum stellst du eigentlich nie deine Kaffeetasse in die Spülmaschine, nachdem du sie benutzt hast?«

Sie sagte das ganz freundlich. Aber was sollte ich antworten, ohne einen Streit zu provozieren? Wenn ich sagte, daß die Kaffeetasse im Vergleich zu Tod, Krieg, Pest und Faschismus keine Bedeutung hatte, hätte sie voll dagegengehalten. Dann wären Generalvorwürfe gekommen. Ich sei eingebildet, von der Mutter verzogen, hielte mich für etwas Besseres, wolle sie zur Putzfrau degradieren und so weiter. Da ich wußte, daß sie die Tabletten im Blut hatte und bald gut draufkommen würde, versuchte ich es mit einer Entschuldigung:

»Oh verdammt, Liebling, das habe ich ganz vergessen. Weißt du was? Ich stelle sie jetzt schnell in die Spülmaschine, und dann kommt es nie wieder vor. Ich verspreche es!«

Ich fand in der Sekunde, daß ich sogar wahrhaftig gesprochen hatte. Warum sollte ich dieses Detail in meinem Leben nicht ändern?

»Du kannst dich nicht immer mit einer Entschuldigung herausreden! Immer wieder dieses Entschuldigen, und es ändert sich doch nichts! Mir reicht's langsam.«

»Es ändert sich nichts? Das ist aber jetzt unfair.«

»Unfair? UNFAIR?! Das sagst DU? Weißt du, was ich letzten Monat in deinem Zimmer gefunden habe? Eine Tasse, in der einmal Kaffee gewesen sein mußte, jedenfalls war der eklige Rand so weit eingetrocknet, daß die Spülmaschine ihn nicht mehr weggekriegt hat!«

»Vielleicht … sollten wir darüber reden. Ich meine, vielleicht sollten wir einmal über ALLES reden. Also ich meine, über alles, was UNS betrifft, im Guten, wie die besten Freunde …«

»Wie bitte?!«

»Nein, wie die besten Verliebten natürlich.«

»Du willst dich wieder rausreden. Wie oft habe ich dir das schon gesagt mit der Spülmaschine. Und das Allerschärfste kommt ja noch! Du hast, als ich weg war, die Maschine laufen lassen, obwohl sie nur HALB VOLL war! Ich kann einfach beim besten Willen nicht verstehen, wie jemand SO ETWAS TUN kann! Kannst du mir das bitte mal erklären?!«

»Nein.«

Sie geriet völlig außer sich. Sie setzte sich im Bett auf und schlug meine Hand weg, die schon wieder auf ihrem Schenkel lag. Sie bestand darauf, daß ich ihr erklärte, warum ich das getan hätte. Es sei umweltzerstörend und unvernünftig gewesen, wider jede Logik. Man müsse eine Spülmaschine doch DANN anwerfen, wenn sie VOLL sei und nicht halb leer. Wieso ich das getan hätte? Sie habe in Shanghai einen Film im Hotelzimmer gesehen, da sei auch so ein Schriftsteller gewesen, der habe seine Frau die Treppe runtergeschmissen und getötet. Es sei natürlich als Unfall gewertet worden. Aber 17 Jahre später habe er dasselbe noch einmal gemacht. Diesmal kam ihm die Polizei auf die Spur. Und so ein Typus sei auch ich, jedenfalls wenn ich so geisteskrank mit der Spülmaschine umgehe.

»Liebling, ich kenne seit 20 Jahren Schriftsteller, insgesamt sicher eine dreistellige Zahl. Aber ich gebe dir mein Ehrenwort, daß kein einziger von ihnen seine Frau die Treppe runterwerfen würde.«

Ich überlegte. Wann wirkte die Lexotanil endlich? Warum beruhigte sich die Frau nicht? Hatte ich mich bei den Tabletten vergriffen?

»Woher soll ich wissen, wer du in Wirklichkeit bist? Ein Kinderschänder oder so vielleicht? Das kann man bei KEINEM wissen, weißt du? Das sagen sie immer wieder, daß man das vorher nicht wissen kann. Kürzlich im Fernsehen haben sie wieder gesagt, es gibt kein Raster, keine soziale Schicht, JEDER kann es sein!«

»Ich nicht!«

»Das sagen sie alle!«

»Ich weiß es aber, Herrgott! Ich kenne mich doch!«

»Seltsam, wie dich das plötzlich aufregt. Daran kann man doch sehen, daß da was im Busch ist. Solche Aufgeregtheiten sind immer ein sicheres Zeichen dafür. Ich bin da ziemlich sensibel.«

»Barbi, kurz ein Themenwechsel! Ich finde, daß wir ziemlich gut zusammenpassen. Viele Jahre hindurch hatten wir eine echte Liebesbeziehung. Und die können wir auch, finde ich –«

»Wir haben keine Liebesbeziehung?«

»Seit deiner Festanstellung bei Price Waterhouse Coupers haben wir eine Beziehung, die einmal eine Liebesbeziehung war und die jetzt halt eine andere Beziehung ist. Wichtig ist aber einzig, daß –«

»Eine andere Beziehung?«

»Nein, ja, sie ist jetzt eben anders. Aber eigentlich geht es uns gut, jedenfalls wenn man bedenkt –«

»Das nennst du gutgehen, wenn der eine einen zwingt, wie eine Putzfrau hinter ihm herzuräumen? Das ist dein Ideal einer Beziehung? Nein, so geht das nicht, da sehe ich schwarz für uns!«

Hoppla! Eine Warnlampe leuchtete auf. Wenn es in diesem Tempo und diesen Eskalationsschritten weiterging, würde sie noch diese Nacht mit mir Schluß machen.

Ich brauchte eine Auszeit. Eine kleine vorgetäuschte Verletzung wäre gut. Ich überlegte nicht lange:

»Oooooh! Ich glaube, ich hab einen Krampf in der Wade …«

»Oje, du Armer! Wo denn?«

»Gleich, Liebling! Ich muß das strecken! Bevor es sich ganz verkrampft!« Ich sprang ungelenk aus dem Bett, humpelte ins Badezimmer.

»Soll ich dir helfen, Schatzi?« rief mir die Barbi hinterher.

Sie konnte so ein Engel sein. Ich sagte ›nein, nein‹ und ›danke, danke‹. Dann machte ich die Badezimmertür zu und nahm mir vor, erst wieder rauszukommen, wenn die Valium voll zugeschlagen hatte.

So war es dann auch. Ich nahm in aller Ruhe ein Bad, ging dann langsam zurück ins Schlafzimmer, wo meine Frau schon wohlig-selig schlummerte. Sie bemerkte mich, blinzelte und sah mich an, nun aber ohne jeden Groll. Im Gegenteil. Sie war verliebt, von der Lexotanil euphorisiert und von der Valium benebelt.

Ein perfekter Mix! Wir liebten uns, und wir hatten es überhaupt nicht eilig. Bis zuletzt glaubte ich, direkt im Endlosschmusen einzuschlafen, aber es kam anders. Von Kopf bis Fuß ganzkörperlich erotisch aufgeheizt, kam es zum Unvermeidlichen, aber viel langsamer, schläfriger und schöner als sonst. Zum ersten Mal seit meinen Studententagen passierte es mir, daß ich nicht mehr die Kraft und das Bewußtsein hatte, mich von der Partnerin abzuwenden, gewissermaßen nach der ›Explosion‹. Ich wachte nachts davon auf, daß ich noch immer auf ihr lag.

›Wahnsinn‹, dachte ich, und ich hörte es mich sogar murmeln, dieses ungläubige DDR-Wort ›Wahnsinn‹. Dann rollte ich mich runter, wollte aufstehen und mir ein Glas kalten Orangensaft holen, merkte aber, daß ich einen echten Muskelkater hatte. Und die Barbi schlief total fest, also das war echt ›Wahnsinn‹. Ich faßte sie an, schüttelte sie etwas.

»Na du, bist du wach?«

Keine Reaktion. War sie tot? Hatte ich sie die Treppe runtergeworfen? Nein, ihre herrliche Brust hob und senkte sich gleichmäßig. Da begriff ich, daß es meine Chance war, ihr doch noch zu sagen, was ich ihr hatte sagen wollen. Sie schlief so felsenfest, daß sie mir nicht widersprechen würde.

Ein Mann muß tun, was er tun muß. Ich krabbelte um das Bett herum, setzte mich so hin, daß ich auf ihr Gesicht einsprach, und sagte wenigstens ein paar meiner Wenn/Dann-Sätze, die ich für das gute Gespräch vorbereitet hatte:

»Hörst du mir zu, Baby? Dann paß mal gut auf! WENN schon Karriere statt Liebe, also WENN man schon die Liebe willentlich durch die Karriere ersetzt, DANN muß man auch die Beute teilen! Und wenn man sie schon nicht teilt, dann darf man dem anderen, der nichts abkriegt und auf dessen Kosten das alles geht, nicht auch noch Armut vorwerfen. Und wenn doch, dann darf man ihn nicht auch noch aus der Wohnung werfen beziehungsweise rauseckeln. Und wenn doch, dann darf man ihm nicht auch noch böse sein! Verstehst du? Man muß sich entscheiden! Beides zusammen geht nicht!«

Mit mir konnte man doch alles verhandeln. Natürlich nicht, wenn die gültige stillschweigende Übereinkunft war, daß sie alles durfte und ich nichts. Daß sie IMMER zu spät kommen durfte und ich nie. Nach dem Grundsatz höherer Gerechtigkeit, wonach sie total tugendhaft und integer war und ich sowieso ein zwielichtiger Schweinehund. Denn das war ich nicht und war es auch die Jahre davor nicht gewesen. Ich sah sie noch mal genau an. Sie lag auf der Seite, ihr wunderschönes Gesicht war von langen dunklen Haarsträhnen fast verdeckt. Es war nicht sehr dunkel, der Vollmond schien durch die großen Fenster. Sie schlief fest. Aber wenn sogar Koma-Patienten nachweislich durch gesprochene Sprache erreichbar waren – warum nicht auch die hochsensitive Barbi? Ich hatte ihr endlich meine Meinung gesagt. Ich holte mein großes Glas kühlen Orangensaft, trank es in einem Zug aus und schlief weiter.

Am nächsten Tag fühlten wir uns tatsächlich besser. Es war, als hätten wir dieses ›gute Gespräch‹ wirklich geführt. Aber wäre das auch so gewesen, WENN wir es wirklich geführt hätten? Nein. Denn erstens wäre es nie so verlaufen. Und wenn doch, hätte, zweitens, schon Tage später nur ICH mich noch daran erinnert, und somit wäre, drittens, alles weitergegangen wie zuvor. So hatte die Barbi währenddessen zwar geschlafen, hatte danach aber ein gutes Gefühl übrigbehalten! Wir verstanden uns in der Folgezeit wirklich prächtig und stritten uns nicht mehr. Abends hingen wir oft am Brüsseler Platz ab und machten sogar Urlaubspläne. Deutschland war mir egal geworden. Der Brüsseler Platz war bereits Italien. Wenn die Barbi in der Arbeit war, sah ich mir den Bachmann-Wettbewerb an. Jeden Mittwochabend trafen wir uns in der Antoniterkirche zur Andacht. Die Barbi spottete noch immer über mein Schmökern im ollen ›Ur-Lohmer‹, gab aber zu, selbst eine Urururgroßmutter zu besitzen, die ein ganz ähnliches Buch geschrieben hatte, nämlich ›Bekenntnisse eines hochanständigen Fräuleins‹, das die Barbi einst verschlungen hatte. Ich war mir sicher, daß dort, da zeitgleich, dasselbe hochgeistige Personal auftrat wie beim Ur-Lohmer, vom Geheimrat Göthe bis zu Fichte, Schleiermacher, Henriette Herz und den Gebrüdern Schlegel. Wir betrieben geradezu Inzucht miteinander, wenn man das bedachte, aber natürlich nur geistige, und auch nur, wenn wir uns noch anschickten, Kinder in die Welt zu setzen …

18 Berliner Sommerfeste

Nachdem zu Hause endlich wieder alles in Ordnung gekommen war, konnte ich mich vor dem Urlaub noch ein
bißchen der großen Politik widmen. Schröder war noch immer
im Amt, das war meine Chance. Ich mochte ja den Gerd. Solange er die Fäden zog in der Hauptstadt, konnte ich mich überall
umtun. Längst war es Sommer geworden, nicht nur in Köln,
auch in Berlin, und hätte es auch dort Ring-Prolls gegeben, so
hätten sie nach Herzenslust gebechert und Krach geschlagen.
Es gab aber keine. Die Kommune glich einer Totenstadt. Dabei
hatten die Ferien noch gar nicht begonnen. Traurig schlich ich
durch das verwüstete Brachland. ›Dies ist einmal die »Berliner
Republik« gewesen!‹ sagte ich zu mir selbst.

Dann kam aber die Woche der großen Sommerfeste. Es
begann am Montag mit dem ›Bild Sommerfest‹. Eine große
überregionale Tageszeitung richtete es aus. Am nächsten Tag
las man in der Bildzeitung, wer alles da war. Die Feste hießen meistens ›Gala‹, also Benefiz-Gala der Aids-Stiftung oder
50-Jahre-BamS-Geburtstags-Gala oder Bundespresseball oder
eben Sommerfest, diesmal. Man sah dann hundert kleine Farb-
bildchen, und auf jedem war ein sogenannter Bild-Prominen-
ter, also einer, der innerhalb des Bild-Kosmos prominent war,
Leute, die sonst keinerlei Bedeutung hatten, wie Babs Becker
oder Udo Walz. Ich fuhr also zum Axel-Springer-Haus in der
Axel-Springer-Straße, direkt an der Mauer.

Eine seltsame Mondlandschaft war das da. Keine Menschen,
keine Limousinen, gar kein Auftrieb. Die Gegend war beson-

ders trostlos, weder Wohngegend noch Geschäftsgegend. Überall nur Brandmauern und dazwischen unbebaute Plätze oder Tiefgaragen, die unbelegt waren. Dann ein mehrere hundert Meter langer roter Teppich, der zig Kurven nahm und vom Haupteingang zu dem Gebäude führte, auf dessen Dachterrasse die große Sause stattfinden sollte. Ich trabte von Kurve zu Kurve. Alle zehn Meter stand eine junge Hosteß stramm und lächelte verheißungsvoll – wahrscheinlich, weil ich, soweit ich sehen konnte, der einzige Gast war. Wenn man aus Köln kam, fiel einem immer sofort auf, wie leer und unbewohnt Berlin war. Aber warum kamen selbst zum Großen Bild-Sommerfest weniger Menschen als zu jeder Pittermännchen-Kneipe in Kölns Außenbezirken? Mindestens hundert Pseudo-Prominente mußten dann doch da gewesen sein, ihr Fotochen am folgenden Morgen bewies es.

Endlich erreichte ich den Tresen, an dem man seine Einladungskarte, unterschrieben von Friede Springer, vorzeigen mußte. Ich hatte keine und sagte das auch, wurde jedoch geradezu hektisch weitergewinkt. Auf jeden Gast kamen ungefähr zwei Kellner. Ich schritt den Kies auf der Dachterrasse ab, kam an einer Gruppe älterer grauhaariger Herren aus dem Vertrieb vorbei. Ich hörte, wie einer sagte: »Hast du Udo Walz gesehen?«

Der andere konterte wie aus der Pistole geschossen:

»Ja, und der Scharping ist da!«

Wow! Der Herr Bundesverteidigungsminister von vor vielen Jahren! Mit Gräfin Pilati wahrscheinlich. Tatsächlich konnte man am nächsten Tag ihren ganzen Namen lesen, die Buchstaben größer als das Foto: ›Exminister Rudolf Scharping (57) verliebt mit Partnerin Kristina Gräfin Pilati-Borggreve (57)!‹.

Da auf einen Kellner etwa zwei Fotografen kamen, wurde auch ich fotografiert. Aber als was würden sie mich bezeichnen? Welche Frau konnten sie mir zuordnen? Tatsächlich kam der männliche Gast grundsätzlich mit Frau. Allmählich erkannte ich vage die ersten Gesichter. Das heißt, ich ›erkannte‹

die jeweiligen Fake-Promis immer nur zu zehn Prozent und rätselte dann minutenlang weiter: ›War das nicht … äh … äh … äh … der Typ, der mal mit Boris Becker befreundet gewesen war, dieser Hochspringer … Bernd Herzsprung, nein, Bernd, nein, Carlo Thränhardt! Oder doch nicht?‹

Die meisten Gesichter kamen mir bekannt vor, weil sie Kolumnen in der Bildzeitung schrieben und ihr Portrait daneben abgedruckt war. Oder weil sie bei der Berichterstattung über eigene Galas, Feste, Bälle und Jubiläen im Foto neben Halbprominenten gestanden hatten. Claus Jacobi erkannte ich, weil der mal bei der WELT Senior-Chef gewesen war, als ich dort als Volontär anfing, nach dem Abitur. Nun stand er wieder vor mir, rüstige 110, offenes Hemd, braungegerbte Haut. Mir war's zu unheimlich, und ich schlenderte grußlos weiter. Noch immer schrieb er täglich eine endlos lange Moral-Kolumne auf der zweiten Seite, direkt unter ›Post für Wagner‹. Sein Gehirn hatten sie für immer dichtgemacht und plastikverschweißt, als Adenauer zum Kanzler gewählt wurde.

Ich nahm die Musik wahr, sosehr ich mich auch dagegen sträubte. Altherren-Disco. So ein pumpender, automatisch eingestellter Boney-M-Rhythmus, zu dem zuletzt meine Eltern auf Ibiza tanzten, als Dieter Bohlen noch ein richtig heißer Tip war.

Schon wieder ein widerwärtiges Gesicht: Klaus Uwe Benneter. Angeblich Generalsekretär der SPD, in Wirklichkeit StamoKap-Führer aus der Apo-Zeit. Was machte der beim Klassenfeind? Was wollte der hier? Warum verteilte er nicht Flugblätter gegen Vietnam?

Dann natürlich Wowereit, Berlins Regierender Partymeister. Und Béla Anda, »früher bei BILD, heute Regierungssprecher«. Und Vicky Leandros. Früher Schlagerstar, seit 40 Jahren nicht mehr, dafür von Beruf »Prominente«, wie auch viele andere, bis hin zu Laurenz Meyer: »Der Ex-CDU-General (57) und Freundin Sonja (32) gut gelaunt: ›Uns geht's richtig gut!‹« Und so weiter, Ex, Ex, Ex.

Immer wieder beschleunigte ich meinen Schritt, weil irgend

jemand häßlich lachte. Dieses häßliche Altmännerlachen, dagegen bin ich nämlich allergisch. Endlich ein noch amtierender »Prominenter«: Kai Diekmann! Und erst (41)! Der Jüngste auf der Party. Ich blieb in seiner Nähe stehen, und wirklich kam Holger Pfahls hinzu, nein, äh ... äh ... Friedberg Pflüger, der außenpolitische Sprecher der CDU, glaube ich, (51), und der hatte eine echte Status-Frau dabei! Eine attraktive Blondine, märchenhaft schön, im weißen Kleid, winziger Popo, mit breitem Lachen, das sie jederzeit einsetzen konnte. Ich hatte Pflüger immer für schwul gehalten, oder für einen Waffenhändler. Wie man sich doch in den Menschen täuschen konnte, bis man sie persönlich traf!

Aber gerade, als ich mir ein Getränk geholt hatte, um mir Mut anzutrinken, und die anziehende Status-Frau (27) ansprechen wollte, waren die Pflügers wieder gegangen. Das kalte Buffet mit Tausenden von Crèmes, Puddings, Eis und Petit Fours blieb fast völlig unberührt. Es waren einfach zu wenig Leute da. Und wenn Pflüger schon ging, wollte ich nicht der Lückenfüller sein und ging auch.

Diese Enttäuschung hätte mir fortan das Vorurteil eingeben können, daß Medienfeste scheiße sind. Aber ich war nicht so. Alles bekam bei mir eine zweite Chance, Vorurteile waren mir vollkommen unbekannt. Tags darauf gab es das große ZDF-Sommerfest.

›Nichts wie hin!‹ dachte ich mir. Sicher konnte man umsonst essen und endlich andere Nasen sehen als die von Babs Bekker und FDP-Gerhardt (61). Ich ahnte noch nicht, wie sehr ich recht haben sollte! Da waren tausendmal mehr Leute als beim Schmuddelblatt. Alle, die Angst hatten, neben Vicky Leandros als neues Mitglied des Loser-Clubs abgelichtet zu werden, strömten zum ZDF-Fest. Ich merkte plötzlich, wo die wahre Macht im Lande lag. Weiß Gott nicht bei der Groschen-Postille, wie ich so lange gedacht hatte, sondern bei der großen öffentlich-rechtlichen Riesenkrake, die strukturell links war, weil Teil des Sozialstaates. Zehntausende von gut ausgebildeten, lebenslang korrumpierten, bestens versorgten Leuten organisierten das kollektive Bewußtsein und verwalteten es, gewissenhaft und mit tödlicher Langeweile. An ihrem lethargischen Klammergriff war inzwischen unser ganzes Gemeinwesen abgestorben. Das waren die Assoziationen, die ich in dem Moment hatte und die natürlich komplett blöde sein konnten.

Ich ging hin. Schon wieder hatte ich keine Einladung. Aber diesmal wurde ich nicht durchgewinkt. Hunderte von fabrikneuen Siebener-BMW-L-Limousinen standen vor dem Lustgarten und dem Berliner Dom. Ich sah, wie vor mir Leute abgewiesen wurden und verzweifelt-unschlüssig vor den hohen Stahlgittern verharrten, die die Polizei errichtet hatte. Ich erkannte sogar Leute, die in gewisser Weise fast prominent waren, etwa Mathias Döpfner, Michael Mronz, Peter Limbourg und Vicky Leandros. Wenn DIE schon nicht reindurften, dann durfte ich es erst recht nicht. Zumal genau an dem Morgen Bild ein briefmarkengroßes Portrait von mir veröffentlicht hatte, mit den Worten ›Schreibt ein neues Buch: Kult-Dichter Johannes Lohmer (45) mit BILD-Hosteß Julia Vetter (21)‹. Da hatte ich wohl zufällig neben einem der Zigarettenmädchen gestanden und mich festgequatscht. Weil das die einzigen Nicht-Gerontos da waren. Ich konnte nur beten, daß die Barbi es nicht entdeckte. Na, die würde eher Harakiri begehen, als die verhaßte BILD-Zeitung auch nur anzufassen …

Was also tun? Der Trubel und der Polizeischutz waren größer als beim Clinton-Besuch vor einigen Jahren. Gut, da war Clinton bereits Privatmann. Es war leichter, als Terrorist mit zwei Kilo Sprengstoff in eine Lufthansa-Maschine zu kommen als hier ohne Einladung ins Sommerfest. Schließlich sprach ich einen Gast an, der das Sommerfest bereits verließ, ob er mir nicht seinen festgetuckerten Armreifen überließ. Er tat es. Mit dem Ding am Handgelenk konnte ich im Prinzip lässig durch die Kontrollen laufen. Ich sah aber, daß vor mir jemand, der genau das tun wollte, festgehalten wurde. Er mußte erneut nicht nur seine schriftliche Einladung zeigen, sondern auch seinen Personalausweis und seine Tasche, die nach Waffen untersucht wurde. Ich verzichtete daher auf komplizierte

Manöver und wartete lieber, wie im Fußball, auf die Sekunde für den tödlichen Paß, für die geniale, imaginierte Vorlage. Als die Pitbulls am weitesten auseinanderstanden, lief ich los, erst gegen die Laufrichtung des einen, dann gegen die des nächsten, immer so weiter, und immer das linke Handgelenk mit dem ZDF-Bändchen locker halbhoch in Gesichtshöhe haltend. Sie koordinierten sich falsch, die Ordner, und niemand wußte, wer von ihnen nun für mich zuständig sein sollte. So kam ich hinein.

Diese Leute hatten wirklich Geschmack. Das schönste Areal der Stadt hatten sie sich gesichert. Die Spree floß ruhig an den alten Arkaden vorbei. Hier hatte schon der Ur-Lohmer seine schönsten Stunden verbracht, in den Wandelgängen der Museumsinsel, wacker diskutierend mit dem jungen Fichte und dem unschicklich heterosexuellen Jacobi. Doch statt erbaulicher Kammermusik gewahrte ich nun eine Musik, die noch scheußlicher war als die der Bild-Fuzzis, nämlich live gespielten Swing Jazz. Es handelte sich natürlich nicht um eine Big Band – soviel Stil konnte das ZDF nicht haben –, sondern um eine Combo, die einfach nur abgegriffene Assoziationen aus lahmen Wim-Wenders-Filmen hervorrief. Mit dieser Musik konnten noch nicht einmal schlechte Art-Direktoren schlechte Kino-Eiswerbung machen – um das Grauen in höchster Potenz gleich einmal anzuführen. Nicht ›In the Mood‹ wurde versucht, was auch schon schmerzhaft gewesen wäre, sondern Dixieland-Swing wie bei FDP-Frühschoppen-Veranstaltungen am Sonntagvormittag. Gerd Schröder war da eine volle Epoche weiter, wenn er sich auf Wahlpartys die frühen Stones wünschte.

Meine Euphorie wurde durch die vielen alten Leute etwas gedämpft. Schon wieder dieses dominierende Grau auf allen Köpfen. Die Leute waren deutlich älter als die Ganoven von Springer. Mich hätte es nicht gewundert, wenn sie sogar die Zigarettenmädchen aus dem Seniorenstift geholt hätten. Und überall hörte ich Dialekte, die ich nicht zuordnen konnte. Schließlich fragte ich entnervt zwei Omis in Walla-Walla-Kleidern, die wohl ›Sommerkleider‹ darstellen sollten:

»Wo kommen Sie her?«

Die Antwort war Mainz. Das ganze ZDF kam aus der Gegend. In Sonderbussen war diese Ethnie nach Preußen gefahren. Ich sah nun viele Notarzt-Teams emsig herumlaufen, hörte aber keine Sirenen. Ein Attentat, kein Attentat, ein Probealarm? Nein, es waren nur einige ältere Gäste mit Kreislaufproblemen zu behandeln. Bis zu zwei Dutzend Schlaganfälle gleichzeitig hätte man versorgen können, soviel Personal stand ärztlicherseits zur Verfügung. Ich fühlte nach, ob ein Schlaganfall bei mir bevorstand, fand aber nichts. Die Pumpe schlug in aller Ruhe vor sich hin.

Ich war zu jung für diese Gesellschaft. »Trau keinem unter 50« schien das Motto der ZDF-Gewaltigen zu sein. Ich blickte auf die bewegte Menge, und mir fiel auf, daß dieses Publikum besser gekleidet war als bei Bild. Ja, diese öffentlich-rechtlichen Gerontokraten aus Mainz. Arrogante Gutmenschen oder sogar Herrenmenschen, elitär und trotzdem reinsten Gewissens. Aber verdammt, wo waren jetzt die Prominenten, nein, die Politiker? Ich wollte über die Neuwahlen sprechen und über Schröders Vertrauensfrage, die unmittelbar bevorstand. Ich blickte angestrengt um mich. Überall essende Alte. Als wäre hier die Massenspeisung im Lande Kanaan oder so was. Kilometerweit Buffets, mal heiß, mal kalt, mal wieder heiß.

Endlich sah ich Scharping, aber der war ja nicht mehr gut informiert. Dann Udo Walz, aber der war nun gar kein Politiker. Da, Müntefering, aber der ging gerade. Und Otto Schily. Den traute ich mich nicht anzusprechen. Manfred Stolpe. Zu glatt – was sollte DABEI schon herauskommen? Peter Limbourg, dieser N24-Chef. Sicher mit dem Ohr an der Macht, aber er guckte immer so seltsam zu mir herüber, als hätte er etwas gegen mich. Außerdem war er so hochgewachsen, daß ich zu ihm hätte hochbrüllen müssen. Ich sah ein paar befreundete Journalisten. Gut, besser als nichts. Ich sprach dann lange mit politischen Redakteuren vom SPIEGEL, merkte aber, daß sie schlechter informiert waren als ich. Anschließend waren alle Politiker verschwunden. Die kamen und gingen wohl alle binnen einer Viertelstunde. So hatte ich die Merkel und den alten Kohl mit seiner neuen Lebensgefährtin verpaßt. Ich nahm mir vor, beim nächsten Sommerfest früher zu kommen und besser aufzupassen.

Das war am nächsten Tag, beim großen Stern-Sommerfest. Nun waren es nur noch Stunden bis zum historischen Mißtrauensvotum. Ich hatte mir diesmal eine Einladung besorgt. Das war problemlos, da ich mit der gastgebenden Zeitschrift befreundet war. Um Punkt acht betrat ich das Spree-Palais, in dem der Stern residierte. Erneut galt: Die Linken hatten sich Berlins Filetstücke gesichert. Nobler und feiner konnte man nicht residieren. Die Leute badeten in Prunk und Protz, schienen Geld ohne Ende zu haben. Alles war noch eine Dimension großartiger und feiner als am Abend zuvor. Man hörte auch keinen verschollenen Dialekt mehr. Die meisten Herren trugen schwarze Anzüge, und einige hatten sogar noch ihre natürliche Haarfarbe. Natürlich gab es trotzdem erneut keine einzige ewige 35jährige, die Claudius Seidl in seinem Buch ›Schöne junge Welt‹ erfunden hatte, aber ich blieb, denn ich war glücklich verheiratet und brauchte keine schönen Frauen zu meiner Erbauung. Sondern waschechte Politiker! Und ich bekam sie. Sie waren alle da. Hier beim Stern, bei den Linken. Nicht beim FOCUS, nicht beim CDU-Sommerfest, nicht beim BDI. Der Staat gehörte einfach den Linken, denn die Linken waren die Medien, und das würde sich beim Regierungswechsel nicht ändern. Hans-Ulrich Jörges war da und auch die Merkel. Sie ging nicht nach zehn Minuten, sondern blieb den ganzen Abend. Andauernd rannte sie zum Buffet, bestimmt viermal, immer selbst und ohne Diener, was ich sympathisch fand, mit unzügelbarem Appetit.

Die Schultern hatte sie leicht eingezogen, und anders als ihr Vorgänger Schröder strahlte sie nichts Präsidiales aus. Immer guckte sie so unsicher seitlich und stand überbetont breitbeinig da, was auch eher unsicher wirkte. Die Sachen, die sie anhatte, sahen übel aus. Unpassend, unelegant, abgetragen, wie bei Woolworth gekauft. Ein eher helles Sommerjackett, das ihr nicht stand, kurze Haare, die aber hochtoupiert waren, eine dunkle Männerhose und absatzlose Latschen. Sie sah außerdem überarbeitet und deutlich älter aus, als sie war. Ein Wrack also, noch ehe sie mit der Regierungsarbeit begonnen hatte. Das konnte nichts werden. Irgendwie sah sie aber auch nett aus und mütterlich, so wie diese Berliner Frauen mit Mutterwitz. Sie wirkte dadurch unernst und wie ein Leichtgewicht. Jemand wie sie konnte unmöglich den Posten vom Gerd übernehmen. Das war es, was Stoiber gemeint hatte, als er von ihr und Westerwelle als »Leichtmatrosen« gesprochen hatte. Die ganze Zeit hatte sich dieser N24-Chefredakteur neben ihr aufgebaut, Peter Limbourg, der dafür viel zu groß war und der auch nichts sagte. Merkel und Limbourg sprachen nicht miteinander, warum also wich er nicht von ihrer Seite? Suchte er verzweifelt die Nähe zur Macht? Es sah schon absurd aus, dieses ungleiche Paar, und daß die Merkel den Tölpel nicht loswurde, sprach gegen sie. Schröder hätte den mit einem einzigen Haifischlächeln verscheucht.

Mainhardt Graf Nayhauß schlich herum, endlich einmal ein echter Prominenter, eine hochgradige Persönlichkeit erster Kajüte.

»Na, alles in Dortmund, Herr Graf?« fragte ich beflissen. Er ging nervös zuckend weiter. Hier war Geld, hier war Luxus und Überfluß. Die Hostessen trugen dunkelrote Goldbrokatkleider und waren natürlich alle Models. Man hätte sie an sich reißen mögen. Aber alle im Areal waren bestens verheiratet und hatten keinerlei Sinn für solchen Erotik-Schmarrn. Wozu eine Frau dieser Art auch nur beachten, wenn man einen Angela-Merkel-Typ zu Hause hatte, oder sogar neben sich? Wieder waren alle Männer mit weiblicher Begleitung gekommen. Wer das nicht tat, galt heutzutage als stockschwul. Deshalb kamen selbst die Halbschwulen in weiblicher Begleitung, um nicht als stockschwul zu gelten.

Als der Kampa-Chef einmal zufällig neben mir stand, fragte ich ihn, ob er auch glaube, daß es keine Neuwahlen gebe. »Klar gibt es die!«

»Na ja, Köhler prüft das und sagt dann nein. Basta!«

»Kann er nicht, weil schon Kohl das so gemacht hat.«

»Dann geht die Klage nach Karlsruhe, und die Sache scheitert da.«

»Ja, aber erst lange NACH den Wahlen. Bis dahin kräht kein Hahn mehr danach.«

Lächelnd ging er weiter. Hatte er recht? Kohl hatte den Bundestag aufgelöst, um sich durch Neuwahlen einen fetten Sieg zu bescheren; eine grobe Manipulation zu seinen Gunsten. Genau DAS hatte das Grundgesetz verhindern wollen. Und es war trotzdem durchgekommen. Dann mußte es jetzt erst recht durchgehen. Verschüchtert fragte ich Wolf von Lojewski. Der machte mir wieder Mut:

»Köhler ist anders. Ein weltfremder Technokrat, ein Außenseiter. Er wird sturköpfig das entscheiden, was er zufällig für richtig hält. Und da ist beides gleichermaßen möglich. Die Wahrscheinlichkeit, daß er nein sagt, beträgt genau 50 Prozent. Ich kenne ihn gut, habe ihn oft getroffen.« Innerlich jubelte ich. Doch keine Neuwahlen, vielleicht! Und der Kanzler hatte bereits definitiv gesagt, daß er weitermachen werde, wenn Köhler nein sagte. Mit anderen Worten: Schröder wäre dann ein Kanzler, der bewiesen hätte, daß er nicht an seinem Stuhl klebte. Ein Politiker, dem es nicht um Macht, sondern um Verantwortung ginge, um Gestaltung, um des Volkes willen. Ein Regierungschef, der nicht nur vom Volk gewählt war, sondern nun auch noch zusätzlich die Legitimation durch den Bundespräsidenten besaß. Und Köhler mußte sich volle 21 Tage Zeit lassen mit seiner Entscheidung, das war so vorgeschrieben. Genug Zeit also für Schröder, mit dem Mann ein paarmal essen zu gehen und ihn zum Freunde zu gewinnen. Das schaffte der Gerd mit links. Eine kleine Charme-Offensive, und der spröde Technokrat war Feuer und Flamme für unseren herrlichen jungen Kanzler! Erst beim zweiten oder dritten Essen mitsamt Frauen würde Schröder einfließen lassen, wie leicht die Staatskrise in ihr Gegenteil zu wenden wäre, wenn das Staatsoberhaupt persönlich für die mühsam angestrebte, aber nur auf diesem etwas fragwürdigen Weg zu erreichende Legitimation durch ein ›Weitermachen!‹-Machtwort sorgte …

Solchermaßen beflügelt, wandte ich mich an Laurenz Meyer, den Ex-CDU-General:

»Köhler sagt nein. Wissen Sie es schon?«

Er sah mich dunkel an, mit fast brutalen Augen.

»Zunächst einmal: Für wen arbeiten Sie?«

Die Frage hatte ich durchaus erwartet. Und ich wußte, daß er sich wortlos wegdrehen würde, wenn ich gestand, nur ein Privatmann zu sein. So antwortete ich:

»Für die ›taz‹.«

Sofort tanzte ein Lächeln auf seinem vorher so mürrischen Gesicht. Er sagte:

»Köhler sagt ja. Und tut damit etwas Gutes für Deutschland. Jeder Tag ohne Rot-Grün ist ein guter Tag für Deutschland.«

»Aber es wäre verfassungswidrig. Deshalb sagt er nein. Warum sollte er einen Verfassungsbruch begehen? Welches Motiv sollte er dafür haben? So ein ehrenwerter Mann, Sie kennen ihn doch?«

»Nein, ich kenne ihn nicht. Und er wird es tun, weil es gut ist für Deutschland, für unser Vaterland. Weil er damit unserem Volk einen sehr großen Dienst erweist! Weil nämlich jeder weitere Tag, an dem das rot-grüne Regierungschaos NICHT mehr besteht, ein wundervoller und guter Tag für unser gesamtes deutsches Vaterland sein wird!«

»Ich danke Ihnen!«

Ich schlug im Geiste die Hacken zusammen und war froh, Herrn Meyer wieder los zu sein. Den hatte die Merkel also abserviert. Sauber, Angie!

Nun spielte die Musik auf, der gemütliche Teil sollte wohl starten. Stevie Wonder von 1972 wurde von einer Kapelle intoniert, also die meistgespielte Platte zwischen Caruso 1904 und ›Thriller‹ 1985. Selbst ›Street Life‹ und ›It's raining men‹ hatte man im Vergleich dazu seltener als Stimmungsmittel geriatrischer Schwachsinnsfeste eingesetzt. Ich machte förmlich einen Satz Richtung Ausgang. Auch der ›Stern‹ war kulturell also 1972 stehengeblieben, wie die ganze Gesellschaft. Ob ich es innerhalb der mir vergönnten Gesamtlebensspanne noch einmal anders erlebte? Würde diese Zeit jemals aufhören? Würde jemals, und sei es in 25 Jahren, also 2030, etwas anderes auf Stern-Sommerfesten gespielt werden als Stevie Wonder von 1972? Nein, diese Hoffnung bestand nicht. Also konnte ich auch bleiben, auf dem Fest.

Neben mir mampfte Dagmar Berghoff ein Lachsbrötchen. Mir lag die zynische Frage auf der Zunge, warum sie die Tagesschau nicht mehr moderiere, in ihrem Alter, mit noch nicht einmal 75 Jahren? Aber ich ließ es. Immerhin hatte SIE sich zurückgezogen, mit noch frischen 65 Lenzen.

Dann waren da immer wieder so seltsame 40jährige Stern-Reporter, die schulterlange Kurt-Cobain-Matten trugen, Vier-Tage-Bärte und auffallend helle Sommerjacketts. Oder waren sie doch schon 50? Oder FAST 50, somit noch jung und rebellisch? Wie sah ihre Rebellion textlich aus? Schrieben sie wüsten, anarchischen Scheiß, halb Bukowski, halb Fifty Cent? Böse Zuhältertexte über Einbrüche im Penny-Markt und heiße Bräute, die für sie anschafften ... nein, das ging bei uns nicht. Ich hätte gerne noch herausgefunden, warum, aber immer mehr waschechte Politiker liefen an mir vorbei, und ich wollte noch ein paar abfischen.

Bütikofer! Ich kannte ihn vom Grünen-Sommerfest im letzten Jahr und sagte:

»Wissen Sie es schon? Es gibt keine Neuwahlen.«

»So? Dann warten Sie den morgigen Tag einmal ab.«

»Die SPD rettet sich in die große Koalition, darum geht es. Dafür das ganze Theater. Statt Neuwahlen gibt es einen Koalitionswechsel.«

»Wer sagt das? Wer will das?«

»Das haben sich Schröder, Müntefering, Kurt Beck und Fischer Mitte Mai ausgedacht. Wußten Sie nichts davon?«

Er stand mit offenem Mund da:

»Nein.«

»Dann sage ich es Ihnen hiermit.«

»Das ist ja eine Verschwörung.«

»Genau. Was werden Sie jetzt dagegen tun?«

»Wie ich schon sagte: erst mal die Rede des Kanzlers morgen anhören.« Ich dankte, er ging weiter.

War er nicht ganz vernünftig? Plötzlich wollte auch ich diese Rede hören. Die mußte ja total brisant sein. So ging ich früh ins Bett und stellte den Wecker. Um acht Uhr informierte der Kanzler seine Fraktion. Um 8 Uhr 30 die Fraktion der Grünen. Von da an begann die Sonderberichterstattung von N24. Peter Limbourg berichtete nahezu nonstop aus dem Reichstag. Um zehn Uhr sprach der Kanzler. Die Rede war sehr gut, aber alles andere als brisant. Dann sprach die Merkel. Wieder wirkte sie so fiepsig und leichtmatrosenhaft wie auf der Party. Sie hatte außerdem einen Schluckauf, der sie ziemlich außer Gefecht setzte. Kein gutes Zeichen für sie und ihre schwere Aufgabe. Bei der Rede verschluckte und versprach sie sich andauernd, und es schien ihr gar nichts auszumachen. So unbekümmert und unernst hatte ich zuletzt Mitschüler erlebt, die vor der mündlichen Prüfung gekifft hatten.

Die Strafe folgte auf dem Fuß, in Gestalt von Joschka Fischer, der eine mitreißende, geniale Wahlrede hielt und die Merkel glatt abschoß. Hustend, schluckend und augenblinzelnd saß sie auf ihrem Sesselchen und war alles andere als die neue Regierungschefin. Schließlich kam noch ein Abgeordneter namens Werner Schulz, der genau begründete, warum die Neuwahl ein Verfassungsbruch wäre. Später sagten alle Kommentatoren, daß diese Rede die beste gewesen wäre. Ich dachte: Wenn der Köhler diese Rede auch gehört hat, ist es vorbei mit dem ganzen Theater. Was natürlich toll wäre. Schröder wurde dann erwartungsgemäß das Mißtrauen ausgesprochen, und noch während die Typen von der CDU hämisch klatschten, lief der alte und neue Kanzler im Geschwindschritt zum Ausgang, um zum Schloß Bellevue zu fahren, zum Bundespräsidenten, um mit ihm den Beginn einer wunderbaren Männerfreundschaft einzuleiten.

19 Hartz-Reise

Die Republik bebte noch tagelang weiter, die großen Artikel über die bevorstehenden Neuwahlen wurden geschrieben, aber ich entschloß mich, mit der Ahnenforschung fortzufahren. Nicht zuletzt, weil mein Verlag nun eine Leseprobe anmahnte, suchte ich den »Ur-Lohmer« in Landolfshausen auf.

Bisher hatte ich immer Glück gehabt. Wie durch ein Wunder fand ich immer alle Häuser unverändert und wohlbehalten vor, in denen die Ahnen gelebt hatten, ob im 20. oder im 19. Jahrhundert – warum nicht auch im 18. Jahrhundert? Der Vater des Ur-Lohmer war ab 1777 in Landolfshausen Pastor der dortigen Kirche gewesen. 1780 brachte die Mutter des Ur-Lohmer im nebenstehenden Gemeindehaus den Ur-Lohmer zur Welt. Ich nenne den Ur-Lohmer so, weil er mit seinem packenden Longseller »Aus meinem Leben« alle künftigen Generationen bis ins beginnende 20. Jahrhundert hinein intellektuell und moralisch geprägt haben dürfte. Er lebte ja auch so lange, daß er zumindest die beiden nach ihm kommenden Generationen beruflich entscheidend fördern konnte. Selbst mit seinen Urenkeln stand er auf gutem Fuße, und er starb erst, als drei Mitglieder seiner Familie den Sprung in den Großen Brockhaus geschafft hatten, wobei sein Enkel der berühmteste wurde.

Interessanterweise sinkt diese Linie der Familie schon eine oder gar zwei Generationen eher ab als die von Elias Lohmer. Der Höhepunkt der väterlichen Linie wird ebenfalls von den

261

Enkeln erreicht, genauer gesagt vom Enkel der Urmutter Maria, also erst im 20. Jahrhundert. Aber als Elias Lohmer 1848 geboren wurde, war der Ur-Lohmer schon 68 Jahre alt und auf dem Höhepunkt seiner Macht. Wir werden noch sehen, wie verheerend sich der Absturz der anderen Linie gezeigt hat. Nicht seit drei, sondern seit fünf Generationen ging es mit diesen Verwandten abwärts, die ich nun besuchte.

Wieder wählte ich die Eisenbahn, was mir etwas absurd vorkam, da ich doch wußte, daß der Ur-Lohmer grundsätzlich mit Bio-Energie reiste, mit der Kutsche oder dem großen windgetriebenen Schiff. In Hannover mußte ich umsteigen, dann noch einmal in Göttingen. Ich hatte das Buch vom Ur-Lohmer dabei und den neuen SPIEGEL – es war Sonntagvormittag, und als Abonnent in Berlin hatte ich das Heft ›Schröders letzte Karte‹ schon im Briefkasten vorgefunden – und die Frankfurter Allgemeine Sonntagszeitung nebst Bildzeitung vom Vortag. Die BamS lag im Zug aus, ich faßte sie aber aus Prinzip nicht an. Die BamS war BILD minus Politik, also Geschichten über Proletenmänner, die ihren Schäferhund quälten und deswegen im Dorf gelyncht wurden. Die übrige Medienwelt aber hatte nur ein Thema: Schröder. Es erinnerte mich an das lange Sterben des letzten Papstes. Je länger es dauerte, desto beliebter wurde der Heilige Vater. Auch die Nachrufe auf den Kanzler wurden immer liebevoller. Der SPIEGEL brachte bereits die DRITTE Titelgeschichte über ihn binnen Monatsfrist – das hatte es noch nie zuvor über einen lebenden Staatsmann gegeben. Nils Minkmar schrieb über die ZDF-, Stern- und andere Sommerfeste, immer den Kanzler psalmierend, obwohl der kein einziges Fest besucht hatte. Über die Merkel nur Mitleid und Trost, ein wohlwollendes ›Wird schon noch werden, Mädel!‹ aus allen Gazetten. Man ging nun den steinigen Weg mit ihr, forderte aber eine baldige Seligsprechung des alten Pontifex. So wie der Medienpapst in den Herzen der Gläubigen weiterlebte, so auch unser aller Medienkanzler, der ›Schröder der Herzen‹, wie die BILD-Zeitung ihn eines Tages sicher nennen würde.

Ich erreichte schließlich ›Kreiensen‹. Das war wohl irgendein Dorf kurz vorm Harz. Ich war entsetzt, wie unser deutsches Vaterland in Wirklichkeit aussah. Man machte sich da ja gar keine Vorstellungen. Man sah nur diese verbiesterten Visagen auf Autobahnraststätten und dachte sich nichts weiter, außer vielleicht ›Na, die will ich lieber nicht als Nachbarn im dritten Stock haben‹. Man ahnt, wie sie einen schikanieren würden, diese Teufel. Barbis Vorhaltungen wären dagegen das Wort zum Sonntag. Dabei lag es einfach daran, daß sie ihr Leben im häßlichsten Land der Welt, an den totesten Stätten des Universums absitzen mußten.

Die Landschaft änderte sich jedoch, als der Harz begann. In Kreiensen holte mich ein entfernter Verwandter ab, mein Urgroßvetter dritten Grades Hein Kohlrausch. Er lebte noch in Landolfshausen, einem alten Brauche folgend, wonach ein Familienmitglied im ›Familienmittelpuncte‹ zu verharren habe, damit denselbigen spätere Generationen ansehen und ›liebgewinnen lernten‹. Ich kann gern die ganze Stelle im Ur-Lohmer zitieren:

»Mein Geburtsort ist das Dorf Landolfshausen, drei Stunden von Göttingen, jenseits des Heinberges, nahe der Eichsfeldschen Grenze bei Seeburg. Mein Vater war dort Pastor. Ich bin als Student von Göttingen in den Jahren 1799 bis 1802 dorthin zu meiner Mutter gegangen, um den Sonnabend abend und den Sonntag bei ihr zuzubringen. Meine drei Söhne sind in den Jahren 1830 bis 1836 denselben Weg zur Großmutter gewandert und gleich ihnen mein ältester Enkel in den Jahren 1858 bis 1862. Und mir selbst ist kaum ein einzelnes Jahr vergangen, daß ich nicht die Wiege meines Lebens besucht und meine Kinder und Großkinder eben dahin geführt hätte, damit sie das friedliche Thal mit seinen freundlichen Umgebungen liebgewinnen lernten.«

Hein Kohlrausch hatte ich nur einmal vorher gesehen, und zwar in meinem zehnten Lebensjahre. Meine Eltern, mein Bruder Gerald und ich machten damals eine aufwendige Deutschlandreise im DKW Universal 1000 S, um alle Verwandten zu besuchen und kennenzulernen. Das geräumige und mit fast 50 PS hochmotorisierte Fahrzeug, eine Art früher Van, schaffte die Strecke in weniger als einer Woche. In Heins kleinere Cousine Leslie verliebte ich mich damals, aber sie starb, wie berichtet, wenig später. Hein selbst blieb mir ebenfalls lebhaft in Erinnerung, nämlich als ›Franz Gans‹, denn so nannten ihn mein Bruder und ich. Dieser Spitzname beschrieb ihn besser als jede weitere Erläuterung. Für uns war es neu, daß ein Mitglied unserer Familie, ein Mensch also, der unsere Gene trug, so schwerfällig, gutmütig und unsexy daherkommen konnte wie eine Figur, die sich Dr. Erika Fuchs bei Kaffee und Kuchen ausdachte, also beim Texten des neuesten Micky-Maus-Heftes. Dieser Hein, eigentlich ein Erwachsener damals, arbeitete als Knecht bei einem der Landolfshausener Bauern. In unserem Verständnis mußte ein Lohmer aber erst mal Abitur machen, bevor er sich irgendwelchen Schrullen zuwandte. Seine Familie trafen wir damals aber nicht in Landolfshausen, sondern im nahen Walsrode, wo Tante und Nichte lebten, bei denen wir übernachteten. Auch die Tante ist früh verstorben.

Hein stand vor dem Bahnhof und rührte sich nicht. Er war wie damals, immer noch der gutmütige, arglose, harmlose Knecht, seinem Fürsten treu ergeben, seiner Frau ein Beistand, seinen Kindern ein … ja, was? Sagen wir: eine Art Baum. Er schlug sie nicht, er erzog sie nicht, er konnte ihnen nichts geben, aber nach meinen Berechnungen mußte er, als Baum, wenigstens Halt geben. So war ich auf die Familie gespannt. Er gab mir täppisch die Hand, wie Jungen das früher taten, nahm wortlos meinen kleinen Reisekoffer und sah mich ratlos an.

»Gehen wir zu deinem Auto«, sagte ich. Er setzte sich in Bewegung. Obwohl er fast so dick war wie Helmut Kohl, wirkte er nicht übergewichtig. Es war sein natürliches Gewicht, er hatte nie eine andere Proportion gehabt, und seine Knochen fühlten sich nicht überlastet. Ich war da leider anders. Obwohl viel dünner als er, trug ich schwer an meinen zwanzig Kilo Übergewicht, denn Gott wollte mich schlank haben. Ich fragte ihn, ob er ein neues Auto habe.

»Nö.«

»Wirklich? Immer noch die Borgward Isabella?«

»Nö, die nicht. Die ham wa schon lange nich mehr. Aber wir fahn immer noch den Golf, mit dem wir bei deinem Bruda warn.« Er war kürzlich bei Gerald, ungefähr 1998. Er wußte nicht, daß seitdem Kohl abgetreten, Schröder gekommen und gegangen, Merkel inthronisiert worden war. Clinton gab's nicht mehr und den Optimismus der New Economy und des neuen Jahrtausends – Ewigkeiten war das her. Für Hein war es ›kürzlich‹.

»Habt ihr denn noch den DKW?« fragte er höflich zurück.

»Ja, den hamwa noch. Er heißt jetzt nur anders, nämlich Wartburg.«

»Echt? Ist das nicht ein Auto von drüben, aus der DDR? Echt Wartburg?«

»Na ja, konstruiert wurde der DKW 1000 ja schon 1939, und die SED hat dann einfach das Auto bauen lassen. Nur unter anderem Namen.«

Wir erreichten seinen schönen, viertürigen Golf eins. Er legte den kleinen Reisekoffer umständlich auf die Rückbank, schloß mir auf und wartete, bis ich saß. Dann erst wuchtete er seinen Altkanzlerkörper in die Wolfsburger Limousine, die sonst womöglich Schlagseite bekommen hätte und umgekippt wäre.

Sein Haus war gleich das erste, direkt neben dem Ortsschild. Ich sah sofort, daß die Gegend wirklich lieblich und freundlich war, wie in einem Ritterfilm, hügelig, grün, mit vielen ganz unterschiedlichen Baumsorten. Dazu stand die Sonne am Himmel, gleichwohl gab es viele Wolken, es war Sommer, und Ivanhoe war sicher nicht weit, oder ›Sigurd‹ und ›Falk‹. Ich erkannte auch das Dorf sofort und wollte am liebsten gleich alles sehen. Aber Hein fuhr in die Garage und führte mich anschließend zu seiner Familie.

Ein paar Hunde bellten, wobei ein Hund aggressiv war und groß, das war der der Nachbarn. Heins Hund war eher ein Schaf. Er sah so aus und benahm sich so. Bestimmt hatte Hein auf das Tier abgefärbt. Seine übrige Familie war weniger angenehm. Die Tochter ging grußlos an mir vorbei. Der Sohn war gar nicht da, weil er sein Abitur nicht bestanden hatte und nun in der Stadt sein Brot verdienen mußte. Die Frau sprach leider Unterschichtsdeutsch, was mich natürlich schockierte. Die Frau hatte es noch nicht gegeben, als ich zehn Jahre alt gewesen war. Die hatte der dicke Hein erst später erobert. Sie sah ganz nett aus, wirkte aber zwanzig Jahre älter, als sie sein konnte. Nämlich wie Mitte 70, was nicht ging, wenn sie zwei Kinder hatte, die gerade erst flügge wurden.

Die Tochter hatte ein Plakat an den Zaun genagelt, das zu Spenden für die »Abi 07«-Fete aufforderte. Ich schloß daraus, daß die unscheinbare Person in gut zwei Jahren die Reifeprüfung anstrebte. Seltsam, seltsam! Wie konnte ihr das so wichtig sein? Ich war in den letzten beiden Jahren gar nicht mehr im Unterricht erschienen. Mein Schnitt war 4,4 gewesen, und ich war trotzdem nicht durchgefallen. Mit 17 saß ich in der Uni und hörte Lesungen über Jean Paul, Lessing, Walter Benjamin und so weiter, und an die Schule dachte ich wie an die Zeit im Kindergarten: gar nicht. Wie konnte man etwas derartig Langweiliges wie die Schule ernst nehmen? Und etwas Interessantes wie mich ignorieren? Komische Familie! Hein kam auch gleich darauf zu sprechen, als erriete er meine Gedanken:

»Ich hab ja mein Leben verpfuscht, weil ich schon in der Elften abgegangen bin, weil ich mich ja fürs Agraische so interessiert hab. Also ich hätte wohl wiederholen können, aber dann wär's noch'n Jahr länger gewesen, bis ich das Agraische begonnen hätte, und so hamwa gesagt, Vadda und ich, daß wir das ma so machen wolln. Aber ich sach imma: Das Abitur gibt dir ALLE Optionen. Wenn du das Abi nich hast, fallen schon mal die ersten Optionen wech.«

»Sehr wahr, Großvetter Hein. Aber ich wäre ganz bestimmt auch ohne Abitur zur Uni gegangen.«

Er verstand nicht, was ich gesagt hatte, also inhaltlich, und ich hätte es ihm auch nicht erklären mögen. Statt dessen holte er ohne Umschweife zwei Packen Papiere aus einer Truhe, die er neben den Terrassentisch gestellt hatte. Ich hatte nicht gehofft, daß er so schnell zur Sache kommen würde. Es handelte sich um Hunderte von Geburts-, Sterbe-, Tauf-, Heirats-, Patent- und sonstige Urkunden, die meisten handschriftlich abgefaßt, viele aber auch schon abgetippt, gleich nach Erfindung der Schreibmaschine. Damals daddelten die jungen Leute auf den neuartigen Geräten genausogern herum wie heute auf den Computern. Hein erzählte stolz von seinem Sohn, daß dieser ein Computer-Kid sei:

»Unser Sohn Horst hat das Abitur ja auch nicht geschafft, und das lach auch daran, daß wir zu wenich mit ihm geübt ham. Aber man kann die jungen Leute auch schwer erreichen, wenn sie am Computer sitzen un so.«

»Hattest du denn gar keine Autorität, so als sein VATER?«

»Wir ham das nich so kontrolliert, wenn er gesacht hat, jetzt machta Hausaufgaben. Dann war er den ganzen Tach in sein Zimma und war wech. Wie willstu das kontrollieren, wenn er da an seinem, wie hieß das doch, Commodore oder so, sitzt. Machta da Hausaufgaben oder daddelt er nur so rum, am Computa?«

Mir standen die Haare zu Berge. Ich war mir sicher: Wäre ich heute ein Kind, würde ich mich keineswegs für den Technikscheiß interessieren. Und schon gar nicht meine Nachmittage dafür opfern. Mädchen waren viel netter als ›Windows OX 10‹. Ganz klar, daß der Hein-Junge geistig zurückblieb und die Reifeprüfung nicht schaffte.

»Bis zum Abitur wara sogar gut in der Schule. Nur im Abitur selbst hat er versacht. Vollständich versacht! Die Lehrer haben gemeint, er kann es theoretisch wiederholen, aber die Chance, daß er es ein Jahr später dann schafft, sei Null.« Was hatte der Junge bloß gemacht? Alle Papiere mit obszönen Zeichnungen versehen und laut rülpsend abgegeben? Worin bestand das Abgrundtiefe seines Versagens? Ich wagte nicht zu fragen. Außerdem breitete Hein immer mehr Urkunden vor mir aus. Immer wieder tauchte eine Conradine Schäffer auf, die Frau des ersten Sohnes vom Ur-Lohmer. Dieser

Sohn starb – was denn sonst! – schon sehr früh, hinterließ aber jede Menge Söhne, die wiederum später groß herauskamen. Mir fiel die beständige Vaterlosigkeit dieser Familie – oder dieser Zeit? – auf. Schon der Ur-Lohmer hatte seinen Vater, den berühmten Prediger von Landolfshausen, erst post mortem kennengelernt. Der war ja im Schweinsgalopp mit dem Pferd aus der Scheune geritten und mit der Stirn an den Querbalken gekracht, als sein Sohn drei Jahre alt war. Der stand freilich gerade oben am Fenster des Pfarrhauses und sah zu, so daß diese Sekunde die einzige Erinnerung an Daddy wurde. Und so ging es weiter. Immer starben die Väter früh, und die Mütter erzogen allein weiter. Lediglich Ur-Lohmer himself blieb der rote Faden für alles. Wahrlich ein Übervater im Wortsinne.

Doch zurück zu Mademoiselle Schäffer. Das muß eine tüchtige Frau gewesen sein, wenn sie ohne ehelichen Beistand einen ihrer Söhne bis an den Rand des Nobelpreises für Physik brachte. Den Preis gab es damals noch nicht, aber die wissenschaftliche Reputation schon, und die war die der Gewichtsklasse Virchow, Bunsen oder Pasteur. Die Deutsche Physikalische Gesellschaft, deren Gründer und Leiter er war, war in der Ära der großen Erfindungen so hip wie heute Silicon Valley in Kalifornien. Aber mich interessierte diese Schäffer mehr, denn sie hinterließ wenigstens ein paar Texte, wohingegen die Physik eine seelenlose Sache war, mehr etwas für zu spät Geborene à la Heins Sohn, den Loser am Commodore. In einem Selbstzeugnis, das mir Hein nun vorlegte, erzählt diese Frau, von der ich zufällig sogar ein Gemälde besaß, aus welch zerrütteten Familienverhältnissen sie kam. Das Gemälde, das sie und ihren Mann auf verblüffend fotorealistische Weise zeigte, hing lange bei meinem Bruder Gerald. Ur-Lohmers Sohn sah meinem Vater schon etwas ähnlich, so dänisch-norddeutsch-quadratisch-blond. Sein Blick ist sehr offen, männlich, Tatkraft und Hilfe verheißend, unbestechlich: voilà un homme. Conradine dagegen ist dunkler, feminin, oval, die großen ausdrucksvollen Augen verhangen.

Auch die Frau des Ur-Lohmer, also ihre Schwiegermutter, die aus Kopenhagen stammte, zeichnete sich durch fast schon dekadente Vorlieben aus: Sie war nämlich ein totaler Jean-Paul-Fan. Soviel ich mich erinnere, war Jean Paul der erste ironische, zynische Schriftsteller weltweit, ein Pop-Literat der ersten Stunde, der Journalismus und Literatur so mischte, daß mehr dabei herauskam als weltfernes Pathos. Ihn also liebte sie mehr als alles andere. Doch nun Conradine selbst:

»Meine Vorfahren väterlicherseits stammen aus Schweden. Der schwedische Offizier H. J. von Schaeffer ist zu Anfang des 30jährigen Krieges in Deutschland eingewandert. Er hat das Adelsvorrecht abgelegt, aber seinem einzigen Sohne eine für damalige Zeit gute Erziehung gegeben. Er ist der Urgroßvater meines Vaters gewesen. Seine Nachkommen haben sich fast ausschließlich dem Militärstand gewidmet. Mein Großvater, 1712 geboren und erst 1810 mit 98 Jahren gestorben, hat den 7jährigen Krieg mitgemacht und danach eine große Familie gehabt, doch auch viele Kinder früh verloren. Die Überlebenden sind vier Söhne und eine Tochter: Mein Vater, 1769 geboren, dann sein Bruder, der spätere berühmte badische General, dann Bruder Otto, der in französischer Gefangenschaft in den 90er Jahren unter Robespierre guillotiniert wurde, und Bruder Louis, der beim Sturm auf Nürnberg 1800 erschossen wurde. Somit ist der einzig überlebende Bruder meines Vaters dieser badensische General, der mit der Rheinbundtruppe den Krieg in Spanien mitmachen mußte, später auf deutscher Seite gekämpft hat und mit diesen Truppen in Paris eingezogen ist. Er hat eine sehr glänzende Stellung als General, später als Kriegsminister eingenommen. Als solcher ist er am 15. Januar 1838 um halb acht Uhr abends in Karlsruhe plötzlich am Schlage gestorben. Seine erste Ehe muß sehr kurz gewesen sein, da sein verwaister Sohn als Kind von 1812 bis 1820 bei uns gewohnt hat und von meinen Eltern miterzogen wurde. Seine zweite Frau ist Französin. Mit ihr hat er zwei Kinder gehabt, Sohn und Tochter. Der Sohn ist wieder Militär geworden, die Tochter hat sich von dem französischen Maler Giniol

269

entführen lassen und hat später wieder im elterlichen Hause gelebt. Ich selbst bin 1812 in Hannover geboren worden.«

Eine schöne Selbstauskunft! Ich wünschte, ich könnte meine eigene Herkunft so knapp und nett zusammenfassen. Aber was herrschten da für Zustände in dieser Familie? Von zwanzig Verwandten ist wohl nur ein einziger eines natürlichen Todes gestorben, nämlich dieser Kriegsminister, dessen Tod denn auch auf die Minute genau chronologisiert wird. 30jähriger Krieg, 7jähriger Krieg, Robespierre, Revolution, Napoleon, Befreiungskriege – da blieb kein Hemd vom Blute unbefleckt. Was für ein Segen, was für eine wirtschaftliche Explosion mußte es geben, wenn einmal für zwei lange Generationen lang Frieden herrschte! Genau das dürfte der Alte Fritz nach dem 7jährigen Krieg genial erkannt haben. In seinen folgenden vier Jahrzehnten Amtszeit fiel kein Schuß mehr – und das Land wurde führend in Europa.

Immer neue Papiere legte mir der dicke Vetter vor die Nase. Alles uralt. Ich sah mir vieles an, brach dann aber ab, da ich davon Kopfschmerzen bekam. Das Wetter war so schön, ich wollte mir das Haus vom Ur-Lohmer angucken. Außerdem unterließen es meine Gastgeber, mir Speise und Getränke anzubieten. Nach der langen Reise hatte ich jedoch Hunger.

»Wollen wir nicht irgendwo einkehren?« fragte ich.

»Nein. Hier gibt es nichts.«

»Dann laßt uns zur Kirche und zum Pfarrhaus fahren!«

»Warum denn?«

Angeblich kannten sie zwar die Kirche, aber nicht das Pfarrhaus. Um sie zu motivieren, ein bißchen nach draußen zu gehen, las ich ihnen vor, was der Ur-Lohmer über ihren Ort geschrieben hatte:

»Das Dorf Landolfshausen und seine Umgebung sind in der That sehr freundlich. Jenes bildet zwei lange Häuserreihen zu den Seiten eines sehr breiten Fahrweges; die eine Reihe liegt auf einer langgestreckten Höhe, die andere gegenüber ziemlich viel tiefer. Vor den Häusern stehen zum Theil hohe Linden und Eschen, zum Theil ist der Raum mit kleinen Blumengärten ausgefüllt, die einen freundlichen Anblick gewähren. Ein Mühlbach fließt hinter der niedern Häuserreihe her, bewässert grasreiche Wiesen und treibt zwei malerisch gelegene Mühlen; aber gleich dahinter erheben sich Höhen mit Fruchtfeldern aller Art und hinter diesen wiederum mehrere waldbedeckte Berge, die nach der Göttinger Seite hin als Göttinger Wald eine nicht unbeträchtliche Höhe erreichen. Hinter der oberen Häuserreihe heben sich die Fruchtfelder unmittelbar mannigfach empor, und auf ihren Höhen kann man an mehreren Stellen das ganze blaue Harzgebirge von den Clausthaler Bergen bis zum Brocken, mit seinem deutlich zu erkennenden Gasthause, und von diesem weithin allmählich sich absenkend die weitere Bergreihe verfolgen. Ja, ich habe vom Brocken aus bei klarem Wetter deutlich die Gestalt der Berge bei Landolfshausen und namentlich eine Schlucht, welche der Hengstberg mit dem Göttinger Walde bildet, erkennen können. Selbst an einigen Felsen fehlt es bei Landolfshausen nicht, und von ihnen hat man einen reizenden Blick in das langgestreckte Dorf mit seinen Gärten und zahlreichen Bäumen und einem, zwar neugebauten und nicht hohen, aber freundlich einladenden Kirchthurme ...«

»Diesen Kirchturm müssen wir uns mal ansehen! Den gibt es vielleicht noch.«

Es gab alles noch. Jeden Felsen, jeden Baum, den Mühlbach, das langgestreckte Dorf, die grasreichen Wiesen, die Fruchtfelder. Vor allem aber Kirche und Pfarrhaus. Sogar der Stall war noch da, aus dem der Ur-Ur-Lohmer herausgeschossen ist, viel zu schnell, weil er zu viele Western gesehen hatte. Und der Harz natürlich. Immerhin war der Harz für uns Deutsche von zentraler, vielleicht überragender Bedeutung. Heinrich Heine hatte hier 1825 recherchiert und schrieb seinen besten Text, die ›Harzreise‹. Matthias Matussek tat es ihm 180 Jahre später gleich und schrieb seinen besten SPIEGEL-Beitrag, nämlich ›Deutschland, ein Sommermärchen‹.

Über dem Kirchenportal stand in großen goldenen Lettern ein schon bemerkenswerter Willkommensgruß: ›Tretet ein,

Ihr, die Ihr Gott fürchtet!‹ Darunter die Zahl 1798. Es handelte sich also zweifelsfrei um den ›Neubau‹, den der Göttinger Student ab 1799 jeden Sonntag aufsuchte. Ich hatte immer noch das Buch in der Hand, um weitere Anhaltspunkte zu finden, und las:

»Man wundere sich nicht über die Wichtigkeit, die ich diesem Dorfe Landolfshausen für meine Lebensgeschichte beilege. Das ist einer der Grundzüge des deutschen Wesens, welchen schon Tacitus hervorhebt, daß wir an der Erdscholle mit Liebe hängen, die unser Fuß betreten hat, als wir zum erstenmale mit demselben die mütterliche Erde berührten. Und meine Jugend ist noch in eine Zeit gefallen, da die Schnellposten und Exprès-Kutschen die Menschen noch nicht im Fluge von einem Ende Deutschlands zum andern führten und damit ihre Wurzeln im heimatlichen Boden lockerten!«

Genau. Diese Raserei andauernd, um 1810, furchtbar. Und Metternich, der damalige Medienkanzler, immer im Ballon von einer Konferenz zur nächsten jettend. Spaß beiseite: Der Ur-Lohmer hatte Metternich tatsächlich gekannt, freilich bevor derselbe berühmt wurde, nämlich während seiner Berliner Studienjahre kurz nach 1800. Doch das ein andermal.

Jetzt gingen wir um die Kirche herum und klingelten beim aktuellen Prediger. Von einem der oberen Fenster, von wo aus der Dreijährige den Unfall des Vaters verfolgt hatte, schaute ein Mann herunter, der Pastor. Als ich vom Ur-Lohmer sprach, sagte er auf der Stelle:

»Ich komme nach unten.«

Da stand er: ein charismatischer Mann von etwa 38 Jahren, der vorgab, durchaus schon etwas vom Ur-Lohmer gehört zu haben. In der Festschrift zum 200. Jahrestag der Kirche sei der ausführlich erwähnt worden. Er holte uns die Festschrift, und ich holte ihm das Buch ›Aus meinem Leben‹. Wir lasen sofort die entsprechenden Stellen. Dann ging er mit uns in die Kirche hinein.

Sie war die schönste Kirche, die ich je gesehen hatte, eine Licht-Burg. Von allen Seiten des sechseckigen, absolut symmetrischen Baus fiel Licht hinein, sehr viel Licht, und die Wände und Decken waren pastellfarben orange, hellblau und golden. Es gab keinen Zierat und nichts Barockes, und doch war der Raum von einer überwältigenden Ästhetik. So hatte ich mir die Kirchenbauten während der Französischen Revolution vorgestellt – wenn es in der Zeit Kirchenbauten gegeben hätte. Schlicht und schön zugleich, nicht diese norddeutsche Schlichtheit des Backsteinbaus, die Schlichtheit mit Traurigkeit und Entbehrung verwechselte. Der Bauherr war übrigens nicht der Ur-Lohmer, obwohl mich das nicht überrascht hätte, sondern Georg Heinrich Borheck, der in Göttingen dieselbe Kirche als die berühmte ›Göttinger Reformierte Kirche‹ errichtet hatte, nur um ein Vielfaches größer. Die gab es noch, Hein hatte sie schon von innen gesehen, während ihm die Landolfshausener Dependance wohl erst jetzt ins müde Bewußtsein trat.

Der charismatische Prediger begann augenblicklich mit uns zu diskutieren. Er habe bestenfalls acht bis zehn Gläubige jeden Sonntag im Gottesdienst, und die evangelische Landeskirche habe bald kein Geld mehr. Seine einzige Hoffnung seien die Konfirmanden, die während der Monate des Konfirmationsunterrichts die Kirche füllten. Die Jugend habe ansatzweise wieder so etwas wie Spiritualität, und darauf könne man aufbauen. Ich bestätigte ihn:

»Genau, Hochwürden! Alle Weltreligionen sind global auf dem Vormarsch, und zwar mächtig! Der Islam, der Hinduismus, sogar Rom sammelt wieder seine Truppen! Da wird selbst das Luthertum etwas von spüren, auf lange Sicht.«

»Die Papisten in Landolfshausen – niemals!«

»Nein, sage ich doch. Aber die Lutheraner werden wiederkommen. Die haben doch ein gutes Angebot …«

»Ich möchte aber nicht, daß die Kirche zum Zirkus verkommt. Wer zum Zirkus will, soll zum Zirkus gehen. Aber wer in die Kirche geht …«

»Genau das meine ich doch, Exzellenz! Das Angebot der evangelisch-lutherischen Lehre ist eben gerade die SAUBERE

Spiritualität, der klare Glaube an unsern Herrn Jesus Christus, frei von Zirkus und Firlefanz!«

»Du sagst es!«

Er leuchtete, ›von innen heraus‹, und freute sich, daß ich ihn so gut verstand. Als Konfirmand hätte ich mich von ihm sofort überzeugen lassen. Er sah umwerfend gut aus und hatte Augen wie Scheinwerfer. Dabei war er noch nicht einmal schwul, zumindest besaß er eine Pfarrersfrau und viele Kinder, von denen allerdings schon einige gestorben waren.

Wir konnten uns gar nicht von der herrlichen Kirche trennen. Es gab sogar eine hohe Kanzel, zu der der Prediger durch eine versteckte Treppe außerhalb der Kirche und eine Tapetentür gelangte, so daß er wie ein deus ex machina vor den betenden Sündern erschien. Ihr gegenüber stand eine Orgel. Genau 392 Menschen paßten auf die Bänke, die Zahl der Einwohner über 14 Jahren, damals wie heute. Wie schade, daß es nie mehr voll war, dieses Kirchenschiff, wie ergreifend mußte der Gottesdienst vor 200 Jahren gewesen sein! Der Ur-Lohmer berichtete davon. Aber ich will nicht immer zitieren. Nach einer halben Stunde munteren Plauderns über die heutige Jugend, Ratzinger, Geldmangel und Landflucht saßen wir drei wieder im Auto. Wir durften uns nicht verzetteln. Hein ergriff ohne Umwege das Wort, indem er über die Schwierigkeiten seiner Tochter beim Erreichen des Abiturs sprach. Offenbar wollte er endlich vom Kirchenthema wegkommen und, Gott sei's geklagt, wieder über etwas Sinnvolles und Reelles reden!

»Ich hab ja mein Leben damals innen Sand gesetzt, beim Abitur, dat heff ick ja nich geschafft, nech. Aber unsere Tochter ist ja nich schlecht aufm Gymasium.«

»Aber ich weiß nicht, warum sie mich gar nicht begrüßt hat, Vetter Hein?«

»Ja. Na ja, so ist das eben. Sie ist ja in der Schule recht aktiv, und die ›ABI 2007‹-Feier, und so. Da muß sie eben viel machen.«

»Na, jedenfalls hat mir der Pastor gut gefallen!«

Hein und seine Frau stimmten mir zu. Wir fuhren noch ein bißchen querfeldein, weil ich entschieden darum bat. Die beiden waren weiterhin sehr hilfsbereit. So sagten sie mir, daß im Nachbardorf, das mit Landolfshausen schon immer gut gestellt war, Wilhelm Busch gelebt und gewirkt hatte. Der besagte Mühlbach hatte, nur einen Fußweg von zwanzig Minuten entfernt, auch die Mühle von Wilhelm Busch angetrieben. Ich war begeistert.

»Wilhelm Busch? Dann mußte der Ur-Lohmer ihn gekannt haben. Wann lebte er?«

»Du – dat weet ick nu nich!«

Ich hatte ebenfalls keine Ahnung. Womöglich viel später? Wir fuhren zur Mühle, die noch stand. Das Dorf sah genauso aus wie Landolfshausen. Zwischen den Dörfern spielten auf sanft hügeligen Wiesen Sigurd, Falk, Prinz Eisenherz und die Kinder aller Ur-Lohmers und die von Wilhelm Busch. Die Sonne wollte nicht untergehen, es war die Zeit der kürzesten Nächte.

»Sagt bloß, ist es nicht wirklich schön hier? Empfindet ihr es ebenso, oder trübt die Herkunft meinen Blick, mich, den ewigen Städter?«

Die beiden wußten darauf nichts zu sagen. Wahrscheinlich stellten sie sich selbst zum ersten Mal diese Frage.

»Du übernachtest doch bei uns, Vetter Johannes?« fragte der Verwandte unsicher. Nun mußte ich geistesgegenwärtig sein. »Das würde ich gern, meine Lieben, allein – ich muß den letzten Zug nehmen. Ich habe nämlich dieses 29-Euro-Ticket gekauft.«

»Ach, das ja schade, nech.«

»Kannst du laut sagen. Wir hätten noch ein bißchen über alles schnacken können bei euch.«

»Ja.«

»Über das Abitur und so weiter. Ich selbst habe das Abitur ja gemacht, aber ehrlich gesagt, habe ich es gar nicht gebraucht im Leben.«

»Echt?«

»Ja, du. Kannst eigentlich sogar froh sein, daß du's nicht gemacht hast.«

»Is nich wahr.«

»Na, irgendwie schon.«

Er fuhr mich nach Göttingen zum dortigen Bahnhof. Da noch Zeit übrig war, aßen wir ein Eis auf diesem unsagbar unappetitlichen Bahnhofsvorplatz. Wir waren also wieder im anderen Teil des Landes angekommen, im grauen, unerquicklichen. Vor uns stand der 74er-Golf-eins und qualmte uns was, denn der Bahnhofsvorplatz war zugleich der zentrale Autoparkplatz Göttingens. Ich hustete:

»Was für eine schöne Reise! Ihr habt mir wirklich etwas Gutes getan, Kinder!«

»Da nich für, Vetter Johann!« Sie winkten nicht am Gleis, sondern gingen schnell wech. Emotionen waren nicht so ihr Fall, aber das wußte ich und nahm es nicht persönlich.

Mit dem Pastor nahm ich danach eine fruchtbare Brieffreundschaft auf, so daß mir meine Harzreise noch viel Wissenswertes für meinen Familienroman eintrug. Trotzdem war ich froh, auf der Rückfahrt den SPIEGEL lesen zu können, nur den, von vorn bis hinten, jede einzelne Zeile.

20
Der Ururgroßvater

Es folgte der in Deutschland vollkommen verregnete Sommer des Jahres 2005, den der Politiker Gerhard Schröder gänzlich in Hannover verbrachte, wo er angeblich wohnte. Ob ihm das Stimmen brachte? Die Umfragezahlen stiegen jedenfalls wieder. Woche für Woche wurde der Totgesagte beliebter. So etwas hatte es noch nie zuvor gegeben: Fast hundert Prozent der Wähler wünschten sich Neuwahlen, wollten einen Neuanfang, sehnten sich nach dem großen ›Ruck‹, der durchs Land gehen sollte, wollten die Regierung sterben sehen. »Die können's nicht«, war die Gewißheit aller. Trotzdem wurde Schröder in diesen Wochen der neue Star der Medien, ein plötzlich aufgehender Stern, und alle riefen ›Aaaah!‹, als sähen sie das Knautschgesicht von ›Acker‹ das erste Mal.

Die Barbi und ich fuhren in dieser Situation an die Ostsee. »Hast du das gelesen, Liebling: Die Merkel liegt schon wieder zehn Punkte hinter dem Kanzler.«

»Du meinst Ex-Kanzler.«

»Nein, er ist doch immer noch im Amt!«

»Wirklich? Aber die Merkel ist doch jetzt Kanzlerin! Und ich finde, sie macht ihre Sache recht ordentlich …«

Ich wollte ihr nicht widersprechen. Ihr Gesicht war mir gerade so nah, ihr großer geschwungener Mund unverstellt und weich geworden, die Lippen aufgeworfener als sonst. Wir waren in einem Hotelzimmer in Röbel, einer kleinen Stadt am Müritz-See, und ich war froh, daß wir uns wieder verstanden, daß unsere kleine Aussprache geholfen hatte, die einseitige, aber von meiner Seite aus ehrliche. Nun wurde ich belohnt für meine Courage. Dem Ehrlichen gehörte die Welt …

Das Licht fiel im 45-Grad-Winkel ins Zimmer, traf auf einen großen silbernen Ventilator, blitzte auf in seinen Streben und blendete uns. Kaum fuhr man weg, kam der Sommer, traditionell die Zeit der körperlichen Liebe für viele unserer Landsleute. Wir hatten den Ventilator selbst gekauft und im Auto mitgebracht, denn wir wußten, daß es heiß werden konnte in den alten DDR-Hotels und man dort die Dinger nicht kannte. Dabei kam das Produkt aus dem kommunistischen Nordkorea; ich hatte es bei ›Connys Container‹ für 9,99 Euro gekauft und selbst montiert, was äußerst einfach war. Der Sockel war aus schwer krebserregendem Weichplastik, oben hing ein bombastischer 7000-Watt-Motor und trieb den Flugzeugpropeller an, der sich immer langsam nach links und rechts drehte wie der Kopf eines unbekannten Kinderspielzeugs. Ja, das war unsere Liebeshöhle, dieses morsche Ost-Hotel direkt am See, und ich sah auf Barbis prächtiges Gebein, also auf die noch vom Schlaf warmen, langen, schlanken Beine, so wohlgeformt, fest, innen fest verankert die Knochen, die Hüfte, alles festgezogen, wie neu, da klapperte nichts! Das extreme V ihres Rückens wurde noch verstärkt, wenn sie lag, auf der Seite. Die Schulter sprang dann wie ein Felsvorsprung vor, wie eine Steilwand, an der meine Finger hochkletterten.

»Sag mal, Lieber, machst du noch diese Altertumsforschung, um dich für etwas Besseres zu halten?« Sie meinte meinen Familienroman. Ich fand zwar, daß bei allen Recherchen am Ende immer der Durchschnitt aller Deutschen herauskam, aber ich wollte keinen Streit und gab ihr schmunzelnd recht:

»Klar. Ist schon ein tolles Gefühl, so tolle Vorfahren zu haben. Du fühlst dich plötzlich wie der Herzog von Eschnapur.«

»Du, Süßer, ich hab doch auch Vorfahren. In Zingst! Da könnten wir doch hinfahren.«

Zingst lag durchaus auf unserer Ostsee-Route. Ich versprach es. Ich selbst hatte natürlich alle möglichen Urlaubsbücher eingepackt, nämlich ›Rot und Schwarz‹ von Stendhal, da mich der Titel an die bevorstehende große Koalition erinnerte, dann die Tagebücher des Hermann Fürst von Pückler-Muskau, der laut Vetter Hein ein Urahn meiner Mutter gewesen sein sollte. Ich hatte das nie geglaubt, und außerdem hatte ich die mütterliche Linie sowieso weglassen wollen. Für den armen Leser war es bereits unmöglich, der väterlichen Linie in all ihren Verästelungen zu folgen. Bei einem weiteren Paralleluniversum in Sachen mütterlicher Linie mußte er sich vollends verarscht vorkommen. Und ich dachte nicht nur an den Leser. Sondern auch an mich. Ich verstand bis dato nicht einmal die väterliche Linie vollständig. Mein gutmütiger Franz-Gans-Großvetter schickte mir aber andauernd weitere Dokumente zu, die die Beziehungen der einzelnen Halbprominenten zu den übrigen Familienmitgliedern und damit auch zu mir darlegten. So hatte er einen neuen Stammbaum gezeichnet, der die Zeit von 1721 bis 1860 aufschlüsselte. Den hatte ich auch mitgenommen, und dann noch ein Buch meiner Mutter aus dem Jahr 1989, als sie selbst die Linie ihres Mädchennamens verfolgte. Seltsamerweise hatte ich nicht nur kein Interesse an dieser Linie, sondern ich schämte mich ihrer. Aus unbekanntem Grund dachte ich stets, das seien alles Bauern gewesen, noch dazu slawische, also Menschen, die Hitler schon spätestens nach der Eroberung Rußlands versklavt hätte. Dabei stimmte das gar nicht. Kein einziger war Bauer gewesen. Und selbst wenn – was störte es mich so?

Wenn ich mich nun doch noch im Urlaub mit den Vorfahren meiner Mutter beschäftigte, so lag es einzig an diesem Pückler, der nämlich ein extraordinärer Mensch gewesen war, extraordinärer als die gesamte väterliche Linie zusammen. Wenn ich also in dieser Sonderrecherche herausbekommen sollte, daß es WIRKLICH stimmte, daß ich von diesem Exzentriker abstammte – er galt als der erste Dandy Deutschlands und ritt mit einem sechsspännigen Hirsch-Gespann statt mit Pferden durch Berlin – , dann wollte ich mich allen Bedenken zum Trotz auch noch auf diese mütterliche Linie werfen. Sonst nicht. Pückler war übrigens im selben Alter wie der Ur-Lohmer, also 1785 geboren, und die beiden dürften sich gekannt haben. Ich würde es herauskriegen, denn Pücklers im Auto bratenden Tagebücher verzeichneten wortreich die Begegnung mit jedermann im damaligen Reichsgebiet, der eine Feder halten konnte und helle war im Kopf, von Heinrich Heine und Fichte und Schelling – all die Namen tauchten schon wieder auf – bis zu den unbekannten Grafen X und Geheimräten Y und deren becircenden Nichten und Geliebten, Frauen und Witwen. Pückler war ein Frauenheld, die Lektüre würde mich nicht belasten. Haariger wurde es allerdings, wenn ich auch noch die Vorfahren der Barbi dazunahm. Dann würde der Leser nicht nur das Buch zuklappen, sondern den Verlag auf Schadensersatz verklagen.

»Der Autor verspricht in betrügerischer Absicht das Nacherzählen seiner 400jährigen Familiengeschichte, wirft sich dann aber auf die Fremdfamilie seiner Freundin, um sich erotische Vorteile bei derselben zu verschaffen – auf Kosten des Lesers!« Aber ich war schwach. Und es war endlich, vielleicht nur für Stunden, echter Sommer. Selbst Schröderchen im Reihenhaus in Hannover mußte jetzt ein paar Strahlen abkriegen.

Richtiges Hochsommerlicht ist mit keinem anderen zu vergleichen. Es ist schon deshalb heller, weil grundsätzlich alle Fenster weit offenstehen. Plötzlich kommt die Außenwelt in die Zimmer, also die Natur, die scheinwerferartig angestrahlten Zypressen, die roten Dachziegel, die blecherne, rotbraun rostige Regenrinne, das plötzlich so sinnlich gespachtelte Außenfenster ... das ist schwer zu vermitteln, wenn man es nicht gerade selbst erlebt, die ruhig atmende Freundin noch neben sich. Und auch sie sieht ja nun anders aus. Ich war mit der Barbi ja seit Jahrzehnten zusammen, aber ich hatte sie früher nicht so angesehen wie jetzt, hatte sie nicht so hübsch gefunden. Wenn ich mir heute das Vergnügen machte, ihre Beine mit denen anderer Frauen zu vergleichen, sah ich verblüfft, welch dicke Stampfer selbst die als besonders schön geltenden Frauen hatten. Und daß man nur mit diesen völlig fettfreien Model-Beinen diesen Effekt der Leichtigkeit, der Virtualität erzielte, eben des ›Zaubers‹. So wirkte sie in den Dreiviertelröcken, die sie mochte, die über das Knie gingen, wie eine Mitbürgerin, die im Nebenjob als Fee arbeitete und fliegen konnte. Es war übrigens gar nicht so erstaunlich, daß ich meine Frau immer attraktiver fand. Ich kannte ähnliche Fälle in meinem Bekanntenkreis, und es war eindeutig ein Teil unserer Zeit und würde sich noch verstärken. Die Anziehungskräfte verlagerten sich. Die Gesellschaft würde älter, und der Sex wanderte nach oben, was natürlich bedeutete, daß ein Begehren sich entfesselte, das die ganze Phantasie erfaßte, den gesamten Kopf, denn bekanntlich steuerte nur der das Begehren und seine Richtung. Es war mir bereits unbegreiflich, wie unsere Gesellschaft noch vor zehn Jahren junge Mädchen begehrenswert finden konnte. Und mit mir fragten sich das alle Männer. Es war nicht mehr so. Frauen unter 35 waren gänzlich uninteressant geworden, Blüten ohne Blätter, Taschenlampen ohne Strom, Teller ohne Essen, Bücher ohne Buchstaben …

»In Zingst lebte der Vater meines Großvaters, ein Irgendwas von Kostagnewitsch. Er war mit einer von Heyne verheiratet, die sich aber scheiden ließ und ihren Mädchennamen wieder annahm. Auch mein Großvater hieß dann von Heyne und nicht von Kostagnewitsch. Im Dritten Reich legte er dann auch noch das ›von‹ ab, weil es der deutschen Sache nicht diente.«

Ich wollte weg von dem Thema, das einen innerhalb weniger Silben in den üblichen Namensschlamassel stürzte, und fing wieder vom Kanzler an. Das verstand jeder.

»Reizend, Liebling. Übrigens, was ich noch über die Merkel sagen wollte: Sie macht ihre Sache wirklich ganz ordentlich, da gebe ich dir recht. Aber in den Umfragen ist sie abgestürzt. Das geht allen so, die an der Regierung sind, weißt du?«

»Und die Wahl? Muß sie wieder gehen, wenn sie die Wahl verliert?«

»Die gewinnt sie natürlich, Herzchen. Und danach gibt's die große Koalition wie versprochen. Dann wird der Sozialstaat abgeschafft, und das Land ist gerettet. Dafür brauchen wir die Zweidrittelmehrheit, weisch.«

»Den Sozialstaat abschaffen?!«

»Ja, Liebes. Damit die Schnorrer und Penner verschwinden und sich alle wieder anstrengen.«

Sie schmiegte sich beruhigt an mich. Ich versenkte mich wieder in den Anblick ihrer herrlichen Anatomie. Sie trug an dem Tag leinenfarbene Sandaletten mit sizilianischen Perlen drauf. Vielleicht waren doch nicht alle Frauen an heißen Sommertagen schöner als sonst, aber schlanke, dunkelhaarige, oliv-, nein bronzefarbene, die ärmellose Blusen tragen, schon. Ich liebte sie so, daß ich ihr sogar die Wahrheit über die neue Kanzlerin sagte, ganz zärtlich. Den Titel habe sie zwar schon, aber noch nicht das Amt. Wir lebten in einer Art Zwischenreich, in dem es eine Kanzlerin gebe, das sei qua Medien die Merkel, und einen Kanzler, das sei qua Verfassung noch immer der Gerd.

Wir fuhren von Röbel nach Norden und erreichten am zweiten Urlaubstag das sogenannte Fischland. Wir hatten in Ahrenshoop ein Zimmer bestellt und schafften es auch bis dorthin. In Röbel waren wir einmal nach draußen gegangen, aber gleich wieder umgekehrt. Es gab nichts zu erleben da draußen, das war doch die Regel jeden Urlaubs. Auch die schönste Uferpromenade oder das tollste Kurprogramm war nichts im Vergleich zu dem Glück, das die Liebe schenkte. Mich schauderte bei dem Gedanken, ich sei einer der Kurgäste da im Ort, die für ihr Geld und für ihre Urlaubszeit nur diese fade Unterhaltung und diese sinnlosen Spaziergänge erhielten. Wie mußten sie sich fühlen, wenn sie wieder zu Hause waren? Ich wußte es genau: Sie brachen in Tränen aus, in heilloses Schluchzen, sobald sie die Tür hinter sich geschlossen hatten. Für eine Sekunde kam ihnen vielleicht zu Bewußtsein, worauf sie sich das ganze Jahr über gefreut hatten, natürlich unbewußt, und womit sie das Wort ›Urlaub‹ tiefenpsychologisch verbunden hatten und was nun so gar nicht eingetreten war. Arme Schweine …

In Ahrenshoop hatten wir guten Grund, etwas länger zu bleiben, denn Barbi bekam ihre Tage und blieb gern im Bett. Die Zärtlichkeiten hatten nun die völlige Unschuld jener Verrenkungen, die die jungen Leute unter 35 ›Kuscheln‹ nannten. KEIN Mann und KEINE Frau hatten Sex am ersten Tag der Periode miteinander, das weiß ja jeder. Man war ja nicht blöd. Die hätten uns ja das ganze Hotelbett neu bezahlen lassen. Und so passierte es, daß wir nur so ganz harmlose Küsse tauschten und Zärtlichkeiten, das ganze schwule Programm der impotenten Jugend von heute, und Barbi, sich in vollkommener Sicherheit wiegend, nur so ein ganz klein wenig die Zunge herauskommen ließ und dabei erregt wurde, angstfrei und ungebunden. Es machte so Spaß, weil es so unschuldig war, und ich erinnerte mich an Karline und die Kuschelnacht mit ihr. Allerdings war Barbi ein anderes Kaliber als die voradoleszente 26jährige, und die Zungenküsse führten nach etwa fünf Minuten zu einem Grad der Erregung, der das Kuscheln – mein Neffe Elias hätte jetzt wohl von ›Knutschen‹ gesprochen – sprengen mußte. Ich konnte gar nicht anders, auch weil sie sagte, ich solle es tun, als ihren Busen zu küssen. Natürlich ist das Wort küssen nur der verschämte Sammelbegriff für alles, was ich in dem Bereich ihres Körpers nun tat, und ich werde mich hüten, ins Detail zu gehen. Nur soviel: Ich war kein Busenfetischist, war es nie gewesen, war aber durch sie eines Besseren belehrt worden. Wenn eine Frau in diesem Punkt so ausgestattet war wie sie, konnte man auf die Dauer davon besessen werden. Was ich damit meine? Ich kann versuchen, es zu erklären, auch wenn meine Sprache für dieses Thema überhaupt nicht ausgelegt ist: Wenn Barbi hochaufgerichtet und erregt auf mir saß und alle Unterleibsmuskeln mit voller Kraft arbeiteten und die festen Brustkegel sich in mein sich verengendes Gesichtsfeld bohrten wie, ja, nun fehlen die Worte, wie Raketen?, Raketen mit Sprengköpfen?, drehte ich richtig durch. Das war einfach mehr. Mehr als mit einer Frau ohne diese prächtigen, unerreichbaren Früchte da oben. Es tut mir leid. Ich habe früher anders gedacht. Ich weiß, daß es sexistisch ist.

Nun bewegte sie sich nicht. Und ich führte meine beiden Hände zeitgleich an ihre radiergummiartigen Brustwarzen – Warzen ist nun wirklich das falsche Wort, man sieht spätestens jetzt, daß wir Deutschen keine Sprache für die Liebe haben – und drehte an ihnen, so wie ich als Kind gedankenversunken an den Radiergummis an Bleistiftenden gedreht hatte. Es fühlte sich genauso an. Für mich war es schön, aber für Barbi war es der Startschuß in die Umlaufbahn des Orgasmus. Sie ritt nun ein bißchen, aber sehr vorsichtig, als läge unter der Matratze Nitroglycerin. Es gab keine Erschütterungen. Ich konnte weiter ganz sachte an den Radiergummis drehen, ganz unbehelligt und konzentriert, als läge ich gar nicht unter ihr, sondern säße als wissenschaftlich-ernster Hofchirurgicus – der Sohn des Ur-Lohmer war so was gewesen – auf einem Louis-Seize-Sessel neben ihr und drehte und drehte. Die Wirkung war enorm, ja sensationell. Und sie überraschte mich. Natürlich gibt es Stimulation, keine Frage. Aber gerade weil ich diese doch recht plumpe Handreichung aus Pornofilmen kannte und jedem halbwegs lüsternen Mainstreamfilm, hielt ich sie für heillos überschätzt. In den Filmen ging das immer so, gerade hatte es mir wieder Sandrine Bonnaire in ›Die Frau des Leuchtturmwärters‹ vorgemacht: Die Frau und der Leuchtturmwärter sahen sich an, sie machten einen Ausfallschritt aufeinander zu, küßten sich kurz auf den Mund, wobei beide Münder offenstehen und sich die Lippen weniger berühren als die Zungen, was zu schlabberigen Geräuschen führt, die auch noch hochgedreht werden und wahrscheinlich künstlich im Tonstudio hergestellt wurden. Dann rutscht der Leuchtturmwärter mit seinem Gesicht an ihren Hals und bringt da einen kurzen Kuß an. Sekunden später zieht er ihren Rock hoch und macht da unten etwas, das man nicht sieht. Mit der freien Hand greift er unter die Bluse, reißt die Textilie hoch und zwirbelt und zwiebelt die Knospen. Sandrine Bonnaire beginnt zu weinen und zu schluchzen, was filmsprachlich für Orgasmus steht. Der Leuchtturmwärter, immer noch im Stehen, drückt Sandrine gegen einen Felsen und bumst sie (endlich ein Wort deutscher Sprache, das der Situation entspricht). Man versteht nun, daß ich derlei nicht ernst nehmen konnte. So stellte sich der dumme Wichser in unserer Masturbationsgesellschaft weibliche Lust vor, aber in Wirklichkeit, dachte ich, zählten sensiblere Dinge. Falsch! Die Lust, die wir jetzt erlebten, war weit stärker als sonst, nämlich länger, bewußter und aufregender. Man mußte auf nichts achten, mußte nicht ›arbeiten‹, konnte den Sport auf die nächste Stunde im Fitneßstudio verschieben. Wir sahen uns die ganze Zeit an, ich mit meinen Kinderärmchen an ihren Spitzen, während sie ganz gelassen und militärisch exakt auf den Orgasmus zumarschierte beziehungsweise zuritt und sich dabei veränderte. Von Stoß zu Stoß wirkte sie majestätischer, ernster, entschlossener: Sie richtete sich immer weiter auf, ihre Schultern drehten stolz nach hinten, und dadurch wirkte ihr herrlicher Busen immer fester und mächtiger, ihr Gesicht immer offener, ehrlicher, erst hatte ich gedacht maskuliner, aber bei näherem Hinsehen stimmte eher: geschlechtsloser. Was ja nur ein Wort für menschlicher wäre.

Ich muß nicht weiterschreiben. Wer die Liebe kennt, weiß, was jetzt kommt. Wie man sich ansieht, wie man einander ›erkennt‹, wie es das Alte Testament so weise erklärt. Und wer es noch nicht erlebt hat, weil er unter 35 ist, den will ich nicht als meinen Leser haben. Wichser, bleibt mir vom Hals! Seht euch weiter diese Filme an, mit dem aktionistischen Sex, diesem unmenschlichen Gerammel, bleibt, wo ihr seid, Leuchtturmwärter! Woran lag es nur, daß das kollektive Gedächtnis vergessen hatte, wie es ging? War es der Einfluß der Frauenzeitschriften, die den schlechten Sex der Männer früherer ›Playboy‹-Tage imitierten und als Emanzipation mißverstanden? Es konnte mir egal sein, denn ich sah meiner Geliebten in die dunkelbraunen Augen. Irgend etwas war schöner und leuchtender als sonst, was bewirkte wohl diesen Effekt? War der Augenabstand, ohnehin sehr groß, noch gewachsen? Das Braun dunkler als sonst, das Weiß darum weißer? Jedenfalls sagte sie ganz dunkel und sanft, so, na ja, zärtlich:

»Weißt du, was das einzige ist, was ich jetzt noch will?«

»Hmmm ... nein?«

»Ach, du Süßer! Du Süßer! Kommst du nicht drauf?«

Ich überlegte lange. Sie hatte mich doch schon. Was vermißte sie noch?

»Vielleicht ein Eis?«

»Nein, den Lizzy natürlich!«

»Was?!«

»Der Lizzy fehlt mir so!«

»Der … LIZZY?!«

»Ach, ich vermisse ihn wirklich. Stell dir vor, er könnte JETZT bei uns sein!«

Ich starrte auf das weiße Laken. Dort würde jetzt der Berner Sennenhund sitzen und mich böse anhecheln. Bestimmt sah ich furchtbar aus, ohne Gesicht, alle Züge verzerrt, aber Barbi bemerkte es nicht. Vielleicht bin ich aber auch der total kontrollierte Mensch, der selbst in einer solch jähen Schrecksekunde die Fassung behält:

»O ja, der Lizzy. Ich … das wären schöne Zeiten, wenn er jetzt … da wäre. Auch ich, äh, würde mich freuen, wenn er nun …«

»Was?«

» … DA WÄRE. Du könntest mit ihm spielen, und ich könnte meine Bücher lesen, den Ur-Lohmer und so weiter.«

»Aber das kannst du doch, Liebling.«

Ich stimmte ihr zu. Auf den Schock verzog ich mich erst mal unter die Dusche. Dann holte ich die Bücherkiste aus dem Auto. Ich war ja extra Mitglied der Staatsbibliothek zu Berlin geworden, genau jener Bibliothek Unter den Linden, die nicht nur der Ur-Lohmer, sondern auch viele nach ihm geborene Lohmers aufgesucht und benutzt hatten. Sie war Teil der Humboldt-Universität und baulich seit 200 Jahren unverändert. Von außen bemerkte man es nicht sofort. Aber sobald man durch den idyllischen Innenhof mit dem großen Brunnen und den efeubewachsenen Säulen schlenderte, spürte man die Macht der Vergangenheit.

Ich hatte mir Bücher ausgeliehen, die der angebliche Urahn geschrieben hatte, wobei ich vor allem herausfinden wollte, ob er überhaupt ein Urahn war, dieser Hermann Fürst Pückler zu Muskau und Branitz. Ich hatte mir aufgeschrieben, wann Pückler geboren wurde und wann er starb, und wollte nun vor allem ermitteln, wen er gezeugt hatte. Meine Ururgroßmutter mütterlicherseits hatte mit 19 Jahren als Milchmädchen im Gut des Fürsten gearbeitet und dabei ›ein Kind aufgelesen‹, wie man damals sagte. Sie hatte nie gesagt, von wem, aber es galt als sicher, daß es vom Fürsten war. Nun gab es solche aufschneiderischen ›Gerüchte‹ in jeder Familie. Aber daß dieser Fürst Pückler ein Frauenverführer war, mußte ich nicht in Zweifel ziehen: In seinen Tagebüchern fand sich in mindestens jeder zweiten Eintragung ein Liebesabenteuer. Bis ins hohe und höchste Alter färbte er sich die Haare schwarz, um jünger auszusehen. Noch als Greis galt er als einer, der sich im Grunde nur für junge und schöne Frauen interessierte. Die Geburt des unehelichen Kindes war am 22. Juli 1847, die Zeugung somit rechnerisch am 22. Oktober 1846, und ich mußte nur diese Tage aufblättern. Doch so einfach war es nicht. Um den besonderen Gemütszustand des berühmten Lebemannes, Schriftstellers und zudem noch Erfinders der Gartenarchitektur zwischen den Zeilen lesen zu können, mußte ich die Eintragungen mehrerer Jahre lesen. Und tatsächlich war es so, daß sich das Leben des dekadenten Milliardärs viel gleichförmiger und fast langweiliger darstellte als gedacht. Jeden Tag Essen mit dem König, Party bei einem Herzog, Reise nach Babelsberg, wo er einen neuen Park gestaltete, Soupers mit jungen Offizieren und ihm zugeführten jungen Mädchen, dazwischen Erkältung, Katarrh, Influenza, Migräne – als wär's ein Stück von Thomas Mann. Eigentlich sehr toll zuerst, aber dann verwunderte es doch, daß er SOVIEL erlebte und das so lange und immer wieder. Ich blätterte ins Jahr 1817, 1839, und 1870, und immer noch reiste er, ging ins Theater, amüsierte sich mit herrlichen Frauen, beriet den König, hatte Grippe, Kopfweh, Rheuma und Fieber, gestaltete Gärten, schrieb Bücher, setzte Aufsätze in die Zeitung, nahm Stellung, lernte die Geister der Zeit kennen. Toll. Aber immer im Gleichmaß. Und dann, am 23. Oktober 1846, ein ungewohnt persönlicher Satz:

»Souper mit meinem Neffen Kospoth und einem sehr niedlichen Mädchen, die meiner Mutter, als sie jung war, täuschend ähnlich sieht.«

Mehr nicht. Aber das ist allerhand, wenn man sein Verhältnis zur Mutter kennt. Sie ist die eigentliche Frau für ihn, ihr schreibt er noch täglich wärmste, romantische, verbockt-trotzige Briefe. Da ist er schon über 60 und sie über 80. Aber in den Tagebüchern wird sie kein einziges Mal erwähnt – bis auf dieses Mal. Und den ›Neffen Kospoth‹ gibt es eigentlich gar nicht. Dieser August Kospoth ist der Sohn seiner großen Jugendliebe Julie Kospoth, die er um 1810 mit soviel Sturm und Drang zusetzte, daß selbst der junge Goethe rot geworden wäre. Aber Julie nahm ihn nicht, sie war schon verheiratet, und seine leidenschaftlichen Angebote waren so kitschig, daß keine andere Entscheidung denkbar war. Woher ich das alles wußte? Aus dem neunbändigen Werk ›Fürst Pückler Briefwechsel‹, das ich auch noch dabeihatte. Ich konnte also querlesen.

Richtig spannend wurde es Ende Februar 1847. Meine Ururgroßmutter war im vierten Monat schwanger. Der Fürst, sonst die Güte und das Ebenmaß in Person, läßt sich zu folgenden Sentenzen hinreißen:

»Von dem was man liebt auf die raffinierteste Weise verraten und betrogen worden zu sein, ohne daran zweifeln zu können und es doch aus anderen Rücksichten größtenteils verbergen zu müssen!«

Es folgen Schilderungen seiner Seelenqual, in der er seit acht Tagen stecke und die schlimmer sei als jede körperliche, danach Ausführungen über die absolute, definitive Falschheit der Weiber. Am 8. März 1847, also eine Woche später, der nächste Eintrag zum Thema:

»Die beispiellose Untreue dieses jungen Mädchens unter so schamlosen, erniedrigenden und gemein schlechten Verhältnissen, an denen ich doch auch MEINE Schuld sehr mit anrechnen muß, berührt mich unbeschreiblich schmerzlich ...«

Es folgt ein Gedicht von Brentano über das Verderbnis von

Leuten, die ihre Schuld noch immer nicht in ihrer unrelativierbaren, unentschuldbaren Abgründigkeit begriffen haben, die immer noch rechnen und abwägen und verteidigen, obwohl sie nicht zu retten sind:

»Wahrlich, es sieht wie eine göttliche Schickung aus, daß gerade jetzt, wo mein Gemüt durch diesen Verrat ganz niedergeworfen ist, mir diese Verse in die Hand fallen müssen:

Wer vor der Sünde Strafe bebt,
Und nicht vor ihrem innern Tod erschreckt,
Noch fremde Schuld in seine webt,
In dem ist noch die Buße nicht erweckt.

Wer seine Zeit und die Gebrechlichkeit,
In seiner Schuld wagt anzuklagen,
Den hat Reue und das bittre Leid,
noch nicht so recht ans kranke Herz geschlagen.«

Donnerwetter! Was war da bloß passiert? Welche ›Schuld‹ hat der Ahn auf sich geladen? Was hat das junge Mädchen damit zu tun? Wieso ist es so ›beispiellos untreu‹, wenn doch er, der Ahn, die unentschuldbare Schuld auf sich lud? Wenn sie ihm ein Kind hat unterschieben wollen, wäre er, der Frauenverführer, gewiß kein Teufel in der Causa, sondern ein gehörnter Tor. Wenn es aber doch sein Kind war, jedoch sie, die Schwangere, plötzlich mit einem anderen ins Bett ging, dann war er erst recht kein Schurke. Wenn es aber um gar kein Kind ging, sondern um wechselnde One-Night-Stands, konnte er, der Multi- und Gewohnheitsverführer, dem Milchmädchen wohl kaum Moral predigen. Und seine ›Schuld‹ würde nochmals kleiner. Pückler klagt sich an, in sittlichen Dingen und nur in den Fällen, da seine Eitelkeit gekränkt wurde, schuldig geworden zu sein. Sonst nie. Und es ist überhaupt die einzige Stelle innerhalb von 20 000 Seiten, wo er zu seiner Schuld Stellung nimmt. Es mußte also etwas vorgefallen sein, das mehr war als das übliche Getändel und die ewige Droge ›Verliebtheit‹, die der Don Juan, als den er sich selbst bezeichnet, sein ganzes Leben lang genoß. Aber was?

Pückler hatte hundert ›Romane‹ mit Frauen, aber keine einzige gebar ihm ein Kind. War er impotent? Das gab es in jener Zeit noch nicht. In der höfischen, hochvernetzten Adelsgesellschaft war Nachwuchs weniger fundamental als heute, da jeder Fürst unendlich viele Neffen, Nichten, Adoptivsöhne und Verwandte aller Art besaß. Anerkannte Söhne wären ohnehin nur solche der Fürstin gewesen, und die war aus dem gebärfähigen Alter schon heraus, als Pückler sie ehelichte. Sie war zehn Jahre älter als er, eine Vernunftheirat, um das Vermögen zu vervielfachen. Später läßt Pückler sich scheiden, heiratet eine zweite Frau, sackt deren Vermögen ein, läßt sich erneut scheiden und heiratet wieder die erste Frau. Alles in ihrem Einverständnis und mit gemeinsamer Planung. So waren die Zeiten, so war der Feudalismus. Pückler war der reichste Mann in Deutschland, übrigens auch der am besten verdienende Schriftsteller seiner Zeit. Sein Landbesitz war der flächenmäßig größte Privatbesitz, den es vor der Reichsgründung gab. Trotzdem, oder gerade deswegen, konnte er diese Besitztümer nicht halten und mußte Schloß und Park Muskau verkaufen, und zwar 1845. Ein Jahr später fickt er das Milchmädchen – so die Lohmersche Familienlegende stimmt – und erfährt, daß er Vater werden soll. Das Mädchen sieht so aus, wie seine geliebte Mutter als junges Mädchen aussah. Für Don Juan eine Tür, die da aufgeht. Nach sechs Jahrzehnten Larifari plötzlich das verdrängte Leben, die echten Gefühle, das von Gott selbst aufgehobene Inzestverbot. Das begreift er natürlich gar nicht so schnell, denn schon ist der ›erniedrigende gemein schlechte Verrat und Betrug‹ da, die ›Untreue‹, die ›beispiellose‹. War noch nie vorher eine untreu? Doch, erwiesenermaßen. Bezog sich die Untreue also auf andere Bereiche? Nein, er beharrt darauf, daß alles im sinnlichen Bereich stattfand.

Das ›sehr junge Mädchen‹ war durch ihn in irgendwas Verwerfliches hineingeraten. Er hatte ihr ermöglicht, raffiniert und böse zu handeln. Also seine sinnlich-amoralische Gier in

Kombination mit ihrer fundamentalen ›Falschheit‹ sowie ›Raffinesse‹ führten dazu, daß Pückler erstmals in seinem Leben schuldig wurde. Eine Rechenaufgabe. Der Schock kam bei ihm plötzlich. Am 28. Februar 1847, wahrscheinlich anläßlich eines Soupers für geladene Gäste sowie Grazien und Musen, mußte ihm etwas Bestürzendes mitgeteilt worden sein. Jedenfalls ist es auffällig, daß er dieses Souper genau beschreibt, was er sonst nie tat. Selbst die genaue Speisenfolge vermerkt er und die teilnehmenden Leute. Ungewohnt frivol ist auch die dort eingestreute Bemerkung, auf einem guten Souper müsse die Zahl der Grazien und Musen die Zahl der offiziell geladenen Gäste übersteigen. Das klang wie eine Bemerkung Andy Warhols über das Studio 54 im goldenen Partyjahrzent, 125 Jahre später. Dort, oder am Tag darauf, muß Pückler jemand gesteckt haben, daß sein ›überaus niedliches Mädchen‹ dank ihm einen anderen hohen Herrn kennengelert hatte und von dem ein Kind erwartete, weswegen dieser sich von seiner Adelsfrau trennte – oder so ähnlich. Pückler hatte sie gefördert, hatte sie geliebt, hatte sich als werdender Vater gewähnt, und sie hatte seine Gefühle ausgenutzt und sich in den besseren Kreisen beliebt gemacht. Das Kind war von einem anderen, und der wollte es auch haben. Und weil es vielleicht doch vom Fürsten war, wollte er darüber reden, vor aller Welt. Der Fürst zahlte dem Mädchen Schweigegeld, aber auch der Kerl kriegte Geld und machte sich davon. Das Milchmädchen blieb allein zurück, mit Kind und Schweigegeld.

Für die These, daß das Kind vom Fürsten war, sprechen Ähnlichkeiten. So sah er auf allen in den Büchern abgedruckten Portraits diversen Verwandten der mütterlichen Linie verblüffend ähnlich, nämlich dem Vater meiner Mutter und dem jüngsten Sohn der Schwester meiner Mutter. Klarheit würde ein Jugendportrait der Mutter des Fürsten bringen, das ich mit einem Portrait des Milchmädchens vergleichen müßte. Gewiß besaßen Verwandte noch ein Bild. Aber wurden junge Milchmädchen damals aufwendig portraitiert? Sie standen auf der untersten Stufe und waren ungebildet. Erstaunlich, daß das Bankert-Baby dann eine große Karriere hinlegte. Es hieß Ferdinand und heiratete in eine fast schon adelige Familie ein. Seine Schwägerin war Wilhelmine von Knobelsdorff. Und er war schon 48 Jahre alt, als ihm seine junge Frau den einzigen Sohn – nach sechs Töchtern – gebar, meinen Großvater Erich. Der fühlte sich unter all den vielen Frauen sicher wie der ersehnte Statthalter, wie der neue Fürst. Dann wurde ihm immer eingeflüstert, daß er eigentlich vom Fürsten abstamme, und das dürfte sein Ego beeinflußt haben. Er ging nach Berlin, stieg auf und wurde Generaldirektor bei Krupp.

Meine Gedanken kreisten noch ein wenig, kamen aber auf das Ende zu. Das Ende war die Frage, ob ich diesen Strang der Familie berücksichtigen sollte oder nicht. Mein Großvater mütterlicherseits besaß also eine Großmutter, die eine alleinerziehende Frau gewesen war, so eine wie heute. Eine, die von einem weibischen, donjuanesken Muttersöhnchen geschwängert worden war, der sie dann zickig und neurotisch geflohen hatte, wie das auch heute die Weichei-Männer tun. Schon Pückler war ein Muttersöhnchen, und sein unstandesgemäßer Sohn mußte es logischerweise erst recht sein. Prompt bekam der lauter Töchter und nur einen Sohn. Der Sohn lebte dann wieder bis ins hohe Alter mit der Mutter, während er den alten Vater kaum noch erlebte. Und kriegte selbst nur Töchter, eine davon meine Mutter. Fände ich einen echten Beweis von Pücklers Vaterschaft, ließe sich vieles erklären, zum Beispiel das uferlose Schreibtalent meiner Mutter, die unentwegt Humoresken und freigeistiges Zeug schrieb, Reisebilder, Romane, kulturelle und psychologische Abrechnungen von zynischer Klarheit, und die dabei stets stilsicher war wie Heine. Sie mußte nie ein Wort ausstreichen und ersetzen. Wo sollte sie es herhaben? Vom Milchmädchen, das es ja wirklich gab? Ausgeschlossen, denn meine Mutter konnte gut rechnen. Einen Wink zumindest würde man auch dafür bekommen, wie ihr Faible für das 18. Jahrhundert zu erklären sein konnte. Sie schrieb schon als 20jährige Theaterkritiken für die B.Z. am Mittag – das war die auflagenstärkste Nazi-Zeitung – und noch am Ende des zweiten Jahrtausends über Aufführungen Lessings, Schillers und Goethes in der Tageszeitung DIE WELT und in zig Provinzblättern wie dem ›Mannheimer Morgen‹, der ›Heilbronner Stimme‹ oder dem ›Bad Pyrmonter Landboten‹. Sie mußte jeden Tag schreiben. Aber immer über die ollen Sachen, Theater, Lessing, Faust zwo, Emilia Galotti. Sie holte das 18. Jahrhundert in das 20. herüber. Überflüssig zu sagen, daß sie einen Adelstick hatte, wie alle bürgerlichen Frauen. Tja, und zu erklären wäre dann natürlich auch noch mein eigenes manisches Schreiben, das mir so natürlich schien wie Pückler seins. Trotzdem. Ich glaubte nicht daran. Ich glaubte auch nicht, daß Marilyn Monroe mit Kennedy geschlafen hatte. Alles Wunschdenken. Ich beschloß, die mütterliche Schublade wieder zu schließen.

21
Mr. & Mrs. Smith im kurzen Sommer der Liebe

Am vierten Urlaubstag setzten wir unsere Ostlandreise fort. Der Wartburg schaffte nicht mehr als 100 Kilometer am Tag, darauf mußte man achten. Schon nach 30 Kilometern flog regelmäßig die vordere Zündkerze aus dem Dreizylindermotor, und man mußte anhalten und eine neue reindrehen. Das konnte ich ganz gut, und ich machte es auch gern, weil das Auto danach so frisch und freudig lief. Aber nach 100 Kilometern sprangen auch die hinteren Zündkerzen heraus, und das war gefährlich. Ich will das nicht im einzelnen erklären. Das Auto war insgesamt unproblematisch, geräumig und schnell, und auch das blöde Geglotze hörte nun endlich auf, hier im tiefen Osten, wo ein Wartburg Tourist noch etwas Normales war. Im Dorf Malchow trafen wir sogar auf einen anderen Wartburg, und der Besitzer ließ anhalten, sprang aus der Zweitaktkutsche und umarmte mich. Was er auf sächsisch sagte, verstand ich nicht mehr, zumal im Lärmfeld ZWEIER Wartburgmotoren, aber die Barbi verstand ihn, da sie Dialekte gelernt hatte.

Über Stechlin, Waren, Ludwigslust, Büstrow und Güstrow erreichten wir am Abend das berühmte Ostsee-Bad Zingst. Der Wartburg kollabierte röchelnd vor den Toren der Stadt, und wir ließen ihn abkühlen und machten einen poetischen Strandspaziergang. Barbi trug eine hochgeschlossene weiße Bluse mit freien Ärmeln und einen weißen Pullover, den sie um die beige Cordhose knotete, denn es war schon Abend, und wir wußten nicht, wie kühl es noch werden würde, trotz schöner Abendsonne. Der Strandsand war weniger dreckig, als ich

294

gedacht hatte. Natürlich nicht so seidig-verweht weiß wie auf Sylt, aber auch nicht so schmutzig wie der Elbestrand. Es gab ja angeblich Hamburger, die am Sonntagnachmittag freiwillig an der Elbe spazierengingen, aber ich hielt es mehr mit Christian Kracht, der Sylt liebte, weil er da als Kind oft war – wie ich. Ich entdeckte Kracht jetzt, weil ein Freund uns eine Hörkassette mit auf die Reise gegeben hatte, mit der Stimme eben jenes Kracht drauf. Das war eine ganz liebe Stimme, vor allem, wenn er von Sylt erzählte.

Aber da fällt mir ein, daß ich unser Al-Kaida-Erlebnis noch gar nicht erzählt habe. Die Barbi und ich waren durch Malchow gefahren, wo wir das andere Wartburg-Auto getroffen hatten und eine Tankstelle, wo man noch das besondere Wartburgbenzin tanken konnte, so einen DDR-Ersatzbrennstoff aus Biodiesel und Mohrrüben. Jedenfalls blieben wir ein bißchen in dem Ort und guckten uns das Denkmal an, von diesem Malchow, dem Schutzpatron der Buchdruckerkunst im Mittelalter. Der hieß natürlich eigentlich anders, aber er kam aus Malchow, und deswegen nannte man ihn nach der Stadt. Er hatte einmal, als die städtische Bücherei brannte, den Brand durch irgendein Wunder gestoppt, ich weiß nicht mehr welches, durch schieres Hinsehen oder so. Also wir stiegen in einen fahrbaren städtischen Bus, der uns zum Denkmal bringen sollte, als plötzlich mitten in der Fahrt der IFA 30 abrupt abbremste und stehenblieb. Der Busfahrer, noch mit goldenem PDS-Parteiabzeichen am Revers, erklärte, eine Al-Kaida-Schweigeminute einzulegen. Alle blieben auf ihren Holzsitzen und schwiegen, warteten ab. Angeblich war das »wegen der Anschläge in London«. Ich wunderte mich nicht wenig. Warum, zum Teufel, sollte ich eine Schweigeminute für diese Verbrecher einlegen? Ich sagte es der Barbi, aber die war besser informiert als ich und flüsterte, diese Schweigeminute würde auf der ganzen Welt durchgeführt.

»Aber ich bin GEGEN Al Kaida! Ich verfluche diese blöden Anschläge!«

Ich war fast laut geworden, Leute drehten sich mit bösen

Ost-Gesichtern nach mir um. War wohl der falsche Ort, etwas gegen die antiimperialistischen Kämpfer zu sagen. Ich machte das Peace-Zeichen und fügte mich. Die Schweigeminute dauerte dann fast zehn Minuten, danach ging es ohne Zwischenfälle weiter. Wir legten einen Kranz am Denkmal nieder und schlenderten zum Wartburg zurück, der sich wieder abgekühlt hatte. Unterwegs überholten wir den Bus, der entweder einen Defekt hatte oder gerade die nächste Schweigeminute für Bin Laden zelebrierte.

Nun stand die taghelle Abendsonne tief über Zingst und glänzte im Meer so hell und auf breiter Front, daß einem die Augen weh taten. Ich ging hinter Barbi, deren Antilopen-Gang ich studierte und bewunderte. Sie drehte sich zur Ostsee, schaute zum Horizont, senkte den Kopf ein wenig, besah sich skeptisch das Naturschauspiel. Sie sah so gut aus, die Barbi. Gerade im Profil. Das war makellos. Stirn, Mund und Kinn bildeten eine Gerade, die Nase war perfekt, klar und gerade. Dann schloß sie die leuchtenden Augen, als wolle sie ihr Gesicht durch die intensive, aber gerade verlöschende Sonne bräunen. Vielleicht wollte sie auch nur den Augenblick genießen. Rechts war die gelbbraune Steilküste, die niemand besteigen konnte, jedenfalls wir nicht, und links das Meer. Wir liefen noch eine gute Stunde immer so weiter, wobei mir auffiel, daß uns keine Menschen mehr entgegenkamen. Es wurde Nacht, und wir liefen in eine Sackgasse. Es war mir egal – ich wollte gern mit Barbi Abenteuer erleben. Wir entdeckten einen Bunker aus dem Zweiten Weltkrieg, halb im Wasser, aber begehbar. Ich ging hinein. Barbi folgte mir, gab mir ihren Pullover und küßte mich. In meiner linken Hand hielt ich mein Jackett, in der rechten ihren Pullover, und der Boden, auf dem ich stand, war sehr schief und uneben. So fühlte ich mich wie gefesselt und unfrei, und genau das schien ihr zu gefallen. Sie küßte mich liebevoller als sonst und sah mich zwischendurch so anders an, ja, eben liebevoller als sonst. Sie hatte plötzlich so einen freien Blick, so unbelastet, den ungetrübten Blick einer Frau, die noch nie einen anderen geliebt hat und die völlig frei ist von den Schrecken irgendwelcher Trennungen. Es ist »ihr« Mann, und sie küßt ihn, und er hat keine Hände frei und ist somit reines Objekt, ihr reiner Besitz, und sie strahlt ihn an, dieses souveräne und zugleich freiwillige Lächeln, ohne Zwang, ohne Verabredung …

Wir sind einfach wieder den ganzen Weg zurückgegangen, nach dem Poppen. Es gibt ja Leute, die wollen sich mit ihrer ›Partnerin‹ gut verstehen. Mir ist es lieber, wenn ich meine Freundin begehre. Wir bezogen dann unser Quartier, nämlich das Hotel, das wir per Internet gebucht hatten. Da dieses Unternehmen so neumodisch war, gab es auch Fernsehen, und Barbi sprang auf das Gerät zu wie eine Verdurstende. Ich kannte das schon. Es machte mir nichts aus, denn ich hatte Ohropax dabei, so daß ich die entsetzlichen Sendungen nicht mithören mußte. Ich sah nur, wie sie da lag, geduscht, nackt unter der Damastdecke, und ich sah vielleicht noch ein paar TV-Fratzen, Mike Krüger in ›Frei Schnauze‹, Anke Engelke in ›Ladykracher‹ oder Ingo Oschmann in ›Wenn Sie lachen, ist es Oschmann‹, aber das störte mich nicht. Wirklich überhaupt nicht. Denn ich wußte, daß es etwas Schlimmeres gab, nämlich die Endlos-Dokus über die ›Anschläge in London‹ auf n-tv, Phoenix, N24, RTL-Nachtmagazin und Guido Knopp Extra TV. Das hatte meine Schöne noch nicht entdeckt. Würde sie aber noch. Und dann flossen die Tränen! Um dem zu entgehen, war ich sogar bereit, ›Ottis Schlachthof – das Beste aus 10 Jahren‹ MITZUGUCKEN. Doch beim Zappen während der Werbepause blieben wir beim Spielfim ›Air Terror – Killerjagd über dem Pazific/Psychothriller von 2003‹ hängen. Ich stopfte mir wieder die kleinen gelben Schaumkorken ins Ohr und versenkte mich in den Briefwechsel Pücklers mit seiner Frau Lucie. Das konnte aber nicht lange gutgehen. Ich war einfach zu verliebt. Weil es Sommer war, weil Barbis rechtes Bein aus der Decke herausragte und abgeknickt nach unten hing und ihr Fuß den Teppich berührte. Als sie merkte, daß ich sie schon wieder mit brennenden Augen ansah, zauberte sie ein herrliches, knapp sitzendes Top aus dem Koffer, das ich noch nie an ihr gesehen hatte, das aber ausgerechnet ihren festen Busen so sehr betonte, also das Volumen, daß mir fast die Luft wegblieb. Es war aus einem Stoff, der wie Naturleinen aussah, also fleischfarben, mit groben griechischen Mustern an den Rändern, der aber zu elastisch dafür war. Ich begriff, daß ihre Haut von Tag zu Tag, ja fast von Stunde zu Stunde, gebräunter wurde, und es war eine bronzefarbene Bräune, keine rötliche. Eine Farbe also, die mir gut gefiel und die keine andere Frau beim Bräunen bekam.

Ich versuchte, mich vom Anblick Barbis loszureißen. Das Hotel war luxusrenoviert und teuer. Alle Möbel waren zwar von IKEA, aber nicht die schlichten, klar geometrischen, die das Möbelhaus für bescheidene Ästheten attraktiv machen sowie für Speer-Fans und Neofaschisten, sondern die anderen, die so scheußlich waren und diese nicht identifizierbaren Muster hatten, die von weitem ›geblümt‹ aussahen, von nahem aber geschmacklose New-Wave-Ornamente enthielten, halb abstrakt, halb figürlich, mit Federbüschen, Karos und wilden Strichen. Das Haus wirkte insgesamt wie neu. Inmitten all der reetgedeckten Häuser aus der Vorkriegszeit war dieses ausgebaute Eighties-Ding die einzige Bausünde am Ort.

Aber wir bereuten unsere Wahl nicht. Die Menschen draußen waren so fürchterlich, daß man gierig nach allem griff, was an den Westen erinnerte. Einmal war ich kurz auf die Straße gelaufen, um mich »mal so'n büschen umzusehen«, und Minuten später zähneklappernd wieder eingetroffen:

»Lauter Mumien da draußen, furchtbar!«

Und das war keine Lüge, keine Sehnsucht nach dem nächsten Liebesakt, sondern die real existierende Altenheim-DDR. Die vielen Touristen machten die Sache nicht besser: alle jenseits der Pensionsgrenze …

Am nächsten Morgen wachte ich davon auf, daß Barbi beim Duschen stöhnte. Sie kam aus dem Bad und machte herb-lustige Gesten, vielleicht weil sie mein verblüfftes Gesicht sah oder weil sie sich ertappt glaubte, wahrscheinlich aber, weil sie gute Laune hatte. Sie achtete nicht weiter auf mich, betrachtete sich selbstvergessen im Spiegel, stakste nackt durch das Zimmer, vergaß immer irgend etwas, ihr Duschgel, ihr Handtuch, ihre Zigaretten. Dann schlang sie sich ein weißes Badehandtuch um, wobei die endlos langen Beine daraus hervorragten – ich sah das alles von unten, denn ich schlief fast noch. Dann sah sie wieder in den Spiegel, genauso wie eben, und es war, als bliebe nun die Zeit stehen. Als wäre nun endgültig der Urlaub ausgebrochen. Man tat nichts Sinnvolles mehr. Sie starrte blöde in den Spiegel, und dann machte sie sogar die Augen dabei zu. Ich schlief wieder ein. Irgendwann ging sie nach unten und holte das Frühstück.

»Ist besser, wir frühstücken im Zimmer. Im Frühstücksraum sitzen nur Mumien!«

Das war nett von ihr. Daß sie das Tablett hochgetragen hatte. Daß sie mir zuliebe ›Mumien‹ gesagt hatte, ein Wort, das sie sonst mied. Sie fand es menschenverachtend. Sie fand nichts Negatives dabei, bald in einem Land zu leben, in dem die breite Mehrheit aus grauhaarigen Rentnern bestand und alle Arbeitsfähigen über die Landesgrenzen geflohen waren. Schließlich hätten alte Leute viel zu erzählen, und Junge vertaten ihre Zeit doch nur in der Disco. Oder so ähnlich. Wir sprachen ja nie darüber. Auf dem Tablett war nicht nur das Frühstück, sondern auch die Morgenlektüre. Ich konnte es kaum fassen: der SPIEGEL und die Bildzeitung. Meine beiden liebsten Presse-Erzeugnisse. Die hatte sie für mich ausgewählt und dabei Gala und Ostsee-Zeitung hintangestellt. Ich fand kaum Zeit, danke zu sagen, so begierig riß ich die Sachen an mich. Erst natürlich den SPIEGEL. Ich lugte zu Barbi rüber, die die Bildzeitung las und das ihr verhaßte Blatt mir zuliebe nun Meldung für Meldung studierte. Dabei fand sie tatsächlich – man glaube es oder lasse es – einen Artikel über Fürst Pückler! Offenbar war nicht nur ich auf dem Ahnen-Trip, sondern das halbe Vaterland. Ich riß die Seite an mich und las:

»Neue Serie! So lebt der Brandenburger Landadel: DIE SPÄTE HEIMKEHR DES GRAFEN VON PÜCKLER. Neue Serie in BILD. Teil 1 Von C. von Duehren DAS SIND DIE

VON PÜCKLERS: Die Geschichte des schlesischen Uradels von Pückler reicht bis 1306 zurück. Berühmt wurde der Name durch Hermann Fürst von Pückler (1785 – 1871, siehe Gemälde). Bis ins hohe Alter färbte sich der Exzentriker die Haare schwarz, hielt sich exotische Tiere und zuletzt auch eine farbige Geliebte …«

Es folgte die Geschichte des jetzigen Bewohners von Schloß Branitz, der wohl nicht mehr Fürst war, sondern nur noch Graf: »Als Hermann Graf von Pückler im Februar 1945 Schloß Branitz aus Angst vor den Russen verließ, war er fünf Jahre alt. Mit seiner Mutter und seinen zwei Geschwistern saß er in der alten Schloßkutsche, da für die Automobile kein Benzin mehr vorhanden war. Die Hufe der Pferde waren in Handtücher gewickelt, damit die Nazis die unerlaubte Flucht nicht bemerkten …«

Ein schöner Beginn, eine tolle Geschichte, mit einem Nachteil: Sie stand in der Bildzeitung und war somit erfunden. Es ging weiter mit dem Werdegang des Grafen, der nach der Wende zum Gut zurückkehrte und nun dort lebte (siehe Fotos). Ich sah mir diese Fotos an. Schon wieder verblüffende Ähnlichkeiten mit dem Alten, exakt dieselbe Nase, Kopf- und Gesichtsform. Aber da konnten auch Bild-Fotoredakteure mit Photoshop drangegangen sein. Trotzdem glaubte ich, daß der Mann dort wohnte. Und daß er einen Sinn für die Vergangenheit haben mußte. Genetisch war er der Urururenkel meines Ururururgroßvaters, also so was wie mein Nebenonkel elften Grades. Ich durfte ihn duzen und umarmen, wenn ich ihn … traf!

»Herzchen, da fahren wir hin, wenn wir ohnehin schon in der DDR sind! Ist doch ein Katzensprung von hier. Laß uns mal auf der Landkarte nachsehen, wo Branitz genau liegt!«

»Nein! Ich will erst mal MEINE Vorfahren hier in Zingst treffen!« Schluck! Die hatte ich ganz vergessen. Auch das noch.

»Aber die passen doch gar nicht in meinen großen Familienroman, Barbilein.«

»Wieso denn nicht? Wir sind verheiratet, da gehören sie doch wohl dazu!«

»Nein, Liebling, nein, nein und dreimal nein. Es geht nicht. Der Verlag wird schon ungeduldig. Man würde mir das nicht durchgehen lassen.«

»Ach!«

Sie stand auf, raschelte in ihrem Koffer. Dieses Rascheln gefiel mir nicht. Sie suchte wohl etwas und fand es nicht. Dann drehte sie sich plötzlich um und sagte, es gebe keine Teebeutel mehr in der Teebeutelpackung, und ich hätte die Teebeutel verbraucht und die leere Teebeutelpackung trotzdem im Koffer gelassen, obwohl keine Teebeutel mehr in ihr gewesen seien. Das sei Täuschung gewesen und typisch für mich.

»Aber Liebes, ich habe doch die Teepackung nachgekauft, sogar zwei Packungen, und dazugelegt!«

»Du hast vor allem die LEERE Schachtel einfach im Koffer gelassen, so daß jemand, der nichts Böses ahnt, denken muß, da ist noch was drin, und das ist so typisch für dich, das zeigt dein ganzes Wesen, deswegen verstehen wir uns nicht, und deswegen – jedenfalls denke ich das manchmal – verstehen wir uns auch im Bett nicht mehr! Du bist einfach ein Mensch, der nichts dabei findet, einem anderen in völliger Rücksichtslosigkeit und Asozialität eine Schachtel Beuteltee in den Koffer zu legen, die so aussieht, als sei sie voll, und wenn er sie dann aufmacht und einen Teebeutel herausnehmen will, um sich davon einen heißen Tee zu machen, auf den er oder sie sich schon freut, dann ist sie leer, die schöne Packung Beuteltee! So bist du! Ein sozial vollkommen verwahrlostes Wesen, Egoist wäre noch zu milde ausgedrückt, ein notorischer Single-Mann, der an nichts anderes denken kann als an sich selber! Du könntest niemals Kinder haben, das sage ich dir, das wäre ganz und gar undenkbar bei deiner Charakterstruktur, deiner männlichen Selbstgefälligkeit und deinen andauernden Rücksichtslosigkeiten!«

»Gute Frau, liebste Partnerin, es war doch nur … es geht um Teebeutel, oder? Nicht um Auschwitz, oder? Ich habe den

Holocaust nicht geleugnet, keinen völkerrechtswidrigen Angriffskrieg –«

Sie unterbrach mich scharf, indem sie mir, sicherlich zu Recht, Zynismus vorwarf. Es wurde ernst. Ich mußte das Feuer schnellstens austreten, der Urlaub war zu schade für so was. Der Horror würde früh genug zurückkehren, nämlich wenn sie ihre Angestellten-Logistikjob wieder aufnehmen würde, in wenigen Wochen. Ich sagte schnell, daß wir sofort aufbrechen wollten, um das Haus ihrer Vorfahren zu suchen. Barbi rief ihre Mutter an, um nähere Auskünfte über ihren Urgroßvater zu erlangen. Aber die alemannische Frau hielt nicht viel von Ahnenforschung. Auch sie fand das Vergangene uninteressant, schon wegen der blöden Nazi-Sache, und wollte lieber so jung sein, wie sie sich fühlte. Die glücklichste Zeit der Deutschen, nämlich die 50er Jahre, fand sie ›muffig‹. Klar, daß ich so jemanden nicht ernst nehmen konnte! Wahrscheinlich fand auch die Barbi, die 50er Jahre seien ›muffig‹ gewesen. Das plapperte man halt so nach, obwohl doch jeder Spielfilm aus der Zeit das Gegenteil bewies, hundertfach, in jeder Einstellung. Jedenfalls war die Mutter nicht sehr kooperationswillig und gab uns die Adresse nicht. Die sollten wir schön selbst suchen, meinte die herzlose Frau, die die Adresse ebenfalls selbst hatte suchen müssen, einst, nur mit einer Fotografie in der Hand. Diese Fotografie beschrieb sie uns. Irgendwie war die Stimmung hin.

Zingst bestand nur aus ein paar Straßen, und die liefen wir ab, ohne das Haus zu finden. Aber wir sahen ein Dorfkino, in dem gerade eine Kindervorstellung stattfand, nämlich ›Mr. und Mrs. Smith‹, eine anrührende, süßliche Ehegeschichte. Die mußten wir natürlich sehen, als gutes Ehepaar, und vor allem spielte Angelina Jolie mit, die wir immer schon geil fanden. Der schöne, sentimentale Film hat uns wieder versöhnt. Wir rannten zum Hotel zurück und zogen uns aus. Ich wollte nämlich überprüfen, ob Barbi so schlanke Beine hatte wie Angelina Jolie. Ich fuhr mit der Hand darüber, langsam hoch, und murmelte:

302

»Wie kann man nur so dünne Beine haben, die trotzdem so muskulös sind und dabei so gar nicht muskulös aussehen, sondern weich und sinnlich?«

»Ich sehe doch gar nicht so gut aus wie Angelina Jolie.«

»Doch.«

»Ach, eigentlich interessiert es mich gar nicht.«

Sie zündete sich eine Zigarette an, eine von diesen neuen Marken. Ich ärgerte mich, daß ich nicht mehr rauchte. Seit es die ›Nil‹-Werbung gab, mußte man eigentlich wieder rauchen, wenn man dazugehören wollte. Sonst geriet man in diese sportiv-gesunde Nichtraucher-Ecke, und mit Christian Kracht konnte man auch nicht mehr zusammenstehen, in der Raucherpause, während der Lesung. Barbi hielt die Zigarette übrigens nicht wie die meisten zwischen den dritten Fingerknochen, auch nicht, was schon brutal aussähe, zwischen den zweiten, sondern ganz am Anfang der Finger, zwischen den ersten Fingerknochen, wie einen Joint. Und sie rauchte ganz langsam, die Glut glühte eine volle Sekunde lang oder zwei, und die Bewegung zum Mund und vom Mund weg vollführte sie überaus langsam, fast theatralisch, was sie natürlich nicht wußte. Sie wußte nicht viel über ihre Wirkung, weil es sie nicht interessierte. Im Kölner Lokal »Blue Shell« hatte ihr ein Mann einmal erstaunt zugerufen, sie sei wohl eine der schönen Frauen, die nicht wüßten, daß sie schön seien.

Die Stunden vergingen rasch, wie immer nach der Liebe. Abends sah Barbi noch schöner aus, vielleicht, weil der Tag so heiß gewesen war. Zwischendurch hatten wir einfach in der Sonne gelegen, die durch die Dachschrägenfenster diametral ins Zimmer fiel und auf unserer Haut aufschlug, wenn ich das mal so schlecht ausdrücken darf. Wir hatten geschlafen, und die Sonnenstrahlen hatten ihren Körper und ihre Seele noch schöner gemacht, irgendwie glühend. Ich sah mir das nämlich genau an. Die Barbi hatte das schönste Profil der Welt, auch wenn ich das schon gesagt habe. Die stolze, gerade Nase, die vollen, nach unten gezogenen Lippen, die geschwungenen Augenbrauen, die glänzenden langen Haare, dunkelbraun, fast schwarz, und die Augen, wie gesagt, so leuchtend. Ich sage nicht: wie die eines Kindes, denn ich finde Kinder doof. Nein, wie die einer glücklichen Frau, allerdings einer ganz besonderen, einer unschuldigen und vorbehaltlosen, die gerade erst auf die Welt gekommen war und noch nie von ›Desperate Housewives‹ gehört hatte. Das waren natürlich nur meine blöden Phantasien. Tatsache aber war, daß die olivfarbene Haut ihrer langen Beine, ihres Nackens und ihres Rückens mehr denn je von den weißsilbrigen Damastbezügen abstach und ich auch nicht weggucken konnte, als ich, gewiß ein blöder Durchschnittsmann, der es nicht abstellen konnte, ihre herrlichen Brustkugeln sah, die ganz braun geworden waren, als wären sie gereift! Der Literaturbetrieb verzeihe mir, aber ich konnte nicht anders, als wieder mit ihr zu schlafen. Dann lag sie da und war ganz ruhig, redete ruhig ins Leere, und ihre Augen glühten wohl immer noch, nun in die Dunkelheit hinein. Wir hatten nur noch die kleine Nachttischlampe an. Das war so ein kleines, gelbes, mildes Licht, das die Gesichter glatt und jung machte, bei ihr wie das Gesicht einer 17jährigen. Ich bestellte beim Zimmerservice eine Flasche Rotwein, die wir, leise weiterredend, austranken.

Der nächste Tag war noch heißer. Wir konnten in dem Hotel nicht bleiben, wir brauchten eines mit Klimaanlage. Natürlich hätten wir auch an den Strand gehen können, aber wir hatten Lust, wieder Auto zu fahren. Wir genossen den Fahrtwind, denn der Wartburg war ein halbes Cabriolet mit dem großen Faltdach. Wir passierten Bora, Wieck, Pierow, Bresewitz und Pramort, immer die alte kastaniengesäumte Küstenstraße entlang, und es war schön, menschenleer und, ja, warm. Mittags kehrten wir in einem seltsam altertümlichen Gasthof ein, ein Gebilde, das der gute Gartenarchitekt Pückler angelegt haben konnte. Die Baumformationen wirkten künstlich, aber wie aus Goethes Zeiten, wie eine Idee aus der ›Novelle‹. So hieß nämlich Goethes Reminiszenz an Pücklers botanische Theorien. Immer standen eine Birke, eine Eiche und eine Buche zusammen. Eine kleine Steinbalustrade in Kniehöhe bezeichnete das Terrain, innerhalb dessen man essen konnte. Außerhalb desselben war gepflegter Rasen, der bis zu einem See reichte, der verlassen und verwunschen wirkte. Wir aßen ein Zanderfilet mediterran und ein kleines Steak vom Hirsch, tranken ein paar Gläser Sherry medium dry, dazu eine Flasche feinen Bergerac, und fuhren weiter. Kein anderer Gast hatte uns Gesellschaft geleistet beim Essen. Das Land war romantisch, aber entvölkert. Und die Ossis, die zu DDR-Zeiten gekommen waren, verjubelten ihre staatlichen Zuwendungen nun lieber am Mittelmeer, in der Karibik oder an den Stränden Thailands. Wir konnten sie sogar verstehen. Auch wir hätten anderer Leute Steuergelder lieber im aufregenden Bangkok ausgegeben, in exotischen Billighotels, am Pool alter Kolonialpaläste am Golf von Tonking, und nicht hier im Angela-Merkel-Land. Uns ging es nur so gut, weil wir uns völlig isolierten von dem Elend der unsichtbaren anderen hier. Gewiß lebte in dem einen oder anderen Bauernhof noch irgendein Mütterchen, aber man sah es nicht, es lag krank darnieder im Bett und wartete auf das Ende.

Das Schilf duckte sich im Wind. Betagte Holzhäuser standen auf Pfählen im Wasser, und die hatten so seltsame Garagentore, aus denen einmal ein Segelschiff herauskam, mit einem geschiedenen Mann und seinem Scheidungskind darauf. Ich konnte es genau erkennen, auch wenn mir das jetzt natürlich keiner glaubt. Solche Wunder gab es im ehemaligen Kommunismus. Ich blickte auf Barbi, ob sie es auch beobachtet hatte, und konnte es in dem Moment kaum fassen, daß sie wirklich mit mir hier Urlaub machte, MIT MIR, in diesem traurigen Bezirk! Daß sie das aushielt! Daß sie mich nicht verließ! Jede andere wäre mit einem Concept Director oder so nach Kapstadt durchgebrannt, zumindest in den kostbaren Urlaubswochen.

Manchmal führte die Straße so nah ans Meer, daß man halten und baden konnte. Aber wir riskierten es nicht. Der Meeresuntergrund war zu schroff und auch der Strand zu steinig. Wir gingen dafür spazieren. Der Körpergang war bei der Barbi das Wichtigste, wenn man sie beschreiben könnte, diese Ausbalanciertheit ihres Körpers beim Gehen, das, was ich schon einmal Model-Gang genannt hatte, in Ermangelung besserer Worte. Ich glaube nicht, daß sie sich jemals geduckt hat. Die Schultern waren eine gerade Linie, niemals auch nur einen Millimeter eingezogen oder verkrampft. Alle Gliedmaßen standen in idealen Maßen und Verhältnissen zueinander. Alles was sie tat, tat sie in optimalen Bewegungsabläufen und damit fast anstrengungslos, ich würde sogar sagen vollkommen anstrengungslos. Ich habe sie nie erschöpft erlebt. Ihr Gang war wiegend, und sie trug gern knapp sitzende Bolero-Jäckchen, die dann ihre schönen Schultern betonten und ihren schlanken Rumpf beziehungsweise die schmale Bauchregion. Natürlich trug sie auch gern Hosen, und die saßen locker und betonten ihre langen Beine. Sie konnte ohnehin anziehen, was sie wollte, und alles wirkte an ihr vorteilhaft. Ihre Haare flogen ihr immer günstig in die Stirn und ins Gesicht, daß man nur staunen kann. Das machte es ihr möglich, mit ihren wunderbaren Klavierfingern immer wieder die Strähnen aus den Augen zu wischen, wobei zuverlässig immer eine Strähne im Gesicht verbleibt, ein Grund, weiter dorthin zu gucken. Obwohl, angucken konnte man sie immer, auch ohne Strähne. Das war ja ihr größter Vorteil: daß man sie immer ansehen durfte. Sie reagierte darauf niemals negativ, wie diese Stars, die mit einer Kamera aufgewachsen waren, und auch nicht positiv, sondern eben gar nicht, das war ja das Gute. Sie nahm das Angestarrtwerden gar nicht wahr, jedenfalls nicht als Kommunikationssignal, als ›Zeichen‹, als Anrede. Sie war einfach blind dafür, und das mußte Gründe haben, über die ich noch nachdenken wollte. Jedenfalls gab es für mich keinen größeren Wert, den eine Partnerin haben konnte, als den, sie intensiv wahrnehmen, somit erleben, somit erst lieben zu können. Partnerschaften, in denen das nicht ging, waren im Grunde bewußte Zugewinngemeinschaften oder arbeitsteilige Geschäftsbeziehungen. So stellte ich mir die Zweierbeziehungen in Asien vor.

Wir nahmen ein Zimmer in Barth, das war eine Hafenstadt in der Nähe der Insel Rügen. Die Stadt war im Mittelalter bedeutsam gewesen, mit eigener Stadtmauer, gigantischem Dom, eigenen Soldaten und eigener Flotte. Aus ganz Skandinavien zogen junge Männer nach Barth, und da es noch kein Fernsehen gab, tummelten sie sich zu Tausenden auf dem Marktplatz, der heute Fußgängerzone hieß und verlassen war. Unser Zimmer ging zum Meer raus, den toten Marktplatz sahen wir nicht.

Mit dem Sex nahm es etwas überhand, aber das Schöne daran war der Zustand danach. Man lag so da, und selbst Stunden später fühlte ich mich anders, vollkommen anders als sonst. Man sagte nichts, und es war gut so. Sonst ist mir Schweigen immer peinlich. Aber jetzt, selbst nach Unterbrechungen, dem gemeinsamen Essen in Restaurants, sogar am Abend eines Tages, der mit Sex begonnen hatte, war es anders. Der Krieg war vorbei. Sie lag auf dem Bett, halb abgewandt, in Gedanken, und wir sagten eine Ewigkeit lang nichts. Das Hotel war vollkommen neu, hatte eine Klimaanlage und keine Gäste. Wir vergaßen die Zeit. Ich hätte eine leere Schachtel Teebeutel direkt vor Barbis Nase aufstellen können, und sie hätte nur gelächelt.

Aber immer dann, wenn es am schönsten ist, macht der Mensch einen Fehler: Wir beschlossen, uns den zauberhaften kleinen Ort einmal anzusehen. Es gab auf dem Marktplatz immerhin einen McDonald's, den wollten wir uns natürlich angucken. Leider stießen wir nur auf eine öde Steinwüste. Eine steinerne Fußgängerzone ohne Fußgänger sah nun einmal leblos aus, und selbst die neugepflanzten mickrigen Bäume änderten daran nichts. Überall waren die Inschriften verblaßt, nur der Woolworth-Schriftzug strahlte noch, so von innen heraus, wie das Lächeln der Merkel, mittels alter Neonröhren hinter den Buchstaben. Immerhin hatten sie die Stadt noch flächendeckend mit den neuen Merkel-Plakaten tapeziert: »Deutschlands Chancen nutzen«.

Das Bild war aber nicht sehr vorteilhaft für sie, leider. Das Gesicht wirkte fast dümmlich, auch dicker als sonst – der Fotograf hatte kein cooles Makrozoomobjektiv genommen, sondern ein Fischauge –, die Zähne sahen aus, als habe sie einen leichten Überbiß, am Hals baumelte eine plumpe Öko-Kette, und die Haare sahen ausgedünnt und gefärbt aus. Der berühmte Sohn der Stadt, Roland Barth, hätte einen bösen philosophischen Essay über Merkels verkorkste Zeichensprache verfaßt, lebte er in unseren Zeiten.

Der häßliche Dieselmotor eines modernen Schwenkbusses heulte auf. Eine Oma mit Nasenpiercing und gelben Haaren und ein betrunkener 16jähriger entstiegen ihm. Ja, ja, die Infrastruktur war das einzige, wo man all die Fördermilliarden reinkippen konnte, sogar der Fernbahnhof von Barth wurde ausgebaut. Natürlich fuhr kein Schwein mehr mit der Eisenbahn, denn der Stolz eines jeden Bewohners von Barth war sein Toyota Avensis, sein Opel Omega, sein Muschimischi Vectra 4.4 iiL mit 12 Ventilen im neuen Parkdeck außerhalb des romantischen Ortes. Nur die Punk-Oma und der besoffene 16jährige hatten noch kein eigenes Fahrzeug. Der Junge schmiß mit aller Kraft eine Bierflasche auf den Betonboden, so daß sie laut zersplitterte. Sofort holte er eine neue Flasche aus seinem weiten Daunen-Anorak. Scheußlicher Typ, Meckifrisur, aber wohl kein Nazi. Er wankte zum McDonald's, blieb ratlos davor stehen, ging aber nicht hinein. Vielleicht hatte er Hausverbot? Hatte er Angst vor den beiden 50jährigen, die drin saßen, einer mit brauner Trapper-Wildlederjacke mit langen Fransen, ausgetretenen Westernstiefeln, der andere im Jeansanzug, heller, ausgewaschener Jeansstoff, fett, mit Glatze? Vor denen würde selbst ich nicht gern provokativ auf den Boden spucken. Wir zögerten ebenfalls, hineinzugehen, taten es aber, weil es nichts anderes gab und weil wir uns so darauf gefreut hatten.

Eine gute Entscheidung. Hier war das Leben. Hier spielten sie sogar Musik, die zumindest aus der letzten Saison und nicht älter war. Es gab auch Menschen unter 50, zwei an der Zahl. Nämlich zwei tolle Mädchen im Schlampen-Look. In einem Fernseher liefen die Softporno-Musikclips von jungen Frauen, die so aussahen, wie die blöde Christina Aguilera ausgesehen hätte, wenn es sie nicht vor zwei Jahren zerrissen hätte, also wenn sie ihr peinliches Möchtegern-sexy-Gehampel durchgehalten hätte. Endlich wußte ich, für wen es diese scheußlichen Sender gab: für die Ossis, die sich daran delektierten und es mit moderner Welt gleichsetzten. Fünf Musikkanäle, und überall nur Werbung für Klingeltöne, Monstercomics und Schweinerock, und ab und zu die Vier-Minuten-Pornos. Ich achtete aber lieber auf die beiden Proletschlampen-Kids, denn so etwas gab es im Westen nicht. Rosa Hosen, weiße Tops, ondulierte Haare, die das Gesicht bedeckten, Schmollmund. Sie liefen wie auf Stelzen, ganz anders als die Barbi. Vielleicht waren sie 16, wie der Flaschenzertrümmerer, es hätten aber auch Transvestiten sein können, mit diesen maskulinen Holzbeinen.

Ich hätte jetzt denken können, das Land sei heruntergekommen. Aber so war ich nicht. Ich war keiner, der negativ dachte, im Gegenteil. Überall entdeckte ich den positiven Aspekt. Und so bekam ich plötzlich, gerade als ich in den Royal TS Burger gebissen und den Bissen gleich wieder ausgespuckt hatte, intuitiv war das geschehen, eine ungeheure Sehnsucht nach dem Westen. Was für ein schönes Land wir doch hatten, wir aus den alten Bundesländern! Wie zivilisiert, freundlich und gebildet wir waren! Welche Freude es war, in unserem schönen Westdeutschland zu leben! Ich vergaß schnell, daß ich ja auch eine Wohnung in Ostberlin hatte, und als ich doch daran dachte, beschloß ich, sie aufzugeben.

Die Barbi und ich wechselten einen langen Blick, und dann liefen wir ziemlich hastig ins Hotel zurück, um uns wieder den körperlichen Freuden hinzugeben. Auf dem Weg zum Hotel kam aus einer Seitenstraße ein aufgemotzter schwarzer Opel Calibra von 1988, darin drei junge Nazis, und fuhr im Schrittempo neben uns her, die Scheiben heruntergelassen. Die Leute wußten nicht genau, wie sie die Situation einschätzen sollten, es war auch zu dunkel. War Barbi ein 18jähriges Ost-Mädchen, das von mir, dem alten jüdischen West-Kapitalisten, ausgenutzt und physisch mißbraucht wurde? War es vielleicht nur meine Tochter? Oder war sie schon weit älter als 18? Ich hatte aber keine Angst vor den jungen Patrioten, sah dem Fahrer markig in die offene Fresse, und nach zehn Minuten etwa fuhren sie dann weg. Vor dem Hotel versperrten uns drei maßlos übergewichtige Frauen den Weg. Sie waren so dick, daß man in früheren Jahrhunderten mit ihnen auf Jahrmärkten hätte auftreten können, vor allem in Barth, das noch bis zum Jahr 1822 einen bedeutenden Jahrmarkt gehabt hatte.

Als wir endlich im Zimmer waren, ging es für unsere Verhältnisse ungewöhnlich schnell zur Sache, als hätten wir es wirklich nötig.

»Wir sollten nicht mehr rausgehen«, sagte ich danach.

Draußen knatterten die Reedereifahnen im Wind, die Möwen kreischten, wir hatten nun die Fenster geöffnet und atmeten die gute Seeluft ein, am Abend, der einen kühlenden Wind gebracht hatte. Wir poppten dann das nächste Mal erst wieder in einer nächtlichen Kurzwachphase und dann noch mal kurz vor dem Frühstück, was aber so ungewollt heftig war, daß wir wie angezählte Boxer im ›Breakfast Room‹ erschienen. Mir kam es so vor – und Barbi ging es genauso –, als hätten wir die Droge unseres Lebens genommen. Das klingt jetzt so pathetisch. Sagen wir bescheidener: eine Droge, die zu uns paßte. Die meisten Drogen passen ja gar nicht zu einem und verfremden einen nur. Wir konnten uns kaum bewegen, spürten jeden Muskel, den ganzen Körper, ja: es war einfach ein gigantischer Muskelkater! Die Leute, die uns bedienten, und die wenigen Gäste, die sich doch noch gezeigt hatten, mußten uns für Extremsportler halten, die gerade von einer Bergtour zurückkamen oder noch etwas viel Intensiverem, denn es gab an der Ostsee ja gar keine Berge. Mein gesamter Körper war durchdrungen von dieser Dröhnung Sex, die wir uns noch kurz vor dem ersten Kaffee gegönnt hatten. Dieses Wort aus der Drogensprache traf es ganz gut. Die Superdröhnung, Mann. Natürlich waren alle Sinne aufgedreht, und der Kaffee schmeckte plötzlich wie eine Ganzkörper-Mokka-Infusion, die kühle Butter auf dem Brötchen so anders als sonst, wie irgendeine köstliche Speise, und am besten schmeckte natürlich der Orangensaft, der, obwohl aus dem Aldi-Pack, überwältigend an frische Orangen erinnerte, mehr noch als sonst der tatsächlich gepreßte. Neben einem saß der geliebte Mensch, der physische. Nicht der Geistmensch, nicht das Zeichen, nicht der Bedeutungsträger und Kommunikationspartner, sondern der geliebte Mensch selbst, das Faktum, die fleischgewordene Zuneigung. Und ebenfalls wie beim Drogenerlebnis hatte ich nun diese *strangeness* gegenüber allen anderen im Frühstückssaal sitzenden Figuren, die nun immer unwirklicher und unmenschlicher wurden. Und ich begriff: Um diesen Zustand ging es. Um diese Entgrenzung, dieses Glück, um dieses Loswerden des ewigen inneren Krampfes. Ohne diesen Zustand würde man bis zum Tode in diesem inneren Krampf verharren, was gespenstisch und vor allem ganz und gar sinnlos wäre.

War es dann aber nicht seltsam, daß den Menschen in unserer Gesellschaft dieses Glück nur in einer bestimmten Lebensphase zugestanden wurde, nämlich zwischen dem 20. und dem 50. Lebensjahr ungefähr? Also nur in 30 von 80 Jahren. In der übrigen Zeit mußten die Leute todunglücklich sein, wußten es aber wahrscheinlich nicht einmal. Man vergaß schnell das körperliche Glück. Schon nach einem Jahr erinnerte man sich nur noch selten, nach fünf Jahren gar nicht mehr an die letzte Liebesnacht. Man lebte weiter, mit 55, mit 65, mit 70 und 80, und segelte doch nur ratlos und düpiert in ein glückloses Nichts hinein. Wohl denen, die ihre Lage wenigstens kannten! Die konnten noch etwas ändern. Aber war es nicht auch seltsam, mit wieviel Hohn und Häme das Aufkommen des Medikaments Viagra kommentiert wurde? Ich entdeckte nicht eine einzige öffentliche Stimme, die sich über die Glücks-, Sinn- und damit Lebensverlängerung für die Menschen in den dann immer noch besten Jahren gefreut hätte. Unsere Mumien könnten alle noch Menschen sein, oder es wieder werden. Sie müßten nicht ein Millionenheer bilden, das nörgelnd, jammernd, depressiv und CDU-wählend am Grund unseres gemeinsamen Schiffes sitzt und es zum Kentern bringt. Ich selbst hatte Viagra einmal ausprobiert, noch bevor es auf den Markt kam, und aus dem Stand heraus sechs Frauen glücklich gemacht, in einer Nacht! Es ging also, ich weiß, wovon ich rede.

Wir gingen mit schweren Knochen wieder nach oben. Ich war noch so müde und mußte mich, da ich Zeichen bekam, es zu tun, fast zwingen, wollte aber schließlich kein Unmensch sein. Danach lag ich auf dem Bett und konnte keinen logischen Gedankenschritt mehr tun. Bilder und Erinnerungen rasten hin und her. Ich dachte an die alten Eric-Rohmer-Filme, die ich als Student so gern gehabt hatte. Jeder neue Film von ihm war ein Muß für mich und meine Kommilitonen. Wir banden uns den Säbel um, setzten die Mütze mit den Farben der Verbindung auf und marschierten geschlossen ins Lichtspieltheater. Der Vorführer legte die Filmrolle ein und eröffnete die Vorführung mit ein paar Worten, etwa:

»Meine lieben Studiosi, hier kommt das neue Werk aus Frankreich, dem Land der Liebe zwischen Mann und Frau, meisterlich in Szene gesetzt von dem Regisseur und Professor für französische Literatur an der Sorbonne, Monsieur Eric Rohmer. Genießen Sie mit mir ›Meine Nacht bei Maud‹, mit Jean-Louis Trintignant in der Hauptrolle. Film ab, Klavier an!«

Ja, die Liebe zwischen Mann und Frau, noch dazu in Frankreich – wunderbar. Das war meine Welt gewesen. Sie war untergegangen. Aber ich liebte meine Frau immer noch, die ausgepumpt neben mir lag und sofort röchelnd in einen Tiefschlaf gefallen war. Ich war der letzte Frauenliebhaber. Das Zimmermädchen klopfte, aber ich reagierte nicht. So mußten wir auch die nächste Nacht bezahlen.

Nach eineinhalb Wochen Ferien hatten wir uns bis weit nach Nordosten vorgekämpft und setzten am zehnten Tag nach Hiddensee über. Das war eine Insel, die immer von den Künstlern und Schriftstellern bevölkert worden war. Man nannte Hiddensee auch ›die Hamptons der DDR‹ und spielte damit auf den legendären Strand vor New York an, den die dortigen Künstler und Politiker stets mit dem Hubschrauber aufsuchten. Christa Wolf und andere Staatsdichter hatten auf Hiddensee gewohnt, und wenn einem der Vergleich mit den

Hamptons nicht gefiel, konnte man auch vom ›frühen Sylt des Ostens‹ sprechen. Also einem Sylt, das noch nicht vom Massentourismus zerstört worden war. Doch nun schlug das Wetter um. Kaum hatten wir die Insel betreten, war der Sommer 2005 vorbei, jener kürzeste Sommer aller Zeiten, der nur neun Sonnentage gehabt hatte. Nirgendwo gab es ein Zimmer für uns. Wo wir auch fragten, lachte man uns aus. Auf Hiddensee gebe es grundsätzlich keine Unterkunft ohne Vorbestellung, und vorbestellt sei schon alles bis zum Jahr 2008. So fuhren wir mit der letzten Fähre auf das Festland zurück. Es regnete nun stark. Wir fuhren auf der Landstraße weiter Richtung polnische Grenze und hielten an jedem Haus, das ein ›Zimmer zu vermieten‹-Schild angebracht hatte. Die Lage verdüsterte sich, als der Himmel immer schwärzer wurde und die Gegend immer polnischer und ostiger. Aber wir konnten in einem Gasthof einkehren und übernachten, der von einem schwäbischen Ehepaar geleitet wurde. Die beiden waren nach der Wende mit viel Optimismus im Osten eingestiegen, hatten Kredite von der Treuhand gekriegt und eben dieses schöne Unternehmen. Nur einen Euro hatten sie für das ehemalige VEB Gästehaus hingelegt. Doch nun hatten sie lange Gesichter bekommen. Selten habe ich zwei so verbitterte Visagen gesehen wie die der Eheleute aus Schorndorf. Wir beschlossen, keinen Augenblick länger in dieser Gegend zu bleiben.

In Riesenschritten näherten wir uns wieder der Heimat. Der Wartburg machte über hundert Kilometer pro Tag. Einmal nur kehrten wir noch ein, aber nur, um einen Mittagsschlaf einzulegen. Das Fahren strengte so an, daß ich einfach eine Pause brauchte. Durch das laute Bordgeräusch innerhalb der Limousine war man auch nach einigen Stunden wie taub. Ich wollte also einfach nur kurz wegsacken, und sei es nur für zehn Minuten. Ein Bauernhof mit Pension gab uns Gott sei Dank ein Stundenzimmer, und das war eines, das für die Nacht schon vermietet war. Ich durchschaute das Tourismussystem noch immer nicht. Das Wetter war so miserabel geworden, und trotzdem wollten Leute ihren Urlaub dort antreten? Man sah mich argwöhnisch an, so, als hätte ich gelogen und wolle mit meiner attraktiven Begleiterin nur Sex haben. Letztere zog sich sofort aus und warf sich nackt ins Bett. Sie tat das nicht, um mich zu provozieren. Ich schloß das Zimmer von innen ab und setzte mich erschöpft an den Bettrand. Es waren wieder mal hölzerne Billig-IKEA-Betten mit Rundbögen, helle Eiche, neu, mit Beistelltisch und drahtiger IKEA-Halogen-Leuchte. Barbi sprang wieder auf, sie schien noch Energie übrig zu haben, und machte sich an ihrer Tasche zu schaffen. Da sie nackt war, konnte ich meine Augen nicht von ihr lassen – eine alte Angewohnheit von mir. Sie bückte sich, und der scharfe Kontrast zwischen dem üppigen Dunkel ihrer Schamhaare und ihren hell gebliebenen Oberschenkeln irritierte mich. Diese langen, festen Oberschenkel machte ihr keiner nach. Und ihre Arme – hatten eigentlich eine extreme Überlänge. Wieso sah das keiner? Die Arme, gleichmäßig superschlank vom Handgelenk bis zur Schulter, hätten auch am Boden Papierchen und Krümel auflesen können, ohne daß Superwoman sich hätte bücken müssen. Nein, das konnte nicht sein, aber ich mochte diese Arme, auch deswegen, weil sie sie ständig beim Sprechen zur Untermalung des Gesagten einsetzte. Barbi sprach, wie die Italiener sagten, mit die Händ' und mit die Füß', also sehr expressiv und nie langweilig. Auf diese Weise hatte ich mich mit ihr noch nie gelangweilt, auch wenn inhaltlich nichts Neues kam. Auch jetzt war ich wieder fasziniert von ihren Bewegungen. Selbst von hinten schien sie mir etwas Expressives zu haben, unter Strom zu stehen, eine Art rumorenden, auf ›on‹ gestellten Sex im Körper zu haben, der grummelte und mich zu irgend etwas aufforderte. Ich mochte die ein klein wenig weichen Abschnitte ihrer Hüfte, ihres Rückens, und überhaupt mußte man sagen, daß Barbi trotz aller Schlankheit keine einzige Stelle hatte, die knochig ausgesehen hätte. Weder konnte man ihre Rippen sehen noch war ihr Rücken brutal durchgestylt wie bei einer blöden Kunstturnerin oder so. Sie war bronzefarbenes Fleisch, und sie war anschmiegsam, wenn es darauf ankam. Ich wollte nun schlafen, aber sie zog mir die

Hose aus und stellte sich ans Fenster. Sie sah unbeteiligt auf die uninteressante Gegend, die angeblich ›Uckermark‹ hieß. Sie hatte einen Gesichtsausdruck, als habe sie gerade die Eier aufgesetzt und warte nun die fünf Minuten ab, bis sie gekocht seien. Und als die fünf Minuten um waren, drehte sie sich um, ging die zwei Schritte auf mich zu und setzte sich gleichgültig auf mich. Ich war nun tatsächlich innerlich vor Verlangen kochend und leistete keinen Widerstand.

Aber wir hatten uns in den vergangenen Tagen erschöpft. Es lief nicht mehr so leicht wie am Anfang. Wir mußten mehrmals die Stellungen wechseln, sogar Bett, Stuhl, Sessel, Spüle, Bad und Kühlschrank, und als wir endlich in einer konventionellen Missionarsstellung auf dem IKEA-Bett den Orgasmus erreichten, war die Zeit des Stundenhotels abgelaufen. Mir war es egal, denn nach solchem Kampf ist einem alles egal, aber Barbi ging nach unten, verhandelte mit dem Personal und ließ mich noch eine Stunde schlafen. Auch der Wartburg hatte sich beruhigt, bekam neues Wasser in den Kühler, und dann ging es weiter Richtung deutsche Hauptstadt. In einem gewaltigen Nachtmarsch schafften wir die letzten 97 Kilometer bis zur Wohnung am Prenzlauer Berg. Barbi mußte mich die Treppen hochziehen, so erschöpft war ich. Es wurde schon wieder hell. Die Kraft, mich umzuziehen, zu duschen und Zähne zu putzen, hatte ich nicht mehr. Barbi legte mich aufs Bett, zog mich aus und legte sich selbst nackt daneben. Wir schliefen aber nicht mehr miteinander. Barbi versuchte es zwar noch einmal, indem sie nach unten tauchte und an mir rumknabberte, aber ich schlief dabei ein, nachdem ich gerade noch zwei Worte herausgebracht hatte: »Lieber kuscheln.«

22
Mit Fürst Lohmer auf Schloß Branitz

Wieder in Berlin, schloß ich meine Untersuchungen in Sachen mütterliche Linie endgültig ab. Diese Linie interessierte mich einfach nicht, nur dieser Fürst Pückler dafür um so mehr. Das Interessante war, daß man der Wahrheit so schnell näher kam. Sein ganzes Leben war dokumentiert, jeder Tag und jede Stunde, und noch dazu sprach aus allen Zeugnissen ein Mann, der keine Sekunde älter oder altmodischer war als ich. Ich verstand ihn also. In seinen Tagebüchern hatte ich noch nichts Klares über seinen Sündenfall gefunden, doch in seinen täglichen Briefen an seine Frau Lucie wurde er weit intimer. Alle seine Eroberungen – und es waren mehr als bei Casanova, nämlich über hundert – berichtete er Lucie. Das konnte er deswegen tun, weil sie von Anfang an eine Ehe ohne Sex geführt hatten, eine Ehe unter Freunden, wie es im Feudalismus manchmal möglich war. Ins Bett ging er anfangs nur mit den beiden Töchtern seiner Frau, eine davon war nur eine Stieftochter und hieß Helmine. Später wurden beide rasch verheiratet, denn die Leute redeten natürlich darüber.

Hinzu kam, daß Fürst Pücklers Tagebücher postum von seiner letzten Muse herausgegeben und stark redigiert, das heißt moralisiert worden waren. Heiße Sexnächte mit Milchmädchen wurden herausgeschnitten. Aber die Originale gab es noch, ich mußte mich nur darum kümmern. So verbrachte ich die nächsten Tage in der Berliner Staatsbibliothek. Ich las mich richtig fest. Allein die Primärliteratur war umwerfend voluminös. Die neun dicken Bände seiner Korrespondenz umfaßten alle Größen seiner Zeit, vor allem Goethe, Heinrich Heine, Schleiermacher, Fichte, Bismarck, und mehr noch alle hübschen Schriftstellerinnen seiner Lebensspanne, vor allem Rahel Varnhagen und Bettina Arnim. Letzterer schrieb er wohl tausend hochbewegte Briefe, und die ihren waren noch hochbewegter. Es war die komplette Innenansicht einer viel zu dramatischen, verklemmten Neurotikerbeziehung, wobei die Neurose gewiß mehr auf seiten der Frau lag. Denn der Fürst konnte sein Mütchen stets bei anderen Frauen kühlen. Bettina Arnim dagegen stürzte sich in Anfällen von Eifersucht auf Schleiermacher, und der, wir kennen ihn noch aus dem Leben des Ur-Lohmers, war ein bigotter Prediger, den Frauen zugetan, aber immer auf sein Bild in der Öffentlichkeit bedacht, und das war keusch.

Es fällt mir schwer, den Leser mit einer Wiedergabe eines fremden Lebens zu behelligen, anstatt über das eigene Leben zu berichten. Als Entschuldigung mag gelten, daß das Leben meines illegitimen Ururgroßvaters so sehr viel aufregender war als meines. Die Affäre mit der berühmten Bettina Arnim, die einen als Leser wochenlang in Atem halten konnte, war nur eine von, wie gesagt, Hunderten. Und die Affären waren nur ein kleiner Teil seiner Abenteuer. Es fing schon damit an, daß er ein Fortschrittsnarr war und jede neue Erfindung gleich in sein Leben integrierte. Und genauestens beschrieb, wie sich sein Alltag dadurch beschleunigte. Die Kutsche tauschte er schon vor 200 Jahren gegen den Ballon und den Ballon schon vor 165 Jahren gegen die Eisenbahn. Er war der erste Mensch der Welt, der auf allen Reisen eine Kopiermaschine mit sich führte. So konnte sein tägliches Reisetagebuch gleich in den Druck gehen und kurz darauf in allen Adelshäusern gelesen werden. Und meist war es skandalös, was Pückler schrieb. An ihm war ohnehin so vieles skandalös, daß man ihn zehnmal aufgehängt hätte, normalerweise. Aber Fürsten hängte man nicht.

Ich bestellte mir immer neue Bände der insgesamt 165 Bücher, die in der Stabi über Pückler standen. Ich ging meist gegen Abend die paar Schritte Unter den Linden entlang, leicht zu erreichen von meinem Domizil in der Kleinen Präsidentenstraße aus. Man überquerte auf einer gußeisernen Fußgängerbrücke den Seitenarm der Spree, befand sich auf der Museumsinsel, ließ links den Berliner Dom neben sich und war schon da. Manchmal machte ich einen Umweg und ging Am Kupfergraben vorbei, am Haus mit der Hausnummer 6, in dem Fichte seine Vorlesungen gehalten hatte. Der Ur-Lohmer erzählte ja davon, wie Fichte einmal ein Kind aus dem Wasser gezogen hatte, das vor seinem Haus in den Kupfergraben gefallen war. Alles stand da noch wie 1805, eine Tafel am Haus zeugte davon, und ich sah hinauf zu den Fenstern im dritten Stock, wo Fichte gelehrt hatte. Sie standen offen, wenn es heiß war. Fichte selbst lebte nicht mehr, und das ertrunkene Kind, das sein Dienstmädchen erfolgreich reanimierte, dürfte trotzdem gestorben sein, achtzig Jahre später. Aber sonst hatte sich nichts verändert.

Die entscheidenden Bände hatte ich immer noch nicht eingesehen, weil sie verliehen waren, und so beschloß ich, einfach zum fürstlichen Schloß nach Branitz zu fahren.

Ich benutzte dieselbe Linie, mit der der Fürst immer von Berlin nach Branitz und zurück gefahren war, ab 1839. Natürlich waren die Waggons inzwischen viel moderner. Und die Umgebung wahrscheinlich trostloser. Endlose Tankwaggon- und Militärversorgungszüge behinderten die Fahrt. Es ging gen Osten, auf die polnische Grenze zu. Wurde da noch gekämpft? Kaum hatte man Berlin verlassen, hatten alle auf den Bahnhöfen diese Nazi-Schnitte und Nazi-Allüren, und wirklich alle, wie von den Medien gewünscht, alle waren gepierct und breitbeinig-doof, den Baseballschläger neben sich. Wenn die alle so wählen würden, wie sie aussahen, bekamen wir am 18. September einen NPD-Bundeskanzler. Aber das konnte nicht sein – war ich in die Dreharbeiten einer neuen Guido-Knopp-Doku geraten? Und wurde auf jedem kleinen DDR-Bahnhof dasselbe Stück geprobt? Die neuen Doppeldeckerwaggons waren mit modernster Technik ausgestattet. Ich saß ganz oben in der ersten Klasse. Samtweich fuhr dieser Zug, wenn auch immer wieder im Schrittempo, da nutzten auch die Bordmonitore, Leuchtschriften mit allen aktuellen Fahrdaten, Laptops for free, Satelliten-TV-Geräte und säuselnde Gute-Laune-Ansagen aus künstlichen Stimmcomputern wenig. Unten standen die Mörder und warteten nur darauf, daß die Technik versagte.

In meinem Vierer-Abteil schliefen drei junge Männer, die ich für Primaner aus Erfurt oder Abiturienten aus Südengland gehalten hätte. Alle drei richtig gutaussehend und auch dandyhaft gekleidet. Die hatten sicher die Nacht über gefeiert, in guten Kreisen, nahm ich an, und nun schnarchten sie. Schon daß sie in der ersten Klasse waren, zeigte an, daß sie etwas Besseres waren. Wehe, wenn die Naziproleten sie hier fanden, bei dem Sturm des Zuges.

Der Wald links und rechts der Schienen wurde immer dichter, aber es war ein unschöner Wald, ohne Berge, ohne Flüsse, und er hieß Spreewald. Die Namen der Städte wurden auf den Bahnhöfen auf polnisch geschrieben. Das fing schon eine Stunde nach Berlin an. Erst noch polnisch und deutsch, dann nur noch polnisch. Ich erschrak richtig. Welch vorauseilender Unterwerfungstrieb war da am Wirken? In dieser Gegend wohnten keine Polen, und auch vor den Nazis hatten hier nur brave Sachsen gewohnt, auch vor hundert Jahren oder tausend. Welcher neue Angriff der Russischen Armee wurde hier bereits in die politisch korrekte Kartographie ein- und hochgerechnet? Die Deutschen waren wie Hunde, immer entweder an der Gurgel oder devot die Füße leckend. Hey, kommt, nehmt uns auch noch diesen Teil des Vaterlandes, ihr seid doch die besseren Menschen! Bald hieß auch Hamburg nur noch Hllatò, München Mnòsek und Köln Krjázyna. Die Aussprachen konnte man schon mal üben. Wir fuhren immer weiter, hinein in den Arsch der Welt. Das Wetter war entsetzlich. Es war so naß und feucht, daß ich das Zusammenbrechen aller Stromkreise erwartete. Längst kamen keine Ortschaften mehr, die gab es wohl nicht mehr in diesem größten zusammenhängenden Waldgebiet Osteuropas.

Ich blätterte in den Büchern, die ich mitgenommen hatte
für die lange Bahnfahrt, und stieß zufällig auf Briefe, in denen Fürst Pückler seiner Lucie berichtete, daß er sich in eine
dreizehnjährige Sklavin verliebt hatte, die er auf dem Sklavenmarkt in Kairo gekauft hatte, Machbuba. Ich fand viel Se-
kundärliteratur darüber. Alle Autoren waren sich einig, daß
Machbuba Pücklers Geliebte gewesen war und seine große
Liebe dazu. Die meisten sagten sogar, sie sei die Liebe seines
Lebens, ja seine einzige Liebe gewesen. Sogar die eifersüchti-
ge Nachlaßverwalterin gab derartige Hinweise. Neuere Autoren, vor allem Frauen, betonten den sexuellen Aspekt der
Sache. Demnach soll Machbuba unterirdisch gut ausgesehen
haben, und zwar schon von Anfang an. Schon als Pückler sie
zum ersten Mal sah – sie wurde nackt feilgeboten –, beschrieb
er seitenlang ihre körperliche Schönheit. Schwankungen gab
es in der Altersangabe des Mädchens. Pückler selbst schrieb,
sie sei zehn Jahre alt, aber schon voll ausgebildet gewesen. An
anderer Stelle heißt es, sie sei anfangs »zehn bis dreizehn« gewesen, dann wieder »acht bis elf«, schließlich hört man »vierzehn«. Man wußte das Alter offenbar nicht. Eckart Kleßmann
schrieb:

»Ein etwa dreizehnjähriges Mädchen begleitet ihn, das
Pückler in Kairo auf dem Sklavenmarkt gekauft hat, eine
Äthiopierin, die ihm der Händler in ganzer Nacktheit präsen-
tiert, und der Connaisseur Pückler ist fasziniert von dem ›makellosen Ebenmaß des Wuchses dieser Wilden‹. Natürlich wird
sie seine Geliebte, denn zu diesem Zweck hat er sie schließlich
gekauft, aber man würde sehr irren, vermutet man in Machbuba einzig die exotische Zerstreuung fürs Bett. Nein, was zuerst wie eine oberflächliche Beziehung beginnt, wird für beide
eine tiefe Liebe, ja man darf sagen: Wenn Pückler jemals in
seinem Leben wirklich geliebt hat, dann dieses braune kluge
Mädchen.«

Ich las, daß er dann vier Jahre mit ihr durch Arabien gezogen ist, immer mit großem Gefolge und Kopiermaschine.
Seine Reiseberichte wurden fast zeitgleich in Europa gelesen,

ja ›verschlungen‹, erreichten die höchsten Auflagen dieser Zeit und machten Pückler erst richtig reich. Ohne diese Bestseller wäre er bankrott gegangen. Er blieb auch deswegen so lange im Mittelmeer-Raum, weil er die attraktive Sklavin nicht der Adelsgesellschaft zu Hause zumuten konnte. Als er es doch tat, kam es zur Katastrophe. Die Sklavin starb wie eine exotische Pflanze im Kühlschrank. Nur wenige Monate eisiger Ablehnung durch die feine Gesellschaft hatten sie vollständig verunsichert und zermürbt. Sie starb ihm unter den Händen weg und der Fürst vor Trauer fast mit ihr. Die Menschen urteilten nun milder über sie. Ludmilla Assing schrieb:

»Machbuba war schön, wenn auch von ganz anderer Schönheit als die Europäerinnen. Sie war keine Negerin, sondern von rothbrauner Farbe; wenn die Sonne sie beschien, so verlieh ihr dieselbe einen mährchenhaften Glanz; ihr Teint glich dann einem über Goldplatten ausgebreiteten dunklen Seidenflor, und ihre Haut war weicher wie Atlas und Sammet, oder, wie Pückler sie schilderte, weicher wie der Flaum eines Kolibris. Ihre Gestalt konnte an Ebenmaß von keiner griechischen Statue übertroffen werden, ihre Zähne glichen zwei Perlenreihen, ihre schwarzen Haare kontrastierten malerisch mit den roten Rosen, mit welchen sie sich zu schmücken liebte.«

Es ging noch ewig so weiter, aber ich war nun wirklich gespannt, ein paar Worte von Pückler selbst dazu zu hören. Endlich hatte ich eine passende Stelle gefunden. Er schrieb: »Sie war, als ich sie kaufte, zehn Jahre alt, aber schon körperlich vollkommen und üppig ausgebildet, da in ihrem Vaterland, den südlichen Ebenen unter Abyssinien, die Mädchen schon mit sieben Jahren häufig heirathen. Alle Sinne schon in der Blüte, der Geist aber noch wie ein unbeschriebenes Blatt, begierig darauf wartend, was darauf verzeichnet werden würde. Diese kindliche Jungfrau machte ich bald zu meinem ernstlichsten entzückenden Studium, lehrte ihr alles, was ich selbst wußte, lernte von ihr unverfälschte Naturansichten, urmenschliche Offenbarungen, die mich bei unserer verkrüppelten Civilisation oft in das höchste Erstaunen setzten, und besaß ernstlich an ihr nach Jahr und Tag ein Wesen, mit dem ich in Wahrheit vollkommen EINS geworden war. Ich glaube, daß ein so wunderbares Verhältniß nur entstehen konnte zwischen einem so seltsamen Original als ich bin, und einer orientalischen SKLA-VIN. Denn kein unserer Civilisation angehöriges weibliches Wesen kann sich einen Begriff machen von dem, was in der Seele einer orientalischen Sklavin (die nicht von Negern abstammt, weil Negersklavinnen etwas durchaus anderes, viel tieferstehendes sind) vorgeht, und in Bezug auf Männer in ihr emporwächst. So wie das ganz jugendliche Mädchen von den grausamen Sklavenhändlern, die sie gleich Thieren behandeln, durch den Verkauf befreit wird, und nun einen unbeschränkten, aber weil er sie gewählt, ihr doch wohlwollenden Herrn erlangt, so ist dieser Herr geradezu für diese werdende Seele des Kindes, wie für gläubige Christen der liebe Gott selbst, alles in allem, und sein Wille heiliges Gesetz. Behandelt er die für sich willenlose Sklavin hart, so erträgt sie es doch freudig, wie der gute Christ jedes Unglück als eine göttliche Schickung zu seinem wahren Besten ansieht; wird das junge Mädchen aber gut und liebevoll vom Herrn behandelt, so ist ihr gänzliches Aufgehen in seiner Persönlichkeit, ihre gränzenlose Ergebenheit, Ehrfurcht und Liebe für unsere erkältende Überkultur kaum mehr begreiflich. So nur wie Machbuba ist, konnte ich dies süße Pflegekind für mich, für mich allein, erziehen, wie der Maler sein ideales Bild nach Belieben modelt. Ich wurde alles für sie, und sie alles für mich, nicht nur in Gesinnung und Denken, sondern auch im allermateriellsten Leben, und ich bin dabei (selbst ganz ohne mein Wollen) hundertmal mehr der Empfangende als der Gebende, sie immer die Dienerin, ich immer der Herr, als müßte es so, als könne es nicht anders sein. Und mit dieser unwiderstehlichen Gewalt ist sie wiederum meine Beherrscherin.«

Ich hätte gern noch mehr gelesen, aber der Zug hielt plötzlich in Karl-Marx-Stadt, pardon, in Kròlsk-Mrúkc-Stádk, und fuhr nicht mehr weiter. Endstation. Ich lief in eine große, neue, frisch erbaute Halle aus Chrom und Glas hinein, wie sie jeder

Bahnhof in den neuen Bundesländern hat. Natürlich gab es auch viele Taxis, auch wenn keiner eins benutzt, und ich ließ mich nach Branitz fahren, zum Schloß. Die Menschen in Karl-Marx-Stadt schienen mir anders als die übrigen Ostdeutschen zu sein. In den paar Minuten vom Gleis bis zum Taxistand sah ich keinen einzigen gewaltbereiten Nazi. Auch fiel mir auf, daß die Leute laut sprachen, Witze machten und herzlich lachten. Ich war nun in der Lausitz. Der Menschenschlag hier war nett. Sogar das Milchmädchen im »i-point«, in dem ich nach einer Umgebungskarte fragte, lächelte mich an.

Der Taxifahrer redete viel während der Fahrt, erzählte vom neuen Fürsten aus dem Westen, der heimgekommen sei nach der Wende und soviel für die Untertanen – er nannte sie nicht so – getan habe. Er sagte es gleich dreimal. Und es schwang echte Verehrung für den Fürsten mit. Als habe der Taxifahrer und das ganze übrige Gesinde sehr unter der Abwesenheit des Fürsten gelitten: zu schmerzhaft der Tag im Februar 1945, als der abhaute. 40 Jahre lang mußten die alleingelassenen Untertanen das Schloß gegen die Kommunisten verteidigen. Aber nun sei alles wieder gut. In der Gegend waren offenbar alle abhängig vom großen Fürsten. Schon der »i-point« hatte in der »Fürst-Pückler-Passage« gelegen, dann fuhren wir die »Fürst-Pückler-Allee« entlang, bogen später in die »Fürst-Pückler-Straße« ein, kamen auf den Dissenchener Weg – was ich ganz interessant fand, da das so oft genannte Milchmädchen auf dem Gut Dissenchen gearbeitet hatte, einem der 20 Güter, die zum Fürstenbesitz dazugehörten. Die Fahrt endete am »Fürst-Pückler-Radweg«. Hier durfte das Taxi nicht weiterfahren. Aber der Fahrer versicherte mir, das Schloß käme schon in wenigen Kilometern. Er gab mir seine Karte. Wenn ich mich in Pücklers herrlicher Gartenarchitektur verirrte, sollte ich ihn anrufen.

Der neue Fürst – nur noch Graf – ritt hier wahrscheinlich mit dem Rennpferd durch. Wie altmodisch! Unser Vorfahr hätte grundsätzlich den Helikopter genommen.

Ich lief nun durchs Grün und war sofort schwer beeindruckt. Da es immer noch sintflutartig regnete, war ich erstens der einzige Besucher in dem Riesenareal von der Größe des Saarlandes und zweitens einer entfesselten Natur ausgeliefert, die auf diese Weise noch naturhafter, noch elementarer, noch reiner wirkte. Pückler selbst hatte einmal schadenfroh bemerkt, alles Irdische würde vergehen, die Natur jedoch bleiben; selbst wenn die Pyramiden einmal zu Staub zerfallen seien, werde es seine Parks immer noch geben, und zwar unverändert. Der Mann hatte recht. Ich kannte die alten Stiche, Zeichnungen, frühen Daguerreotypien, Vorkriegsfotografien von dem Park: Das war eins zu eins wie heute. Angeblich war die sowjetische 95. Gardeschützendivision hier durchgezogen und hatte sich mitten im Park vom 16. bis 23. April 1945 mit der 545. Volksgrenadierdivision und der SS-Panzerdivision ›Leibstandarte‹ ein blutdurchtränktes Gefecht geliefert. Doch soviel Granaten sie auch abfeuerten, den Millionen gesetzten Pflanzen kamen sie nicht bei. Die Natur konnte über das sinnlose Geballere nur lächeln.

Ich sah nun wirklich das Schloß und ging hinein. Es war inzwischen ein Museum, was schrecklich klingt, aber nur bedeutet, daß alles so gelassen wurde, wie der Fürst es bei seinem Tod am 18. Februar 1871 zurückließ. Leider war es schon nach 18 Uhr, und das Museum hatte deshalb geschlossen. Da die Tür aber auf war, guckte ich mich innen um. Eine Frau sah mich und sagte:

»Sie müssen allmählich gehen. Seit 18 Uhr ist hier geschlossen, nur noch der Sicherheitsdienst ist da.«

Ich bedauerte das und meinte, mein Interesse sei wissenschaftlicher Art. Ich müsse noch das Bild der Mutter des Fürsten finden.

»Aber wir schließen bereits«, beharrte sie. Trotzdem konnte ich nicht nachgeben. Wenn es ein Portrait der Fürstenmutter im Haus gab, MUSSTE ich es sehen. Angeblich war es dem Gesicht meiner Ururgroßmutter täuschend ähnlich. Ich bat die Angestellte, wenigstens drei Sekunden lang das Portrait sehen zu dürfen. Inzwischen ging ich ja bereits davon aus, daß die Lausitzer nett waren.

»Familiäre Gründe, was?« fragte sie.

»So ist es!«

Sie führte mich in den zweiten Stock. Dort hing ein über-
lebensgroßes, farbiges Portrait der gesuchten Person als noch
sehr junge Frau. Ich starrte darauf. Aber ich wußte, daß ich mir
solche kurzen Eindrücke nicht merken konnte. Diesmal war
es leichter, da ich etwas wiedererkannte, nämlich jene inneren
Gesichtszüge, die auch meine Mutter hatte. Die Kopfform war
freilich anders. Meine Tante Hermine hatte diese Kopfform,
während der Schädel meiner Mutter völlig slawisch geraten
war. Woher dieses slawische, besser gesagt, sorbische Element
gekommen war, wußten nur die Götter. Niemand sonst in der
Familie hatte das. Freilich war die Lausitz sorbisches Gebiet.
Ich fragte die Museumsdienerin, ob ich eine Kopie des Portraits mitnehmen könne. Und wirklich, da das Bild so besonders schön und unversehrt, vor allem so fotorealistisch und
sympathisch war, gab es ein Foto davon in einem Buch, das ich
schnell erwarb. Die Frau mußte es erst holen, und so fragte ich,
ob ich mich solange in Pücklers Arbeitszimmer aufhalten dürfe. Sie erlaubte es, führte mich eine Treppe tiefer und sagte:

»Es war sein Arbeits- und Schlafzimmer.«

Ich sah mich um. Wie klein das Zimmer war! Nicht größer
als meines in Köln. Vielleicht ängstigten ihn große Räume, so
wie ich übergroße ›Lofts‹ unbehaglich fand oder Altbauzim-
mer, deren Zwischentüren man entfernt hatte, um sie ›größer‹
zu machen, also protzig und ungemütlich. Der Fürst hatte ein
französisches Bett, ein Stehpult zum Schreiben, einen Schrank
und zwei Fenster, die nach hinten zum Park führten. Er sah auf
eine goldene Büste von Henriette Sontag. Das war die Frau,
in die er als noch relativ junger Mann am meisten verschos-
sen gewesen war, eine 22jährige deutsche Opernsängerin in
London, bahnbrechend schön. Die Büste zeigt einen Kopf wie
den von Liz Taylor. Natürlich kann man jede Minute, die die
beiden zusammen verbrachten, nachlesen. Aber wenn ich dazu
die Kraft gehabt hätte, hätte ich mich selbst aus den Augen
verloren. Pücklers Leben war einfach das tollere; ja nicht nur

das: Es war um diverse Dimensionen besser, nämlich um eine zeitliche, eine soziale, eine literarische, eine erotische – und eine gartenbauliche. Kein weiteres Wort hätte ich noch über einen Nachgeborenen im 21. Jahrhundert schreiben mögen. Gewiß, ich kannte Sven Lager, den Mann, der ›Phosphor‹ geschrieben hatte; aber Pückler kannte Goethe. Ich war mit Nichte Hase in Palästina, vier Tage lang; aber Pückler wurde von Machbuba vier Jahre lang wie ein Gott befriedigt. Ich hatte die deutsche Popliteratur erfunden und davon einige Zehntausend Bücher verkauft; Pückler hatte die internationale Reiseliteratur erfunden und Millionen Goldtaler damit gemacht. Von mir wird übrigbleiben ein ausgestopfter Wartburg Tourist 353 Super im Bonner Museum für Nachkriegsliteratur; von Pückler überdauern gigantische gartenarchitektonische Parkanlagen die Ewigkeit.

Die Frau brachte das Buch, und dann führte sie mich noch mal durchs Schloß. Die anderen Zimmer sahen absolut prachtvoll aus und schön, also nicht so einförmig bekannt wie barocke Räume sonst, eher bunt und arabisch. Links eine Wand mit blauer Tapete, rechts eine rote, der Kachelofen weiß und überall so viele verschiedene Verzierungen, daß man nie müde wurde hinzusehen. Dann ging ich hinaus und versprach, bald wiederzukommen. Den Namen der Frau schrieb ich mir auf. Ich war wieder im Park, zwischen all den turmhohen Riesenbäumen und den Myriaden an Kreationen von Fauna und Flora. Ja, zu all den Pflanzen, Hecken, Büschen, künstlichen Seen, Teichrosen und so weiter kamen auch Tiere aller Art. Tiere, die man weder in der Stadt sah noch im sterilen Tierpark. Wildbachstelzen brüteten ungestört, syrische Kraniche flogen hin und her, zahme Kolibris setzten sich auf Statuen und Bänke. Ich sah auch das Geheimnis der Riesenbäume: Immer waren gleich acht in unmittelbarer Nähe zusammen gepflanzt und sahen doch aus wie einer. Ich schritt vorwärts, wieder der einzige Besucher, an Tümpeln vorbei, an verschlungenen Seitenarmen versteckter Teiche, stieg künstliche Anhöhen hoch und wieder herunter, fühlte mich wie im Amazonasgebiet Südamerikas zur Regenzeit. Ein Subkontinent war das, und von allen Seiten konnte man, wie zur Orientierung, ab und zu und immer wieder einmal das Schloß erblicken, stetig kleiner werdend. Es sah immer schön aus: solide, ebenmäßig, nicht zu groß, eher für eine Familie geeignet als für einen Hofstaat.

Ich entdeckte die erste Pyramide und ging auf sie zu. Um sie war ein elektrisch geladener Stacheldraht gespannt, denn die Pyramide war gleichzeitig das Grab des Fürsten. Ich setzte mich darüber hinweg, da es zu seiner Zeit noch gar keinen Elektrozaun gegeben hatte, und stieg vorsichtig über den Zaun, indem ich die ›taz‹, die ich bei mir trug, über den obersten Draht legte. Beim Rückweg ging das nicht mehr, da sie völlig verkohlt und zerbruzzelt war, da mußte ich springen. Aber erst mal ging ich die Stufen der Pyramide hoch. Ganz oben waren eine zu öffnende Steinplatte und ein Schacht, der zum Leichnam führte. Auf der Spitze der Pyramide gab es noch eine Balustrade von einem knappen Quadratmeter Stehfläche, und in das Stahlblech der Balustrade waren die Worte gestanzt: GRÄBER SIND DIE BERGSPITZEN EINER FERNEN NEUEN WELT. Ich ging lieber wieder nach unten und weiter durch den Park, immer schön den großen Partnerschirm aufgespannt. Obwohl es so regnete und nun auch dunkelte, begriff ich, was für ein Lustparadies der alte Schwerenöter hier geschaffen hatte, für sich und seine Kaste. Las Vegas war nichts dagegen. Soweit das Gesichtsfeld reichte, nur neckische Plätze, lange Wiesen zum Spazieren, Liebkosen und Tändeln, trauliche Winkel und Veranden, bankbestückte, naturhaft geschützte Verstecke für Liebeshändel, zierlich-barocke anmutige Stelldichein-Plätze mit Rosengärten, Kähnen zum Reinspringen, Wegrudern und Sichküssen. Es gab Gelegenheiten aller Art, unter Bäumen, hinter Hecken, zwischen paarenden Tieren, einfach überall. Gewiß standen auch jede Menge verschwiegener Boten im Gebüsch bereit, die im richtigen Moment hervortraten und Picknickkörbe reichten oder, viel wahrscheinlicher, gekühlten Champagner. Wie hätte eine junge oder auch reife, auf jeden Fall schöne Frau dem Fürsten widerstehen können? Zumindest bis etwa 1845 war dies einfach unmöglich. Er war Freigeist, Republikaner und Atheist, und die Revolution von 1848 hätte ihm eigentlich gefallen müssen.

Das Gegenteil war der Fall. Diese Revolution brach die Allmacht des Adels, zumindest im öffentlichen Bewußtsein. Pückler, der 1846 noch glaubhaft berichtet, seine Anziehungskraft auf Frauen sei nun stärker als in seiner Jugend oder in seinen besten Jahren, zieht sich nach der Revolution zurück. Fast scheint es, als sei die Erfahrung mit dem »schändlich untreuen jungen Mädchen« sein letzter echter Liebes›roman‹ gewesen, denn danach wird keine Affäre mehr kommentiert oder mit Bedeutung versehen. Es wird business as usual. Er schreibt auch ab dieser Zeit keine Bücher mehr.

Er hatte noch 25 Jahre, um seinen Nachruhm zu organisieren. Aus dem gefürchteten Außenseiter wurde ein hochgeachteter staatstragender Deutscher. Pückler schaffte es sogar noch, als 81jähriger freiwillig in den Militärdienst einzutreten und an den Kriegen zur Reichgründung teilzunehmen. So war er im Kaiserreich ein positiver Held und nicht das absolute Feindbild, das er aufgrund seines liederlichen, gottlosen, amoralischen und undeutschen Lebenswandels eigentlich hätte sein müssen. All seine Gärten wurden nach seinem Tod noch 50 Jahre lang mit staatlichen Mitteln ergänzt, ausgebaut und vollendet. Sogar die Nazis feierten Pückler anfangs als neuen Münchhausen und ›tollen Kerl‹. Goebbels soll ihn um seine vielen Fraueneroberungen beneidet haben.

Ich ging weiter durchs Amazonasbecken, hatte allmählich aber Angst, nicht mehr herauszufinden. Das Schloß war nun zu weit weg, um es vor dem Einsetzen völliger Dunkelheit noch zu erreichen. Aber ich hatte Glück. Ich sah in der Ferne manchmal Autoscheinwerfer und stapfte mit durchnäßten Schuhen konsequent in diese Richtung. Ich ließ mich von einigen Rückschlägen – einmal sank ich mit einem Bein bis zum Knie in die aufgeweichte künstliche Natur – nicht beirren: Wo es Autoscheinwerfer gab, mußte es auch eine Straße geben. Ich erreichte sie noch weit vor Mitternacht, rief den Taxifahrer an und ließ mich nach Karl-Marx-Stadt zurückfahren. Ein Nachtzug nach Berlin wartete wie bestellt auf dem ersten Gleis. Diesmal war es ein altes Modell, ohne Laptops, aber mit einem Erste-Klasse-Abteil, das ich für mich hatte. Ich drehte die Heizung auf, zog die Vorhänge zu, löschte das Licht und erwachte wenig später in der deutschen Hauptstadt. Ein letztes Taxi, und ich war im Bett. Schon am nächsten Tag wollte ich mein Reiseabenteuer aufschreiben und mittels meiner Kopiermaschine an den Verlag schicken.

23 Benedikt XVI. und der Generalablaß

Ich war nun einige Wochen lang in Gefahr, mich für den alten Fürsten mehr zu interessieren als für mein eigenes Leben. Jeden Tag ging ich gut gelaunt in die Staatsbibliothek Unter den Linden, saß am Fenster genau vor dem Reiterstandbild Friedrichs des Großen und schmökerte in den entsprechenden Aufzeichnungen. Die Pförtner und Angestellten kannten mich schon und hielten mich für einen Professor der hiesigen Humboldt-Universität. Aber ich mußte das alles stoppen. Immer öfter fand ich Stellen, die auf Gemeinsamkeiten der väterlichen und der mütterlichen Linie vor acht Generationen hinwiesen. Zum Beispiel las ich in Pücklers Tagebüchern, daß er das Speiselokal ›Luther & Wegener‹ aufgesucht habe. Dieses Lokal gehörte den Schwiegereltern des zweiten Sohnes des Ur-Lohmer. Es war nur noch eine Frage der Zeit, bis ich auf die Begegnung des Fürsten mit dem Ur-Lohmer stoßen würde. Aber bis es soweit war, hätte ich mich womöglich total verzettelt. Und wozu das Ganze? Selbst wenn ich von dem Fürsten abstammte – wovon ich inzwischen ausging –, stammten, nach acht Generationen, nur noch ein 64tel meiner Gene von ihm.

Ich riß mich gewaltsam weg von der Lektüre, von der schönen Machbuba, vor allem von seinen Amouren, die er Anfang des 19. Jahrhunderts gehabt hatte und die ich erst jetzt entdeckte. Ich las ja rückwärts, zeitlich gesehen, hatte 1847 begonnen und näherte mich nun den napoleonischen Kriegen. In jüngeren Jahren hatte er noch viel mehr drauf bei Frauen. Er mußte sich nicht die Haare färben und die jungen Dinger mit gigantischen Lustgarten-Maschinerien verführen. Er war ein Draufgänger, der im Galopp, die Dame hinter sich, in die Elbe sprang, dann Pferd und Dame aus den Fluten rettete und dabei auch noch eine Wette gewann. Siebenmal duellierte er sich, diverse Duellanten starben dabei.

Am besten gefiel mir eine Geschichte, die sich um seine Stieftochter Helmine drehte. Es ging darum, daß Pückler verdächtigt wurde, seine zehn Jahre ältere Frau nur wegen deren Tochter Helmine geheiratet zu haben. Die hochseriöse Biographin Ludmilla Assing dementiert das, und die Pücklerforschung ist ihr darin gefolgt. Ich hatte allerdings doch ein Selbstbekenntnis Pücklers gefunden, in dem er schilderte, wie die Kleine ihm vollständig den Verstand raubte – jedoch erst ein halbes Jahr nach der Eheschließung mit der Mutter, und auch nur einen Sommer lang. Doch lassen wir Frau Assing die noch viel interessantere Geschichte vortragen, wie sich der preußische König, Witwer der früh verstorbenen Königin Louise – im Film dargestellt meistens von Ruth Leuwerick und Dieter Borsche –, bei Pücklers Stieftochter blamierte und fortan mit gebrochenem Herzen weiterleben mußte:

»Helmine, Pflegetochter der Fürstin Pückler, war ein wunderhübsches Mädchen von seltenster Jugendfrische und Lieblichkeit; klein, aber wohlgewachsen, zierlich, fein und derb zugleich, war sie ein Figürchen, an dem sich das Auge recht weidete und von dem sich der Blick nicht wieder abwenden mochte. Die Männer huldigten ihr beeifert. Helmine war kalt, sie schien mit den Huldigungen nur zu spielen und fesselte sie dadurch nur desto mehr. Die Fürstin Pückler kam 1816 nach Berlin. Der König bemerkte Helminen im Kreise junger Mädchen und empfand sogleich den stärksten Eindruck. Von diesem Augenblicke mußten auf allen Assembleen Helmine und ihre Stiefschwester Adelheid an seinem Tische Platz nehmen. Der König, sagte man, spräche immer mit Adelheid und sähe Helminen dazu an; mit beiden war er sichtbar in vertrauter Gewohnheit, wollte durchaus nicht Majestät genannt sein. Er hatte eine wahre Leidenschaft für Helminen gefaßt, er zeichnete sie aus, sie wurde am Hof und in allen Gesellschaften als eine der ersten Damen behandelt. Er wollte sie zu seiner Geliebten machen, sie zur Frau nehmen, die vortheilhaftesten Anerbietungen wurden eröffnet; aber Helmine war ohne Neigung, zeigte große Kälte und kaum Ehrgeiz. Der Staatskanzler von Hardenberg seinerseits erklärte dem Könige, wenn die Sache geschähe, würde er sein Amt niederlegen. Der König setzte indes seine Bewerbung fort, doch ohne Erwiderung. ›Mein angebetetes, über alles geliebtes Mädchen‹, schrieb er an Helminen eigenhändig … Er küßte Adelheid auf die Stirn, er und die anwesende Fürstin Pückler konnten Helminen nicht bewegen, ihm Gleiches zu gestatten. Er reiste fort, indem er zu Adelheid sagte: ›Glauben Sie's nicht, wenn man Ihnen sagt, daß Könige glücklich sind!‹ Der König mußte verzichten, wie vor ihm schon Pückler selbst, der übrigens noch den einen oder anderen Rückfall rasender Verliebtheit in Helmine erlitt, den letzten am 22. Juni 1846, als Helmine frühzeitig starb.«

Die Geschichte gefiel mir gut, weil ich selbst einmal in meiner Hamburger Jugendzeit einen verblüffend ähnlichen Fall erlebte, den Fall der sogenannten ›Kleinen Kerstin‹ … Nun gut. Wie gesagt, ich verzettelte mich, und im übrigen fand, während ich mich in den Büchern vergrub, draußen bei den Menschen, bei unseren guten Deutschen, die konservative Wende statt. Angela Merkel marschierte Richtung Kanzleramt. In den Umfragen hatte ihre Truppe zwölf Prozent Vorsprung vor den anderen, also Schwarz-Gelb lag zwölf Prozent vor Rot-Grün, und dieser Vorsprung wurde nicht kleiner, obwohl Kanzler Schröder durchs Land zog und das Volk aufrüttelte. Der Bundespräsident war vor die Kameras getreten und den Bundestag aufgelöst. Schlimmer noch: Er forderte die Wähler mehr oder weniger unverblümt dazu auf, die Merkel zu wählen. Die Deutschen, seit Hindenburg immer ihrem Präsidenten treu ergeben, würden tun, was er sagte, das wußte ich. Schröderchens Tage waren gezählt, wenn mir nicht noch schnell etwas einfiel.

Da schickte es sich gut, daß gerade der Papst in Deutschland war, in Köln, bei der Barbi, die ich seit unserem Lustwandeln an der Ostsee nicht mehr gesehen hatte. Zehn Zeitungen riefen an und wollten, daß ich über den Weltjugendtag schrieb. Überall hatte der säkulare Chefredakteur dieselbe Idee: ›Der Papst in Deutschland? Da schicken wir den Lohmer hin, he he.‹ Ich nahm dann einen Auftrag an und fuhr ins Rheinland. Es war der für die sozialistische Tageszeitung ›taz‹. Ich schrieb:

Gott führt uns zusammen

Der Kern einer jeden Bewegung (im weltanschaulichen Sinn) ist die tatsächliche körperliche Bewegung. Keiner bleibt stehen, alle sind IMMER auf Achse. Alle sind unentwegt geleitet, durch Unterführer, Gruppenführer, Fähnleinführer oder wie sie heißen mögen. Wie im Ameisenhaufen weiß jeder Trupp inmitten der Myriaden von anderen Zügen immer ganz genau, wo er hinwill, zögert nicht eine Sekunde, verharrt nicht, es sei denn zum Zählappell. Militärische Rituale machen Jugendbewegungen groß, das kennt der neue Papst noch von der Hitlerjugend her. Aber natürlich ist der WJT nicht der Reichsparteitag der HJ, im Gegenteil. Hitler war böse, der Papst ist gut.

Wir dürfen uns diese herrlichen Fahnenspektakel nicht durch die lächerlichen zwölf Jahre kaputtmachen lassen. Ist doch toll, wenn Millionen starker, kräftiger, entschlossener junger Menschen wieder voranmarschieren, in endlosen Kolonnen, positiv denken, Gutes tun und zur Holzgitarre Lieder singen, am liebsten sogar das Deutschlandlied: »Ei-nig-keit und Recht und Frei-i-heit …« Ich habe sie gehört, die jungen Deutschen, und sie waren kein bißchen nationalistischer als ihre bayerischen oder italienischen Kumpel. Andere Nationen singen sogar lauter und haben noch viel bessere Lieder als nur ihre Nationalhymne, zum Beispiel »la bamba« oder die La-Ola-Welle. Zudem: Käme jemand auf die Idee, lustig grölende Fußballfans als bescheuert abzutun, ihnen die politische Reife abzusprechen? Nein, wir alle sind gern mal beim FC (Hertha, HSV etc.) und haben Spaß. Also: keine Vorurteile! Irony is over. Den säuselnd-unterschwelligen Spott überlassen wir den Mainstream-Medien. Wir gucken einfach ganz genau hin.

Was kommt da auf uns zu? Zunächst einmal schöne Menschen. Nicht mehr die armen Wesen der früheren evangelischen Kirchentage. Diese Schlußlichter der Gesellschaft, Behinderte, zu kurz Gekommene. Leute, die auf dem erotischen Markt nur Ladenhüter waren, wie Houellebecq richtig bemerkte. Nein, zumindest die jungen Frauen sehen atemberaubend aus. Und sie sind auch keineswegs verklemmt. Sondern wirken wie befreit, so, als hätten sie einen Weg gefunden, der allgemeinen Pornographisierung der Gesellschaft zu entgehen. Indem sie unter das schützende Dach der Kirche flüchten konnten.

Dann ist da das kindliche Element. Es sind eben 16jährige, die zum ersten Mal ohne die Eltern wegdürfen. Das ist aufregend für sie. Jugend führt Jugend, man sieht fast überhaupt keine Erwachsenen. Nerven tut es trotzdem, dieses Kindische, und zwar, weil es übertrieben wird. Schließlich waren wir alle einmal selbst jung und wissen, daß wir damals nicht sieben Tage lang Ringelreihen, Abklatschen und »Die Reise nach Jerusalem« gespielt haben. Wir haben auch nicht pausenlos gute Laune gehabt, haben nicht unsere ganze Jugend lang »Oh du lieber Augustin« auf der Wandergitarre gegeben oder »Frère Jacques« oder gar »Knock-knock-knockin' on heaven's do-o-or«. Wir haben nicht die Arme im Gleichschritt geschwenkt, mit den Gänsepopos im Refrain gewackelt und schon morgens vor dem ersten Nesquick »Juppijeh!« gerufen. Alle umarmt und geliebt haben wir nur auf Pille. Eine Ecstasy, die uns drei Jahre lang zu Spaßmonstern gemacht hätte, hätten wir nicht genommen. Aber egal. Der Punkt ist mir nicht wichtig. Nur das dämliche Bischofsgerede stört mich, wonach nunmehr bewiesen werde, daß »junge Gläubige auch Spaß haben könnten«. Wieso »auch«? Ihr Problem ist, daß sie nichts anderes können.

Na, schnell vergessen. Angesichts der wehenden Fahnen, der deutschen Adler, vereint mit den Wappenflaggen des Vatikans, wunderbar. »D'r Papst kütt!«, der Papst kommt, die Stadt ist in Aufruhr. Ist schon eine prächtige Sache, das. Ich bin bester Stimmung. Und die herrlichen jungen Frauen, diese phantastischen Körper, zu Hunderttausenden, das macht einen ja ganz verrückt – und bestimmt auch IHN, den Papa himself, Ratzinger. Seltsam ist es schon, daß das Körperliche so ausgestellt wird, diese Sexiness, wo es doch angeblich um innere Werte geht, um das Himmelreich, um die Keuschheit. Drei Handbreit bauchfrei ist die Regel, bei fast 30 Grad Celsius und Hochsommerwetter. Aber die Antwort kriege ich schnell heraus. Im Katechismus, gerade neu herausgegeben, lese ich die Erläuterungen zum Siebenten Gebot »Du sollst nicht begehren deines Nächsten Weib«. Demnach würden durch ein gezielt keusches Leben auch die Gedanken keusch werden, und die Augen würden sich nicht mehr »verirren«. Ja, das wäre das Richtige für mich! Ich kaufe das Büchlein sofort. Und als mich wieder so eine junge Bitch anspricht, starre ich ihr manisch auf die Nasenwurzel und nur dahin. Ziemlich scheußlich sind allerdings auch die Liederabende. Über 400 Veranstaltungen hat der WJT, und meistens wird dasselbe Liedgut verwendet, und das ist doch ein – 'tschuldigung, das muß jetzt raus – 50er-Jahre-Matsch aus verpopten Gospels und umgedichteten Schunkelliedern aus der Nachkriegszeit. Also »Cotton Fields« von Udo Jürgens bis »Yellow Submarine« von den Beatles. Gut, geschenkt, verziehen. Das »Horst-Wessel-Lied« war ja auch nicht von Mozart.

Der Papst, der Papst! Verlieren wir nicht das Wichtige aus dem Blick. Trillerpfeifen, Zirkustrompeten, maßlose Freude. Die größte Party aller Zeiten, viermal größer als die Berliner Love Parade in ihren besten Jahren. Fremde fallen sich schluchzend in die Arme: ER kommt, der Heilige Vater, der Stellvertreter Gottes auf Erden, il papa! »Be-ne-det-to! Be-ne-det-to!!« Die Massen geraten in Ekstase. Auf einer Großleinwand vor dem Dom sieht man das riesige weiße Flugzeug majestätisch im Anflug, ohne Ton, sieht, wie es langsam um den Dom kreist. Köln ist das Rom des Nordens. Alle Schranzen sind schon versammelt. Der erste deutsche Papst seit 487 Jahren. Nun wird, ebenfalls zum ersten Mal seit 487 Jahren, die große deutsche Papstglocke geläutet. Die Stalinorgeln waren nichts dagegen. »Bomm, bomm, bomm …!« Was für eine ergreifende Stimmung! Und das Fahnenmeer wird nicht ruhig. Unbeschreiblicher Jubel brandet auf, als der Papst zum ersten Mal auf der Großleinwand zu sehen ist (die ist fast größer als der Dom selbst). Jetzt fallen auch alle anderen Glocken ein. Gut 500 000 Gläubige sind bereits auf dem Platz. Köhler hält eine Rede, aber man hört nichts, wegen dem Glockengedröhn und den ekstatischen Schreien der Massen. Ein Blinder kann wieder sehen, erste Wunder kündigen sich an.

Alles wird übertragen. Warum fahren die alle Audi? Da muß doch der Stern her! Ratzinger fährt doch sonst einen 95er 600 SEL Cabrio, das schönste und größte Auto der Neuzeit, so groß wie die Dinger, mit denen der Antichrist zum Berghof hochgefahren ist, also Hitler, der womöglich heimliche Gegenspieler in Benedikts Leben. Mit diesem Papst begeben wir uns ein allerletztes Mal in den Zeitkreis der Hitlerei. Nach ihm wird es endgültig Geschichte sein, tote Daten. Und die britischen Bomber, die Benedetto vom Himmel geholt hat mit seiner Flak, damit sie nicht noch mehr Frauen und Kinder töteten, werden ungeheuerliche Legende sein, nicht zu glauben, nicht zu beweisen, wie die Blutträne der Schwarzen Madonna von Perpignan.

Immer mehr Menschen strömen auf den Domplatz. Die hübsche Brasilianerin mit der goldenen Haut und den umflorten kritischen Augen, der ich vorhin auf die Nase gestarrt hatte, ist nun – ein Wunder? – direkt hinter mir und wird an mich gepreßt. Ich kann nichts dagegen tun, es ist die Wucht der Nachdrängenden. Sie hat nur ein petrolgrünes T-Shirt und eine einfache Jeans an, sonst nichts. Dann wird sie an mir vorbeigequetscht und ist plötzlich direkt vor mir. Gott führt uns zusammen, das ist objektiv keine Lüge! Ihr Körper ist selbst wie eine Kathedrale, schlank, groß, nicht ein Gramm Fett, alles wohlgestaltet und edel. Finger- und Fußnägel hat sie silbern lackiert, die Augenbrauen sehen nicht nur wie gemalt aus, und der Eyeliner ist auch recht pompös aufgetragen. Sie dreht sich um, weil sie denkt, ich würde drängeln, und diesmal versenkt sie gekonnt ihren ernsten Blick in meine Augen. Sie war so nahe dran, ich fand die Nasenwurzel nicht mehr.

Pech gehabt. Aber der Papst! Die Rheinfahrt. Das ganze Programm. Und immer ER als einziger ganz in Weiß. Die Ikonographie leicht verändert, schon jetzt unverwechselbar: die beiden Hände immer erhoben und gespreizt. Die Handteller erst nach innen, dann nach außen gedreht. Und eine neuartige Spannung aus sehr fortgeschrittener Hölzernheit und befreiend ausbrechenden, ruckartigen Bewegungen. Schon jetzt erkennt man ihn auf hundert Meter Entfernung an seiner ganz eigenen, einzigartigen Körpersprache. Wenn er plötzlich den Arm hochreißt wie Peter Sellers in »Wie ich lernte die Bombe zu lieben«, dann mutet das wie ein Jesus-Wunder an, als wenn ein bis dahin Lahmer auf einmal laufen kann! Und dann war er selbst da. Auf der Domplatte. Direkt vor mir, lebend! Seit der totalen Sonnenfinsternis vor sechs Jahren habe ich nicht mehr etwas so Beeindruckendes erlebt! Natürlich war Kaiserwetter. Wie ein Gebirge Gottes ragte der Dom in den Himmel, bis ganz nach oben, nur die grelle Augustsonne war noch geringfügig höher. In früheren Jahrhunderten, als es die hohen Häuser noch nicht gab, mußten die Leute wirklich gedacht haben, die Domspitze erreiche den Bereich der Engel.

Leider sind jetzt wieder die Schranzen dran, die Würdenträger, die feisten purpurnen Bischöfe mit den dicken Bäuchen und dem falschen Lächeln, der Bürgermeister mit der Karnevalskette, der wahlkämpfende Köhler, Angeber und Wichtigtuer aller Art und Provenienz, am schlimmsten natürlich wieder Lehmann. Der hatte tags zuvor die Hirnverbranntheit besessen, die katholische Sexualmoral hinterfragen zu wollen. Woraufhin ihn die geistlosen Mainstream-Medien postwendend zum »liberalen Hoffnungsträger« ausriefen. Was für eine Idiotie! Die katholische Sexualmoral ist die einzige Trumpfkarte der Kirche, der einzige Widerstand gegen die vom Turbokapitalismus gewollte Pornographisierung unserer Gesellschaft, besser gesagt seelenlose Warenwelt. Doch dann riß der Papst wieder alles raus.

Er schritt ins Innere des Domes, langsam und doch kräftig, bis hin zum großen Hauptaltar, und fiel dort nach einer Kunstpause auf die Knie. Man sah die weiße Gestalt beten, ja im Gebet verharren, minutenlang, völlig unbeweglich, wie tot. Auf dem Domplatz wurde es auf einmal ganz ruhig. Keiner wagte mehr zu atmen. 1,2 Millionen Menschen schlossen die Augen, vergaßen Köhler, Merkel und Bischof Lehmanns Karrierepläne und beteten. Ein vielhundertstimmiger Frauenchoral setzte ein. Ich bekam eine Gänsehaut. Es war, als würde ein Geist durch alle Versammelten hindurchgehen.

Der Papst erhob sich. Würdevoll, ohne den blöden Stab, an den sich sein siecher Vorgänger immer klammern mußte, ging er wieder zu den Gläubigen und hielt seine Predigt. Eine frohe Botschaft. Wir sollten IHN anbeten, sagte er, und meinte damit nicht einmal sich selbst. Er begrüßte die Jugend aus 193 Nationen. Die Jugend sei nicht verunsichert und ängstlich, erklärte er lachend und zur Verblüffung der 6500 ebenfalls angereisten Journalisten. ›Die Jugend‹, erklärte er ihnen, ›will das Große.‹«

338

Ich hatte, da es für eine papstkritische Zeitung bestimmt war, weniger enthusiastisch über den Pontifex geschrieben, als ich ihn tatsächlich empfunden hatte. Auch hatte die Redaktion kirchenfreundliche Absätze gestrichen. In Wirklichkeit hatte mir gerade der Generalablaß beim Segen viel bedeutet. Ich stand nur etwa acht Meter vom Papst entfernt, als er der Menge den Segen erteilte, also auch und gerade mir. Ich hatte seinen Blick gesucht, und der Heilige Vater hatte auch mich angesehen. Ich weiß noch genau, wie sich unsere Blicke trafen. Also sein ruhiger, freundlicher, verständnisvoller und verzeihender und meiner. Ich merkte richtig, wie etwas in mir vorging. Wie etwas mit der Sündenlast geschah.

Als der Artikel tags darauf erschien – es war der Morgen des zweiten Tags des viertägigen Besuches –, machte Barbi mir Vorwürfe. Mein Text sei sexistisch, und ich hätte wohl vergessen, daß der neue Papst auch ganz ordentlich Deutsch könne, als gebürtiger Bayer. Wenn der das lesen würde! Und überhaupt sei mein Sexismus überflüssig und schädlich. So etwas wolle einfach keiner mehr lesen. Frauen würden sich an diesen Stellen regelrecht ekeln. Man stelle sich dann so einen lüsternen alten Reporter vor, der sich von hinten an Kindskörper heranpresse. Ich hätte mich normalerweise empört gewehrt, aber ich merkte plötzlich, wie ich fast gleichmütig und eher aus einer alten schlechten Gewohnheit heraus antwortete:

»Kindskörper? Die war bestens bestückt, die Alte. Ich sagte doch, der Körper einer Kathedrale und kein Gramm Fett zuviel.«

»Kein Gramm Fett zuviel! Das ist frauenfeindlich! Frauen haben nun einmal Fett, und Rundungen!«

»Nein, nein, Liebling, gute Frauen haben nur an den richtigen Stellen was Rundes, ansonsten sind sie ... ach, eigentlich hast du ja recht.«

»Wie?!« Sie war wütend, und ihre Brustwarzen wurden hart und bohrten sich fast durch ihre teure Feinststoff-Cashmere-Bluse von APC. Ich registrierte es nur noch mechanisch, sagte müde: »Guck dich an, du bist doch das beste Beispiel, wie man geil aussieht. Aber egal, es interessiert mich eigentlich gar nicht mehr, weißt du?«

»Was denn nun?!«

»Das war alles noch vor dem Segen. Heute würde ich so etwas nicht mehr erleben.«

»Du ... bist kein SEXIST mehr?«

»Nein. Ich glaube, der Heilige Vater hat das von mir genommen.«

»Wie bitte?«

»Ja, und ich bin ihm dankbar dafür.«

»Also wenn das mal stimmt.«

Es stimmte. Ich ging dieselben Wege noch mal, folgte den Pilgern, folgte den Stationen und Terminen des Papstes und hatte keine weiteren sexistischen Wahrnehmungen mehr. Ich besaß ja noch die Handynummer der Brasilianerin, die ich fast durchbohrt hatte im Massenansturm, ohne das geringste eigene Zutun allerdings, und ich überlegte, die Nummer wegzuwerfen. Ich behielt sie nur, weil sie sie mir freundlicherweise gegeben hatte und weil unser seltsames, weil zweimaliges Zusammentreffen vielleicht mit Gott zu tun hatte. Ich hätte sie höchstens gern gefragt, ob ihre Eltern noch lebten, ob sie Geschwister hatte, aus welchem Dorf sie kam und ob die Arbeitslosigkeit dort hoch war. Einmal kam ich sogar ins Gespräch mit zwei Jugendlichen aus dem Allgäu, und es waren keine Mädchen, sondern zwei nette arme Teufel, die sich einfach nur unterhalten wollten. Sie fragten mich, was ich machte, und ich antwortete, daß ich Journalist sei und Notizen anfertige.

»Für welcherne Zeitung nocha?«

»Süddeutsche Zeitung.«

»Hm.«

»Kennt ihr doch sicher. Die Süddeutsche. Die SZ!«

»Naa, no net ghört.«

»Aber bei euch in Kempten gibts die. Grad do!«

»Dös is ja jetzat interessant.«

»Ja, Kinder. Und wie ist es so mit euch? Was macht ihr? Ich

habe da mal eine Frage: Schließt ihr auch Freundschaften mit Nichtchristen?«

»Jo freilich! I bin Christ, und er do is Heide.«

»Noch mal bitte?«

»I bin Heide«, sagte der andere ganz ernsthaft. Der erste fragte, ob ich Christ sei.

»Ich? Oh … ja, schon!«

Mehr wollten sie nicht wissen. Sie sagten noch, daß sie sich auch mit den Kölner Jugendlichen gut verstanden, egal welchen Geschlechts. Das sei hier wie überall. Ich schloß daraus, daß junge Leute untereinander heutzutage keine Berührungsängste mehr hatten. Dann waren sie verschwunden, noch ehe ich mit ihnen über den Papst geredet hatte. Die Barbi mußte tagsüber arbeiten, und ich nahm währenddessen mein Bad in der Menge. Es war immer wieder erfrischend. Ich nahm die etwa 950 000 jungen Frauen als Menschen wahr, geistig und geistlich, keineswegs physisch, und die 250 000 Burschen ebenso. Einmal fragte ich eine junge Erwachsene sogar nach ihrer Ausbildungssituation. »Ich war mehrere Jahre in einem Dorf namens Ebenöd in der kirchlichen Altenbetreuung tätig, und jetzt bin ich in Monheim in einem Altenstift, aber das ist ganz neu.«

Würde man mich heute fragen, welche Form ihr Oberkörper hatte, so müßte ich passen. Das ist der Beweis. Ich war anders geworden. Wäre die Veränderung nur oberflächlich gewesen, hätte wenigstens mein Unbewußtes die biometrischen Daten sicherheitshalber gespeichert, und ich könnte sie jetzt abrufen. Nein, ich habe mir statt dessen gemerkt, in welchen Heimen diese Mitbürgerin gearbeitet hat. Anders als aus Houellebecq konnte aus mir noch etwas werden!

Es war klar, daß ich mein Damaskuserlebnis und mein neues Verhältnis zum Spirituellen für mich behalten mußte. Deutschland war vollkommen ungläubig, jedenfalls alle Menschen, die in den Medien arbeiteten. Wollte ich nicht als gaga durchgehen, mußte ich schweigen. Auch als die Barbi zwei junge Kolleginnen von Price Waterhouse Coupers zum Essen eingeladen hatte, sagte ich den Frauen nichts davon. Aber es bestand natürlich die Gefahr, daß sie genau wie alle anderen Frauen irgendwann stutzig würden, wenn ich ihnen partout nicht mehr auf die Brüste guckte, sondern friedlich lächelnd ins Gesicht. Ich stellte mir schon vor, wie irgendwelche Gegner von mir schließlich das Gerücht streuen würden, ich sei schwul geworden. Aber um ehrlich zu sein, war mir auch das ganz unwichtig geworden.

Ich machte mir eher Sorgen um die Berliner Republik, also um Schröders schönes Gemeinwesen, das mir sieben Jahre lang eine politische Heimat gewesen war. Ich küßte meine schöne Frau auf die Stirn, fuhr zurück in die Hauptstadt und stürzte mich in den Wahlkampf. Inzwischen hatte auch das Bundesverfassungsgericht für Neuwahlen plädiert – es gab kein Zurück mehr. Schröders Partei legte konstant jede Woche ein Prozent zu, aber das reichte nicht, der Vorsprung war zu groß. Außerdem befürchtete ich etwas ganz anderes, nämlich daß der Vorsprung nicht schmelzen, sondern katastrophal zunehmen würde, ja: am Wahltag explosionsartig steigen würde. Absolute Mehrheit für die Merkel – das war es, was ich plötzlich witterte, mit meiner feinen Nase für politische Stimmungen. Die große Koalition, die Schröder und ich von Anfang an im Sinn gehabt hatten, war in Gefahr. Die Jungs von der Bildzeitung titelten noch, knapp vier Wochen vor dem Wahlgang, FRIEDENSNOBELPREIS FÜR SCHRÖDER, und auf der unteren Hälfte der Seite, ebenso groß, UND DIE FLUT IST AUCH WIEDER DA, aber es nutzte nichts. Die Zeile hatten sie mit dem Gerd in einer verzweifelten Nachtsitzung ausgekaspert, denn eigentlich liebte diese Zeitung ihren Medienkanzler. In Wahrheit hatte die Konkurrenz das perfekte Produkt: eine Frau, eine aus dem Osten, eine Hymne (»Angie«) und eine Pfarrerstochter – alles in einer Person. Um sie herum waren widerwärtige alte Männer, die gegen sie kämpften. Und man wählte SIE vor allem, WEIL diese verlogenen, grauhaarigen Polit-Männer gegen sie kämpften. Man wollte endlich eine Frau, so wie man vorher endlich die Grünen im Parlament wollte, Hauptsache: nicht mehr diese Schweine-Kaste alter Berufspolitiker.

Als erstes lief ich zu Lafontaine. Er trat beim Parteitag der PDS in Ostberlin auf. Mit einiger Verspätung hatten die Medien endlich begriffen, daß Lafontaine die Hauptfigur in der ganzen Schachpartie namens ›Machtwechsel‹ war. Nun häuften sich die Einladungen, Talkshows, Sondersendungen. Wie später bei der Sturmflut von New Orleans gab es ›Brennpunkt‹- und Sondersendungen über Lafo im Stundentakt. Mir war es wichtig, ihn endlich live zu sehen, also im wirklichen Leben. Die erste und zweite Reihe der PDS war höchst prominent besetzt. Ich kannte die Gesichter fast alle, von Gregor Gysi bis hin zu Katja Kipping, Ann-Christin Schomburg und Petra Pau. Alles junge Gesichter, alles kein alter Krawattenträger-Klüngel. Früher hätte ich vielleicht gesehen, daß Ann-Christin Schomburg wie Yvonne Catterfeld aussah, sogar noch mehr Oberweite hatte, noch blondere Haare, noch vollere kirschrote Lippen und einen absolut unbedarften Gesichtsausdruck, von Katja Kipping ganz zu schweigen. Statt dessen war mir etwas anderes wirklich eindrücklich: Katja Kipping war ein Engel! Ich sah es ganz deutlich, als wäre ich Wim Wenders und sie der frühe Bruno Ganz.

Lafontaine begann seine Rede ganz langsam, leise, langweilig, wie ein Buchhalter, der einen Bilanzvortrag hält, und wurde dann erstaunlich laut. Vorher hatte es wenig Aufregendes für die Delegierten gegeben, also nur stundenlange Programmdiskussion mit Wortmeldungen der Hinterbänkler. Nun wachten sie auf. Lafo begrüßte ausdrücklich Hans Modrow, den letzten Chef einer SED-Regierung, und sprach minutenlang über dessen Verdienste. Er spricht in einem 20- oder 25-Sätze-Rhythmus, also seine Steigerungen kommen nicht nach dem vierten Satz, wie bei normalen Rednern, sondern erst nach dem zwanzigsten. Und dann kracht es richtig. So sprach er 18 Sätze lang über seine angebliche Luxus-Kleidung, seine Luxus-Schuhe, sein Luxus-Unterhemd, und daß er gerade mit dem Luxus-Flugzeug von der Luxus-Insel Mallorca komme, die sich normale deutsche Arbeitnehmer ja gar nicht mehr leisten könnten. Und so weiter. Und plötzlich hob er dramatisch die Stimme und schrie im Stakkato-Stil:

»… Aber ich bin kein Luxusmensch, und ich bin auch kein rechter Populist, und ich bin schon gar kein rechtsradikaler Nationalist, sondern meine Freunde Genossinnen und Genossen, ich bin ein demokratischer Sozialist, und ich bin ein Internationalist, und ich bin ein ökonomisch-wissenschaftlicher Marxist, und zwar einer, dessen Herz links schlägt, und das heißt für die Schwachen und für die Aufrechten und für die wahren Kommunisten in unserem Land und in Europa und auf der ganzen Welt!!«

Frenetischer, unbändiger Beifall. Auch ich konnte nicht anders, als begeistert zu klatschen. Fast gegen meinen Willen riß es mir die Hände nach oben, und ich klatschte mit, und vom Stuhl war ich auch aufgesprungen, ohne Absicht. Später redete noch Gysi, und der war noch besser. Aber den kannte ich schon.

Es war gar nicht so leicht, mein Leben als unschuldiger, nicht mehr triebgesteuerter Mensch auszufüllen. Ohne diese Gier nach Sex – mal bewußt plump ausgedrückt – fehlte mir mein Hauptmotiv, etwas zu tun. Deswegen verließ ich die PDS-Veranstaltung vorzeitig, obwohl die Reden doch gut gewesen waren. Ich sprach auch Ann-Christin Schomburg nicht an, holte mir kein Interview, machte auch mit der engelhaften Katja Kipping keinen Termin. Es wäre ganz leicht gewesen, und Katja Kipping hätte mich auch auf ihre Art – als fleischloses, fast spirituelles Wesen, als Luftgeist – fasziniert. Doch ohne das entwichene erotische Interesse aus der Zeit vor dem Generalablaß ging ich lieber nach Hause, auch wenn ich dort mit mir wenig anzufangen wußte.

24

Marek, Karline und der Altkanzler

Der nächste Tag wurde besser. Ich überlegte mir nämlich, daß ich mit meiner neuen Prägung, also dieser
Unaufdringlichkeit und männlichen Souveränität, doch eigentlich auch meine Exflamme Karline Bormann beeindruk-
ken müßte. Ohne diesen Hundeblick der Bedürftigkeit, der
mich früher immer überkam, sobald Frischfleisch vor meiner
Schnauze baumelte wie die berühmte Wurst, mußte ich doch
für die junge Frau ein attraktiver Mitbürger sein. Das wollte
ich ausprobieren und rief sie an.

Auch Karline, hörte ich nun, hatte am Weltjugendtag teilge-
nommen und war dann noch kurz in Köln geblieben, zusammen mit ihrer Freundin Tina, um sich die dortigen Männer
anzusehen. Sie freute sich, daß ich anrief. Ich erzählte ihr von
meinen Recherchen in Sachen Vorfahren, für meinen Familienroman, Fürst Pückler und so. Und daß auch der Fürst zum
Katholizismus konvertiert sei.

»Von dem kenn ich nur das Eis«, witzelte Karline.

»Du, der Fürst Pückler ist 1839, genau gesagt am 30. Oktober, einfach übergetreten, was damals sehr ungewöhnlich war.
Er fand, daß Religion etwas für die Sinne sein müsse ...«

Tatsächlich hatte ich zuletzt die entsprechende Stelle im
Tagebuch gefunden. Der von Luther gestiftete Protestantismus, schrieb er, sei »nur ein negatives, ein verneinendes und
revolutionäres Prinzip geworden. Luther hat eingerissen, ohne
das Vermögen des Aufbauens zu besitzen.« Pückler verachtete die »ekelhafteste, gottloseste Frömmelei und den faselnden

Mystizismus« in der evangelischen Kirche sowie »die reinen Verstandestheorien, die aller Volksreligion zuletzt ein Ende machen und eine vollständige religiöse Anarchie hervorbringen müssen«. Deshalb trat er zu den Anhängern des Papstes über und schrieb: »Überall in der katholischen Kirche ist das Menschliche berücksichtigt, der Schwäche mit Milde und Vergebung aufhelfend, die Stärke mit noch gewaltiger Hand leitend, und in wahrhaft liberalem Sinne Kirche und Staat gänzlich scheidend.« Ziemlich brutal fügt er noch hinzu – es ist sein intimes Tagebuch –, es sei doch wenigstens mehr Konsequenz im katholischen KULTUS: »Es ist kein halber, sondern ein vollständiger Götzendienst.« Denn: »Kein Mensch ist ohne Religion, und die hat weniger den Verstand, als Gefühl und Sinne anzusprechen!«

Karline wirkte nicht sonderlich interessiert an Fürst Pückler und fragte statt dessen, ob wir nicht endlich den jungen Rudi Dutschke treffen könnten. Das hatten wir schon vor Monaten überlegt. Karline wollte ihn gern kennenlernen, und es war gute Tradition in Berlin, Leute zusammenzuführen. Das hatte ich gerade vom Ur-Lohmer und vom Ur-Fürsten gelernt. Es gab sogar einen Band mit Briefen, die Pückler mit Rahel Varnhagen getauscht hatte. Sie waren bestens befreundet und stellten sich stets neue Menschen vor. Als ich das entdeckte, überlief mich fast ein Gefühl der Wonne, und ich mußte an Rafael Seligmann denken, der in der Landhausstraße mit seiner lieben Frau einen kleinen Salon unterhielt, den ich gern und stets glücklich frequentierte. Wir kamen also überein, den jungen Dutschke zu treffen, und da der Mann ein geborener Sponti war wie wir, sahen wir uns schon am nächsten Mittag zu dritt im ›Sophien-Eck‹ in der Sophienstraße, Ecke Große Hamburger Straße.

Es war der Tag des außerordentlichen SPD-Parteitages. Kanzler Schröder blies im Estrel Center zum letzten Gefecht. Wenige Wochen vor der Wahl wollte er die Stimmung herumreißen. Ich merkte, daß meine neue Gelassenheit auf Karline wirkte. Um dies nicht zu gefährden, erzählte ich nichts vom

Papst und vom Generalablaß. Auch Dutschke hätte das wohl nicht verstanden. Gretchen hatte ihn zum Freigeist erzogen, und er hätte die Kunde, ein Stellvertreter Gottes habe bei mir die Birnen ausgetauscht, womöglich für einen schlechten Scherz gehalten. Ich wollte diese Reaktion lieber nicht erleben, sie hätte mich vielleicht verletzt.

»Leute, wir sollten uns den alten Kanzler noch einmal ansehen. So einen kriegen wir nicht wieder. Und es ist wahrscheinlich die letzte Gelegenheit, ihn leibhaftig zu erleben.«

»Wieso? Der tritt die nächsten Tage noch oft auf. Ich habe gestern Westerwelle erlebt. Das war schrecklich …«

Er erzählte, wie Guido Westerwelle im Jugendcenter um die Stimmen der Jungen gebuhlt habe, so überzogen pathetisch: ›Es geht nicht um Merkel oder Schröder, um mich oder Gysi, meine jungen Freunde, es geht um EUCH! Um EURE Träume! Um Eure Sehnsüchte! Um EURE Phantasien …!‹ Dabei sei er so seltsam schwul herumscharwenzelt und sei dann Minuten später in seinem 100 000-Euro-Auto davongefahren.

»Nichts gegen eigenständig gewählte sexuelle Orientierung!« warf Karline ein.

»Stattgegeben«, murmelte ich widerstrebend.

Rudi war wieder ganz der nette, ernste Inhaltist und – das fiel mir zum ersten Mal auf – klein. Also von einer Art Kleinwüchsigkeit, die gut zu ihm paßte, die natürlich war und ihn sympathisch machte, warum, weiß ich nicht. Also so knapp 1,70 Meter. Er war Moralist und ebenfalls – das war dann also schon der vierte – immun gegen die körperlichen Reize der Frauen. Ich merkte das genau. Karline hätte auch im Schador neben ihm sitzen können, es hätte keinen Unterschied für ihn gemacht. Ich zwang mich, Karlines Äußeres kurz zu checken, um diese These zu prüfen. Ja, sie sah besser denn je aus; früher hätte sie mir gefallen. Nun war mein Interesse aber nur noch menschlicher Art. Ich hatte zwar nicht vergessen, wie gut sie aussah – das hätte selbst der heilige Antonius nicht vergessen können –, aber ich wollte mich von ihren äußeren Reizen nicht mehr ablenken lassen. Ich mußte immer wieder daran den-

ken, wie der Papst mir in die Augen gesehen hatte, so klar und
entschlossen, fast unerbittlich, und dennoch ruhig, freundlich,
durchaus gütig. Er hatte mich gemeint, keine Frage. Es war
schwer gewesen, alle Sünden in wenigen Sekunden zu löschen,
aber er hatte es geschafft, und ich mußte nun damit fertig
werden. Innerlich völlig unbeteiligt sah ich Karline an: Diese
breiten Lippen bei gleichzeitig feiner Zeichnung derselben, das
fand man nicht oft. Sie trank sehr schnell sehr viel und probte
frühzeitig ihre lasziven Untertöne, die sie als leichte Trunken-
heit tarnte. Manchmal warf sie den Kopf zurück und schloß
die Augen, mitten im Satz, so daß man verdattert auf ihrem
schönen Gesicht verweilen mußte, auf das Satzende wartend.
Von alldem kam bei Rudi nichts an. Nur die Aussage zählte. Er
war ein sehr ungewöhnlicher Mensch. Ich fragte ihn, was er
gerade gemacht habe, und er sagte, er habe eine Folge von O. C.
California geguckt, die Wiederholung vom Vorabend.

»O ja, ich hab sie auch gesehen. Super, Mann.«

»Und? Was gibt's Neues?« fragte Karline, die die Folge verpaßt hatte.

»Marissa ist lesbisch geworden.«

»Ist das wichtig?«

»Sehr! Das bedeutet, daß 40 Millionen US-Girls ab sofort
diese zusätzliche Option besitzen.«

»Wegen dieser Folge?«

»Nein, das Fernsehen folgt nur der Realität. Es ist bereits so.
Aber ohne diese Folge hätte ich es nicht mitgekriegt, hier im
alten Europa.«

Rudi trug eine dicke, klobige Ernst-Bloch-Brille, wie sie
wohl zeitlos von bestimmten Intellektuellen oder auch Gei-
stesmenschen getragen wurde; gleichwohl trug zurzeit in
Deutschland niemand sonst diese Brille. Bloch selbst war ja
ein echter Freund der Dutschkes gewesen, starb aber noch vor
Klein Rudis Geburt; vielleicht hatte er ihm seine Brille testa-
mentarisch vermacht. Karline sprach minutenlang über neue
französische Thesenbücher, die sie im Original gelesen hatte,
und Rudi fühlte sich nicht gemeint und unwohl. Da Karline

immer auf mich einsprach, und zwar hektisch und schwer zu stoppen, sagte ich mittendrin:

»Rudi, wo genau bist du eigentlich aufgewachsen?«

»In Massachusetts.«

»Ah! Da gibt es aber keine Hurrikans so wie jetzt in New Orleans, nicht?«

»Nein, nur Schnee! Ganz viel Schnee«, er machte ein Handzeichen, bis zur Brust, »und ich habe niemals Schneeschuhe gehabt« – er meinte Winterschuhe –, »sondern immer nur Turnschuhe. Und es hat mir nichts ausgemacht. Ich war abgehärtet. Meine Mutter hat immer gefragt, welche Schuhe ich wollte, und ich hab immer Turnschuhe gesagt. Und sie hat immer kaufen wollen, was ich hab haben wollen. Sie hatte gar keine andere Idee.«

»Ja, das ist wie mit den Mädchen, die im Winter bauchfrei rumlaufen, zu Millionen. Jeder Arzt sagt, daß sie dabei irreparable Nierenschäden kriegen, aber sie machen es trotzdem. Und keine einzige kriegt Nierenschäden. Sie sind einfach abgehärtet, und Ärzte sind dumm. Menschen werden einzig durch ihre Ideen konstituiert, niemals durch das, was die Ärzte Körper nennen.«

»Ja.« Er nickte gewichtig. Ich wollte auch wissen, wie Rudi aufgewachsen war, als Willy-Brandt-Fan in einer US-Provinz-High-School.

»Ich war Außenseiter. Leider. Ich hatte kein Auto! In so einer Gegend kann man ohne Auto gar nicht leben. Nur meine Mutter hatte ein Auto, aber –«

Plötzlich das Handy, Barbi!

»Ja, Schätzle?«

»Woher weißt du bloß, daß ich es bin?«

»Seh ich auf dem Display, da steht BARBI CALLING. Du, ich hab gerade ein Arbeitstreffen, mit Rudi Dutschke.«

»So? Und wie heißt sie?«

»Was?«

»Wie heißt ›Rudi Dutschke‹ in Wirklichkeit?«

»Ha ha … nein, es ist der Sohn. Der heißt so.«

»Sag ihm gleich, daß ich jetzt die CDU wähle, wegen dem kleinen Christian. Mir reicht's nämlich jetzt.«

Hä? Ich mußte nachdenken. Es ging offenbar darum, daß ein siebenjähriger kleiner Junge namens Christian mißbraucht worden war. Das geschah zwar jeden Monat einmal irgendwo auf der Welt, aber jetzt war Wahlkampf, und die Bildzeitung titelte andauernd irgendwas mit dem ›kleinen Christian‹, weil das sofort Stimmen für die Rechten brachte. Ich sagte: »Liebling, wir können jetzt nicht reden, aber du solltest nicht die CDU wählen, nur weil da irgend so ein kleiner Christian gefoltert wird.«

»Wie bitte?! Das ist dir also völlig egal?!«

»Nein, aber es ist doch viel schlimmer, daß New Orleans im Pazifik verschwunden ist. Darüber steht kein Wort in deiner Zeitung, weil das nämlich Stimmen für die Grünen bringen würde.«

»Sie haben den Täter vom kleinen Christian nicht gefaßt! Weißt du, was das heißt? Der läuft noch immer frei rum und kann das nächste Kind betatschen! Und wenn sie ihn doch schnappen, kommt er bald wieder raus, wegen ›guter Führung‹! Das ist doch himmelschreiend! Diese Scheiß-Politiker haben doch keine Ahnung! Ich wähl jetzt die CDU!«

»Die Zahl der kleinen Jungen, die getötet werden, ist in allen Zeiten und in allen Kulturkreisen gleich groß, nämlich einer von einer Million, das ist unabänderlich, du kannst die Uhr danach stellen, glaub mir! Da ändert die Politik doch nichts dran!«

»Einer von einer Million … das sind ja, bei 80 Millionen Deutschen, 80 getötete Kinder! Und das läßt dich kalt?!«

»Bezogen auf ein ganzes Jahrhundert, meine Liebe. Vielleicht sind es sogar nur 79.«

»Schon EIN EINZIGES getötetes Kind weniger würde es lohnen! Also daß jetzt die CDU drankommt!«

Ich bekam unvermutet einen Wutanfall. Die Frau war ja von Sinnen!

»Ich VERBIETE dir, die CDU zu wählen! Hier sitzt der Sohn

von Rudi Dutschke, und ich lasse es nicht zu, daß meine eigene Frau wegen so einem beschissenen kleinen Christian dermaßen den Verstand verliert!«

»Was regst du dich so auf? Hä? So kenn ich dich ja gar nicht? Da ist doch irgendwas im Busch? Daß du mit dem Thema was am Hut hast, wird dir doch jeder Hobbypsychologe direkt ins Gesicht sagen! Wer sich so aufregt wie du bei dem Thema, hat wahrscheinlich selbst gewisse Triebe in der Richtung!«

»Nein. Sie werden den Mörder noch finden, und das werde nicht ich sein.«

»Na, das kann man nur hoffen. Aber du WÄRST es vielleicht gern.«

»Schatzilein, wir können das jetzt nicht wirklich klären. Es ist unhöflich gegenüber Rudi.«

»Ach, RUDI, RUDI! Wer weiß, wer wirklich da sitzt.«

»Möchtest du mit ihm sprechen? Dann sag ihm nichts von der CDU!«

»Nee, danke.«

Sie legte auf. Verdammt, ich mußte sie irgendwie verärgert haben. Aber andererseits – warum auch nicht? Mußte ich alles billigen bei einer Frau, nur weil ich mit ihr schlief? Ich wandte mich an Karline und Rudi, die während meines Telefonats keinen Ton gesagt hatten. Offenbar interessierten sich die beiden nicht füreinander. Deshalb schlug ich einen sofortigen Ortswechsel zum Estrel Center vor, wo der Kanzler tobte. Die Kinder ließen sich überrumpeln.

Wir stiegen in den Wartburg, fuhren los; erst in die Rosenthaler Straße, die in die Kastanienallee überging, eine schöne Straße übrigens, mit der Bar 103, in der Maxim Biller draußen seinen schwarzen Kaffee trank. Es schien ausnahmsweise einmal die Sonne, und wir konnten ihn klar erkennen. Dann bogen wir rechts in die Danziger Straße ein.

»Die Wette hast du ja gewonnen, weißt du noch?« rief ich in Rudis Richtung, als ich wieder Gas gab.

»Ja, stimmt, worum hatten wir gleich gewettet?«

»Ob es Neuwahlen geben würde. Ich sagte nein.«

»Das war doch so klar, daß der Bundespräsident ja sagen würde, und die Verfassungsrichter auch. Was war denn bloß das mit dem ›Masterplan‹, von dem du glaubtest, Schröder habe ihn?«

»Du hast recht. Schröders Masterplan war, die Sozialdemokratie vor dem Untergang zu retten, indem er sie putschartig in die große Koalition führt, dann dort vier Jahre parkt, bis jeder merkt, daß auch die CDU an den Strukturen unseres Sozialstaats scheitert.«

Das sagte ich, allerdings gar nicht mehr überzeugt, und auch Karline langweilte sich und wollte lieber über ein neues Buch referieren, was sie auch tat. Der arme Dutschke schüttelte aber immer nur den Kopf und kam auf das Thema Sozialstaat und Zukunftssicherung zurück. Ich sagte, und widersprach mir dabei selbst, daß eine große Koalition auch den Sozialstaat abschaffen könne.

»Aber warum denn?« jammerte Dutschke.

»Weil es sonst im Westen Deutschlands in zehn Jahren so aussieht wie heute schon im Osten: entvölkert, jugendbefreit, veraltet. Alle sind weitergezogen gen Westen, nach Frankreich, Spanien, Italien, England, Amerika. Und übriggeblieben sind die Alten, Kranken, Schwachen und Dummen.«

»Aber nein! Der Sozialstaat muß erhalten bleiben, und zudem muß die Gesellschaft wieder menschlich werden. Jeder muß dem anderen helfen. Nächstenliebe muß wieder Platz greifen. Gutmütige und verantwortungsvolle Menschen müssen überall im Alltag mit gutem Beispiel vorangehen! Wir brauchen ein anderes seelisches Klima in Deutschland, eine andere Gesellschaft, nämliche eine der Liebe! Das ist die Lösung, und nicht die Abschaffung des Sozialstaates!«

Endlich erreichten seine Worte auch Karline. ›Liebe‹, das war irgendwie auch ihr Ding. Wir fuhren 20 Kilometer weiter, immer die Danziger Straße entlang, die später Warschauer Straße hieß, bis wir zur Sonnenallee vorstießen. Dabei unterhielten wir uns prächtig. Das Dach hatte ich geöffnet, alle Fenster heruntergekurbelt. Die Stimmung war deutlich besser als im studentoiden ›Sophien-Eck‹. Fast spürte man: Das war des Kanzlers Tag. Schröders Tag der Wende zum Guten.

Karline durfte wieder inspiriert über ›Sexualität und Gesellschaft‹ schwadronieren, den forcierten Ausbau der Bildung sowie der Ganztagsbetreuung von Kleinkindern – »Kurz gesagt sollte alles Geld des Sozialstaats in die Bildung sowie in die Ganztagsbetreuung fließen!« –, wobei ich ihr zustimmte und sagte, die gezielte Förderung von Millionen Spinnern sei unsere einzige Chance, den Asiaten überlegen zu bleiben, die ja nichts anderes besäßen als blöde Ökonomie. Und dann war Rudi Dutschke junior wieder am Zug.

»Du, noch mal mit dem Sozialstaat. Das ist doch nicht wirklich so gemeint von dir, oder? Das geht doch gar nicht, schon gar nicht von einer großen Koalition!«

»Überlege doch mal: Wenn Frankreich plötzlich eines Tages mit Albanien wiedervereinigt würde, und alle 25 Millionen Albaner würden über Nacht 2500 Euro Arbeitslosengeld pro Nase bekommen, und das zehn Jahr lang, zwanzig, dreißig, und das Geld dafür würden die Franzosen beschaffen, indem sie auf jeden Stundenlohn zehn Euro draufpacken würden – was würde mit Frankreich dann wohl passieren?«

»Das kann ICH dir doch nicht sagen, ich bin kein Hellseher!«

»Es wäre nicht mehr wettbewerbsfähig und würde zugrunde gehen.«

»Ach, immer diese Worte! Wettbewerb – ich kann es nicht mehr hören. Da reden doch alle das gleiche.«

»Ja, meine Lieben. Was wir drei hier gerade machen, machen verantwortliche Politiker schon seit vielen Jahren. Sie wissen genau, was zu tun wäre, hätte man nur die nötige Zweidrittelmehrheit. Das geht dann ratz-fatz in einem Hinterzimmer. Die einigen sich da in dreißig Minuten, von mir aus auf der Herrentoilette des Bundestages. Natürlich wird es anders benannt. Wunderschöne Wortneuschöpfungen werden übers Volk geschüttet, ›Sozialstaatssicherungsgesetz‹, ›Neue. Paradies.auf.Erden.Initiative‹, ›Damitallessobleibenkannwieesistgesetz‹, ›AgendaGesundheitfürimmer‹ und so weiter. In Wirklichkeit wird das ganze System abgeschafft.«

»Und wenn schon! Nichts wäre damit gewonnen, wenn die Gesellschaft nicht menschlicher würde … und ich glaube dir auch kein Wort von dem. Das ist alles falsch!«

Wir fuhren quer durch die riesige Hauptstadt. Über die Oberbaumbrücke und die Skalitzer Straße erreichten wir die türkischen Gebiete von Kreuzberg, was uns aber keine Angst machte, da wir mitten im Gespräch waren. Marek wurde allmählich wütend, weil er mir unterstellte, ich wollte Arme, Kranke, Behinderte und Alte verhungern lassen. Und Karline dachte, ich wolle kein Geld für Ganztagsbetreuung und damit für alleinerziehende Mütter bereitstellen. Dem widersprach ich matt:

»Jeder soll den Betrag kriegen, mit dem eine ukrainische Familie überglücklich wäre, nämlich hundert Euro, und zwar auf Vorlage des Personalausweises, ohne Bedürftigkeitsprüfung und Bürokratie. Millionen Wohnungen stehen leer, da kann jeder, der gerade am Anfang steht, unterkommen. Wenn ein Mensch aus Kasachstan oder dem Senegal mit diesem Betrag einen glänzenden Start hinlegt, kann es ein Deutscher auch.«

»Glänzender Start?!«

»Ja, denk an deine Heimat Amerika. Da haben alle mit weniger angefangen. Und seit Jahrhunderten funktioniert es gut. Kein einziger Emigrant wird mit monatlich 1500 Euro beglückt. Sie schaffen es trotzdem alle. Und nach einem Jahr geht es jedem besser als unseren verwöhnten Drohnen.«

Mit Marek war ich nun kurz vor einer Verstimmung, denn er war nicht der Typ, der Worte auf die leichte Schulter nahm. Ich lenkte das Gespräch lieber auf den aktuellen Wahlkampf.

»Na, kann der Gerd es noch schaffen? Mal ganz im Ernst?« fragte ich betont aufgeräumt.

»Nein, Schwarz-Gelb hat die Sache im Kasten. Das ist völlig klar inzwischen«, sagte Rudi schnell.

»Und der Parteitag heute? Wenn er die Rede seines Lebens

hält, so eine, wie sie Lafontaine auf dem Parteitag 1995 gehalten hat?«

»Nein, keine Chance.«

»Und das TV-Duell mit der Merkel am Sonntag?«

»Nichts. Es interessiert sich keiner mehr dafür. Das war das Sommerloch, diese ganze Neuwahl-Geschichte. Jetzt ist der Sommer vorbei.«

»Und der Hurrikan von New Orleans?«

»Nichts.«

»Was sagst du überhaupt dazu, zum Hurrikan?«

»Ich war zum Glück noch da. Ich habe New Orleans noch gesehen.«

»Du Glücklicher! Ich hätte es auch gern gesehen. Ich kenne es nur aus einem Film, den ich sehr mochte, mit Dennis Quaid und Ellen Barkin, beide noch am Anfang ihrer Karriere. Kennt ihr den?« Sie schüttelten den Kopf.

»Da ist es immer sehr heiß, in dem Film, in allen Szenen. Der Film handelt von einem ganz heißen Sommer in New Orleans, das Thema ist die Hitze. Ganz toll. Alle schwitzen immer, dauernd sind Ventilatoren zu sehen, und die beiden Hauptdarsteller fallen schließlich verbrannt und ausgehungert übereinander her. Als ich den Film damals sah, war ich noch Sexist, und so was gefiel mir, vor allem, weil beide WASPs waren.«

»Was waren die?«

»Du warst Sexist?«

»Nein, nein. Moment mal, wir sind gleich da, ich muß mich konzentrieren …«

Ich war kurz vor dem Estrel Center. Ich kannte es noch von Lafos Auftritt. Um das Thema zu wechseln, fragte ich schnell, ob der Taifun nicht wenigstens seinen Grünen ein paar Prozent gebracht habe.

»Ja, das glaube ich auch!«

Er guckte wieder ganz aufgeräumt. Die Grünen lagen ihm wirklich am Herzen.

»Vielleicht drei Prozent?«

»Ja.«

»Oder wenigstens so viel, daß sie nicht an der Fünf-Prozent-Marke scheitern ...«

Er nickte wissend. Die Werte der Grünen waren zuletzt dramatisch abgestürzt, von elf auf sechs Prozent, Tendenz fallend. Das hätte die absolute Mehrheit der Union bedeutet, eine Alleinregierung ohne die Gelben. Rudi sagte, daß er auf lange Sicht an eine grün-gelbe Mehrheit im Bund glaube. Ich horchte auf. Der Mann war wirklich ein Visionär.

Karline hörte bei den politischen Farbenspielen immer weg. Ich merkte endlich, daß sie gar nicht darauf aus war, den jungen Revolutionär kennenzulernen, ihn zu verstehen, ihm näherzukommen. Sie hatte nun die blonden Haare gelöst und ließ ein paar endlose Sentenzen über Bourdieu, Nietzsche und Gilles Deleuze los. Früher hatte ich sie dabei immer entrückt angestarrt und mich an dem didaktischen Gesamtkunstwerk ›Karline B.‹ delektiert. Jetzt empfand ich das kluge Gefasel einfach als nicht zielführend. Irgendwann – wir waren bereits in der Halle – sagte ich:

»Karline! Genug jetzt. Gleich spricht der Kanzler.«

Wir bahnten uns einen Weg durch Massen von jungen Leuten in roten T-Shirts. Ich kannte diese Art Mensch von irgendwoher, ach ja, vom Weltjugendtag, wo die Shirts hinten den Schriftzug ›volunteer‹ hatten. Diesmal stand vorne drauf ›friends of gerd‹. In den Händen hatten die Jusos vorgedruckte lackrote Plakate mit weißer Schrift, und die Plakate rissen sie immer auf ein geheimes Kommando hin hoch und schwenkten es hin und her. ›No Angies‹ stand da drauf, ›Friedenskanzler‹, ›Weiter ackern‹ oder ›Schröder für Deutschland‹.

Das Timing war verdammt gut, denn der Gerd stand wirklich gerade in den Startlöchern, als wir auftauchten. Sicherheitsleute wollten uns kontrollieren, aber ich sah ihnen böse ins Gesicht und machte ihnen Zeichen, daß dafür jetzt keine Zeit war. Es waren vier Sicherheitsketten, und bei der ersten schaffte ich den Durchbruch, indem ich auf eine Frau zusteuerte – sie schien mir das schwächste Glied der zehn Bodyguards zu sein – und sie genervt ansah, als dächte ich gerade: ›Mensch, Mädchen, du hast aber heute wirklich eine lange Leitung! Weißt du denn nicht, wer ich bin?‹ Nicht Schröder, nicht Müntefering, aber Steinmeier! Und sie dachte wahrscheinlich: ›Scheiße, das ist dieser Typ, den ich mir immer nicht merken kann!‹ Sie ließ uns durch, und die weiteren Ketten ebenso, weil sie dachten, die erste Kette hätte uns schon gecheckt. Wir hatten ja alle keinen dieser Ausweise, die alle Delegierten um den Hals baumeln hatten, Akkreditierungsschreiben mit persönlicher Unterschrift Otto Schilys.

Sie hatten die Bühne des Estrel Centers in den zwei Tagen seit dem PDS-Parteitag umgebaut, aber nicht zum Vorteil der Bühne. Es sah ärmlich aus und nach Pappe. Aber wahrscheinlich war das Prinzip fernseherprobt. Es gab auch eine Großleinwand direkt über der Bühne, und auf dieser Leinwand sah alles eleganter aus als im Saal selbst. Trotzdem war der Start des CDU-Wahlkampfs am Vortag in der Dortmunder Westfalenhalle vor 60 000 Leuten um zwei Dimensionen bombastischer gewesen. Dieses Lied von den Rolling Stones hatten die Teilnehmer noch Wochen später im Ohr.

Die Großleinwand zeigte Schröder in Großaufnahme, und ich sah ihn in zehn Metern Entfernung in echt, aber klein. Ich setzte meine Fernbrille auf, die ich für genau solche Fälle besaß. Schröder sah auf die Massen, die bereits für ihn klatschten, und in seinem Gesicht stand wirklich nur eines: Angst. Ich weiß nicht, warum. Er hatte kein Jackett mehr, sondern steckte in einem weißen, weiten, maßgeschneiderten Oberhemd von der Art, wie nur er sie trug. Er sah in diesen sehr weißen Gerd-Schröder-Oberhemden viel besser aus als in jedem anderen Kleidungsstück. Es war sein Markenzeichen in allen Wahlkämpfen. Das weiße Oberhemd, die weite, anthrazitgraue Bundhose, der rote Schlips, die ein bißchen wegwehende Haartolle an der linken Seite: das war unser Kanzler. Die geballte Faust, das In-die-Knie-Gehen bei wichtigen Wendungen. Ich erkannte ihn wieder.

Trotzdem begann er dröge. Kein Vergleich zu Lafontaine. Der

Kanzler quälte sich durch die Sätze. Kein Satz hatte mehr als fünf, sechs Worte, Nebensätze fehlten. Floskel folgte auf Floskel. Es war fast wie Realsatire. Kein Satz, den man nicht schon bis zum Übelwerden kannte. Trotzdem johlten die Claqueure, diese Rothemden, alle sechzig Sekunden auf Kommando. Sie johlten und kreischten und wackelten mit den Pappschildern. Aber nach zwanzig Minuten verließen sie der Mut und die Begeisterung. Sie johlten verzagt, beklommen, fast erschrocken. Der Gerd ›ackerte‹ weiter durch sein Manuskript.

»... denn wir werden denen das nicht durchgehen lassen ... und wir werden gemeinsam ... und wer meint, daß ... der wird noch ... denn die Politik der CDU ... zerstört den inneren Frieden in diesem unseren Land meine Freunde und Freunde!!«

Kreischen, Johlen, Schilderwackeln. Ich sah, daß Marek konsterniert den Kopf schüttelte. Karline war verschwunden. Wahrscheinlich las sie auf der Toilette feministische Traktate über den Zeugungsstreik der Männer, statt sich den ›Obermacho Schröder‹ anzuschauen, den keine ›vernünftige Frau‹ mögen könne, wie sie sagte. Dabei hätte sie sehen können, daß hier im Saal fast nur Frauen saßen, und bestimmt keine dummen. Die SPD schien inzwischen die Partei der engagierten Frauen zu sein. Sie wirkten geradezu blühend, und am deutlichsten wurde das, als Schröder über alleinerziehende Mütter und deren Chancen sprach. Da ging ein Ruck durch den ganzen Komplex. Selbst die Ossi-Proleten, die draußen an der Freitreppe herumlagen und schadenfroh das ›Angie‹-Lied anstimmten, wurden sicherlich überrascht von dem donnernden Applaus, den der Kanzler nun erhielt. Dabei kam er irgendwie zu sich selber. Intuitiv hatte er erfaßt, daß es da etwas zu holen gab für ihn. Er wich vom Redetext ab und sprach nun frei. Er sagte einfach noch dreimal dasselbe. Die Frauen, die Kinder erzögen und keinen Mann hätten und arbeiten müßten, seien ebenso gute Menschen wie jene, die in einer bürgerlichen Familie aufgehoben seien, und er weigere sich, das Frauen- und Familienbild der Männer-CDU zu übernehmen: »Und darauf, meine Freundinnen und Freunde, darauf können sich die Millionen in den Betrieben verlassen, die Männer und ebenso auch und gerade die FRAUEN, liebe Freundinnen und Freunde!!«

Nun wurde das Johlen echt, das Schilderwackeln authentisch. Stallgeruch kam auf. Ich war ganz gerührt. Es gab zwar keine ›Millionen in den Betrieben‹ mehr, weil es keine Betriebe mehr gab, sondern eine Dienstleistungsgesellschaft mit kleinsten Einheiten, aber wußte ich das so genau? Vielleicht gab es in Recklinghausen noch ein altes Walzwerk, in das morgens die türkischen und kurdischen Kumpel in mächtigen Kolonnen massenweise hineinströmten, mit geballter Faust, die rechtslastige ›Hürriyet‹ in der Hand. An die konnte er sich ja gerade gewandt haben.

Ich durfte nur nicht auf die SPD-Gesichter hinter ihm auf der Promi-Bank gucken, auf diese entsetzlich verbrauchten Visagen, auf Schily, Benneter, Clement, Stolpe, Eichel, Vogel, Bahr und Eppler. Einzig seine junge Frau, die herzergreifende Doris, konnte einem gefallen, aber die saß nicht dort, sondern im Publikum. Ganz klar: Dieser Verein zog in seine letzte Schlacht. Schröder war der letzte und einzige Mann dort, der einzige, der Anzüge und Krawatten, Zeichen der Männlichkeit, noch tragen konnte – wenn er es denn gewollt hätte. Ansonsten bestand diese Menschenansammlung zu 80 Prozent aus blühenden Frauen in den Dreißigern, also keineswegs alten Leuten, und zu 20 Prozent aus kastrierten Männern. Die trugen Baumwollhemden, Pullover, Latzhosen, Fusselbärte und Cordhosen, und sie waren oftmals auch schon im Rentenalter. Würde man also mit dieser reinen Hausfrauen-, Single- und Softie-Partei noch die Mehrheit der Stimmen erringen können? Natürlich nicht. Schröder gab seine letzte Show, und danach kam eine neue Ära. So einen Politkampf großer Heerscharen, so ein großes Volksereignis würde es nie wieder geben. Schröders Berliner Republik war am Ende. Es kamen zwanzig Jahre Merkel, eine politiklose Zeit reiner Verwaltung. Vorne stand ›das Mädchen‹, und im Hintergrund und unsichtbar exekutierten alte Leute die Vorgaben, Leute aus der

Provinz, graue Spießer, Anzugträger, Mittelstandsfunktionäre, Kapitaleigner, Kirchenführer: alles, was in Deutschland überleben und alt werden konnte.

Aber der Kanzler redete weiter. Immer nach seiner Stehaufmännchen-Devise ›Ich habe keine Chance und nutze sie‹ hörte er nach einer guten Stunde nicht auf, sondern legte noch eine Schippe drauf. Sein äußerst weißes Oberhemd war nun naßgeschwitzt, aber man merkte es nicht so richtig. Es mußte ein Spezialhemd sein, das die Schweißflecken für Kameras unsichtbar machte. Ich sah es jedenfalls nur, weil ich davor stand. Jemand reichte dem Kanzler eine dpa-Meldung über Merkels Wirtschaftsmann im ›Kompetenzteam‹, und die las er genüßlich vor. Dieser Experte hatte sich wirklich sehr unglücklich ausgedrückt. Nun hatte Schröder nicht nur die Johler, sondern auch die Lacher auf seiner Seite. Danach erzählte er lauter Sachen, von denen ich auch beim besten Willen kein Wort glauben konnte, nämlich: Die Zahl der Arbeitsplätze steige, die Konjunktur gewinne an Fahrt, das Ausland investiere in Deutschland, immer mehr Menschen fänden Arbeit, immer mehr Jugendliche einen Ausbildungsplatz, die Geburtenrate stiege, die Löhne auch, die Aufträge sowieso, die Renten erst recht, die Steuern sänken, das Wetter würde immer besser und die Autos immer sicherer, die ganze Welt beglückwünsche die Deutschen zu ihrer erfolgreichen Wirtschaftspolitik, Millionen US-Amerikaner würden demnächst in Deutschland einwandern. So ungefähr, oder noch toller.

Ich verstand nicht, wie er so etwas sagen konnte. Aber meine Stimmung wurde sofort wieder besser, denn ich sah nun, daß durchaus noch ein SPD-Gesicht auf der Ersatzbank saß, das nicht verschlissen wirkte: der gute Klaus Wowereit, immerhin der Regierungschef und Bürgermeister des Landes Groß-Berlin! Und auch Doris wurde wieder groß eingeblendet. Die Frau paßte einfach kongenial zum Kanzler. Die beiden waren ein echtes Liebespaar, wie damals die Kennedys. John F. und Jackie waren zu ihrer Zeit 46 und 36 Jahre alt gewesen, und bei Gerd und Doris hatte man nicht das Gefühl, daß er zu alt für sie wäre. Sie wirkten ebenfalls wie Ende 30 und Ende 40, keinen Tag älter. Das mußte doch einfach Stimmen ziehen!

90 Minuten waren um, Schröder redete immer weiter. Inzwischen glaubte keiner mehr, einer Pflichtveranstaltung beizuwohnen, einer verlogenen Show, einem Schwindel. Der Typ da oben am Rednerpult meinte es ernst. Nun bleute er ihnen dieselben Floskeln noch mal ein, mit denen er sich am Anfang so schwergetan hatte. Doch nun kam es ihm munter von den Lippen, die Leute waren aufgestanden, keiner wollte mehr im Sitzen klatschen. Hätte einer ›Be-ne-det-to!‹ skandiert, die Masse wäre vielleicht darauf eingestiegen, nur so, weil jetzt sowieso Karneval war, Polit-Happening, Wahlkampf eben. Ja, der Funke war übergesprungen, so einfach läßt es sich erklären. Schröder rockte das Publikum, und das Publikum rockte den Kanzler. Es war schon geil. Ich klatschte, bis mir die Hände weh taten. Denn der Schlußbeifall dauerte geschlagene vierzehn Minuten lang. Das war viel Holz. Als ich, glücklich, rotgesichtig und von den Parolen aufgedunsen, meine jungen Freunde suchte, waren sie nicht mehr da.

25
Die Wahl

Im Laufe des Wahlkampfs traf ich mich häufig mit Rudi Marek Dutschke. Eines Abends saßen wir wieder im Sophien-Eck. Er wohnte zwei Häuser weiter in der Sophienstraße. Karline nahm ich nicht mit, weil sie Rudi nicht zu Wort kommen ließ. Andererseits hatte sich Rudi – trotz oder wegen ihrer Redesucht – ein bißchen in sie verliebt und wollte sie gern dabeihaben.

»Du willst, daß ich sie noch hole? Also … ich fand, daß sie … ziemlich viel geredet hat, ehrlich gesagt.«

»So? Hab ich gar nicht aufgefallen.«

Er sprach dieses amerikanische Deutsch, da er wie gesagt in Massachusetts aufgewachsen war, also mit kleinen Fehlern. Er war trotzdem ganz Rudi Dutschke, denn auch sein Vater hat ja kein normales Deutsch gesprochen. Außerdem, ich sagte es schon, sah er haargenau so aus wie sein Vater, ja man konnte glauben, sein Vater habe sich in ihm reinkarniert. So blöd das auch klingt, es war so. Ich sagte ihm, Karline würde gleich dazustoßen, was sogar stimmte. Sie war tagsüber an einen Badesee gefahren und wollte uns abends treffen. Dann würde es wieder losgehen mit dem elaborierten Code, und Rudi und ich konnten wieder staunen und bewundern, ich allerdings nur noch eingeschränkt, denn ich hatte mein Verhältnis zu Frauen ja geändert.

Wir sprachen natürlich die ganze Zeit über den Wahlkampf, der von Tag zu Tag spannender wurde. Monatelang hatte es eine seltsame Situation des scheinbaren Stillstands und der heimlichen Bewegung gegeben. Der Abstand zwischen dem Merkel- und dem Schröder-Lager blieb uneinholbar groß und stabil, nämlich über zehn Prozent. Deswegen war sich jedermann und jede Frau in Deutschland sicher, daß die Wahl gelaufen sei. Doch innerhalb der Lager gab es Verschiebungen. So gewann die SPD sieben Wochen in Folge Prozente dazu, immer auf Kosten der drei kleinen Parteien. Sie robbte sich von 23 auf 31 Prozent heran. Dann kam das berühmte TV-Duell, das Schröder zu einer Liebeserklärung an seine Frau nutzte.

Ich hatte dieses TV-Duell auf einer privaten Party von FO-CUS-Redakteuren gesehen. Bei jedem Satz, den die Merkel sagte, klatschten sie, beim Schröder wurde nur gebuht und gepfiffen. Sechzig Minuten lang bewegte sich allerdings überhaupt nichts. Dann kam es zum entscheidenden Spielzug, der das Spiel entschied. Ja, es war wirklich wie das Endspiel in der Champions League, bei dem die starken Abwehrreihen bis dahin kein Tor, nicht einmal eine Torchance zugelassen hatten. Endlose Zahlenkolonnen über Rente, Riester, Steuer, Pflege, Schule, Schulden, Haushalt und so weiter – das alles interessierte KEIN SCHWEIN. Es bewegte sich absolut nichts, nicht einen Millimeter. Beide Parteien spielten Pressing, und die Spielzeit war schon fast um. Dann fragte Sabine Christiansen den Kanzler, warum sich seine Frau in den Wahlkampf einmische und der künftigen Kanzlerin, also der Merkel, Kinderlosigkeit vorwerfe. Schröder übersetzte das Wort ›Wahlkampf‹ in das Wort ›Politik‹, und das Wort ›Kinderlosigkeit‹ verschluckte er. Er sagte, seine Frau könne sich in der Politik einsetzen wie jeder Bürger und jede Bürgerin. Sie würde eben sagen, was sie dächte. Er setzte zum Torschuß an, während die Merkel versteinert dastand, an dem Wort ›Kinderlosigkeit‹ kaute und nur noch aus Hamsterbacken und Frust bestand:

»Meine Frau sagt, was sie denkt, und sie lebt, was sie sagt. Das ist auch der Grund –«

Er wollte fortfahren »warum ich sie liebe«, aber die Christiansen oder die Illner fiel ihm ins Wort. Es kam sozusagen zu einem Preßschlag und nicht zum Torschuß. Also die Journalistin sagte irgendwas, was man nicht verstand, weil der Kanzler einen rhetorischen Schritt zur Seite machte und laut wurde:

»Aber ich bitte Sie, darum geht es doch nicht, und das sage ich auch in aller Deutlichkeit, und im übrigen, Frau Christiansen, muß ich das auch gar nicht kommentieren, weil es das selbstverständliche Recht ist, und ich sage noch mal: Erstens hat meine Frau das Recht wie jedermann, die Wahrheit zu sagen, und es ist die Wahrheit, vor allem in einer Debatte, in der es ja um Wahrhaftigkeit geht« – er blickte kurz hoch, um das Wort Wahrhaftigkeit beim Zuschauer ankommen zu lassen –, »und noch mal: Meine Frau sagt, was sie denkt, und sie lebt, was sie sagt, und das ist nicht zuletzt –«, er setzte zum zweiten Mal zum Torschuß an, aber diesmal wirkte es viel besser, war die Schußposition günstiger, die Aufmerksamkeit größer, kam es nicht so plump und überraschend rüber, wie es beim ersten Mal gewirkt hatte. Nun wirkte es fast schon logisch, als er in eine plötzliche Stille hinein, als ahnte auf einmal jeder, was kommen würde, gravitätisch sagte: »– der Grund, warum ich sie liebe.«

Er hatte also mitten im Strafraum einen Haken geschlagen, um den Torwart herum, an zwei verdutzten Verteidigern vorbei, auf engstem Raum also, und hatte versenkt – souverän, elegant, gekonnt, mühelos. Der Ball lag im Netz. Keiner der 75 000 im Stadion konnte es fassen.

Schweigen. Entsetzen. Ungläubigkeit. Keiner der FOCUS-Leute reagierte. Die Schrecksekunde, subjektiv gefühlt eine Ewigkeit. Dann brach es aus allen heraus. Tumultarischer, gestaltloser Lärm. In den Straßen der Hauptstadt explodierte der Schrei von Millionen. Der Kanzler hatte den Punkt gemacht, den entscheidenden, das Tor des Monats! Das war der Sieg, jeder wußte es. Auf den Straßen bildete sich rasch ein Autokorso, ein hupender, endloser, fahnenschwenkender Strom von Fahrzeugen, mit lachenden Türken, die in Wirklichkeit Deutsche waren, Sozialdemokraten. Die Merkelin war geschlagen, ein Wunder war geschehen, fast schon in der Nachspielzeit!

Wer dachte da nicht an Barcelona 1999, als ManU in der Nachspielzeit zwei Tore gegen Stoibers Bayern erzielt hatte! Man durfte einfach niemals aufgeben ...

Am nächsten Tag hatte die SPD um drei Prozent zugelegt. Die Zeitungen titelten ›Gerd liebt Doris‹, ›Liebeserklärung des Kanzlers an seine Frau im TV-Duell‹, ›Schröder gewinnt TV-Duell gegen Merkel‹, ›Doris machte den Unterschied‹ und so weiter. Besonders schwer tat sich natürlich die Bildzeitung, die seit Beginn des Wahlkampfs radikal gegen Schröder Partei ergriffen hatte. Sie titelte scheinheilig ›Frau gegen Mann: WER WAR BESSER?‹. Erst im Innenteil gab sie zu: ›Nach ersten Umfragen unmittelbar nach Abschluß des Duells ging Schröder als klarer Sieger hervor.‹ Dann rechneten sie noch kleinlich nach, daß ›der Mann‹ Schröder 17mal ›der Frau‹ Merkel ins Wort gefallen sei, daß er 63mal gehustet oder sich geräuspert habe, die Merkel nur 16mal, und nur 28mal gelächelt, die Frau dagegen 59mal, die somit, der Eingangsfrage entsprechend, ›besser‹ gewesen sei als ›der Mann‹. Geschenkt! Schröder streckte den Pott in die sternenklare Nacht dieses herrlichen Sommerabends, und Millionen freuten sich mit ihm.

Das alles erzählte ich, mehr oder weniger, dem Rudi. Ich schmückte alles ein wenig aus, denn das war meine liebste Situation, immer schon: mit einem politischen Kopf die politischste aller Lagen, sprich Wahlkampf, besprechen zu können und dabei Märchen zu erzählen. Aber leider redete selbst Rudi erst mal von einer Sonja, die er kennengelernt hatte, die aber leider einen Freund habe, dann von einer Mitbewohnerin Bärbel, die sehr hart sei und bei der Bildzeitung beschäftigt und ebenfalls einen Freund habe. Hätte ich ihn weiterreden lassen, hätte er, wie alle jungen deutschen Männer, von weiteren tollen Frauen erzählt, die schon 35 waren und wie gesagt super und schon einen Freund hatten. So gestaltete sich die Marktlage zur Zeit in Mitteleuropa, das muß ich nun gar nicht mehr erwähnen.

Und so war ich froh, als die Barbi mittendrin anrief, auch

deswegen, weil Rudi somit merkte, daß ich verheiratet und völlig in Ordnung war. Barbi wirkte ein bißchen derangiert, und ich dachte erst, es sei wegen des Taifuns ›Katrina‹ in New Orleans.

»Hast du diese furchtbaren Bilder im Fernsehen gesehen?« fragte sie, und ich bejahte. Millionen Menschen hatten inzwischen ihre Häuser, ihre Autos, ihre Heimat verloren und mußten umgesiedelt werden. Zehntausende Leichen schwammen seit Tagen in der überfluteten Stadt auf die Pumpen zu und verstopften diese. Ein Gebiet von der Fläche Großbritannien war verwüstet. Ich sagte:

»Barbi, es ist wirklich so dermaßen furchtbar, daß ich es gar nicht sagen kann. Präsident Bush muß jetzt seine Truppen aus dem Irak heimholen, um den Menschen zu helfen.«

»Wegen der Seilbahn? Wirklich? Das finde ich aber anständig.«

»Welche Seilbahn?«

»Na, diese Deutschen in der Seilbahn, die abgestürzt sind! Stell dir vor, da waren KINDER darunter! Ich muß die ganze Zeit weinen.«

»Du Armes! Das mußt du mir genauer erzählen …«

Angeblich war in Tirol oder Österreich oder so eine Seilbahn-Gondel abgestürzt, mit neun Menschen drin und einem Hund. Die Menschen waren Deutsche, von dem Hund wußte man die Herkunft nicht. Man rechnete mit Verletzungen, beim Hund mit einem Schock. Das Fernsehen brachte erschütternde Bilder von den Angehörigen, wie sie von dem Unglück erfuhren. Ich wollte noch über ›Katrina‹ reden, aber da waren ja keine Deutschen betroffen, schon gar keine deutschen Hunde, und die Barbi war ganz ausgefüllt von der Seilbahn-Tragödie. So ließ ich es und sagte nur:

»Du mußt jetzt tapfer sein, Liebes. Wir reden später am Festnetz weiter über die Seilbahn. Ich sitze hier mit Rudi Dutschke.«

»Ah, so? Und Che Guevara ist wohl auch dabei?« Das war schlagfertig. Ich lachte, legte auf und erzählte den Joke Rudi weiter. Er lachte ebenso, wobei er nicht wußte, daß Barbi es sogar ernst gemeint hatte.

Ich legte Rudi nun endlich einmal meine Thesen zur Jugend von heute dar. Er als Amerikaner kannte die deutsche Situation gar nicht, wollte aber 2009 erneut für den Bundestag kandidieren. Ich sagte, er müsse sich nur an die VIVA-Maus oder die Tochter von Christian Kohlund bei der Böttinger-Sendung erinnern, so seien sie alle. Er wollte mir nicht glauben, doch ich erzählte ihm von meinen wissenschaftlichen Untersuchungen, der Jugend-Feldforschung und dem Popstandort-Problem, räumte aber ein, daß meine Thesen immer nur die halbe Wahrheit gewesen waren.

Also, daß die braven Jungen ihre Eltern liebten und devot gegenüber den Alten waren, das stimmte. Aber ich erklärte Rudi, mir sei nun klar geworden, daß die Jugend von heute überhaupt keine andere Chance hätte. Es könne einfach kein »Wir« im Sinne einer neuen Jugendkultur geben und schon gar keinen Angriff auf die Alten. Deshalb müsse Frank Schirrmacher auch sein ›Methusalem-Komplott‹ umschreiben, denn dieses Komplott der Alten gegen die Jungen sei keine Zukunftsvision, sondern längst Realität. Im Jahr 2050 werde der Kampf der Alten gegen die Jungen nicht stattfinden, weil alle Jungen dann schon längst vor den Millionen Mumien geflohen seien. Warum? Weil diese »Alten von morgen« ein ganz anderes Kaliber seien als die »Neuen Jungen Alten«, die wir heute hätten. Die »Alten von morgen« seien die Babyboomer, jene geburtenstarken Jahrgänge, die nie WIRKLICH alt werden, weil sie die Jugendkultur und das »ewige Jungsein« erfunden hätten. Das heißt, die »Alten von morgen« werden eine ganze Armee, ein riesiger Heuschreckenschwarm an alt gewordenen ewigen Jungen sein, die nichts davon wissen (wollen), daß sie alt sind, so wie Zombies nicht wissen, daß sie tot sind! Und diese Babyboomer-Generationen unterdrücken mit ihrer kulturellen, finanziellen und politischen Hegemonie alles Neue und jede nachkommende Generation noch auf Jahrzehnte hin. Denn dafür haben sie selbst gesorgt, daß nicht genügend Kinder nachkommen.

Der junge Rudi sah mich skeptisch an. Demographie sei nicht sein Thema, und Horrorfilme interessierten ihn nicht. Er wollte lieber über den Sozialstaat oder über Karlines These von der notwendigen Geschlechtertrennung bei der Ganztagsbetreuung von Kindern reden. Er glaube nicht an Geschlechtertrennung.

»Doch, mein Lieber, die gibt's, und das hat übrigens auch mit Demographie zu tun. Die Weltreligionen sind auf dem Vormarsch. Ich war eine Woche in Köln und habe die Zukunft gesehen. Millionen junger Leute, die ›enthaltsam vor der Ehe‹ leben. Das ist die Formel, um die es geht!«

»Du meinst, sie haben keinen Sex mehr? Du mußt verruggt sein! Das Bedürfnis ist doch gar nicht aufzuhalten!«

»Ich glaube, daß deine Generation noch vereinzelt Sex hat, aber deine Kinder bestimmt nicht mehr, nicht vor der Ehe.«

»Vor die Ehe?! Du mußt verruggt sein!«

»Ich hab das doch recherchiert, für mein Jugendbuch.«

»Das Buch muß ich wohl mal lesen.«

»Ja. Und außerdem: Von den letzten 100 Generationen haben 99 genau nach dieser Formel gelebt. Und von den nächsten 100 werden wieder 99 so leben. Und in allen anderen Kulturkreisen leben sie noch heute nach diesem Gesetz! Einzig diese beiden Nachkriegsgenerationen des Westens lebten promisk. Ein perverser Zustand, den Benedikt XVI. sicher bald beenden wird.«

Als ich aus dem Fenster guckte, sah ich eine 16jährige blonde Schlampe in rosa Latex-Hosen, die ihren gleichaltrigen Freund mit Unterschichts-Gel-Frisur küßte. Dagegen war wirklich nichts zu sagen. Sie klopfte ihm dabei mütterlich auf den Podex, und ich hatte schon lange nicht mehr eine so natürliche Zärtlichkeit unter jungen Menschen erlebt.

»Da, schau mal, gleich poppen sie«, sagte ich erfreut zu Marek und überlegte, den World Wildlife Fund anzurufen. Ein letztes sich paarendes menschliches Männchen und Weibchen, da mußten doch Naturschützer dabeisein!

Wir kamen noch einmal auf den Wahlsonntag zu sprechen

und auf die Frage, ob Rot-Grün es dank des Kanzlers vielleicht doch noch schaffte. Dann aber fragte Marek:

»Was macht eigentlich dein Buch? Dein Familienroman?«

Ich erzählte ihm den letzten Stand. Mit dem Fürsten Pückler konnte auch er nicht viel anfangen, so daß ich von meiner jüngeren Vergangenheit erzählte, von Rainer Langhans zum Beispiel, weil ihn das interessieren mußte. Es gab hier nämlich eine Überschneidung von seinem Leben und meinem. Sein Vater hatte sogar, das erfuhr ich erst jetzt, mit Langhans in die Kommune 1 ziehen wollen oder sollen. Es kam dabei zu heftigen Auseinandersetzungen, die darin gipfelten, daß Langhans aus dem SDS ausgeschlossen werden sollte. In der entscheidenden Sitzung des SDS kam es auf die Stimme von Dutschke an. Er enthielt sich, und Langhans wurde ausgeschlossen. Ich selbst war ja später in der Langhans-Kommune groß geworden und kannte den alten Knaben gut. Wir hatten sogar ein ganz hervorragendes Verhältnis zueinander, und als ich nun hörte, daß Marek ebenfalls massiv Familienforschung betrieb, schlug ich ihm vor, gemeinsam nach München zu fahren. Dort lebte Langhans, noch immer im Kreise seiner vier Frauen.

»Das können wir doch«, meinte ich, »nach der Wahl machen. Vielleicht ist dann sowieso alles vorbei und verloren, und wir sind froh, aus Berlin rauszukommen.«

Marek war einverstanden. Karline, die kurz zuvor angerufen hatte, schickte ich gleich zu ihm. Sollten die jungen Leute ihr eigenes Kapitel schreiben …

Die letzten Tage der Berliner Republik waren erreicht. Die Umfragewerte für den Kanzler waren ganz am Ende, am Ende der letzten Woche vor dem Wahltag, also wirklich in letzter Sekunde, plötzlich und überraschend gefallen. Schwarz-Gelb hatte wieder eine Mehrheit. Für mich, der ich die Aufholjagd der SPD miterlebt hatte, von 18 Prozent Rückstand bis hin zur hauchdünnen Mehrheit, war das einfach bestürzend. Mit allem hatte ich gerechnet, nur damit nicht. Ich wußte nicht, woran es gelegen hatte. Noch am Montag hatte Schröder ein weiteres Mal gegen die Merkelin im Fernsehen gepunktet, diesmal in der größeren Runde der Spitzenkandidaten. Er hatte neben seinem Außenminister Joschka Fischer gesessen und einfach phantastisch ausgehen. Die Merkel sah gerupft aus und fertig, leichenblaß wie so oft. Neben sich hatte sie den unsympathischen Stoiber, und neben dem saß dann auch noch das Ekel Westerwelle. Dennoch sanken Schröders Werte danach.

Ich ging durch Mitte und den Prenzlauer Berg, um Abschied zu nehmen. Noch hingen alle Plakate. In meinem Wahlkreis kandidierten sie alle, diese großen Namen der letzten 35 Jahre. Ströbele, Werner Schulz, Wolfgang Thierse. Man kannte sie alle persönlich, auch die anderen Gesichter, sie wohnten ja in Berlin, der Gysi, der Joschka, natürlich auch der Lokalmatador Jörg-Uwe Spiller. Schon in 14 Tagen würde man sich die Augen reiben und fragen: Otto Schily, wer war das bloß? Lafontaine, gab es den mal? Fischer, hat der wirklich mal gelebt?

Diese ganze Generation würde plötzlich so weit weg sein wie Peter Frankenfeld und Lou van Burg. Die Generation der Alt-68er. Männer, die vor über 40 Jahren geprägt wurden und seitdem das Land führten, erst geistig, dann politisch. Bis Sonntag 18 Uhr und eine Minute. Danach dann nur noch demographisch und kulturell.

Andererseits ging es nicht aus meinem Kopf, daß Schröder immer auf den letzten Metern am besten war. Als Fußballspieler ›Acker‹ hat er das Tor oft in der letzten Minute gemacht. Wenn alle schon aufgaben, war er plötzlich zur Stelle. Warum nicht auch diesmal? Es würde der erste Wahlkampf in Deutschland werden, der nicht mit den Abschlußkundgebungen am Freitag endete. Die Parteien wollten bis einschließlich Sonntag weiterkämpfen. Aber das hieß, daß JETZT das Wunder zu geschehen hatte, der unerwartete Coup, die Überraschung, der Angriff der Al Kaida, die Landung der Marsmenschen, das lesbische Outing der Merkel, die Fetisch-Sexfotos von Westerwelle oder einfach noch einmal eine Beschimpfung der Ost-Wähler durch Stoiber.

Als nichts geschah, ging ich am Freitagabend zum Gendarmenmarkt, um Schröder ein letztes Mal zu sehen. Vor 250 000 Fans rockte er die Hauptstadt. Die Stimmung war galaktisch, der Kanzler in der Form seines Lebens und seine Stimme so heiser, laut, dröhnend, furchterregend wie bei den ganz großen Reden Hitlers. Günter Grass war auch da. Er trat im obligatorischen braunen 70er-Jahre-Grobcord-Anzug auf, wie damals bei Willy. Er war nicht eine Minute älter geworden seitdem. Die Alten wurden ja sowieso nicht mehr alt inzwischen. Er federte auf den Zehenspitzen, als er ausrief: »Auch ich habe mein Stehpult verlassen dieser Tage! Auch ich habe mein Manuskript im Stich gelassen in dieser wichtigen Stunde! Um IHM zu dienen, um IHN zu unterstützen, als den, der er immer war: UNSER SCHRÖDER!«

Mir schwante plötzlich, daß sich nichts ändern würde. Die Regierung würde bleiben, oder sie würde wechseln, aber die ökonomischen Daten würden genauso unveränderlich bleiben wie der olle Brauncordanzug vom ewigen Grass. Das Geld floß wirkungslos in den Osten, wo es sinnlos verbrannt wurde, und je mehr es wurde, um so schlechter ging es ihm. Dem Osten. Also dem, was davon noch übriggeblieben war: märkische Steppe, verlassene Industrieparks, Investitionsruinen. Und die Alten tanzten weiter ihren Shuffle. ›Letzte Tänze‹ hieß eines der vielen Abschiedsbücher des Nobelpreisträgers – aber er und seine Generation dachten natürlich überhaupt nicht daran, jemals abzutreten. Und wenn es einen gab, der allen zeigte, daß man niemals so jung, so vital, so bärenstark war wie jenseits der 60, dann war es der Kanzler selbst. Er riß alle mit.

Schröder war glänzend, muß ich ehrlich sagen. Schon wie er mit seiner Frau Doris im Arm durch die Menge schritt, auf die Bühne zu, so einfach und ehrlich und freundlich, zugleich fürsorglich seiner Frau gegenüber: toll. Er redete auch anders als früher. Natürlich viel besser, volksnäher, kämpferischer, aber auch inhaltlich anders. Er geißelte den Kapitalismus in nie gekannter Schärfe. Selbst Karl Marx hätte sich wesentlich moderater ausgedrückt. Schröder war zum Volksredner, zum Einpeitscher geworden, und ich dachte: ›Die Deutschen wählen doch immer den, der mit der denkbar größten Eindringlichkeit und absoluten Intensität zu ihnen spricht.‹ Ich konnte mir plötzlich einen Wahlsieg von Angela Merkel nicht mehr vorstellen. Die »Angie«-Gesänge in den Straßen waren in den letzten Tagen auch immer dünner und seltener geworden, obwohl die Helfer von der Schüler-Union Text und Melodie an den Schulen verteilt hatten.

Schnell war es Nacht geworden. Der Gendarmenmarkt gleißte im grellen Licht der modernen Halogenscheinwerfer. Daß das Wetter schlecht war und es regnete, machten diese Scheinwerfer ungeschehen. Alles sah hell, strahlend, zuversichtlich und superschön aus. Die Fernsehübertragungen sahen einen Kanzler im Hochsommer, obwohl es eiskalt und herbstlich-winterlich war. Bis zum Auftritt Schröders hatte es schrecklich geregnet, und erst als er aus der Limousine stieg, hörte das auf. Müntefering hatte es geahnt:

»Noch nie hat es während der Rede des Kanzlers in diesem Wahlkampf geregnet, und so wird es auch heute sein, liebe Freunde und Freunde!!«

Und wirklich war es so gekommen. Ich studierte sein Gesicht und fragte mich: ›Weiß er, daß er verliert? Oder dreht er gerade durch pure Magie das Spiel?‹ Ich fühlte deutlich, daß letzteres der Fall war. Historie findet in Deutschland immer nachts statt. Fackeln brennen, große Männer schleudern heiser Worte in die Nacht, Millionen hält es nicht mehr auf dem Sofa, es trommelt und hupt gar tausendfach durch die Hauptstraßen der Städte, und man ist Weltmeister, hat die Kanzlerschaft errungen oder ein Land erledigt. Es war schön, daß ich das auch einmal miterleben konnte. So also war es immer gewesen! So hatten es die Ahnen erlebt … super!

War sie das, die Machtergreifung der Generation Sechzig Plus? Ein tausendjähriges Reich für die Jahrgänge der Babyboomer? Fest stand: Nie mehr würden sie die noch abgeben. Am Ende würde man sie ausgestopft durch die Parlamente tragen, zu den Klängen ihrer Musik: Phil Collins, die Stones, Marius und Peter Maffay, U2, Sting und so weiter. Noch im vierten Glied würden die Kleinen ›Street fighting man‹ hören anstatt ihre eigene Musik …

Schröder hatte noch ein As im Ärmel. Er erzählte eine frisch erfundene Rührstory aus seiner Jugend. Angeblich hatte ihn ein uralter Gewerkschafter, der noch gegen die Nazis gekämpft hatte, einmal beiseite genommen und gesacht:

»Acker, ich kann dir nur eines mit auf den Lebensweg geben. Die einzige Maxime, die ich mein ganzes Leben lang befolgt habe und mit der ich schon in der Weimarer Republik gekämpft habe gegen das Kapital, gegen die Bänker, gegen Pfaffen und Popen, und später gegen die Nazis, und nach dem Kriech gegen Adenauer und den jungen Kohl, lautete: ›Du darfst dich niemals vor diesen Herren bücken!‹ Und das gilt auch heute! Gerade heute gilt das, meine Freunde und Freunde!!«

Die Leute sprangen auf, tanzten, wie in Soweto damals, in den Townships, in den 90er Jahren, als Nelson Mandela noch im Gefängnis saß. Hunderttausende sprangen rhythmisch auf und nieder, machten den Gendarmenmarkt zu einem Platz in Afrika, dancten ab, was das Zeug hielt, machten den Schröder! Seine Stimme war heiser wie – ich muß den Vergleich leider noch mal heranziehen, weil er sich so aufdrängt –, wie am Ende dieser fünfstündigen Führerreden, und das hatte auch eine technische Komponente: Schröder schwankte so seltsam, also so übermäßig, und so war seine Stimme beim weiten Zurücklehnen leise, einschmeichelnd und fast charmant, aber beim Vorwärtsdrehen furchterregend laut und brüllig, eben wie die alten Tondokumente der UFA. Das war ein anderer Schnack als das drehorgelartige säuselnde Sächsisch der Merkel. Aber, so kaputt auch seine Stimme war, so blendend sah der Mann ansonsten und rundum aus. Zusammen mit der jungen Frau ein Bild für die Götter, eine Ikone wie James Dean, Che Guevara oder eben die Kennedys …

Am letzten Tag vor der Wahl kaufte ich mir alle Zeitungen, um genau zu sehen, mit welchen Themen die Medien die noch unentschlossenen 20 Prozent der Wähler zu beeinflussen versuchten. Die findigen Reporter der Bildzeitung kriegten heraus, daß Vollmond war, und titelten: »Verrückte VOLL-MOND-WAHL! Gut für Merkel«. Darunter: »Vollmond über Deutschland. Wie er die Wahl beeinflußt – Seite 2«. Dazu war ein unheimlich grün-gelber Vollmond abgebildet. Ich blätterte auf.

»Entscheidet der Vollmond die Wahl mit? Um genau 4.01 morgen früh ist es soweit – dann steht der Vollmond genau gegenüber der Sonne. Opposition nennt man das. Ein Hinweis auf den Wahlausgang …«

Wahnsinn! Das mußte ich der Barbi erzählen. Sie glaubte ja genau wie ihre alemannische Mutter fest an Horoskope, hatte selbst dem Lizzy ein teures Horoskop erstellen lassen. Ich las weiter.

»›Der Vollmond hat einen großen Einfluß‹, weiß Thomas Poppe (53). Der Bestseller-Sachbuchautor und Mondexperte ist sicher: ›Die Menschen sind bei zunehmendem Mond geistig fitter, denken strategischer, insgesamt planerischer …‹ Wie steht der Mond für Angela Merkel? ›An Stärke ist sie Schröder ebenbürtig, an Intelligenz sogar astrologisch überlegen …‹« Ich hielt es nicht mehr aus und wählte auf der Stelle die Nummer von der Barbi.

»Liebling, stell dir vor, die Horoskope sagen, daß die Merkel gewinnt! Also daß die Menschen alle im Vollmond sind und die Merkel wählen!«

»Meinst du, daß ich das nicht selber weiß? Willst du mir das sagen? Daß ich zu blöd bin, die Horoskope zu lesen?«

Nein, nein, stammelte ich und entschuldigte mich. Tatsächlich waren auch die anderen Zeitungen mit der Vollmond-Story voll. Ich war naiv gewesen. Klar war Vollmond, Mann! Und die Wahl dadurch entschieden, so oder so. Zum Glück berichtete wenigstens der EXPRESS, daß der Vollmond eindeutig Schröder begünstigte.

Als ich am Wahltag wieder die Plakate sah, dachte ich nicht mehr, sie zum letzten Mal zu sehen. Die Abschiedsstimmung wollte sich einfach nicht mehr herbeizwingen.

»Menschlich. Kraftvoll. Mutig.« stand unter dem Gesicht des SPD-Kandidaten, und »Menschlich. Mutig. Mitte.« unter dem eines CDU-Kandidaten, der nämlich in ›Mitte‹ kandidierte, wo ich ja wohnte. Die FDP schoß in Sachen Idiotie immer den Vogel ab. Nach Möllemanns ›18-Prozent-Wahlkampf‹ gab es nun Sprüche wie »Mehr Arbeit, weniger Sorgen. FDP«, »Weniger Probleme, mehr Geld. FDP«, »Weniger Krankheit, mehr gute Laune. FDP«, oder ultimativ: »Weniger Schulden, mehr Sex. FDP«. Der kurze, ungeplante Wahlkampf hatte die Parteimitglieder vor Ort zu kleinen Anarchisten gemacht. Jeder kochte sein eigenes Süppchen, machte seine eigenen Plakate, seine eigenen witzigen Aktionen sowie Sabotage-Aktionen gegen den politischen Gegner. Täglich wurden Plakate überklebt und neue Ideen ausprobiert. Und es stimmte: Der Kampf ging bis zur letzten Minute. Noch jetzt, am Wahltag, fuhren kleine Sondereinsatzgruppen in offenen Toyota-Trucks durch die Stadt und stachen der Merkel auf den wandgroßen ›Ein neuer Anfang beginnt‹-Plakaten die Augen aus oder überklebten die Pupillen mit dem Atom-Zeichen. Kreisleiter, Gruppenführer und andere Amateure klebten ihre neuesten Ergüsse auf Laternen, Geländer und Türgriffe der Wahllokale. Später würden beide Lager von ›Übergriffen‹ und ›Wahlfälschungen‹ sprechen, wie in den Republiken der ehemaligen Sowjetunion. Alles war selbstgemacht und nicht koordiniert, was manchmal zu schöner Politpoesie führte: ›Veränderung braucht mehr als Worte; entscheidend ist, sozial zu handeln, konkret und überall: Stefan Liebich, PDS!‹

In der Sredzkistraße/Ecke Kollwitzstraße, also da, wo Berlin Mitte am schönsten war und all die grünen Politiker wohnten, inmitten von satten Bäumen, vielen kleinen Geschäften, Kinderwagen und alleinerziehenden Vätern, war die Plakatdichte größer als im Kölner Karneval. Soweit das Auge reichte, war Schröders ›Vertrauen in Deutschland‹ rundum und flächendeckend gepflastert, ein Wald von Spruchbändern, ein Meer von Unsinn. »Ganz Berlin für Günter Nooke. CDU.«, »Mehr Glück, weniger Pech. FDP.«, »Deine Stimme für den Müll. APPD.«, »JA!

zu Joschka. Die Grünen.«, »Besser für die Menschen. CDU.«, »Und wieder beginnt ein neuer Anfang. Angela Merkel. CDU.«, »Nichts ist stärker als eine Idee, deren Zeit gekommen ist. Die Linke/PDS.«, »Dem Trübsinn ein Ende. Die Linke/PDS.«, »Sozial gerecht ist nicht zu teuer / Mit Ströbeles Vermögenssteuer. Bündnis 90 Die Grünen.«, »No future no war. Atomkraft, nein danke. Gebt den Hanf frei. Wählt Ströbele« …

Mittags sah ich den Presseclub, und Helmut Markwort erzählte noch immer, der Vorsprung der Merkelin sei zweistellig und uneinholbar. Da dachte ich bereits, der Mann spinnt. Das Volk würde ihn, den Medienherrn, Lügen strafen. Es würde Schluß machen mit dem Umfrageschwindel, mit den arroganten Merkel-siegt-Gewißheiten der Demoskopen, der variationslos eindeutigen Meinungsmache der Print- und TV-Gewaltigen; es würde einen Aufstand gegen die Mediendiktatur geben, der in die Geschichte einging wie der Sturm auf die Bastille. So war es dann auch. Nur vier Stunden später war Markwort schon wieder oder immer noch auf Sendung. Es war 17 Uhr. Es wurde noch gewählt. Aber Markwort kannte nun bereits den Ausgang der Wahl, also diesmal WIRKLICH, denn er war natürlich einer der Auserlesenen, die von der Merkelin vorab angerufen und informiert worden waren. Diese wußte es durch geheime Stichproben nämlich bereits um 15 Uhr.

Markworts Gesicht hatte sich völlig verändert. Er hatte plötzlich tiefdunkle Augenringe und gar keine gute Laune mehr. Noch im Presseclub hatte er Hunderttausende Unentschlossene gegen Schröder aufgehetzt. Nun hatte der trotzdem gewonnen.

Der Triumph wäre total gewesen und die nächsten vier Jahre die absolute Schröderdiktatur via große Koalition, wenn die CDU nicht durch einen blöden Zufall trotz aller Verluste ein Prozent mehr der Stimmen bekommen hätte. Ein Prozent weniger, und sie wäre von der SPD-Fraktion überholt worden. Die stärkere Fraktion stellte nämlich innerhalb einer großen Koalition den Kanzler, egal wie die verbündeten Parteien abschnitten.

Das war alles recht kompliziert. Die Medien sprachen vom kompliziertesten Wahlergebnis der Welt. Nur einmal, 1934 in Schottland, hatte es ein ähnlich schwieriges Wahlverhalten der Wähler gegeben. Schröder erklärte sich gleich um 18 Uhr zum Sieger. Das war taktisch günstig, denn zu dem Zeitpunkt war der Schock der unterlegenen CDU am größten.

In der ›Berliner Runde‹, auch ›Elefantenrunde‹ genannt, vermehrten sich um 20 Uhr die Sieger. Der eklige Westerwelle hatte die Wahl gewonnen, aber auch die Merkelin und der Kanzler ja sowieso und Lafontaines neue Linke erst recht und die Grünen dann ja auch. Der Kanzler war bester Dinge und erklärte, einfach im Kanzleramt zu bleiben, sozusagen auf ewig, denn eine Mehrheit gegen ihn hatte das Wählervotum verhindert. Er wirkte dabei auf den politischen Gegner geradezu unheimlich; nämlich weil er so brachial gut gelaunt war. Ich verstand ihn gut, den Gerd. Er hatte monatelang mit dem Rücken zur Wand gekämpft, und zwar gegen die ganze Medienwelt, was ja titanisch genannt werden muß, und hatte gewonnen, jetzt, vor wenigen Stunden und Minuten. Klar, daß er außer Rand und Band war. Die FAZ schrieb am nächsten Tag, er habe unter Drogen gestanden. Ein unverzeihlicher Vorwurf, weil er nicht stimmte. Ich entschloß mich, das öffentlich richtigzustellen.

26
Land of the Dead

Nun brach sie also an, die neue Zeit. Rot und Schwarz, wie der Titel meiner Endloslektüre von Stendhal. Die große Koalition, Schröders großer Traum, wurde wahr, und sein Anfangsplan erfüllte sich: Die SPD rettete sich in die große Koalition, und sie stand noch nicht einmal als Verlierer da. Im Gegenteil. Da alle, wirklich alle, mit dem haushohen Sieg der Schwarzen gerechnet hatten, wirkte das erzielte Remis nun wie ein historischer Sieg. Alle hatten es kommen sehen, eigentlich, insgeheim, unbewußt, seit Ewigkeiten schon, nun war es soweit. Vorab gab es Scheinverhandlungen mit den kleineren Oppositionsparteien, dann aber brachte Schröder das Kunstwerk fertig, eine große Koalition zu schmieden, in der die Merkelin schwächer war als jeder Minister. In den Augen der Bevölkerung wurde die neue Regierung klar von der SPD dominiert. Schröder schaffte das, indem er wochenlang damit drohte, selbst den Kanzler zu machen, also im Amt zu bleiben und Neuwahlen auszuschreiben. Aber der letzte Wahlkampf und sein Ergebnis saßen den Rechten wie ein lähmender Schock in den Gliedern. Nie wieder Wahlkampf gegen Schröder!

Und so ließen sie sich jede Bedingung diktieren. Um Schröder wegzuhaben, machten sie buchstäblich alles mit. Der Clou: Schröder selbst, assistiert von Adlatus Müntefering, handelte bis ins Detail in langen, gewichtigen Sitzungen mit der Merkel und ihrem Todfeind Stoiber die Regierung aus, der er gar nicht angehören würde. In den Geschichtsbüchern stand später der Begriff von den ›Acht-Augen-Gesprächen‹.

Alle wichtigen Ministerien fielen an die SPD. Sie bekam acht, die CDU nur vier Minister. Zwei weitere gingen an die CSU, die jedoch offen mit den Sozialdemokraten paktierte und alles tat, um der Merkel Knüppel zwischen die Beine zu werfen. Die großen CDU-Paten waren zudem nicht der Regierung beigetreten, sondern in den Bundesländern geblieben. Die SPD hatte dagegen ihr Personal längst reibungslos aufgestellt, Wochen vor der CDU, die bis zuletzt von Machtkämpfen zerrieben wurde. Besser gesagt: Schröders starke Hand unterdrückte jede Unsicherheit. Und so blieb auf immer alles, wie es war. Mein Familienroman war ob der politischen Ereignisse zum Erliegen gekommen. Die Vergangenheit hatte sich ebenso totgelaufen wie die Zukunft. Ins Staatswappen der Bundesrepublik wurde auf lateinisch das Motto ›AUF IMMER STILLSTAND‹ eingraviert.

Trotzdem war das Land nun verändert. Genauer gesagt die Demokratie. Ihr Herz, das Parlament mit seiner Dialektik aus Regierung und Opposition, hatte aufgehört zu schlagen. Es gab nicht mehr die beiden großen Lager, nicht mehr hü und hott, sondern nur noch hott. Das schien die Bevölkerung augenblicklich zu begreifen und umzusetzen. Indem sie sich für Politik nicht mehr interessierte.

Als alter Bild-Leser merkte ich das sofort. Die Politikberichte verschwanden von den ersten drei Seiten. Wenn groß berichtet wurde, dann immer noch vom scheidenden Schröder. Einmal titelte die Zeitung sogar über die ganze Frontseite »SCHRÖDER WEINT« und zeigte ein Foto vom tränenüberströmten Noch-Kanzler auf einer Veranstaltung, auf der er sagte, nie mehr dem Kabinett angehören zu werden. Zehn Wochen war die Wahl schon her, und er war immer noch im Amt.

Weil die CDU so lange mit ihren Personalentscheidungen beschäftigt war. Er machte Staatsbesuche, sprach vor der UNO, bekämpfte die Vogelgrippe, machte Verträge mit Putin und schickte weitere Soldaten nach Afghanistan. Bei einer Nachwahl in Dresden kam es zu gespenstischen Bildern. Der Kanzler machte mit Hochdruck Wahlkampf, riß die Massen mit, holte sieben Prozent mehr als der Gegner – als wäre die Bundestagswahl nicht schon lange gewesen und entschieden! Aber das waren Spielereien.

Die Welt löste sich von der Ära Schröder, von der Politik an sich. Nur wenige schlappe Stunden dauerte die Berichterstattung über ›Deutschlands erste Kanzlerin‹, dauerte die mühsam geschürte Euphorie bei den Frauen. Einmal trommelte die Bildzeitung prominente Frauen zusammen, die ihrer Freude über ›die Frau im Kanzleramt‹ Ausdruck geben sollten. Es waren aber alles Figuren aus der letzten Reihe. Geschiedene Exfrauen von ehemaligen Schnulzenkönigen der deutschen Volksmusik, frühere Angestellte von Prominentenfriseuren, die Pflegerin von ›Mosi‹ Moshammers letztem Hund, ein paar Alibi-Redakteurinnen von reaktionären Frauenzeitschriften und so weiter. Alle sehr häßlich und vielfach geliftet. Die wirklich guten Frauen liebten Schröder, und jetzt, wo er Abschied nahm und beim Großen Zapfenstreich zu Sinatras »My way« erneut weinte, erst recht. Er hinterließ ein Vakuum, ein Nichts, politisch gesehen. Vor allen Dingen bei mir. Und so schrieb ich ein letztes Hurra, einen persönlichen Abschied an den Gerd, sozusagen meine confessions, die die ›taz‹ druckte:

Er war mein Kanzler

Gerhard Schröder hat es also getan. Er ist zurückgetreten. Oder hat den Platz zumindest freigemacht. Er hat in einer letzten quälenden Kraftanstrengung, die ihn zunächst einmal seine Reputation kostete, den Nimbus des CDU-Sieges verhindert. Nicht die CDU hat gewonnen und führt nun das Land, einen Juniorpartner hinter sich herziehend. Nein, im Bewußtsein der Massen ist es nun unentschieden ausgegangen. Das ist unendlich wichtig für die Zukunft. Alle künftigen Erfolge werden dadurch beiden Parteien gleichermaßen zugeschrieben. Jedenfalls bei Wahlen. Wie sieht das Land jetzt aus?

Wir haben eine große Koalition. Auch das ein Ziel, das der

Kanzler ab Mitte Mai verfolgt hatte. Genauer gesagt: sein heimliches, sein eigentliches, ja damals einziges Ziel. Er wollte niemals Kanzler bleiben. Nein, er wollte seine Partei, die er mehr liebt als alle anderen und als alle wußten, vor dem historischen Untergang bewahren – indem er sie hineinrettet in den großen Verbund.

Daher die coupartigen Neuwahlen. Gegen einen unsortierten Gegner, gegen eine Verlegenheitskandidatin, die gegen die eigenen Leute zu kämpfen hatte. Ein Jahr später, gegen Christian Wulff, wäre die SPD bei 24 Prozent gelandet. Übrigens auch deswegen, weil die wirtschaftlichen Daten bis dahin noch schlechter gewesen wären.

Wie hätten sie auch besser werden sollen? Unsere Wirtschaftsentwicklung ist seit 15 Jahren geprägt durch die Sonderleistungen für die neuen Bundesländer, jährlich ein dreistelliger Milliardenbetrag. Ein ungeheurer Standortnachteil, der uns gegenüber England, Frankreich, der EU und der ganzen Welt zurückfallen läßt. Dagegen ist kein Kraut gewachsen, kein Gesetz, keine Weltkonjunktur, kein »Ruck«, keine »Du bist Deutschland!«-Kampagne. 125 Milliarden Euro sind einfach unfaßbar viel Geld. Selbst Boomland China würde mit dieser Bleikugel am Fuß unrettbar absaufen auf den tiefsten Grund des Sees.

Ich muß zugeben, daß ich Schröderist bin.

Insofern unterscheide ich mich vom Celebrity-Journalisten Ulf Poschardt – aber nur darin. Seine Beurteilung der SPD und vor allem der Intellektuellen in ihr teile ich vollkommen. Was für ein verkommener Haufen inzwischen, was für Verräter am lebendigen Geist! Was hat es noch mit dem Gedanken der europäischen Aufklärung zu tun, in Zeiten echter Not die Besitzstände der Privilegierten dogmatisch zu verteidigen, die Unkündbarkeit der Arbeitsplatzbesitzer, die fetten Pensionen und weiter steigen sollenden Renten, die absurd hohen Löhne der gewerkschaftlich Organisierten, die staatlich finanzierte Villa, die 50 000-Euro-Titanhüfte für die

90jährige, während die 19jährige auswandern muß, weil es keine erlaubte Arbeit für sie gibt, und so weiter.

Das alles hat Poschardt sehr schön ausgeführt. Einige seiner lebendigen Beispiele funkeln richtig vor Wahrheit. Etwa wie der PDS-Mann ihm gesteht, er fürchte sich vor dem unausweichlichen Moment, da sie über Sozialmißbrauch sprechen müßten in ihrer hübschen, idealistischen Partei. Auch ich hatte solche Erlebnisse, und sie häufen sich. Zum Beispiel der neue WASG-Altgewerkschafter im Bundestag, der mir zornrot zuruft, ob ich mir überhaupt vorstellen könne, wie man als einfacher Stahlarbeiter mit 3500 Euro im Monat eine ganze Familie durchbringen solle?!

Der 60jährige hatte offenbar keinen Kontakt zur Generation der heutigen urbanen 25- bis 35jährigen. Er weiß nicht, daß diese Leute nicht einen, sondern unendlich viele Jobs machen und trotzdem unter 1000 Euro im Monat bleiben. Familie durchbringen? Davon können die nicht einmal träumen.

Oder der Moment im SPD-Juso-Treff im avantgardistischen Berlin-Friedrichshain, als ein extra eingeladener Gastredner von den Jungen Grünen namens Stephan Schilling aus dem Stand heraus eine halbe Stunde über das Erbrecht und Wege zum Brechen desselben referiert, mitreißend, politisch, realistisch, und der ebenfalls eingeladene MdB Klingenbeil (SPD) stumm bleibt wie ein Fisch: ahnungslos, links, langweilig.

Auf die Frage, ob er an dem immer gleichen, immer utopischen, seit 30 Jahren verfehlten Wahlziel »Vollbeschäftigung« festhalte, allen Fakten zum Trotz, kratzt er sich an seinem »bescheidenen«, hochgekrempelten Baumfällerhemd, reibt die offene Bierflasche an seiner Jeans und sagt endlich: »Ja.«

Mehr fällt ihm nicht ein. Später ereifert er sich darüber, daß Lafontaine das Wort »Fremdarbeiter« gebraucht habe. Soviel zur deutschen Linken heute.

Wie aber kann man trotzdem Schröderist sein, und warum

muß man es sogar sein? Weil der Gerd mehr ist als nur ein Politiker. Er verkörpert als einziger und letzter das Prinzip der (von ihm oft beschworenen) »Teilhabe«. Ich glaube, das Wort hat sogar er erfunden. Er ist der letzte, der die kleinen Leute überhaupt noch erreicht. Joschka Fischer war der vorletzte.

Schröder stand für den atemberaubenden Versuch, den Sozialstaat abzuschaffen und gleichzeitig das Gefühl für ihn zu erhalten. Also eine Gemeinschaft auch dann zu bleiben, wenn das Geld alle ist. Seine im Wahlkampf bis zur Unerträglichkeit wiederholte Floskel »die sozialen Sicherungssysteme neu justieren, OHNE den sozialen Zusammenhalt aufzugeben« war tatsächlich bitterernst gemeint und meinte genau das. »Neu justieren« meinte natürlich weitgehend aufgeben, und »sozialen Zusammenhalt behalten« meinte: die ausbleibenden Gelder durch Nachbarschaftshilfe, praktisches Gemeinschaftsverhalten, Nächstenliebe, mit einem Wort: durch eine neu entfachte Solidarität auszugleichen.

Für einen solchen Umbau der Gesellschaft gab es nur einen Führer, der das vermitteln konnte, eben den Mann aus Hannover, das Kriegskind, vaterlos, von Mutter »Löwe« großgezogen, einer Putzfrau, die im Dorf als asozial diffamiert wurde. Dieser Mann war mehr als ein Symbol für den sozialen Aufstieg. Dieser Mann war wie kein zweiter: Deutschland. Um das zu verstehen, muß man sich das Land einmal ohne ihn vorstellen. Politmanager laufen herum, deren größtes persönliches Risiko, das sie je eingegangen sind, der Besuch einer Juravorlesung ohne Krawatte gewesen ist. Leute ohne Biographie. Ohne Tore als Mittelstürmer »Acker« im FC Lehrte. Ohne Hillu, ohne Doris, ohne Currywurst und ohne Kain-und-Abel-Bruderkampf mit Lafontaine.

Leute wie Volker Kauder. Weißhaarig schon mit 40. Nur eine ganz bestimmte eingeschränkte Sorte Mensch vertritt auch die übrigen 81 der insgesamt 82 Millionen Bundesbürger: der Jura studierende, faktengläubige, besserwissende, humorlose leitende Angestellte. Schröder war der letzte, der noch die anderen erreichte, die Nichtbüromenschen. Der Hallen und Marktplätze füllte. Ich kann es meinen Kindern dereinst erzählen: Gendarmenmarkt, zwei Tage vor der Wahl. Ein Gefühl wie in Soweto nach der Freilassung Mandelas. Ein unfaßbar heftiger, eisiger, ungemütlicher Spätherbstplatzregen, aber die vielen Zehntausend tanzen, schwenken ihre selbstgemalten Plakate, werfen mit Stofftieren, singen, hüpfen rhythmisch auf und ab. Schröder hat Doris im Arm, sie gehen zu Fuß Richtung Bühne, übertragen von der Großleinwand, der Jubel schwillt an, überschlägt sich bei den Worten des hysterischen Ansagers: »Meine Damen und Herren, der Bundeskanzler der Bundesrepublik Deutschland, Gerhard Schröder!!«

Der nächste Kanzler ist eine Frau. Die Merkelin. Natürlich wird sie 16 Jahre lang dranbleiben. Wie Helmut Kohl? Nein, wie Honecker. Der war auch nicht mit den Gaben eines Medienpolitikers gesegnet, konnte nicht reden, nicht strahlen, nicht verführen – hatte aber diesen Machtinstinkt, das sogenannte Stalin-Gen. Das hat sicher auch die Merkel. Sie hat es sogar so stark, daß Leute wie Friedrich Merz und Edmund Stoiber froh gewesen wären, wenn man Väterchen Stalin gekürt hätte anstatt die Merkelin. Aber bevor das jetzt wie eine Beleidigung rüberkommt, sage ich etwas anderes.

Angela Merkel ist süß. Ich habe sie immer süß gefunden, schon als »Mädchen«, aber auch später. Sie war und ist die einzige Frau in der Politik, die ich als solche wahrnehme, also die ich nicht als »Mann im Frauenkörper« wahrnehme. Die Gender-Puristen werden mir zustimmen. Bei der Merkelin setzte sich weltweit erstmals eine Frau als Frau (im Gender-Sinne) durch und nicht ein Mann in Frauenkleidern (wie zum Beispiel noch bei Maggie Thatcher oder Gertrud Höhler). Das heißt keinesfalls, daß das feminine Rollenmodell der devoten Zurücknahme belohnt wurde. Auch Schröder ist ja »süß«, in dem Sinne, daß er nicht nur Funktionsträger, sondern auch noch »Mann« ist. Deswegen mochten ihn die Wähler, so wie sie demnächst Kanzlerin Angie mögen werden.

Fazit: Deutschland ist gerettet und die SPD nicht zerstört. So wie die Deutschen ticken, geben sie ihr das nächste Mal sogar die Mehrheit. Schröders Leistung dabei werden die Historiker eines Tages erkennen. Nämlich wenn das Bismarckdenkmal in Hamburg geschleift und durch ein Gerharddenkmal ersetzt wird – von einer Bürgerinitiative Millionen wacher kleiner Leute.

Ich weiß, das glaubt mir jetzt keiner. Und meine Freunde werden sagen: »Alles gut und richtig, aber in der Wahlnacht hätte er sich nicht so aufführen dürfen.« Das ist der Punkt, über den kein Deutscher mehr hinwegkommt. Denn Politiker dürfen sich nicht freuen bei einem sensationellen Sieg. Sie müssen in der Stunde des größten Triumphes ein Gesicht machen wie Stoiber: staatstragend, verklemmt, oft »Äh« sagen und von »Verantwortung, der man sich, äh, nicht wird entziehen können« faseln. Sie dürfen um Gottes willen nicht zwei Flaschen Champagner binnen einer Stunde trinken, wie der Gerd es getan hat.

Aber er war mein Kanzler.

Nachdem das einmal gesagt war, hörte ich auf, die Zeitungen zu lesen und die Tagesschau zu sehen. Das ging allen so. Das Beste an Deutschland war die politische Hysterie gewesen, der hohe Grad an Nachrichtensendungen, Frühschoppen, Presseclubs, historischen Reden auf Phoenix, Berlin Mitte mit Maybritt Illner, Sabine Christiansen mit Sabine Christiansen, Bericht aus Berlin, Ulrich Wickert aus Hamburg und Peter Scholl-Latour aus Pjöngjang: Dieses Land war politischer als der ganze übrige Erdball zusammengenommen. Das war das Tolle an unserem Land. Und die Autos. Und Bayern München mit dem Kaiser. Also diese drei Dinge: Autos, Kaiser, Politik. Ansonsten war doch nichts, was der Rede wert war, was einem gefallen konnte. Die Welt war schnell zu Ende, ließ man die Politik weg. Und das passierte nun. Die Leute wandten sich nun ganz und gar dem Privaten zu. Auch ich. Meine Heimat war die Politik gewesen, in gewisser Weise, und die verlor ich jetzt. Vorher hatte ich schon anderes verloren, was ›Heimat‹ für mich gewesen war oder Ersatzheimat, etwa meine Patchworkfamilie, meinen Sexismus, meinen Glauben an den Fußballclub Schalke 04.

Auch mein Interesse an der Blutsfamilie erlosch. Wozu sollte ich noch weiter meinen Vorfahren nachjagen, etwa jenem ersten urkundlich erwähnten Lohmer, der 1403 Hofnarr gewesen war? Ja, der Leser möge mir verzeihen, das hatte ich noch gar nicht erzählt: Der Ur-Lohmer, in dessen confessions ›Aus meinem Leben‹ ich auf der Suche nach seiner Begegnung mit Fürst Pückler las, hatte im Buch eine endlos lange Liste mit noch weit älteren Vorfahren eröffnet. Bis ins Jahr 1403 trieb er den Stammbaum in die Vergangenheit hinein. Und als neuer und verbriefter Ur-Lohmer mußte danach jener gelten, der 1403 erstmals urkundlich erwähnt wurde, und zwar als Hofnarr des Kurfürsten von Mainz. Ich las:

»Der erste Lehnbrief, den ich in der Lehnslade habe auffinden können, ist vom Jahre 1403. Die Lehnsländereien lagen bei der Stadt Osterode im Eichsfeld. Die Familiensage setzt die Schenkung in die Zeit, wo unter den Hofchargen der Fürsten auch ein Hofnarr vorkommt. Einer unserer Vorfahren soll dieses ehrenwerte Amt beim Kurfürsten von Mainz bekleidet haben und einst mit ihm im Frühjahr durch die von den angeschwollenen Harzwässern durchströmten Ebenen des Eichsfeldes geritten sein. Beim Durchreiten eines solchen Wassers sei das Pferd des Kurfürsten von der Flut fortgerissen, der Kurfürst in Lebensgefahr geraten und vom Hofnarren gerettet; zur Belohnung habe er einige gerade erledigte Lehnsländereien auf dem Eichsfelde erhalten.«

Na toll! Ein Hofnarr. Das war doch deprimierend, wenn DAS das Ende aller Forschung sein sollte, die Ultima ratio meiner Herkunft: ein HOFNARR! Schrecklich! Nun verstand ich, warum mein Vater den Mainzer Karneval so geliebt hatte. Ich hätte nun aber einen früheren Lohmer finden müssen, der dann hoffentlich Dombaumeister oder Minnesänger war ...

Nein, das führte alles nicht zur Wahrheit. Meine Wahrheit konnte nur in dem Leben gefunden werden, das ich gelebt hatte. Dem mußte ich nachgehen. Wo hatte ich gelebt, wer hatte mich WIRKLICH aufgezogen und geprägt? Ich erinnerte mich an meinen Familienartikel für die Sonntagszeitung, für den ich nie ein Honorar bekommen hatte. Na, es war natürlich die Wahlfamilie und namentlich Rainer Langhans gewesen, der mich in seiner späten Harem-Kommune aufgezogen hatte. Statt mich für Pücklers barocke Amouren und Mainzer Hoffnarren zu interessieren, müßte ich zu Uschi Obermeier und den wilden 60er Jahren zurückgehen.

Meine leiblichen Eltern hatten sich ja nicht um mich gekümmert. Die Mutter schlug mich mit ihrem Over-Protectism-Komplex in die Flucht, wo sie nur konnte. Der Vater das Gegenteil: ein grundguter Kerl, dem das Getue meiner Mutter um mich auf die Nerven ging und der mich deshalb so argwöhnisch beäugte wie ich später bei der Barbi den Lizzy. Er sprach nie mit mir, der Papa, sondern ging höchstens mal mit mir Gassi. Als ich dann in die Pubertät kam, übernahm ›der Rainer‹ meine Erziehung, also Rainer Langhans. Er tat das, was meine Eltern nie getan hatten, nämlich mit mir sprechen. Die Mutter brach immer nur in Tränen aus, der Vater blieb stumm, aber der Rainer predigte glühend Ideologien in meine noch völlig leeren Gehirnhälften. So kam es, daß ich zwei identische Gehirnhälften besaß und besitze, was später Mediziner herausfanden: Die linke und die rechte Gehirnhälfte sind gleich, was nur bei wenigen Menschen vorkommt. Ich habe dadurch Vor- und Nachteile. So bin ich vollkommen orientierungsgestört, kann andererseits gut schreiben.

Jedenfalls beschloß ich nun, zu Langhans zurückzukehren. Ich rief nachts meinen Neffen Elias an, der guten Kontakt zu ihm hatte. Elias rief man immer am besten nachts an. Man konnte ihn mühelos bis sechs Uhr morgens erreichen. Dafür schlief er immer den ganzen Tag lang. Mit Langhans war es übrigens ähnlich. Auch er hielt Nachtwache für viele arme Seelen, die keinen Schlaf fanden. Wenn ich früher als Jugendlicher oder junger Mensch in arger Not war, konnte ich immer noch den Sippen-Guru besuchen, der unbeweglich auf seinem ›Sterbebett‹ lag – so nannten wir Jüngeren spöttisch seine dünne Strohmatratze auf dem Steinboden der unmöblierten Einzimmerwohnung –, und mit ihm ›reden‹. Wenn man seinen Leuten sagte, man gehe jetzt ›zum Rainer‹, um zu ›reden‹, wußte jeder Bescheid. Das war seit Generationen so, und Elias tat nun das, was ich eine Generation vor ihm getan hatte. Ich fragte ihn gar nicht, ob ›der Rainer‹ Zeit für mich habe. Er hatte immer Zeit. Ich fragte lieber, wie ich um diese Uhrzeit nach München kommen sollte.

»Ich stell dir was auf. In zehn Minuten rufe ich wieder an.«

Im Internet suchte er eine Nachtfahrt heraus, also eine Mitfahrgelegenheit, und schon eine Stunde später wurde ich vom Fahrer der Tour abgeholt. Es war ein Ossi in einem Audi 4, Baujahr 1997. Insgesamt saßen fünf Leute in dem kleinen Auto, und ich saß vorne und mußte mich mit dem Fahrer unterhalten. Zur neuen Kanzlerin Merkel fiel ihm nichts ein, denn seine Gedanken beschäftigten sich mit der Zukunft NACH der großen Koalition:

»Is doch sowieso allet unwichtig, also da bin ick janz Realist. Et is erwiesen, daß alle 600 000 Jahre ein Erdbeben die Erde so verwüstet, dat keene Menschen mehr druff leben können. Also ehrlich, da mach ick mir keene Illusionen.«

»Das sind aber ziemlich negative Phantasien.«

»PHANTASIEN?! Det iss so! Det sind doch keene Phantasien! Det sacht die Wissenschaft! Wachen Se ma lieber auf aus Ihren Träumen!«

»Klar sind's Phantasien. Ist doch alles in Ihrem Kopf.«

»Und dat wa nur'n Krümel sind im Universum, nur der Dreck unter'm Fingernagel vom Universum? Ooch allet Phantasien? Oder wat, Sie Spinner?«

»Das sieht der liebe Gott anders.«

»Jott jibt et nich! Sonst würde er nich so viel SCHEISSE zulassen.«

»Das glaube ich, daß Sie zum Glauben unfähig sind. Bei diesem düsteren Gemüt.«

Er riß das Lenkrad hin und her, zappelte wie unter Starkstrom. »Düsteret Jemüüt?! Bei Ihnen piept's wohl! Mir jeht es jut! Ick bin 40, jenau jesacht werd ich morjen 41, und hab ne 18jährige Freundin, 'n super Dschopp, een eigenes Haus. Ick arbeete noch zehn Jahre, und dann jeht et nach China.«

»Das meine ich doch, bei euch Ostdeutschen. Es geht euch so gut wie seit Menschengedenken nicht, und doch seht ihr alles schwarz.«

»Tu ick nich!! Mir jeht's jut!«

»Der Merkel geht es auch gut. Ist gerade Kanzlerin geworden und zieht 'ne Flappe wie sieben Tage Regenwetter. So seid ihr, ihr Ossis!«

»Mir jeht et super! Ick beklach mich nich!«

»Dreck unter der Fingerkuppe des Universums, in 600 000 Jahren das große Erdbeben, Gott macht nur Scheiße, Politik ist wurscht, Merkel kocht auch nur mit Wasser, und so weiter: Das ist das Vollbild der deutschen Depression, mein Guter!«

Er fuhr die alte Rostlaube so zittrig, daß ich das Gespräch lieber ausklingen ließ. Natürlich bestand er darauf, daß es ihm gutginge und trotzdem alles sinnlos sei und abgefuckt. Ich antwortete die nächsten 30 Minuten nicht mehr, bis er das Reden aufgab. Beim Abschied gab er mir nicht die Hand.

Die deutsche Depression hatte in Angela Merkel ihr Gesicht gefunden. Alles paßte jetzt zusammen. Die Lage, die Stimmung, die Überalterung, das Gesicht. Das sagte mir mit großer Erregung der Rainer, als ich sein Apartment in der Herzogstraße betrat. Er stand nicht auf, sondern blieb natürlich liegen auf seinem berühmten ›Sterbebett‹. Er lag noch so da, wie ich ihn vor zehn Jahren zurückgelassen hatte, als wäre er nicht ein einziges Mal aufgestanden. Das Zimmer war wie in den 70er Jahren. Uschi Obermeier hatte es damals ›nicht eingerichtet‹. Kahle Wände, keine Vorhänge, keine Möbel, vor dem Sterbebett ein Hochleistungsfernseher mit Movie Screen. Hätte ›der Rainer‹ nicht eine häßliche grelle Glühbirne an der Decke gehabt, wäre es ein nettes kleines Kino gewesen. Der Sex mit Uschi Obermeier soll ja gigantisch gewesen sein, wurde immer wieder kolportiert, wofür ›der Rainer‹ selbst gern sorgte. Sobald der Name fiel, bekam er ein sonniges Grinsen und vielsagendes Schweigen, und wenn das nicht reichte, sagte er es selbst und bestechend ernst, daß die sexuellen Sachen, die da gelaufen seien in puncto Uschi, natürlich perfekt und damit ultimativ gewesen seien. Der Besucher verstand: Nach SO EINER Frau konnte man in dem Bereich nichts weiteres mehr erfahren. Da konnte man sich nur noch Gott zuwenden. Wir waren da also auf demselben Pfad.

Der Mann auf dem Sterbebett hatte sich durch drei Etappen ins Nirwana geschraubt: die Politik, die Frau, der spirituelle Kosmos. Glanzleistungen überall. Als Studentenführer führte er die Politik zum Sieg, als Liebhaber die sexuelle Befreiung, als Guru die kommende Religiosität. Im Moment sprach er mit einer seiner vier Haremsfrauen, mit der derzeitigen Lieblingsfrau. Ich wartete eine halbe Stunde auf dem kalten Fußboden und betrachtete das Sterbezimmer, das er nun schon eine halbe Lebensspanne lang bewohnte. Außer einer großen Zahl von frisch ausgeliehenen Büchern befand sich nichts weiteres in der Zelle.

›Der Rainer‹ sprach kaum. Am anderen Ende der Leitung mußte jemand sehr viel sprechen. Ich konnte nur ahnen, worum es ging. Endlich unterbrach er das Gespräch, indem er darauf hinwies, der Jolo würde seit Stunden im Zimmer sitzen und auf ihn warten. Dann ging es schnell zu Ende, ZU schnell.

»Ja, das war Barbara. Sie ist natürlich jetzt etwas angesäuert, daß ich mich dir zuwende. Wir hatten gestern einen Beziehungsvorfall, und da war es schon irgendwie klar, daß wir heute ›reden‹ würden.«

»Ja, ›reden‹, ich weiß.«

»Jolo, sie ist völlig ausgerastet, als wäre der leibhaftige Teufel in sie gefahren, du kannst es dir nicht vorstellen. Es war ein richtiger Exorzismus, wirklich! Was da alles an Mist, an Dreck, an Sud, an Hölle, an Hysterie hochkommt, wenn es mal hochkommt, bei den Frauen ... ist natürlich gut, wenn es endlich hochkommt. Es ist die totale Reinigung.«

»Rainer, du, wir müssen ›reden‹.«

»Ja, was gibt es denn?«

Ich fragte ihn nach seiner Einschätzung der neuen politischen Situation. Zu meiner Verblüffung outete er sich als besessener Schröderist. Er meinte, Schröder und Fischer seien ein Jahrhundertglücksfall für Deutschland gewesen. Die Medien hätten versagt, weil sie das ganze Jahr über die rot-grüne Regierung kaputtgeschrieben hätten. Gewissenlose Lumpen hätten überall die Redaktionen übernommen. Die CDU bestünde nur aus Schweinegesichtern. Er wurde immer lauter und ereiferte sich. Ausdrücklich lobte er meinen Artikel ›Er war mein Kanzler‹. Er hatte ihn sogar ausgeschnitten und fotokopiert. Das machte er oft bei Artikeln, die ihm gefielen. Im Rundschreiben an alle Haremsfrauen lief der Artikel dann durch die Schwabinger Eso-Szene. Wenn eine Frau den Text nicht las, lief sie Gefahr, auf Wochen vom Guru nicht mehr angefaßt zu werden. Welche wollte das schon riskieren?

Ich rekapitulierte schnell, was ich eigentlich geschrieben hatte. Da es mir nur unzureichend einfiel, überflog ich das Blatt. Rainer sprach unvermindert weiter. Er hatte sich im Sterbebett etwas aufgerichtet und erregte sich ziemlich. Jörges vom Stern und all die anderen hätten die Regierung heruntergeschrieben, wider besseres Wissen, und er, Langhans, habe einen heiligen Respekt vor dem Wähler, und er habe es gleich geahnt, daß Schröder die Wahl nicht verlieren würde. Deutschland sei in der Depression, aber Depression sei etwas Gutes, da komme man zu sich selbst. Da werde man autistisch, sortiere sich neu, kapsele sich ab, und am Ende, da explodiere der alchimistische Ofen.

»Was explodiert denn dann?« fragte ich.

Ja, dann würden alle neu überlegen. Dann würde man im dritten Jahrtausend ankommen. Einkommen und Arbeit würden entkoppelt. Das sei ja überfällig, da es keine Arbeit für Menschen mehr gebe, nur noch für Maschinen, auf die Dauer, die Menschen aber Geld bräuchten. Das Grundeinkommen werde kommen, 1500 Euro für jeden, ohne Bürokratie und Bedürftigkeitsnachweis und so weiter. Deutschland würde der modernste Staat der Welt werden, allen anderen vorausgehen. Aber vorher müßten all die Arschlöcher zum Schweigen gebracht werden, die Medien-Idioten vom neokonservativen Flügel, diese verantwortungslosen Gesellen und korrupten Lumpen, die sogar in der ›taz‹ säßen und im SPIEGEL.

Er ereiferte sich immer mehr, als hätte er eine Krankheit, er schrie fast. Ich sagte, das sei aber sehr richtig, was er da über die Grundversorgung gesagt habe. Aber tatsächlich dachte ich nicht, daß er recht habe. Es war nur ungezogen, dem geistlichen Oberhaupt der Familie zu widersprechen. Doch warum sollte der globale Kapitalismus, den es seit Jahrhunderten gab und der immer schon global gewesen war, plötzlich keine Menschenarbeit mehr brauchen? Das war absurd. Noch nie gab es so viele Arbeitsplätze wie heute. In zehn Jahren würden es noch viel mehr sein. Nur in Deutschland eben nicht, aus bekannten Gründen.

Nun erzählte er, daß ein Schauspieler namens Schweighöfer bei ihm gewesen sei und daß er ihn ausgelaugt und angestrengt hatte. Deshalb sei er über die Maßen müde an dem Abend. Eigentlich war es ja schon Nacht. Schweighöfer sollte in einem Kinofilm den Langhans spielen, und nun studierte er am lebendigen Objekt. Der junge Mann hatte vorher den jungen Stuckrad-Barre in ›Soloalbum‹ gespielt und danach den jungen Schiller in ›Schiller‹. Er war eigentlich ein lausiger Schauspieler, mit so einer Himmelfahrtsnase und weißblond-farblosen Locken. Wenn er den Langhans gab, konnte nur ein unreifes Bengelchen herauskommen, das von jeder echten und auch erotischen Erfahrung noch Lichtjahre entfernt war. Der arme Rainer! Er schnappte nach Luft:

»Ich weiß gar nicht, was die Leute von mir wollen. Erst haben sie mir das Drehbuch zugeschickt, und ich habe es natürlich sofort radikal umgeschrieben. Daraufhin habe ich absolut nichts mehr gehört von den Leuten. Und jetzt kommt dieser Bengel andauernd vorbei und sabbert mir das Laken voll.«

Ich dachte, wenn er so müde ist, lasse ich ihn besser allein. Ich blieb dann auch nicht mehr allzu lange.

Am nächsten Tag lief ich durch Schwabing. Ich besuchte erst mal Rainers ehemalige Lieblingsfrau Barbara. Als ich klingelte, es war noch recht früh, öffnete sie mir verschlafen. Sie kam wohl gerade aus dem Bett und aus einer brutalen Tiefschlafphase. Jedenfalls sah sie so dermaßen schlecht aus, daß ich mich erschrak. Man denkt in solchen Momenten ja immer, man sähe selbst so kaputt und alt geworden aus. Ein ganz logischer Gedanke. Sie sah zum erstenmal so alt aus, wie sie wirklich war! Doch schon zehn oder 15 Minuten später war ein Wunder eingetreten. Sie hatte irgend etwas oder sogar sehr viel Verschiedenes im Bad mit sich angestellt und sah prompt aus wie Gwen Stefani. Blonde Perücke, glatte, frische Haut, rote Lippen, strahlendes, entzückendes, fast jungfräuliches Lachen und Kichern – eine noch sehr junge Frau diesseits aller Eheerfahrungen flog mir um den Hals. Dann gingen wir raus.

Das Wetter war umwerfend. Mitten im beginnenden Winter knallte eine hochalpine Atomsonne auf Schwabings Straßen. Die Menschen waren gut gelaunt, braun gebrannt und sexy. Alle Häuser waren in Schuß, so fit und gestählt wie die Menschen, kein Graffito störte das Auge, alles war sauber, neu, makellos, bestens optimiert in Funktion und Ästhetik. Wie das ganze Land Bayern ja so tipptop in Form war wie eine frisch ausgepackte, nagelneue Märklin-Modellanlage. Hier war Geld, hier war Arbeit, hier war alles, was woanders fehlte. Schon seltsam. Für mich war es plötzlich wie ein Sinnbild für die neue Zeit nach Schröder. Die Politik war vorbei, und endlich brach der Konsumismus so richtig aus.

Wie ich darauf kam? Nun, ich erlebte mit Rainers ehemaliger Lieblingsfrau befremdliche Dinge. Als erstes gingen wir zu einem Edel-Italiener. In schneller Folge gesellten sich andere Frauen zu uns, ebenfalls dem alten Langhans-Kreis zugehörig.

Sie alle machten diesen blendenden Gwen-Stefani-Eindruck wie Veronika. Eine war sogar wirklich erst 28 und schnatterte von ihrer neuen Luxus-Super-Wohnung und ihrer alten tollen Super-Wohnung und ihrem neuen Jeep und ihrem Shopping bei Tiffany's und …

Ich horchte auf. Tiffany's? Und so ging es die ganze Zeit weiter, und alle am Tisch machten diese Angebereien und Shopping-Geschichten und Promi-Geschichten, und daß sie mit dem Eichinger gerade … und daß die Veronika Ferres … und der Hubert Burda … und ihr Freund, der Dietl … und daß die Miete von tausend auf zweitausend, aber daß das noch günstig sei … und den Jaguar wolle man jetzt nicht mehr … und alle schnatterten mit derselben ultraschnellen Geschwindigkeit, und nach einer Stunde hatte ich noch keinen einzigen Gedanken gehört, der nicht ums Einkaufen, Verkaufen, um Berühmtheit und Erfolg gekreist wäre. Und an den Nebentischen, das sah ich ganz deutlich, lief das gleiche Spiel, mit den gleichen Leuten. So unterbrach ich schließlich polternd, ob denn keiner einmal etwas über die neue Kanzlerin sagen wolle.

»Weißt du, das interessiert mich auf einmal gar nicht mehr«, sagte Veronika lachend und ganz arglos, und sie drückte damit nur aus, was ich auch selbst empfand. Ja, es war vorbei mit dem ganzen Zeug. Man wollte ja gern, aber man KONNTE sich einfach nicht mehr dazu zwingen, diese Dinge und diese Leute noch weiterzuverfolgen.

Das war ja so was von over. Letztes Jahrhundert sozusagen. Dieses nette alte Spielcasino ›Bonner Republik‹ oder zuletzt noch ›Berliner Republik‹ hatte dichtgemacht. Und nun kam der Spaß! Endlich! ›Bereichert euch!‹ war nun die verspätete Losung. Und alle hatten Geld. Überall in München, wohin ich auch kam: Geld, Geld, Geld! Selbst in den Jungs-WGs von

Elias' alten Weggefährten lagen die Bündel 50-Euro-Scheine auf den Spiele-Computern. Ich sah sie nämlich alle wieder, die guten Jungs, also den Bean, den Biest, den Basti, die Araselli, den Mäx und den Wolke. In ihrer WG gab es nun keine Mädchen mehr. Das war schade, und die Wäsche, die seinerzeit noch von ihnen gewaschen wurde, wurde nun wieder von den Müttern gewaschen. Die Jungens sahen nicht einen Tag älter aus als vor vielen, vielen Jahren, als ich mit Elias, seiner Schwester Sophia und ihrer gemeinsamen Mutter Veronika in Schwabing gewohnt hatte.

Eine schöne Zeit. Bei Elias' Geburt war ich noch dabeigewesen. Als Sophia geboren wurde, kannte ich die Barbi schon und zog mit ihr zusammen. Doch später, als die Barbi nach New York zur Consulting Agentur ging, in den 90er Jahren, ging ich zur Langhansfamilie zurück, für viele Jahre. Auf dem Hohenzollernplatz spielten die Kinder. Mir kam es so vor, als wären sie vom Kindergarten bis reifen Mannesalter zusammengeblieben, die kleinen Racker.

Das lag sicher daran, daß Schwabing ein Dorf war. Hier trennte man sich nicht. Hier ging das gar nicht, weglaufen, oder sich aus den Augen verlieren. Ich sah alte, weißhaarige Männer am Brunnenrand des Honzi sitzen, auf den Holzbänken da, wo sie auch schon als Kleinkinder gesessen hatten. In München veränderte sich ja nichts. München war die Stadt mit der höchsten technologischen Bewegung und gleichzeitig ein Ort absoluter Windstille. Die Schriften an den Geschäften wurden niemals von windigen Grafikern der Zeit angepaßt. ›Bäckerei‹ stand da mit denselben Buchstaben wie 1958. Ich wußte das, weil ich sonntags immer die alten Spielfilme in Cinemascope aus den 50er Jahren sah, diese Heimatfilme, die immer zu 80 Prozent in München spielten. Also richtige Heimatfilme waren das ja nicht, sondern eben 50er-Jahre-Filme. Immer total farbig. Claus Biederstaedt fuhr immer knallrote Cabriolets, und Cornelia Froboess blieb auf ewig ›süß‹. Und München selbst, das sah man ganz deutlich, sah kein Deut anders aus als ein halbes Jahrhundert später. Sah ich die München-Filme aus den 30er Jahren, die ja schwarzweiß waren, konnte ich mir sogar die Farben dazudenken, so gut kannte ich mich schon aus. Mit einem Wort: Das war doch eine Heimatoption, die ich prüfen mußte, wenn ich nun Berlin nach dem Ende der gleichnamigen Republik verlassen würde.

Freilich war Bayern ein Polizeistaat. Und zwar jenseits aller Politik. Oder hatte es gerade mit der Politik zu tun? Weil es dort niemals Demokratie gegeben hatte? Die Staatspartei vom Stoiber und vom Strauß regierte da seit vielen Generationen quasi mit Zweidrittelmehrheit. Die hatten da von Haus aus so viel Abgeordnete wie jetzt die große Koalition im Reichstag zusammen. Nie gab es Widerstand, nie irgendwo eine Gegenkraft. Vielleicht schikanierten einen die Polizisten und Staatsorgane deswegen so skrupellos? Ich wollte da eigentlich nicht mehr leben, nachdem ein Gericht mich wegen eines Fahrraddiebstahls zu einer Gefängnisstrafe verurteilte. Denn es war mein eigenes Fahrrad gewesen, was ich aber nur schwer beweisen konnte. Ich mußte wie ein Löwe kämpfen, lauter Zeugen finden und auffahren, 3000 Euro für Anwälte bezahlen, ehe ich in dritter und letzter Instanz einen ›Freispruch dritter Klasse‹ erzwang. Der Richter raunte mir beim Hinausgehen ein »dich krieg mer noch, Bürscherl« zu. Das war Bayern. Eine Heimat schon, aber eine, die man als Liberaler verlassen mußte.

In Bayern, zumindest in München, waren fast alle jungen Leute vorbestraft. Fast täglich wurden sie wegen nichts schikaniert. Wenn sie sich trafen, erzählten sie sich ihre neuesten Zusammenstöße mit den ›Bullen‹. Nur hier, und in Berlin-Friedrichshain bei meiner »Nichte« Maria Lohmer, hießen sie noch so, also ›Bullen‹. Ein Freund aus der Clique, nämlich der David, wurde andauernd festgenommen und nach Drogen durchsucht, weil er schwarze Hautfarbe hatte. Andere hatten wirklich einen halben Joint bei sich, und der Prozeß wurde ihnen gemacht, zum wiederholten Male. Und auch die Erwachsenen erzählten sich gern ihr neustes Malheur. So hatte Veronika, als ich mit ihr zum Auto ging, ein fabrikneuer BMW Mini Cooper, ein 50-Euro-Ticket an der Windschutzscheibe,

obwohl sie auf einem regulären Parkplatz stand. Die Erklärung: Der rechte Vorderreifen habe den Bordstein unrechtmä-
ßig ›berührt‹. Wir sahen nach, und wirklich: Der Reifen stand
mit einer Achtelumdrehung auf dem Bürgersteig. Es war wie
ein Tor, das gegeben wurde, obwohl der Ball zu sieben Achteln
noch im Feld lag. Also etwas Ungerechtes.

Und das war die Definition des Handelns der Obrigkeit
beziehungsweise ihre Triebfeder: Die Leute sollten ›Unrecht‹
empfinden, sollten schäumen vor Wut. Der bayerische Staat
war ein sadistisches Wesen. Vielleicht war doch noch eine
winzige Spur Fürst-Pückler-Blut in mir oder Blut meiner liberalen hanseatischen Vorfahren oder einfach die Erinnerung
an meinen FDP-gründenden Vater oder nur noch angelesene
Freiheitsliebe, die es mir unmöglich machte, ein Bürger Bay-
erns zu werden. Keine Heimat, nirgends. Ich schlenderte durch
die Straßen der süddeutschen Metropole.

Wo war nun meine Familie? Elias rief mich an und wollte
mir seine neue Wirkungsstätte zeigen, die Münchener Film-
hochschule. Außerdem mußte er mir unbedingt eine neue
›Snail‹-Story erzählen, also eine Mädchengeschichte. Diese
Geschichten machten mich immer etwas betroffen, weil sie nie
zu einem erfreulichen Ende kamen, zu einer echten Liebesbeziehung. Irgendwie blieb das immer so unfertig und krank. Ich
überlegte, was denn eine echte Liebesbeziehung eigentlich sei
und ob ich das selbst kannte. ›Sex‹ ohne Loyalität war es jedenfalls nicht, denn das quälte einen ja wie nichts anderes. ›Gute
Freundschaft‹ ohne Sex war fast ebenso demütigend. Nein, nur
Sex plus Loyalität, oder auf deutsch: Zärtlichkeit mit gegen-
seitiger Treue, war ein Zustand, der, wenn nicht glücklich, so
doch wenigstens NICHT KRANK machte. Ich war froh, solch
einen Zustand zu besitzen, ja, besitzen war der richtige Ausdruck dafür. Die allermeisten Menschen, die ich kannte, lebten
außerhalb eines solchen Zustandes. Da konnte mir die Heimat
oder die Familie doch gestohlen bleiben. Ich rief Barbi an und
bat sie, die Koffer zu packen und nach München zu kommen.

Es war dann Rudi ›Marek‹ Dutschke, der die Barbi und mich zum Rainer-Werner-Faßbinder-Flughafen, ehemals Franz-Josef-Strauß-Airport, brachte. Ich hatte Rudi mit Langhans zusammengeführt, und er lebte nun mit ihm und Elias in der Kommune, wie ich es einst getan hatte, in der schönen Hiltenspergerstraße in Schwabing. Karline kam regelmäßig für ein Wochenende aus Berlin.

Die Barbi hatte noch den Lizzy nach Murnau gebracht, und dann waren wir in dieser ersten großen Welle von Leuten, die Deutschland verließen. Die Merkel hatte in ihrer Regierungserklärung das Motto von Willy Brandt geklaut und verändert in: »Mehr Freiheit wagen«. Die Freiheit, eine Zeitlang ohne das Merkelland zu leben, nahm ich mir nun. Und zur Hilfe kam eine unerwartete Frucht meiner Ahnenforschung. Ich hatte das Familienprojekt eigentlich abgeschlossen und meinem Verlag versprochen, nun mit dem Schreiben am Lohmerroman zu beginnen. Einzig die letzten lebenden Lohmers in Guatemala blieben noch ziemlich im dunkeln, aber auch sie würde ich mir ausmalen können. Doch dann kam völlig überraschend ausgerechnet ihre Einladung! »Onkel« Heinz hatte ihnen von mir erzählt, und nun hatte ich einen Freiflug nach Südamerika gekriegt, mit der Barbi!

Ich nahm Stendhals »Rot und Schwarz« als Erinnerung an Deutschland mit, im Flieger zeigten sie Nachrichten mit der Merkelin sowie die »Du bist Deutschland«-Werbung in der Pause zum neuen Romero-Film ›Land of the Dead‹. Während Barbara an meiner Schulter schlief, schaute ich den Streifen und fand es rührend zu sehen, daß die Zombies ganze Länder eroberten und sogar regierten, jedoch nicht wußten, daß sie schon tot waren.

Joachim Lottmann
Die Jugend von heute

Roman
KiWi 843
Originalausgabe

Schon Sokrates klagte über die Jugend in Athen, sie sei auch nicht mehr das, was sie früher einmal gewesen war. Derlei rentnerhaftes Genörgel ist Onkel Jolos Sache nicht. Joachim Lottmanns Ich-Erzähler feiert das Neue: Gestern ist doof, heute ist klasse, morgen ist Ecstasy. Das gilt auch für die jungen Leute um seinen Neffen Elias, eben die Jugend von heute. Der Ex-Jugendliche nimmt die Herausforderung an und lebt als erster Erwachsener unter ihnen, und damit im Herzen unserer Kultur, die eine Jugendkultur ist. Als unfreiwilliger Feldforscher lernt er die bislang unbekannte Ethnie »Jugend des dritten Jahrtausends« kennen.

»Wenn es ein Pendant zu Houellebecq in Deutschland gibt, ohne dessen gesamten Weltekel gleich mitzuschultern, dann ist es Lottmann. Sein Roman ist ein schwereloser Tanz durch die Luft. Eine Warterei in der Disco, auf den Dealer, aufs Leben, darauf, dass etwas passiert. Ein wundervolles Buch über das Nichts.« *Der Spiegel*

Paperbacks bei Kiepenheuer & Witsch   KiWi PAPERBACK   www.kiwi-koeln.de